ERIC BERG

Doppelband

Das Küstengrab

Die Schattenbucht

ERIC BERG

Das Küstengrab

Die Schattenbucht

Doppelband

blanvalet

MIX
Papier | Fördert
gute Waldnutzung
FSC® C014496

Penguin Random House Verlagsgruppe FSC® N001967

2016 by Blanvalet
in der Penguin Random House Verlagsgruppe GmbH,
Neumarkter Str. 28, 81673 München

Umschlaggestaltung: www.dasbuero.net, Düsseldorf
Umschlagmotiv: Getty Images/PPAMPicture
Druck und Bindung: GGP Media GmbH, Pößneck

www.blanvalet.de

ERIC BERG

Das Küstengrab

Kriminalroman

Für meine WunderBar-Familie
auf Gran Canaria
Ich umarme euch

Die Wölfe überfallen das Lamm im Dunkel der Nacht,
doch die Blutspuren haften auf den Steinen im Tal,
und das Verbrechen wird für alle sichtbar, wenn die Sonne aufgeht.

Khalil Gibran

Prolog

Voller Gedanken an die Zukunft machte sich der Achtzehnjährige an diesem Abend auf den Weg.

Es war der 31. August in jenem seltsamen Jahr 1990, in der Zeit zwischen den Zeiten, als in Ostdeutschland das Alte noch nicht ganz fort und das Neue noch nicht ganz da war. Alle Leute waren mit dem Kommenden beschäftigt, und auch er hatte ein paar wichtige Entscheidungen getroffen.

Allein spazierte er über die Wiesen der Insel Poel vor der mecklenburgischen Küste. Er liebte den Nebel, der knapp über dem Boden entlangkroch. Ebenso liebte er es, wenn die Strahlen der sinkenden Sonne wie Scheinwerfer zwischen den Wolkenlücken aufs Meer stürzten und es zum Erleuchten brachten, ehe sie wieder verschwanden, um anderswo in einer anderen Farbnuance zu erscheinen.

Am Ende des Weges lag die einsame, abgelegene Klosterruine, die ihm vertrauter war als sein Elternhaus. Das Innere des stark verfallenen Klosters, das er und seine Freunde seit frühen Kindertagen »Palast« nannten, war verschachtelt. Ein Hof ging in den anderen über. Räume gab es keine, weil es keine Decken mehr gab. Durch die bröckelnden Spitzbogenfenster, an denen seit fünfhundert Jahren der Seewind fraß, sah man zur einen Seite auf das Meer, zur anderen Seite auf die Wiesen. Das winzige Dorf, in dem er lebte, war einen Kilometer entfernt hinter einer Allee versteckt.

Mit ausgestreckter Hand, wobei er die Finger über die Mauern streichen ließ, schlenderte er im Halbdunkel herum. An einem der spätgotischen Fenster blieb er stehen und blickte über das Dünengras hinweg auf das weite Meer, das sich still und bleiern vor ihm erstreckte. Als er Schritte zu hören glaubte, wandte er sich um, runzelte die Stirn und rief: »Margrethe?«

Wieso er ausgerechnet ihren Namen rief, konnte er sich selbst nicht erklären. Es war unwahrscheinlich, dass sie noch einmal das Gespräch mit ihm suchen würde.

Er hatte sich geirrt. Der Wind und die bröckelnde Ruine spielten einem solche Streiche. Die spärlichen Konturen verschwanden nach und nach, Mauern und Bogen formten sich zu Ungetümen. Das Unheimliche und die Abgeschiedenheit hatten stets zu diesem Ort gehört wie alles andere auch, wie die Möwen, die bei Tag schreiend darüber kreisten, wie der Klee, der den Boden bedeckte, wie die Disteln in den Mauerritzen und wie die Freunde, die ihn vor zehn Jahren für sich entdeckt hatten: Lea, Mike, Jacqueline, Margrethe, Harry, Pierre und Julian. Ein schönes Jahrzehnt war das gewesen …

Wind kam auf, und wieder raschelte es, löste sich irgendwo ein Stein aus dem Mauerwerk und ließ den Verfall ein winziges Stück voranschreiten.

An diesem besonderen Platz seines bisherigen Lebens nahm er Abschied von seiner Kindheit und dem, was sie ausgemacht hatte. Von den vielen mit Freunden verbrachten Stunden im Palast, von den Gesprächen, den Spielen, dem Lachen, den gelegentlichen Streitigkeiten, von Zigaretten, Lagerfeuern, pubertären Träumen …

Wie fast jede Kindheit hatte auch die seine sich irgendwann still und heimlich davongeschlichen. Seit einigen Jahren schon hatte es kleinere Anzeichen gegeben, auf die niemand geachtet hatte – zum Beispiel hatten einige aus der Clique eine Ausbildung oder geregelte Arbeit begonnen –, dennoch waren sie die ganze Zeit über in Kontakt geblieben und hatten sich freitagabends oder sonntags im Palast zusammengefunden. Jemand brachte Stullen oder Schokolade, Bier oder Glühwein mit, und dann saßen sie zusammen, redeten und rauchten. Selbst wenn einige von ihnen fortgehen sollten, um im Westen zu studieren, die Welt zu erkunden oder eine Ausbildung in der Ferne zu machen, würde der Palast sie doch immer im Geiste verbinden. Keiner würde ihn je vergessen, und jeder würde von Zeit zu Zeit dorthin zurückkehren.

Diese romantische Vorstellung hatte er bis vor Kurzem gehabt. Zum Sommeranfang war diese Welt noch intakt gewesen, doch jetzt, am Ende der warmen Jahreszeit, lag sie in Trümmern, genauso wie die ins Dunkel getauchte Ruine.

»Lea, bist du das?«

Er hoffte noch immer, dass sie sein Angebot annehmen und ihn begleiten würde, dass sie Poel verlassen und mit ihm um die Welt reisen würde. Die Trennung von ihr fiel ihm am schwersten, und in seinen Tagträumen stand sie immer um die nächste Ecke und überraschte ihn mit einem spontanen: »Ja, ich komme mit.« Tatsächlich stand sie nie da. Inzwischen war es so dunkel, dass er kaum sah, wohin er trat. Seufzend holte er die Taschenlampe aus seiner Jackentasche und richtete den Lichtkegel auf den Weg, der ins Dorf führte. Im nächsten Augenblick erschrak er, zuckte zusammen und stieß einen Laut aus, der halb Seufzer und halb Schrei war.

Eine Sekunde später traf ihn ein harter Gegenstand am Kopf.

September 2013

Ich starrte auf das Foto im DIN-A4-Format. Der Unfallwagen war nur noch ein Klumpen silbriges Blech, als hätte ein Monster darauf eingeschlagen und ihm die Eingeweide herausgerissen. Das Blitzlicht des Fotoapparats spiegelte sich in den mit Rissen und Brüchen überzogenen Fensterscheiben und warf seine zersplitterte Helligkeit bis auf den nassen Straßengraben, den Baum, die phosphoreszierenden Uniformen der Sanitäter sowie ein paar Zweige mit zartem Frühlingslaub. Und auf die Leiche.

Ich wusste, dass auch ich in jenem Wrack auf der Ostseeinsel Poel gesessen hatte, allerdings nur, weil man es mir erzählt hatte. Rechts unten stand das Datum, an dem das Foto gemacht worden war: 21. Mai 2013, 23:46 Uhr.

Nun?, fragten mich die dunklen, strahlenden Augen der Schweriner Klinikpsychologin, die mich in den vergangenen vier Monaten betreut hatte. Sie war wie ich um die vierzig, vielleicht ein paar Jahre jünger. Ich mochte ihre warme

Stimme, die viel Ruhe ausstrahlte, und ihre schlanken, unberingten Hände.

»Nichts«, sagte ich.

Dieses Wort traf es am besten, denn ich erinnerte mich weder an den Unfall noch an die Stunden davor. Poel hatte ich vor dreiundzwanzig Jahren verlassen. Meines Wissens war ich nie zurückgekehrt, und es kam mir gespenstisch vor, dass man mich halbtot aus einem Straßengraben der Insel gefischt hatte.

So wie das Auto, auf dessen Beifahrersitz ich gesessen hatte, war auch der Fundus meiner Erinnerungen in Stücke geschlagen. Gewiss, vieles war erhalten geblieben, darunter das Wichtigste: wer ich war und welches Leben ich gelebt hatte.

Das große Ganze jedoch würde nie wieder so sein wie früher. In unzähligen Operationen hatten die Ärzte mein Äußeres, von einigen wenigen Narben abgesehen, annähernd wiederhergestellt. Mit meinem Gedächtnis verhielt es sich anders. Wie bei einem unvollständigen Mosaik gab es kleinere und größere Löcher, die sich trotz der Geduld meiner Psychologin nur zögerlich oder gar nicht schlossen.

»Ich habe Ihnen das Foto bisher nicht gezeigt, weil es besonders intensiv ist, besonders … grausam.«

Das war es tatsächlich. Vor allem der leblose, entstellte, noch nicht abgedeckte Körper war schlimm anzusehen.

Trotzdem hatte ich kein Verhältnis dazu. Man hätte mir auch das Foto von einem Verkehrsunfall in China zeigen können, ich wäre nicht mehr und nicht weniger betroffen gewesen. Und damit meine ich das Wort in seiner doppelten Bedeutung. Wie gerne hätte ich viel mehr empfunden als diese abstrakte

Traurigkeit über ein tragisches, aber scheinbar fernes Ereignis. Da ich mich des Unfalls nicht erinnerte, hatte ich ihn gewissermaßen nicht erlebt. Die körperlichen Wunden, die ich davongetragen hatte, waren zwar leidvolle Andenken, jedoch konnte mir mein Gedächtnis dafür keine Erklärung liefern.

»Wie Sie wissen, ist heute unsere letzte Sitzung«, sagte Ina Bartholdy nach einer Weile, während der wir geschwiegen hatten. Die dunkle Note in ihrer Stimme verriet mir, dass sie gleich etwas Beunruhigendes hinzufügen würde.

Ihr Blick fiel auf einen Digitalprojektor, das einzige technische Gerät in einem Raum, der ansonsten wenig Blickfänge bot: vier identische Sessel, ein langer Tisch, bilderlose cremefarbene Wände sowie ein dicker lavendelblauer Veloursteppich, der den Trittschall dämmte. Ein sanftes Plätschern war zu hören, obwohl es keinen Zimmerbrunnen gab.

Aus der Tasche ihres Blousons holte die Psychologin eine kleine Fernbedienung hervor, doch sie zögerte, bevor sie sie benutzte.

»Haben Sie schon eine Entscheidung getroffen, Lea? Wohin werden Sie gehen, wenn Sie im Anschluss hieran die Klinik verlassen? Zurück nach Argentinien?«

Das wäre das Naheliegendste, dachte ich. Buenos Aires war seit fast einem Vierteljahrhundert mein Zuhause. Zwar hatte ich dort keine Familie, aber neben zahlreichen guten Bekannten auch einige Freundinnen – von denen mich allerdings nicht eine einzige seit meinem Unfall besucht hatte. Sie würden sich zweifellos freuen, mich wiederzusehen. Trotzdem würde ich in ihrer Gegenwart wohl niemals mehr den schalen Beigeschmack loswerden, dass ich keiner von ihnen eine Flugreise über den

Atlantik wert gewesen war, obwohl Geld keine Rolle bei ihnen spielte und sie wussten, wie sehr ich litt.

Mir fiel der Vorschlag wieder ein, den meine Ärztin mir vor einigen Wochen gemacht hatte.

»Sie hatten mir geraten, für kurze Zeit dorthin zurückzukehren, wo ich die Tage vor dem Unfall verbracht habe. Sie sagten, das sei eine gängige Heilungsmethode bei Erinnerungsverlust.«

Ina Bartholdy nickte, zog jedoch ein Gesicht, als habe sie einem Herzpatienten leichtsinnigerweise geraten, gleich nach der Entlassung zum Bungee-Jumping zu gehen. Bevor ich sie etwas fragen konnte, schaltete sie mit der Fernbedienung den Projektor an, der gehorsam piepte und ein Bild an die Wand warf, das mir bereits von früheren Sitzungen vertraut war. Es war eine farblich präparierte Aufnahme meines Gehirns. Die grau und schwarz markierten Areale zeigten die weniger oder mehr beschädigten Bereiche.

Wann immer ich diese zweiwöchentlich aktualisierten Aufnahmen sah, durchzuckte mich Entsetzen wie ein Stromschlag, weit stärker und nachhaltiger als alle anderen Informationen, die sie mir gaben, und gar nicht vergleichbar beispielsweise mit dem Foto des Crashs. Mein Gehirn sah auf den präparierten Bildern aus, als wäre es von einer bösartigen Krankheit befallen, die langsam voranschritt. Ich blickte auf die schwarzen Punkte, Metastasen gleich, längliche Schatten wie die Fraßgänge von Maden, unförmige Gebilde wie Bakterienkulturen unter einem Mikroskop.

Doch der Eindruck einer langsam voranschreitenden Krankheit täuschte. Die Zerstörung, das Vergessen, war mit der Unmittelbarkeit des Todes gekommen, von einer Sekunde zur nächsten. Tatsächlich hatte mich vor vier Monaten auf gewisse Weise der Tod erfasst und mit sich gerissen. Es war, als hätte ich zu manchen Zeiten überhaupt nicht gelebt. Warum war ich nach Poel zurückgekehrt? Was hatte ich dort gemacht? Wieso war ich am Tag meiner Ankunft in dieses Auto gestiegen, das ganz sicher nicht meines war? Und warum war es verunglückt, auf trockener, fast gerader Strecke?

»Es gibt mehrere Arten von Amnesie, ebenso mehrere Ursachen«, erläuterte Ina Bartholdy.

»Ich weiß, Ina. Ich habe Ihnen immer aufmerksam zugehört, wenn Sie mir etwas erklärt haben.«

»Ganz sicher haben Sie das«, sagte sie wie zum Trost für das, was sie mir gleich mitteilen würde. »Bisher sind wir … also meine Kollegen und ich … davon ausgegangen, dass Ihre Amnesie auf die physischen Verletzungen Ihres Gehirns zurückzuführen ist.« Sie hob die Hände, wie um einen möglichen Einwand abzuwehren. »So ist es ja auch. Die wahllosen Lücken in Ihrem Langzeitgedächtnis lassen gar keinen anderen Schluss zu.«

Wahllos, beliebig, zufällig …

Ich wusste noch, dass mich mein damaliger Ehemann Carlos betrogen hatte, woraufhin ich ihn ebenfalls betrogen hatte, mit Ian, einem Iren. Aber ich hatte kein Bild mehr von Ian vor Augen, obwohl die Affäre gerade mal fünf Jahre zurücklag und zwei Monate gedauert hatte. Zwar wusste ich auch noch, dass meine Lieblingsfriseurin in Buenos Aires Angela Lopez hieß, erinnerte mich aber weder an die Straße, in der sie ihren Salon betrieb, noch an ihr Gesicht. Manche Informationen waren jedoch in den letzten Wochen zurückgekehrt, beispielsweise die Namen meiner Wohnungsnachbarn sowie diverse Telefonnummern, einschließlich meiner eigenen, sowie weitere Belanglosigkeiten. Kleinere offene Rechnungen. Dass mir einige Wochen vor meinem Abflug nach Europa eine Sandalette kaputtgegangen war. Welche Bücher ich im Laufe meines Lebens lieben gelernt hatte. Solche Dinge.

»Physisch verursachte Amnesie heilt oftmals leichter. Damit erklären sich jedenfalls viele Ihrer neu gewonnenen Erinnerungen, und es werden mit jeder Woche mehr werden. Meines Erachtens wird Ihr Langzeitgedächtnis in einigen Monaten so gut wie keine Lücken mehr aufweisen. Allerdings … Es gibt da einen Zeitraum, der nach wie vor völlig im Dunkeln liegt.«

»Sie meinen die Zeit unmittelbar vor dem Unfall. Die Stunden auf Poel.«

»Ja, genau. Daran haben Sie nach wie vor überhaupt keine Erinnerung mehr, so als wären Sie vor vier Monaten gar nicht dort gewesen. Meine Kollegen und ich glauben daher übereinstimmend, dass die Amnesie, die sich auf diesen Zeitraum bezieht, psychischer Natur ist.«

Psychischer Natur, hallte es in mir nach. Psychischer Natur.

»Dazu würde auch passen, dass sich Ihre Stimme Ihrer Aussage nach im Vergleich zu früher verändert hat.«

Ich nickte. Meine Stimme war tatsächlich deutlich leiser und sanfter geworden, irgendwie belegt, oboenhaft …

»Organische, bakterielle und andere mögliche Ursachen haben wir ausgeschlossen. Offenbar liegt bei Ihnen eine psychogene Stimmstörung vor, wie es bei unverarbeiteten Erlebnissen manchmal der Fall ist. Alles deutet demnach darauf hin …« Ina Bartholdy unterbrach sich, atmete tief durch, ließ einige Sekunden verstreichen. »Etwas ist vorgefallen«, sagte sie schließlich mit einem Ernst, bei dem es mir eiskalt über den Rücken lief. »Auf Poel muss Ihnen vor dem Unfall noch etwas anderes widerfahren sein, Lea, irgendetwas Traumatisches. Oder Sie haben etwas zutiefst Schockierendes herausgefunden, das Sie verdrängen.«

Sie verschränkte die Hände schief ineinander. »Offen gestanden … ich weiß nicht, ob ich Ihnen unter diesen Voraussetzungen raten soll, ein weiteres Mal nach Poel zu fahren. Ich bin geneigt, Sie zu bitten, es nicht zu tun.«

Ich wusste nicht, ob ich mich besser vor meinen Erinnerungen oder vor dem partiellen Vergessen fürchten sollte, das mich befallen hatte. In meinem Klinikzimmer saß ich auf dem Bett und überlegte, was ich alles einpacken wollte, noch bevor ich wusste, wohin ich zurückkehren würde. Nach Argentinien, um einen Strich unter ein düsteres Kapitel meines Lebens zu ziehen, oder – ein zweites Mal – nach Poel. Es war Dienstag, der 3. September 2013, fast genau einhundert Tage waren seit dem Unfall vergangen, und ich musste zum ersten Mal seit Langem eine Entscheidung treffen.

Jeden einzelnen Gegenstand nahm ich prüfend in die Hand. Brauchte ich dieses komische, von der Klinik gestellte Deodorant noch? Würde ich die verbliebenen fünf Pralinen aus der Schachtel noch essen? Besonders lange zögerte ich bei dem riesigen Diagramm über dem Bett. Ich hatte einige Wochen zuvor etliche ausgedruckte Seiten nebeneinander an die Wand gepinnt, sie von meiner Geburt bis zur Gegenwart mit Jahreszahlen versehen und dann so gut es ging dazugeschrieben, was ich wann wo gemacht hatte. Die Fotoreihe »Russische Taiga und Tundra« im Jahr 2012, die Scheidung von Carlos 2011, die Ausstellung »Quer durch Peru« 2008 in New York... die Fehlgeburt 2002, im Jahr 1997 der erfolgreiche Fotoband-Erstling »Das Ende der Schönheit«, in dem ich Naturparadiese unmittelbar vor ihrer Zerstörung abgelichtet hatte.

Seit jener Zeit war ich viel herumgekommen. Ich war auf dem Gelben Fluss gefahren, hatte den Fudschijama und den Ätna umrundet, war auf den Spuren von Cézanne und Gauguin gewandelt, hatte die Wanderung der Gnus begleitet und den Schaftrieb in Neuseeland miterlebt. Abertausende von Fotos waren dabei entstanden.

Dennoch beantwortete das Diagramm die wichtigsten Fragen nicht. Der Blitz, der vor vier Monaten in meine Existenz eingeschlagen hatte, hatte mir zwar mein Langzeitgedächtnis und damit das Wissen um die Vergangenheit größtenteils gelassen, das Gefühl für die Vergangenheit jedoch fast komplett genommen. Obwohl ich inzwischen wieder mehr als neunzig Prozent meines Lebens überblickte, fehlte mir irgendwie der Bezug zu der Frau, die dieses Leben gelebt hatte. Wie hatte ich mich nach meiner Scheidung gefühlt? Warum war ich eigentlich nie wählen gegangen? Mochte ich Lakritze? Einundvierzig Jahre auf zwei Metern Papier, auf die ich blickte wie auf die Biografie eines mir nahestehenden Menschen. Ich schien meine eigene Vergangenheit *mit*erlebt zu haben, statt *er*lebt.

Zum ersten Mal war mir dies vor drei Monaten aufgefallen, als mich zwei Beamte der Wismarer Polizei in der Klinik aufgesucht und mir einige Fragen zu dem Unfall gestellt hatten.

Es war ein seltsames Treffen gewesen, das keinen von uns zufriedenstellte. Weder hatte ich den Ermittlern helfen können – ich erinnerte mich im Zusammenhang mit dem Unfall an rein gar nichts, nicht an den Grund meines Besuchs auf Poel und noch nicht einmal daran, dass ich überhaupt dorthin gefahren war – noch hatten sie mir erklären können, wie es zu dem Unfall gekommen war.

Im Blut der Fahrerin, meiner Schwester Sabina, hatte man keinen Alkohol gefunden, es gab keine Bremsspuren und auch keinen Hinweis auf andere Unfallbeteiligte. Vor allem wegen Letzterem hatten die Polizisten schnell das Interesse an einer intensiveren Befragung meiner Person verloren, da die Unfallverursacherin noch an Ort und Stelle gestorben war.

Die Polizisten waren keine halbe Stunde geblieben, hatten mich aber unabsichtlich mit etwas konfrontiert, das mich seitdem nicht mehr losließ: mit der Fremdheit mir selbst gegenüber. Denn während ich ihre Fragen zu meiner Person beantwortete, hatte ich das Gefühl, über jemand anders zu sprechen, über den ich zwar sehr viel wusste, dessen Gedanken ich jedoch nicht lesen konnte. Lea Hérnandez, geborene Mahler, war eine Frau, die ich noch einmal neu kennenlernen musste.

Blatt um Blatt, Jahr um Jahr hängte ich mein Leben von der Wand über meinem Klinikbett ab und verstaute es rasch in einer Klarsichthülle. Das Jahr 1990 betrachtete ich länger. Ein ganz besonderes Jahr. Im März war ich volljährig geworden, im April hatte ich mich von meiner Jugendliebe Julian getrennt, im Mai waren meine Eltern tödlich verunglückt, im September hatte ich mich mit Carlos verlobt und war ihm nach Argentinien gefolgt, wo ich ihn noch im Dezember heiratete. Fluchtartig hatte ich meine Kindheit verlassen – die Heimat Poel, die Freunde, meine ungeliebte Schwester Sabina, die Liebe …

Ich steckte die Klarsichthülle in meine Handtasche, und als ich dabei meine Hände betrachtete, fiel mir zum ersten Mal auf, dass sie mir genauso fremd waren wie meine Vergangenheit. Ich hatte mich während der vier Monate in der Klinik viel mit meinem verwundeten Körper beschäftigt, mit gebrochenen Knochen und gequetschten Organen, mit der aufgerissenen Bauchdecke und den Narben auf meinem Kopf. Man hatte mir die Beine geschient und mich dreimal am Rücken operiert. Drei Wochen lang hatte ich in einem Streckbett gelegen. Meine Schreie von damals hallten noch immer in mir nach, manchmal erwachte ich sogar davon. Doch nur zur Hälfte waren sie meinem verwundeten Körper geschuldet, die andere Hälfte galt dem zum Zeitpunkt des Unfalls sechs Wochen alten winzigen Wesen, das in mir gestorben war.

Erst im Krankenhaus, nach seinem Tod, hatte ich von ihm erfahren. Seit meiner Fehlgeburt im Jahr 2002 hatte ich mir ein weiteres Kind gewünscht, und nun war es gekommen und gegangen, ohne dass ich die Möglichkeit gehabt hatte, es zu spüren oder mit ihm zu sprechen. Ina Bartholdy und ich hatten lange über dieses Kind gesprochen, das wie ein Geist in mein Leben getreten und wieder daraus verschwunden war, ein körperloses, namenloses Geschöpf, das ich nicht hatte festhalten können. Bildhauern gleich hatten plastische Chirurgen mein Gesicht aus einem unförmigen Klumpen in ein ansehnliches Antlitz verwandelt, das ich im Spiegel glücklich wiedererkannte. Meinen Gefühlen, meiner Seele war es weniger gut ergangen. Sie blieben verletzt, verformt, fremd.

Ich ließ mich auf das Kissen sinken und starrte an die Decke. Fing so die Depression an, vor der man mich gewarnt hatte? Damit, dass ich mir dumm wie Postgut vorkam, das keine Ahnung davon hat, woher es kommt, wo es ist, wohin die Reise geht, wer es abgeschickt hat und wer darauf wartet? Damit, dass mir die Gewissheiten abhandengekommen waren, angefangen mit der Erkenntnis, dass ich nicht wusste, ob mir Lakritze schmeckte oder nicht, bis dahin, dass ich keinen Traum mehr hatte, keine Vorstellung von der Zukunft? Sogar die mir vertraute Stimme hatte ich verloren. Alles, was ich noch uneingeschränkt besaß, war die unmittelbare Gegenwart. Und die verbrachte ich vor Panik wie gelähmt auf dem Bett.

Es klopfte, und die nette junge sommersprossige Krankenschwester trat ein. »Alles in Ordnung, Frau Mahler-Hérnandez?«

»Ich heiße nur noch Mahler«, sagte ich und richtete mich sehr langsam auf, als wolle ich mich vergewissern, dass ich es noch beherrschte.

»Ach, seit wann?«

»Seit heute. Das ist mein Mädchenname.«

»Hérnandez hört sich aufregend an. Es klingt so schön nach weiter Welt.«

Für mich klang der Name nach Betrug, Entfremdung, Scheidung. Aber ich wollte dem sympathischen jungen Ding nicht die Träume nehmen.

»Sie sehen ein bisschen mitgenommen aus«, sagte sie.

Ich antwortete augenzwinkernd: »Wenn ich nach einem Unfall, bei dem ich mit einhundert Stundenkilometern gegen einen Baum geprallt bin, nach vierzehn Operationen und gefühlten eintausend Stunden Psychotherapie nur ein bisschen mitgenommen aussehe, ist das doch gar nicht so schlecht, oder?«

Sie lächelte, ich lächelte.

»Mögen Sie Pralinen?«, fragte ich und redete weiter, ohne die Antwort abzuwarten. »Das hier ist für Ihre Kaffeekasse.« Ich legte einen Zwanzig-Euro-Schein neben die Pralinenschachtel. »Was soll mit den vielen Büchern geschehen, die ich in den letzten Monaten gelesen habe? Sie lesen genauso gerne wie ich, nicht wahr? Bitte bedienen Sie sich. Es ist fast alles dabei, von der schottischen Schmonzettenkönigin bis zum chinesischen Nobelpreisträger.«

»Das ist supernett.«

»Sie und Ihre Kolleginnen waren supernett *zu mir.*«

Ich schloss den Koffer und nahm meine Handtasche, dann gab ich dem sommersprossigen Engel in Weiß die Hand und wünschte ihr alles Gute. Das alles brachte ich einigermaßen souverän über die Bühne, ja, als ich zur Tür hinausging, glaubte ich sogar Wind unter den Flügeln zu spüren.

Doch schon auf dem Klinikparkplatz landete ich unsanft auf dem Boden. Eine halbe Stunde saß ich in dem Mietwagen, den ich mir einen Tag zuvor in Schwerin besorgt hatte, und wusste weder ein noch aus. Das Fahren hatte ich nicht verlernt, das Fortbewegen schon.

Noch einmal ging ich alle Optionen durch. In Buenos Aires wartete ein Apartment auf mich, ein paar Freundinnen und mein Beruf als Fotografin. Musste ich nicht auch mit dem Vater meines verlorenen Kindes sprechen? Unsere Beziehung hatte nur wenige Wochen gehalten.

Schließlich drückte ich auf einen Knopf.

»Bitte geben Sie Ihr Fahrziel ein«, forderte mich die weibliche Computerstimme auf.

Ich gab Poel ein.

»Bitte spezifizieren Sie.«

Ich spezifizierte: Brandenhusen.

»Nach fünfzig Metern links abbiegen.«

Ich fuhr fünfzig Meter und setzte den Blinker, ohne jedoch links abzubiegen. Stattdessen tat ich gar nichts.

»Bitte links abbiegen.«

Ich hatte einen Unfall überlebt – meine Schwester hatte weniger Glück gehabt, sie war unmittelbar neben mir gestorben. Meine rätselhafte Rückkehr hatte in einem Desaster geendet. Stand die erneute Rückkehr damit nicht zwangsläufig unter einem schlechten Stern?

»Bitte links abbiegen.«

Ich war auf der Suche nach Licht in der Dunkelheit, nach Erkenntnis, letzten Endes nach Wahrheit. Lauter edle Ziele. Inzwischen weiß ich, dass man für die Wahrheit einen zu hohen Preis zahlen kann.

Mehrere Menschen würden noch leben, wenn ich an jenem Septembertag vor vielen Jahren rechts abgebogen wäre.

»Bitte links abbiegen.«

Zum ersten Mal seit dreiundzwanzig Jahren überquerte ich wieder den Damm, der vom Festland nach Poel führte. Vier Monate zuvor war ich dieselbe Strecke wohl schon einmal gefahren, doch das musste eine andere, mir unbekannte Frau gewesen sein und nicht ich. Angestrengt suchte ich nach Gedächtnisfetzen, schaltete Radio und Navi aus, ließ die Seitenfenster herunter, um das vereinigte Rauschen von Wind und Meer wahrzunehmen, und betrachtete im Vorbeifahren die ersten Häuser.

Die Erinnerung an meinen Besuch im Mai kehrte nicht zurück und sollte sich auch in den folgenden Tagen, Wochen, Monaten nicht wieder einstellen. Dafür erscheinen bis heute vor meinem inneren Auge einzelne Bilder, wie Fotos, Flashs, blitzlichtartige Momentaufnahmen, die erst dann einen Sinn ergeben, wenn man die ganze Story kennt.

Obwohl ich mit der alten Heimat fremdelte, genoss ich das Wiedersehen mit ihr. Endlose Weiden. Horizont, wohin man blickte. Die Natur bot kaum Fixpunkte, keine Hügel, keine großen Wälder. Der Mensch hatte sich dieser Vorgabe angepasst: nur gelegentlich ein Kirchturm, verstreute Häuser und Scheunen, mit Kühen und Traktoren gesprenkelte Wiesen, dazwischen Rapsfelder. Die Küste war an vielen Stellen von Schilf gesäumt. Flach ragte die Insel aus dem Meer, als hätte ihr Schöpfer einst eine Teigrolle benutzt.

Mein Volkswagen durchquerte ein paar Nebelfelder, die behäbig über das Eiland zogen. Die fast durchgehend schnurgerade Strecke führte mich zunächst nach Kirchdorf und von dort weiter nach Einhusen, wo die Landstraße so eng wurde, dass zwei Autos gerade noch aneinander vorbeipassten. Weiter ging's nach Weitendorf und schließlich nach Brandenhusen, ein winziges Dorf, in dem jeder jeden mit Name, Geburtsdatum und Schuhgröße kannte. Irgendwann ging die Landstraße in einen asphaltierten, von Hecken und Bäumen gesäumten Fahrweg über. Er führte in eine Siedlung, die noch viel winziger war als das ohnehin schon winzige Brandenhusen: Kaltenhusen. Eine Art Ortsteil vom Ortsteil. Auf Straßenkarten lediglich ein Pünktchen ohne jede Bezeichnung. Ganze sechs Häuser. Das Ende der Straße. Und das gefühlte Ende der Welt.

Hundert Meter vor der Siedlung hielt ich an, stellte den Motor ab und stieg aus.

Es kam mir vor, als wäre die Zeit stehen geblieben. Dieselben Nebelfelder über dem Boden wie damals, dieselben Salzwiesen, dieselben Seeschwalben am Himmel, Kiebitze in den Hecken, dieselben Häuser. Und dieselbe Stille.

Wie sehr ich das alles als Teenager, als junge Frau geliebt hatte! Ich suchte und fand jene alten Gefühle, allerdings wurden sie von dreiundzwanzig Jahren Abwesenheit gemildert. Dreiundzwanzig dünne Schleier, die nur noch einen vagen Eindruck von Glück vermittelten – und nur einen schwachen, entfernten Schmerz zuließen, wenn ich an den Grund dachte, der mich von Poel hatte fliehen lassen. Ich war einundvierzig Jahre alt und hatte mehr Zeit fern von Kaltenhusen verbracht als vor Ort.

Warum war ich vor vier Monaten schon einmal nach Poel gefahren? Ich weiß nur noch, dass ich in der Normandie an einer Fotostrecke gearbeitet hatte. Im Mai blühten die Apfelbäume, aus deren Früchten der berühmte Cidre und der noch berühmtere Calvados gemacht wurden. Ich war in der Nähe der Kreidefelsen von Étretat gewesen. Das Bild stand mir noch immer vor Augen, das Blau des Meeres, das Weiß der Felsen, dazwischen der Badeort, und dann plötzlich »Morning Has Broken« von Cat Stevens, seit Jahren der Klingelton meines Handys. An dem Punkt riss der Erinnerungsfaden ab, dessen zweites Ende seither verschollen war.

Zusammen mit meinem Kurzzeitgedächtnis war auch mein Handy in dem Unfallwagen zertrümmert worden, was es mir nicht nur unmöglich machte, den damaligen Anrufer zu ermitteln, sondern mich außerdem vor ein praktisches Problem stellte. Mit wem hatte ich auf Poel in Kontakt gestanden? Meine sechs Jahre ältere Schwester Sabina hatte in Berlin gelebt, sie war alleinstehend gewesen, und auch sie war offensichtlich erst im Mai auf die Insel gefahren – die sie übrigens, im Gegensatz zu mir, immer leidenschaftlich gehasst hatte. Wir hatten uns nie gut verstanden, und ich konnte mir nicht vorstellen, dass ein Familientreffen der Grund für unsere Zusammenkunft gewesen war. Einen ganzen Tag lang war ich in meiner alten Heimat gewesen, das ließ sich zurückverfolgen. Doch wo hatte ich gewohnt, mit wem telefoniert? Ich hatte keinerlei Daten, keinen einzigen Anhaltspunkt.

Mit meinem neuen Smartphone versuchte ich ein paar Kaltenhusener Telefonnummern herauszubekommen, was sich als schwierig herausstellte. Zuerst versuchte ich es mit Morgenroth, Julians Familienname, weil ich mit ihm den engsten Kontakt gehabt hatte. Nicht nur das, er war meine erste Liebe gewesen, und obwohl unsere Beziehung weniger als ein Jahr gehalten hatte und traurig zu Ende gegangen war, drängte es mich am meisten, ihn wiederzusehen. Doch nichts, kein Eintrag. Auch über Harry und Margrethe, die Geschwister Petersen, bekam ich nichts heraus. Mike Nickel, ebenfalls nichts. Anfangs glaubte ich, sie wären alle weggezogen. Wie ich später erfuhr, besaßen Margrethe und ihr Bruder Harry nur Handys, keinen Festnetzanschluss. Mike hatte eine Geheimnummer, der Name Morgenroth war in Poel tatsächlich erloschen, und der alte Balthus, Jacquelines Vater, hatte überhaupt kein Telefon.

Keine Ahnung, wieso ich nach Pierre als Letztes suchte. Klar, irgendwer muss ganz unten auf der Liste stehen, aber ich hatte das Gefühl, dass es kein Zufall war. Vielleicht lag es daran, dass ich mit ihm von allen in der Clique von damals am wenigsten zu tun gehabt hatte. Er war immer sehr ruhig gewesen, ein Mitläufer, der nie die Initiative ergriffen hatte.

Ich fand seine Nummer ruck, zuck und staunte ein bisschen, denn der Eintrag lautete: »Dr. med. Pierre Feldt, Arzt für Allgemeinmedizin, Kinderarzt.«

Offen gestanden hätte ich ihm einen akademischen Grad gar nicht zugetraut. Margrethe hatte ihn damals immer abfällig »den schönen Pierre« genannt, weil sein gutes Aussehen seine einzige hervorstechende Qualität zu sein schien. Ich hatte Mühe, ihn mir im Arztkittel vorzustellen. Trotzdem empfand ich es als sehr beruhigend, dass ich wenigstens einen meiner alten Freunde hatte ausfindig machen können. Pierre würde mir hoffentlich meine drängendsten Fragen beantworten.

Ich rief in seiner Praxis an und erkundigte mich bei der Arzthelferin nach dem Ende der Sprechstunde.

»Mahler ist Ihr Name, sagten Sie? Lea Mahler? Der Herr Doktor wird froh sein, Sie zu sehen. Ja, ganz bestimmt. Bis nachher dann.«

Die Tatsache, dass Pierre – dass jemand, irgendjemand – sich freuen würde, mich zu sehen, erfüllte mich mit einem geradezu kindischen Glücksgefühl. Noch bevor ich Pierre getroffen hatte, wusste ich, dass ich mich an ihn hängen würde. Ich brauchte dringend jemanden zum Dranhängen, jemanden, der mich an der Hand nahm und durch den Irrgarten der völlig im Dunkeln liegenden Vergangenheit führte. Der mir Peinlichkeiten ersparen konnte. Der mich vor den Minenfeldern warnte, die es zweifellos gab. Nicht nur ich hatte Fragen, man würde auch Fragen *an mich* haben, Fragen, auf die ich keine Antwort geben konnte. Wer wäre geeigneter, mich vor überzogenen Erwartungen und eventuell sogar Vorwürfen zu schützen, als ein Arzt?

Wer weiß, ohne Pierre wäre ich vielleicht zum nächsten Flughafen gefahren und in die erstbeste Maschine nach Buenos Aires gestiegen.

In der Ferne rauschte das Meer. Harry saß in einem Fenster der Klosterruine, den Rücken bequem an das Mauerwerk gelehnt, die Füße auf dem Sims. Er tat nichts, außer den zerflatterten Wolken zuzusehen, die über die spätsommerlichen Felder hinwegeilten. Gelegentlich führte er wie in Zeitlupe die Hand zum Mund und zog an der Zigarette. Kaum fünf Züge machte er pro Glimmstängel, aber dafür jeden einzelnen Zug so intensiv, als handele es sich um das letzte Nikotin seines Lebens. Nachdem er den Stummel sorgsam ausgedrückt hatte, verstaute er ihn in einem kleinen Beutel in seiner Jackentasche und zündete die nächste Zigarette an. So ging das eine Stunde lang, vielleicht noch länger. Er sah dabei nie auf die Uhr. Die Zeit hatte hier, im Palast, keine Bedeutung. Das war immer schon so gewesen. Als Junge war Harry gleich nach den Hausaufgaben mit dem Fahrrad zur Ruine gefahren – manchmal hatte er die Aufgaben sogar dort gemacht – und hatte ungeduldig dem Eintreffen seiner Freunde entgegengefiebert.

Das hatte sich geändert. Heute wäre Harry enttäuscht, wenn irgendjemand die Ruhe der Ruine stören würde, in der auch er Ruhe suchte. Zum Glück kam das so gut wie nie vor. Zum einen war das Bauwerk in den Reiseführern nicht erwähnt, zum anderen lag es abseits der Straße, und nur ein schlecht ausgebauter Feldweg führte hin. Ein paarmal war es vorgekommen, dass Jugendliche in einem der Höfe campten und kifften und die Mauern mit schlecht gemachten Graffitis besprühten. Harry räumte ihre Hinterlassenschaften stets weg und bearbeitete die Graffitis so lange mit Lauge, bis sie nur noch blasse Schatten waren und wirkten, als wären sie von der Mauer aufgesogen, von den Jahrhunderten absorbiert worden.

Plötzlich wurde Harry unruhig. Ohne sich zu bewegen, spannte er seinen Körper. Mit den Augen suchte er das vom Nebel gewobene Netz über den Weiden ab, dieses diffuse Gemisch von Grau und Grün, das sich mit der Dämmerung verband.

Nichts. Fast nichts. Nur schwarze Krähen, die über den Feldern kreisten, und weiße Aasfresser, Möwen. Doch er spürte, dass sich jemand auf dem Weg näherte.

Aus dem Dunst schälte sich eine Gestalt, ein Mann. Er trug einen hellen Trenchcoat, die Hände in den Manteltaschen verborgen. Trotz der Entfernung erkannte Harry ihn sofort. Schweiß trat auf seine Stirn, seine Handflächen wurden feucht. Die Kippe entglitt ihm, fiel zu Boden.

Harry stieg vom Sims herunter. Es war keine bewusste Entscheidung, es passierte einfach. In seinem Kopf lief ein Film ab über das, was gleich geschehen würde, was gleich geschehen *müsste*. Er war nicht der Regisseur des Films, sondern nur ein Darsteller. Langsam ging er die paar Schritte zu seinem Auto, einem uralten Ford, und stieg ein. Das Tuckern des Motors erinnerte an einen röchelnden Traktor und schien mehrmals zu verstummen, lebte aber jedes Mal wieder auf.

Ohne den Blick von Mike zu nehmen, legte Harry die rechte Hand auf den Knauf der Gangschaltung und drückte die Kupplung durch. Mike war nur noch etwa fünfzig Meter entfernt, seine Gesichtszüge wurden erkennbar, die kleinen, fokussierten Augen, die überlegen lächelnden Lippen. Seine Art zu gehen verhieß Erfolg: zielstrebig und raumgreifend.

Harry presste den rechten Fuß aufs Gaspedal. Der Ford heulte auf, zuckte, rührte sich jedoch nicht von der Stelle. An dieser Stelle wich der Film in Harrys Kopf von der Realität ab. Irritiert blickte er nach unten. Die Handbremse war noch angezogen. Sein Arm zitterte, als er den schlanken Hebel ergriff und die Bremse löste. Ein Schweißtropfen floss ihm zwischen den Augenbrauen hindurch auf die Nase. Just in dem Moment, als Harry ein Ächzen ausstieß, trat er das Gaspedal erneut durch, und dieses Mal schoss der Wagen mit gewaltigem Schub voran und raste direkt auf Mike zu. Harry schloss die Augen.

Es ging alles sehr schnell. Ein dumpfes Geräusch vorn, dann ein Kratzen auf dem Autodach, schließlich ein zweites dumpfes Geräusch, diesmal hinten.

Vollbremsung. Stillstand. Der Motor röchelte, tuckerte.

Harry brauchte eine Minute, bis er den Zündschlüssel abzog, und eine weitere Minute, bis er sich zitternd eine Zigarette ansteckte.

Aus demselben graugrünen Dunst, aus dem Mike aufgetaucht war, traten nun zwei Jugendliche, die nebeneinander ihre Fahrräder schoben. Die Teenager waren ungefähr gleich groß, einer hatte schwarzes, der andere hellbraunes Haar, und sie trugen Jeans, Turnschuhe und Anoraks. Sie waren ungefähr achtzehn, neunzehn Jahre alt.

Harry stieg aus. Keiner von den beiden sah ihn an. Die Jungen unterhielten sich und gingen achtlos an ihm und dem Auto vorüber, als wäre er Luft. Spätestens jetzt hätten sie den überfahrenen Mann auf dem Weg bemerken müssen. Doch da lag kein Toter, auch kein Verletzter, und der Weg war nur ein Weg. Links und rechts leere Weiden, beinahe endlos. Nur die Abdrücke von durchdrehenden Reifen sowie eine Bremsspur waren nicht zu übersehen.

Harry beobachtete die Jungen dabei, wie sie ihre Fahrräder vor der Ruine abstellten und im Palast verschwanden. Erst dann folgte er ihnen. Er entdeckte sie an eine der Wände gelehnt. In der Dämmerung hatte es den Anschein, als wären sie in die Mauern gegossen, ein Teil des Dekors einer fernen Vergangenheit, genauso verwaschen wie die Graffitis. Der eine hatte Mikes Gesicht, der andere Harrys.

Es war das Frühjahr 1990, und sie redeten über ihre gemeinsamen Zukunftspläne.

Plötzlich stieß Harry einen Schrei aus und rannte zum Auto.

Er sieht aus wie ein moderner gekreuzigter Jesus, dachte Pierre, als der gleichaltrige Mann ihm in der Praxis gegenübersaß: schulterlanges, dünnes Haar, verhärmtes Gesicht, rotblonder Sechstagebart ... Immer wenn er Harry begegnete, musste Pierre unwillkürlich an Märtyrer denken, an griechische Tragödien, an den Tod. Prompt fielen ihm dann auch jedes Mal die Spritze und der kleine Flakon mit der klaren Flüssigkeit wieder ein, die er seit Jahren griffbereit in einer Schublade aufbewahrte.

»Darf ich r-rauchen?«

Pierre öffnete das Fenster, kühle Mailuft strömte herein. Normalerweise gestattete er niemandem, im Behandlungsraum zur Zigarette zu greifen, aber Harry sah wirklich krank aus – was in einer Arztpraxis nicht selbstverständlich war. Er hatte von dem Erlebnis von vor einer Stunde in der Klosterruine erzählt und wirkte wie jemand, der unlängst dem achten Kreis der Hölle entkommen war. Doch das war er nicht. Er steckte noch immer mittendrin, war in seinem selbst geschaffenen privaten Inferno gefangen. Das Stottern, unter dem er seit der Pubertät litt, war stärker als sonst.

»Beruhige dich«, sagte Pierre. »Du hast Mike nicht überfahren. Er hat vor einer halben Stunde hier angerufen und ...«

»W-warum?«

»Das geht nur Arzt und Patient etwas an.«

»Ich h-hoffe, er hat die P-p-pest.«

»Das hoffe ich nicht, denn in drei Tagen hätten wir sie dann alle. Ich habe dir das nur gesagt, damit du nicht länger glaubst ...«

»L-lass den Scheiß, ich bin j-ja nicht blöd, ich weiß s-s-selber, dass ich nur ein T-trugbild überfahren habe«, fauchte Harry.

Pierre nahm es gelassen.

Harrys Aggressivität war seiner Meinung nach harmlos, ein aufgeblasenes Plastikmonster mit einem kleinen Loch. In ein paar Minuten würde er mitsamt seinem Gehabe in sich zusammenfallen. Er war kein übler Kerl, nur eben seit zwanzig Jahren schlecht gelaunt. Sie nannten Harry auf der Insel längst den Don Quixote de La Poel. Seit zwanzig Jahren – oder siebentausend Tagen – kämpfte er gegen Mike, hauptsächlich gegen ihn. Er hatte nicht nur versucht, den Bau von Mikes Fischverarbeitungsfabrik zu verhindern, sondern auch die von Mike vorangetriebene Erweiterung des Hafens, die Errichtung von Kühlhallen, die Lockerung der Umweltauflagen, den Ausbau eines Logistikzentrums … Harry hatte sich dafür wechselnde Verbündete gesucht, mal waren es Umweltschützer, mal Landwirte, mal Hoteliers. Er hatte Pierre vor einigen Jahren schon anvertraut, dass kein Tag vergehe, an dem er nicht wenigstens ein Dutzend Mal an seinen ärgsten Feind dachte, der einmal sein bester Freund gewesen war.

Ausnahmslos alle Schlachten hatte er verloren. Und im wahrsten Sinne des Wortes teuer für die Niederlagen bezahlt, denn die vielen Prozesse hatten Unsummen verschlungen. Vielleicht waren sogar seine beiden Ehen daran zerbrochen. Da er zudem als junger Mann einige Konsumkredite aufgenommen hatte, die er samt Zinsen vermutlich bis in alle Ewigkeit abbezahlte, war er chronisch pleite. Auch beruflich kam er nicht voran, hatte in sieben oder acht verschiedenen Jobs gearbeitet. Zuerst als Fischer, wie sein Vater, der auf dem Meer umkam, als Harry noch ein Säugling war. Dann als Gärtner, als Mechaniker von Traktoren, als Stallknecht, Lagerist und Waldarbeiter. Neuerdings war er bei einem Wismarer Anzeigenblättchen angestellt, wo er von Hausmeisterpflichten bis hin zum Schreiben kleiner Artikel über regionale Nichtigkeiten das gesamte Spektrum einer Drei-Angestellten-Zeitung abdeckte. Ganz nebenbei war er seit geraumer Zeit auch der Totengräber von Poel.

»Ich h-hab dir n-n-noch nicht alles erz-zählt«, berichtete Harry weiter. »Nachdem ich Mike überfahren hatte, s-sind zwei junge Männer an mir vorb-bei in den Palast gegangen. Das waren Mike und ich m-mit neunzehn. An dem Tag hat er mich überzeugt, dass wir für eine w-westdeutsche V-vermögensberatung Versicherungen in der Noch-DDR verkaufen sollten. Ich w-war mit ihm im P-palast und …«

Pierre fiel ihm ins Wort. »Er hat damals gesagt, dass man vom Fischen nicht reich wird und dass die Mauer nicht gefallen ist, damit ihr euch nun endlich theoretisch alles kaufen könntet, praktisch aber nicht das Geld dafür habt. Dann hat er die Versicherungssache erwähnt und dass es dreitägige Kompaktkurse für Geldanlageberatung und Verkaufsstrategie gibt …«

»W-woher …?«

»Ich war dabei.«

»Ehrlich? D-daran erinnere ich mich g-gar nicht. Aber ja, es k-k-könnte sein.«

Pierre war daran gewöhnt, dass die anderen sich nur selten an seine Anwesenheit bei bestimmten Anlässen erinnerten. In der Hierarchie der Clique, angeführt vom bulligen, tonangebenden Mike, hatte er den letzten Platz eingenommen, noch hinter den Mädchen und dem verträumten Julian. Auf Rang zwei hatte Harry gestanden, einfach nur weil er Mikes bester Freund war. Danach waren Margrethe und Lea gekommen, weil Mike vor Ersterer großen Respekt hatte und für Letztere große Zuneigung empfand. Die bezaubernd aussehende Jacqueline und Julian, der immerhin Gitarre spielen konnte, folgten auf den hinteren Plätzen. Pierre hatte damals keine besonderen Fähigkeiten vorzuweisen, er konnte nicht mal die Klappe aufreißen, und dass alle Erwachsenen ihn als bildhübschen Jungen bezeichneten, hatte ihm bei Mike nur weitere Minuspunkte eingebracht – und damit auch bei Harry. Der hatte nämlich alles übernommen und mitgemacht, was Mike vorgab. Wenn Mike Pierre ignorierte, dann zeigte auch Harry ihm die kalte Schulter, und wenn Mike ihn ärgerte, stand Harry kichernd daneben.

Jetzt, Jahrzehnte später, war es für Pierre eine kleine Genugtuung, dass Harry, der sich in seiner Kindheit von seinem besten Freund Mike nicht hatte emanzipieren wollen, nun nicht in der Lage war, sich von seinem besten Feind Mike zu emanzipieren.

»So geht das nicht weiter«, sagte er, wieder ganz der Arzt, und griff nach einem Formular. »Ich werde dir einen speziellen Kuraufenthalt besorgen.«

»B-bist du verrückt?«, brauste Harry auf.

Pierre lächelte. Und diese Worte aus dem Munde eines Mannes, der gerade einen Geist überfahren hatte!

»Du brauchst dringend Abstand und einen Psychotherapeuten.«

»Nein, keinen Ps-sycho-Heini.«

»Harry, du halluzinierst. Du bringst Gespenster um, und das nicht zum ersten Mal. Wie oft habe ich dir schon geraten, die Ruine zu meiden.«

»Den P-palast«, korrigierte Harry.

»Aber du fährst immer noch hin, fast jeden Tag.«

»J-jeden Tag«, korrigierte er erneut.

»Allein das ist zwanghaft.«

»Meine S-seele kommt dort zu-ur Ruhe«, erwiderte Harry überraschend poetisch, und seine Augen glitzerten verwaschen. Wenn er in diesem Zustand war, fiel es Pierre ungeheuer schwer, streng mit ihm zu sein, so als müsste er jemandem möglichst schonend beibringen, dass er sich von einem geliebten Wesen, ob Mensch oder Tier, trennen müsse, weil es schädlich für ihn ist. Die gelegentlichen Gewaltfantasien, in denen Mike stets das Opfer war, wurden häufiger. Pierre glaubte, dass Harrys Fixierung auf die Klosterruine diesen Prozess unterstützte, vielleicht sogar hervorrief. Ein Gedanke, den sein Gegenüber als geradezu ketzerisch empfand.

»Hast du kein-nen Ort, Pierre, an dem du ganz du selbst sein kannst? Ein wirkliches Z-zuhause, wo du träumst und …«

»In meinen Träumen bringe ich niemanden um.«

Harrys Gesichtsausdruck veränderte sich. Seine eben noch weichen Augen bekamen einen gehässigen Ausdruck. »Ich w-weiß, du träumst nu-ur davon, Frauen fl-lachzulegen, und dein Zuhause ist da, w-wo dein Sch-schwanz sich zu Hause fühlt.«

»In Ordnung, das genügt. Das war's für heute.« Wieder wechselte Harrys Mimik, diesmal ins Flehende. Seine Stimmungsschwankungen und die Fantasien bereiteten Pierre Sorgen. Der Patient wollte nicht auf ihn hören, allerdings war das kein Verbrechen, und da Harrys Fantasien niemandem schadeten außer ihm selbst, waren Pierre die Hände gebunden. Er unterlag der Verschwiegenheitspflicht und konnte nichts tun, außer weiterhin so gut es ging auf Harry einzuwirken.

»Sch-schick mich nicht weg«, bat Harry. »Außer mit d-dir kann ich mit niemandem reden, seit …«

»Seit?«

»Ist egal.«

»Seit Sabina?«

»Ist eg-gal, habe ich g-gesagt.«

»Ich dachte, du willst reden.«

Harrys Lippen wurden schmal. »Darüber nicht.«

»Wie du meinst«, seufzte Pierre. »Aber mit dieser Art von Miteinanderreden kommen wir nicht weiter. Immerhin hast du in deiner Fantasie gerade Kleinholz aus Mike gemacht. Ich hätte es wissen müssen. Man heilt Psychosen nicht mit vernünftigen Argumenten, sonst könnten alle psychiatrischen Anstalten von heute auf morgen dichtmachen.«

»Klugsch-scheißer.« Harry sprang so heftig auf, dass der Stuhl umkippte. »Du b-bist nicht besser als die a-anderen, du verstehst mich genauso wenig, kümmerst dich nicht um den P-palast, um die Insel. Mike lässt Fabriken bauen, Lagerh-hallen, Parkplätze für Lkw … Stück für Stück wird unsere H-heimat von diesem unersättlichen Gierschlund verändert, diesem Verräter an a-allem, was uns mal heilig war. Und jetzt der alte Balthus – er will tatsächlich Ernst machen und auf dem Gelände vom P-palast Ferienhäuser errichten lassen. Du sagst, ich soll Abstand nehmen, aber du meinst kap-p-pitulieren. Mal wieder typisch für dich, Pierre. Du bist ein Feigling, ein kriecherischer Schleimer. Das warst du immer schon. Ich dagegen, ich bin in der heißen E-endphase meiner Entwicklung angelangt.«

Derlei hatte Pierre im Laufe der Jahre schon ein halbes Dutzend Mal gehört, und es erschien ihm einfach nur idiotisch, dass jemand nach gut zwanzig Jahren Feindschaft und Kampf von einer heißen Phase faselte.

Harry ballte die Fäuste, doch Pierre blieb ruhig und stellte ein Rezept aus. »Ein Sedativum, vielleicht hilft es ja. Nimm es oder lass es, ganz wie du willst.«

»Ich habe kein G-geld für die Apo-potheke«, erwiderte Harry kleinlaut, während er die Fäuste senkte und die schweißnassen Handflächen an der Hose abtrocknete.

Pierre ging zum Vorratsschrank und nahm eine Schachtel heraus, die er Harry reichte: »Dreimal täglich eine davon zu den Mahlzeiten. Gegen Geister helfen sie allerdings nicht.«

Als Harry schon halb zur Tür hinaus war, sagte Pierre, während er die Patientenakte im Computer vervollständigte: »Übrigens, Lea hat angerufen. Sie ist wieder gesund und kommt heute auf die Insel zurück.«

Harry blieb mit der Türklinke in der Hand stehen, drei, fünf, zehn Sekunden lang. »W-wieso sagst du mir das?«

Pierre sah ihn an. »Einfach nur so. Ich dachte, es sei besser, dich vorzubereiten.«

Es war kein Zufall, dass Mike sich ausgerechnet für diesen Tag einen Termin bei Pierre hatte geben lassen, gleich nachdem er von seiner Kontaktperson in der Schweriner Reha-Klinik von Leas Entlassung erfahren hatte. Er kam nur äußerst selten und widerwillig in Pierres Praxis, vor allem weil es ihm gegen den

Strich ging, dass jemand, den er in seiner Jugend herumkommandiert hatte, nun ihm gegenüber im Vorteil war, und sei es nur auf medizinischem Gebiet. Dass Pierre etwas über Mikes Körper und damit sein Intimstes wusste, war ein überaus ärgerlicher Umstand, den Mike ausglich, indem er die Ratschläge und Mahnungen des Arztes demonstrativ ignorierte.

Nachdem er die Untersuchung über sich hatte ergehen lassen, fragte er gleichgültig: »Und? Bin ich herzinfarktgefährdet?«

»Jeder, der ein Herz hat, ist herzinfarktgefährdet.«

»Dann hältst du die Gefährdung bei mir also für gering?«

»Du kannst dich wieder anziehen, wir sind fertig.«

Mike knöpfte sein Hemd zu, während er Pierre dabei beobachtete, wie er das EKG studierte. Tatsächlich interessierte sich Mike nicht im Geringsten für die Ergebnisse, und ihm war klar, dass Pierre das ebenfalls wusste. Trotzdem taten sie alle beide so, als wäre Mikes Gesundheit der Hauptanlass für dieses Treffen.

Das war keineswegs ungewöhnlich. In den vielen Jahren, in denen die ehemalige Clique sich nun kannte – im Grunde ihr ganzes Leben –, war es zum Normalzustand geworden, um die Dinge herumzureden. Wenn man sich so gut kannte wie sie, wenn man so nah beieinander wohnte und so viel voneinander wusste, gab es nur zwei Möglichkeiten, damit umzugehen: absolute Offenheit oder Maskerade. Letzteres hatte sich irgendwann durchgesetzt und war seither von keinem in Frage gestellt worden. Mit jedem Jahr manifestierte sich dieser spezielle Umgang miteinander ein wenig mehr und hielt ihre Freundschaft, trotz einiger Rivalitäten, in einem gewissen Gleichgewicht.

Lea war durchaus in der Lage, dieses Gleichgewicht zu stören.

»Hat sie schon bei dir angerufen?«, fragte Mike in beiläufigem Tonfall. Er konnte sich darauf verlassen, dass Pierre wusste, von wem die Rede war.

»Das war vorherzusehen.«

»Nicht vorherzusehen war, dass sie überhaupt noch mal zurückkehrt. Du hast sie nicht ermutigt, oder? Wir waren uns doch einig, dass ...«

Pierre warf die Untersuchungsergebnisse quer über den Tisch und blickte Mike unumwunden an.

»Ich habe sie *nicht* besucht, obwohl mir vier Monate lang jeden Tag danach war«, sagte er mit unterdrückter Heftigkeit. »Ich habe sie auch nicht angerufen, habe ihr keine Karte geschrieben, keine Blumen geschickt ... Dass sie nach Poel kommt, hat nicht das Geringste mit mir zu tun, aber ich sage dir eins: Jetzt, da es so ist, bin ich froh darüber.«

Mike grinste. »Ts, ts, wie sich der kleine Pierre aufregen kann ... Noch dazu völlig grundlos. Ich habe dir nur eine simple Frage gestellt.«

Pierre atmete tief durch. »Die Antwort lautet nein.«

»Na also, es geht doch auch ohne dein Zwergengeschrei.«

Dass sich Pierre, der sonst nie die Stimme erhob, schon gar nicht gegen ihn, plötzlich so aufregte, bestätigte Mikes Befürchtungen. Noch bevor Lea überhaupt eingetroffen war, sorgte sie bereits für Unruhe. Obwohl er sie mochte, hätte er sie lieber in Argentinien gewusst. Aber es half ja nichts.

»Nach allem, was ich gehört habe, leidet sie noch immer unter Amnesie«, sagte er. »Guck nicht so erstaunt, ich habe bisher jedes Mal erfahren, was ich wissen wollte. Krankenschwestern werden nun mal schlecht bezahlt.«

Er verfolgte, wie Pierre verärgert ein paar Utensilien wegräumte, allerdings war ihm die Gemütsverfassung seines Gegenübers herzlich egal. Er hatte andere Sorgen. Sollte Leas Zustand anhalten, würde das vieles vereinfachen. Andernfalls …

Als Mike aufstand, um sein Hemd in die Hose zu stecken, schwankte er leicht.

Pierre fragte: »Wie viele Whisky hattest du heute schon?«

»Keine Ahnung, drei oder vier.«

»Liter oder Gläser?«

»Bist du Kellner oder Arzt?«

»Orakel. Nicht ich werde dir eines Tages die Quittung bringen.«

»Sondern wer?«

»Dein ach so großes Herz.«

Mike lachte und ging zur Tür. »Ich mag Sarkasmus, Pierre. Vor allem die Schwachen benutzen ihn, weil er sie so schön tapfer erscheinen lässt.«

Pierres Landarztpraxis in Kirchdorf, der mit eintausendzweihundert Einwohnern größten Gemeinde der Insel, war entsprechend überschaubar: enge Flure, ziemlich verwinkelt, ein kleines Wartezimmer, sechs Stühle, drei Rentner, zwei Reproduktionen von Franz Marcs blauen Pferden sowie eine sehr bemühte Arzthelferin älteren Semesters. Verschwörerisch murmelte sie mir zu, dass sie mich gleich »zwischenrein schmuggeln« werde, was sie dann auch tat.

»Lea. Endlich.«

Pierre kam im Behandlungsraum lächelnd auf mich zu und umarmte mich innig. Im ersten Moment verkrampfte ich leicht und starrte ihn wohl ziemlich verdattert an, denn er sagte schnell: »Entschuldige, ich … ich habe mit einem Arzt in der Reha-Klinik telefoniert, der mich darüber unterrichtet hat, dass du noch immer unter Amnesie leidest. Aber für einen Moment habe ich nicht mehr daran gedacht. Du kannst dich tatsächlich nicht an deinen ersten Besuch erinnern? An gar nichts?«

Hilflos sah ich ihn an.

»Verstehe«, sagte er. »Das heißt also, ich bin im Grunde ein Fremder für dich. Du hast mich zuletzt neunzehnhundertneunzig gesehen, und ich falle dir einfach so um den Hals.«

Er war mir sofort sympathisch, zugegeben auch wegen seines guten Aussehens. Volles schwarzes Haar, Mittelscheitel, schwarze Augen und eine sportliche Figur. Sein Lächeln war gewinnend, seine Ausstrahlung jungenhaft. Von der Schüchternheit seiner Jugend war nur wenig übrig geblieben, etwa dass er verlegen die Hände in die Hosentaschen schob, als er sich bei mir für die überschwängliche Begrüßung entschuldigte.

»Du siehst fabelhaft aus, Lea.«

»Oh, danke«, antwortete ich und blickte unsicher an mir herunter. Ich hatte mich am Morgen für ein etwas sportlicheres Outfit entschieden, so als wollte ich auf Fotosafari gehen. Irgendwie schien mir dieser Look für Poel angemessen. Nur die eleganten Schuhe passten nicht so recht dazu.

Pierre lachte. »Ich meinte eigentlich dein Gesicht. Die Chirurgen haben ganze Arbeit geleistet. Man sieht so gut wie keine Narben. Es wäre auch zu schade gewesen, wenn du deine Audrey-Hepburn-Ausstrahlung verloren hättest.«

»Audrey Hepburn? Ich?«

»Das habe ich früher schon so empfunden. Die Art, wie du gelacht hast, wie du binnen Sekunden von fröhlich auf traurig umschalten konntest, deine spezielle Nachdenklichkeit, die Gesten … Das war Holly Golightly pur.«

»Ach, du meine Güte. Das hast du mir nie gesagt.«

»Stimmt.«

Pierre vergrub die Hände erneut in den Hosentaschen. Ich machte es ihm leicht und baute ihm eine Brücke, wenn auch nicht ganz uneigennützig

»Ich habe vor, ein paar Tage zu bleiben. Meine Therapeutin hält das für eine gute Idee«, log ich.

Pierre nickte fachmännisch. »Das Gästezimmer steht dir zur freien Verfügung.«

»So war das nicht gemeint. Ich …«

»Keine Widerrede. Ich würde mich riesig freuen.«

»Na dann … Vielen Dank. Hast du bald Feierabend?«, sagte ich abschließend.

Hatte er nicht. Doch er bot mir an, dass wir uns zwei Stunden später im Petersen-Haus treffen könnten, bei Margrethe.

»Sie wohnt noch in Kaltenhusen?«, fragte ich erstaunt.

»Wir wohnen alle noch dort«, erwiderte er und fügte beiläufig hinzu: »Na ja, fast alle.«

»Bin ich dort überhaupt willkommen?«

Ich achtete auf winzige Verzögerungen bei Pierres Antwort,

auf Stirnfalten, Augenbrauen und Mundwinkel, konnte jedoch nichts entdecken, das mich argwöhnisch gemacht hätte.

»Sicher«, sagte er. »Warum nicht?«

Fast im Schritttempo fuhr ich in die Siedlung Kaltenhusen, die sich trotz der geringen Bebauung über einen ganzen Quadratkilometer erstreckte, da einige größere Wiesengrundstücke zwischen den Anwesen lagen. Es erstaunte mich, dass drei der sechs Häuser hergerichtet waren, eines davon war sogar neu konzipiert, erweitert und modernisiert worden. Die übrigen drei waren ziemlich heruntergekommen, der graubraune Putz an den Wänden stammte noch aus DDR-Zeiten. Vor einem dieser Häuser, dem meiner Familie, stieg ich aus.

Das Gebäude, in dem ich groß geworden war, hatte seine besten Tage lange hinter sich. Der Putz war abgeblättert, die Fenster waren ein Jammer, die Regenrinne stand von der Wand ab, der Garten war hoffnungslos verwildert, der Zaun von Wicken überwuchert... Zwischen den wilden Schlehen und allerlei Unkraut lag ein verrosteter Briefkasten, auf dem unter anderem mein Name stand.

Soweit ich wusste, hatte Sabina schon vor Jahrzehnten ein Maklerbüro mit dem Verkauf beauftragt, allerdings hatte sich bisher nichts ergeben. Die meisten Menschen, die Ruhe und Einsamkeit suchen, tun dies in aller Regel nur für drei Wochen im Jahr. Wer dagegen dieses Haus erwarb, der musste hier leben und arbeiten können. Kaltenhusen war wie eine kleine Insel auf der Insel, eine Art Hallig inmitten eines grünen Ozeans von Wiesen. Wer sich dort nicht mit den Nachbarn verstand...

Ich zuckte zusammen. Ein Stück entfernt, hinter einem großen Hoftor, ertönte eine Kreissäge. Das schrille, unangenehm laute Geräusch erinnerte an einen menschlichen Schrei.

Ich nahm meine Handtasche aus dem Auto und ging zum Haus der Petersens, das nur zwei Steinwürfe entfernt lag. Es war ebenfalls in schlechtem Zustand.

»Was wollen Sie?«, murrte es unmittelbar nach dem Klingeln von der anderen Seite der braunen, leicht morbiden Holztür. »Ich kaufe nichts, schon gar nicht von Ihnen.«

Margrethes tiefe Stimme löste einen Wiedererkennungseffekt bei mir aus, denn sie hatte sich als Kind schon leicht mürrisch und maskulin angehört. Im ersten Moment wollte ich mich zu erkennen geben, aber dann überkam mich die Lust auf einen kleinen Streich. Ich hatte viel zu wenig gelacht in den letzten Monaten, konnte mich gar nicht mehr an das letzte Mal erinnern.

»Aber Sie kennen mich doch gar nicht«, säuselte ich, wobei ich mich darauf verlassen konnte, dass sie meine veränderte Stimme nicht wiedererkennen würde. Sehen konnte sie mich ja nicht.

»Muss ich auch nicht. Hab Ihre Stöckelschuhe bis rein gehört. Von Ihrer Sorte hat sich schon lange niemand mehr hierherverirrt. Sie wollen mir wohl einen Platz im Himmel andrehen. Oder einen Staubsauger, was für Leute wie Sie irgendwie das Gleiche zu sein scheint. Vielleicht auch die ewige Jugend oder das Neueste aus der Beauty-Forschung. Sind Sie beim Plündern des Regenwalds auf eine Wunderblume gestoßen, die Sie jetzt in Ihre unverschämt teuren Pasten einrühren?«

»Was, wenn es so wäre?«

»Gute Frau, damit Sie's wissen: Ich kaufe meine Cremes

im Discounter, halte Parfüm für eine Mischung aus Walfischscheiße und Ochsenpisse, und als ich vor sechs Jahren zuletzt einen Eyeliner benutzt habe, bin ich gefragt worden, ob ich heimlich Opium rauche. So, damit wissen Sie, was ich von Kosmetik halte. Sie lachen? Schön, dass ich zu Ihrer Belustigung beitragen konnte. Leben Sie wohl.«

»Für jemanden, auf dessen Fußmatte ›Welcome‹ steht, sind Sie ziemlich abweisend«, sagte ich, wobei ich das Lachen mühsam unterdrücken musste. So sehr hatte ich mich seit einer gefühlten Ewigkeit nicht mehr amüsiert.

»Jetzt hab ich aber die Schnauze voll«, sagte Margrethe und riss die Tür auf.

Mir gegenüber stand eine Frau mittleren Alters, die ihre groben Arbeitshände an einem Spülhandtuch abtrocknete. Sie hatte eine fast weiße Haut, dunkelrot gefärbte, kurze Haare und grüne Augen. Ihre stämmige Figur, der Gesichtsausdruck und die dunkle, leicht genervte Stimme waren unübersehbare Warnschilder: Betreten auf eigene Gefahr.

Sie fiel aus allen Wolken. »Lea«, murmelte sie und starrte mich an wie ein Gespenst.

In der Küche, in der ich seit ein paar Minuten mit Margrethe saß, hatten wir beide und die anderen aus der Clique früher ständig rumgehockt. Mit Vorliebe hatten wir die großen Stücke von Edith Petersens leckerem Kuchen gegessen, die wir mit Trinkfix-Kakao herunterspülten. Selig lächelnd hatte Margrethes Mutter uns dabei zugesehen, und ich wünschte mir in diesem Moment nichts sehnlicher als einen Gugelhupf samt Trinkfix auf dem Tisch.

Überall war die Vergangenheit präsent. Die gusseiserne Backform, die Edith Petersen seit jeher benutzte, stand auf ihrem alten Platz auf dem schiefen Küchenschrank. Dazu der Gasherd aus den Sechzigern und die Reproduktion eines naiven Gemäldes, das einen Fischkutter im Sonnenuntergang zeigte. Nur wenig hatte sich geändert. Die alten Dielen waren unter einem modernen hässlichen PVC-Belag verschwunden, durch den sie ihre knarzenden Geräusche schickten. Der monumentale Kühlschrank war zwar nach der Wende die erste West-Anschaffung der Petersens gewesen, war aber anscheinend seither nicht ersetzt worden, weshalb er inzwischen fast genauso ergraut aussah wie damals der altmodische DDR-Kühlschrank.

Margrethe stellte zwei Becher Kaffee auf den Tisch, scheußliches Instantzeug, das sie in großen Schlucken trank. Nur durch ein kleines Fenster über der Spüle fiel ein wenig Licht zu uns herein, und die Stimmung zwischen Margrethe und mir war ähnlich trübselig. Verflogen war der kleine Spaß vom Eingang, über den sowieso nur ich hatte lachen können. Ich hatte Margrethe gebeten, es mit Humor zu nehmen, doch ebenso gut hätte ich einen Toten bitten können aufzustehen. Ihre Mundwinkel verzogen sich noch nicht einmal andeutungsweise zu einem Lächeln.

»Hätte nicht gedacht, dass du noch mal herkommst«, sagte sie. »Pierre hat irgendwann mal erzählt, du hättest Gedächtnisschwund. Hast uns Pappnasen wohl vergessen? Na, wenn das alles ist, was vom Unfall zurückgeblieben ist … Hast Schwein gehabt, sehr viel Schwein.«

»Der Unfall hat schon ein paar Wunden und Veränderungen nach sich gezogen«, schränkte ich ihr Urteil ein.

»Ja, deine Stimme klingt anders.«

»Organisch bedingt«, log ich.

»Das Weiche darin passt viel besser zu dir als dieses Klare, Helle von früher. Was du früher von dir gegeben hast, hat sich ja immer angehört, als hättest du vorher stundenlang in einem Gedichtband geblättert. Nur deine Pipi-Langstrumpf-Stimme hat nicht dazu gepasst, die war immer so quietschig. Hab gehört, dass du 'ne Knipse geworden bist.«

»Eine was?«

»Fotografin«, übersetzte sie.

»Stimmt. Habe ich bei meinem Besuch im Mai nicht darüber gesprochen?«

»Wir haben nicht viel miteinander geredet«, sagte sie, und ich war mir nicht sicher, ob ihr Unterton verbittert oder enttäuscht war – oder ob es gar keinen Unterton gab. »Außerdem warst du ja bloß einen Nachmittag und einen Abend hier.«

»Ja, angeblich … Ich kann mich wie gesagt leider nicht daran erinnern.«

»Na, dann will ich dir mal ein bisschen was über mich erzählen, geht ohnehin schnell.« Margrethe zuckte mit den Schultern. »Ledig, keine Kinder«, berichtete sie, als wäre damit ihr Leben am besten beschrieben. »Aber Harry hat zwei … zwei Kinder und zwei Exfrauen. Zahlt sich dumm und dämlich, mein Bruder. Hat's vermasselt. Seit ein paar Jahren lebt er wieder bei uns.«

»Uns?«

»Mama ist oben. Sie hatte vor sechs Jahren einen Schlaganfall und ist seither bettlägerig. Oder sind es schon sieben? Weiß nicht mehr.«

»Oh, das tut mir leid. Sie war immer so fit.« Das war keine Floskel von mir. Tatsächlich war Edith Petersen in meiner Jugend für mich mehr gewesen als nur die Mutter meiner Freunde Harry und Margrethe, eine Art Lieblingstante.

»Sie ist schon sehr lange krank, eigentlich seit sie in Frührente gegangen ist. Hat von da an immer irgendwas gehabt: Krebs, Magengeschwüre, Rheuma …«

Margrethes Blick fiel auf die leere Tasse, die sie mit beiden Händen umklammerte, während ich nach dem abgerissenen Gesprächsfaden suchte, den ich jedoch auf die Schnelle nicht fand. Dreiundzwanzig Jahre waren in ein paar Minuten gepresst worden, in fünf, sechs Sätze, und damit schien alles über die Vergangenheit gesagt. Die Gegenwart war beklemmend. Da war dieses schläfrige, morbide Häuschen, eine Küche im grauen Dämmerlicht, ein Geschwisterpaar um die vierzig, das bei der kranken Mutter lebte, eine trübe Brühe, die den Namen Kaffee nicht verdiente. Da waren Stille und Stillstand, trotz der tickenden Küchenuhr.

Mir fiel nichts Tröstliches ein, das ich hätte sagen können, daher versuchte ich es erst gar nicht.

»Sag mal, Margrethe, weißt du, warum Sabina und ich im Mai nach Poel gekommen sind? Ich kann mir irgendwie nicht vorstellen, dass wir hier ein nostalgisches Familientreffen veranstaltet haben.«

»Nee, bestimmt nicht«, lachte sie auf. »Ihr wart doch immer wie Hund und Katze.«

»Eben.«

Sabina und ich hatten dreiundzwanzig Jahre keinen Kontakt gehabt, sah man mal von den Weihnachtskarten ab, die wir uns geschickt hatten – sie regelmäßig, ich eher unregelmäßig. Wir hatten Adressen ausgetauscht, sonst nichts. Wir besuchten uns nicht, schrieben uns keine E-Mails und telefonierten in all der Zeit nur ein einziges Mal, als sie mich zwanzig Jahre nach meiner Abreise nach Argentinien anrief und wissen wollte, ob ich einverstanden sei, dass das Grab unserer Eltern auf Poel aufgelöst würde. Da ich nichts dagegen hatte, dauerte das Gespräch keine drei Minuten.

»Sabina war Polizistin«, erklärte Margrethe. »Bei einem Einsatz hat jemand ihr das rechte Knie kaputt geschossen. Seitdem hat sie gehinkt und wurde zur Sitte versetzt. Warum sie hier war? Ich glaube, es ging um irgendeine Maklergeschichte.«

Nun, da Sabina tot war, schämte ich mich ein bisschen dafür, dass ich so gut wie nichts über ihr Leben wusste, noch nicht mal ihren Beruf und auch nichts von der Verletzung. Auf Weihnachtskarten erwähnt man solche Dinge nun mal nicht. Margrethe wusste zehnmal mehr über meine Schwester als ich.

»Wie lange war sie hier?«

Margrethe zögerte kurz mit der Antwort, allerdings nicht, wie mir schien, weil sie Zeit brauchte, um die Tage zusammenzuzählen. »Zwei Tage, wenn ich es richtig in Erinnerung habe.«

Ich konnte mir kaum vorstellen, dass Sabina zwei ganze Tage gebraucht hatte, um ein paar Dinge mit dem Makler zu klären. Trotzdem hatte ich keinen Grund, Margrethes Erklärung anzuzweifeln.

»Ich hab sie gemocht, sie war direkt, schnörkellos, überhaupt nicht etepetete«, sagte Margrethe. »Sie ist hier bei uns untergekommen, hat im alten Bügelzimmer gepennt. Wir haben uns echt gut verstanden. Ein prima Kumpel, deine Schwester.«

Welch spektakuläre Umkehrung der Verhältnisse. Früher war ich der prima Kumpel gewesen, Sabina dagegen hatte keiner von uns gemocht. Der Zufall hatte es nun mal so gewollt, dass in Kaltenhusen in den Jahren einundsiebzig bis dreiundsiebzig ein Kind nach dem anderen auf die Welt gekommen war, wohingegen die 1966 geborene Sabina allein auf weiter Flur blieb, und zwar im wahrsten Sinne des Wortes. Eine Zwölfjährige spielt nun mal ungern mit Siebenjährigen und eine Siebzehnjährige keinesfalls mit Zwölfjährigen. Meine Schwester hatte immer mit der Arroganz der Älteren auf uns »Kinder« herabgeblickt, war aber zugleich auch neidisch gewesen. Ihre Freundinnen wohnten damals alle in Kirchdorf oder noch weiter weg, sie konnte sich nicht oft mit ihnen verabreden. Die anderen sechs und ich waren hingegen eine lebhafte Clique von Gleichaltrigen, die jede freie Minute zusammen verbrachten, viele davon auf unserem Spielplatz und Jugendtreff.

Margrethe stand auf und füllte Wasser für zwei weitere Tassen Instantkaffee in den Kocher. Als hätte sie denselben Gedankengang gehabt wie ich und wollte ihn totschlagen, sagte sie nach einigem Überlegen: »Übrigens, auf das Ruinengrundstück werden Ferienhäuser gebaut.«

»Wie bitte?«

»Die Ruine wird plattgemacht.«

»Unser Palast?«

Margrethe goss den Kaffee auf. »So habe ich schon lange nicht mehr zu diesem Haufen bröseliger Backsteine gesagt.«

»Früher war der Palast unser Ein und Alles«, entgegnete ich leicht vorwurfsvoll.

»Früher war auch Bruce Springsteen unser Ein und Alles. Und heute kann er mich mal kreuzweise.«

»Aber die Erinnerung daran ist …«

»Erinnerungen zahlen mir nicht die Stromrechnung, Lea. Ferienhäuser schon, wenn ich sie putzen darf.«

Ich war fassungslos. Die Klosterruine war für uns sieben weit mehr gewesen als ein Versammlungsort und Tummelplatz: unser Zaubergarten, unser eigenes Reich, das wir von Unkraut befreit und hergerichtet hatten. Streiche hatten wir dort ausgeheckt, Pläne geschmiedet, Sorgen und Glück geteilt. Der Palast war die Herzkammer unserer Freundschaft gewesen.

»Moment mal«, wandte ich ein. »Das Grundstück gehört seit Jahrzehnten meiner Familie. Wir haben zwar nichts damit angefangen, aber das ging in der DDR ja auch kaum. Also wer …«

»Der alte Balthus hat es sich unter den Nagel gerissen.«

Was an dieser Aussage war befremdlicher? Dass jemand sich *mein* Grundstück unter den Nagel gerissen hatte. Oder …

»Der alte Balthus lebt noch? Jacquelines Vater?«

»Na, hör mal, er ist dreiundachtzig.«

»Der hat doch damals schon wie dreiundachtzig ausgesehen. Damit müsste er jetzt hundertsechs sein. Was hat er mit meinem Grundstück zu schaffen?«

»Er ist der Meinung, es gehört ihm, deshalb hat er es besetzt.«

»Besetzt!« Ich musste lachen. »Ohne Kriegserklärung? Das ist völkerrechtswidrig.«

Vor allem aber war es grotesk. Es gab weitaus bessere Grundstücke, um Ferienhäuser zu bauen. Wieso fiel einem steinalten

Mann urplötzlich ein, Anspruch darauf zu erheben? Mit welchem Recht?

War Sabina vielleicht deswegen zwei Tage auf Poel geblieben? Hatte sie mich damals etwa angerufen, weil sie meine Hilfe benötigte? Ich wollte Margrethe gerade darauf ansprechen, da sah ich Pierre am Küchenfenster vorbeigehen und beschloss, meine Fragen lieber ihm zu stellen.

Ich wusste nicht, wie ich Margrethe einschätzen sollte. Einerseits redete sie, wie ihr der Schnabel gewachsen war, andererseits schien mir in dieser Offenheit eine gewisse Antipathie mitzuschwingen. Oder bildete ich mir das bloß ein? Ich empfand meine Amnesie mehr und mehr als emotionale Blindheit. Eine Behinderung wie die meine schärfte die Sinne, machte hypersensibel. Ich ertappte mich dabei, wie ich nach Untertönen geradezu forschte, und wer welche sucht, der findet sie auch.

Gemeinsam mit Margrethe und Pierre betrat ich Edith Petersens Zimmer im ersten Stock ehrerbietig wie eine Sakristei, obwohl der Raum eher schäbig wirkte. Die Möbel waren alle schon ziemlich abgewetzt. Das Doppelbett, das vor Urzeiten als Ehebett gedient hatte, knarrte und ächzte. Es war weiß bezogen, und vom Fußende bis zu den Hüften wärmte zusätzlich eine rote Häkeldecke die Patientin. Die Decke sah aus, als hätte Edith sie in den langen Stunden, die sie dort ohne jede Beschäftigung lag, selbst gefertigt. Wie viele Stunden am Tag starrte sie wohl auf das eingerahmte Kalenderbild von van Goghs *Sonnenblumen*, das auf einer Tapete mit Tausenden Veilchen hing? Darunter stand ein Fernseher, der den Anschein erweckte, als wäre er noch zu Walter Ulbrichts Zeiten ausgeliefert worden.

Das gesamte Dekor gehörte einer anderen Epoche an, und hätten sich nicht die bunten Zeitschriften mit den zeitgenössischen Prinzessinnen in eleganten Abendkleidern auf dem Cover neben Ediths Bett gestapelt, wäre es eine Szenerie für einen Fünfziger-Jahre-Film gewesen.

Ediths kleiner, hagerer Kopf ragte aus der Bettdecke hervor, ebenso die dünnen Arme und Hände. Sie war gerade damit beschäftigt, Bilder aus den Regenbogenzeitschriften auszuschneiden und in Alben zu kleben. Die Bernadottes, die Windsors, die spanischen Bourbonen, die dänischen Glücksburger – sie alle waren angetreten, um das Zimmer mit ein wenig Glanz zu füllen. Der Himmel war nämlich nur noch in dem Quadrat des Fensters vorhanden, und die Sonne war nichts weiter als ein sporadisch auftretender rechteckiger Fleck auf dem Fußboden.

»Lea«, sagte Edith mit porzellandünner Stimme und streckte mir lächelnd die Hand entgegen, nachdem sie ihrem Arzt zugenickt hatte. »Die kleine Lea.«

»Hallo, Frau Petersen. Schön, Sie zu sehen.«

Ihre Hand fühlte sich an wie eine gerollte Tuchserviette, weich und leblos, ohne jeden Gegendruck. Wenn ich an Margrethes Mutter von früher zurückdachte, sah ich eine agile Witwe vor mir. Eine Frau, die ihre beiden Kinder allein großzog, in der LPG arbeitete, sich um das Haus kümmerte, Obst erntete und einkochte, bei den Hausaufgaben half, den Gemüsegarten hegte … Immer hatte sie etwas zu tun. Nie hörte ich sie klagen. Für uns Dorfkinder hatte sie stets ein liebes Wort und ein Stück Kuchen parat gehabt, aber ich wusste auch, dass sie streitbar und nicht auf den Mund gefallen war, wenn es darauf ankam. Mit dem alten Balthus, einem SED-Funktionär der niederen Ebene, hatte sie sich regelmäßig angelegt.

Pierre begann mit den Routineuntersuchungen, die Edith anstandslos über sich ergehen ließ.

»Ich muss mit dir schimpfen«, sagte die alte Dame beim Blutdruckmessen an mich gewandt. »Du hast dich damals gar nicht verabschiedet, als du auf und davon bist. Wohin bist du eigentlich abgehauen?«

»Nach Argentinien.«

»Ach … Du willst mich wohl auf die Schippe nehmen? Und wieso hast du mich nicht besucht, als du vor ein paar Monaten im Dorf warst?«

Mit offenem Mund stand ich da. Wenn man sich an nichts erinnert, kann man sich noch nicht einmal Ausreden ausdenken. Wieso hatte ich Edith Petersen im Mai nicht besucht? Als Kind hatte ich sie sehr gemocht und ihre Mischung aus rauer Herzlichkeit und unermüdlicher Tatkraft bewundert. Manchmal hatte ich mir gewünscht, sie wäre meine Tante.

Margrethe riss mit einer schwungvollen Bewegung das verklemmte Fenster auf, um frische Luft hereinzulassen. »Lea hat bei dem Unfall das Gedächtnis verloren. Sie weiß nicht mehr, dass sie keine Zeit hatte, dir einen Besuch abzustatten. Überfordere sie also nicht mit deinen Fragen.«

Edith sah aus, als hätte Margrethe ihr gerade die Relativitätstheorie erklärt. »Ach …«, sagte sie, zögerte und fügte hinzu: »Über die Argentinier weiß ich nur, dass sie Rinder züchten und keinen König haben. Lea, du hättest dich verabschieden müssen.«

»Sie haben recht, Frau Petersen. Aber es war damals eine schlimme Zeit für mich.«

»So? Unsinn. Wieso denn schlimme Zeit?«

Margrethe knetete Ediths Kopfkissen wie einen Pizzateig. »Weißt du das denn nicht mehr, Mama? Im Sommer neunzig sind doch Leas Eltern in Westdeutschland verunglückt.«

Edith nestelte an ihrer Unterlippe. Sie versuchte sich mit aller Kraft zu erinnern – und scheiterte. »Mit diesen vielen Unfällen komme ich ganz durcheinander.«

Margrethe warf erst ihrer Mutter und dann mir einen Blick zu, der zu besagen schien: Das geht uns allen so.

»Jedenfalls«, rief Edith energisch, »braucht Argentinien einen König oder, noch besser, eine Königin. Königinnen taugen mehr.«

»Ich werde es ausrichten«, sagte ich und brachte damit mich selbst, Pierre und Edith zum Lachen. Wie verbunden ich mit dieser gebrechlichen Dame war, deren Gedächtnis ähnlich lückenhaft war wie meines. Mit einem Mal fühlte ich mich überaus wohl, ja, regelrecht aufgehoben in diesem altmodischen, morbiden Zimmer.

Geborgenheit ist ein Gefühl, das an den seltsamsten Orten auftreten kann, wenn uns diese Orte an etwas Positives erinnern. Mit mir waren in diesem Raum auf einmal wieder die Streuselkuchen der Kindheit, der Geschmack des faden Kakaos, den uns Edith Petersen dazu gereicht hatte, und der ziemlich langweilige Pierre, der heute alles andere als langweilig war. Sogar die resolute, anpackende Margrethe, der ich mehrmals ausweichen musste, während sie Ediths Zeitungsausschnitte und Schnipsel wegräumte, löste Erinnerungen an meine Kindheit in mir aus, an die Clique, an die unbeschwerteste Zeit meines Lebens.

Plötzlich spürte ich etwas in meinem Rücken, keine Berührung, sondern eine Art vorüberziehenden Schatten, eine Ahnung, vielleicht sogar eine Stimme von irgendwo weit her oder tief drinnen. Jedenfalls wandte ich mich um, und mein Blick fiel auf ein Foto, das einsam an der Wand hing.

Ich erkannte es sofort, schließlich hatte ich es selbst am 10. November 1989 mit einer Sofortbildkamera aufgenommen. Einen Tag zuvor war die Berliner Mauer gefallen, und Mike, Pierre, Harry, Margrethe, Jacqueline, Julian und ich trafen uns in unserem Palast, der Klosterruine. Es war später Nachmittag, es regnete leicht. Wir waren trunken vor Freude und billigem Sekt, und ich wollte diesen Moment einfangen. Da die Kamera keinen Selbstauslöser hatte, hielt ich sie mit ausgestreckten Armen in die Höhe, und wir rückten darunter eng zusammen. Sieben lachende Gesichter, Wange an Wange. Eines der ersten und schönsten Fotos meines Lebens, der Inbegriff von Lebensfreude.

Ich wusste noch so gut wie alles über diesen Tag. Kurz nach der Aufnahme hatte Julian vorgeschlagen, dass wir unsere Wünsche an die verheißungsvolle Zukunft in den Himmel schreien sollten, einer nach dem anderen.

Margrethe hatte sich als Erste getraut, sie war immer die Erste. Während wir anderen uns unter einem Mauervorsprung zusammenrotteten, trat sie in den Regen, der in großen, schweren Tropfen fiel. Die kurzen, nassen Haare auf Margrethes Stirn gaben ihr etwas Kompromissloses, Gefährliches. Wie ein Baumstamm stand sie da und brüllte in den Wolkenbruch.

Alle dachten, Margrethe würde sich einen Gutshof wünschen, auf dem sie beliebig schalten und walten könnte, oder vielleicht, dass sie Kapitänin eines Flugzeugträgers wird. Stattdessen hatte sie gerufen: »Ich wünsche mir Freiheit. Ich werde auf die Pyramiden von Gizeh klettern. Ich werde den Ayers Rock erklimmen, werde in einem Jeep durch eine riesige Herde Wasserbüffel rasen, durch den Grand Canyon wandern, mit einem Boot auf der Rhône bis ins Mittelmeer fahren und aus Blättern gebaute Schiffchen mit Kerzen auf dem Ganges aussetzen. Ich werde Machu Picchu sehen, den Petersdom, den Triumphbogen von Orange und die Akropolis in Athen. Und ich werde den David von Michelangelo am Schwänzchen ziehen.«

An dieser Stelle hatten wir alle gelacht, nur Margrethe nicht. Ihre Wünsche hatten eher wie Kampfansagen geklungen. Das war ihr Naturell. Das war das Mädchen, das mit seinem Fahrrad durch Kirchdorf fuhr, als säße es am Steuer eines Panzers. Das Mädchen, das sich traute, auf eine Fichte zu klettern, um eine Katze zu retten, die es eigentlich nicht mochte. Das Mädchen, das sich im Alter von neun Jahren auf das Unkraut der völlig überwucherten Ruine gestürzt hatte, als wir anderen noch fürchteten, es könnte zu viel Arbeit werden.

Ein kleiner Disput zwischen Mutter und Tochter lenkte meine Aufmerksamkeit wieder ins Hier und Jetzt.

»Margrethe, ich habe Hunger.«

»Du hast erst vor einer Stunde gegessen.«

»Deine sogenannte Kartoffelsuppe kann man gar nicht essen, höchstens trinken. Ich möchte Rühreier mit Speck.«

Margrethes rundes Gesicht war erhitzt von den Aufräumarbeiten, die sie in wenigen Minuten in dem Zimmer bewältigt hatte. Sie stemmte die Hände in die Hüften. »Nein, kommt nicht in Frage. Von Rührei musst du immer brechen.«

»Na und? Von deinen ewigen Kartoffeln muss ich auch brechen, und wenn ich sowieso breche, ist es doch egal, wovon. Ich wünsche mir ein saftiges goldgelbes Rührei. Doktor Pierre, befiehl es ihr.«

Ich musste schmunzeln. Die Anrede zeigte, dass Pierre für sie im Grunde immer noch der kleine Junge von damals war, auch wenn sie ihn inzwischen auch als ihren Hausarzt schätzte. Vielleicht war die alte Dame sogar stolz, dass der Knabe, den sie früher mit ihrem selbstgebackenen Kuchen verwöhnt hatte, einen akademischen Grad erworben hatte, und erkannte darin einen Zusammenhang.

»Ist mir egal, was Pierre sagt«, stellte Margrethe klar. »Hab sowieso keine Zeit. Muss gleich los, und Harry ist noch nicht da.«

»Du sollst ihn nicht immer Harry nennen, er heißt Harald, nach dem norwegischen König, und …«

»Und ist immer unpünktlich, Mama. Ich habe einfach keine Zeit, dir jetzt was zu kochen. Ich muss zur Arbeit.«

Nicht nur das Schicksal der alten Edith entschied sich in diesem Zimmer jeden Tag aufs Neue. Mutter und Tochter waren aneinandergekettet, wobei es vorkam, dass sie die Rollen tauschten, weil Edith fast nichts mehr allein tun konnte und, um ihren Willen zu bekommen, um alles bettelte, was man ihr zuvor verweigert hatte. Margrethe wiederum hatte eine Machtposition inne, die sie, so wie ich sie kannte, gelegentlich ausnutzte. Letztendlich jedoch war Edith die Gefängniswärterin ihrer Tochter. Margrethe konnte keinen Schritt aus dem Haus tun, ohne dass ihre Mutter ihn billigte. Es war der Triumph der absoluten Schwäche der einen über den Freiheitsdrang der anderen.

»Kann ich dich für zwei Stunden alleine lassen?«, bat Margrethe. »Kommst du zurecht?«

Kurzentschlossen bot ich an: »Wenn keiner etwas dagegen hat, kann ich hierbleiben, bis Harry … Harald kommt.«

Auch Pierre sagte, er könne noch ein Weilchen bleiben. Margrethe dankte uns mit einem Blick.

Ein paar Sekunden später war sie fort. Als Edith mich gleich darauf bat, ihr ein neues Nachthemd zu bringen und beim Wechseln zu helfen, verabschiedete Pierre sich nach unten in die Küche, und ich war mit der alten Dame allein.

»Ist Ihnen das Geblümte recht, Frau Petersen?«, fragte ich. »Gut, dann heben Sie bitte die Arme, ich helfe Ihnen schnell aus dem alten Nachthemd raus.«

Stattdessen ergriff sie meine Hand. Ich war erstaunt über die Kraft, die sie entwickeln konnte, wenn sie wollte, und sah sie verwirrt an.

»Geh, Lea«, sagte sie mit unterdrückter, energischer Stimme. »Verlasse Poel, solange noch Zeit ist.«

»Was? Aber …«

Sie zog mich näher zu sich, umschlang mich mit ihren Armen und hielt mich verzweifelt fest. »Ich meine es gut mit dir, kleine Lea. Glaub mir, du musst abreisen, noch heute, am besten jetzt gleich. Verstehst du denn nicht, du hast eine zweite Chance bekommen. Es geht um dein Leben, Lea. Dein Leben!«

Ich war so erschrocken, dass ich mich von ihr losriss, auch

weil sie die Finger schmerzhaft in meine Haut gekrallt hatte. Das geblümte Nachthemd fiel zu Boden.

»Was meinen Sie damit? Wer bedroht mein Leben?«

»Geh so weit weg, wie du kannst. Geh zurück nach Argentinien. Und komm nie wieder hierher. Nie, nie wieder. Geh schon. Raus mit dir. Nun mach endlich! Lebe wohl, kleine Lea. Lebe wohl.«

Ich fragte die alte Frau Petersen noch einmal, was sie damit meine, aber sie schüttelte nur heftig mit dem Kopf, fing an zu weinen und gestikulierte wild mit den Armen. »Geh«, war alles, was sie immer wieder sagte, und weil ich nicht wusste, was ich sonst tun sollte, verließ ich schließlich den Raum.

Ratlos und ein bisschen benommen ging ich die Treppe hinunter. Pierre bediente sich in der Küche, als wäre sie sein zweites Zuhause. Er knabberte salzige Kekse und schenkte sich Tee ein.

»Möchtest du auch einen?«, fragte er. »Tee magst du lieber als Kaffee, richtig?«

»Ich könnte jetzt eine Tasse guten schwarzen vertragen. Wenn Argentinier Tee trinken, besteht er aus Mate-Blättern.«

»Klingt gesund. Die Ostfriesenmischung habe ich extra für meine Besuche bei den Petersens hier deponiert. Ist alles in Ordnung mit dir? Du wirkst so nachdenklich.«

Ich sah ihn an. Sollte ich ihm von Ediths Warnung erzählen? Immerhin hatte sie mich unter einem Vorwand zurückgehalten und gewartet, bis Pierre gegangen war.

»Sag mal, ist Frau Petersen geistig eigentlich … Ist sie vielleicht irgendwie …?«

»Ob sie noch auf der Höhe ist, willst du wissen? Na ja«, er seufzte, »laut Jean Paul ist die Erinnerung das einzige Paradies, aus dem wir nicht vertrieben werden können. Von Demenz hatte er noch nie gehört. Ediths Aussetzer werden immer häufiger und dauern immer länger. Wieso fragst du?«

Dass Pierre so mir nichts, dir nichts einen klassischen Schriftsteller zitieren konnte, imponierte und gefiel mir.

»Nur so«, log ich. »Weil sie vergessen hatte, dass ich in Argentinien lebe. Und dass meine Eltern verunglückt sind.«

»Das war einer von den Aussetzern. Sie hat Phasen, in denen sie voll da ist, und dann, von einem Moment auf den anderen, faselt sie wirres Zeug. Sie hat Harry und Margrethe sehr spät bekommen, das vergisst man leicht. Fünfundachtzig ist sie jetzt. Meine Eltern sind erst siebzig. Seit sie auf Gran Canaria leben, ist ihr früheres Haus zu meinem Haus geworden. Nimm dir eine Tasse aus dem Schrank.«

Ich verdrängte den Vorfall in Ediths Zimmer, da mir nicht klar war, was ich davon halten und wie ernst ich ihn nehmen sollte. Allerdings hatte er mich innerlich aufgewühlt, und ich empfand meinen Gedächtnisverlust plötzlich nicht mehr nur als Bürde, sondern auch als Gefahr. Was, wenn der Unfall gar keiner gewesen war? Doch wer hätte einen Grund …?

»Lea«, sagte Pierre.

»Was?« Ich schreckte auf.

»Eine Tasse, bitte. Du starrst in den Küchenschrank, als säße da ein Kobold drin.«

»Entschuldige.«

Ich griff nach einer der drei Sammeltassen. Es waren solche, wie man sie sich von Orten mitbringt, die man bereist hat. Die erste Tasse zeigte den Wismarer Marktplatz, die zweite das alte Rostocker Rathaus, die dritte das Brandenburger Tor in Berlin. Andere Sammeltassen gab es nicht.

»Wo ist Margrethe eigentlich hingegangen?«, fragte ich.

»Zu Mike.«

»Ich dachte, zur Arbeit.«

»Sie ist Mikes Putzfrau.«

Während ich mit Pierre auf Harry wartete, redete ich mir ein, dass mich der Zustand Edith Petersens ebenso wie die gruselig-mysteriöse Warnung bedrückte. Auch Margrethes prosaische Art stimmte mich traurig. Ich hatte meine Kindheit geliebt, und wenn es mir schlecht gegangen war, hatte ich mich in Erinnerungen, in Träume von Vergangenem geflüchtet. Nun war die Vergangenheit auf die Gegenwart geprallt, und alles war anders.

Ich wagte nicht, Pierre auf die anderen aus der Clique anzusprechen. Keine einzige der Fragen, die mir auf dem Herzen lagen und wegen denen ich nach Kaltenhusen zurückgekehrt war, hatte ich bisher gestellt. In der Klinik waren sie noch fern und abstrakt gewesen. Nun machten sie mir Angst. Wer hatte mich damals in der Normandie angerufen und wieso? Was hatte mich veranlasst, meine Arbeit stehen und liegen zu lassen und nach Poel zu eilen? Wie war mein Zusammentreffen mit Sabina verlaufen?

Ich stand völlig neben mir – und das beinahe wörtlich. Es kam mir vor, als gäbe es mich zweimal. Die eine Lea suchte die Wahrheit, die Begegnung mit der Vergangenheit, wollte verstehen. Die andere Lea umklammerte mit verschwitzter Hand den Autoschlüssel in ihrer Hosentasche und sagte sich: Du brauchst nur aufzustehen und rauszugehen. In zwanzig Sekunden könnte ich das Haus verlassen, in zwanzig Minuten Poel, binnen zwanzig Stunden Deutschland.

Wie schon am Morgen in der Klinik hätte ich mich am liebsten erschöpft auf ein Bett fallen lassen und eine Stunde lang vor mich hin gestarrt. Stattdessen gab ich mir Mühe, Pierre zuzuhören, der so tat, als würde er meine Not nicht bemerken. Er erzählte mir von seiner Praxis, von seinen Eltern und von den Mühen des Landarztdaseins. Geschickt vermied er alles, was auch nur entfernt mit mir, der Clique, Sabina oder den beiden Tagen im Mai zu tun haben könnte. Er schaffte es tatsächlich, mich in einer halben Stunde zu beruhigen und sogar ein wenig aufzuheitern. Zum einen, weil ich den Eindruck hatte, das Schicksal habe es zumindest mit ihm recht gut gemeint. Zum anderen hatte er einfach eine sehr sympathische Art – und verflucht schöne Augen. Seinen schwarzen Pupillen mochte ich mich irgendwann gar nicht mehr entziehen. Ich hätte ihm bis zum nächsten Morgen zuhören können, ohne müde zu werden.

Irgendwann fiel eine Tür ins Schloss. Harry war endlich eingetroffen, um auf seine Mutter aufzupassen. Er fand Pierre und mich in der Küche vor. Ich stand auf. Harry, ein bisschen Hippie, ein bisschen Penner, sah mich einige Sekunden lang an und ging dann ohne ein Wort ins Obergeschoss.

»Nimm es nicht persönlich, das hat nichts mit dir zu tun«, sagte Pierre.

»Habe ich mit ihm gestritten, als ich im Mai hier war?«

»Nein, nein. Er ist einfach ein schwieriger Kerl, verschlossen und verbohrt. Und seit die Ruine vom Abriss bedroht ist …«

»Davon habe ich gehört. Was denkt sich der alte Balthus eigentlich?«

»Er ist noch immer der Grobian, als den du ihn kennst. Über seine Motive weiß ich nichts. Am besten, du sprichst mit Jacqueline darüber. Sie hat zwar ein schlechtes Verhältnis zu ihrem Vater, aber wenn du nicht mit dem Alten selbst reden willst, ist sie die beste Anlaufstelle.«

»Ja, gut. Wo finde ich sie?«

»In Mikes Haus. Mike ist in zweiter Ehe mit Jacqueline verheiratet.«

Vier Monate zuvor

Waldmeistersirup auf Eierpfannkuchen – so hatte Sabina in ihrer Jugend die Insel Poel genannt. Ein großer, flacher Klecks Grün, sandfarben umsäumt. Man schien nie vorwärtszukommen auf dieser grünen Ebene. Beim Spaziergang rieb man sich nach einem Kilometer verwundert die Augen und fragte sich, ob man auf der Stelle getreten war. Sabina genügte ein Blick, um zu erkennen, dass sich nichts Wesentliches geändert hatte. Ob das ein gerechtes Urteil war, interessierte sie nicht. Sie wollte so schnell wie möglich wieder von dieser Insel herunter, wieso sollte sie sich da lange über etwas Gedanken machen, unter das sie in einer halben Stunde für immer einen Schlussstrich ziehen würde?

Statt Meeresbrise und Windrauschen wählte sie Deep Purple als akustische Begleitung auf der Strecke vom Damm bis nach Kaltenhusen. Noch stand die prächtige Maisonne hoch am Himmel, doch das Meer war bereits eisengrau verfärbt von dem schweren Nebel, der sich auf die Küste zuwälzte. Als Sabina kurz darauf vor ihrem Elternhaus anhielt, hatten die tief hängenden Schwaden das Sechs-Häuser-Dorf bereits überrollt.

Sie war eine Viertelstunde zu früh. Erst wollte sie so lange im Auto sitzen bleiben, bis der Makler eintraf, aber dann stieg sie doch aus. Ihr von der dreistündigen Autofahrt geplagter Rücken verlangte nach Erholung, und überhaupt war es nicht ihre Art zu kneifen.

Sie zündete sich eine Zigarette an, inhalierte das Nikotin tief. Ihr Blick schweifte über das gottverlassene Nest und blieb an ihrem vom Nebel weich gezeichneten Elternhaus hängen. Erst dann atmete sie den Rauch aus.

»Scheiße«, murmelte sie.

Der Fluch galt nicht dem Haus, obwohl er ihm durchaus hätte gelten können. Es war vielmehr das Drumherum: die Silhouette des Daches, das Storchennest auf dem Schornstein, der Geruch des Seenebels, ein Windstoß von hinten, der Schrei einer Möwe und das alles innerhalb von einer Sekunde. Ihre Sinne hatten sofort darauf reagiert und tausend längst vergessene Bilder heraufbeschwört, viel zu viele, um sie rasch wieder beiseitezuschieben.

Im Laufe von dreiundzwanzig Jahren hatte Sabina es geschafft, daran zu glauben, dass sie die Erinnerung an das Kaff hier ebenso wie an das Haus für immer losgelassen hatte. Es hatte Zeiten gegeben, in denen ihr die eigene Kindheit so fern war wie eine Geschichte, die sie sich ausgedacht hatte. Wenn jemand sie gefragt hatte, wo sie aufgewachsen sei, hatte sie kurz die Stirn gerunzelt, als müsste sie nachdenken, und dann »An der Ostsee« geantwortet. Erschreckend, wie wenig es bedurfte, um einen über Jahrzehnte erfolgreichen Verdrängungsmechanismus im Handumdrehen zunichtezumachen. Damit nicht genug, hing jedem Bild, einem kleinen Preisschild gleich, etwas an: eine dünne Stimme, ein Ausspruch, ein Lächeln, eine hingenommene oder ausgeteilte Gemeinheit, ein bisschen Liebe, ein bisschen Wut, eine kurze, wohltuende Berührung, die hoffen ließ, ein Kopfschütteln, das alle Hoffnung zerstörte.

»Scheiße.«

Die Zigarette im Mundwinkel, legte Sabina den am Zaun befestigten, verwitterten Briefkasten frei. Das Namensschild war noch gut zu lesen: »Charlotte Mahler, Johannes Mahler, Sabina Mahler, Lea Mahler.« Es brauchte nur einen Ruck, um das oxydierte Ding abzureißen. Sabina warf es schwungvoll in den Garten, wo es zwischen Schlehenbüschen und allerlei Unkraut verschwand.

Sie drehte sich um und ging ein paar Schritte über den rissigen Asphalt. Mit einer blitzschnellen Handbewegung wischte sie sich eine Träne aus dem Auge, so als würde eine nicht geweinte Träne nicht zählen. Es war die erste seit dem Knieschuss vor vier Jahren.

Die Vogelgesänge verstummten, vielleicht wegen des dichter werdenden Nebels. Sabina wurde nervös, wie immer, wenn es still um sie herum wurde, so als ob sich aus der Ruhe jederzeit eine Stimme erheben könnte, tief aus dem eigenen Innern, die ungewollte Gefühle wecken würde.

Sie setzte sich wieder ins Auto und schaltete den CD-Player ein. Zufällig lief Alan Parsons Project, Musik aus jenen Jahren, als sie Poel im Geiste längst verlassen hatte und sich nichts sehnlicher wünschte, als auch physisch endlich von dort wegzukommen. Alan Parsons Project passte so gut nach Poel wie ein Grufti in einen Strickkurs.

Innerhalb von fünf Minuten sah Sabina fünf Mal auf die Uhr. Der Makler verspätete sich.

Sie hatte sich nur widerstrebend auf dieses Treffen eingelassen. Aus ihrer Sicht war es völlig unnötig, den Kaufinteressenten für das Haus, den ersten seit acht Jahren, persönlich kennenzulernen. Doch der Mann hatte darauf bestanden, anscheinend weil er etwas über die Geschichte des Hauses erfahren wollte. Sabinas Angebot, die gewünschten Auskünfte telefonisch zu erteilen, war auf den Widerstand des Maklers gestoßen, der einen direkten Kontakt zwischen Anbieter und Kunde ablehnte. Die Aussicht, dieses letzte Überbleibsel ihrer Kindheit endlich loszuwerden, hatte Sabina dem Drängen des Maklers nachgeben lassen. Da sie außerdem einen ganzen Berg von Überstunden abbauen musste, hatte sie sich notgedrungen auf den Weg von Berlin nach Poel gemacht.

Als der Makler endlich eintraf, staunte Sabina nicht schlecht über den Kaufinteressenten, den er mitbrachte. Der junge Mann war allenfalls zwanzig, einundzwanzig Jahre alt, nicht gerade die übliche Klientel, die sich für sechzigtausend Euro eine heruntergekommene Immobilie in einer ländlichen Gegend zulegte. Auch vierundzwanzig Jahre nach dem Mauerfall wanderten die meisten jungen Mecklenburger noch immer in andere Regionen ab, und das Durchschnittsalter der Bevölkerung stieg von Jahr zu Jahr. Vielleicht war hier ja Pioniergeist im Spiel. Im Grunde war es Sabina egal, wer ihr den Ballast abkaufte.

»Darf ich Sie mit Herrn Schleicher bekannt machen?«, sagte

der etwas derbe, untersetzte Makler, nachdem er sich selbst kurz vorgestellt hatte.

»Torben«, korrigierte der Interessent sofort und streckte ein wenig verlegen die verschwitzte Hand aus.

Er machte auf Sabina den Eindruck eines Grünschnabels, der seiner Angebeteten einen Heiratsantrag machen will, sich aber alles andere als sicher sein kann, dass dieser erhört wird.

»Herr Schleicher möchte eine Familie gründen, und wo könnte man das besser als auf dieser schönen Insel?«, frohlockte der Makler mit einem breiten Grinsen, wobei er seinen Worten mit übertriebenen Gesten Nachdruck verlieh. »Herrlich, hier. Und so viel muss an dem Haus ja auch gar nicht gemacht werden. Substanz ist zweifellos vorhanden, habe ich recht, Frau Mahler?«

Auch bei einem Hirntoten ist irgendwo noch Substanz vorhanden, dachte Sabina. Sie schwieg zwar dazu, weil es ein bisschen viel verlangt war, dass man sein eigenes Verkaufsobjekt schlechtredete, aber sie war auch nicht begeistert von den Hymnen des Maklers.

»Sie möchten also etwas über die Geschichte des Hauses erfahren?«, fragte Sabina stattdessen den jungen Mann.

»Tja, eigentlich … Eigentlich …« stammelte er. »Können wir bitte unter vier Augen sprechen?«

Der Makler erhob Einspruch. »Nichts da. Das kenne ich. Sie wollen die Provision sparen und sich mit Frau Mahler unter der Hand einigen.«

»Nein, wirklich nicht«, beteuerte Torben. »Ich will das Haus gar nicht kaufen. Tut mir leid, das war nur ein Vorwand.«

Dem Makler platzte fast der Kragen, und einen Moment

lang war Sabina auf seiner Seite. Die mehrstündige Autofahrt, der vertane Tag, das Wiedersehen mit der ungeliebten Heimat – und das alles für die Katz. Was zum Teufel sollte das?

Dann aber attackierte der Vermittler seinen jungen Kunden, der keiner mehr sein wollte, mit einem Arsenal übelster Schimpfwörter, bis Sabina ihm mit einer entschiedenen Geste und einem festen Blick Einhalt gebot. Für eine Frau war sie ungewöhnlich groß, und dass sie gerne und viel Sport trieb, sah man ihrem gut bemuskelten Körper an. Im Milieu hatten sie ihr den Spitznamen Brigitte Nielsen gegeben, auch wegen der kurzen blondierten Haare. Der Makler ließ sich jedenfalls davon einschüchtern, stürmte vor sich hin fluchend zu seinem Wagen und brauste davon.

»Und Sie«, sagte sie an Torben gewandt, »erklären mir jetzt bitte, was das alles soll.«

Mit einer Kopfbewegung forderte sie ihn auf, ein paar Schritte mit ihr zu gehen. Mitten in Kaltenhusen, umgeben von Nebel, blieben sie stehen.

»Legen Sie los.«

»Danke«, sagte er höflich. »Danke, dass Sie mir die Gelegenheit geben, Ihnen …«

»Ich sagte loslegen.«

»Okay, also … Ich arbeite als Pfleger im Seniorenheim ›Ankerplatz‹ in Wismar. Dort betreue ich unter anderem Herrn Morgenroth, Hans Morgenroth. Sagt Ihnen der Name etwas?«

Sabina kramte den Namen aus der Erinnerung hervor, so wie man einen alten Rollschuh im Keller hinter Bergen von Zeug hervorzieht. Der hoch aufgeschossene Mann vor ihr wirkte ein bisschen unbeholfen und ziemlich langsam, aber sehr rücksichtsvoll und höflich. In den vierundzwanzig Jahren, die Sabina auf Poel verbracht hatte, hatte sie kaum ein Wort mit ihm gewechselt. Hallo, guten Tag, danke, bitte, auf Wiedersehen, mehr nicht. Sie hatte nie etwas von ihm gewollt und er nie etwas von ihr. Schwer vorstellbar, dass er nach ihr gefragt hatte.

»Wir kennen uns so gut wie gar nicht«, sagte sie.

»Herr Morgenroth spricht oft von früher. Zwei Namen, die dabei immer wieder fallen, sind Julian und Lea.«

»Sein Sohn und meine Schwester. Die beiden waren vor vielen Jahren mal kurz zusammen.«

»Herr Morgenroth fragt ziemlich oft nach Lea. ›Ich muss mit ihr sprechen‹, hat er wieder und wieder gesagt. ›Bitte, mein Junge, ich muss mit Lea sprechen.‹ Das hat mich wirklich berührt, verstehen Sie. Es ist der Wunsch eines gebrochenen Witwers. Darum bin ich neulich spontan nach Kaltenhusen gefahren. Ich habe den Briefkasten an Ihrem Haus entdeckt, dazu das Schild des Maklers ...«

»... und haben so die Spur aufgenommen.«

»Makler geben die Kontaktdaten ihrer Auftraggeber grundsätzlich nicht preis. Klar, ich hätte es versuchen können. Mir war aber das Risiko zu groß, dass der Typ ablehnt.«

Sabina musste Torben recht geben, der Makler wirkte wie eine Kreuzung aus Ebenezer Scrooge und Dagobert Duck im Körper von Danny DeVito. Ihr Ärger war inzwischen vollständig verraucht. Der junge Pfleger hatte es gut gemeint und seine Freizeit für einen seiner Patienten geopfert.

»Klug gedacht und gutherzig gehandelt. Nur leider bin ich nicht Lea. Meine Schwester lebt in Argentinien, sie hat vor vielen Jahren dort geheiratet, heißt jetzt Hérnandez. Ich glaube nicht, dass sie einen Vierzehnstundenflug auf sich nehmen wird, um den gebrechlichen Vater ihrer Jugendliebe zu besuchen. Vielleicht, wenn Julian sie darum bitten würde.«

»Der Sohn wird schon seit vielen Jahren vermisst. Soviel ich weiß, hat Herr Morgenroth sich immer geweigert, ihn für tot erklären zu lassen.«

Von Julians ungewissem Schicksal zu hören, stimmte Sabina ein bisschen traurig. Sie hatte zwar nie viel mit Leas Freund zu tun gehabt, aber es war schwer gewesen, ihn nicht zu mögen. Er fand für jeden das richtige Wort, spielte gut Gitarre und sang schön dazu.

Sabina seufzte. »Dann sehe ich schwarz. Aber natürlich kann ich meine Schwester anrufen …«

Torben wirkte niedergeschlagen. »Mit dem alten Herrn Morgenroth geht es schwer bergab. Könnten … Könnten Sie denn nicht …? Ich meine, Sie und Lea sind Schwestern. Wenn Sie sich ein bisschen ähnlich wären …«

Sabina lachte. »Sie haben ja keine Ahnung. Weder sehen wir uns ähnlich noch sind wir es. Glauben Sie mir, Torben, Ihr Patient würde den Schwindel schneller bemerken, als wenn Sie ein Schaf als Lea ausgeben würden.«

Der junge Mann ließ nicht locker. »Ich habe keine Ahnung, was er Lea sagen will. Vielleicht könnten Sie Ihrer Schwester etwas von ihm ausrichten. Ich meine, was haben wir zu verlieren?«

Torben Schleichers letzter Trumpf stach. Nichts zu verlieren. Auf der Rückfahrt nach Berlin fuhr sie sowieso an Wismar vorbei, und auf eine Stunde mehr oder weniger kam es jetzt auch nicht mehr an. Außerdem war es ein Unding, nicht wenigstens zu versuchen, einem alten Mann den vielleicht letzten Wunsch zu erfüllen.

Das Altersheim nahe dem Alten Hafen von Wismar war zu Sabinas Überraschung ein echtes Schmuckstück. Es befand sich in einem ehemaligen Kontor, das nach der Wiedervereinigung im hanseatisch-barocken Stil restauriert worden war. Ein dreistöckiges Quadrat, bestehend aus vierzig Wohnungen, umrahmte einen stillen begrünten, mit Hyazinthen bepflanzten Innenhof, den man wie in einem Kreuzgang umrunden konnte. Personalmangel schien es hier nicht zu geben, die Pflegekräfte machten einen entspannten Eindruck. Verglichen mit seinem engen Häuschen in Kaltenhusen war Hans Morgenroths Altbauwohnung inklusive Betreuung rund um die Uhr im »Ankerplatz« eine komfortable Unterkunft.

Nur leider hatte der alte Herr davon nicht mehr viel. Müde und ein bisschen schäbig gekleidet saß er in einem Rollstuhl, in dem Torben ihn nun ins Freie schob. Sabina erkannte ihn sofort wieder, seine feinen, fast vornehmen Gesichtszüge hatten sich nicht verändert. Doch obwohl er Pulli und Jacke trug und eine warme Decke über seinen Knien lag, war es für Sabina unübersehbar, dass seine Glieder noch dünner waren als früher. Sein kahler Kopf war von Altersflecken übersät, die Hände, wenngleich sie in seinem Schoß lagen, zitterten stark.

»Entschuldigung, es hat ein bisschen länger gedauert«, sagte Torben und blickte auf die Uhr, deren Zeiger beide auf der zwölf standen. »Herr Morgenroth legt Wert darauf, stets gut rasiert aus dem Haus zu gehen.«

»Kein Problem.« Sabina beugte sich zu dem Greis hinunter, roch das Rasierwasser. »Guten Tag, Herr Morgenroth. Wissen Sie, wer ich bin?«

Er sah sie an, forschte, schüttelte den Kopf.

»Sabina Mahler«, sagte sie und streckte ihm die Hand hin, die er nach einigem Zögern ergriff.

»Die Sabine«, sagte er undeutlich.

Wie seltsam! Sie hatte völlig vergessen, dass Herr Morgenroth ihren Namen immer falsch ausgesprochen hatte. Nun fiel es ihr wieder ein. Anders als damals störte es sie nicht im Geringsten. Im Gegenteil, aus einem Grund, den sie selbst nicht genau benennen konnte, freute sie sich riesig darüber, dass er sie überhaupt wiedererkannte.

»Ja, genau, die Sabine. Sagen Sie, kümmern Sie sich immer noch ums Wetter?« Er war früher Meteorologe gewesen und hatte eine Wetterstation an der Küste betreut, irgendwo bei Rerik.

Die Frage gefiel ihm sichtlich. »Fensterbank«, sagte er, mit einem Mal hellwach, und deutete auf Torben.

»Wir betreiben eine kleine Wetterstation auf der Fensterbank im Wohnzimmer«, erklärte dieser. »Ich bin sein Assistent.«

Herr Morgenroth gab mit einigen Worten zu verstehen, dass er der Assistent sei und Torben der Chef. Sie lachten alle drei, und das Eis der Fremdheit war gebrochen.

Der Pfleger schob den Rollstuhl gemächlich an. Sie hielten sich zunächst in Richtung Hafen, spazierten dann jedoch ins Zentrum, an den Kanälen der Hansestadt entlang. Herr Morgenroth erfreute sich an den Wasservögeln, und Sabina kaufte ein Brötchen, das er gerecht an Möwen, Enten, Schwäne und

Spatzen verteilte. Noch immer war der Himmel verhangen und die Luft neblig feucht, trotzdem setzten sie sich in einen Cafégarten und bestellten sich Limonaden, als ob der Mai wonnig warm wäre.

Herr Morgenroth, der trotz Strohhalm Mühe hatte, allein zu trinken, betrachtete Sabina immer wieder. Wie unglaublich müde er von einer Sekunde zur anderen wirkte. Manch anderer war mit Mitte siebzig noch voller Leben, in ihm schien es dagegen erloschen zu sein, und nur gelegentlich glomm ein Rest kurz auf.

»Wo ist Lea?«, fragte er nach einer Weile.

Sabina erklärte ihm, wieso nicht Lea, sondern sie ihn besuchte. »Wenn Sie meiner Schwester etwas ausrichten möchten, leite ich es gerne an sie weiter. Ich bin sicher, sie wird Ihnen eine Antwort zukommen lassen.«

Wenn nicht, dachte Sabina, würde sie sich eben eine liebe Nachricht ausdenken.

Er schüttelte den Kopf. »Ich hatte gehofft, Lea noch einmal zu sehen. Ich habe sie damals sehr gemocht, wissen Sie? Und ich … ich wollte mit ihr über Julian sprechen, die beiden haben so gut zusammengepasst. Vielleicht hätte sie mir ja geholfen … geholfen … Ich muss es wissen, bevor ich …«

Er begann zu weinen, und Sabina senkte den Blick, bis er sich wieder gefangen hatte.

Torben sprach nun für seinen Patienten. »Herr Morgenroth hat Lungenkrebs. Eine Therapie wäre qualvoll und mit großer Wahrscheinlichkeit erfolglos. In fünf, sechs Monaten …« Er unterbrach sich, aber es bedurfte keiner Erklärung, was damit gemeint war.

»Verstehen Sie mich?«, fragte Hans Morgenroth flehentlich. »Vorher brauche ich Gewissheit, was mit meinem Jungen passiert ist.«

Sabina überlegte kurz. »Haben Sie sich schon an die Polizei gewendet?«

Wieder antwortete Torben. »Dort haben sie ihn bloß abgewimmelt, und mich auch. Sie sagen, das sei ein uralter Fall, die Ermittlungen seien schon lange eingestellt.«

»Es ist meine Schuld«, sagte Hans Morgenroth. »Ich habe zu lange gewartet, keinen Druck gemacht. Lisbeth, meine Frau, hat immer gesagt, sie spüre, dass Julian tot ist. Hat behauptet, er wurde ermordet. Wegen der Gitarre, wissen Sie? Und wegen seinem Lieblingsessen …«

Sabina konnte dem alten Herrn nicht ganz folgen, unterbrach ihn jedoch nicht.

»Aber ich«, fuhr er immer schneller redend fort, »ich habe sie deswegen ausgeschimpft. Ich wollte das alles nicht glauben, war fest davon überzeugt, Julian lebe seinen Traum, wandere um die Welt und würde eines Tages zurückkommen. Nun ist es zu spät. Die Polizei verweigert mir ihre Hilfe, und für einen Privatdetektiv fehlt mir das Geld. Ich habe keine Ersparnisse, es ist nichts mehr übrig, gar nichts. Oh Lisbeth, du hattest recht, so recht, und ich war ein Dummkopf.«

Sabina konnte gut nachfühlen, dass ein Sterbender vor seinem Tod die quälende Frage seines Lebens beantwortet wissen wollte, um zur Ruhe zu finden. Bis zuletzt hatte Herr Morgenroth gehofft, Julian würde zurückkommen, und nun klammerte er sich an den Gedanken, der Vermisste wäre tot. Vielleicht war es leichter, an einen toten Sohn zu glauben als an einen abtrünnigen, der seine Eltern für immer verlassen hatte.

»Wieso glaubte Ihre Frau, dass man ihn umgebracht hat? Sie haben eine Gitarre erwähnt…«

»Julian hat seine Gitarre hiergelassen«, antwortete er mit geröteten Augenrändern. »Lisbeth war davon überzeugt, dass unser Sohn sich niemals freiwillig von dem Instrument getrennt hätte.«

Das klang einerseits plausibel. Tausendmal hatte Sabina Julian darauf spielen hören, wenn er bei offenem Fenster seine Songs übte und sein Gesang wie eine Brise über Kaltenhusen wehte. Eher hätte er eine Hand dagelassen als das Instrument. Und selbst wenn er sich davon trennen wollte: Er hätte die Gitarre überall leicht zu Geld machen können, das er als Globetrotter dringend brauchte. Andererseits war das nur ein kleines Indiz, das noch lange keine Mordermittlungen rechtfertigte. Es gab etliche Erklärungen dafür, weshalb jemand, der seine Eltern in einer Nacht-und-Nebel-Aktion verlassen wollte, seine Gitarre nicht mitnahm.

Ähnliches galt für das zweite Argument, das Hans Morgenroth ins Feld führte, nämlich dass Julians Mutter am Abend seines Verschwindens sein Lieblingsessen gekocht hatte, Labskaus mit Kartoffeln. Das hatte er gewiss schon tausendmal gegessen, da kam es auf das eine Mal auch nicht mehr an. Dennoch zeugte es von einer gewissen Herzlosigkeit, es ausgerechnet an diesem Abend stehen zu lassen, da seine Mutter sich so viel Mühe gegeben hatte, und Herzlosigkeit passte irgendwie nicht zu Julian. Er war immer geradeheraus gewesen, nie hintenherum.

»Deswegen«, sagte Hans Morgenroth, »habe ich gedacht, dass du vielleicht mal mit der Polizei sprechen könntest, Sabine. Du bist doch Polizistin, nicht wahr? Als du Kaltenhusen damals verlassen hast, wolltest du jedenfalls zur Polizei gehen, daran erinnere ich mich noch.«

»Und ich«, fügte Torben hinzu, »habe über den Makler herausbekommen, dass Sie es tatsächlich geworden sind.«

»Moment mal«, sagte Sabina. »Ich dachte, Sie haben eigentlich nach Lea gesucht, und ich bin nur der Ersatz.«

Torben grinste ertappt. »Na ja, nicht ganz. Ich habe vorhin in Kaltenhusen absichtlich nichts gesagt, weil ich wollte, dass Sie erst mit Herrn Morgenroth sprechen, bevor Sie sich ein Urteil bilden.«

Das war nun schon Torbens zweiter Trick. Zuerst hatte er sie unter falschen Voraussetzungen nach Poel gelockt und danach zu Hans Morgenroth. Trotzdem konnte sie ihm nicht böse sein.

»Okay, verstanden, aber ab sofort wird mit offenen Karten gespielt«, mahnte sie. »Ich soll also mit meinen Wismarer Kollegen reden. Gut, das mache ich. Aber wieso wollen Sie auch mit Lea sprechen, Herr Morgenroth? Selbst wenn meine Schwester herkommen würde, was ich sehr bezweifle, könnte sie mir nicht im Geringsten helfen.«

Hans Morgenroth reichte ihr zum Dank die zittrige Hand, was Sabina sehr bewegte. Erschöpft schloss er die Augen und antwortete langsam: »Abgesehen von Lisbeth und mir hat Lea meinem Jungen am nächsten gestanden. Gemocht haben ihn viele, geliebt haben ihn nur drei Menschen. Ich würde so gerne ein paar Erinnerungen mit Lea austauschen ...«

Sabina ließ diese Bitte so stehen. Sobald sie jedoch zurück im Pflegeheim waren, nahm sie Torben zur Seite.

»Ich verspreche Ihnen, Lea anzurufen, sobald ich hier fertig bin und Poel verlassen habe. Aber bis dahin …«

»Sie wollen Ihrer Schwester nicht begegnen? Verstehen Sie sich denn nicht mit ihr?«

»So könnte man es formulieren. Wir haben seit Jahrzehnten so gut wie keinen Kontakt. Dabei möchte ich es gerne belassen.«

»Wieso? Vielleicht stimmt die Chemie inzwischen ja wieder.«

»Wahrscheinlicher ist, dass die chemische Verbindung von Lea und mir Nitroglyzerin entstehen lässt.«

»Ich finde, Sie sollten es riskieren.«

»Und ich finde, Sie sollten sich künftig wieder auf Ihr eigentliches Metier konzentrieren. Sie haben alles richtig gemacht, und ohne Sie wäre die Sache nicht ins Rollen gekommen. Aber ab jetzt halten Sie sich bitte zurück. Ich melde mich, sobald ich etwas in Erfahrung gebracht habe.«

»Alles klar, Miss Marple. Ich werde brav die Klappe halten und meinen Job machen.«

»Besser hätte ich es nicht formulieren können.«

Auf dem Weg zu ihrem Auto verspürte Sabina ein Kribbeln, das sie seit langer Zeit vermisste: das Bedürfnis, den Dingen auf den Grund zu gehen, Rätsel zu lösen. Deswegen war sie einst Kriminalpolizistin geworden, und im Bereich des Kampfes gegen die organisierte Kriminalität hatte sie sich immer gut aufgehoben gefühlt. Verworrene Strukturen, verschworene Cliquen, Mafiosi, Rockerbanden, Neonazisümpfe, das war genau ihr Ding. Dann war bei einem nächtlichen Einsatz gegen eine Waffenschieberbande der Schuss gefallen, der ihr Leben verändert hatte.

Wie jedes Mal, wenn sie daran dachte, betastete sie unbewusst das rechte Knie. Monatelang hatten die Ärzte daran herumoperiert, Metallplatten, Winkel und Sonden eingesetzt und wieder ausgetauscht. Obwohl sie täglich Krankengymnastik gemacht hatte, war ein Hinken zurückgeblieben, das sie nicht nur in ihrem Selbstverständnis als Polizistin und Sportskanone, sondern auch als Frau verletzte. Die Humpelei war alles andere als sexy. Und sie war präsent, jeden Tag. Wenn eine kurzlebige Beziehung in die Brüche ging, wenn es nach einem Flirt gar nicht erst zu einer Beziehung kam, wenn alte Freundschaften sich langsam auflösten oder ein zufälliges Wiedersehen mit früheren Freunden die Beziehung nicht wieder aufleben ließ – jedes Mal tauchte hinterher irgendwann die Frage auf, ob es etwas mit ihrer leichten Behinderung zu tun haben könnte. Auch wenn sie es stets verneinte, sicher sein konnte sie sich nie.

Als unmittelbare und unmissverständliche Folge ihrer Verletzung hatte man sie ins Sittendezernat weggelobt. Für blitzschnelle Zugriffe taugte sie schließlich nicht mehr. Fünf Jahre hatte sie hinter Aktenbergen zugebracht, hinter Formularen und Laptops, wenn sie nicht gerade damit beschäftigt war, russische oder albanische Dolmetscher aufzutreiben. Zweifellos war sie von Nutzen. Diese Nützlichkeit erzeugte jedoch keine Spannung, im Gegenteil, sie schläferte ein. Sabina hatte sich das vor der Verletzung und ihrer Versetzung nie klargemacht, aber sie war nicht Polizistin geworden, um der Gesellschaft zu nützen. Sie wollte in einem geradezu persönlichen Kampf stehen, in einer Art Duell gegen den Schurken.

Früher, in ihrer Anfangszeit als Polizistin, hatte sie immer gesagt: Ich bin nicht das Auge des Gesetzes, ich bin seine Nase. Denn man spürte das Verbrechen, bevor man es sah. Doch in dem Dezernat, in dem sie jetzt arbeitete, und ganz besonders auf ihrem neuen Posten, gab es nur wenig zu erspüren. Das Sittlichkeitsverbrechen des einundzwanzigsten Jahrhunderts entblößte seine Brust. Zwangsprostitution und Menschenhandel traten unverhüllt zutage, hatten sogar Klingelschilder, und die Zuhälter waren nebenbei zu Busunternehmern geworden, die Linien von den Schwarzmeerküsten nach Deutschland etablierten.

Abseits dieses öden Pfades lag hier an der Ostsee plötzlich etwas in der Luft, zwar noch sehr schwach, als vage Idee eines Greises, aber immerhin. Ein dreiundzwanzig Jahre zurückliegender Mord, verübt an einem blutjungen Mann, den Sabina persönlich gekannt hatte.

September 2013

In den vielen Jahren meiner Abwesenheit hatte ich völlig vergessen, dass der Himmel auf Poel neunzig Prozent des Blickfeldes einnahm. Am unteren Rand waren die Weiden, die steinzeitlichen Teiche, das Schilf und dahinter ein feiner Streifen Meer. Der ganze Rest war Grau oder Blau, je nach Wetterlage. Die Landschaft und das Leben schienen an solchen Tagen stillzustehen wie auf einem Gemälde. Nur wenn Wolkenfetzen über die Insel jagten oder gasförmige Ungetüme sich auftürmten, löste sich die Stagnation, bekam Poel etwas Unruhiges, sogar Beängstigendes, und man fühlte sich feindseligen Elementen ausgeliefert.

Der Tag meiner erneuten Rückkehr jedoch war windstill, leicht verschleiert, und am Nachmittag senkte sich ein grünlich-blaues Licht über die Insel, das ich nur von hier kannte oder vielmehr wiederentdeckte.

Die Sicht von Mikes und Jacquelines Terrasse aus war atemberaubend, wenn man Weite und wässrige, unaufdringliche

Farben mochte. Ich bewunderte die skurrilen Wolkenzeichnungen am hellblauen Septemberhimmel, in den ich geradewegs hineinzulaufen schien. Zum ersten Mal seit dem Tod meiner Eltern hatte ich das Gefühl, auf Poel zu Hause zu sein.

Ich zuckte zusammen. Die Kreissäge, die mich schon bei meiner Ankunft nervös gemacht hatte, erwachte in nicht allzu großer Entfernung wieder zum Leben. Das kreischende Geräusch verstörte mich zutiefst, im Gegensatz zu Jacqueline, die mir in aller Ruhe die Teetasse reichte.

»Das ist bloß mein Vater«, erklärte Jacqueline und schenkte Tee ein. »Er ist trotz seines Alters ständig am Werkeln. Die Menschen seiner Generation können einfach nicht stillsitzen. Wir sind da völlig anders, nicht wahr, liebe Lea?«

Ihre Hand schob sich in meine und suchte Verständnis. Als Mädchen waren wir oft händchenhaltend herumgelaufen. Was Margrethe abschätzig verfolgt hatte, war für uns ein Zeichen von Verbundenheit, Gleichheit, ja sogar Liebe gewesen. Gelegentlich hatten wir uns unschuldig geküsst. Doch je älter wir wurden, desto mehr basierte unsere Freundschaft auf Gewohnheit als auf gleichen Interessen. Die Bücher, die ich las, waren Jacqueline zu anstrengend, ebenso wie meine Vorlieben für lange Inselwanderungen und das Reiten. Sie selbst hatte keine Hobbys. Nun gut, sie schwamm gerne, aber auch nur, um in ihrem Badeanzug hübsch auszusehen, wie sie mir selbst gestanden hatte. Mehr und mehr wurde sie zur reinen Betrachterin meiner Aktivitäten, und als ich eine Beziehung mit Julian begann, war sie endgültig Zaungast. Die Dinge, die ich ihr damals anvertraut hatte, waren ihr so fremd gewesen, als hätte ich von einem Flug zu den Sternen berichtet.

Nun aber wollte ich zu ihr zurückfinden. Jacqueline schien es glücklicherweise ähnlich zu gehen. Sie hatte mit mir eine ausgedehnte Führung gemacht, wie man sie sonst eher Kaufinteressenten gewährt, und dabei unentwegt geredet. Ich habe in meinem Leben schon oft die Erfahrung gemacht, dass besonders jene Menschen unaufhörlich plappern, die entweder kaum jemanden zum Reden haben oder einsamen Berufen nachgehen, wie Schriftsteller. Letzteres konnte ich bei Jacqueline ausschließen. Sie ging dem schönen Beruf einer wohlhabenden Ehefrau ohne Kinder nach.

Während sie erzählte, sah ich sie an, und plötzlich traf es mich wie ein Blitz. Ein grelles Licht leuchtete vor meinem geistigen Auge auf, dann sah ich ein Standbild, eine Art Foto, schwarzweiß und beunruhigend. Ein düsteres Flashlight war aus meinem tiefsten Innern kurz in mein Bewusstsein geschossen, um nach wenigen Sekunden wieder zu erlöschen. Die seltsame Aufnahme hatte Jacqueline gezeigt, die mich mit großen verzweifelten Augen ansah, während ihr Tränen über die Wangen liefen und ich mit beiden Händen ihre Schultern umfasste, wohl um ihr Halt zu geben.

»Ist dir kalt?« Jacqueline bemerkte meine Gänsehaut. »Die Tage im September sind bereits ziemlich frisch. Sollen wir uns nicht lieber in den Livingroom setzen? Komm, ich schenke dir heißen Tee nach.«

Noch ein wenig benommen, folgte ich ihr durch eine gläserne Tür in einer riesigen gläsernen Wand. Jacquelines »Livingroom« sah aus wie von einem modernistischen Innenarchitekten entworfen und war das komplette Gegenstück zur dämmrigen Enge in Margrethes Haus. Eckige schwarze Möbel standen vor grellbunten zeitgenössischen Bildern, von denen manche die Größe eines Handballtors hatten. Überall Spots an der Decke, Marmorboden. Noch nicht einmal der in die Wand eingelassene Kamin vermochte Behaglichkeit auszustrahlen. Mike und seine zweite Ehefrau hatten das Haus, das früher dem Fischer Heinz Nickel und seiner Frau gehört hatte, um das Dreifache vergrößert und völlig verändert.

»Zuong Tseng«, sagte Jacqueline nur, und ich ging davon aus, dass es sich um den Namen des angesagtesten Innenarchitekten des Jahrzehnts handelte.

Mir sagte der Stil überhaupt nicht zu, trotzdem suchte ich nach etwas, das wie ein Lob klang und zugleich keine Lüge war, und sagte schließlich: »Etwas Vergleichbares habe ich noch nie gesehen.«

Jacquelines Lächeln zerfloss. »Ich meinte den grünen Tee. Er heißt Zuong Tseng. Schmeckt er dir?«

»Oh, er ist … köstlich.« Nun hatte ich doch gelogen. Das Zeug schmeckte einfach nur nach frisch gemähtem Gras.

Jacqueline bot mir mit einer Geste einen Platz auf dem aschfarbenen Ledersofa an. Mit der anderen strich sie den Rock ihres lavendelblauen Kostüms glatt, bevor sie sich setzte.

Sie war kaum wiederzuerkennen. Früher ein hübsches Landmädel mit Zopf, war sie nun eine äußerst magere Frau von vierzig Jahren, die ein Faible für schwarze Perlen und tönende Tagescremes hatte. Ihr schweres Parfüm machte mich ein bisschen groggy.

»Schön, dich wohlauf zu sehen«, sagte sie. »Was für ein Glück du hattest … Nun ja, Glück ist vielleicht das falsche Wort. Darf ich überhaupt darüber sprechen, ich meine …«

»Natürlich.«

»Dein Gehirn ist immer noch … Ich meine dein Gedächtnis … Pierre hat uns bereits … Ich bin im Bilde.«

»Ja, die Amnesie besteht noch.«

Sie lachte nervös. »Ich weiß. Dieselbe Führung habe ich im Mai schon mal mit dir gemacht.«

»Oh.«

»Irgendwie merkwürdig für mich, dir alles zweimal zu erzählen. Aber egal, Hauptsache du bist wieder auf dem Damm. Und zurückgekehrt.«

»Ich kann es selbst noch nicht ganz glauben«, erwiderte ich wahrheitsgetreu. »Es ist seltsam, mein altes Elternhaus wiederzusehen, die Insel, das Dorf und euch alle. Dass du und Mike nun verheiratet seid … Von der Sandkastenfreundschaft zur großen Liebe, das klingt wie aus einem Roman von Rosamunde Pilcher. Ich freue mich sehr für euch.«

Jacqueline machte eine Kopfbewegung, als wollte sie eine Strähne aus der Stirn schütteln, doch ihre mittellangen blondierten Haare schienen mit einer ganzen Dose Haarspray fixiert zu sein. Selbst ein Hurrikan hätte ihrer Frisur nichts anhaben können, eher wäre ihr der Kopf abgerissen worden als ein einzelnes Haar.

»Ganz so romantisch war es nicht«, stellte sie klar, und als müsste sie es betonen, setzte sie eine ernste Miene auf. »Wir haben erst vor zehn Jahren geheiratet. Mikes erste Ehe war ein Desaster. Ach, na ja … Und ich, ich habe früher meine Schauspielkarriere verfolgt. Schauspielerei war mein Kindertraum, falls du dich erinnerst.«

»Und ob. Du wolltest immer nach Babelsberg.«

Sie setzte wieder ihr Zuong-Tseng-Gesicht auf. »Babelsberg. Mein Gott, nein, zum amerikanischen Film.«

Ich hätte schwören können, dass sie damals, als wir im Palast unsere Wünsche in den Himmel geschrien hatten, die zweite Angelica Domröse hatte werden wollen. Ich meinte, auch die Namen Katrin Sass und Katja Paryla in meinen Ohren nachklingen zu hören.

»Tja, ich habe meinen Traum damals wahr gemacht. Nebenbei gesagt, anders als so mancher hier im Dorf. Ich bin nach Hollywood gegangen.«

Ich verkniff mir jeglichen Kommentar. Dass Jacqueline eine Filmkarriere angestrebt hatte, fand ich gut. Die erhobene Nase, mit der sie davon erzählte, gefiel mir dagegen gar nicht. Im Stillen dachte ich: Vielleicht ist sie ja mal von einer von Roland Emmerich kreierten Monsterwelle erfasst worden, oder Woody Allen hat sie in einem Einkaufszentrum durchs Bild laufen lassen. Womöglich hat man sie wegen ihres tollen deutschen Akzents sogar irgendwann mal als Nazi-Sekretärin besetzt. Als sie mit Anfang dreißig noch immer nicht als die neue Julia Roberts entdeckt worden war, hat sie sich wie so viele andere vor ihr in ein Flugzeug Richtung Heimat gesetzt.

Offensichtlich war sie weich gelandet.

»Mike ist Fabrikant und der größte Arbeitgeber hier auf der Insel«, erklärte sie mir. »Sein Fischverarbeitungsbetrieb expandiert ständig. Ohne ihn gäbe es hier bloß ein paar Badegäste, ruhesuchende Wanderer und Angler. Gedankt wird es ihm allerdings viel zu wenig. Harry bekämpft ihn sogar regelrecht. Der ist schon ganz wurmstichig vor lauter Neid, zerrt ihn andauernd wegen irgendwelcher Lappalien vor Gericht…«

»Harry und Mike? Die beiden waren doch die allerbesten Freunde!«

»Waren! Inzwischen hassen sie sich leidenschaftlich. Wobei Mike meiner bescheidenen Meinung nach keine Schuld trifft.«

Die schlechten Nachrichten nahmen kein Ende.

»Die arme Margrethe«, seufzte Jacqueline übertrieben laut. »Mit so einem Bruder geht man wie mit einer Eisenkugel am Bein durchs Leben. Dabei hat sie es auch so schon schwer genug. Natürlich tun wir für sie, was wir können. Mike hat ihr einen Putzjob in der Fabrik gegeben. Sie hat als Einzige flexible Arbeitszeiten, damit sie ihre kranke Mutter pflegen kann. Hier im Haus putzt sie auch.«

»Das habe ich schon gehört.«

Vielleicht bemerkte Jacqueline meinen befremdeten Gesichtsausdruck.

»Zugegeben, es ist merkwürdig, sich von jemandem die Toilette schrubben zu lassen, mit dem man als Kind Seilhüpfen gespielt hat.«

»Finde ich auch«, pflichtete ich ihr bei.

»Andererseits«, ergänzte Jacqueline in beharrlichem Tonfall, »ist Margrethe mit jedem Euro sehr geholfen, und so leicht findet sie keine anderen Jobs. Machen wir uns nichts vor, die gute Margrethe hatte immer schon den Charme einer Schiffskanone. Wenn man dann noch bedenkt, dass ihr eigener Bruder uns das Leben derart schwer macht … Als ihm gar nichts mehr eingefallen ist, hat er uns sogar den mecklenburgischen Landschaftsschutz auf den Hals gehetzt.«

Mit ihrem dünnen perlenbesetzten Zeigefinger deutete sie durch das monumentale Fenster hinaus in den Garten, wo über einem englischen Rasen die knallroten Blätter eines japanischen Ahorns im Ostseewind raschelten. Ein Pudel schoss ins Blickfeld, kurz darauf kam ein etwa zwölf-, dreizehnjähriger Junge hinterher, der einen Tennisball als Apportierstock benutzte.

»Ist das deiner?«, fragte ich und freute mich, endlich mal wieder ein Kind zu Gesicht zu bekommen.

»Ist er nicht süß? Ein wahrer Schatz. Chanel hat schon einige Preise gewonnen, und zwar in den Kategorien Frisur, Eleganz…«

Ich schloss die Augen und seufzte. »Ich habe den Jungen gemeint.«

»Um Gottes willen, nein. Das ist Mikes Sohn aus erster Ehe, der auf den bescheuerten Namen Jeremi hört oder besser gesagt nicht hört. Zum Glück lebt er bei seiner Mutter in Rostock und kommt nur selten zu Besuch. Der Junge futtert den lieben langen Tag Chips und verstreut die Krümel im ganzen Haus. Es knirscht, wo man geht und steht.«

Jacqueline stürmte zur Terrassentür und riss sie auf. »Wie oft soll ich dir denn noch sagen, dass du Chanel in Ruhe lassen sollst? Du verdirbst seinen Charakter.«

Ich nutzte die Zeit, die Jacqueline benötigte, um den Charakter ihres Pudels zu retten, und atmete mehrmals tief durch. Das alles war wirklich nur schwer erträglich: Jacquelines Manieriertheit, ihre Selbstdarstellung, der Livingroom, der Pudel namens Chanel mit der Frisur von Jimi Hendrix… Ich konnte den Zweifel, dass Jacqueline nie wieder eine wirkliche Freundin werden könnte, nicht abstreifen.

Als Jacqueline wieder hereinkam, sagte ich: »Was das Grundstück betrifft…«

Sie unterbrach mich mit einer harschen Geste, und ich glaubte schon, etwas Falsches gesagt zu haben. Doch sie hatte lediglich einen Grashalm und einige Bröckchen Erde auf dem Boden entdeckt, die ich offenbar ins Haus geschleppt hatte. Mit einem Taschentuch pickte sie Halm und Krümel auf und trug sie mit ausgestrecktem Arm fort, so als hätte sie ein verwestes Kaninchen in ihrem Wohnzimmer vorgefunden.

Als sie endlich zurückkehrte – sie hatte sich noch die Hände waschen müssen –, griff ich das Thema erneut auf.

»Die Sache ist eigentlich klar. Das Grundstück, auf dem die Ruine steht, hat vor neunzehnhundertneunundvierzig meiner Familie gehört. Dann wurde es zum Volkseigentum erklärt. Demnach müsste es nach der Wende wieder der Familie Mahler zugesprochen worden sein.«

»Nicht ganz. Das Ruinengrundstück hat laut einer Urkunde aus dem Jahr neunzehnhundertsechs ursprünglich den ersten Siedlern von Kaltenhusen gehört, nämlich der Familie Balthus.«

»Ja, aber meine Großeltern haben es deinen Großeltern schon vor dem Krieg abgekauft«, wandte ich ein. »So haben es meine Eltern mir jedenfalls immer erzählt. Meine Großeltern wollten dort eine Schafzucht betreiben, aber wegen des Krieges ist es nicht mehr dazu gekommen.«

»Ein solcher Kaufvertrag ist nirgends hinterlegt, behauptet mein Vater, und sofern du kein Dokument vorzeigen kannst, das das Gegenteil beweist … Für das Grundbuchamt ist der Fall unklar, weil alle Dokumente im Zweiten Weltkrieg verbrannt sind, deshalb wird das Amt in einem Prozess weder für noch gegen dich sprechen.«

»Ein Prozess?«, rief ich. »Das ist doch wohl nicht dein Ernst.«

Jacqueline hob abwehrend die Hände. »*Ich* habe damit nichts zu tun. Mein Vater und ich haben ein denkbar schlechtes Verhältnis, seit ich damals nach Amerika gegangen bin. Wenn es nach mir ginge, würde ich ihn entmündigen lassen. Leider hat unser sogenannter Rechtsstaat die Hürden dafür extrem hoch gehängt. Der alte Narr will sein ganzes Geld in eine Ferienhausanlage stecken, deren Fertigstellung er vermutlich nicht mal erleben wird. Ich kann nichts dagegen tun und erbe obendrein eines Tages unfertige Holzhäuser und einen Haufen Schulden.«

Ich rief mir das Bild von Rupert Balthus vor Augen. Ein Mann wie aus dem Alten Testament, weißbärtig, knorrig, patriarchalisch, kompromisslos. Als die Mauer noch stand, war er der einzige überzeugte Sozialist in ganz Kaltenhusen gewesen. Jacqueline hatte ihren Vater so sehr bewundert, dass sie bis zum Herbst 1989 – da war sie bereits achtzehn – auf seinen Wunsch hin einen albernen Kolchose-Zopf getragen hatte, so wie die Mädchen in den russischen Propagandafilmen, die das Landleben verherrlichten. Nur das Kopftuch hatte sie sich gespart.

Jacquelines Anbetung ihres Vaters hatte sich im Laufe des Jahres 1990 zusammen mit der sozialistischen Einheitspartei aufgelöst, und bald darauf hatte sie die Koffer gepackt, um von der ostdeutschen in die kalifornische Scheinwelt zu flüchten. Ein knappes Vierteljahrhundert später war ihr Mann Fabrikant, ihr Hund hieß Chanel und ihr einst linientreuer Vater raffte in großkapitalistischer Manier Grundstücke zusammen.

Das Leben hat manchmal Humor, ziemlich schwarzen sogar.

Ich ertappte mich dabei, wie ich mir klammheimlich wünschte, Mike käme zur Tür herein. Weniger weil ich neugierig auf ihn war, sondern um zu erleben, wie der früher so hemdsärmelige Typ mit seiner leicht überspannten Ehefrau zurechtkam.

Doch er erschien nicht, und ich verabschiedete mich bald. Auf mich warteten zwei besondere Begegnungen – die mit der schönsten und die mit der schlimmsten Zeit meines Lebens, schlimmer noch als das Martyrium der letzten Monate.

Mit sanfter Gewalt schob ich die rostige Gartentür meines Elternhauses auf. Die Wicken und anderen Pflanzen, die gemeinhin als Unkraut gelten, verströmten ihren strengen Duft, als ich mir einen Weg durch sie hindurch bahnte. Vor der Haustür zögerte ich, und als ich in meiner Handtasche nach dem Schlüssel suchte, fiel mir auch der Autoschlüssel wieder in die Hände. Lass doch einfach alles auf sich beruhen, Lea, dachte ich. Aber die ferne Vergangenheit übte eine Faszination auf mich aus, der ich nicht widerstehen konnte.

Ich war ein wenig überrascht, dass der Schlüssel tatsächlich ins Schloss passte. Im Laufe der Zeit war mein Elternhaus zu etwas Abstraktem geworden, und nun verzahnte sich jener Türöffner, der jahrzehntelang in Argentinien in einer Schublade gelegen hatte, mit der Abstraktion, was eine reale Bewegung zur Folge hatte.

Erst später sollte mir einfallen, dass ich gar nicht meinen Schlüssel benutzt hatte, der in der Tat noch in Argentinien in der Schublade lag, sondern Sabinas, den man mir mit ihren übrigen Habseligkeiten in der Klinik überreicht hatte.

Langsam betrat ich dieses Haus, diese vergangene Unbeschwertheit, dieses Glück, Kind zu sein, und zugleich dieses Unglück einer gewaltsam beendeten Kindheit. Das Haus war vollständig leer, wie ausgeschabt. Die Teppichböden, das Linoleum, die Tapeten, Gardinen, Möbel – nichts war mehr da, nur noch die Schale. Sabina hatte Ende 1990, als ich bereits in Argentinien war, die Möbel abholen lassen und nur einige Kleinigkeiten samt einigen persönlichen Dingen auf dem Speicher deponiert. Als Erstes ging ich ins Wohnzimmer, in dem es einst ausgesehen hatte wie in so vielen Wohnzimmern zwischen Poel und Görlitz, dann in die kleine Küche. Vor der steilen Treppe ins Obergeschoss blieb ich stehen. Ich erinnerte mich an das Getrampel von flinken Kinderfüßen, die hinauf- und hinunterstürmten, und an die Stimmen meiner Eltern, die meine Schwester und mich zum Essen riefen. An den Gummiball, auf den meine Katze so scharf gewesen war, an die Kinderspiele, den Duft der Germknödel meiner Mutter, das frisierte Radio meines Vaters, das durch alle Räume gelärmt hatte, an sehr viel Gelächter.

Aber mir fielen auch die ständigen Zankereien mit Sabina wieder ein. Worüber hatten wir gestritten? Oder besser: worüber nicht? Ich mochte Bob Dylan und Juliette Gréco, Gedichte von Rilke, barfuß laufen, Streifzüge über die Insel, nostalgische Kleider, das Zeichnen und später Fotografieren von Landschaften. Sabina mochte den Protest. Sie war gegen alles, gegen Bob Dylan und Germknödel ebenso wie gegen Literatur, mädchenhafte Kleider und ganz besonders mich. Ja, wir waren Schwestern. Aber was bleibt von einer Schwester, die man nicht liebt? Nur die hauseigene Gegnerin.

Ich habe Sabina immer als einzige Wunde einer ansonsten perfekten Jugend betrachtet. Ich hatte meine Eltern, meine Katze, meine Freunde, meinen Palast. Und Julian. Dann kam das Jahr 1990, und von jetzt auf gleich war ich mit Sabina allein.

Julian hatte sich vorgenommen, auf eigene Faust zu Fuß die Welt zu umrunden. Als er mir sagte, dass er dafür ein ganzes Jahr veranschlagte, trennte ich mich im Zorn von ihm. Einen Monat danach verunglückten meine Eltern zwischen Hamburg und Hannover mit ihrem Trabi auf der Autobahn. Eine Genossin der Volkspolizei überbrachte Sabina und mir die Nachricht. Sie war sehr nett. Sie sagte: »Ihre Eltern sind tot, es tut mir sehr leid. Das Auto muss irgendwie von der Fahrbahn abgekommen und gegen die Leitplanke gerast sein, ehe es sich überschlagen hat. Wir wissen noch wenig zum Unfallhergang. Ich bleibe gerne bei Ihnen, wenn Sie es wünschen. Soll ich Ihnen einen Kaffee kochen?« Dann kochte sie uns Kaffee, und wir saßen eine Stunde lang zu dritt beieinander, bis die Genossin Volkspolizistin wieder ging.

Danach schlossen wir uns ein, tagelang, wochenlang. Leute von ganz Poel riefen an, um zu kondolieren, aber wir taten, als wären wir nicht da. Sie kamen bis vor die Tür, schlichen ums Haus, spähten von draußen durch die Fenster und klopften an die Scheiben. Sabina und ich hatten uns in unseren Zimmern im Obergeschoss verschanzt. Mir war alles egal. Ich suchte keinen Trost. Wozu etwas suchen, das es gar nicht gibt?

Wir ernährten uns aus Dosen, aßen Erbsen, Rotkohl, Mais, Königsberger Klopse, Champignons, saure Gurken oder was wir sonst in die Finger bekamen zum Frühstück, mittags und abends. Sabina kümmerte sich um die Bestattung, für die ich zum ersten und einzigen Mal in jenen Wochen das Haus verließ. Dort begegnete ich Julian zum letzten Mal, nahm ihn aber nur verschwommen durch einen Vorhang aus Tränen wahr. Er bot mir an, mich auf seine Weltumrundung mitzunehmen, aber ich war zu stolz, um das Angebot anzunehmen, hinter dem ich nur Mitleid, nicht aber Liebe vermutete. Im Überschwang meiner chaotischen Gefühle wies ich ihn barsch, ja geradezu arrogant zurück.

Sabina und ich sprachen wochenlang kaum ein Wort miteinander, wir verkrochen uns wie verfeindete, verwundete Tiere in unsere Höhlen. Dann starb auch noch meine alte Katze, die krank geworden war, ohne dass ich es bemerkt hatte, und ich hasste die ganze Welt, vor allem mich selbst.

Viel mehr wusste ich über diese grauenhafte Zeit nicht, die einen Sommer lang dauerte, mir im Rückblick jedoch viel kürzer erschien. Es war, als hätte ich die Monate im Suff verbracht, und als ich wieder zu mir kam, war meine Kindheit vorüber. Julian war fort, wie vom Erdboden verschluckt, Jacqueline hatte sich mit ihrem Vater überworfen und Kaltenhusen ebenfalls verlassen, Mike und Harry hatten irgendein Geschäft aufgezogen und waren ständig auf Achse, und Margrethe ging auf eine Hauswirtschaftsschule in Berlin… Nur Pierre war noch da, aber der hatte irgendwie nicht gezählt.

»Lea?«, hörte ich Pierre vom Hauseingang rufen.

Ich war bei meinem Gang durchs Haus inzwischen im Obergeschoss angekommen, in meinem alten Zimmer.

»Hier oben.«

»Ich hab dich zufällig in dein Elternhaus gehen sehen und dachte, ich schaue mal nach dir.«

Als Pierre die oberste Stufe erklommen hatte, schickte ich ihm einen koketten Blick, über den ich selbst staunte. Ausgerechnet dem stillen, zurückhaltenden Jungen von einst, der heute so aufmerksam war und so einfühlsam. Auf einmal kam mir der Gedanke, dass seine damalige Zurückhaltung vielleicht gar nichts mit Fantasielosigkeit, Schüchternheit oder Gleichgültigkeit zu tun gehabt hatte. Dass es vielmehr in seinem Wesen lag, sich zurückzunehmen und seinem jeweiligen Umfeld anzupassen. Dass er lieber beobachtete als gestaltete, lieber zuhörte, als seine Meinung in die Welt zu posaunen.

Ich sagte: »Du hast damals, während meiner schweren Zeit, versucht zu mir vorzudringen und warst ein paarmal unten an der Tür, stimmt's?«

»Ja, so war's«, sagte er, die Hände wie so oft in den Hosentaschen.

»Das liegt für mich alles im Nebel, weißt du?«

»Schon gut«, spielte er die Sache mit einer Routine herunter, die mir einen Stich versetzte.

Dann geschah etwas ganz und gar Wunderbares. Die Vergangenheit stellte sich nicht mehr nur als einzelnes Standbild ein, sondern darüber hinaus – wenn auch nur schwach – als Emotion. Ich spürte einen leisen, entfernten Schmerz, der mir viel willkommener war als die allzu vertraute Taubheit.

»Damals, im Sommer neunzig, wurde mir alles fremd, was mit der Insel zu tun hatte: der Garten, das Haus, das Dorf und, ja, auch ihr von der Clique. Deswegen habe ich mich auch so eingeigelt. Das war keine Trauer, es war das Gegenteil davon, nämlich Weglaufen vor der Trauer. Ihr hattet keine Chance, keiner von euch. Ich habe alle Fotos zusammengerafft, die ich im Haus finden konnte, von meinen Babybildern über die Hochzeitsfotos meiner Eltern, alte Aufnahmen von meinen Großeltern und Urgroßtanten bis hin zu den Urlaubsbildern aus Ungarn, Klassenfotos und auch die meisten Schnappschüsse, die ich von uns gemacht hatte. Ich habe sie alle ins Waschbecken geworfen und den Scheiterhaufen meiner Kindheit angezündet.«

Ich blickte in das Waschbecken, wo unter zentimeterdickem Staub tatsächlich noch ein paar schwarze Schlieren zu erkennen waren, Botschaften aus dunklen Tagen. Das Traurige war, dass sich mein heutiger Zustand gar nicht so sehr von meinem damaligen unterschied.

Pierre sagte: »Ich glaube, das habe ich … das haben wir damals alle gut verstanden. Nur dass du dann so plötzlich abgereist bist, im September mit diesem Argentinier, das war hart.«

»Ende August habe ich Carlos kennengelernt. Sabina hatte mich wegen der Erbschaft zu einem Anwalt nach Wismar geschleppt. Wir saßen im Wartezimmer, wo ich mit Carlos ins Gespräch kam. Als Galerist hatte er dort einen Künstler aufgesucht, mit dem er einen Vertrag für eine Ausstellung in Buenos Aires aufsetzen wollte. Er war überrascht, als er erfuhr, wie alt ich war. Du weißt ja, ich habe früher immer drei, vier Jahre älter ausgesehen, und dazu kam die Schwermut, die jedes Gesicht reifen lässt. Wie auch immer, Carlos sagte, ich sehe aus wie eine Frau auf einem Gemälde von Vermeer, und fing an, von der Bedeutung des Lichts in der Malerei zu sprechen, von Farben, Perspektiven und Linien. Ich weiß auch nicht, er war ein Charmeur, und Frauen wie ich mögen es, wenn sie gesagt bekommen, dass sie Kunstwerken ähneln. Irgendwie hat er es damals geschafft, meine Lethargie zu durchbrechen. Carlos sprach nur gebrochen deutsch, seine Mutter war Deutsche. Er war siebzehn Jahre älter als ich und erinnerte mich an nichts, was ich bisher kannte. Wir trafen uns ein paarmal, schliefen miteinander. Die unausgesprochene Abmachung sah so aus: ›Bring mich von hier weg‹ gegen ›gib mir das Gefühl, zehn Jahre jünger zu sein‹. Ohne ein Wort darüber zu verlieren, einigten wir uns.«

Das alles fand hier in meinem alten Kinderzimmer noch einmal in meinem Kopf statt, so wie man versucht, sich an einen seltsamen Traum zu erinnern.

Pierre betrachtete seine Schuhspitzen. »Du hast dich noch nicht einmal verabschiedet.«

»Echt nicht?«

»Jedenfalls nicht von mir.«

»Da siehst du's, ich habe fast alles vergessen, und das hat ganz sicher nichts mit der Amnesie zu tun. Ich nehme an, die Kindfrau von damals hat gar nicht gemerkt, wen und was sie alles zurücklässt. In diesem Alter ist man völlig davon überzeugt, reif zu sein und zu wissen, was man will. Doch nur die wenigsten wissen es wirklich. In Wahrheit hat man gar keinen Überblick. Julian war eine Ausnahme.«

Ich spürte, dass mir schon die ganze Zeit über, im Grunde seit ich zu reden angefangen hatte, seit wir das Haus betreten hatten, seit ich über den Damm nach Poel gekommen war, dieser Name im Kopf herumspukte, ohne dass ich ihn ausgesprochen hätte. Carlos hatte ich nie geliebt. Genauso wenig wie meine paar Liebhaber. Julian dagegen schon. Und nun war mir sein Name beinahe versehentlich über die Lippen gekommen.

Er hatte mich die ganze Zeit schon beschäftigt, und irgendwie spürte Pierre das.

»Es wird düster hier drin«, sagte er. »Das Licht funktioniert nicht. Gehen wir?«

Sein Ablenkungsmanöver kam mir vor, als wollte er auf keinen Fall über Julian sprechen, ja, als fürchtete er sich sogar ein wenig vor diesem Namen.

Die paar Meter von meinem Elternhaus bis zu Pierre zu fahren, lohnte sich nicht, daher gingen wir zu Fuß. Ich suchte nur schnell ein paar Sachen aus dem Auto zusammen, Pierre zog meinen Koffer. Als wir am unbewohnten Haus der Morgenroths vorübergingen, das ähnlich verfallen war wie das meiner Familie, wurde ich langsamer und blieb schließlich stehen. Pierre ging weiter.

Sollte ich mich erkundigen? Wieso eigentlich nicht? Nur weil Pierre vielleicht nicht darüber sprechen wollte? Immerhin war ich auch über Margrethe im Bilde, hatte einen ersten Eindruck von Harry bekommen, wusste sogar schon ein paar Dinge über Mike, und Pierre hatte mir ausführlich von sich erzählt. Da wäre es das Normalste von der Welt … Doch gerade die Tatsache, dass ich mich davon erst überzeugen musste, war der Gegenbeweis. Dass Pierre einfach weiterging und so tat, als bemerkte er nichts, war ein weiteres Indiz.

»Was ist eigentlich aus den Morgenroths geworden?«, rief ich ihm nach.

Es war schon nach acht, stahlblaue Dunkelheit hatte die von mir seit jeher so genannte »grüne Stunde« abgelöst. Pierre war von der hereinbrechenden Nacht fast völlig verschluckt worden. Einen Moment lang verharrte er. Langsam kam er dann den Weg zurück, wurde vom Umriss wieder zum Menschen.

»Leider ist Frau Morgenroth schon lange tot, und ihr Mann ist sehr gebrechlich geworden. Er lebt in einem Heim, hab vergessen, wo. Sie haben die Sache mit Julian nie verkraftet.«

Mir schnürte es die Kehle zu. »Welche Sache?«

»Er ist … verschwunden«, brachte Pierre mit belegter Stimme hervor. »Spurlos. Seinen Pass und seine nötigsten Sachen hat er mitgenommen.«

»Das kann ich nicht glauben«, widersprach ich energisch. »So verantwortungslos hätte er sich gegenüber seinen Eltern nie verhalten.«

Pierre benötigte einen Moment, um sich auf meinen veränderten Tonfall einzustellen. »Gut möglich, dass du recht hast. Soviel ich weiß, hat die Polizei damals auch Selbstmord oder ein Verbrechen in Betracht gezogen, jedoch keinerlei Hinweise gefunden. So unlogisch erscheint mir die vorherrschende Theorie übrigens nicht. Anders als du habe ich Julian keineswegs als reif empfunden. Für mich war er ein Fantast, wenn auch ein sympathischer.«

»Nur weil man kreativ ist, ist man noch nicht gleich ein Fantast«, erwiderte ich leicht patzig und befand mich plötzlich in der Situation, einen Menschen zu verteidigen, dem ich gegenwärtig ungefähr so nahestand wie der geliebten Figur aus einem vor langer Zeit ausgelesenen Roman. Julian war kaum noch Materie, fast reine Erinnerung.

»Wie auch immer. Für die Morgenroths war es eine Katastrophe. Sie waren ohnmächtig, hilflos.«

»Haben sie ihn denn nicht suchen lassen?«, rief ich empört.

»Wo denn?«, antwortete Pierre. »Vielleicht ist er dem Yeti im Himalaya auf der Spur, rettet die letzten Nashörner von Simbabwe, läutet die Glocke in einem Zen-Kloster am anderen Ende der Welt oder züchtet venezolanische Grünohrpfeifvögel am Amazonas.«

»Sie hätten Suchanzeigen aufgeben können, die ...«

»Die Times, Le Monde, Washington Post, Italien, Indien, Japan ... Die Morgenroths haben ihr ganzes Erspartes für solche Anzeigen ausgegeben.«

»Ich sag's noch mal«, beharrte ich trotzig. »Sich nicht zu melden, sähe Julian überhaupt nicht ähnlich.«

»Ach ja?« Pierres Stimme war betont gelassen, als er fragte: »Ganz unabhängig von seinem Verschwinden, wie würdest du jemanden bezeichnen, der seine Freundin wegen einer Weltumrundung zurücklassen will?«

Pierre hatte ohne Zweifel ein gutes Argument ins Feld geführt, aber weit höher rechnete ich ihm jenes noch viel bessere an, das er für sich behalten hatte. Ich selbst hatte Julian einst verlassen, weil er mich aus seinem Traum, seiner Fantasterei ausgeschlossen hatte.

Pierre deutete in die Finsternis. »Ich wohne dort drüben.«

Zum ersten Mal hörte ich so etwas wie Verärgerung, ja Zorn in seiner Stimme. Galt sie Julian oder mir?

Der Strand bei Kaltenhusen war übersät von Leichen. Harry fiel auf, woran andere Spaziergänger achtlos vorbeigingen: von der Sonne ausgedörrte Tangfetzen, aufgebrochene Muscheln, bis zur Unkenntlichkeit aufgelöste Quallen, auf dem Rücken liegende, erstarrte Käfer; Knochengerüste kleiner Fische, ein Seestern, ein hohler Rückenpanzer, ein räuberisches Bataillon Ameisen auf einem verendeten Nagetier. Er war geübt darin, den Tod zu sehen, ihn überall zu finden, selbst in der paradiesischen Szenerie eines Sonnenuntergangs auf Poel.

Leben, das hieß sterben. Jeden Tag ein Stück. Das galt für jeden, doch nicht jeder bemerkte es. Harry schon. Manchmal glaubte er, dass er bereits so geboren worden war, mit dem ausgeprägten Wissen um die Endlichkeit. Aber vermutlich hatte der sehr frühe Tod des Vaters ihn so werden lassen. Seine ersten Erinnerungen hatten mit diesem Strand zu tun: die Rechte seiner Mutter hielt Margrethes Hand umfasst, die Linke die seine. Er sah zu ihr auf, blickte in ihr gütiges, gezeichnetes Gesicht, entdeckte darin die Mühen ihres Lebens und ihren aufsässigen, kraftvollen Widerstand gegen das Schicksal. Ihr schwarzer, etwas strenger, mit Nadeln zusammengehaltener Knoten war ihm wie eine ritterliche Kampfansage vorgekommen, sich nicht unterkriegen zu lassen. Zugleich sah er die Freunde von früher: Mike, Lea, Julian, Jacqueline und Pierre. Unter der Aufsicht seiner Mutter bauten sie Burgen und zerstörten sie wieder, liefen kichernd vor den Wellen davon, spritzten sich gegenseitig nass, schrien sich an, versöhnten sich.

Harry kam oft hierher, um sich an die Vergangenheit zu erinnern, sie gleichsam wiederzufinden. Obwohl – wiederfinden? Nein. Sie verfolgte ihn. Ließ ihn einfach nicht los, brachte ihn überhaupt erst dazu, an den Strand zu gehen, ebenso in den Palast. Die Vergangenheit bescherte ihm nach wie vor die glücklichsten Augenblicke und zog ihm ganz nebenbei den Boden unter den Füßen weg.

Freundschaft. Das Wort hatte sich allmählich in eine Lüge verwandelt. Er hasste es. Mike war der König der Lügner, der schlimmste Verräter von allen. Aber er war nicht allein. Alle aus der Clique waren Verräter an der Freundschaft, entweder weil sie diese einfach hinter sich gelassen hatten, weil sie sie verleugneten oder gar mit Füßen traten.

Wie jedes Mal, wenn »es« über ihn kam und der Hass von ihm Besitz ergriff, umhüllte ihn ein blauer, eiskalter Nebel, der ihm das Herz gefrieren ließ. Seit vielen Jahren litt er unter diesen Schüben, in denen die Gewalt in ihm aufstieg, doch hatte er sie stets beherrschen können. Seit einiger Zeit gelang ihm das immer schlechter. Bisher hatte er keinem davon erzählt, auch Pierre nicht, dem er sonst sogar seine dunklen Fantasien anvertraute. Er enthielt dem Arzt vor allem vor, dass sich die dunklen Gewaltfantasien inzwischen auf die ganze ehemalige Clique bezogen. Er hätte sie alle, selbst seine Schwester Margrethe, am liebsten über den Haufen gefahren, aufgehängt, erschlagen …

Die einsetzende Dämmerung bot ihm ausreichend Deckung, um sich unbemerkt Mikes Haus zu nähern. Ein selten hässliches Anwesen, halb Bauernhaus, halb Bungalow, um so größenwahnsinnigen Quatsch wie ein Schwimmbad, einen Wintergarten, ein Kaminzimmer und einen Dachgarten erweitert. Harry war offiziell noch nie in dem Neubau gewesen, wenngleich Margrethe ihm alles ausführlich beschrieben hatte, natürlich nur um ihm unter die Nase zu reiben, was Mike alles erreicht hatte. Einst hatten sie die gleichen Startbedingungen gehabt, nun war aus dem einen ein Millionär und aus dem anderen ein Hilfsarbeiter geworden.

Die Alarmanlage war ausgeschaltet, wie üblich, wenn noch jemand im Haus war. Mike und Jacqueline waren schick essen gegangen, wie jeden Freitagabend, aber Mikes Sohn Jeremi war da.

Harry beobachtete den Jungen durch das Wohnzimmerfenster. Er saß vor dem Fernseher, knabberte Chips und Flips, die er mit Cola herunterspülte, und lachte schrill und fies auf, wenn jemand in der TV-Soap einen gemeinen Witz machte. Harry suchte nach Ähnlichkeiten zwischen Jeremi und seinem Vater, als dieser im Alter des Teenagers gewesen war. Als wäre es erst gestern gewesen, erinnerte Harry sich an jede Phase des Freundes von damals, an jeden Gesichtszug, an jede Frisur, die Mike damals getragen, an jeden Knochen, den er sich geprellt oder verstaucht hatte. Vermutlich kannte er Mikes Kindheit besser als dieser selbst.

Jeremi war ganz anders, viel schlanker, beweglicher. Wenn im Sportunterricht die Fußballmannschaften zusammengestellt wurden, war er sicherlich einer der Ersten, den die anderen in ihr Team wählten. Seine Haare waren heller und länger als die von Mike. Wie so viele um die Jahrtausendwende geborenen Jungen trug er Schmuck: etliche Armbänder aus Stoff und Leder sowie eine Halskette aus bunten Schnüren.

Harry schloss die Hintertür von Mikes Haus auf. Schon vor einiger Zeit hatte er heimlich den Schlüssel nachmachen lassen, den Margrethe ausgehändigt bekommen hatte. Seither hatte er sich schon mehr als ein Dutzend Mal in das Haus seines Feindes geschlichen. Um was zu tun? Eigentlich nichts Besonderes.

Er sah sich alles an, nahm ein paar Dinge in die Hand und ließ auch schon mal etwas mitgehen. Ausschließlich Kleinigkeiten, ein paar Socken beispielsweise, einen schicken Kugelschreiber oder Mikes Lesebrille. Es vermittelte Harry ein kurzes Triumphgefühl, in Mikes persönlichen Sachen herumzuwühlen und ihm das eine oder andere wegzunehmen. Die gestohlenen Habseligkeiten bewahrte er in seinem Zimmer auf und holte sie dann und wann hervor, um sie zu betasten und daran zu riechen.

Am liebsten hielt er sich in Mikes Schlafzimmer auf. Die Eheleute schliefen getrennt. Manchmal setzte Harry sich für ein paar Minuten auf die Bettkante und las in einer Zeitschrift, die Mike am Vorabend auf den Nachttisch gelegt hatte. Danach fühlte er sich besser, weil er das Gefühl hatte, einen winzigen Bruchteil seiner Kindheit zurückbekommen zu haben.

An diesem Abend jedoch steuerte Harry die Küche an. Der Raum war viel heller als früher und die Einrichtung hochmodern, am Zuschnitt dagegen hatte sich im Wesentlichen nichts geändert.

Vorsichtig öffnete er die Kühlschranktür und hielt Ausschau nach Lebensmitteln, die eindeutig Mike zuzuordnen waren. Schließlich entdeckte er eine Packung Bierwurst vom Metzger. Jacqueline fasste so etwas nur mit spitzen Fingern an, und Bierwurst war von jeher Mikes liebster Brotbelag. Harry schob sich eine Scheibe in den Mund und steckte den Rest in seine Jackentasche. Auch Margrethe stibitzte manchmal etwas aus Mikes Keller, eine Flasche Wein oder ein paar Konserven, aber im Gegensatz zu seinen Diebstählen tat sie es aus rein praktischen Erwägungen und prahlte hinterher zu Hause damit, als hätte sie einen stattlichen Hirschen erlegt.

Gerade noch rechtzeitig hörte Harry, dass Jeremi sich näherte. Um die Küche zu verlassen, war es zu spät, daher versteckte er sich hinter der Kellertür. Durch einen Spalt beobachtete er, wie der Junge eine Packung Flips in eine Schüssel kippte. Unvermittelt hielt Mikes Sohn in seinen Bewegungen inne, und Harry hielt die Luft an.

Hatte Jeremi irgendetwas bemerkt, das ihm merkwürdig vorkam? Einen Luftzug vielleicht? Oder einen Geruch?

Der Junge verhielt sich äußerst seltsam. Er betrachtete einen einzelnen Erdnussflip so intensiv, als handele es sich um ein faszinierendes Forschungsobjekt. Er drehte ihn in den Fingern, platzierte ihn auf der Arbeitsplatte und zerschlug ihn mit der Faust. Die Trümmerteile sammelte er auf und gab sie in einen Mörser, in dem er den Flip vollends pulverisierte.

Harry verstand nicht, was das sollte, bis zu dem Moment, als Jeremi eine Teedose aus dem Küchenschrank holte. Dem heimlichen Beobachter verschlug es den Atem, diesmal vor Erstaunen. Unglaublich, was der Junge vorhatte!

Um Jacqueline umzubringen, bedurfte es einer einzigen Nuss. Harry hatte es im Laufe der Jahre fast vergessen, aber Mikes Frau war hochgradig allergisch, vor allem gegen Erdnüsse. Als Kind hatte sie mehrere schwere Anfälle gehabt, anaphylaktische Schocks, von denen einer beinahe tödlich verlaufen wäre.

Wie sehr musste Jeremi seine Stiefmutter hassen, um so etwas zu tun.

Vor dem letzten Schritt schien der Dreizehnjährige allerdings zurückzuschrecken. Als es nämlich darum ging, die Flipsbrösel in den Tee zu streuen, zögerte er und stellte schließlich alles zurück an seinen Platz. Mit seiner Schüssel verließ er die Küche, um im Wohnzimmer weiter fernzusehen.

Bisher hatte Harry Mikes Jungen kaum beachtet. Jetzt fühlte er sich ihm seltsam verbunden in seinem Hass – und in seiner Unfähigkeit, diesen Hass konsequent in Taten umzumünzen. Eines Tages vielleicht …

Kaum hatte Harry sein Elternhaus betreten, stürmte Margrethe auf ihn zu.

»Wo warst du? Du solltest doch auf Mama aufpassen! Weißt du überhaupt, was ich alles um die Ohren hab? Und du kriegst es nicht mal hin, eine Stunde hierzubleiben. Ist das denn zu viel verlangt? Du bist aber auch zu gar nix zu gebrauchen.«

Er hielt sich die Ohren zu und floh ins Obergeschoss in sein Zimmer, wo er allerdings nicht lange blieb. Leise schlich er ans Bett seiner Mutter, die bereits schlief. Ihre Atmung wirkte seltsam zerbrechlich, als wäre es eine Frage von Minuten, bis sie in Stücke brach und endete. Tatsächlich jedoch ging das schon seit Jahren so.

Irgendwann, keiner wusste, wann, würde sie einfach aufhören zu atmen, aber bis dahin würde sie ein mächtiger Fels mitten auf seinem Lebensweg bleiben, ein Monolith, an dem er einfach nicht vorbeikam. Lächerlich, eigentlich. Da lag sie, federleicht und abgenutzt, mit künstlichem Darmausgang, ein kleines bisschen stinkend, steinalt und schwach, ein Bild der Wehrlosigkeit und des Elends, und beherrschte weiterhin sein Leben. Vom ersten Tag an hatte er ihren Respekt gewinnen wollen, und nie war es ihm gelungen. Sie war sein Vorbild und zugleich sein Schreckgespenst.

Geboren 1928, hatte sie einen Krieg, zwei Diktaturen und den Kapitalismus überstanden, einen Mann begraben, sämtliche nachfolgenden Bewerber fortgeschickt, zwei Kinder allein großgezogen, das Haus instand gehalten, Funktionären getrotzt und alle Mühen klaglos ertragen. Ihre anpackende Art hatte zusammen mit ihrer Lebensleistung für ihn aber auch etwas Furchteinflößendes. Gegen seine Mutter kam er nicht an. Er hatte ja nichts vorzuweisen, jedenfalls nichts als Niederlagen, Rückzüge, Scheidungen, Verluste und einen beharrlichen, wenngleich folgenlosen Trotz.

Mehr als einmal hatte er sich gefragt, wie sein Leben ohne seine Mutter verlaufen wäre, ohne sein Streben nach der Anerkennung in ihren Augen, aber nie hatte sich ihm die Vorstellung von einer Welt ohne sie so sehr aufgedrängt wie an diesem Abend. Zweifellos hatte das mit den Erlebnissen des Tages zu tun, unter deren Eindruck er noch immer stand. Der Tod hatte seinen Weg vom Morgen bis zum Abend begleitet, zuerst auf der Arbeit, wo er eine Frau im Alter seiner Mutter unter die Erde gebracht hatte. Mittags hatte er dann Mike überfahren, wenn auch nur in seiner Fantasie. Pierre, diesem elenden Feigling, der bis heute vor Mike kuschte, hätte er am liebsten die Gurgel zugedrückt, als dieser ihn quasi hatte einweisen wollen. Am Strand hatte er die Tierleichen kaum zählen können, und schließlich hatte er zugesehen, wie ein Teenager zumindest kurz darüber nachgedacht hatte, einen Menschen umzubringen.

Harry war voller Zorn gegen all jene, die ihn bemitleideten oder verachteten, und voller Ekel vor sich selbst, weil ihm nichts gelingen wollte. Auch heute hatte er wieder versagt, hatte er zwangsläufig versagen müssen, entweder als Mörder oder als jemand, der versuchte, nicht zum Mörder zu werden.

Sie und kein anderer hatte ihn von Anfang an zu dem gemacht, was er heute war. Als Kind hatte sie ihm nichts abverlangt, sondern alles selbst gemacht, sie hatte Holz gehackt, Unkraut gejätet, Böden geschrubbt, sogar sein Zimmer hatte sie aufgeräumt … Immer war sie selbst auf die Leiter geklettert und hatte Margrethe geheißen, sie festzuhalten. Ihn hatte sie nie um etwas gebeten, jedenfalls nicht, ohne ihm eine Mahnung mitzugeben. »Hol uns fünf Brötchen beim Bäcker, aber lass dich nicht betuppen.« Später, nach dem Mauerfall, hatte sie ihm geraten: »Halte dich an Mike, der bringt es zu etwas, der zieht dich mit.«

Seine Mutter war die Dämonin seines Lebens. Das Dumme war nur, dass er sie liebte. Alles wäre viel einfacher, wenn er sie hassen könnte – oder vergessen.

Das Kissen, das er plötzlich in der Hand hielt, war weiß, sauber und duftete frisch. Würde das der letzte Geruch sein, den seine Mutter vor ihrem Tod wahrnehmen würde? Wäre ein so wohlriechender Tod nicht zu gnadenvoll? Zentimeter um Zentimeter senkte er das Kissen in Richtung ihres dünnen Atems, bis er ihn spürte, sanft und warm an seinen Handflächen, ein bisschen Leben nur noch, ein seidener Faden.

Als er das Kissen auf Ediths kleines Gesicht presste, kamen ihm die Tränen, und er weinte umso heftiger, je verzweifelter sie sich mit ihren dünnen Armen wehrte. Doch gegen seine Verzweiflung kam die ihre nicht an.

Er drückte fester zu. Drückte zu. Drückte.

Vor seinem geistigen Auge sah er die Frau vom Strand vor sich, die mit dem Haarknoten, die Kuchenbäckerin, die Arbeiterin, die Hausfrau, die sich vor einem Berg mit schmutzigem Geschirr die Ärmel hochkrempelte. Die Mutter, die ihn immer geliebt und nie geachtet hatte, die Mutter, die seine Schwester Margrethe geachtet und nie geliebt hatte. Selbst als ihr Widerstand längst gebrochen, als ihr Atem erloschen war, setzten seine Hände ihr Werk fort. Vom Mond in sanftes Licht getaucht, wirkte ihr Tun keineswegs fürchterlich, sondern im Gegenteil barmherzig. Als er das Kissen endlich wieder anhob, fand er sich darin bestätigt, denn seine tote Mutter sah völlig friedlich aus.

Der Tod war demnach ein guter Ort, und das war ein ungeheurer Trost. Hatten die christlichen Kirchen am Ende recht, wenn sie behaupteten, dass jene, die auf Erden litten, einmal in den Himmel kamen?

Er schloss die Augen, horchte eine Minute lang in die wunderbare Stille hinein, die von keinem Atem, keinem Wort gestört wurde.

»Harry?«

Er erschrak, blickte auf das Bett hinab. Edith sah ihn mit müden Augen an.

»Harry, was stehst du hier rum? Wo hast du dich nur wieder rumgetrieben«, murmelte sie, als wäre er der kleine Junge von vor dreißig Jahren. »Ach, egal. Geh ins Bett. Lass mich schlafen, ja?«

Das Kissen, das er auf das Gesicht seiner Mutter gedrückt zu haben glaubte, war verschwunden. Wieder war Ediths Tod hinausgeschoben.

Er verließ den Raum, verließ das Haus, um durch die Nacht zu laufen, zum Palast, dem Palast der Wünsche. Vielleicht würde er dort die Kraft finden, seine Visionen in die Tat umzusetzen.

Am Mittwoch, einen Tag nach meiner Ankunft, war der Morgenhimmel über Poel von einem verwaschenen, mit Pfirsich- und Grüntönen gemischten Blau, das ich von Argentinien nicht kannte. Von Pierres Gästezimmer im ersten Stock aus blickte ich über dunstige Wiesen, Äcker und das Meer, die alle miteinander verwoben schienen. Die Übergänge waren im wahrsten Sinne des Wortes fließend, begünstigt durch das schmeichelnde, gleichmachende Licht der aufgehenden Sonne. Ein leichter Wind blies mir frisch entgegen, und je länger ich in die Stille lauschte, desto deutlicher hörte ich die Ostsee rauschen. Ein feiner Duft nach Hölzern entströmte dem Innern des Raumes. Der Landhausschrank und das Bett, in dem ich hervorragend geschlafen hatte, waren imposante Einzelstücke, die bestens mit den modernen zartgrünen Sesseln harmonierten. Die Fototapete mit dem Schilfmotiv an allen vier Wänden verlieh dem Raum eine zutiefst beruhigende Note. Ich brauchte einige Minuten, bis ich bemerkte, dass ich in Pierres früherem Kinderzimmer war.

Wir von der Clique waren in unserer ganzen Jugend nicht öfter als vier- oder fünfmal hier gewesen. Bei mir hatten wir uns dagegen mindestens einmal in der Woche getroffen, sehr zu Sabinas Verdruss, die sich immer über unser Gelächter beklagt hatte, das sie Lärm nannte. Auch bei Mike, bei den Morgenroths und den Petersens hatten wir viele Nachmittage verbracht. Nur Jacquelines Vater hatte uns nicht im Haus haben wollen. Der alte Balthus hatte Kinder zwar zum Fortbestand des Sozialismus und der Menschheit für unerlässlich erachtet (in dieser Reihenfolge), uns aber trotzdem nicht gemocht und daher aus seinem Arbeiter- und Bauernhaushalt verbannt. Pierres Eltern hingegen waren freundliche Leute, und sein Zimmer war nicht schlechter als unsere, dennoch hatte Mike aus irgendeinem Grund immer bestimmt, dass wir uns woanders trafen. Und Mike war der Chef.

Mein Blick fiel auf ein kleines Wandbord, auf dem ein leicht zerfledderter Reiseführer über die Ostseeküste stand. Ein Kapitel war Poel gewidmet. Ich las von Dingen, die ich nicht mehr wusste oder noch nie gewusst hatte. Mit sechsunddreißig Quadratkilometern war Poel die siebtgrößte deutsche Insel, bewohnt von rund zweitausendfünfhundert Menschen, was einen Schnitt von neunundsechzig Einwohnern pro Quadratkilometer ergab. Wo sonst in Deutschland war die Besiedlung so dünn? Die meisten der fünfzehn Dörfer hatten weniger als einhundert Einwohner. Es war von kleinen Häfen die Rede, von Stränden, Wanderwegen, Gedenkstätten, Anglerparadiesen, Segelklubs und Reitmöglichkeiten, und so gut wie nichts davon sagte mir etwas.

Ein Gefühl von Verlorenheit machte sich in mir breit. Hatte ich überhaupt je hier gelebt? Die Landschaft sagte ja. Das Licht, das Geräusch von Wind und Meer ebenfalls. Dennoch fühlte ich mich fremden Menschen auf fremdem Terrain ausgeliefert.

Ich erinnerte mich wieder meiner Erinnerungslosigkeit. Wie ein Choleriker binnen Sekunden vom Zorn überfallen wird, so überfiel mich die Angst, und zwar genauso unvermittelt. Irgendwo tief in mir waren Wahrheiten verborgen, zu denen ich nicht vordringen konnte. Ein Teil von mir war abgeschnitten, ähnlich wie ein amputiertes Bein, und der Phantomschmerz ließ mich verzweifeln, weil ich begriff, dass es kein Mittel dagegen gab.

Mich überkam das Verlangen, meinen Kopf gegen die Wand zu hämmern, nur um echten Schmerz zu spüren und so den anderen, den eigentlich inexistenten Schmerz zu überlagern. Gerade als ich mit beiden Händen die Schädeldecke umklammerte, hörte ich eine Fahrradschelle und kurz darauf das schmatzende Geräusch von Reifen auf der Wiese vor dem Haus.

Erinnerungen an meine Kindheit wurden wach, an tausend Morgenstunden, in denen der Briefträger, der kleine Herr Melchior, auf seinem Drahtesel die Post vorbeigebracht hatte.

Ich ging zum Fenster, konnte aber niemanden sehen. Einen Augenblick später klopfte es an meiner Zimmertür.

»Einen Moment.«

Ich trug nur ein Höschen und ein ausgeleiertes T-Shirt. Rasch schlüpfte ich unter die Bettdecke, mein Hinterkopf senkte sich auf das Daunenkissen, und mein Haar bildete einen großen schwarzen Kranz darum.

»Ja bitte?«

Pierre kam herein und balancierte ein Tablett, über dessen Rand er mich anlächelte. »Buenos días, Señora Mahler, ein echtes Mecklenburger Frühstück für Sie, samt Heringssalat, Krabben mit Mayo, Dillgurken und …« Er blieb stehen. »Wow!«

»Was denn?«

»Ich dachte, so etwas gibt es nur im Film, dass jemand kurz nach dem Wecken so perfekt aussieht.«

Entweder war er ein hervorragender Lügner, oder er trug rosa Kontaktlinsen. Aber irgendwie hatte er es geschafft, dass ich mich binnen Sekunden besser fühlte. So schnell, wie die panikartige Unruhe gekommen war, so schnell war sie verflogen.

»Eben noch ging es mir gar nicht gut«, gestand ich. »Aber jetzt … Es ist eine Ewigkeit her, dass ich die Fahrradklingel vom Postboten das letzte Mal gehört habe.«

»Du hast sie auch heute nicht gehört. Ich habe geklingelt, als ich vom Bäcker zurückgekommen bin. Ich dachte mir schon, dass es dir gefallen würde. Oft genügt ein einziges Geräusch, um tausend Morgenstunden wieder lebendig zu machen.«

Ich lächelte. »Du bist lieb.«

»Das auch«, sagte er und setzte sich dicht neben mich auf die Bettkante, ungefähr in Höhe meiner Brüste. Er trug Shorts, hatte braune, dunkel behaarte Beine und die Hemdsärmel absichtlich ganz weit hochgekrempelt, damit ein jeder seine Oberarme bewundern konnte.

»Was ist aus ihm geworden?«, fragte ich.

Für einen Moment schien Pierres Fröhlichkeit gebrochen, dann lächelte er wieder. »Oh, du meinst Herrn Melchior? Nach der Wiedervereinigung hat die Deutsche Post ihm einen Dienstwagen gegeben, weil seine Arbeit angeblich nicht effizient war und er die Post künftig in einem größeren Umkreis verteilen sollte. Aber er weigerte sich standhaft, den Wagen zu benutzen. Lieber arbeitete er freiwillig drei Stunden länger. Als sein Fahrrad eines Tages unter ihm zusammenbrach, verletzte er sich schwer und wurde in den vorzeitigen Ruhestand geschickt. Er hat das Rad heimlich auf einer Wiese neben dem Friedhof begraben, was er mir als seinem Arzt Jahre später auf dem Sterbebett erzählte. Ich habe dafür gesorgt, dass er und sein Liebstes nur ein paar Meter auseinanderliegen, lediglich durch eine niedrige Mauer getrennt.«

Irgendwie fand ich die Geschichte schön, wenngleich ein bisschen traurig. »Ich habe ihn gemocht.«

»Wir alle haben ihn gemocht. Er hat immer Süßigkeiten aus dem Westen verteilt. Gott weiß, woher er die hatte. Er war doch ganz allein auf der Welt.«

»Danke«, sagte ich.

»Fürs Geschichtenerzählen?«

Ich lächelte. »Auch. Aber ich meinte eigentlich, dass du Herrn Melchior etwas zurückgegeben hast, stellvertretend für uns alle.«

»Dafür hat mir bisher noch keiner gedankt.«

Unsere Blicke hafteten aneinander. Innerhalb weniger Sekunden stiegen Tränen in mir auf, Glückstränen, weil ich zum ersten Mal seit Monaten nicht in einem Klinikbett aufwachte, weil jemand bei mir saß, weil draußen ein paar Möwen schrien, weil mir Kaffee- und Brötchenduft in die Nase stieg. Ein Hauch von Paradies im Raum, schwebend, schwer greifbar, flüchtig... Aber auch Tränen des Unglücks, weil ich nicht wusste, ob ich an diesem Ort überhaupt richtig war und ob ich nicht besser woanders sein sollte, auch wenn mir keine gute Alternative einfiel.

»Hey, was ist los?«, fragte Pierre, der meinen Zustand sofort bemerkte.

»Pierre, ich … ich fühle mich«, schluchzte ich, »wie ein Korken, der nachts allein auf dem Meer treibt. Ich schwebe und schwanke, weiß nicht wohin, weiß nicht, wann die Nacht endet …«

Unter Pierres irritiertem Blick fürchtete ich, mich wie ein Gedicht von Rilke anzuhören. Daher zog ich schnell mein Lebensdiagramm aus der Handtasche hervor und drückte es ihm in die Hand.

»Hier, das ist mein Leben, zumindest der größte Teil davon. Wenn man sich das durchliest, könnte man glatt auf den Gedanken kommen, ich wüsste etwas darüber. Aber die wichtigsten Dinge weiß ich nicht.«

Er wartete einen Moment, dann fragte er: »Und das wäre?«

Ich suchte nach Worten, die ihm meine Lage verständlich machen würden, doch das war alles andere als leicht. Mir erging es wie den meisten, die emotional aufgewühlt sind: Je besser ich mich ausdrücken wollte, umso konfuser wurde ich.

»Lakritze«, sagte ich.

»Wie bitte?«

»Lakritze. Federball. Die Pampa.«

»Ich verstehe nicht, was …«

»Ich weiß, dass ich schon mal Lakritze gegessen habe, aber ich kann mich nicht erinnern, ob sie mir geschmeckt hat. Federball – kann ich etwas damit anfangen, oder finde ich es langweilig? Wieso habe ich die Fotoserie ›Argentinische Pampa‹ gemacht? Warum trage ich meine Haare so und nicht anders? Auf Fotos von letztem Jahr habe ich noch eine andere Frisur, aber jetzt gefällt mir das nicht mehr.«

»Okay, ich glaube, ich habe dich …«

»Der Lippenstift in meiner Handtasche.«

»Was ist damit?«

»Gleiches gilt für die Kleider in meinem Koffer. Ehrlich gesagt, mag ich sie nicht besonders, sie wirken ein bisschen … überkandidelt. Mein Klingelschild in Buenos Aires ist versilbert, ziemlich protzig, findest du nicht?«

»Tja, ich müsste es sehen, bevor …«

»Was hat mich da bloß geritten? Nichts weiß ich über diese seltsame Lea Mahler, so gut wie nichts.«

Ich hatte angefangen, wild zu gestikulieren, und vorsichtshalber stellte Pierre das Frühstückstablett rasch beiseite. Kaum wandte er sich mir wieder zu, fiel ich ihm um den Hals.

»Bitte hilf mir, Pierre«, rief ich und klammerte mich verzweifelt an ihn, so wie Edith Petersen sich am Tag zuvor an mich geklammert hatte. »Sag mir, warum ich im Mai nach Poel gekommen bin. Wer hat mich angerufen? Warst du das? Und dann das Auto, der Unfall, Sabina … Wie ist das …? Warum?«

Er hielt mich fest wie zuvor nur wenige Männer in meinem Leben. Mit dem rechten Arm umfasste er meinen ganzen Rücken, während er mir mit der Linken durch die Haare fuhr.

»Ruhig, ganz ruhig«, flüsterte er in mein Ohr und verharrte eine Weile Wange an Wange, bevor er versprach: »Ich sage dir alles, was ich weiß. Vielleicht werde ich dich enttäuschen, denn es ist nicht viel.«

Pierres Worte waren dennoch wie eine Offenbarung für mich. Wie eine Verirrte gierte ich nach jedem Fitzelchen Information, das mich auf den Weg zurückbrachte. Irgendeinen Weg.

»Fang an«, bat ich.

Er ließ noch einige Sekunden verstreichen und sagte dann: »Deine Schwester hatte die Idee, dich nach Poel kommen zu lassen.«

Ich löste mich aus Pierres Umarmung. Mein fragender Blick schien ihm mit einem Mal unangenehm zu sein, aber mir ging zu viel durch den Kopf, als dass ich dem eine Bedeutung beigemessen hätte.

Natürlich hatte ich in Betracht gezogen, dass Sabina der Grund für meine Reise gewesen war. Es konnte unmöglich ein Zufall sein, dass wir beide uns zur selben Zeit in Kaltenhusen aufgehalten hatten. Trotzdem erschien es mir eigenartig, dass ich auf einen Pfiff meiner ungeliebten Schwester hin meine Zelte in der Normandie abgebrochen hatte und zu einer Wiedersehensfeier geeilt war.

»Es hatte mit der Ruine zu tun«, kam Pierre meiner Nachfrage zuvor. »Es war von einem Dokument die Rede, einem alten Kaufvertrag, der beweisen sollte, dass Balthus keinen Anspruch auf das Grundstück hat.«

Pierres Erklärung war plausibel. Mit dem Palast verbanden mich schöne Erinnerungen, und wenn ich den Abriss verhindern könnte, würde ich es tun.

»Wieso hast du mir das nicht schon gestern gesagt, als wir über das Bauvorhaben vom alten Balthus gesprochen haben?«, fragte ich.

»Nimm es mir bitte nicht übel, aber du hast gestern ein bisschen verstört gewirkt, daher habe ich es für besser gehalten, nicht mit Sabina und allem, was mit ihrem Besuch zusammenhängt, anzufangen.«

Mit ihrem Besuch hing vor allem eines zusammen: ihr Tod.

Pierre hatte richtig gehandelt, indem er behutsam vorgegangen war und nicht alles auf einmal auf den Tisch gepackt hatte.

»Gut, das verstehe ich. Aber ab jetzt keine Schonung mehr, ja?«, bat ich in einem Anfall von Courage. »Sabina hat mich also angerufen und wollte wissen, ob ich den Kaufvertrag in meinen Unterlagen habe. Habe ich aber nicht. Und weiter?«

Er zuckte mit den Schultern. »Du bist nach Poel gekommen, um sie zu unterstützen.«

»Aha. Und wie hat meine Unterstützung ausgesehen?«

»Ihr wart bei euch auf dem Speicher, mehr weiß ich nicht. Ich war viel zu aufgeregt wegen deines Besuchs, als dass ich mich für solche Details interessiert hätte«, sagte Pierre, und das nahm ich ihm glatt ab.

Wenn er mich bei meiner ersten Rückkehr nur halb so enthusiastisch angesehen hatte wie diesmal, konnte mir schon damals sein Interesse nicht entgangen sein. Wie hatte ich darauf reagiert? Ihn direkt zu fragen, traute ich mich nicht.

»Wie lange war ich hier?«

»Nur ein paar Stunden, acht vielleicht. Wir haben abends mit der alten Clique gegrillt.«

Ich schwieg eine Weile. Die Fragen in meinem Kopf näherten sich den Klippen, dem Abgrund, dem Ende der Welt, steuerten auf den Tod meiner Schwester und auf das Ende meines bisherigen Lebens zu. Ich wich Pierres Blick aus. Hörte eine Kreissäge kreischen. Schloss die Augen. Sah die Farbe Grün.

»An bewusstem Abend …«, begann ich, konnte den Satz jedoch nicht vervollständigen.

Pierre schenkte Tee ein und reichte mir die Tasse. »An bewusstem Abend«, sagte er sanft, »hatte Jacqueline einen schweren Anfall. Du erinnerst dich vielleicht an ihre Nussallergie, die sie schon als Kind hatte?«

»Jetzt, wo du es sagst.«

»Jacqueline bekam einen anaphylaktischen Schock und musste in die Klinik. Ich bin mit Mike und ihr auf dem Rücksitz vorausgefahren, du und Sabina seid uns gefolgt.«

Pierre schwieg abrupt – vergeblich. Die Schockwelle des Unfalls hallte ohnehin und immerzu in mir nach wie die grollende Brandung in der Dunkelheit, ein ständig wiederkehrender, dumpfer Schlag, kryptisch und verstörend. In diesen dumpfen Schlag hinein bohrte sich an jenem Morgen mit scharfer Klinge das Geräusch der Kreissäge, die der alte Balthus zu dieser frühen Stunde bereits in Betrieb genommen hatte.

Auf meine Bitte hin schloss Pierre das Fenster, und die wohltuende Stille schuf eine zusätzliche Intimität zwischen ihm und mir. Vor vierundzwanzig Stunden war er noch eine ferne, eher fade Erinnerung gewesen. Nun stand er vor meinem Bett … in seinem Haus.

Er setzte den unterbrochenen Bericht fort. »Wir waren euch zu weit voraus, haben nichts von dem Unfall mitbekommen und erst am nächsten Morgen erfahren, was passiert war.«

»Dass ich euch gefolgt bin, wundert mich ein bisschen.«

»Du und Jacqueline hattet als Jugendliche ein ganz besonders gutes Verhältnis.«

Ich wusste, worauf Pierre anspielte. Jacqueline und ich waren die einzigen Mädchen in der Clique gewesen neben Margrethe, aber die konnte man nicht mitzählen, weil sie keinen Wert darauf legte, ein Mädchen zu sein. Anders als Pierre würde ich mein Verhältnis zu Jacqueline nicht »besonders gut«

nennen, sondern schlicht besonders. Wir teilten ein paar harmlose Geheimnisse, und sie war besser als jeder andere in der Clique über meine Beziehung mit Julian unterrichtet, die ein Jahr dauerte. Jacqueline war regelrecht heiß gewesen auf jede neue Information über Julian und mich.

»Wieso ist Sabina mitgefahren?«

»Ich schätze, als Polizistin ist man immer im Dienst, ebenso wie ein Arzt.«

»Wie ein Arzt«, echote ich und lächelte. Pierre hatte mir ein paar Mosaiksteine geliefert, von denen jeder mein Bild vervollständigte und mein Herz ein Stück leichter machte. Ich trank einen großen Schluck Tee und entspannte mich etwas.

»Wie ist das eigentlich mit dir?«, fragte ich übermütig, was gewiss dem kleinen Erfolg geschuldet war, den ich errungen hatte.

»Was meinst du?«

»Hast du eine Freundin?«

»Nein.«

»Also noch mal: Wie ist das eigentlich mit dir? Ein gutaussehender, sympathischer, lediger Arzt … Ich bitte dich, Pierre, wir sind erwachsen und wissen beide, dass es da nur zwei Möglichkeiten gibt. Entweder bist du schwul oder ein Don Juan.«

Er reichte mir das Frühstückstablett und lächelte dabei so verlegen, dass ich mich sofort in dieses Lächeln verliebte.

»Ich bin nicht schwul«, sagte er nur.

»Dachte ich mir schon.«

»Brauchst du sonst noch was? Im Bad nebenan liegen frische Handtücher. Ich muss noch ein paar Anrufe erledigen. Wenn du fertig bist, komm einfach runter.«

»Ist gut.« Ich akzeptierte sein Ausweichen, zumal keine Antwort in diesem Fall auch eine Antwort war. Als er zur Tür ging, fiel mir der Spruch ein: Ein schöner Rücken kann auch entzücken. Und ein verlängerter sowieso.

»Ach, noch etwas Pierre …«

»Ja?«

»Du bist wunderbar«, sagte ich und machte ihn damit erneut verlegen. Er wusste nicht, wo er hinblicken, was er sagen sollte. Mit Komplimenten konnte er offenbar nicht umgehen.

»Bis gleich.«

Als er sich verabschiedete, lag Zärtlichkeit in seinen schwarzen Augen, und ich fühlte mich in diesem Moment unsagbar aufgehoben und glücklich. Pierre hatte mich mit offenen Armen aufgenommen, er gab sich jede erdenkliche Mühe, nahm sich Zeit für mich, und er hatte mich ein Stück weitergebracht. Ich wusste nun einiges, wenngleich noch nicht alles über meine Reise nach Poel. Offensichtlich waren ihr Anlass und der Verlauf viel unspektakulärer gewesen, als ich befürchtet hatte. Eine Grundstückssache, ein Allergieschock, eine unglückliche Verkettung von Umständen. Das Trauma, das ich verdrängte, war vermutlich mein unschönes Aufeinanderprallen mit Sabina, vierzig Jahre der Feindschaft, die sich an einem einzigen Tag entladen hatten. Klang einleuchtend. Das hieß, Edith Petersens – zugegeben unheimliche – Warnung war nur der Fantasie einer geistig nicht mehr ganz auf der Höhe befindlichen Frau geschuldet.

Spontan beschloss ich, sie noch einmal zu besuchen und eine Minute mit ihr allein zu verbringen. Ich war mir ziemlich sicher, dass sie ihre Warnung nicht wiederholen würde.

Am liebsten hätte ich sofort Ina Bartholdy in Schwerin angerufen und ihr mitgeteilt, dass ich die richtige Entscheidung getroffen hatte. Dass ich es dennoch nicht tat, lag wohl daran, dass ich fürchtete, die Klinikpsychologin könnte irgendetwas sagen oder nicht sagen, was meine Hoffnungen zunichtemachte.

Nach dem Frühstück und dem Duschen setzte ich mein Vorhaben, den Petersens einen Besuch abzustatten, sogleich in die Tat um. Pierre freute sich darüber, da Edith laut ihm außer ihren Kindern nur noch den Pastor und eine Freundin aus Kirchdorf hatte, mit denen sie sich ab und zu unterhalten konnte.

Margrethe öffnete mir die Tür, grummelte einen halben Gutenmorgengruß und setzte sich zurück an den Küchentisch, von dem ich sie aufgescheucht hatte. Sofort vertiefte sie sich wieder in ihre Zeitschrift und fragte, ohne den Kopf zu heben: »Alles klar bei dir?«

»So weit ja. Ich war gestern noch im Haus meiner Eltern …«

»In deinem Haus«, berichtigte sie. »Es gehört jetzt dir. Willst du was essen?« Ihre Hand durchschnitt die Luft über dem Tisch, auf dem Schnittbrot, Margarine, eine Packung gekochter Schinken, Schmelzkäseecken und Instantkaffee lagen.

»Danke, ich habe schon bei Pierre gefrühstückt. Ich wollte eigentlich deine Mutter besuchen.«

Margrethe biss in ihr Wurstbrötchen. »Schläft bestimmt noch.«

Eine halbe Minute lang war nur das Ticken der Wanduhr zu hören, bis ich sagte: »Ich war gestern auch noch bei Mike und Jacqueline. Mike war allerdings nicht da. Irgendwie kann ich mich gar nicht an den Gedanken gewöhnen, dass die beiden verheiratet sind. Sie sind … waren … zwei grundverschiedene Menschen. Wenn man jung und nur befreundet ist, spielen solche Unterschiede kaum eine Rolle. Da geht es einfach nur nach Nase.«

»Und nach Zufall«, fügte Margrethe hinzu.

»Wie meinst du das?«, fragte ich und setzte mich an den Tisch.

Sie blätterte eine Seite der Zeitschrift um. »Ach, einfach nur so.«

»Komm schon, erzähl.«

Margrethe schien kurz zu überlegen, ob sie darüber mit mir reden wollte, und entschied sich dafür. »Wenn sieben Kinder in einem gottverlassenen Kaff im gleichen Alter sind, rotten sie sich zusammen. So ist das halt mal.«

Das hörte sich eher danach an, als hätte Margrethe unsere Freundschaft ertragen und nicht genossen.

»Immerhin steht ihr bis heute alle noch in Kontakt«, erinnerte ich sie.

»Wir leben ja auch immer noch im selben Kaff.«

»Heißt das, ihr seid keine Freunde mehr?«

Margrethe schlug die Zeitschrift ruckartig zu, sodass ich befürchtete, im nächsten Moment einen Rüffel zu bekommen. Ein bisschen ging Margrethes Reaktion tatsächlich in die Richtung, nur dass ihn jemand anders abbekam.

»Wie könnte ich noch mit Jacqueline befreundet sein? Diese Frau weiß überhaupt nicht, was Arbeit ist. Sie hat keinen Beruf, hat nie einen gehabt. Hätte sie Kinder und würde ihren Haushalt nicht von mir putzen lassen, wäre sie wohl Hausfrau und Mutter. Sie rührt keinen Finger. Das bisschen Kochen, wenn man das überhaupt so nennen kann. Eine ungeschälte Zwiebel guckt sie an, als müsste sie ein Schwein schlachten.«

Ich lachte auf, was Margrethe offenbar ermunterte, ihre Tirade fortzusetzen.

»Sie hat eine Freundin in Wismar, eine *Notarsgattin*«, betonte Margrethe im Tonfall einer Notarsgattin, die über eine Asoziale redet. »Die kommt einmal in der Woche nachmittags vorbei, um mit Jacqueline zu quatschen und zwei Kannen von dem beschissenen Pingpong-Tee zu trinken, auf den sie beide schwören. Ab und zu gehen sie zusammen essen. Das ist alles, womit sie ihre Zeit verbringt. Und wie sie mit mir redet! ›Margrethe, du musst etwas für deine Figur tun‹, predigt sie mir immer. Du musst dich gesünder ernähren. Du brauchst eine anständige Gesichtscreme. Du brauchst Pingpong-Tee, der kostet nur fünfundzwanzig fünfzig pro hundert Gramm. Jacqueline hat gut reden, immerhin geht sie alle sechs Monate für vier Wochen zur Wellness-Kur nach Baden-Baden und alle zwei Jahre zu einem Schönheitschirurgen nach Österreich. Inzwischen ist sie haltbarer als Polyester.«

Ich lachte erneut auf, vielleicht einmal zu viel, denn Margrethe sah mich streng an und ging zum weniger lustigen Teil ihrer Anklage über.

»Ich hab Mama zu versorgen, sie muss gewaschen, bekocht und gefüttert werden. Dazu der Haushalt und ein Bruder, der nix auf die Reihe kriegt. Die halbe Stunde am Frühstückstisch ist meine einzige freie Zeit bis spätabends. Ich hab zwei Jobs, und das Geld reicht trotzdem hinten und vorne nicht. Geht was kaputt, sehe ich alt aus, muss monatelang auf was Neues sparen. Aber glaubst du, Madame Jacqueline würde sich ein einziges Mal erkundigen, wie es mir geht? Oder mir mal was extra zustecken? Oder, wenigstens das, Mama mal besuchen? Nix da.«

Ich durfte getrost den Schluss ziehen, dass Jacqueline nicht besonders hoch im Kurs stand bei Margrethe. Über Mike, der seiner Frau dieses Leben erst ermöglichte, hatte sie hingegen kein einziges Wort verloren.

Um mein Gegenüber nicht noch weiter auf die Palme zu treiben, fragte ich: »Und was ist mit Pierre?«

»Pierre? Der ist in Ordnung«, erwiderte sie so beiläufig, als würde sie über das Frühstücksfernsehen oder die neueste Tütensuppe reden. »Im Großen und Ganzen«, fügte sie noch hinzu und vertiefte sich wieder in das Magazin.

Es handelte sich um eine Ausgabe von GEO, Schwerpunkt Malaysia, und die goldenen Pagoden, bunten Paradiesvögel und in herrliche Tücher gewandeten Frauen leuchteten wie Farbtupfer in der funzeligen Küche.

Von dem kleinen Wutausbruch blieben auf Margrethes Gesicht keine Spuren zurück, die Rauchwolken waren im Nu verzogen, die Stimmung fiel auf das übliche Muffeligkeitsniveau, so als wäre nichts gewesen. Monoton tickte die Uhr an der Wand, irgendwo rauschte eine Wasserleitung, Margrethe blätterte eine Seite um.

So verschieden sind Jacqueline und Margrethe gar nicht, überlegte ich. Natürlich hätten beide Frauen diesen Gedanken brüsk von sich gewiesen, was ihn nur noch richtiger machte. Zwar hatten sie auf den ersten Blick nichts gemeinsam, außer der gemeinsam verbrachten Kindheit. Margrethe schleppte sich irgendwie durch die Arbeit des Tages, hatte kaum Zeit, um mal an morgen zu denken, geschweige denn an übermorgen oder den nächsten Monat. Der aktuelle Tag, vierundzwanzig Stunden, das war ihre Dimension. Jacqueline dagegen hatte alle Zeit der Welt und dachte vermutlich gerade deswegen immer ans nächste Event, ein Treffen mit ihrer Freundin am Montag, Sauna am Dienstag, die Anlieferung einer Designerlampe am Donnerstag, ein Urlaub im Juni, eine Schönheitsoperation im August.

Dennoch wirkten beide Frauen auf mich seltsam leer. Das Wort Chance hatten sie ebenso wie das Wort Möglichkeit irgendwann in einer Schublade abgelegt, wo schon etliche andere Wörter vor sich hin gammelten: Liebe, Ekstase, Veränderung, Plan, Fantasie, Hoffnung … Die Arbeit und das Geld hatten ebenso wie Hochglanzmagazine und Pudel denselben Zweck: die Leere zu füllen.

Man könnte einwenden, dass ich zu vorschnell mit meinem Urteil war. Ich hatte mit Jacqueline nur kurz geredet und mit Margrethe kaum mehr. Mein Beruf hatte mich jedoch gelehrt, einen flüchtigen Blick auf die Seelen mancher Menschen zu erhaschen. Zwar fotografierte ich überwiegend Landschaften, aber ich hatte auch Fotoserien über einige Städte und Regionen gemacht. Um die Stimmung eines Ortes einzufangen, muss man die Menschen kennenlernen, die dort wohnen, und deren Lebensgefühl zu verstehen versuchen. Ist das geschehen, muss man auf den einen Augenblick warten, der alles ausdrückt, was diese Menschen prägt, ihre Hoffnungen und Ängste, ihre Freude und Resignation. Doch gibt es dafür keine Regel, kein Signal. Die Art, wie sich eine Frau mittleren Alters, die in einem baufälligen Häuschen lebt, über ein Bild von einem goldenen malaiischen Tempel beugt, kann eine ganze Geschichte erzählen.

Als Harry hereinkam und mich sah, blieb er auf der Schwelle stehen, und ich glaubte schon, er würde wie am Vortag kehrtmachen. Ich traute es ihm durchaus zu. Ganz normal sah er nicht aus.

Doch wir wechselten tatsächlich ein kurzes Hallo, und er schüttelte sogar meine dargebotene Hand. Mir auch einen Blick zu schenken, hielt er dagegen nicht für nötig.

Harry nahm am Küchentisch Platz und beugte sich über den leeren Teller, sodass seine langen rotblonden, strohähnlichen Haare darüber baumelten. Er wirkte wie jemand, der am Vortag zu lange gefeiert hatte, hob kaum den Kopf, um sich ein Brot zu belegen und einen Instantkaffee anzurühren, geschweige denn, dass er redete.

Ich fragte mich, ob das seine übliche Apathie war oder, weil er Gäste am Tisch nicht mochte, eine besondere, die mir geschuldet war. Mir war klar, dass ich vor vier Monaten bereits Umgang mit ihm und Margrethe gehabt haben musste und es für die beiden sicher nicht ganz leicht war, so zu tun, als hätten sie mich seit fast einem Vierteljahrhundert nicht gesehen. Trotzdem wünschte ich mir, sie würden mir wenigstens ein bisschen entgegenkommen.

Zwischen zwei Schlucken Kaffee fragte Margrethe ihren Bruder: »Hast du nach Mama gesehen?«

»Nein«, brummte er.

»Wieso nicht?«

»Ha-hab ich vergessen.«

Margrethe warf ihr angebissenes Brötchen auf den Teller. »Wie kann man das vergessen? Du gehst direkt an ihrer Tür vorbei.« Ein Krümel schoss aus ihrem Mund, und für einen Moment dachte ich, sie würde gleich in Tränen ausbrechen. Ein absurder Gedanke. Ich hatte Margrethe nie weinend gesehen, genauso wenig wie Sabina. Die beiden waren aus dem gleichen Holz geschnitzt.

Margrethe stand auf, wobei sie sich mit beiden Fäusten auf dem Tisch abstützte. »Ich sehe nach ihr.«

»Jetzt l-lass sie halt m-m-mal in Ruhe«, maulte Harry.

»Ach ja? Und wenn sie etwas braucht?«

»Was so-oll sie schon brauchen? Ihr K-klo trägt sie am Körper, und ihren Nachttisch hast du zur Vorratsk-kammer gemacht.«

»Bei dir ist ja alles immer *so* einfach. Das Einzige, worüber du dir den Kopf zerbrichst, ist dein Scheißsteinhaufen.«

»Das ist kein Steinhaufen«, widersprach er so scharf, als stellte er sich schützend vor seine Liebste.

Mir war es unangenehm, Zeugin eines Familienstreits zu sein. Sowohl Margrethe als auch Harry waren mir im Grunde fremd, jedenfalls gehörte ich nicht zu ihren Vertrauten und wünschte mich weit fort.

»Du hast wohl eine sehr liebevolle Beziehung zum Palast?«, fragte ich Harry, nur bedingt aus echtem Interesse, aber hauptsächlich, um die Diskussion in andere Bahnen zu bringen.

Margrethe lachte verächtlich auf. »Liebevolle Beziehung? Wenn die beiden es miteinander treiben könnten, würden sie's glatt tun. Typisch für meinen Bruder, dass er sich ausgerechnet eine Ruine als Objekt der Begierde aussucht. Obwohl, wenn ich an seine beiden Exehefrauen denke … Die haben auch nicht besser ausgesehen und ihn am Ende genauso viel gekostet.«

Harry ging nicht darauf ein, und so blieb meine Frage unbeantwortet – zumindest von seiner Seite.

»Ich finde es toll, wenn man sich für etwas einsetzt«, lobte ich, um doch noch mit ihm ins Gespräch zu kommen. Es wurmte mich, dass er überhaupt nicht mit mir redete. Ich wollte mich mit jedem aus der alten Clique gut stellen, nicht nur mit Pierre, sondern auch mit Harry und Margrethe, suchte Anschluss und Harmonie und – ja, auch Freundschaft. Eigentlich alles, woran man sich festhalten konnte. Ich hatte ein großes Bedürfnis nach menschlicher Wärme.

Doch ich kam bei Harry keinen Zentimeter voran. Wieder ergriff seine Schwester für und zugleich gegen ihn das Wort.

»Einsetzen! Wenn er sich mal dafür einsetzen würde, dass unser Dach neu gedeckt wird, von dem schon die Ziegel runterfliegen. Aber nein, lieber jätet er Unkraut rund um achthundert Jahre alte Mauern.«

»Fünfhundert«, berichtigte er.

»Das interessiert mich nicht die Bohne. Um elf Uhr muss jemand der Physiotherapeutin die Tür aufmachen, das interessiert mich. Dieser Jemand wirst du sein, weil ich nämlich um halb elf in die Fabrik muss. So, und jetzt sehe ich mal nach Mama.«

Ich blieb mit Harry allein am Küchentisch zurück. Die Stille, die nun wieder herrschte, war dieselbe wie zuvor mit Margrethe, und dennoch wirkte sie zusätzlich bedrückend. Neben Harrys eigenbrötlerischer Art, die es einem ohnehin schwer machte, spürte ich eine ganz persönliche Abneigung gegen mich.

»Wie du sicherlich weißt, erinnere ich mich an nichts von dem, was im Mai passiert ist«, startete ich einen neuen Versuch. »Falls da irgendetwas Schlimmes zwischen uns vorgefallen sein sollte, musst du mir das sagen, und wir reden darüber.«

Ungerührt schlürfte er weiter seinen Instantkaffee und ignorierte mich. Ich wusste nicht, was ich noch sagen oder tun könnte, und allmählich ging mir Harrys beharrliches Schweigen auf die Nerven. Wieso packte er das Problem, das er mit mir hatte, nicht einfach auf den Tisch? Mein Ärger über sein Betragen vermengte sich mit Ratlosigkeit und leider auch mit einem gewissen undefinierbaren Schuldgefühl. Die Frau, die ich einmal gewesen war und die für mich selbst immer weniger greifbar war, hatte womöglich etwas getan, was sie nicht hätte tun sollen. Nun musste ich, völlig zu Recht, dafür geradestehen. Ich war bereit dazu. Nur leider ließ Harry mich am ausgestreckten Arm verhungern.

»Also schön, ich kann dich nicht zwingen, mit mir zu reden. Ich hab dir die Hand hingehalten, mehr kann ich nicht tun.«

Nichts wie raus hier, dachte ich. Es war vor allem Margrethe gegenüber ungerecht, aber ich ertrug die Atmosphäre dieses Hauses nicht länger, ebenso wenig die Niedergeschlagenheit seiner Bewohner, das trübe Kerkerlicht und die unterschwellige Aggression, die alles durchdrang.

Als ich gerade im Begriff war, die Küche zu verlassen, hörte ich Harry hinter mir sagen: »W-warum lässt du uns nicht einfach in Ru-uhe? Du g-gehörst nicht mehr hierher. Wenn du schon nicht ver-r-recken willst, dann geh dahin z-zurück, wo-wo du hergek-kommen bist.«

Ich fuhr herum und begegnete seinem Blick, der provokant

auf mir ruhte. Wie vom Donner gerührt stand ich da. Soweit ich wusste, hatte mir bisher kein Mensch den Tod gewünscht, und nun war da einer, der es tat. Wieso wünschte er mich fort – oder sogar meinen Tod?

Wortlos verließ ich das Haus. Als ich die Gartenpforte der Petersens öffnete, durchzuckte es mich zum zweiten Mal. Als würde der Blitz eines Fotoapparates die Dunkelheit für einen Augenblick erhellen, sah ich vor meinem geistigen Auge Harry auf dem Rasen sitzen, gleich neben der Stelle, wo ich gerade stand. Er hatte die Beine angewinkelt und den Kopf zwischen den Knien vergraben, wie ein verletztes, ausgeschimpftes Kind. Wenige Sekunden später erlosch die Momentaufnahme für immer. Stammte diese Erinnerung von meinem Besuch im Mai oder aus meiner Jugend? Ich war mir nicht sicher, da ich Harry nur unscharf gesehen hatte.

Als ich mich aus einer Ahnung heraus langsam umdrehte, bemerkte ich Harry hinter einem der Fenster. Er hatte die Gardine zur Seite geschoben und beobachtete mich argwöhnisch.

Vier Monate zuvor

Im Vorzimmer des Leiters der Kripo Wismar hatte Sabina viel Zeit, um an den jungen Mann zu denken, wegen dem sie hier war. In Erinnerungen zu schwelgen war normalerweise nicht ihr Ding, aber Julian hatte ihr einmal ein Geschenk gemacht, das sie nie vergessen hatte.

Zu Sabinas vierundzwanzigstem Geburtstag hatte ihr der Achtzehnjährige einen Song geschrieben und ihn ihr im Beisein von ihren Eltern und Lea vorgesungen. Es war kein Liebeslied gewesen, um Himmels willen, sondern etwas ganz Harmloses, Poetisches. Doch die Geste zählte, und zwar umso mehr, als Sabina von ihren Eltern immer nur praktische Geschenke bekommen hatte: Pullover und Windjacken, Rucksäcke und Regenschirme und einmal sogar eine Wolldecke, so als wäre sie eine Schiffbrüchige, die Zuflucht im Hause Mahler gesucht hatte. Ihrer kleinen Schwester hingegen hatten sie jeden Wunsch von den Augen abgelesen: erst die Klavierstunden in Wismar, obwohl es jedes Mal ein Riesenakt gewesen war, Lea hinzubringen und wieder abzuholen, und nach ein paar Monaten hatte sie keine Lust mehr aufs Üben gehabt. Es folgte ein Urlaub in Bulgarien, weil Lea unbedingt dorthin gewollt hatte. Die Eltern hatten alle Ersparnisse dafür zusammengekratzt, und dann hatte die Prinzessin Bulgarien einfach nur hässlich gefunden. Schließlich das Orangenbäumchen als Zimmerpflanze, bei dem erst alle Hebel in Bewegung gesetzt worden waren, um es aufzutreiben, und dann hatte Lea das Ding nach einem halben Jahr eingehen lassen.

Irgendwann hatte Sabina herausgefunden, dass Lea sich von Romanen und Gedichten inspirieren ließ. Die Klavierstunden, Bulgarien und das Orangenbäumchen waren allesamt in irgendwelchen Büchern vorgekommen, die ihre Schwester gelesen hatte. Als Sabina es ihren Eltern gepetzt hatte, fanden sie Leas Schrulle einfach nur süß. Hatte dagegen Sabinas Windjacke bei einer Rauferei mit einem gemeinen Klassenkameraden Schaden genommen, kürzten sie ihr das Taschengeld.

Auf die Idee, dass auch sie sich manchmal ein Geschenk für die Seele gewünscht hätte, war niemand je gekommen – außer Julian. Er war tatsächlich der einzige Mensch in ihrer Jugend gewesen, der wenigstens für einen Moment in sie hineingesehen und erkannt hatte, dass auch sie Empfindungen und Sehnsüchte hatte und daher verletzt werden konnte. Der Song für sie hatte von einer Blume gehandelt, die nur dann ihre Blüte öffnet, wenn keiner es sieht. Den Titel hatte sie vergessen, den Text ebenfalls, die Geste jedoch war unvergesslich.

Sabina erinnerte sich noch genau, was Lea im Anschluss an Julians Darbietung gesagt hatte: »Meine Schwester zu besingen, das ist wie einen Kaktus anzubeten.«

»Hexe«, sagte Sabina laut und vernehmlich.

Die Vorzimmerdame blickte erstaunt auf. »Es dauert nicht mehr lange«, sagte sie dann. »Herr Ammann hat gleich Zeit für Sie.«

Miroslav Ammann aus Fährdorf war ein Jahr lang mit Sabina verlobt gewesen, und zwar von ihrem fünften bis zu ihrem sechsten Lebensjahr. Sie hatten sich in der Kita kennengelernt und sich gleich stark für Schaufelbagger aus Plastik interessiert, was als Basis für eine Beziehung genügt hatte. Als Teenager hatte sie ihn jedoch immer weniger gemocht. Lange Zeit konnte sie sich ihre zunehmende Abneigung gegen Miroslav nicht erklären, bis sie ihn auf einem Sportfest erlebte. Die Art, wie er sich den Funktionären andiente, hatte etwas Unterwürfiges, geradezu Schleimiges. Er tat mehr, als sich nur anzupassen, raspelte Süßholz, sang am lautesten. Wenig später stieg er in der Hierarchie der FDJ ein Treppchen höher.

Eines Tages sagte sie ihm ins Gesicht, was sie von ihm hielt. Für devote Menschen, die sich gerne verstellen, gibt es nichts Unverzeihlicheres, als mit der Wahrheit konfrontiert zu werden. Dementsprechend schlug Miroslavs Sympathie für Sabina in Gegnerschaft um. Später war er dann zur Volkspolizei gegangen, wo er bis 1990 mit zwei deutlich älteren Kollegen die trübselige Polizeistation auf Poel betrieben hatte.

Inzwischen war er das hohe Tier der Kripo Wismar. Als Sabina in sein Büro kam und sich vorstellte, las sie zweierlei in seiner Miene. Zum einen die Überraschung, dass sie den gleichen Beruf ergriffen hatte wie er, zum anderen die Genugtuung, dass er Hauptkommissar und sie »nur« Kommissarin geworden war, so als hätten sie ein Vierteljahrhundert lang einen Wettlauf bestritten und er winkte ihr nun von der Ziellinie aus hämisch zu.

»Setz dich doch«, sagte er mit einem breiten Grinsen. »Möchtest du einen Kaffee?«

Er war gleich auf Du mit ihr, was das Gespräch vereinfachen würde, wie sie zugeben musste. Sie hasste es, wenn man komplizierte Satzkonstruktionen entwerfen musste, nur weil man nicht wusste, wie man sein Gegenüber anreden sollte. Das war aber auch alles, was sie Miroslav zugutehielt.

»Gerne. Schwarz, bitte.«

»Kein Problem. Kommt sofort.« Sein Tonfall war das Gegenteil von freundlich, nämlich scheißfreundlich. Er stand selbst auf, um ihr den Kaffee zu holen, und reichte ihr die Tasse mit der Ehrerbietung eines Dieners.

»Kann ich sonst noch etwas für dein Wohlbefinden tun? Wir sind immer sehr bemüht, Kollegen aus anderen Bundesländern willkommen zu heißen.«

»Das ist unübersehbar.«

Er blieb neben seinem Stuhl stehen und blickte aus schmalen Äuglein auf Sabina herab. Optisch hatte er sich komplett verändert. Er trug einen Pullover in Größe 52 bei einer Figur Größe 58 unter einem Sakko in Größe 62. Sein Atem roch nach Pommes frites und Mundspray, unterlegt mit einer Note Doppelkorn.

»Deinem Namen nach scheinst du nicht geheiratet zu haben«, sagte er. »Oder hast du einen Mann dazu überreden können, deinen anzunehmen?«

»Deine erste Vermutung war richtig.«

»Kinder?«

»Nein.«

»Ich habe vier«, sagte er. »Alles Mädchen, stell dir vor. Die Größte ist in dem Alter, in dem wir waren, als du mich abserviert hast.«

Sabina war drauf und dran, ihm zu widersprechen. Abservieren konnte man nur jemanden, zu dem man zuvor eine intime Beziehung gehabt hatte. Doch so wenig wie man den Bankberater, von dem man einen Kredit bewilligt haben will, auf seine scheußliche Krawatte ansprechen sollte, so wenig war es für Sabina angebracht, Miroslav Ammann über den Mund zu fahren. Wenn er seine kleinen Siege brauchte, sollte er sie auch bekommen. Jedenfalls für den Moment.

»Was man nicht alles macht, wenn man jung ist«, erwiderte sie.

Mit dieser Plattitüde schien er sich tatsächlich zufriedenzugeben, vielleicht weil er sich nun einbilden konnte, Sabina habe einen Fehler eingestanden.

Dermaßen aufgewertet, ließ er sich kampfesmüde auf seinen Stuhl fallen und sagte: »Na schön. Was verschafft mir nach so vielen Jahren das Vergnügen, Pardon, die Ehre deines Besuchs?«

»Der Fall Julian Morgenroth.«

»Morgenroth, Morgenroth … Da klingelt es nicht bei mir.«

Miroslav Ammann machte generell nicht den Eindruck, als würde es sonderlich häufig bei ihm klingeln. Mit dem Zeigefinger der schweren rechten Hand tippte er gemächlich den Namen in den Computer.

»Das ist ein alter Vorgang. Uralt sogar. Erstaunlich, dass wir ihn überhaupt digitalisiert haben. Und weiter?«

»Ich würde gerne mehr darüber erfahren. Wie waren die Umstände von Julians Verschwinden? In welche Richtungen hat man damals ermittelt? Haben Verhöre stattgefunden?«

Ammans Zeigefinger schwebte über der Tastatur wie das Schwert über Damokles.

»Sag mir erst, wieso sich die Kripo Berlin dafür interessiert. Und überhaupt, es gibt einen Dienstweg.«

Sabina konnte sich vorstellen, dass der Dienstweg in Miroslav Ammanns Leben in etwa die gleiche Bedeutung hatte wie der Knigge für den Chefportier des Waldorf Astoria.

»Offen gestanden bin ich nicht in meiner Funktion als Kommissarin hier, sondern als Privatperson.«

Das Damoklesschwert sauste nieder, der Zeigefinger verharrte kurz über der Escape-Taste.

»Tut mir leid, so etwas machen wir gar nicht«, sagte Ammann. »Da könnte ja jeder hier hereinspazieren und Akteneinsicht verlangen. Wo kämen wir denn da hin?«

»Wie du schon sagtest, ist es ein uralter Vorgang, und es liegt offiziell nicht mal ein Verbrechen vor. Ich greife also in keine laufenden Ermittlungen ein.«

Sabinas Gegenüber rief die Seite erneut auf, um ihre Behauptungen zu verifizieren. Natürlich stellte er fest, dass der Fall Julian Morgenroth im Grunde gar kein Fall war. Es war eine Vermisstenanzeige aufgenommen worden, wie so viele in jenen Tagen und Wochen nach dem Mauerfall. Als hätte man des Nachts eine riesige Voliere geöffnet, hatten sich am nächsten Morgen etliche Jungvögel in das Abenteuer grenzenlose Freiheit gestürzt. Die große Mehrheit der Altvögel hatte hingegen das vertraute Heim allenfalls kurzzeitig verlassen.

»Du glaubst, ihm ist etwas zugestoßen?«, seufzte Ammann gelangweilt. »Hier steht, dass alles dagegen spricht.«

Sabina verzichtete darauf, den Hauptkommissar auf den Umstand hinzuweisen, dass die Wahrheit und das, was in einer Akte stand, nicht unbedingt deckungsgleich sein mussten. Wie oft hatte sie schon mitbekommen, dass Berichte subjektiv eingefärbt wurden, sowohl absichtlich als auch unabsichtlich. Obwohl die Kripo im Großen und Ganzen professionell arbeitete, waren die Ermittler nie völlig frei von ihrer persönlichen Einstellung, und selbstverständlich wurden die Vorgänge in jedem Dezernat gewichtet. Zeitmangel, Personalmangel und chronische Übermüdung taten ein Übriges.

Unabhängig davon war die ostdeutsche Situation im Sommer 1990 sehr speziell. Es war die »Zeit zwischen den Zeiten« gewesen. Die DDR stand unmittelbar vor der Auflösung und mit ihr viele Institutionen. Noch arbeitete man dort einfach weiter, so auch bei der Volkspolizei. Gedanklich waren die meisten dort jedoch schon in der Zukunft. Viele fragten sich, wie es mit ihnen weitergehen, ob man sie zwangsversetzen, degradieren oder kündigen würde. Mancherorts herrschte das pure Chaos, die Verbindung zwischen den Dienststellen war unterbrochen, Vorgänge blieben liegen, landeten im Archiv oder gingen auf dem Weg von A nach B verloren. Immer schon waren politische Umbrüche jeder Art die beste Zeit gewesen, um ein Verbrechen zu begehen.

»Ich lasse mich gerne eines Besseren belehren«, entgegnete Sabina diplomatisch. »Wenn ich ein paar Einzelheiten kennen würde …«

Ammann seufzte. Den Dienstweg zu verlassen, kostete ihn

vermutlich so viel Überwindung, wie es einen leidenschaftlichen Warmduscher kostete, in kaltes Wasser zu steigen.

»Also meinetwegen. Offenbar hat der Vermisste von der großen weiten Welt geträumt. Seine Beziehung zu einer jungen Frau ist kurz zuvor in die Brüche gegangen. Zusammen mit ihm sind sein Personalausweis, einige Kleidungsstücke und ein Rucksack verschwunden. Alles in allem das Bild eines klassischen Ausrückers. Stimmst du mir so weit zu?«

Sabina nickte. Etwas anderes, als ihm zuzustimmen, wäre Hochverrat gleichgekommen. Auf den ersten Blick passten die Umstände ja auch tatsächlich zum Bild des freiheitsliebenden Teenagers, den es in die Welt hinauszieht.

»Seltsam nur, dass Julian keinen Abschiedsbrief geschrieben hat.«

»Herzlos, ja. Aber auch das ist schon häufiger vorgekommen.«

»Vielleicht ist es weniger wichtig, was Julian mitgenommen, sondern was er dagelassen hat. Was ist mit seiner Gitarre? Hatte er sie dabei, als er verschwunden ist?«

Ammann scrollte die Akte rauf und runter. »Davon steht hier nichts.«

»Sein Vater sagt, die Gitarre sei sein Heiligtum gewesen, was ich bestätigen kann.«

Ihr Einwand machte nur wenig Eindruck bei Hauptkommissar Ammann. Um darzulegen, wie sorgfältig die Poeler Volkspolizei einst gearbeitet hatte, führte er weitere Beweise ins Feld. So hatte man damals eigens die Möglichkeit eines Unfalls oder Selbstmords in Betracht gezogen.

An dem Abend, als Julian verschwand, hatte sich nämlich

ein kleines Ruderboot aus der Vertäuung am Anlegesteg nahe Kaltenhusen gelöst. Es trieb zwei Tage später auf dem gegenüberliegenden Ufer der Heidebucht an Land. Da bestes Wetter geherrscht hatte, war der Vorfall zwar rätselhaft, konnte aber nur schwer mit Julian in Verbindung gebracht werden. Es war Spätsommer 1990, und der Junge hätte problemlos mit dem Bus nach Wismar fahren können, von dort nach Westdeutschland und weiter in die Welt. Gegen einen Unfall sprach zudem, dass die See laut Bericht sehr ruhig gewesen war. Selbstmord wiederum war noch unwahrscheinlicher. Wer würde seinen Personalausweis und Kleidung einpacken, wenn er vorhätte, sich ins Meer zu stürzen?

Vorausgesetzt, dass ein Zusammenhang zwischen Julians Verschwinden und dem Ruderboot bestand, kam nur eines infrage. Wenn ein Unfall nahezu ausgeschlossen werden konnte und Julian sich auch nicht umgebracht hatte, konnte er eigentlich nur – noch lebendig oder bereits tot – in Begleitung seines Mörders gewesen sein.

»Die Kripo aus der Großstadt sieht in allem gleich ein Verbrechen«, höhnte Ammann. »Du weißt genauso gut wie ich, dass die meisten Wasserleichen irgendwo angespült werden.«

»Erstens werden sie nicht alle angespült«, erwiderte Sabina. »Und zweitens: Selbst wenn es keinen Zusammenhang von Julians Verschwinden und dem Boot gibt, heißt das nicht, dass er nicht ermordet worden ist.«

»Da hast du völlig recht. Er könnte bei seiner Wanderung von einem eifersüchtigen türkischen Derwisch aufgeschlitzt worden sein, dem er die Freundin ausgespannt hat, oder er ist auf den Fidschi-Inseln als Vorspeise im Kochtopf gelandet.«

Sabina ignorierte den Spott ihres Gegenübers und fragte stattdessen: »Wurde wirklich nie ein Verbrechen in Betracht gezogen? Hat man beispielsweise die Umgebung abgesucht?«

»Umgebung bezieht sich in diesem Fall auf die ganze Insel. Von wem denn abgesucht? Von mir und meinen beiden Kollegen, die kurz vor der Pensionierung standen? Hätten wir etwa zu dritt über die Wiesen stolpern sollen?«

»Wenn du mich so provokant fragst, bekommst du auch eine provokante Antwort: Ja!«

Ammanns Damoklesfinger sauste erneut und diesmal endgültig auf die Escape-Taste nieder, was Sabina jedoch egal war. Allem Anschein nach hatte sie bereits das Maximum an Informationen aus der sogenannten Akte erhalten, mehr stand wohl nicht darin. Sie kannte dergleichen aus Berlin. Der Vorgang hatte kurz nach der Wiedervereinigung irgendeinen Stempel bekommen und war in einen dreiundzwanzigjährigen Dornröschenschlaf gefallen, unterbrochen nur von der digitalen Revolution, die ihn von einem Karton in eine Computerdatei verschoben hatte.

Drei Minuten später stand Sabina, nachdem ihr einstiger Kindergartenverlobter sie hinauskomplimentiert hatte, vor dem Polizeigebäude und überlegte ihre nächsten Schritte.

Zum zweiten Mal an diesem Tag überquerte Sabina den Damm nach Poel, der über den Breitling führte, die Meerenge zwischen Festland und Insel. Das Gespräch mit Miroslav Ammann bestärkte sie nur darin, nicht lockerzulassen. Zu dem wieder erwachten Kitzel, hautnah in einem Fall zu recherchieren, kam nun noch der Ansporn, dem selbstherrlichen Miroslav zu zeigen, wo der Hammer hing. So viel Verständnis sie für die Personalnot und die besondere Situation des Jahres 1990 hatte, so wenig Verständnis brachte sie für Selbstherrlichkeit und mangelnde Einsicht auf. Fehler und Versäumnisse waren so alt wie die Welt und würde es immer geben. Sie selbst hatte unzählige Fehler gemacht, nicht zuletzt musste sie ihre Verwundung unter Ungeduld und Leichtsinn verbuchen, konnte niemand anders als sich selbst die Schuld dafür geben. Nicht die Anzahl der Fehler war ihr Maß, um den Charakter eines Menschen zu beurteilen, sondern die Art und Weise, wie er damit umging. Die zuständigen Behörden hatten damals oberflächlich und lustlos ermittelt, doch der bis heute verschwundene junge Mann verdiente etwas Besseres, als dass man sein Schicksal sang- und klanglos in einen Karton oder eine Datei abschob.

Immer wieder musste Sabina an Julian und an den selbst komponierten Song denken. Sosehr sie sich wünschte, sich zu irren – falls Julian etwas zugestoßen war, wollte sie das Mindeste für ihn tun und nachholen, was in jenem Sommer 1990, den sie und Lea wie in Trance verbracht hatten, versäumt worden war. Selbst wenn sie zu keinem Ergebnis kommen sollte, so würde sie zumindest vor den alten Herrn Morgenroth treten und ihm sagen können: »Ich habe alles versucht.«

Sie stellte den Wagen kurz vor Kaltenhusen ab, am Rande einer der sattgrünen Wiesen, die keinen Anfang und kein Ende zu haben schienen. Während Sabina in Wismar gewesen war, hatte es leicht geregnet, weshalb nun aufsteigender Nebel das Land verhüllte. In ihren Stiefeln durchpflügte sie das nasse Gras. Die Schemen einiger entfernter Häuser, einer Allee, eines

Wäldchens, mehr war nicht zu sehen, bis auf die weißliche, kalte Sonne am Himmel. Gefühlt war es früher März, auch wenn im Kalender etwas anderes stand.

Ein Nebelhorn durchbrach die unheimliche Stille, dunkel und klagend von der Weite des Meeres her. Ob das Signal von einem mächtigen Containerschiff, einem Ausflugsdampfer, einer schwedischen Fähre oder einem Poeler Fischer herrührte, vermochten nur einheimische Ohren auseinanderzuhalten. Ohren wie die von Sabina. Obwohl sie es nur ungern zugab, erkannte sie trotz der vielen Jahre räumlicher wie innerlicher Entfernung von Poel sofort, dass es sich um das Horn eines Fischers handelte. Als kleines Kind hatte sie oft vom Ufer aus zugesehen, wie ihr Vater mit seinem Boot die Heidebucht in Richtung des offenen Meeres durchpflügte, und sie hatte ihm ebenso zugewunken wie den anderen Fischern der Kooperative, den Vätern von Mike, Harry und Margrethe. Die wetterfesten Männer hatten sie immer Sabinchen genannt und sie sogar zu ihrem Maskottchen gemacht, weil sie an jenen Tagen, an denen das kleine Mädchen ihnen zuwinkte, besonders gute Fänge machten. »Sabinchenglück« und »Sabinchenwetter« waren einige Jahre lang feste Begriffe, bis ihr Vater fand, dass seine große Tochter zu alt für ein Maskottchen war, und das »Lealitaglück« samt »Lealitawetter« erfand. Von da an hatte Sabina nicht mehr am Ufer der Heidebucht gestanden.

Erneut ertönte das Nebelhorn, und ein zweites, gleich klingendes antwortete.

Viele kleine Fischer gab es auf Poel allerdings nicht mehr. Seit hundert Jahren wurden sie dezimiert, aus den verschiedensten Gründen. Zwei Kriege und zwei politische Systeme, gescheiterte Monarchien, Diktaturen und der freie Markt hatten ihnen nach und nach den Garaus gemacht, ein jeder auf seine Weise. Heute waren sie Exoten, über die im Fernsehen Dokumentationen zu sehen waren. Ein paar von ihnen, darunter der alte Petersen, waren auf See gestorben. Es waren heroische Tode, verglichen mit dem kläglichen Ende der meisten anderen, denen die Banken die dringend notwendigen Kredite verweigerten, um ihre Schiffe zu modernisieren.

Ein kalter Windstoß erfasste Sabina. Sie schloss ihre Jacke und richtete die Gedanken wieder auf den Grund für ihr Hiersein. Wie sollte sie vorgehen? Einen derart alten Fall hatte sie noch nie bearbeitet. Im Dezernat für organisierte Kriminalität war jeder Vorgang, der nicht nach wenigen Wochen aufgeklärt war, bereits eiskalt gewesen. Damals ging es fast ausschließlich um das, was als Nächstes passierte, wie man vom nächsten Coup der Drogenschmuggler und Waffenhändler, der Geldwäscher und Autoknackerbanden erfuhr und ihn verhinderte. Seit sie bei der Sitte war, hatte sie mit den direkten Ermittlungen kaum noch zu tun, sondern leistete ausschließlich Zuliefer- und Unterstützungsdienste.

Wenn sie von einem Mord ausging, lautete die fünfteilige, wenngleich simple Frage, die sich ihr stellte: Von wem war Julian wann, wo, wie und warum getötet worden? Das Wann war bereits beantwortet. Julians Eltern hatten ihn am 1. September 1990 vermisst gemeldet und am Nachmittag des 31. August zuletzt gesehen. Irgendwann am Abend oder in der Nacht des 31. August war demnach etwas Schreckliches geschehen. Wo und wie es geschehen war, ließ sich nach dieser langen Zeit nur schwerlich recherchieren. Diese beiden Punkte gehörten daher ans Ende der Nachforschungen. Erfolgversprechender war hingegen die Suche nach dem Motiv, denn hinter Motiven steckten Geschichten, und Geschichten hatten kein Verfallsdatum, auch nach vielen Jahren wurden sie noch immer erzählt. Motive und ihre Hintergründe waren wie Scheinwerfer, die ihr Licht auf Personen warfen. Dort musste Sabina ansetzen.

Natürlich war es theoretisch denkbar, dass Julian am Abend des 31. August 1990 von einem Fremden getötet worden war. Doch wie erklärte sich dann das Fehlen des Personalausweises und des Rucksacks voller Kleidung? Hatte er vielleicht einen Treffpunkt mit jemandem ausgemacht und war dann dort umgebracht worden? Einen Sinn ergab das vorläufig nicht. Oder hatte er seinen Mörder gar gekannt?

Sabina erinnerte sich an einen Satz, den vor vielen Jahren ein Kollege vom Morddezernat in der Kantine gesagt hatte: Wenn du einen Mörder suchst, dann fang bei den Freunden des Opfers an. Eine überraschende, interessante und bedenkenswerte These.

Im Grunde hatte Sabina sich früher für niemanden aus Leas Clique interessiert, aber weil sie alle bei ihnen im Haus ein und aus gingen, hatte sie sich dennoch automatisch ein Bild von jedem Einzelnen gemacht.

Sie rief sich die Freunde ihrer Schwester vor Augen. Mike, der Älteste, der jedoch mit Sicherheit auch dann den Chef gegeben hätte, wenn er der Jüngste gewesen wäre. Mit acht hatte ihn sein Vater zum ersten Mal mit auf Fischfang genommen, und er hatte überall stolz herumerzählt, dass er bereits arbeite. Von sich selbst hielt er am meisten. Was andere über ihn dachten, war ihm egal, solange sie ihn respektierten.

Vom Fischerssohn Harry dachte Sabina damals, dass er mal in die Fußstapfen seines Vaters treten würde. Er war eher introvertiert, wortkarg und anspruchslos, aber seine Freundschaft zu Mike hatte all das überlagert. Gewissermaßen hatte Mike Harry größer gemacht, ihm zusätzlich Power eingehaucht. In Mikes Gegenwart war Harry redseliger, selbstbewusster und manchmal sogar ein wenig großspurig. Dennoch hatte Sabina ihn auch in seinem Elternhaus erlebt, wo er sich von seiner ein Jahr jüngeren Schwester die Butter vom Brot nehmen ließ.

Margrethes Robustheit hatte Sabina von Anfang an imponiert. Das Mädchen ließ sich von den Jungen nichts gefallen. Von allen Mädchen aus der Kaltenhusener Clique mochte Sabina eigentlich nur Margrethe. Jacqueline war ihr zu puppenhaft, eine Art Interflug-Stewardess oder eine Steffi, die Ost-Barbie. Und Lea stand sowieso auf einem anderen Blatt. Von den Jungs mochte sie Julian und Pierre noch am ehesten, wobei sie sich nicht erklären konnte, warum sie ausgerechnet Pierre sympathisch fand. Er verkörperte das genaue Gegenteil von Margrethe, war wendig und untertänig wie ein Dummie, ließ sich alles gefallen, ordnete sich unter und bog sich bei jedem Lüftchen. Sie hatte nie erlebt, dass er mal Widerworte gab. Trotzdem war Sabina das Gefühl nicht losgeworden, dass er es faustdick hinter den Ohren hatte, wenngleich sie dieses Gefühl nie durch einen konkreten Beweis hatte unterlegen können.

Ihres Wissens hatte keiner der sechs je mit Julian im Clinch gelegen. Er war ein harmoniesüchtiger Mensch gewesen, Streit war er grundsätzlich aus dem Weg gegangen. Aber anders als Pierre hatte Julian etwas an sich gehabt, das nur schwer in

Worte zu fassen war… eine innere Festigkeit und Aufrichtigkeit. Er hatte Prinzipien gehabt. Eines Tages hatte Lea beim Frühstück voller Stolz davon gesprochen. Mike hatte verlangt, dass Julian eine Hymne für die Clique schreiben sollte, doch was er daraufhin ablieferte, war Mike zu soft und gefühlvoll gewesen. Trotzdem hatte Julian sich standhaft geweigert, etwas anderes zu komponieren. Es war also durchaus möglich, mit ihm in Konflikt zu geraten, sofern man mit seinen Überzeugungen kollidierte.

Sabinas Ziel war der kleine Anlegesteg, wo die Ruderboote vertäut waren und wo in der Nacht von Julians Verschwinden möglicherweise seine Leiche verladen worden war. Welche Pfade führten dorthin und von dort auch wieder weg?

Das Meer war nicht mehr weit. Zuvor musste Sabina jedoch ein Rotbuchenwäldchen durchqueren, an das sie sich nicht erinnerte, obwohl es in Sichtweite von Kaltenhusen lag. Es ragte zwischen Feldern, Wiesen und dem nicht fernen Schilfgürtel auf, der die Küste säumte. Als sie den Wald betrat, fiel die Temperatur um einige Grad, und der beharrlich zwischen den Bäumen hängende Bodennebel erschwerte die Sicht. Wie eine verebbende Welle fuhr ein kurzer Windstoß in das raschelnde Laub und hinterließ eine große Stille. Just in diesem Moment schälte sich ein hohes Mauerwerk aus dem Dunst.

Nun wusste sie wieder, wo sie sich befand. Damals war die Klosterruine lediglich von ein paar jungen, schulterhohen Bäumen umrahmt worden, die inzwischen eine beachtliche Höhe erreicht hatten und das Gemäuer fast komplett verbargen. Während der fünfundzwanzig Jahre, die Sabina in Kaltenhusen gelebt hatte, war sie allenfalls ein halbes Dutzend Mal in der

Ruine gewesen, und zwar ausschließlich um die Mauern zu erklettern und darauf zu balancieren. Brennnesseln und Schürfwunden hatten die stärksten Eindrücke bei ihr hinterlassen. Allein die Tatsache, dass Lea und ihre Kinderclique täglich dort spielten, hatte Sabina von häufigeren Besuchen abgehalten.

Sie warf nur einen flüchtigen Blick auf das Gelände. Von Brennnesseln keine Spur mehr, stattdessen erstreckte sich ein Teppich aus gemähtem Gras und Klee, dazwischen vereinzelt Gänseblümchen, hier und da aber auch ein gepflegt wirkender Rosenstrauch, eine Staude Phlox, ein Rhododendron. Es sah aus, als würde sich eine Landschaftsgärtnerei darum kümmern.

»Vier sogenannte H-höfe, die eigentlich einmal R-räume waren«, hörte sie eine Stimme, bevor ein Mann hinter einer Mauer hervortrat. »Der höchste M-mauerrest ist fünf Meter zweiundzwanzig h-hoch. Neun Spitzbogenfenster sind in ihrer F-form noch vollständig erhalten, zwei t-teilweise. Hier ist das R-refektorium, der Speisesaal, da d-drüben das Dormitorium, der Schlafsaal, und d-dort das Kapitel, der Versammlungsraum. Erbaut Anfang des sechzehnten Jahrhunderts von den Zisterziensern, aber nie f-fertiggestellt. Die R-reformation hat sie überrollt.«

Der Fremde, der sich ungebeten als Sabinas Fremdenführer betätigte, war ein magerer, schludrig gekleideter Mann mit langen, zerzausten Haaren. Ein bisschen machte er den Eindruck, als würde er in der Ruine hausen. Mit hängenden, zusammengezogenen Schultern stand er vor Sabina und trat von einem Fuß auf den anderen, während er hektisch an einer Zigarette zog. Ein armseliger Anblick. In seinem im Nebel stochernden Blick allerdings lagen Ruhelosigkeit, Eifer und Leidenschaft.

Seine Augen machten diesen Mann erst lebendig und interessant.

»Sabina Mahler, richtig?«, fragte er.

Sie stutzte. »Ja. Woher …?«

»Ich ha-abe dich heute Morgen zufällig vor deinem Elternhaus g-gesehen und gleich wiedererkannt. Hat der V-verkauf geklappt?«

»Leider nein.«

»Was ist mit dem Grundstück, auf dem wir stehen? W-willst du es ebenfalls v-verkaufen? Oder hast du v-vergessen, dass es deiner Familie g-gehört?«

Das hatte sie tatsächlich. Für sie war es einfach nur eine wertlose Wiese mit ein paar Bäumen und moosigen Mauern.

»Harry?«, fragte sie.

Im Geiste war sie rasch alle Möglichkeiten durchgegangen. Mike und Pierre schieden aufgrund von Haarfarbe und Körpergröße aus. Seltsamerweise sah der ungefähr vierzigjährige Mann am ehesten Julian ähnlich, der ebenfalls blonde, recht lange Haare sowie eine große, schlaksige Statur gehabt hatte. Sabina hatte Harry anders in Erinnerung, deutlich stämmiger. Er hatte definitiv abgenommen. Lediglich seine abgekauten Fingernägel und der kräftige Zug an der Zigarette hatten ihn verraten. Nun fiel ihr auch wieder ein, dass er damals schon gestottert hatte, allerdings nur sehr leicht. Es hatte sich verschlimmert.

Andächtig fuhr er mit der Führung fort und wurde dabei fast philosophisch.

»Das Kloster ist seit je-jeher eine Ruine, verlassen von den Erbauern, dem Verfall noch im M-moment des Entstehens p-preisgegeben. Seinen eigentlichen r-religiösen Zweck hat es n-nie erfüllt. Na ja, in einem tieferen S-sinn vielleicht doch, immerhin war es fünfhundert Jahre später für uns ein Ort der Vers-sammlung.«

Sein Blick schweifte unstet über die Mauern und Blumenstauden. »Niemand hat hier je gelebt. Das haben wir K-kinder damals aber nicht gewusst. Ich weiß noch, wie uns die Vorstellung, die G-geister von verstorbenen Mönchen könnten hier herumirren, anfangs Angst gemacht hat. Auch Margrethe war nicht wohl z-zumute. Wenn wir hierherkamen, sind wir immer z-zusammengeblieben wie Schafe. Im Grunde wussten wir, dass es k-keine Geister gab, aber Nebel und D-dunkelheit und R-rascheln haben uns oft daran zweifeln l-lassen. Mike und ich sind aus Angst sogar zu-zusammen pinkeln gegangen …«

Harry lächelte selig vor sich hin. Eine Minute lang war er nicht mehr in dieser Welt, sondern in einer anderen, und ohne sein Leben zu kennen, spürte Sabina, dass er sich leidenschaftlich und verbissen an dieses Gemäuer klammerte, weil die hier verbrachte Kindheit die vielleicht einzige glückliche Zeit seines Lebens gewesen war.

Harry drehte sich abrupt um und hob den Zeigefinger. »Hörst du das?«

Sie vernahm ein dumpfes Pochen, nicht nah und nicht fern, das sich in einigen Sekunden Abstand wiederholte. Fünfmal, sechsmal, als würde ein Baum gefällt.

»Das ist er«, flüsterte Harry.

»Wer?«

Gebückt schlich er aus der Ruine, so wie Sabina früher bei riskanten Polizeieinsätzen gelaufen war. Sie folgte ihm, dem Geräusch entgegen.

Der Nebel war wie ein feines Gespinst, das im leichten Seewind wogte. Keine zehn Schritte weit reichte der Blick, hielt sich an rastenden Möwen fest, an einer Amsel, die über die Wiese huschte, an den eigenen Schuhen, die Abdrücke im weichen, schmatzenden Untergrund hinterließen.

Zuerst tauchte ein Holzpflock aus dem Dunst auf, kurz darauf der Mann, der mit einem großen Vorschlaghammer darauf einschlug. Sabina erkannte den einstigen Nachbarn sofort wieder. Rupert Balthus hatte sich so gut wie gar nicht verändert. Er war damals schon ein zerknitterter weißhaariger, grauäugiger Greis von beeindruckender Körpergröße gewesen.

Harry stürmte nach vorn und versuchte den Pflock aus dem Boden zu ziehen, doch der Alte war schneller und stieß Harry so fest zur Seite, dass er zu Boden fiel. Er blieb nur kurz liegen, dann ging er in Angriffsposition, während der Alte seinen langstieligen Vorschlaghammer mit beiden Händen fest umklammert hielt.

Inmitten der Nebelschwaden wirkten die beiden langhaarigen Männer wie rivalisierende Wikinger. Sie hatten bei ihrem kurzen Kampf kein Wort gesprochen und blieben auch jetzt stumm. Wozu reden, wenn beiden ohnehin klar war, worauf es dem anderen ankam?

»Also gut, meine Herren, so kommen wir nicht weiter«, sagte Sabina mit entschlossener, tiefer Stimme und stellte sich zwischen die Streithähne.

»Aus dem Weg«, befahl Rupert Balthus. »Gegen Sie habe ich nichts.«

Was Sabina von ihm nicht behaupten konnte. »Legen Sie

den Hammer zur Seite. Ich bin Sabina Mahler und möchte wissen, was hier vor sich geht.«

Tatsächlich ließ er den schweren Hammer sinken. »Ach, die«, sagte er, und Sabina konnte sich lebhaft vorstellen, welcher Film gerade vor seinem geistigen Auge ablief. Er handelte von einer Göre, die ihm den Stinkefinger zeigte, weil er sie wegen ihrer Klamotten tadelte, die provozierende Lieder von Nena vor sich hin summte, während sie an ihm vorbeischlenderte.

Dieselbe Person versuchte ihn heute zu beschwichtigen. »Wir sind zivilisierte Menschen und können in Ruhe über alles reden, Herr Balthus.«

»Da gibt es nichts zu reden. Das hier ist mein Land.« Wie zum Beweis deutete er auf den Pflock, an dem ein Schild befestigt war. »Privatgrundstück Rupert Balthus! Betreten verboten!«, stand darauf.

Allmählich machte Sabina sich einen Reim auf das, was hier vor sich ging. »Wir sind hier nicht im Wilden Westen, wo es genügt, einen Zaun zu ziehen, um ein Grundstück in Besitz zu nehmen. Worauf begründen Sie Ihren …?«

»Quatschen Sie mich gefälligst nicht voll«, unterbrach sie Balthus. »Beweisen Sie mir, dass das Land Ihnen gehört, oder verschwinden Sie.«

Mit einem Mal befand Sabina sich in der Situation, ein Grundstück zu verteidigen, das ihr nicht mehr bedeutete als die Gartenzwerge, die ihre Eltern damals in den Blumenbeeten rund um das Haus aufgestellt hatten. Wäre der alte Balthus nicht so ein Unsympath und hätte Sabina nicht wenige Minuten zuvor in Harrys für die Ruine entflammte Augen geblickt – wer weiß. Womöglich hätte sie das Stück Land mit einem Schulterzucken hergegeben.

»Er will den P-palast a-abreißen!«, rief Harry. »Das müssen wir verh-hindern.«

Wir, dachte Sabina. So schnell ging das also.

»Es wird Zeit, dass diese elendige Ruine plattgemacht wird«, schimpfte Balthus. »Was damals hier stattgefunden hat, hat mich mein einziges Kind gekostet. Dieser Halbidiot da drüben hat zusammen mit den anderen degenerierten Bälgern meine Jacqueline verdorben. Sie haben ihr Flöhe ins Ohr gesetzt, sie gegen mich aufgehetzt, mir entfremdet. Gekifft haben sie in diesen Mauern, gesoffen, gevögelt und Zukunftspläne gesponnen. Jawohl, gesponnen, sage ich. Und was ist dabei herausgekommen? Den Tunichtgut da braucht man sich nur anzusehen, da erübrigt sich jedes weitere Wort. Seine Schwester ist ein dummes, fettes Huftier, der Herr Doktor ein Schwerenöter und mein Schwiegersohn ein versoffener Angeber. Ihre Schwester, meine Dame, habe ich zum Glück aus den Augen verloren, aber sie wird wohl das Flittchen geblieben sein, das sie damals schon war. Eine feine Gesellschaft. Es wird mir ein Vergnügen sein, die Mauern dieses verfluchten Ortes …«

»Moment mal, was meinen Sie damit?«, unterbrach ihn Sabina.

Ihre Frage bezog sich gleich auf mehrere Dinge, auf Jacquelines Entfremdung von ihrem Vater ebenso wie auf das Kiffen, das Vögeln und das angebliche Flittchen Lea. Sabina konnte sich auf die Schnelle kaum entscheiden, welcher Aspekt sie am meisten interessierte.

Just in diesem Moment stürmte Harry aus dem Nebel herbei und riss mit einem kräftigen Ruck das Schild von dem Pflock herunter. Sabina hatte kurzzeitig fast vergessen, dass Harry überhaupt noch da war. Balthus war es anscheinend ebenso ergangen. Einen Augenblick lang verstand er nicht, was da gerade passiert war, und als er es verstand, hatte Harry sich längst in Sicherheit gebracht.

»Du elender Scheißer!«, brüllte Balthus. Dabei schwang er den Vorschlaghammer wie eine Streitaxt und traf Sabina, die zu spät reagierte, an der Schläfe, woraufhin sie stürzte.

Sabina kannte sich mit Schmerzen aus. Etliche Prellungen, eine gebrochene Hand, Schnittwunden und eine ausgerenkte Schulter hatte sie sich in ihrem Leben zugezogen und wusste daher, was ziehende, stechende, brennende Schmerzen waren. Obwohl noch leicht benommen, hatte sie bereits eine Ahnung von ihrer Verletzung. Sie betastete die linke Schläfe: eine Platzwunde.

Neun von zehn Menschen hätten sich nun entweder fürchterlich aufgeregt oder irritiert zurückgezogen. Sabina jedoch lachte, zumindest innerlich. Sie war mitten in einer Provinzposse gelandet und kam sich vor wie in einer Folge der Serie *Königlich bayerisches Amtsgericht.* Das einundzwanzigste Jahrhundert war weit weg. Berlin, Rostock, Dresden und Hamburg befanden sich auf einem anderen Planeten. Von ihren Berliner Freunden und Kollegen jedenfalls würde ihr das keiner glauben.

Mitleidlos blickte der Alte auf sie herab und sagte: »Passen Sie doch auf!«

Nun konnte sie nicht mehr an sich halten. Sie ließ sich zurück auf das kalte, feuchte Gras sinken und lachte lauthals los.

Der Alte ging nach einer Weile brummelnd von dannen, und Harry kam näher, seine Beute in den Händen. Ein wenig ratlos stand er neben Sabina und wartete das Ende ihres Lachanfalls ab.

»Das sieht sch-schlimm aus«, sagte er, nachdem er ihre Wunde inspiziert hatte.

»Halb so wild«, sagte sie mit tiefer Stimme.

»Du hörst dich an wie B-b-bruce Willis. Oder bist du etwa Bruce Willis … nach einer Operation?«

»Hey, du kannst ja richtig witzig sein. Versuchst du normalerweise diesen üblen Charakterzug zu unterdrücken?«

Ein gewisse Zufriedenheit breitete sich auf seinem Gesicht aus, und sie ahnte, warum. Er hatte gerade eine Schlacht und ein Schild gewonnen und obendrein eine Kampfgefährtin, die soeben ihre Bluttaufe überstanden hatte.

»H-hat mir gefallen, dass du gelacht hast, als du am B-boden gelegen bist«, sagte er.

»Es hat dir gefallen, weil sonst nur Verrückte wie du so etwas machen«, erwiderte sie mit einer Schroffheit, die sie umgehend durch ein Lächeln ausglich.

Harry streckte ihr die Hand hin, die sie ergriff, um wieder auf die Beine zu kommen.

»Komm mit, H-hinkebein. Ich bringe dich zum D-dorfarzt. Unterwegs erzähle ich dir ein bisschen was über m-mich.«

September 2013

Zweimal in der Woche rutschte Jacqueline auf Knien durch die Küche und entfernte jeglichen Schmutz von den Schränken: kaum sichtbare Kleckse Tomatensoße, ein vergossener Tropfen Rosé, Wasserflecken auf dem Herd, ein paar vergammelte Salatblättchen im Abfluss. In einer Viertelstunde würde Margrethe zum Putzen kommen, und Jacqueline wollte, dass bis dahin alles picobello war. Nun ja, wenigstens annähernd picobello. Für alle Räume brauchte sie jedes Mal mehrere Stunden. Gelang es ihr einmal nicht, etwa weil sie krank war, machte sie sich schreckliche Sorgen, was Margrethe wohl über ihre Haushaltsführung denken könnte.

Der Küche und den zwei Badezimmern schenkte sie stets besondere Beachtung. Unentwegt und mit beachtlicher Geschwindigkeit polierte sie sämtliche Flächen, bis der weiße Lack und die Armaturen funkelten und der Raum leicht nach Lavendelreiniger roch. Anschließend ging sie noch einmal durchs ganze Haus und entschied, wo sie gezielt kleine Unvollkommenheiten einbaute: einen Flaschenrand im Kühlschrank vielleicht, sauberes Geschirr in der Spülmaschine oder einige Krümel Blumenerde auf dem Fenstersims im Schlafzimmer. Margrethe sollte nicht das Gefühl bekommen, überflüssig zu sein, ebenso wenig wie das Gefühl, überfordert zu sein. Denn das, was man gemeinhin eine »Perle« nennt, war Margrethe für Jacqueline leider nicht, im Gegenteil, sie putzte sehr oberflächlich und wischte oft nur ein bisschen herum. Jacqueline mochte es nun mal blitzblank und rein, und sie musste eine blitzblanke und reine Wohnung haben, um sie zu mögen.

Es war eine Gratwanderung zwischen der Rücksichtnahme auf die Befindlichkeiten einer alten Freundin und den Ansprüchen an sich selbst und das eigene Zuhause, wobei möglichst beide ihr Gesicht wahren sollten. Hinzu kam, dass Jacqueline einfach nicht wusste, was sie mit Margrethe reden sollte, und irgendeinen Smalltalk musste man schließlich machen, vor allem wenn man sich so lange kannte. Doch mal abgesehen von den stilistischen Unterschieden: es waren einfach zu viele Themen tabu, unter anderem Harry, das rote Tuch, oder Ediths schlechter Gesundheitszustand, der Margrethe schwer zu schaffen machte. Ebenso alles, was mit Geld zu tun hatte – und was alles mit Geld zu tun hat, merkt man erst, wenn man diesen Komplex aussparen will: Urlaub, Kino, Nahrungsmittel, Schönheitspflege, Ausflüge, Computer, Möbel, Restaurants, Haushaltsgeräte … Ein Gespräch mit Margrethe war für Jacqueline, wie im Dunkeln über ein Minenfeld zu laufen.

Dieser Balanceakt setzte Jacqueline derart unter Stress, dass sie es meist vorzog, vor Margrethes Eintreffen nach Wismar zu fahren. Sie hatte einige Kurse in der Volkshochschule belegt, die sie nicht nur nach Interesse ausgewählt hatte, sondern in erster Linie nach dem Tag und der Uhrzeit. Immer wenn Margrethe zum Putzen kam, standen wahlweise Seidenmalerei, Spanisch, autogenes Training, Pilates oder Psychologie auf Jacquelines Stundenplan. Das Töpfern hatte sie wieder aufgegeben, weil sie danach jedes Mal eine ganze Stunde vor dem Waschbecken brauchte, um die Tonreste unter den Fingernägeln zu entfernen. In Kunstgeschichte war sie inzwischen schon recht bewandert und konnte mühelos ein Gemälde von Watteau oder Modigliani analysieren. Waren Schulferien, ging sie stattdessen irgendeiner Boutiqueverkäuferin auf die Nerven, probierte zwanzig Paar Schuhe, um dann eines zu kaufen, trank eine Limonade und fuhr wieder zurück nach Kaltenhusen, wobei sie jedes Mal nervös hoffte, Margrethe nicht mehr anzutreffen.

An diesem Tag musste sie zu Hause bleiben, was ihr an sich schon gegen den Strich ging. Der Grund zerrte erst recht an ihren Nerven, zumal er just in dem Moment, als sie mit allem fertig war, mit einer Handvoll Chips die Küche betrat.

»Jeremi, du hast ein paar Krümel fallen lassen.«

»Na und, die Putzfrau kommt doch gleich.«

»Erstens ist die Putzfrau eine alte Freundin von deinem Vater und mir, die ein schweres Los hat. Darum etwas mehr Respekt und Empathie, bitte.«

»Empa… was?«

»Zweitens gebärdet man sich aus Prinzip nicht wie ein Krümelmonster.«

»Gebärdet!« Er lachte, wobei ihm mehrere feuchte Chipskrümel aus dem Mund schossen. »Mann, du müsstest dich mal hören.«

»Und du müsstest dich mal sehen. Halb Bauerntrampel wie deine Mutter und halb Wichtigtuer wie …« Sie riss sich im letzten Moment zusammen.

Jeremi grinste. »Hättest ihn ja nicht heiraten müssen. Dann wäre uns viel erspart geblieben, zum Beispiel diese grässliche Einrichtung hier. Ey, hier sieht's aus wie auf 'ner Möbelmesse, und es riecht wie im Waschsalon.«

Jacqueline schlug das Herz bis zum Hals. Der Junge raubte ihr den letzten Nerv. Und es wurde immer schlimmer mit ihm. Inzwischen genügte es, wenn er sie ansah, und schon entwickelte sie einen regelrechten Hass. Trotzdem bekam sie noch einmal die Kurve und bemühte sich nach Kräften um einen versöhnlichen Tonfall.

Sie holte einen Teller aus dem Kühlschrank. »Verdient hast du es zwar nicht, aber ich habe dir vorhin dein Leibgericht gemacht.«

»Super! Verbrannte Waffeln.«

Sie schloss die Augen. »Sie sind nur ein klitzekleines bisschen verbrannt. Das kann man abkratzen, siehst du?«

»Ein klitzekleines bisschen verbrannt gibt es nicht. Es gibt ja auch nicht ein klitzekleines bisschen überflüssig. Entweder man ist es oder man ist es nicht. Du bist es.«

»Was für ein grässlicher Junge du doch bist«, fluchte sie.

»Danke.« Er nahm sich eine Waffel vom Teller, kratzte den verbrannten Teig ab und pustete ihn von der Hand, sodass sich die schwarzen Krümel über die ganze Arbeitsplatte verteilten.

»Schluss jetzt!«, rief sie. »Mir reicht's. Du wischst das auf. Sofort!«

Jacqueline feuchtete einen Spüllappen an und legte ihn neben die Krümel.

»Kannst du voll vergessen«, maulte Jeremi. »Das kann die Putzfrau wegmachen.«

»Du nimmst jetzt diesen Lappen!«

Er nahm ihn und drückte ihn Jacqueline ins Gesicht.

Sie schrie auf. Der Reiniger brannte ihr in den Augen, und bis sie das Zeug mit Wasser ausgespült und sich das Gesicht abgetrocknet hatte, hatte Jeremi die Küche längst verlassen. Drei Sekunden lang stand sie reglos da. Dann, als wäre eine entsicherte Granate hochgegangen, brüllte sie Jeremis Namen.

Tobend stürmte sie durch das Erdgeschoss und entdeckte den Jungen im Wohnzimmer, wo er mit einem hämischen Grinsen neben einem mittelgroßen Karton stand, der sich leicht bewegte.

»Was ist da drin?«, fragte sie ihn, doch er kicherte bloß.

Ihr Blick fiel auf die offene Terrassentür. »Wo ist Chanel? Was hast du mit meinem kleinen Liebling gemacht?«

Jeremi zuckte nur mit den Schultern.

Als hätte jemand einen Schalter umgelegt, war ihr Zorn wie weggeblasen, und sie vergaß völlig, den Jungen wegen seines unverschämten Verhaltens in der Küche zu maßregeln. Ihre ganze Aufmerksamkeit galt dem Karton, aus dem kratzende Geräusche kamen. Langsam näherte sie sich.

Jetzt erst sah sie, dass ein dünnes rotes Rinnsal herausfloss.

»Geh zur Seite«, befahl sie Jeremi, und er tat wie geheißen.

Ängstlich streckte sie die Hand nach dem Paket aus. »Was … was hast du Chanel angetan?«, fragte sie mit bebender Stimme. Als sie den Karton berührte, spürte sie leichte Stöße, die ihr in der Seele wehtaten. »Oh Gott, mein kleiner Liebling, was hat dieses Scheusal bloß mit dir gemacht?«

Jacqueline legte ihre von Tränen feuchte Wange auf das Paket, das sie mit beiden Armen umschloss. Sie rechnete mit dem Schlimmsten, als sie schließlich den Deckel ergriff, sich über das improvisierte Gefängnis beugte und es öffnete. Als ihr etwas Weißes entgegensprang, verlor sie das Gleichgewicht und kippte um. Ein greller Schrei ertönte, der sich mit ihrem mischte. Im nächsten Moment flatterte etwas im Raum umher.

Jeremi lachte schallend. »Eine Möwe. Haha. Und Ketchup. Hahaha. Deinem Köter ist nix passiert. Hahaha. Hahaha.«

Eine Möwe! Jacqueline, die noch immer schrie, versuchte aufzustehen, doch sie rutschte auf den Marmorkacheln aus und schlug sich den Ellenbogen auf. Als sie auf dem Rücken lag, flatterte der Vogel über sie hinweg.

Sie roch ihn. Spürte den Luftzug. Hielt den Atem an. Wagte es nicht, die Augen zu öffnen.

Auf allen vieren krabbelte sie ein paar Meter, stieß gegen die Tür, zog sich daran hoch und schaffte es endlich auf die Beine. Erst als sie die Tür hinter sich zugeknallt hatte, holte sie tief Luft und schlug die Lider auf.

Jeremis Gelächter verfolgte sie bis in den Flur.

Sie hasste Möwen! Vor nichts fürchtete sie sich mehr als vor diesen gemeinen Räubern, den Hyänen der Lüfte, die sich in Gruppen auf wehrlose kleine Tiere stürzten und die Küken anderer Vögel mit ihren Schnäbeln zerhackten. Regelmäßig erschienen ihr die krächzenden Aasfresser in Alpträumen.

Ein paar Sekunden lang dachte sie, sie könnte sich von dem Schock erholen.

Dann prallte die Möwe gegen die andere Seite der Tür. Jacqueline wich zurück, rannte in die Küche und warf die Tür hinter sich zu. In dem tellerförmigen Spiegel an der Wand blickte sie in ein erblasstes Gesicht mit schweißnassen Strähnen.

»Beruhige dich«, flüsterte sie sich zu. Aber es waren nicht nur die Möwe und der Schreck, die sie verarbeiten musste, sondern auch diesen scheußlichen Jungen, das Ungeheuer, den Hass und die Brutalität in seinen Augen …

Mit zitternden Händen holte sie die Dose mit dem grünen Zuong-Tseng-Tee aus dem Schrank, öffnete sie und blickte hinein. Beim Versuch, etwas davon ins Teesieb zu geben, zitterte der Löffel wie ein Seismograph, und die Hälfte der getrockneten Blätter fiel herunter. Schließlich warf sie alles beiseite.

Verzweifelt versuchte Jacqueline einen klaren Gedanken zu fassen, doch sie fühlte sich wie von einer riesigen Woge mitgerissen, während sie hilflos nach dem Boden tastete. Plötzlich, in all dem Chaos, fand sie tatsächlich Halt.

»Pierre«, murmelte sie. »Ich muss zu ihm.«

Keine zehn Sekunden später hatte sie die Küche durch den Hinterausgang verlassen.

Zum zweiten Mal innerhalb von zwei Tagen suchte Pierre jemand aus der alten Clique auf, der ein Nervenbündel war. Mit Harry und seinen Gewaltfantasien hatte er des Öfteren zu tun, Jacqueline hingegen war ein höchst seltener Gast. Sie bevorzugte Ärzte, die Privatpatienten bevorzugten, Ärzte mit Praxen, die eher noblen Hotelsuiten glichen, mit Parkett, flauschigen Teppichen, Furnierholztäfelung und Springbrunnen. Mit den Namen dieser Mediziner warf sie um sich wie ein Priester mit denen von Heiligen. Jeden Schnupfen ließ sie für mehrere hundert Euro behandeln, dabei hätten es ein Nasenspray und eine Großpackung Papiertaschentücher genauso getan.

Als es bei Pierre an jenem Tag Sturm klingelte und kurz darauf Jacqueline völlig aufgelöst vor ihm stand, galt sein erster Verdacht ihrer Nussallergie. Die Symptome der Allergie waren jedoch viel heftiger. Schon bei der geringsten Menge an Nüssen war Jacqueline nicht mehr in der Lage zu gehen, und sie hatte immerhin die einhundertfünfzig Meter bis zu ihm bewältigt.

»Was ist passiert?«, fragte er.

»Es war dieser abscheuliche Junge«, spie sie förmlich. »Er treibt mich noch in den Wahnsinn. Und das meine ich wortwörtlich.«

»Ach so.« Pierre atmete auf. Nichts Schlimmes also, kein Notfall.

Jacquelines Nervenkostüm war seit ihrer Rückkehr aus den USA hauchdünn wie Seidentaft. So gut wie alles hatte das Potenzial, sie zu beunruhigen, vom Schmutz auf der Petersilie bis hin zu Vogelkot auf der Windschutzscheibe. Hörte sie in den Nachrichten, dass die Arbeitslosenquote gestiegen war, bangte sie um die Einbruchssicherheit ihres Hauses. Traten in Bielefeld Legionellen im Leitungswasser auf, ließ sie eine Stunde lang heißes Wasser aus allen Hähnen laufen. Gefangen im Käfig ihrer Ängste, konnte sie so gut wie nichts mehr genießen. Wenn sie einen wunderschönen Regenbogen sah, fürchtete sie nass zu werden.

»Was soll denn das heißen?«, fuhr sie ihn an. »Ich werde

systematisch terrorisiert, und alles, was du dazu sagst, ist: ›Ach so‹.«

»Der Junge ist dreizehn und mag seine Stiefmutter nicht. Völlig normal, dass er ein paar Knöpfe drückt, um dich aus der Fassung zu bringen. Du hast es selbst in der Hand, wie du auf seine Provokationen reagierst.«

Die Lautstärke ihrer Erwiderung steigerte sich im Verlauf des Satzes. »Sehe ich aus, als würde ich in diesem Moment mit dir über Kindererziehung diskutieren wollen?«

Er spürte, dass sie kurz davor war, in Tränen auszubrechen. Jacqueline war einfach nicht ausgelastet. Mit ihrer Affenliebe zu einem Hund, den Volkshochschulkursen von Aerobic bis Zierpflanzenpflege und den diversen Gefühlen von Bedrohung, die sie entwickelte, wirkte sie auf ihn wie eine wohlhabend geschiedene, vereinsamte Frau.

»Gut, komm rein.« Er ging ihr ins Wohnzimmer voraus. »Es ist zwar noch ein bisschen früh, aber ich gebe dir einen Brandy.«

»Wenn ich Alkohol wollte, hätte ich mich an Mikes Bar bedienen können, da stehen mehr Promille rum, als du Patienten hast.«

Pierre kannte Mikes Trinkgewohnheiten und musste Jacqueline zustimmen. »Also schön, dann ein Beruhigungsmittel.«

Sie raufte sich mit beiden Händen die Haare. »Ich brauche etwas Stärkeres«, flehte sie.

Er sah ihr direkt in die wild funkelnden Augen, die zu jemandem wie Jacqueline in etwa so gut passten wie eine Boxernase zu einem Mitglied des Hochadels.

»Eine Tasse Kakao vielleicht?«, fragte er provokant.

»Stell dich nicht dümmer, als du bist. Mach mir nichts vor, du hast immer einen kleinen Vorrat an Opiaten im Haus.«

»Ja, für Edith. Falls sie dringend etwas braucht.«

»So, und nun brauche *ich* eben dringend etwas«, brüllte sie und lief im Kreis.

»Übrigens, Lea ist oben und zieht sich um. Wir wollen zum Friedhof.«

Pierre wusste, dass Leas Nähe seine aufgebrachte Besucherin sofort beruhigen würde. Es war schon seltsam, welche enormen Kräfte manche Menschen entwickelten, wenn es um die Wahrung des schönen Scheins ging. Jacqueline hatte länger und härter an ihrer Fassade gearbeitet als die Erbauer seinerzeit an der Cheops-Pyramide, und dass sie sich ihm gegenüber gehen ließ, lag ausschließlich an seinem Beruf. So war es nun mal, alle Sünden und Schwächen dieser Welt landeten früher oder später entweder im Beichtstuhl, vor Gericht oder beim Arzt.

»Wirklich, Pierre«, flüsterte sie. Mit ihren eiskalten Händen griff sie nach seinen und schien geradezu daran festzufrieren. »Ich muss etwas nehmen. Ich muss, muss, muss, sonst halte ich das alles nicht aus.«

Sie redete wie 2003, als sie aus Hollywood zurückgekehrt war. Fast vierzehn Jahre hatte sie dort inmitten von Jugend-, Schönheits- und Schlankheitswahn verbracht, war einem enormen Erfolgsdruck und andauernden Enttäuschungen ausgesetzt gewesen, hatte Diätpillen, Brechfedern und Tütchen mit weißem Pulver mit sich herumgetragen. Kurz, sie hatte beim Film das Leben einer Sternschnuppe gelebt. Damals war sie ein Wrack gewesen, und Pierre hatte sie nach langem Zureden davon überzeugt, sich in einer Entzugsklinik helfen zu lassen.

»Du hast mir vor vier Monaten versprochen, endgültig davon wegzukommen«, beschwor er sie. »Und jetzt willst du aufgeben, bloß weil dich ein Teenager mobbt?«

Sie schüttelte verzweifelt den Kopf. »Bitte, Pierre, der alten Zeiten wegen.«

»Der alten Zeiten wegen, und nicht nur deshalb, werde ich dir kein Morphin geben.«

»Willst du, dass ich auf illegale Substanzen zurückgreife? Willst du, dass ich mir wieder Tütchen besorge? Du weißt doch, was passiert, wenn ich nichts nehme. Denk mal daran, was vor vier Monaten war. Wenn du mir jetzt kein Morphin gibst, bist du schuld, falls es wieder so weit kommt. Und da wir gerade von Schuld sprechen …«

Sie ging ein paar Schritte rückwärts, und der arglistige Zug um ihre Mundwinkel ließ ihn ahnen, auf welche Gemeinheit sie aus war.

»Wer hat mich denn überhaupt mit diesem ganzen Zeug in Berührung gebracht? Wer hat mir denn damals nach der Wende gut zugeredet, das wunderbare, saubere weiße Pulver zu probieren? Ich weiß es noch genau. Wir waren im Palast, die ersten Schneeglöckchen blühten, es war Februar und es war kalt, und du hast gesagt, das Pulver macht die Welt warm und bunt, und die Schneeglöckchen werden zu läuten anfangen. Da habe ich gedacht: Na, wenn der ruhige, liebe Pierre das sagt, der kein Wässerchen trüben kann, dann …«

»Schon gut«, unterbrach er sie heftig. »Es war ein Fehler. Gerade weil ich für alle bloß der ruhige, liebe Pierre war, wollte ich mal etwas Verbotenes tun.«

»Und hast mich in die Sache hineingerissen.«

Wie alle Süchtigen verstand es Jacqueline hervorragend, auf der Klaviatur der Schwächen ihrer Mitmenschen zu spielen. Positive Gefühle wie Mitleid, Liebe und Freundschaft nutzen sie in der Regel ebenso hemmungslos aus wie ein schlechtes Gewissen oder Furcht. Er musste Jacqueline fürchten.

»Meinetwegen«, murmelte er.

Ihr Siegerlächeln fühlte sich an wie ein Schlag ins Gesicht. Aber Pierre wusste nur zu gut, dass es das Lächeln einer Frau am Abgrund war.

Neunzehn Gräber, die von einer niedrigen Mauer umgeben waren, sodass der Blick ungehindert in die grüne Weite der Landschaft schweifen konnte. Auf dem kleinen Kaltenhusener Friedhof fühlte ich mich irgendwie ausgeliefert, seltsam schutzlos. So als ob in dem fernen, verschwommenen Horizont, in der Stille, im salzigen Wind irgendeine Gefahr verborgen läge.

In den nächsten Wochen würden fünf Gräber hinzukommen, und obwohl ich davon natürlich noch nichts wissen konnte, beschlich mich auf dem Friedhof ein unheimliches Gefühl, so als hätte ich eine tiefsitzende Ahnung davon gehabt, verschlüsselt, die Hieroglyphe einer Intuition, die mich vor der nahen Katastrophe warnte.

Doch in jener Stunde, die ich an Sabinas letzter Ruhestätte verbrachte, schob ich mein Unbehagen auf die naheliegendste Ursache. Einige Jahre zuvor hatte Sabina mit meinem Einverständnis das Grab unserer Eltern auflösen lassen, und nun lag sie genau an ihrem Platz. Ich brauchte mehrere Minuten, um diese tragische Symbolik zu verstehen und zu verarbeiten.

Ich blickte über die Schulter. Pierre wartete an der Friedhofspforte, geduldig und in pietätvollem Abstand, und als er sah, dass ich wankte, wollte er mir zu Hilfe eilen. Ich gab ihm ein Zeichen, dass ich noch ein wenig allein sein wollte.

Zum ersten Mal in meinem Leben verspürte ich das Verlangen, mich mit meiner Schwester auszusprechen, zu versöhnen, und sicherlich kam es nicht zufällig erst jetzt auf, da die Erfüllung dieses Wunsches unmöglich geworden war. Ich hätte wahrlich früher auf den Gedanken kommen können.

Zu Hause hatte ich immer leichtes Spiel gehabt. Ich hatte ein Faible für Poesie, was meine Mutter erfreute, und ich liebte Poel, was meinen Vater stolz machte. Sabina und ich waren insofern echte Fischerstöchter, als wir Wind und Wetter trotzten, meine Schwester energisch und verbissen, ich mit einem Lachen, was deutlich besser ankam. Weil ich mich weiblicher anzog, galt ich als diejenige mit dem besseren Geschmack und als die hübschere.

Gerecht war das nicht. Zuneigung hat jedoch so gut wie nie etwas mit Gerechtigkeit zu tun, man schließt Menschen nicht ins Herz, weil es fair ist. War es denn meine Schuld gewesen, dass unsere Eltern mir die meisten Wünsche erfüllt hatten, ihr jedoch nur sehr wenige? Hatte sie nicht ihren Teil dazu beigetragen, da ihre Wünsche oft unerfüllbar gewesen waren? Mit zwölf wollte sie als einziges Mädchen in die Poeler Fußballmannschaft aufgenommen werden, woraufhin der Trainer meinen Eltern den Vogel zeigte. Im Alter von sechzehn Jahren fiel ihr plötzlich ein, dass sie eine Knatterbüchse wollte, dabei hatten die Dinger damals vier Jahre Vorbestellzeit. Zu ihrem vierzehnten Geburtstag wünschte sie sich ein Ticket für die Olympischen Spiele in Moskau samt einwöchigem Aufenthalt, was schlicht unerschwinglich war. Andererseits war ich oft sehr gehässig zu ihr, etwa als ich ihr zu jenem Geburtstag Ohrclips aus Plastik in Form der olympischen Ringe schenkte.

Ich hätte sie, als wir Kinder waren, nicht immerzu provozieren dürfen. Ich hätte ihr ab und zu auch mal zuhören und mich in ihre Lage versetzen sollen. Später, viel später, hätte ich ihre ausgestreckte Hand nicht ignorieren dürfen. Erst im Tod wurde Sabina für mich wieder präsent.

Wieso nur stimmte mich der Tod jenes Menschen, zu dem ich, seit ich denken konnte, ein miserables Verhältnis gehabt hatte, so milde? Wirklich nur aus Sentimentalität? Weil der Anstand es gebot? Vielleicht wollte ich mich ja nur deshalb mit ihr aussprechen, weil sie mir nicht mehr widersprechen konnte. Es mag makaber klingen, aber Hunde und Tote sind die besten Zuhörer, sie streiten nichts ab und ordnen sich unter. Man gewinnt jedes Rededuell gegen sie, wenn man will. Die absolute Wehrlosigkeit der Person, die ich zu ihren Lebzeiten bekämpft oder gemieden hatte, ließ mich gnädig werden.

An ihrem Grab wurde mir etwas bewusst, das ich bis dahin verdrängt hatte. Ich war nicht mehr Kind und nicht mehr Schwester, war nicht Mutter und nicht Ehefrau. Ich war allein, hatte keine Familie mehr. Mit Sabina war meine letzte Angehörige von dieser Welt gegangen. In Argentinien wartete niemand auf mich. In diesem Moment geschah es erneut. Wie schon tags zuvor in Margrethes Küche durchzuckte mich ein grelles Leuchten, dann erschien mir ein Standbild in Schwarzweiß, das mir nach wenigen Augenblicken bereits wieder entglitt. Es war Nacht, Sabina saß am Steuer ihres Wagens und warf mir einen Blick zu. In ihrem Gesicht las ich Entsetzen, und obwohl ich mich selbst nicht sehen konnte, verspürte ich dasselbe grässliche Erschrecken. Wir beide hatten Angst.

War das die Sekunde vor dem Unfall? Wovor hatten wir uns gefürchtet? Oder hatte es diese Szene nie gegeben?

Ich spürte, dass ich diese Sekunde erlebt hatte, dass das Foto vor meinem inneren Auge eine Spiegelung von etwas Tatsächlichem war, eine Botschaft meines Unterbewusstseins, ebenso wie die Emotionen und das Gefühl von Bedrohung.

»Hallo, Lea«, sagte jemand hinter mir, und nach der einen Sekunde, die ich brauchte, um mich wieder zurechtzufinden, erkannte ich die Stimme. Auffällig, klar, stramm, einen Tick zu laut – die Klangfarbe eines Menschen, der keine falsche Zurückhaltung kennt und sich nie fragt, ob er gerade den richtigen Ton trifft.

Ich drehte mich zu ihm um. »Hallo, Mike.«

Der kräftige Junge von früher mit dem großen, kantigen Seemannsgesicht und der Stoppelfrisur war heute ein stämmiger Mann mit einem großen, kantigen Seemannsgesicht und Stoppelfrisur. Man musste kein ausgewiesener Menschenkenner sein, um festzustellen, dass sein teurer Anzug nur eine Verkleidung war. Tatsächlich war er ein Fischerssohn geblieben und machte keinen Hehl daraus, so breitbeinig, wie er vor mir stand.

Dann umarmte er mich, sehr lange und für einen Mann von seiner Statur erstaunlich sanft. Er hieß mich willkommen. Natürlich freute ich mich über die warmherzige Begrüßung. Erstaunlicherweise fühlte ich jedoch vor allem anderen einen gewaltigen Respekt. Sogar mehr als das, nämlich die im Moment des Wiedersehens wiedererweckte Bereitschaft, mich freiwillig unterzuordnen, die jahrzehntelang in mir geschlummert hatte.

Mike hatte mir früher vor allem durch seine Entschlusskraft und erst in zweiter Linie durch seine körperliche Kraft imponiert. Er wusste immer, was er wollte, und es gelang ihm, diesen Willen mit seiner ganzen Erscheinung auszustrahlen, bis hin zu seinem Gang, den Gesten und den Augen. Er hatte die Chefrolle sehr genossen, und dennoch war er nie ein »Bully« gewesen, wie man in England sagt, ein Schulhoftyrann oder kindlicher Diktator. Innerhalb der Clique war es nie zu Raufereien gekommen, nicht mal als die Jungs die Mädchen für sich entdeckten, und in der Schule prügelte Mike sich nicht häufiger als andere Jungs. Ich kann mich nicht erinnern, dass er jemals einen Schwächeren bedroht hätte, und der Spaß, den wir zusammen hatten, ging niemals auf Kosten anderer. Und wir hatten damals wahrlich großen Spaß. Mike war nicht nur der Chef unserer Clique gewesen, sondern auch der Chefunterhalter. Er konnte ein echter Witzbold sein.

Das alles lag lange Zeit zurück. Aber so wie der Mensch bis ins hohe Alter nicht vergessen kann, wen er als Kind geliebt und gehasst hat, so kann er auch nicht vergessen, wem er sich freiwillig angeschlossen und untergeordnet hat.

»Danke«, sagte ich.

»Wofür?«

»Für die Begrüßung.«

Er nickte bloß, als wollte er sagen, lassen wir es gut sein.

»Pierre hat mir verraten, dass du dich nicht mehr an deinen Kurzbesuch im Mai erinnerst.«

»Es kommt mir vor, als wäre ein schwarzer Vorhang davorgespannt, und mein ausgestreckter Arm ist nicht lang genug, um ihn aufzureißen.«

Er grinste. »Ganz die alte Lea. Immer ein Bild zur Hand. Mit den Metaphern, die du als Jugendliche benutzt hast, könnte man ein ganzes Buch füllen.«

»Eine Enzyklopädie«, korrigierte ich ihn selbstironisch. Er hatte ja recht. Ich habe zeit meines Lebens in Bildern gedacht und bin vermutlich nicht zuletzt deswegen Fotografin geworden.

Mike machte eine deutliche Kopfbewegung. »Der Dreizehnjährige da drüben am Friedhofstor neben Pierre, das ist mein Sohn aus erster Ehe. Er heißt Jeremi.«

»Ich bin ihm schon mal begegnet«, sagte ich.

Da Mike und Jacqueline seit ungefähr zehn Jahren verheiratet waren, war Jeremi etwa drei Jahre alt gewesen, als Mike sich von seiner ersten Frau hatte scheiden lassen. Es musste ihn ziemlich stark zu Jacqueline hingezogen haben, wenn er für sie seine junge Familie verlassen hatte.

»Wo ist Jacqueline?«, fragte ich.

»Sie liegt mal wieder mit Kopfschmerzen im Bett.« Der Formulierung und dem Unterton entnahm ich, dass dieses Verhalten ihn nervte.

Wenn zwei Ehepartner so offensichtlich verschieden waren, vor allem charakterlich wie bei den beiden, gab es nach landläufiger Meinung nur drei Gründe dafür, dass sie zusammen waren: die große Liebe, das ganz große Geld oder der weltbeste Sex. Irgendwie konnte ich mir zwei dieser drei Gründe bei den beiden einfach nicht vorstellen.

»Jeremi und ich wollten gerade drüben auf der Wiese ein bisschen Fangen üben, als wir euch hier zufällig gesehen haben. Er spielt bei einem Rostocker Footballverein und hat nachher Training. Ich hab mir extra für ihn frei genommen.«

Die lockere, positive Art, mit der Mike mit mir umging, stand der von Pierre in nichts nach, und ich war glücklich, einen zweiten Freund wiedergefunden zu haben.

Wir gingen spazieren, zunächst durchs Dorf und dann auf schmalen Wegen scheinbar ziellos über die Felder. Mike erläuterte mir geduldig, was sich wann und wieso geändert hatte, was unsere ehemaligen Lehrer heute so machten, wer aus dem Nachbardorf weggezogen und wer gestorben war. Schemenhafte Gesichter dämmerten vor meinem geistigen Auge herauf, um sogleich wieder zu verblassen. Während wir uns unterhielten, spielte Pierre mit Jeremi und warf ihm den Football im hohen Bogen zu. Der Junge fing das lederne Riesenei fast immer auf, und wenn nicht, so hatte er doch zumindest vollen Einsatz gezeigt.

Als wir auf den alten Pfad gelangten, der zum Palast führte, schwiegen wir einen Moment, denn mit den ersten Schritten auf dem Weg kamen die intimen Erinnerungen auf, die nur um uns drei sowie um Margrethe, Harry, Jacqueline und Julian kreisten. Um das kindliche Geplapper, das Schmatzen der Fahrradreifen auf dem weichen Untergrund, die durch sieben geteilte Limonade an heißen Tagen, die gemeinsame Furcht vor Wespen, kurz, um das Universum unserer kindlichen Freundschaft.

»Erzähl mir von dir«, forderte ich Mike schließlich auf.

Er zündete sich eine Zigarette an. »Pierre hat dir bestimmt schon alles über mich verraten.«

Pierre, der noch immer ein paar Meter hinter uns ging und mit Jeremi beschäftigt war, hatte uns zugehört und rief nun: »Das Interessanteste, was es über dich zu erzählen gibt, fällt leider unter die ärztliche Schweigepflicht.«

Wir lachten, und Mike warf Pierre einen Blick zu, den man als leicht grimmig, aber auch als nicht ganz ernstgemeint deuten konnte.

Spontan fragte ich: »Wie bist du Fabrikant geworden?«

»Im Sturm.«

»Und wann?«

»Über Nacht.«

»Du bist nicht gerade redselig.«

»Also gut, wenn es dich wirklich interessiert. Ich hatte zweiundneunzig ein bisschen was gespart, nahm außerdem einen Kredit auf und kaufte mir die heruntergekommene Turnhalle von Kirchdorf und dazu ein paar alte Maschinen. Ich hatte vor, die Fänge der mecklenburgischen Ostseefischer aufzukaufen und weiterzuverarbeiten. Was soll ich sonst noch dazu sagen? Nach einigen Startschwierigkeiten lief es sehr gut, und das tut es heute noch. Ich bin der größte Arbeitgeber der Insel.«

Blitzartig fiel mir der 10. November 1989 wieder ein, jener Regentag, an dem wir uns alle im Palast versammelt und unsere Wünsche in den bedeckten Himmel geschrien hatten.

Mike hatte damals jeden Einzelnen von uns angesehen, bevor er ein letztes Mal an seiner Kippe zog und den Rauch wieder ausatmete. Jahre zuvor war er mit Billigung seines Vaters zum Raucher geworden, seit er so hart wie jeder erwachsene Mann auf dem Kutter mit anpacken musste. Von dort draußen, vom Meer hatte er nicht nur seine Muskeln, sondern auch die Flüche, den Trotz und den eisernen Willen. Seine Wünsche kamen aus einer ganz anderen Himmelsrichtung.

»Ich will mein eigener Herr sein, will mir etwas aufbauen, das nur mir gehört, will etwas gründen, das wächst und gedeiht, das von meinen Händen gemacht wird. Ich will reich werden. Ich will ein Haus mit eigenem Strand, ein flaches rotes Auto aus Italien, eine Harley-Davidson, eine Yacht und in frühestens zehn Jahren eine vierstöckige Hochzeitstorte, von der allen schlecht wird. In frühestens fünfzehn Jahren will ich Kinder und spätestens zu meinem dreißigsten Geburtstag ein Dutzend Weinbergschnecken in Knoblauchsoße.«

Bei seinem letzten Wunsch hatten wir alle, er selbst eingeschlossen, den Mund verzogen, dann aber laut gelacht.

»Sieht so aus, als hättest du die meisten deiner Ziele erreicht«, sagte ich.

»Du erinnerst dich noch daran?«

»Sehr gut sogar. Auch an die Weinbergschnecken.«

»Die Dinger finde ich nach wie vor widerlich. Meine Yacht ist vorerst ein kleines Segelboot, und der rote Flitzer ist zur dunkelblauen C-Klasse mutiert. Aber die Hochzeitstorte war allererste Sahne, im wahrsten Sinne des Wortes.«

»Was ist mit der Harley?«

»Die steht in der Garage und hört auf den Namen Gangster. Im Sommer düse ich mit ihr durch Meckpomm.«

Der alte Weg vom Dorf aus verlor sich, ging beinahe auf im Morast der Salzwiesen. Ich atmete den frischen, mineralischen Ostseewind tief ein. Eine Minute lang war ich so glücklich, als hätte Mike mir meine eigenen Erfolge aufgezählt. Es tat mir unsagbar gut zu hören, dass wenigstens seine Wünsche in Erfüllung gegangen waren, wenn schon nicht die von Margrethe und Harry.

Wir kamen zu jenem Wäldchen, das wir dreißig Jahre zuvor selbst gepflanzt hatten, um unseren Palast vor den Blicken von Spaziergängern zu schützen.

Als der Football angeflogen kam, widmete Mike sich für eine Weile seinem Sohn, während ich gemächlich losmarschierte und in das Wäldchen eintauchte.

Erste Einzelheiten wurden im Licht der durch das Blätterdach dringenden Sonnenflecken sichtbar. Ich entdeckte eine mächtige Wand, ein Loch in der Mauer und einen Steinhaufen, während der Wind durch die bemoosten Ritzen ein trauriges Adagio spielte – wiedererkanntes Gesicht und befreundete Stimme der Ruine. Es gab aber auch Neues. An einer Stelle war es einer Birke gelungen, schräg aus der Mauer heraus und weiter oben im Neunziggradwinkel senkrecht in die Höhe zu wachsen. Rätselhaft, woher sie ihren Lebenssaft bezog, wie sie sich in den bröckelnden Steinen hielt.

Sobald ich den Palast betrat, erkannte ich, dass ich ihn in all den Jahren meiner Abwesenheit stets mit mir herumgetragen hatte. Das im Poeler Licht spezielle Grau der Mauern, das ich in meinen Schwarzweißfotos immer zu erreichen versuchte, das Spiel von Licht und Schatten, das zum Markenzeichen meines Werks geworden war, und nicht zuletzt die Einsamkeit eines Bauwerks inmitten einer ebenen Landschaft. In gewisser Weise war die Ruine mein künstlerischer Urknall, nur hatte ich es zwanzig Jahre lang nicht gemerkt.

Ich schlenderte durch die Höfe, die einmal ein Dormitorium oder Refektorium gewesen waren, ließ mich anlocken von so verschiedenen Spuren wie einer Feuerstelle aus scheinbar prähistorischer Zeit oder einer Eiche, deren Früchte einst Munition für kindliche Schlachten geliefert hatten. Es roch nach frisch gemähtem Gras.

Mit dem hintersten, dem größten Hof verbanden mich ganz besondere Erinnerungen. Zu meinem achtzehnten Geburtstag hatte Julian mir dort im März 1990 ein Picknick geschenkt, nur er und ich, eine Tafel billige Schokolade, eine sündhaft teure Flasche Rosé und ein altersschwacher Kassettenrekorder, der Lieder von Juliette Gréco abspielte. Wir tanzten auf »Parlez-moi d'amour«, später liebten wir uns im Gras. Nicht zum ersten, aber zum letzten Mal.

In wenigen Augenblicken durchlebte ich noch einmal jenen Tag. Er konnte unmöglich dreiundzwanzig Jahre her sein, so präsent waren mir Julians junge, helle Haut, sein blonder Schopf, der die Haut auf meinem Gesicht kitzelte, die Wärme seines Körpers … Ich hatte an jenem Nachmittag mit meiner Sofortbildkamera Fotos gemacht, auch Nacktfotos von ihm, von uns. So viel wusste ich noch. Doch wo die geblieben waren? Vermutlich hatte ich sie während meiner dunklen Zeit im Haus im Waschbecken meines Elternhauses verbrannt.

»Lea«, sagte eine Stimme, die ich seit einer Ewigkeit nicht gehört hatte, und ich wandte mich erschrocken um.

»Julian?«

Ich war nach wie vor allein, auch nach einem Blick um die Ecke. Aber ich hätte schwören können, seine Stimme gehört zu haben. Meine Sinne spielten mir an jenem Ort, der wie kein anderer für meine Jugend und meine erste Liebe stand, einen großen Streich. Ich ertappte mich dabei, wie meine Augen nach Beweisen unseres Liebesspiels suchten, sogar nach Abdrücken im Gras, was lächerlich war. Ohnehin hatte ich den Hof anders in Erinnerung. Ein wuchtiger Brombeerstrauch, den es damals dort nicht gab, nahm etwa ein Viertel der Fläche ein. Seine Früchte waren bereits größtenteils verdorrt.

»Reiß dich zusammen«, ermahnte ich mich selbst, zermahlte eine der letzten noch essbaren Beeren in meinem Mund und kehrte zu Pierre und Mike zurück.

Auf Mikes spontane Einladung hin fuhren wir mit seinem Wagen nach Rostock, wo Jeremi das Footballtraining absolvierte. Wie sich das für die Zuschauer bei diesem Sport gehört, aßen wir einen Hotdog auf den Rängen. Natürlich bekleckerte ich meine Bluse, klatschte in den falschen Situationen, feuerte Jeremi an, wenn es nichts zum Anfeuern gab, verstand gar nichts und stellte törichte Fragen – alles in allem ein heiterer Nachmittag.

Ganz nebenbei legte Pierre irgendwann seine Hand auf meine, und ich ergriff sie klammheimlich. Dabei und bei einem zärtlichen Blick beließen wir es jedoch.

Als Mikes Exfrau Barbara eintraf, die Jeremi nach Trainingsende mit sich nehmen sollte, hatte unser Freund es auf einmal eilig, nach Poel zurückzufahren. Es war nicht so, dass die beiden sich angefeindet hätten. Ganz im Gegenteil, sie gingen geradezu freundschaftlich miteinander um, und ich fand, dass Mikes erste Frau viel besser zu ihm passte als Jacqueline. Babs, wie sie sich selbst nannte und Mike sie noch immer ansprach, war ein eher rustikaler Typ, so wie er, stämmig, unkompliziert und freiheraus. Mike schien sich in ihrer Gegenwart derart wohl zu fühlen, dass er es plötzlich nicht mehr aushielt.

Auf der Rückfahrt war er zunächst in sich gekehrt, beinahe traurig, was ich von früher nicht an ihm kannte. Dann aber, so als hätte er sich selbst einen tollen Witz erzählt, war er von einer Minute zur nächsten wieder hellwach und ließ die üblichen lockeren Sprüche ab.

»Wir verbringen den Abend zusammen, oder?«, fragte er, als wir kurz vor Kaltenhusen waren.

Ich sagte sofort zu und ließ Pierre damit eigentlich keine Wahl. Aber ich hatte große Lust auf ein paar vergnügliche Stunden, und Mike war schon immer ein Garant dafür gewesen. In unserer Kindheit hatte er stets für Stimmung gesorgt, irgendetwas war ihm immer eingefallen, um keine Langeweile aufkommen zu lassen. Jahrzehnte später machte er den Eindruck, als hätte sich das nicht geändert. In seinem Haus steuerte er sofort auf die Bar zu, eine hölzerne Theke im altenglischen Stil, die Charakter ausstrahlte, was ich von der übrigen Einrichtung, die eindeutig Jacqueline ausgesucht hatte, nicht behaupten konnte. In seinem kleinen Reich von knapp drei Metern Länge war Mike spürbar in seinem Element.

»Willst du auch einen Bourbon, Lea? Oder lieber einen Cocktail? Babs hat immer gesagt, das Einzige, was mich von einem kleinen Gauner unterscheidet, ist meine Fähigkeit, einen perfekten Tequila Sunrise zu mixen.«

»Und ihr habt euch trotzdem getrennt? Ich muss mich sehr wundern. Man sollte meinen, der perfekte Tequila Sunrise wäre eine stabile Grundlage für eine Ehe.«

Mike lächelte gequält, und ich biss mir auf die Lippe. Beim Versuch, witzig zu sein, hatte ich versehentlich Salz in eine Wunde gestreut.

Während Mike für mich und Pierre die Cocktails mixte, trank er seinen ersten Bourbon und schenkte sich einen weiteren großzügig ein. In Pierres Augen las ich, dass dies erst der Anfang war und noch viele Drinks folgen würden, und mir kamen Zweifel, ob es klug gewesen war, dem gemeinsamen Abend zugestimmt zu haben. Andererseits wollte ich Mike nicht mit sich allein lassen. Ohne ihn und Jacqueline auch nur ein einziges Mal zusammen erlebt zu haben, war ich mir so gut wie sicher, dass sie keine glückliche Ehe führten. Am liebsten hätte ich Mike direkt darauf angesprochen, doch fehlte mir der Mut. Trotzdem wollte ich ein paar Zusammenhänge endlich verstehen.

»Worum geht es eigentlich bei dem Streit zwischen dir und Harry?«, fragte ich, als er mir das Cocktailglas reichte.

»Wollen wir nicht lieber über etwas Angenehmeres reden als eine zwanzigjährige Fehde? Sogar Canasta ist amüsanter als ein Gespräch über Harry.«

Wir stießen an, und ich nippte an meinem Tequila Sunrise. Dabei muss ich wohl so angepikst ausgesehen haben, dass Mike doch noch einlenkte.

»Ich sehe es ja ein. Du kommst in Kaltenhusen an, und alles erscheint dir fremd und auf den Kopf gestellt. Außerdem erfährst du es früher oder später sowieso.« Er warf Pierre einen kurzen Blick zu. »Bevor du die anderen Versionen hörst, erzähle ich dir lieber meine.«

Mike schenkte sich den dritten Bourbon ein. Als gäbe die Bar ihm die nötige Stabilität, um das Elend zu ertragen, hielt er sich an seinem Glas und am Tresen fest. Nach einem langen Atemzug erzählte er von den Anfängen.

Im Sommer 1990 hatten er und Harry sich entschlossen, Versicherungen zu verkaufen, die zu jener Zeit viele Noch-DDR-Bürger abschlossen. Es war leicht verdientes Geld, und sie nahmen sich vor, den Job so lange zu machen, bis sie genug Grundkapital für eine Firmengründung verdient hatten. Doch bei Harry lief es nicht so gut, er bekam weit weniger Abschlüsse als Mike zustande. Das Grundgehalt war niedrig, das meiste verdiente man mit den Provisionen, und mit denen kam er gerade so über die Runden. Der Versicherungsboom hielt noch das ganze folgende bis zur Mitte des nächsten Jahres an, ab da war der Markt annähernd so satt wie im Westen, und der Verdienst sank. Für Mike war das kein Problem, er hatte zwei Jahre lang hervorragende Abschlüsse gemacht und eine Menge Geld auf die Seite gelegt. Harry hingegen hatte so gut wie nichts gespart.

»Ich konnte nicht auf ihn warten«, sagte Mike. »Oder besser, ich wollte es nicht. Ich hatte diese Idee, verstehst du, von einer eigenen Firma oder Fabrik, und damals waren die Rahmenbedingungen ideal. Weil Poel eine strukturschwache Region war, gab es staatliche Subventionen. Die Fischer in Mecklenburg standen damals kurz davor, sich vertraglich langfristig an die Fabriken im Westen zu binden. Hätte ich noch ein Jahr gewartet, dann hätte ich es gleich ganz bleiben lassen können. Also habe ich es durchgezogen. Es ist mir nicht leichtgefallen, das kannst du mir glauben. Ich habe Harry einen Job in meiner Firma angeboten, er wäre der zweite Mann geworden. Aber bevor es dazu kommen konnte, musste er zum Zivildienst nach Thüringen, wovon ich befreit war, da ich ein Unternehmen zu leiten hatte. Als Harry zurückkam, wollte er nicht mehr bei mir arbeiten, und egal, was ich versuchte, um ihn umzustimmen, machte ihn nur noch sturer. Er fing an, Stimmung gegen mich und meine Firma zu machen. Außerdem zog er andauernd gegen mich vor Gericht. Natürlich habe ich mich gewehrt, und zwar ziemlich erfolgreich. Dieser Idiot hat sich das ganze Leben versaut.«

Mike kippte den Bourbon hinunter. Die Heftigkeit, mit der er das Glas auf den Tresen stellte, war wie ein Schlusspunkt unter einem düsteren Kapitel.

Unter dem Vorwand, nach Jacqueline sehen zu wollen, ging er hinaus, und ich dachte: Das hast du ja mal wieder gut hinbekommen, Lea. Zwar sah ich nun ein bisschen klarer, was die Verhältnisse anging, hatte aber durch meine Fragerei aus dem lustigen Abend, den ich selbst so sehr gewünscht hatte, einen melancholischen gemacht.

»Keine Sorge, der kriegt sich gleich wieder ein«, sagte Pierre, der meine Gedanken erriet.

Doch darum allein ging es nicht. Ich war inzwischen allen Jugendfreunden begegnet, außer Julian natürlich, und musste traurig resümieren, dass die einstige Clique wie von einer Zirrhose befallen war. Mike und Harry waren Feinde, Margrethe konnte nicht mehr mit Jacqueline, in Mikes und Jacquelines Ehe stand es offenbar nicht zum Besten, Margrethe hielt nicht viel von ihrem Bruder, und ich hatte zudem das Gefühl, dass auch Mike und Pierre sich nicht besonders mochten. Miteinander redeten sie kaum ein Wort. Besonders Pierre war auffällig still in Mikes Nähe.

Was Julian anging, verstörten mich seine Abwesenheit und die Umstände seines Verschwindens nachhaltig. Sogar mehr als das, ich war seltsam beunruhigt. Ich konnte es mir nicht erklären, aber ich musste ständig an Sendungen wie *Aktenzeichen XY ungelöst* oder *Autopsie* denken, in denen regelmäßig seit langer Zeit vermisste Personen nach vielen Jahren in Nachbars Garten gefunden werden – oder einbetoniert im Keller. Immer wieder sagte ich mir, dass Julian sich niemals einfach bei Nacht und Nebel davongeschlichen hätte. Besonders an ihm hatte ich einiges gutzumachen, und nun schien es so, als würde ich ihn nie wiedersehen. Das ließ mich ganz nervös werden. Um das Vakuum zu füllen, das sein Fehlen in mir verursachte, griff ich nach jedem Strohhalm.

»Pierre, würdest du bitte für mich herausfinden, in welchem Heim der alte Herr Morgenroth untergebracht ist?«

Meine Bitte schien ihn nicht zu überraschen. »Natürlich.«

»Danke«, seufzte ich. »Und jetzt sag mir bitte irgendetwas Nettes, das habe ich nämlich dringend nötig.«

Er nahm mir den Cocktail aus der Hand, stellte ihn beiseite, beugte sich langsam zu mir und küsste mich zärtlich auf den Mund.

So wie Pierre mit meiner Bitte wegen Julians Vater gerechnet hatte, so hatte ich mit diesem Kuss gerechnet, wenn auch nicht in diesem Moment. Ehrlich gesagt hatte ich ihn sogar erhofft. Obwohl wir uns erst eineinhalb Tage zuvor wiederbegegnet waren und Pierre ein alter Freund war, schreckte ich keine Sekunde lang davor zurück, intim mit ihm zu werden. Ich brachte den Mann, der mich umarmte und küsste, einfach nicht mit dem Jungen von damals in Verbindung, vor allem deswegen, weil ich damals ganz anders für ihn empfunden hatte. Außerdem hielten die dreiundzwanzig Jahre der Trennung in mir die Illusion wach, wir seien im Grunde ganz andere Menschen als die Jugendlichen von 1990.

Pierre bedeckte mein ganzes Gesicht und meinen Hals mit hundert trockenen Küssen, bis ich kurz davor war, sein Hemd aufzuknöpfen.

»Nicht hier«, flüsterte ich lachend.

»Okay, dann lass uns verschwinden.«

»Das geht nicht. Wir haben Mike versprochen, den Abend mit ihm zu verbringen.«

Seine Antwort darauf war ein noch längerer Kuss als der erste, und ich dachte keine Sekunde daran, ihn zu unterbrechen. Pierre war nicht nur attraktiv, er gab mir auch auf vielfältige Weise Sicherheit, indem er mich mit Informationen versorgte, meine Hand hielt, mir in seinem Haus ein Refugium gab. Doch nichts davon bedeutete mir so viel wie die Gewissheit, nach wie vor eine begehrenswerte Frau zu sein. Denn nicht nur die unzähligen kleinen Narben, die überall auf meinem Körper zu finden waren, ließen mich an mir zweifeln, sondern auch die eine große Narbe, die sich einmal quer über mein Selbstbild zog. Die Amnesie hatte mich mir selbst ein Stück entfremdet. In meiner Erinnerung war ich eine selbstbewusste Frau, die es in ihrem Traumberuf zu einigem Erfolg gebracht, die sich nach Lust und Laune Liebhaber genommen und ein abwechslungsreiches Leben geführt hatte. Von diesem Ego war nicht mehr viel übrig, obwohl sich die wesentlichen Fakten nicht geändert hatten. Ich war noch immer Fotografin, materiell unabhängig, ungebunden. Was mir widerfahren war, war vergleichbar mit einer Buchseite, die man in der Mitte zerschnitten und wieder zusammengeklebt hatte. Der Inhalt war gleich geblieben, trotzdem hatte die Seite nun eine völlig andere Geschichte als vorher.

Pierres Liebe traf genau den richtigen Nerv und heilte die schmerzhafteste von meinen Wunden.

Plötzlich ertönte laute Musik, ein argentinisches Lied. Mike stand bei der Stereoanlage neben der Zimmertür. Keine Ahnung, wie lange er Pierre und mir zugesehen hatte, doch irgendetwas musste er mitbekommen haben, auch wenn er kein Wort darüber verlor.

»Jacqueline schläft wie ein Baby«, berichtete er kurz, um sofort das Thema zu wechseln. »Lea, bringst du mir Tango bei? Wie ich dich einschätze, kannst du bestimmt hervorragend tanzen. Ich bin ein hoffnungsloser, dafür aber sehr ehrgeiziger Tänzer.«

»Du hast hoffentlich irgendwo ein Paar neue Füße für mich.«

»Würdest du dich ersatzweise mit einem Einkaufsgutschein für ein schickes Schuhgeschäft zufriedengeben?«

»Machst du Witze? Dafür begehen Frauen glatt einen Mord.«

Mit einem kurzen Blick holte ich mir Pierres Einverständnis für die Lehrstunde ab.

Mike hielt mich fest und vor allem tief, jedoch nicht frivol – aber auch nicht weit davon entfernt. »Was ich dich noch fragen wollte, Lea«, begann er. »Hättest du Lust, eine Fotoausstellung in Poel über unsere Insel zu machen? Zuerst im Kirchdorfer Gemeinschaftshaus, später in Wismar. Wenn ja, ich kann das gerne arrangieren. Kein Problem.«

Was Mike mir da so nonchalant offerierte, war für mich nicht weniger als die vollständige Wiederherstellung meines

Selbstwertgefühls. Pierre hatte mir die Gewissheit zurückgegeben, eine begehrenswerte Frau zu sein, Mike verhalf am selben Abend der Fotografin in mir zu einem Comeback. Es mag ein wenig seltsam anmuten, dass ich mich wegen einer Fotoausstellung auf Poel geadelt fühlte, immerhin hatte ich schon in Paris, Rio und New York ausgestellt. Doch schrieb ich dies der alten Lea zu, Lea Hérnandez, die bei einem Unfall im Mai 2013 gewissermaßen ums Leben gekommen war. Als Lea Mahler hatte ich noch nicht reüssiert, und ich betrachtete Mikes Angebot gleichermaßen als Chance und Herausforderung, auch wenn ich noch nicht wusste, wohin mich das führen würde. Zudem würde die Arbeit mich von den Grübeleien und Schmerzen ablenken, die mich wegen meines verlorenen Kindes peinigten.

Von Glücksgefühlen überwältigt, fiel ich Mike um den Hals. »Danke, danke, danke!«, rief ich ihm ins Ohr und wollte ihn gar nicht mehr loslassen. Dann jedoch erinnerte ich mich, dass Pierre uns zusah, und löste die Umarmung ein wenig.

»Sag mal, geht das denn so einfach?«, fragte ich. »Müssen da nicht Bürgermeister, Gemeinderäte und so weiter zustimmen?«

»Das kannst du getrost mir überlassen. Wenn ich dir sage, es klappt, dann klappt es auch. Ich schlage eine Vernissage in zwei, drei Wochen vor.«

»So bald? Da muss ich mich aber ganz schön ranhalten. Drei Wochen brauche ich mindestens.«

Wie sollte ich mich dem Thema Poel, der alten Heimat, nähern? Als Landschaftsfotografin? Schwarzweiß? Mit Porträts?

Dass ich mich so sehr in den Auftrag hineinsteigerte, hing auch mit einem Erlebnis zusammen, das fast vierundzwanzig

Jahre zurücklag, mit der Stunde der Wünsche im Palast, jener Stunde, in der ich meine Zukunft beschworen hatte.

»Ich wünsche mir, mit der großen Liebe meines Lebens für immer zusammenzubleiben. Ich wünsche mir Treue. Und Kinder. Außerdem will ich Fotografin werden und die Dinge so darstellen, wie ich sie sehe. Ich will meinen Blickwinkel der Welt offenbaren, unabhängig von irgendjemandes Diktat, ohne Zensur, auch ohne die der Scham. Ich will die Welt schockieren, begeistern, faszinieren, traurig machen, verwirren, ich will sie spiegeln. Ich will das Wahre verkörpern, den Augenblick einfangen, mein Leben lang. Ich will eine Fotoausstellung auf Poel.«

Für den letzten Satz hatte ich laute Lacher geerntet. Große Reden von der Liebe, der Welt und dem Leben und dann eine Fotoausstellung auf Poel. Ja, so war die siebzehnjährige Lea gewesen, eine Lyrikerin, wenn es um Worte ging, aber in der konkreten Umsetzung eher profan. So war ich noch immer. Weder hatte ich die große Liebe gelebt noch war ich je mit hochtrabenden Gedanken meiner Arbeit nachgegangen.

Erst im September 2013 erwachten die Wünsche der Lea Mahler wieder zum Leben.

Ich konzentrierte mich wieder auf die Tanzstunde, die jedoch schnell in Herumalberei ausartete. Daran waren sowohl mein Tequila Sunrise als auch Mikes Bourbons schuld, zusammen mit unserem gemeinsamen Wunsch, allem Ernsthaften für den Abend zu entsagen. Immer wieder sagte oder tat einer von uns etwas, das uns zum Lachen brachte. Nach einer Weile bezog ich auch Pierre ein und erweiterte den improvisierten Kurs um einige Tänze. Mikes Plattensammlung umfasste siebzig Jahre Musikgeschichte und bot allerlei Grauenhaftes, aber auch ein paar zauberhafte Sentimentalitäten.

Als wir bei einem Sirtaki stolperten und zu dritt zu Boden gingen, war es vollends um uns geschehen. Während wir nebeneinander auf dem Parkett lagen, lachten wir uns fast die Seele aus dem Leib, und es dauerte gut eine Minute, bis wir uns wieder gefasst hatten, eine Minute, in der ich wieder Kind war. In diesen wenigen Augenblicken schien mir alles möglich zu sein, dass die Zerstrittenen sich versöhnten, die Kranken gesundeten und die Abwesenden zurückkehrten, dass das Gestern nicht wichtig und das Übermorgen weit entfernt war und dass die Welt eigens für mich und meine Liebsten geschaffen worden sei. Einen wunderbaren Moment lang lachten wir nicht zu dritt, sondern alle sieben. Nachdem das Gelächter verklungen war und ich die Augen wieder geöffnet hatte, lag ich zwischen Pierre und Mike. Erstaunt und verwirrt nahm ich zur Kenntnis, wie die beiden über meinen Körper hinweg einen langen Blick wechselten.

Es war schon nach Mitternacht, als Pierre und ich zu seinem Haus zurückschlenderten. Ganz selbstverständlich hakte ich mich bei ihm unter. Wir hatten noch keine Gelegenheit gehabt, über unser erotisches Intermezzo zu sprechen, da wir stundenlang gemeinsam mit Mike alte Platten gehört, aufgewärmte Tiefkühlpizza gegessen und ein paar Anekdoten ausgetauscht hatten. Besonders Mike hatte immer stärker aufgedreht und wollte uns gar nicht mehr gehen lassen. Mir hingegen waren der zweite Tequila Sunrise sowie ein Pink Gin mächtig in den Kopf gestiegen, da ich sonst nur wenig Alkohol trank und in den Monaten nach dem Unfall verständlicherweise ganz darauf verzichtet hatte. Pierre wiederum war in das Muster zurückgefallen, das ich von ihm aus unserer Jugend kannte. Er hatte zwar jeden Spaß mitgemacht, selbst aber kaum Initiative gezeigt, zumindest nach dem Kuss.

»Hat dir der Abend gefallen?«, fragte er.

»Ja, sehr sogar. Schade nur, dass Jacqueline nicht mehr zu uns gestoßen ist. Wir waren so laut, sie muss uns gehört haben.«

Auf Letzteres ging Pierre nicht ein. »Ich glaube nicht, dass wir mit ihr mehr Spaß gehabt hätten. Sie hat sich zu früher sehr verändert.«

Ich lächelte ihn an. »Da ist sie nicht die Einzige.«

Natürlich wusste er, worauf ich anspielte, aber er gab wieder den schüchternen, verlegen grinsenden Casanova, jene Rolle, die mir am besten an ihm gefiel.

»Wie auch immer«, sagte ich. »Ich war heute mit den beiden Menschen zusammen, die sich am meisten über meinen Besuch freuen. Harry ist ein Totalausfall, und Margrethe hat den Kopf voll mit anderen Dingen. Zuerst dachte ich, Mike sei ernsthafter als früher, aber im Laufe des Abends hat sich herausgestellt, dass er noch immer ein richtiger Spaßvogel sein kann.«

»Ja, nach dem fünften Bourbon ist er immer lustig«, erwiderte Pierre, was man als sarkastischen Seitenhieb hätte deuten können, doch da war keinerlei Sarkasmus in seiner Stimme.

»Er hat ganz schön viel getrunken«, stimmte ich zu, »aber er verträgt es nun mal auch.«

»Er verträgt es, weil er so viel trinkt.«

Es war ebenso sinnlos, einem Allgemeinmediziner gegenüber Alkoholgenuss zu verteidigen, wie einen Strandurlaub unter kanarischer Sonne gegenüber einem Hautarzt oder die Schuhkollektion von Louboutin gegenüber einem Orthopäden.

»Wie sehen deine Pläne für morgen aus?«, fragte er und wechselte geschickt das unliebsame Thema.

»Herrje, wenn ich das wüsste. Ich werde bestimmt kein Auge zumachen, schließlich muss ich mir überlegen, wie ich an die Ausstellung herangehen will. Aber zuerst mal muss ich mir eine neue Ausrüstung kaufen.«

Pierre hatte zu Mikes Angebot noch kein Wort gesagt. Eine gewisse Rivalität zwischen den beiden war deutlich spürbar. Aber was sollte das? Mike war verheiratet, außerdem hatte ich ohnehin kein Interesse an ihm.

»Davon mal abgesehen«, ergänzte ich, »will ich mit dem alten Balthus wegen des Ruinengrundstücks reden, auf das er Anspruch erhebt. Je nachdem, was dabei herauskommt, werde ich entweder auf unserem verstaubten Speicher im Beisein von Spinnen und Asseln nach einem schimmeligen Dokument suchen oder einen Abstecher über unsere schöne grüne Insel machen und nach geeigneten Motiven Ausschau halten. Rate mal, was mir lieber wäre.«

Er lächelte, und ich legte den Kopf auf seine Schulter.

»Wie gerne würde ich dir bei allem Gesellschaft leisten«, sagte er. »Aber ich habe bereits sämtliche Termine von heute auf morgen verschoben, um diesen Tag mit dir zu verbringen. Einfach war das nicht. Ich habe mich einfach krankgemeldet, und meine Sprechstundenhilfe erwartet nun vermutlich einen

Bonus von mir. Wenn ich morgen noch mal alle Termine absage, kündigt sie.«

Mein dankbarer Blick brachte uns noch näher.

»Wirst du in deiner Funktion als schwer beschäftigter Landarzt auch Edith aufsuchen?«, fragte ich.

»Kurz, ja.«

»Dann könnten wir uns dort verabreden. Ich habe ein schlechtes Gewissen, weil ich sie heute nicht besucht habe.«

Wieso kam ich ausgerechnet auf Edith Petersen zu sprechen? Sie eignete sich kaum für eine Unterhaltung bei Mondschein und Sternenglanz. Allerdings beschäftigte mich ihre pathetische Warnung weiterhin, und inzwischen war ich von Pierres Ratschlägen und Tröstungen beinahe abhängig geworden. Er sagte immer irgendwie das Richtige.

»Trotzdem«, fuhr ich fort, »wäre es mir lieber, ich wäre nicht allein mit ihr. Sie ist wirklich sehr eigenartig.«

»Das war sie doch schon immer«, lachte er zunächst, bemerkte dann aber meine Zurückhaltung und blieb stehen. »Oder ist etwas passiert?«

Sollte ich ihm von dem Vorfall erzählen? Unmittelbar danach war ich verängstigt gewesen und hatte mich dagegen entschieden. In der Zwischenzeit jedoch war ich längst der Meinung, dass aus der alten Dame nur ein verwirrter Geist gesprochen hatte. Außerdem war ich Pierre so nahegekommen wie keinem anderen Menschen seit meinem Unfall. Die vier Monate im Krankenhaus und die Amnesie samt der Folgen machten mich anhänglich, und ich hatte das dringende Bedürfnis, mich mitzuteilen. Geheimnisse mit mir herumzutragen war das Letzte, wonach mir der Sinn stand.

Daher vertraute ich mich Pierre an und berichtete ihm fast wortwörtlich, was Edith zu mir gesagt hatte.

Er dachte kurz darüber nach. »Vielleicht hat sie den alten Balthus gemeint. Er ist echt scharf auf das Grundstück, und du weißt ja, Edith hasst ihn wie die Pest. Andererseits hätte sie dich in dem Fall sicher nicht unter vier Augen gewarnt.«

»Eben. Sie hat mir richtig Angst gemacht, und ich habe sogar kurz darüber nachgedacht, ob ich nicht ihrem Rat folgen und abreisen soll. Was meinst du?«

»Du kannst mir gerne glauben, dass ich dich nicht anders haben will als quicklebendig … und vor Ort.«

»Den Eindruck habe ich auch, Herr Doktor«, erwiderte ich schmunzelnd. Mir fiel ein Stein vom Herzen, dass ich Pierre die Wahrheit gesagt hatte und nun mit ihm über alles reden konnte.

»Ich werde ihr morgen mal auf den Zahn fühlen, wenn du einverstanden bist«, schlug er vor, und ich nickte. »Je nachdem, was dabei herauskommt, kannst du dann entscheiden, ob du sie zukünftig noch besuchen willst.«

Wir waren vor seinem Haus angekommen, wo er mir einen Schlüssel überreichte.

»Probiere ihn gleich aus«, bat er.

»Bekommen alle deine Gäste so schnell einen Schlüssel?«

»Im Gegenteil, du bist die Erste.«

Ich öffnete die Tür. »Dann will ich dir das mal glauben.«

Wir gingen hinein, und uns beiden stellte sich jene Frage, vor der die Menschen stehen, seit sie in Häusern wohnen: Sollten wir dasselbe Schlafzimmer ansteuern oder nicht?

Hätte Pierre mich noch einmal geküsst oder an der Hand

genommen und sanft mit sich gezogen, wäre ich ihm gewiss willig gefolgt, obwohl ich todmüde war.

Genau das tat er jedoch nicht. »Du musst todmüde sein.«

Ich nickte. »Es gibt kaum etwas Schöneres als schöne Erinnerungen. Aber sie sind auch sehr anstrengend.«

»Dasselbe gilt fürs Verliebtsein«, flüsterte er mir ins Ohr. »Gute Nacht, Lea.«

»Gute Nacht.«

Mitten in der Nacht schreckte ich auf. Jemand hatte meinen Namen gerufen.

»Pierre?«, murmelte ich in die Finsternis.

Doch als ich die Nachttischlampe anschaltete, war niemand außer mir im Zimmer, und die Tür war geschlossen. Ich knipste das Licht wieder aus und legte mich zurück ins Bett. Abwechselnd verdunkelte und erhellte sich der Raum, immer wenn sich eine vorbeiziehende Wolke vor den Mond schob. Die Schatten der Zweige zappelten an der Wand, schienen nach mir zu schlagen und zu greifen. Wie ein kleines Kind zog ich mir die Decke bis über die Nasenspitze. Vergeblich versuchte ich mich zu erinnern, wovon ich geträumt hatte. Kurz glaubte ich eine Ahnung davon zu bekommen, doch jedes Mal, wenn ich das undeutliche Bild schärfen wollte, entglitt es mir gänzlich. Ähnlich erging es mir mit der Stimme, die ich zwar von irgendwoher kannte, allerdings nicht zuordnen konnte. Sie hatte zart geklungen, beinahe zerbrechlich, und dennoch hatte eine spürbare Angst darin gelegen. Ich konnte noch nicht einmal mehr sagen, ob sie männlich oder weiblich gewesen war. War es am Ende gar meine eigene Stimme gewesen? Ein Hilferuf? Entstammte der Ruf überhaupt einem Traum?

Ich zuckte zusammen, als ein Windstoß gegen das Fenster prallte. Es hatte die Form einer Schiffsluke, war doppelt so groß und nicht zu öffnen. Je nachdem, ob Mondlicht hindurchkam, wirkte es entweder wie ein Scheinwerfer oder wie ein schwarzes Loch. Lange verharrte mein Blick darauf. Ich war todmüde und wollte endlich einschlafen, doch aus irgendeinem Grund wagte ich es nicht. Ich kann nicht mehr sagen, warum ich die Decke zurückschlug und einen Fuß auf den Boden setzte. Zunächst verspürte ich das drängende Gefühl, zum Fenster gehen zu müssen, doch genau dieser rätselhafte Zwang gab mir im nächsten Moment zu denken. Unentschlossen blieb ich in unbequemer Haltung im Bett liegen, bis sich in mir die Absurdität der Situation und ein gewisser Trotz gegen die vage Angst verbündeten. Just in dem Augenblick, als ich doch aufstand, verdunkelte sich das runde Fenster erneut. Dennoch schaltete ich die Nachttischlampe nicht an, da ich mich selbst in dieser beklemmenden Minute daran erinnerte, dass man aus hell erleuchteten Räumen nicht in die finstere Nacht hinausblicken kann. Dafür konnte man von draußen umso besser hineinspähen. Ich fühlte mich beobachtet und sah mich mehrmals in dem geräumigen Zimmer um.

Als ich vor die Luke trat, nahm ich lediglich zwei ferne, in der Dunkelheit schwach leuchtende Lichtpunkte wahr, wahrscheinlich die Positionslampen eines gemächlich durch die Nacht gleitenden Frachters. Der Wind hatte aufgefrischt, die Sträucher in Pierres Garten fuchtelten wild mit ihren langen Armen.

Vielleicht fiel mir das, was ich dann bemerkte, gerade deswegen auf, weil es sich so gut wie nicht bewegte.

Was war es? Im Grunde nur ein Umriss wie so viele in dieser bewölkten Nacht, von einem Baumstumpf womöglich oder einer großen Wassertonne. Für Ersteres war die Form jedoch zu lang und für Letzteres zu schmal.

Je länger ich das schattenhafte Gebilde direkt unter meinem Fenster betrachtete, desto stärker erinnerte es mich an einen menschlichen Körper. Allerdings sieht der Mensch im schwer Erkennbaren, im Ungefähren mit Vorliebe entweder das, was er zu sehen wünscht, oder das, was er zu sehen fürchtet. Daher war ich fast überzeugt, dass meine Fantasie mir gerade einen Streich spielte.

Ich wollte mich bereits abwenden und ins Bett zurückkehren, als das Mondlicht zwischen zwei großen Wolken einige Sekunden lang ungefiltert zur Erde fiel und den Garten erhellte. Was eben noch eine vage Kontur gewesen war, verlor sein Geheimnis.

Unter meinem Fenster stand ein Mensch, genauer ein Mann, in milchiges Licht gegossen, und sah zu mir herauf. Er war schlank und hatte helle Haut. Seine langen blonden Haare bewegten sich im Wind. Er streckte mir einen Arm entgegen, als wolle er mir zuwinken oder mich anflehen.

»Mein Gott.« Hektisch versuchte ich das Fenster zu öffnen, was unmöglich war, da es keine Schließvorrichtung hatte. Verzweifelt presste ich erst beide Hände und dann mein Gesicht gegen die Scheibe.

»Julian!«, rief ich. Im nächsten Moment war er schon wieder fort, ebenso wie der Mond verschwunden, und erneut bedeckte Finsternis die Erde.

Ich verlor keine weitere Sekunde, stürmte aus meinem Zimmer die Treppe hinunter und wäre dabei beinahe gestürzt. Ich drehte den Schlüssel, der im Schloss steckte, riss die Haustür auf und lief ums Haus. Ein Holunderbusch schlug mir ins Gesicht, ich trat auf einen kantigen Stein, blieb mit dem T-Shirt an einem Schlehenbusch hängen. Nichts davon hielt mich auf.

Im Garten angekommen, tastete ich mich langsam voran. Dort, wo Julian gestanden hatte, war nichts zu entdecken, weder ein Stumpf noch eine Tonne und auch sonst nichts, was einen Schatten oder gar eine im Mondlicht deutlich erkennbare Gestalt hätte erklären können. Da war nur Rasen, der dringend mal gemäht gehörte.

Ich wandte mich um, ging ein paar Schritte.

So entschlossen ich in den Garten gerannt war, so heftig packte mich nun die Angst. Wie oft hatte ich mich als Kind heimlich bei uns zu Hause in den Garten geschlichen, um die Sterne zu betrachten. Weder die Dunkelheit noch den Wind noch das Rascheln hatte ich gefürchtet. Auch in Pierres Garten rührte die Bedrohung, die ich verspürte, von keinem natürlichen Phänomen her, von nichts, was um mich herum geschah. Sie kam von innen. Von etwas Unerklärlichem.

So schnell wie möglich verließ ich den düsteren, windumtosten Garten und kehrte auf demselben Weg zurück, den ich gekommen war. Dabei achtete ich so sehr auf den schmalen Pfad, dass ich geradewegs Pierre in die Arme lief und erschrocken zurückwich.

Hätte er mich nicht gerade noch aufgefangen, wäre ich in den Hibiskus gefallen.

»Du bist es«, seufzte ich erleichtert.

Er trug nur Boxershorts, sein Oberkörper war nackt und angenehm warm.

»Die Toilette ist im Haus«, erklärte er lächelnd.

Sein Humor lenkte mich wohltuend ab. »Weiß ich doch. Ich dachte, ich hätte … hätte gesehen, wie … Egal.«

»Nein, sag, was hast du gesehen?«

Dieses eine Mal vertraute ich mich ihm nicht an, was nur daran lag, dass ich nicht als Hysterikerin dastehen wollte.

»Wirklich, es war nichts. Die Fotografin ist mit mir durchgegangen, das ist alles.«

Er ließ die Sache zum Glück auf sich beruhen, und wir gingen zurück ins Haus. Obwohl ich nur drei oder vier Minuten im Freien gewesen war, fror ich. Vor allem meine Füße waren eiskalt, an einem Zeh entdeckte ich eine kleine Schnittwunde, die ich mir an dem kantigen Stein zugezogen hatte. Pierre verarztete mich mit Salbe, Pflaster und einer warmen Decke. Auch da wieder, wie schon ein paarmal zuvor, wenn er mich angesehen hatte, war mir, als könne er in mich hineinblicken, als wisse er alles über mich. Das hätte mich noch stärker verunsichern können, wenn Pierre mir nicht den Eindruck vermittelt hätte, dass er mich genau so mochte und akzeptierte, mit all meinen Verletzlichkeiten und Eigenheiten.

Er ging zu dem gemauerten Kamin und entzündete eine vorbereitete Pyramide aus Holzscheiten. Den ruhigen Bewegungen, mit denen er das tat, sah ich gerne zu, und als der Feuerschein sein gebräuntes Gesicht erhellte, wurde mir nicht nur körperlich warm. Alles war stimmig. Ich war genau am richtigen Ort, nichts hätte anders sein dürfen. Sogar dass ich kurz zuvor ängstlich und verwirrt gewesen war, hatte seine Bestimmung, führte es mir doch vor Augen, was Pierre an Gutem vermochte. Innerhalb von Minuten bewirkte er das Wunder, mich von allen Sorgen und Fragen zu befreien. Ich konzentrierte mich ganz auf ihn und die behagliche Atmosphäre seines Wohnzimmers.

Er öffnete einen argentinischen Rotwein, füllte zwei sehr elegante Gläser und setzte sich neben mich. Wir nippten am Wein, und gerade als ich mir wünschte, dass er den Arm um meine Schultern legen sollte, streckte er die Hand aus und spielte mit einer meiner Locken.

Ich lächelte. »Du bist ganz anders als früher.«

»Das will ich doch hoffen«, erwiderte er. »Ich mag den jungen Pierre nicht. Er hatte nicht das geringste Selbstbewusstsein und hat sich alles gefallen lassen, nur um anderen zu gefallen. Das hat natürlich nicht funktioniert. Wenn du ehrlich bist, hattest du keine hohe Meinung von ihm … äh mir.«

Genau genommen hatte ich überhaupt keine Meinung zu Pierre gehabt, doch das hätte ihn wohl kaum getröstet.

»Ich habe mich geirrt, wir alle haben uns in dir getäuscht. Als Einziger von uns hast du studiert, wer hätte dir das zugetraut? Du bist intelligent, einfühlsam …«

»Moment bitte, ich schneide deine Lobeshymne vorsichtshalber mit«, sagte er, und wir lachten.

An Selbstbewusstsein hatte es mir damals nicht gemangelt. Die meiste Zeit hatte ich mich mit mir selbst beschäftigt und mir demzufolge nie überlegt, dass Pierre unter seiner Schüchternheit und Schwäche leiden könnte. Nach seiner Bemerkung zu urteilen, hatte ich ihn früher offenbar spüren lassen, dass ich mich ihm überlegen fühlte.

Ein Vierteljahrhundert später saßen wir nun mit vertauschten Rollen auf seinem Sofa, und während es ihm hervorragend ging, war ich mir meiner alles andere als sicher. Doch revanchierte er sich keineswegs für die alten Kränkungen. Im Gegenteil, er gab mir das Gefühl, anziehender denn je zu sein.

Nach meinem Unfall war ich erst zwei Menschen begegnet, denen ich blind vertraute, der eine war Pierre, der andere meine Schweriner Klinikpsychologin. Mit Ina Bartholdy hatte ich lange über das Baby in meinem Bauch gesprochen, das ich vier Monate zuvor verloren hatte, und nun fand ich, dass Pierre es erfahren sollte. Möglicherweise war das nicht der richtige Moment für ihn, aber es war der richtige Moment für mich. Das Kaminfeuer knisterte. Die Wärme und der Wein – und vielleicht auch eine gewisse Verlegenheit – rötete unsere Gesichter. Pierre sah aus, als könnte ich ihm alles erzählen, einfach alles, was es an Schönem und Traurigem in meinem Leben gab, obwohl ich ihm erst sechsunddreißig Stunden zuvor wiederbegegnet war. So begann ich, ihm inmitten dieser Bilderbuchszenerie von dem verlorenen Kind zu erzählen, das ich erst liebte oder vielmehr lieben konnte, nachdem es mir genommen worden war. Pierre hörte mir zu, blieb mir nah, ohne mich zu bedrängen, sprach nur mit seinem Blick und seiner Hand, die von Zeit zu Zeit meine Haut streifte.

»Seit ich vor elf Jahren eine Fehlgeburt hatte, habe ich mir immer eine zweite Schwangerschaft gewünscht. Das Fotografieren, alles hätte ich aufgegeben, nur um Mutter zu werden. Ich habe wirklich alles versucht, sogar Gebete in der Kirche. Auch an eine Adoption habe ich gedacht, doch das wollte Carlos nicht. Nach unserer Scheidung … Vielleicht hatte ich auch deswegen einige schnell wechselnde Beziehungen, weil ich insgeheim gehofft habe, wieder schwanger zu werden. Als ich es dann endlich war, als ich dieses Geschenk bekam, wurde es mir im selben Atemzug wieder genommen. Seither … Ich werde das Gefühl nicht los, dass ich bestraft werde, ich weiß weder wofür noch von wem oder warum, aber …«

Ein Schluchzen stieg in mir auf, das ich mit einiger Mühe wieder herunterschluckte.

»Ich glaube nicht«, sagte Pierre, »dass wer auch immer ein wehrloses, unschuldiges Kind opfert, um jemand anders zu bestrafen.«

Er streichelte meine Wange, so als wolle er die Tränen abwischen, die ich nicht weinte.

»Hat das Kind einen Namen?«, fragte er.

Ich schüttelte traurig den Kopf. »Keinen Namen, kein Grab, keinen Vater … Es war erst sechs Wochen alt, noch ohne Geschlecht, und zu dem Vater habe ich keinen Kontakt mehr.«

»Wie wäre es mit Andrea? Im Italienischen ist das ein Jungenname, bei uns ein Mädchenname. Vielleicht schreibst du deinem verstorbenen Kind einen Brief und steckst ihn in eine Flaschenpost oder vergräbst ihn an einem Lieblingsplatz von dir.«

Ich lächelte. »Schöne Ideen hast du. Vielleicht tue ich das wirklich. Schreibe alles auf, was mir auf dem Herzen liegt, und vergrabe den Brief dann im Palast.«

Er schlug die Augen nieder. »Ja«, sagte er nur und stand auf, um einige Holzscheite nachzulegen.

Als er sich wieder neben mich setzte, beugte er sich zu mir, und ein paar Sekunden lang schwebten unsere Lippen nur einen Atemhauch voneinander entfernt. Wortlos bot Pierre mir den Kuss an, wortlos machte mein Herz einen Sprung auf ihn zu.

Langsam sanken wir auf das Sofa. Ich drückte den Kopf an Pierres Brustkorb, ein bisschen zu fest, fühlte mich unsagbar behütet in seinem Arm, so als könnte mir in seiner Nähe nichts mehr passieren. Zuletzt hatte mir Julian dieses Gefühl vermittelt, und ich war so dumm gewesen, das alles wegzuwerfen. Nach einer langen Odyssee war ich heimgekehrt. Mach diesen Fehler ja kein zweites Mal, dachte ich und schloss die Augen.

Mehr als Kuscheln passierte in unserer ersten gemeinsamen Liebesnacht nicht. Trotzdem war es eine der schönsten Nächte meines Lebens.

Vier Monate zuvor

In der Haltung einer Pharaonenstatue saß Sabina auf einem Stuhl, während Pierre im rechten Winkel danebenstand und die Fäden durch ihre Kopfhaut zog. Aus dem Augenwinkel betrachtete sie ihn immer wieder. Obwohl Pierre die vierzig bereits überschritten hatte, war ihm sein jungenhaftes Lächeln geblieben. Seine Hände, mit denen er die Platzwunde an Sabinas Schläfe nähte, waren filigran und dufteten nach Mandelcreme. Seine gleichmäßig gebräunte Haut wurde von dem gelben Poloshirt, das er trug, noch betont.

»Still sitzen.« Selbst im Imperativ klang seine Stimme geschmeidig und beruhigend, was seine Patienten und Patientinnen sicherlich zu schätzen wussten.

»Nicht bewegen, habe ich gesagt.«

»Darf ich wenigstens atmen?«

»Nicht in den nächsten drei Minuten.«

Stillsitzen fiel ihr ohnehin schwer, selbst wenn sie mal ein Buch las, was selten vorkam, ging sie im Zimmer auf und ab, aber Pierres Wohnung machte sie zusätzlich unruhig. Dabei sollte die nach dem Prinzip der Harmonielehre zusammengestellte Einrichtung genau das Gegenteil bezwecken. Die dezent schimmernden Holzdielen, die sanften Erdtöne an den Wänden, die Drucke von Monet und Turner mit Gärten und Küsten, die Erbstücke von den Urgroßeltern und ein modernes, halbkreisförmiges Sofa in Lavendel, das farblich auf die Vorhänge abgestimmt war. Das war genau jener Stil, von dem Sabina glaubte, dass er Lea gefiele: Feng-Shui plus ein bisschen Inselromantik, abgerundet von Anthroposophie. Das alles natürlich in einem reetgedeckten, hellgelb gestrichenen Haus mit blauen Fensterläden, das sich auf dem Titelblatt einer Broschüre für sanften Tourismus prächtig machen würde. Bei Sabina hingegen löste all das erst Übelkeit und gleich im Anschluss den dringenden Wunsch aus, ein paar AC/DC-Poster aufzuhängen.

Sogar Pierres hübsche Freundin passte in das bezaubernde Ambiente. Sie hatte Sabina und Harry einige Minuten zuvor die Tür geöffnet, Sabinas Wunde bemerkt und ins Haus gerufen: »Pierre, Darling, da will eine Patientin zu dir.« Seither hatte sie nichts mehr gesagt, stand dafür aber sehr dekorativ vor Monets Teichrosen und verfolgte Pierres ärztliche Bemühungen mit strahlender Miene.

»Entschuldigung, ich habe Ihren Namen vergessen«, sagte Sabina mit tiefer, rauchiger Stimme.

»Tatjana«, antwortete die Fünfunddreißigjährige mit einem Piepsen, das genau am anderen Ende der Tonleiter lag.

»Tatjana, ob Sie wohl einen Schritt zur Seite gehen könnten? Ich starre Sie nun schon seit fünf Minuten unentwegt an, und irgendwie tut mir das nicht gut.«

Ohne ihr Lächeln einzustellen, erfüllte die Angesprochene Sabinas Wunsch.

Ob Zufall oder Absicht, genau in dem Moment zuckte Sabina unter einem von Pierres Stichen zusammen.

»Au!«

»Entschuldigung, mein Fehler«, sagte Pierre ohne Mitleid. »Nur noch zwei Pikser, dann bin ich fertig.«

»Wenn das die gute Nachricht sein soll, will ich die schlechte gar nicht erst hören.«

»Still sitzen!«

»Verdammt, jetzt habe ich sie doch gehört.«

Da Tatjana langsam wieder näher rückte, um Pierres Kunstfertigkeit beim Nähen der Wunde zu bestaunen, blieb Sabina nichts anderes übrig, als die junge Frau zu beobachten, wenn sie nicht die Augen schließen wollte. Sabinas Blick fiel fast automatisch in das tiefe Dekolletee der dunkelhaarigen Schönheit, die sehr entfernt Lea ähnelte, jedenfalls dem Bild, das Sabina von Lea hatte. Beinahe ein Vierteljahrhundert hatten die Schwestern sich nicht mehr gesehen und sich nie aktuelle Fotos geschickt. Leas Bildbände, die angeblich auch in einigen deutschen Buchhandlungen erhältlich waren, hatte Sabina ebenfalls nie in der Hand gehabt, schon deshalb, weil sie solche Läden nicht betrat.

Wie mochte Lea heute wohl aussehen? Schlank war sie sicher geblieben, und von ihren langen pechschwarzen Haaren würde sie sich nie im Leben trennen. Was hatte sie damals für ein Gewese darum gemacht. Lea war tatsächlich ein überaus hübsches Mädchen gewesen, viel hübscher als Sabina, die sich für ihr Äußeres kaum interessierte. Eine Zeit lang hatte Sabina einen Cowboyhut getragen, ein selten hässliches Ding, oder eine ausgesprochen maskuline russische Fellmütze, dazu abgewetzte Turnschuhe und Fischerhosen. Ihr war immer etwas eingefallen, um sich zum Gespött der Leute zu machen. Sie hatte es geradezu herausgefordert, und es hatte sie nur stärker gemacht.

Wie sehr sie ihre Schwester gehasst hatte. Anfangs war es sehr anstrengend gewesen, jemanden zu hassen, den man eigentlich liebte oder lieben sollte, aber irgendwann hatte Sabina sich daran gewöhnt und ihre Abneigung auch auf andere Menschen übertragen. Letztlich auf alle, die wie Lea waren, hübsch, einnehmend, beliebt. Menschen, denen alles zuflog, die alles haben konnten.

Ihr fiel der alte Balthus wieder ein und dass er Lea ein Flittchen genannt hatte.

Sabina lachte laut auf wie über den Scherz eines guten Freundes.

»Bist du etwa high von dem Betäubungsspray, mit dem ich die Wunde behandelt habe?«, fragte Pierre.

»Nein, ich habe nur gerade an etwas Lustiges denken müssen. An den alten Balthus.«

»Die Worte Balthus und lustig hört man nicht oft im selben Satz«, sagte Pierre und klebte abschließend ein großes Pflaster auf die Wunde. »So, fertig.«

»Vielen Dank. Nein, Balthus hat, bevor er mir versehentlich eins auf die Mütze gegeben hat, ein paar Dinge gesagt. Über den Palast und über eure Clique von damals. Ich glaube, er hat Mike als seinen versoffenen Schwiegersohn bezeichnet und dich als einen Schürzenjäger. Oder so ähnlich.«

Nicht von ungefähr wanderten alle Blicke zu Tatjana, zwar nicht lange, aber lange genug, um sie zu verunsichern.

»Ich geh dann mal rauf und packe meine Sachen«, piepste sie. »Es ist schon spät, und ich muss ja noch bis Rostock fahren.«

Sie war ein liebes Ding, fand Sabina, wenngleich sie den Eindruck machte, dass sie bereits mit der Bedienung eines Toasters völlig überfordert war.

Als Tatjana außer Hörweite war, sagte Pierre: »Balthus ist zwar ein echtes Ekel und ein Idiot dazu, aber nicht dumm. Wenn er recht hat, dann hat er recht.«

»Auch was Mike angeht?«

Pierre packte die Utensilien zusammen, die er für die Behandlung benötigt hatte, und sah kurz zu Harry hinüber, der sich die ganze Zeit über stumm im Hintergrund gehalten hatte. »Wir brauchen in unserem Alter alle ein bisschen Selbstvernichtung, andernfalls wäre das Leben viel zu langweilig, oder? Essen, Trinken, Shoppen, Sex – jeder verausgabt sich auf seine Weise.«

»Deine Ehrlichkeit ist erfrischend. Da wir gerade dabei sind, kannst du mir sagen, was der alte Balthus gegen seine eigene Tochter hat?«

»Warum fragst du?«

»Er hat nicht gerade in höchsten Tönen von Jacqueline gesprochen. Sehr ungewöhnlich für einen Vater, der nur ein einziges Kind hat.«

»Balthus hat Jacqueline nie verziehen, dass sie nach Amerika gegangen ist, um Schauspielerin zu werden. Ich denke, er hat es als persönlichen Angriff betrachtet, dass sie ihn damals verließ, als hätte sie ihm einen Dolch in die Brust gestoßen. Als sie zurückkam, war das Verhältnis zerrüttet, und dass sie Mike geheiratet hat, förderte die Wiederannäherung auch nicht gerade.«

»Habt ihr damals in der Ruine gekifft? Vielleicht auch härtere Sachen probiert?«

Pierre war sichtlich genervt. »Sabina, was sollen die ganzen Fragen?«

»Oh, ich habe noch mehr, Dutzende, Hunderte, vielleicht sogar Tausende. Neugier ist bei mir berufsbedingt. Ich bin nämlich bei der Kripo Berlin.«

Zum Beweis zückte sie ihren Polizeiausweis. Im Wesentlichen reagierten die Menschen auf zwei Arten, wenn sie erfuhren, dass Sabina bei der Polizei war. Die einen kramten lauter Geschichtchen hervor, seien es UFO-Sichtungen, Nachbarschaftsterror oder die Nutten im Stockwerk über ihnen, und erwarteten irgendeine Art von Unterstützung oder Ratschlag. Die anderen wurden still, so als gingen sie im Geiste rasch sämtliche vergangenen Verfehlungen durch, von der fingierten Steuererklärung über abrasierte Seitenspiegel bis zum Durchwühlen von Omas Schubladen kurz nach ihrem Tod. Pierre und Harry gehörten eindeutig zur zweiten Kategorie. Auch wenn Sabina keineswegs behauptet hatte, aus dienstlichen Gründen Fragen zu stellen, galt sie indirekt als legitimiert. Man überlegt es sich zweimal, bevor man einer Polizistin die Auskunft verweigert.

»Gott, ja«, gab Pierre zu, nachdem er die Überraschung verarbeitet hatte. »Gras haben wir doch alle mal geraucht. Aber härtere Sachen … nicht dass ich wüsste.« Um sich eine Bestätigung abzuholen, wanderte sein Blick zu Harry, der ihm den Gefallen prompt tat.

»Ich g-glaube, B-balthus hat damit Jacquelines L-leben in H-hollywood g-g-gemeint.«

»Nein, Harry«, widersprach Sabina, der nicht entgangen war, dass sein Stottern sich verschlimmert hatte. »Ich erinnere mich noch ganz genau an seine Worte. Er hat die Ruine gemeint und von Drogen gesprochen.«

Pierre schüttelte den Kopf. »Für Balthus sind doch schon belgische Pralinen Drogen.«

»Kann sein. In Bezug auf euch hat er allerdings die Wahrheit gesagt, wie du mir vor einer Minute selbst bestätigt hast.«

Darauf wusste Pierre zunächst nichts zu erwidern, er benötigte ein paar Sekunden. »Was willst du? Dass ich bei Gott schwöre, keine harten Drogen genommen zu haben?«

Für einen Moment standen sie sich gegenüber wie zwei Revolverhelden in Dodge City, die ihre Fehde nun endlich austragen wollten. Am Ende löste Tatjana die spannungsgeladene Situation.

»Ich wäre dann so weit«, flötete sie, als sie wieder hereinkam, und Pierre begleitete sie hinaus zum Wagen.

Seine heftige Reaktion war interessant, auch wenn sie nicht zwangsläufig ein Schuldeingeständnis bedeutete. Vielleicht mochte er einfach keine Polizisten und war beleidigt, weil Sabina sich so spät geoutet hatte. Harry fühlte sich ebenfalls hintergangen. »Das h-hast du mir nicht gesagt, dass du von der P-polizei bist.«

»Glaubst du, wenn ich jemanden kennenlerne, sage ich als Erstes: ›Hallo, mein Name ist Sabina Mahler, in meinem Job bringe ich übrigens Leute hinter Gitter‹? Gehst du etwa auf eine Party und sagst: ›Ich bin der Totengräber von Poel‹?« Sie zwinkerte ihm zu. »Falls ja, wundert es mich nicht, dass du zweimal geschieden bist.«

Harry mochte es, wie sie mit ihm redete, das konnte sie ihm ansehen. Er war von jeher einen leicht schroffen Umgangston gewohnt, und solange eine wohlwollende Grundstimmung herrschte, vermittelte er ihm Geborgenheit. Sabina wusste das deswegen so genau, weil es ihr genauso erging. Mit dem einzigen Unterschied, dass sich ihre Redeweise nicht in und mit der Familie, sondern als Ausdruck des Protests gegen die Eltern und die Schwester entwickelt hatte. Mit Harry war eine Verständigung auf derselben Ebene möglich. Nicht jeder hätte sich getraut, sie Hinkebein zu nennen, und nicht bei jedem hätte sie darüber geschmunzelt.

Während sie sich mit Harry unterhalten hatte, war sie im Zimmer umhergegangen. Pierre hatte einige Wände des alten Bauernhauses durchbrechen lassen, wodurch ein großer, von massiven Holzpfeilern gestützter Raum entstanden war. Vor einem riesigen Bücherregal in Form eines Regenbogens blieb sie stehen.

Wenn man Pierre nur oberflächlich kannte, hätte man denken können, er habe ein eher seichtes Gemüt, nicht tiefer als eine Espressotasse. Es lag wohl an seiner legeren und dennoch schicken Kleidung, an der gleichmäßigen Bräune seiner Haut, den Mohnblumenbildern an der Wand, an seiner allgegenwärtigen Geschmeidigkeit. Doch laut Bücherregal beschäftigte er sich ebenso intensiv mit der Geschichte Mecklenburgs wie mit der des Alten Ägypten, außerdem mit dem Leben von Michelangelo und Churchill, mit Soziologie, der Armut in der Welt und sonst noch so einigem. In der Mappe einer Hilfsorganisation entdeckte Sabina einen Nachweis über eine Patenschaft für ein indisches Mädchen und einen philippinischen Jungen. Außerdem fand sie jede Menge Material von der Organisation »Ärzte ohne Grenzen«, für die Pierre vor einigen Jahren ein Jahr lang in Äthiopien und später ein weiteres in El Salvador gearbeitet hatte.

»F-findest du es in Ordnung, in fremdem Eigentum he-herumzuschnüffeln?«, protestierte Harry.

»Ich mache keine Hausdurchsuchung, sondern stöbere in einem Bücherregal. Übrigens zum ersten Mal seit rund dreißig Jahren, was mich quasi zur Entdeckerin macht. Was haben wir denn da?«

Sie schlug ein Fotoalbum auf. Darin waren neben Bildern von Pierres Kindheit und seinen gemütlichen, wohlbeleibten Eltern, die einst Saatgutzüchter fürs Vaterland gewesen waren, auch Fotos von Ausflügen und Urlauben, vom Erzgebirge, von einem See, einem Schwarzmeerstrand. Gleich daneben stand ein weiteres, deutlich kleineres und unscheinbares Album, das es jedoch in sich hatte. Es war ein Sammelsurium von mehreren Dutzend Fotos, die über einen Zeitraum von ungefähr sechs Jahren entstanden waren und eines gemeinsam hatten: darauf war ausschließlich Lea abgebildet.

Die Vierzehnjährige saß auf einem Schimmel, anmutig und völlig eins mit dem Tier. Die Fünfzehnjährige stand im Badeanzug auf dem Sprungbrett über dem Becken, die Arme elegant erhoben, der Körper angespannt. Die Sechzehnjährige, mit einem Waffeleis in der Hand, lächelte kokett in die Kamera. Und so weiter. Die Bilderflut endete mit der heiteren Feier zu Leas achtzehntem Geburtstag. Wer die Fotos aufgenommen hatte, war nicht auszumachen, denn auf einigen war Pierre neben seinem Objekt der Bewunderung zu sehen. Manche der Bilder waren zerschnitten worden, um jemanden oder etwas von Leas Seite zu trennen. Das Album war eine einzige Hommage an ein hübsches Mädchen, eine noch hübschere junge Heranwachsende.

Beim Durchblättern wurde Sabina bewusst, dass damals unter all ihrer erbitterten Abneigung gegen Lea noch etwas anderes verborgen gewesen war: Neid. Und zwar kein Neid der guten Art, nicht die verständliche Sehnsucht, von den Eltern im gleichen Maß geliebt zu werden wie die jüngere Schwester, nicht das Streben nach Freunden, wie Lea sie hatte, sondern die simple Missgunst, dass Lea so bezaubernd war und sie, Sabina, nicht.

»Flittchen« lautete das Urteil des alten Balthus über Lea, auf das man nicht unbedingt etwas geben konnte, das Sabina dennoch gerne gehört, ja, es sogar genossen hatte. Sobald es um ihre jüngere Schwester ging, wurde sie zu einer anderen Frau, zu einer Frau, mit der sie selbst nicht gerne bekannt wäre.

»Ein echtes Traumpaar wärt ihr geworden«, spottete sie, als Pierre zurückkam und sie mit dem Album in der Hand antraf. »Kaum zu glauben, der kleine Pierre war damals in die kleine Lea verliebt, und keiner hat es gemerkt.«

»Doch, ich«, sagte Harry zu Sabina, als sie zwei Minuten später auf der Straße standen. Pierre hatte sie kurz angebunden hinauskomplimentiert, was Sabina ihm sogar nachfühlen konnte.

Gegen diejenigen, die unsere Geheimnisse kennen, selbst wenn wir sie ihnen selbst anvertraut haben, sind wir oft voller Abneigung und Argwohn.

»Ich hab's g-gewusst.«

»Was?«, fragte Sabina.

»Dass Pierre in L-lea verliebt war. Bin doch nicht b-blöd. Gut, manchmal bin ich blöd, aber *das* hab ich gesehen. In s-seinen Augen, verstehst du? Er hat Lea immer anders a-angesehen als uns, auch anders als Jacqueline, und die war nun wirklich ein hübsches M-mädel. Von den anderen hat's aber keiner gemerkt, glaub ich. Jedenfalls hat n-nie jemand was gesagt.«

»Und Lea?«

»B-bestimmt nicht. Pierre war viel zu sch-schüchtern oder vielmehr feige. Mike war nämlich genauso in Lea verknallt, und der hat sich nicht so zurückgehalten, sondern m-mächtig gebaggert. Na ja, mit seinen un-unbeholfenen Methoden halt. Fischerssöhne haben es bekanntlich nicht so mit F-feingefühl. Gegen Mike hätte Pierre sich nie aufgelehnt, das tut er bis h-heute nicht, er h-hält sich immer noch aus allem raus, unser Dorfd-doktor. Wie die Schweiz.«

»Hatte Mike was mit Lea? Heimlich vielleicht?«

»G-glaub ich nicht. Mal ehrlich, Lea und Mike?«

Sabina wiegte den Kopf. »Marilyn Monroe war auch mit Arthur Miller verheiratet.«

»Wer ist M-miller? Ist ja wurscht, auf jeden Fall k-kann ich mir das nicht vorstellen. Lea war doch immer so abg-gehoben, so romantisch, so lyrisch, irgendwas zwischen einer L-landgräfin und einer Meerjungfrau.«

Dass Harry Lea verhöhnte, machte ihn Sabina sympathischer.

Er war schon ein komischer Kauz. Knapp über vierzig und schon schrullig wie ein Greis und zugleich ein bisschen infantil. Sabina mochte solche Typen, denen die Gesellschaft im günstigsten Fall den Stempel »Exzentriker« aufdrückte, die nicht selten aber auch einfach als Idioten galten.

Wie auch immer, es hatte den Anschein, als wäre er damals als einziger Junge in der Clique nicht in Lea verliebt gewesen, was sehr für ihn sprach. Mike war bei Lea abgeblitzt, Pierre hatte sie heimlich geliebt, und von demjenigen, der zum Zuge gekommen war, hatte sie sich bei der ersten Schwierigkeit getrennt. Was für eine Leistung: erst achtzehn Jahre alt und schon drei große Verehrer, die das Schicksal teilten, von ihr fallen gelassen oder erst gar nicht erhört worden zu sein.

Sabina kam in ihrem ganzen Leben auf genau drei Verehrer, in ihrer Jugend sogar auf keinen einzigen, vom katzbuckelnden Miroslav einmal abgesehen. Viele Jungen hatte sie durch ihr maskulines Gebaren abgestoßen, die anderen fühlten sich eingeschüchtert, und im Wesentlichen hatte sich daran auch später nichts geändert. Dass sie keinen Lebenspartner fand, lag allerdings nur teilweise an ihrer Stacheligkeit. So verrückt es klang, weil das viel eher zu Lea gepasst hätte, im Grunde wartete sie auf den Traumprinzen, einen Mann, der es endlich hinbekam, dass ihr Herz über den allzeit dominanten Verstand siegte. Alles in allem hatte sie daher nur zwei Jahre lang in mehr oder weniger festen Beziehungen gelebt, von denen sie selbst nicht ganz überzeugt gewesen war, und hatte in der übrigen Zeit den Eindruck erweckt, ihr Single-Dasein würde sie nicht im Mindesten stören.

»K-kommst du noch mit rein?«, fragte Harry. »Würd mich freuen. M-Margrethe bestimmt auch. Wir haben selten Gäste, eigentlich nie. K-kannst auch bei uns pennen, wenn du willst.«

Sabina nahm sofort an, und es wurde ein noch schönerer Abend, als sie es sich erhofft hatte. Das Wiedersehen mit Margrethe verlief bestens, denn sie sprachen dieselbe Sprache und verstanden sich auf Anhieb. Ein paar Dosenbier, eine Flasche Chianti, ein Linseneintopf mit Fleischwurst und jede Menge derber Poeler Anekdoten sorgten für gute Laune. Allerdings blieb die Stimmung nur so lange heiter, wie Sabina im Raum war. Ging sie ins Bad oder zum Auto, um ein paar Sachen zu holen, wurde der fröhlich-derbe Tonfall, der in der Dreierrunde noch geherrscht hatte, zwischen den Geschwistern aggressiv und ruppig, wie Sabina belauschte, bevor sie wieder die Küche betrat. Margrethe fuhr ihren Bruder an, weil er versäumt hatte, einige Besorgungen zu machen, und er wehrte sich mit hilflosen Bemerkungen wie: »Lass mich gefälligst in Ruhe.« Sobald Sabina zurückkehrte, rissen die beiden sich wieder zusammen.

Als Harry, schon leicht angesäuselt, am späteren Abend anfing, von seiner Feindschaft mit Mike zu erzählen, verabschiedete Margrethe sich ins Bett.

»Du verstehst dich nicht besonders gut mit deiner Schwester, oder?«, hakte Sabina nach einer Weile nach.

Harry ließ offen, ob er weiterhin über Mike sprach oder auf ihre Frage antwortete.

»A-alle Menschen machen Fehler, versagen, liegen mal daneben. Bei einigen s-sieht man mit einem Lächeln darüber hinweg, den anderen schlägt man ins G-gesicht. So ist die Welt.

Ich hab öfter eins auf die Sch-schnauze bekommen als ein Boxer im R-ring.«

Wieso nur imponierte ihr dieser ziemlich abgewrackte Typ? Weil sie ein paar Dinge mit ihm gemeinsam hatte? Vielleicht lag es ja an seinem ganz speziellen Mut. Denn es erforderte Courage, den eigenen Weg trotz der Verachtung, dem Kopfschütteln und dem Spott der Welt zu gehen. Jeden Rückschlag mit Beharrlichkeit zu beantworten. Sich für etwas einzusetzen, woran man glaubte, auch wenn alle einen für verrückt hielten. Die meisten Menschen brachten Rennfahrer mit Mut in Verbindung, ebenso Soldaten oder beherzte Passanten, die anderen zu Hilfe eilten. Ein Kauz, der eine Wiese verteidigte, der an einer Kindheitserinnerung festhielt und sein Leben dem Kampf gegen eine Fischfabrik verschrieb, galt meist als verschroben. Dabei erforderte es dieselbe, vielleicht sogar eine noch größere Tapferkeit, sich einem Ziel unterzuordnen, das nicht den Beifall der Menschen fand, sondern bestenfalls auf Gleichgültigkeit stieß.

Allerdings erforderte es auch eine größere Verzweiflung.

»Margrethe hält mich für einen T-trottel«, sagte Harry, und als er weitersprach, begann er jeden neuen Satz mit sichtlicher Überwindung, als müsse er einen schwindelerregenden Abgrund überspringen. »U-und für meine M-mutter bin ich eine g-große E-enttäuschung. Ich w-w-weiß es, auch wenn sie es m-mit keinem Wort sagt. Wir haben eigentlich n-nie v-viel geredet … Ich k-kann nun mal nicht anders sein, als ich b-bin.«

Er zündete sich schnell eine Zigarette an und zog daran. Dieses geradezu panische Inhalieren war ein stummes, beredtes Echo: Ich kann es nicht, kann es nicht.

»Konnte ich auch nie«, erwiderte Sabina. »Wenn ich an die Jahre mit Lea zurückdenke … Gott, wie wir uns angegiftet haben. Unter Teenagern sind sechs Jahre Altersunterschied eine halbe Ewigkeit, also habe ich die böse ältere Schwester herausgekehrt und sie Everybody's Sunshine. Wir haben uns wirklich nichts geschenkt. Mit jedem neuen Tag haben wir uns ein bisschen mehr gehasst.«

»H-hasst du sie heute immer noch?«

Die Frage erwischte Sabina eiskalt, und die Antwort kam ihr alles andere als leicht über die Lippen. »Die lange Trennung hat meine Abneigung leider nicht verschwinden, sondern nur erstarren lassen. Für Lea gilt wohl dasselbe. Tja, da kann man nichts machen. Ich war immer das weniger geliebte Kind, und nichts wird daran je etwas ändern.«

Das war die eine Wahrheit. Die andere war, dass Sabina schon oft gehofft hatte, eines Tages würden sich alle Wunden schließen und aller Streit würde beigelegt. Sie hatte sogar schon mal darüber nachgedacht, den ersten Schritt zu machen. Nur wusste sie nicht, wie dieser Schritt aussehen könnte. Bei einem Anruf wäre sie garantiert ins Stottern gekommen, und Briefe zu schreiben war Leas Stärke, nicht ihre. Eine Annäherung wäre nur möglich, wenn sie Gefühle zeigte, was bedeutete, den Schild und die Waffen zu senken und sich verletzbar zu machen. Allein bei diesem abstrakten, noch lange nicht konkreten Plan krampfte sich alles in ihr zusammen.

Mit einer Langsamkeit, als würden ihm ihre Worte über eine Infusionsflasche eingeträufelt, reagierte Harry darauf. Sie konnte ihm beim Denken zusehen. Der Zigarettenrauch verblieb länger in seiner Lunge.

»Versprichst du, d-das Grundstück nicht herzugeben? Es weder zu verschenken noch zu verkaufen? Wirst du d-darum kämpfen?«, fragte er. »Wirst du mir h-helfen, den Palast zu erhalten?«

Sabina konnte nicht nein sagen. Der Welt bedeutete die Ruine nichts, für Harry dagegen schien sie die Welt zu bedeuten.

»Einverstanden«, sagte sie. »Kampfgefährten.«

Als Margrethe zurückkehrte, schwiegen sie über ihre Vereinbarung. Alles, was mit dem »Steinhaufen«, wie Margrethe den Palast nannte, zu tun hatte, reizte sie. Sabina konnte sie sogar ein bisschen verstehen. Sicherlich war es frustrierend für Margrethe, dass ihr Bruder einen Großteil seiner Freizeit einer Ruine widmete, während sie kaum mal eine Minute für sich hatte. Trotzdem haftete ihrer Abneigung etwas geradezu Feindliches, Aggressives an, wie man es sonst nur Orten entgegenbringt, die man unbedingt vergessen möchte.

September 2013

Wieder einmal war Pierre ins Haus der Petersens gerufen worden, weil Edith starke Schmerzen hatte. Doch etwas war anders als sonst. Schon am Telefon hatte Margrethe verändert geklungen, ihre Stimme war seltsam belegt gewesen, und als er durch die angelehnte Haustür eintrat, fand er seine Vermutung bestätigt. Margrethe schuftete nicht wie üblich, sondern saß am Küchentisch und rauchte. Zwar lag immer eine Schachtel Zigaretten auf der Anrichte gleich neben der Obstschale, aber sie reichte ihrer Besitzerin oft für einen ganzen Monat. An diesem Morgen jedoch war der Aschenbecher voll, blauer Dunst hing schwer im Raum, und der Rauch strömte in schnellen Intervallen aus Margrethes Nase und Mund. Wenn sie nichts tat, sah Margrethe grundsätzlich müde aus, doch an jenem Tag war es besonders auffällig. »Mama wartet schon auf dich«, sagte sie nur und gab Pierre mit einem Blick zu verstehen, dass sie in Ruhe gelassen werden wollte. Die alte Dame lag auf ihrem Bett, still wie eine Grabfigur, nur ihre Augen folgten Pierres

Bewegungen. Sie sagte nichts, erwiderte noch nicht einmal seinen Gutenmorgengruß. Routinemäßig zog er eine Spritze auf, die Ediths Schmerzen lindern würde. Sie litt unter Knochenschwund und Rheuma, und das unentwegte Liegen verursachte schwere Hautentzündungen. Ediths Bezeichnungen dafür waren schlichter: das böse Bein, der böse Rücken, das böse soundso …

Normalerweise sagte sie sofort, wo es ihr wehtat, wenn Pierre hereinkam. Doch an diesem Tag schwieg sie, auch als er die Spritze schon aufgezogen hatte.

»Ich wäre heute Nachmittag sowieso vorbeigekommen«, sagte er. »Zum Glück war ich noch nicht außer Haus, als Margrethe angerufen hat.« Immer noch erwiderte Edith nichts. »Nun, wo tut es denn weh?«

Statt ihm zu antworten, fing sie an zu weinen. Jede Träne ein Hilferuf.

Ratlos stand Pierre neben dem Bett, wusste nicht, was er sagen sollte. Er kannte diese Frau schon sein ganzes Leben lang und war darüber hinaus mit ihrer langen Krankheits- und Leidensgeschichte vertraut, die ihn begleitete, seit er Arzt geworden war. In diesem Zustand, so völlig hilflos, hatte er Edith Petersen noch nie gesehen, und es verschlug ihm die Sprache.

Eine Minute lang, die ihm allerdings viel länger vorkam, saß er mit der aufgezogenen Spritze in der Hand auf dem Stuhl neben dem Bett, Ediths Blick aus den geröteten Augen ausgesetzt. Als sie endlich etwas sagte, kam es ihm wie eine Erlösung vor.

»Hat Margrethe mit dir gesprochen, Doktor Pierre?«

»Nein«, antwortete er. »Ich weiß von nichts.«

»Ich wollte, dass sie dich um etwas bittet. Aber sie drückt sich mal wieder. Sie behauptet zwar immer, mein Bestes zu wollen, doch sie macht ihre Sache schlecht.«

»Das ist aber sehr ungerecht geurteilt«, entgegnete er, und eine Woge von Unmut brandete über ihn hinweg, floss allerdings rasch wieder ab. »Margrethe opfert ihr Leben für Sie.«

»Darum geht es ja. Ich will das alles nicht mehr. Die vielen Opfer … wofür?«

Darauf wusste er nichts zu erwidern.

»Nicht wahr, Doktor Pierre, du wirst mir meinen Wunsch erfüllen?«

Er ahnte, was sie gleich sagen würde, und genauso kam es.

»Ich wünsche mir meinen Tod.«

Pierre fühlte sich angesichts einer solchen Bitte nicht anders, als es den meisten ginge – er war schockiert, betroffen, traurig und wütend. Ja, auch wütend, denn die Menschen sind oft dankbar, Bitten erfüllen zu können, die sie nur wenig kosten, aber voller Groll gegen diejenigen, die sie um Unerfüllbares bitten.

»Sieh mal, Doktor Pierre, ich habe letzte Nacht davon geträumt, wie ich damals achtzehn Jahre alt werden wollte. Ich konnte es kaum erwarten. Und nun, nur ein Fingerschnippen später, liege ich hier, uralt, ein Gespenst. Ich habe Gott längst gebeten, dass er mich tötet, aber nun rächt es sich, dass ich nie so richtig an ihn glauben wollte. Du bist meine letzte Hoffnung, Doktor Pierre, das sind Ärzte ja immer, wichtiger noch als Gott. Viel hättest du nicht zu tun, ich bin ja so gut wie tot, es fehlt nicht mehr viel, nur dieses letzte Quäntchen, das verdammte kleine bisschen … Margrethe und Harald wünschen meinen Tod genauso, auch wenn sie mir und sich selbst gegenüber so tun, als wäre es anders.«

»Aber ich«, rief Pierre ungehalten, »ich wünsche ihn nicht!«

»Und wenn schon. Darauf kommt es nicht an.«

»Ich habe den hippokratischen Eid geschworen«, empörte er sich.

»Man sollte diesen Eid ändern«, widersprach Edith energisch. »Ärzte sollten den Willen ihrer Patienten erfüllen, nicht den von einem toten Griechen. In der Bibel steht, dass ein Vater seine Tochter in die Sklaverei verkaufen darf, wusstest du das? Dass alle, die am siebten Tage arbeiten, niedergestreckt werden müssen? Dass alle Männer, die ihren Bart stutzen, getötet werden sollen? Das gäbe viel Blutvergießen, nicht wahr? Darum hat man diese unsinnigen Anweisungen ja auch abgeschafft, weil sie nicht mehr zeitgemäß sind. Siehst du, Doktor Pierre, dasselbe könnte man doch mit dem blöden Eid machen.«

»Diese Diskussion hatten wir vor ein paar Jahren schon einmal, und ich habe Ihnen damals das Gleiche gesagt wie heute: Ich bin dazu da, Leben zu erhalten, und nicht, es zu beenden.«

»Aber du kannst es doch gar nicht erhalten!«, rief sie. »Nur verlängern. Ich habe ein Recht auf meinen Tod. Das ist meine Meinung.«

»Und meine Meinung ist, dass Sie weit entfernt davon sind, fast tot zu sein, sonst könnten Sie nämlich gar keine eigene Meinung mehr haben. Damit ist dieses Thema für mich abgeschlossen. Sie haben mich sehr verärgert, Edith.«

»Das musst du aushalten. Der Kunde ist König.«

Pierres Empörung, darüber war er sich selbst im Klaren, war

zum Teil gespielt. Nachdem Edith ihn einige Jahre zuvor schon einmal gebeten hatte, ihr Sterbehilfe zu leisten, hatte er alles, was dazu nötig war, in seiner Praxis bereitgelegt, gut versteckt in einer Schublade. Er wusste um Ediths Schmerzen, und die Prognose sah sogar noch schlimmer aus. Wenn der Tod sie nicht erlöste, würde sie in spätestens zwei Jahren nur noch Leid und Elend sein. Jedes Mal, wenn er an der Schublade vorbeiging, dachte er daran, manchmal öffnete er sie sogar und betrachtete die Todesspritze. Trotzdem legte er sie immer wieder zurück. Die Injektionen, die er seiner Patientin gab, linderten ihre Schmerzen für einige Zeit, niemals für immer.

»Also, wo tut es besonders weh?«

»Überall!«, schrie sie. »Du kannst die verfluchte Spritze reinhauen, wo du willst, es ist nirgendwo verkehrt, du blöder Doktor, du.«

Aus Protest wandte sie sich von ihm ab, und er injizierte ihr das Schmerzmittel in den Arm, was sie anstandslos geschehen ließ. Es hatte nicht den Anschein, als würde sie an diesem Tag noch mit ihm reden wollen, doch das war ihm egal.

»Lea hat mir erzählt, dass Sie sie gewarnt hätten«, sagte er, bemerkte jedoch keine Regung bei Edith. In ihre Bettdecke gekauert lag sie da und wandte ihm den Rücken zu.

»Vor einer lebensbedrohlichen Gefahr«, ergänzte er.

Keine Reaktion.

»Sie haben ihr Angst gemacht.«

Noch immer keine Reaktion.

Er schloss den Arztkoffer. »Das sollten Sie nicht wiederholen, Edith. Es ist ein großer Glücksfall, dass Lea zurückgekehrt ist, und ich will nicht, dass sie wieder fortgeht. Noch nicht.

Vielleicht werde ich schon bald mit ihr zusammen fortgehen. Man weiß nie, wir werden sehen. Aber wir sind uns ja gerade erst begegnet. Edith, hören Sie mir überhaupt zu?«

Da sie noch immer keine Anstalten machte, ihm zu antworten, öffnete er die Zimmertür.

In diesem Moment sagte sie, das Gesicht noch immer von ihm abgewendet und gerade so laut, dass er es hören konnte: »Arme Lea.«

In Margrethes Küche lief Pierre gegen eine Wand aus Zigarettenrauch.

»Sag mal, rauchst du jetzt drei auf einmal, oder was ist hier los?«

Er öffnete erst das Fenster und dann die Haustür, damit der Qualm abzog, und setzte sich dann zu Margrethe und dem überquellenden Aschenbecher an den Tisch. Sonst bekam er immer einen Tee angeboten, aber nichts war wie sonst an diesem Morgen. Die Schwermut lag wie eine Glocke über der Küche, fast mit Händen greifbar wie der blaue, stehende, erstickende Dunst. Leben hieß schuften, alt werden, siechen oder tot umfallen, weiter nichts. Von dem Mut, dem Durchhaltevermögen und auch der Heiterkeit früherer Tage war in der Familie Petersen nichts übrig geblieben. Wirklich gut war es ihnen nie gegangen. Aber wenn Gemäuer sich erinnern könnten, dann würde das Haus, in dem Pierre und Margrethe schweigend nebeneinandersaßen, sich an geschäftige Unruhe erinnern, an Frühjahrsputz, Gartenarbeit, Kindergeburtstage, Erntefeste, Kirschkuchenessen. Heutzutage schien dieses Haus ebenso wie Margrethe nur noch das Verrinnen der Zeit zu zelebrieren.

Pierre hatte in Margrethes Gesicht stets eine gewisse Kraft und Zähigkeit ausgemacht, doch nun kam es ihm seltsam blutleer vor. Die Wangen waren weiß und speckig wie Mozzarella, das Kinn hing schlaff herab. Seit diesem Morgen war sie alt.

Als ihre kleinen Augen seinen Blick suchten, wich er der Frage aus, die er darin zu lesen befürchtete, indem er zum Gasherd ging und Teewasser aufsetzte.

Zum Glück machte sie keine Anstalten, ihn mit ihrem Blick zu verfolgen. Mit gekrümmtem Rücken blieb sie am Tisch sitzen, halb verschluckt vom Zigarettenrauch und der Düsterkeit des Raumes. Ein Stillleben mit trauriger Frau.

Vielleicht hatte sie zum ersten Mal seit langer Zeit, zum ersten Mal überhaupt die ganze Dimension ihrer erbärmlichen Lage erkannt. Gut möglich, dass Edith ihr an diesem Morgen mit ihrer Bitte vor Augen geführt hatte, wie anders ihr Leben sein könnte, wäre sie am Ende des Tages endlich eine freie Frau. Der Vorschlag hatte von Edith selbst kommen müssen, Margrethe hätte den Freitod ihrer Mutter nie zu träumen, geschweige denn zu wünschen gewagt, und wenn doch, wären ihre Gewissensbisse nahezu unerträglich. Aber jetzt, da der Gedanke in die Welt gesetzt war und sich nicht mehr zurücknehmen ließ, sprang er auf Margrethe über und entfaltete sich.

Die Lebensbilanz der Zweiundvierzigjährigen musste desaströs ausfallen. Sie quetschte jeden Euro aus, bis er aufschrie, und kam trotzdem auf keinen grünen Zweig. Sie abonnierte Zeitschriften, in denen Prunkpaläste abgebildet waren, und lebte in einer Behausung, die in einem ähnlichen Zustand war wie ihre Mutter. Noch dazu spielte die Liebe in ihrem Leben keine Rolle oder wenigstens so gut wie keine.

Vor einigen Jahren hatte sie Pierre anvertraut, dass sie in Wismar einen gewissen Osman kennengelernt hatte, der Teilhaber eines Döner-Imbisses war. Sie bat Pierre um einige Tipps, da sie in Liebesdingen nicht eben erfahren war. Ein paar Tage lang war sie nicht wiederzuerkennen, nämlich glücklich. Doch Osman meinte es nicht gut mit ihr. Er lud sie zum Essen in seinen Imbiss ein und nahm sie anschließend in die Wohnung eines Freundes mit. Die Sache – man durfte es in diesem Fall wohl getrost so nennen – war in zehn Minuten erledigt. Margrethe hatte Osman nie wiedergesehen, und soweit Pierre wusste, war das ihr letztes Date gewesen.

Manchmal fragte er sich, wie Margrethe es verwand, dass es, mit Ausnahme ihres Bruders, allen anderen Freunden aus der früheren Clique augenscheinlich gut ging. Finanzielle Sorgen hatte jedenfalls keiner von ihnen. Just als Pierre den Tee aufgoss, fuhr Margrethe auf dem Küchenstuhl herum.

»Wirst du es tun?«

Pierre verschüttete einige Tropfen des heißen Wassers, stellte den Kessel auf den Herd zurück und griff nach einem Lappen.

»Lass das jetzt«, sagte Margrethe. »Ich muss es wissen. Wirst du es tun?«

»Ich finde nicht, dass man so etwas beim Tee am Küchentisch besprechen sollte.«

Sie stürmte auf ihn zu, griff nach der Tasse und kippte den Inhalt in die Spüle. »So, jetzt reden wir nicht mehr beim Tee darüber. Wir können auch in den Garten gehen, wenn dir die Küche nicht passt. Zum letzten Mal: Wirst du tun, worum sie dich gebeten hat?«

In dem Flackern von Margrethes Augen war nicht zu erkennen, ob sie ihm an die Gurgel gehen würde, wenn er die Frage bejahte oder wenn er sie verneinte. Es kam darauf an, wovor sie sich mehr fürchtete, vor ihrem schlechten Gewissen oder vor einer Zukunft, die der Vergangenheit glich.

»Margrethe«, seufzte er nur.

Sie ging ein paar Schritte auf und ab, drehte sich um, lief noch einmal hin und her, wobei ihr Blick über die ganze Küche huschte und schließlich auf dem Boden verharrte.

»Also nicht.«

Was für eine grenzenlose Desillusionierung sie in diese beiden Wörter packte. So als hätte er bei ihr einen Hirntumor diagnostiziert, der sich als inoperabel herausstellt. Als wäre ihre Begnadigung abgelehnt worden.

»Nicht?«

»Nein, nicht«, bestätigte er.

Als sie sich mit ihrem ganzen Körper über die Arbeitsplatte beugte, hielt Pierre es eine Sekunde lang für möglich, dass sie eines der herumliegenden Messer ergreifen und sich oder ihm etwas antun könnte. Schnell sagte er: »Ich halte es für besser, wenn deine Mutter in einem Heim palliativ versorgt wird und …«

»Du weißt genauso gut wie ich, dass sie nicht ins Heim will. Sie will hierbleiben, in ihrem Bett sterben. Sie gegen ihren Willen aus dem Haus schleppen zu lassen, das bringe ich nicht fertig. Niemals.« Wieder fuhr sie urplötzlich herum, sah ihn an. »Warum, Pierre? Sag mir nur, warum?«

Er machte eine hilflose Geste mit den Händen. »Ich habe einen Eid …«

»Ach, hör schon auf«, fuhr sie ihn an. »Wem willst du etwas

vormachen? Mir oder dir selbst? Ich kenne den wahren Grund, und ich hätte dir eine solche Gemeinheit nicht zugetraut.«

Als ich an meinem dritten Tag auf Poel aufwachte, lag eine Rose neben mir auf dem Kopfkissen. Sie war weiß und gelb mit einem lila Rand und duftete nach parfümierter Seife. Zusammen mit den sattgrünen Blättern waren darin die Farben des Wappens von Poel enthalten. Ein Zufall? Oder wollte Pierre mich auf raffinierte Weise darum bitten, auf der Insel zu bleiben?

Es war schon lange her, dass ich derart gut gelaunt in den Tag gestartet bin. Die Morgentoilette brachte ich schnell hinter mich, umso mehr Zeit benötigte ich zum Ankleiden. Meine Garderobe stammte noch von meinem ersten Aufenthalt auf der Insel, also aus der Zeit vor dem Unfall. In den Kreisen, in denen ich mich in Buenos Aires und in den europäischen Hauptstädten bewegt hatte, hauptsächlich Galeristen und ihre Kunden, Kunstfotografen und Museumsleute, zog man sich eher elegant an. Entsprechend hatte ich meinen riesigen Koffer bestückt, und mit Ausnahme von zwei bequemen, für die normannische Fotosafari gedachten Kombinationen hatte ich nichts eingepackt, was mir noch gefiel. Erneut fremdelte ich mit der Frau, die ich früher gewesen war, wollte mich aber keinesfalls auf Grübeleien einlassen.

Schließlich lieh ich mir eins von Pierres Hemden, das mir viel zu weit war, band die Enden zu einem Knoten und zog die Jeans von gestern noch mal an. Danach gestattete ich mir einen ausführlichen, diesmal unbeobachteten Rundgang durch die einzelnen Räume im Ober- und Untergeschoss.

Was mir schon beim ersten Betreten des Hauses aufgefallen war, bestätigte und vertiefte sich nun bei näherem Hinsehen. Pierres und mein Geschmack waren sehr ähnlich. Abgesehen von einigen Details, hätten die Einrichtung, die Farben der Wände und sogar das sparsame Dekor von mir ausgewählt sein können. Das war überhaupt das Schlüsselwort: ausgewählt. Nichts davon schien zufällig an seinem Platz zu stehen oder weil es zweckmäßig war. Die Dinge passten nahezu perfekt zusammen, ergänzten sich, griffen ineinander, und zwar auf viel natürlichere Weise als bei Jacqueline und Mike, wo die Zurschaustellung Programm war.

Mit dem regenbogenförmigen Bücherregal beschäftigte ich mich eine ganze Weile, frei nach dem Motto »Sag mir, was du liest, und ich sage dir, wer du bist«. Demnach war Pierre ein vielseitig interessierter Leser ohne besonderen Schwerpunkt. Weder Lieblingsautoren noch das große Thema konnte ich ausmachen. Ungeniert griff ich zu einem Fotoalbum, fand es aber recht öde. Ich hatte gehofft, darin einige Fotos von unserer Clique zu entdecken, musste mich aber mit den Gesichtern und Urlaubszielen der Familie Feldt zufriedengeben. Interessant war nur, in Erinnerung gerufen zu bekommen, was für ein hübscher Junge Pierre gewesen war, noch attraktiver als Julian, was ich damals überraschenderweise kaum bemerkt hatte.

Andere Alben fand ich nicht, und so beendete ich den Rundgang in der Küche, wo ich auf eine Kaffeetasse mit der Aufschrift »Tatjana« stieß, die er wohl aus dem Küchenschrank zu entfernen vergessen hatte. Ich lächelte. Wenn es nach mir ging, durfte ein Mann gerne eine Vorgeschichte haben. Nachdem Carlos fremdgegangen war, hatte ich eine Reihe von Liebhabern gehabt und diese Gewohnheit nach unserer Scheidung nicht mehr ablegen können. Pierre war jedoch keineswegs das letzte Glied in dieser Reihe, er bedeutete mir mehr, ließ zum ersten Mal seit langer Zeit die Schmetterlinge in meinem Bauch wieder aufsteigen. Dass er in der Nacht zuvor die Situation nicht ausgenutzt und mich vernascht hatte, ließ mich hoffen, dass es ihm mit mir ähnlich erging.

Ich hatte mir gerade ein kleines Frühstück gemacht, als das Telefon klingelte. Selbstverständlich nahm ich nicht ab, das wäre mir dann doch etwas zu gewagt gewesen. Aber dann erkannte ich Jacquelines Stimme auf dem Anrufbeantworter.

»Pierre, bist du da? Bitte nimm ab. Es ist dringend. Verdammt, an dein Handy gehst du auch nicht. Meine Allergie … Ich … kann nicht mehr … sprechen … Es …«

Hastig nahm ich den Hörer ab.

»Jacqueline, hier ist Lea.«

Doch sie antwortete schon nicht mehr.

Ich sah den Wagen vor der Tür stehen, rannte nach draußen und fing Pierre ab, der gerade aus dem Haus der Petersens kam.

»Lauf schon mal vor«, sagte er. »Ich hole alles, was ich brauche, und komme gleich nach.«

Er schloss den Kofferraum seines Wagens auf, während ich losstürmte und quer durch Kaltenhusen zu Mikes und Jacquelines Haus eilte, wo ich Sturm klingelte. Meine dunkle Vorahnung, dass Jacqueline nicht öffnen würde, bestätigte sich. Vielleicht war ja die Terrassentür geöffnet … Als ich auf die andere

Seite des Hauses lief, geschah es wieder. Einer dieser Flashs stand mir plötzlich vor Augen, wie üblich schwarzweiß, diffus, rätselhaft. Ich sah Sabina genau dort stehen, wo ich mich gerade befand, mir mit bittendem, fast flehendem Blick zugewandt. Demnach war ich definitiv schon einmal auf diesem Gartenweg gewesen, und zwar zusammen mit meiner Schwester.

Ganz kurz hielt ich inne, lief jedoch sofort weiter. Zum Glück stand die Terrassentür tatsächlich offen. Jacqueline lag benommen, aber noch nicht bewusstlos auf dem Boden ihres Livingrooms, das Telefon neben sich.

Was sollte ich tun? Sie war nicht ansprechbar, reagierte kaum. Ich kannte mich mit Erster Hilfe überhaupt nicht aus und fürchtete, irgendetwas falsch zu machen. Immerhin war der Puls bei Jacqueline noch zu spüren, wenn auch sehr schwach.

Ich lief zur Haustür, um sie zu öffnen, und sah Pierre mit seinem Arztkoffer und einer Infusionsflasche auf mich zueilen. Er stürmte hinein und gab Jacqueline eine Spritze mit Adrenalin, um die heftige allergische Reaktion zu mildern.

»Such etwas Großes, das wir ihr unter die Beine schieben können«, bat er, und ich holte einen Lederhocker herbei. Pierre legte die Infusion an und drückte mir die Flasche in die Hand, woraufhin ich mich endlich nützlich fühlte. Eine zweite Spritze, die eine bestimmte antiallergene Wirkstoffkombination enthielt, schloss die Behandlung ab. Dann sah er mich an, lächelte mir beruhigend zu, und ich wusste, alles würde gut werden.

Nach einigen Minuten wachte Jacqueline auf, und nach

einer weiteren Viertelstunde war sie wieder voll bei sich. Wir halfen ihr aufs Sofa, die Krise war überstanden.

Pierre bat mich, bei ihr zu bleiben, bis er einen weiteren Arzt verständigt hatte, der die Nachbehandlung übernehmen sollte, da er noch einen anderen dringenden Termin hatte. Natürlich kam ich seiner Bitte nach. Wie ernst die Lage gewesen war, erfuhr ich erst, als ich ihn an der Haustür verabschiedete.

»Das war knapp«, sagte er. »Mehr als knapp. Aber sie hat es geschafft, jetzt kann nichts mehr passieren. Sag ihr bitte, dass sie auf keinen Fall etwas von dem anrühren soll, was sie vorhin gegessen oder getrunken hat. Am besten wäre, sie wirft alles weg.«

Er gab mir noch zwei, drei weitere Ratschläge und ließ mir zu meiner Beruhigung verschiedene Telefonnummern da.

»Wir sind ein gutes Team«, sagte er im Gehen, und ich fühlte mich ein bisschen wie eine Arztgattin.

Etwa eine halbe Stunde später war Jacqueline wieder ganz die Alte. Nichts erinnerte mehr daran, dass sie kurz vorher beinahe gestorben wäre. Wir redeten so gut wie nichts, bis sie völlig unvermittelt losschimpfte.

»Das war garantiert dieses kleine Monster.«

»Wie bitte? Welches Monster?«

»Jeremi.«

»Ich … verstehe nicht. Was soll er denn getan haben?«

»Er ist schuld. Der allergische Anfall, das war sein Werk.«

»Also bitte!«, rief ich nach einigen Sekunden, die ich brauchte, um die Behauptung in ihrer ganzen Tragweite zu erfassen. »Das ist doch lächerlich.«

»Ach, findest du?«, entgegnete sie beleidigt. »Wie erklärst du dir dann, dass ich heute noch gar nichts gegessen, sondern nur eine Tasse Tee getrunken habe. Nur wenig später habe ich dann die ersten Symptome gespürt. Der Junge hat mir Nüsse in den Tee gemischt, da genügen feinste Spuren. Wie sonst sollten Nüsse und Tee zusammenkommen?«

»Vielleicht in der Produktion, was weiß denn ich. Außerdem war Jeremi doch gar nicht im Haus.«

»Gestern habe ich keinen Tee getrunken. Mir ging's nicht so gut«, erklärte sie kleinlaut.

Ich erinnerte mich, dass Jacqueline den halben Tag und den ganzen Abend im Bett verbracht hatte. Demnach hätte Jeremi durchaus tun können, wessen ihn seine Stiefmutter beschuldigte, trotzdem schrieb ich Jacquelines Verdacht ihrer momentanen Verfassung zu. Meine Güte, wir redeten von einem Dreizehnjährigen!

Um die groteske Diskussion zu beenden, fragte ich: »Wieso hast du eigentlich kein Notfallset im Haus? Ich bin keine Expertin in diesen Dingen, aber ich habe gehört, dass es solche Sets gibt. Ist ja nicht so, dass du seit einer halben Ewigkeit keinen allergischen Anfall mehr hattest. Soviel ich weiß, liegt der letzte gerade mal vier Monate zurück.«

Jacqueline sah mich sekundenlang an, als hätte ich gerade eine Vorlesung in höherer Mathematik gehalten. Dann sagte sie: »Ja, du hast wohl recht. Das war sehr leichtsinnig von mir.«

Irgendwie hatte ich das Gefühl, dass sie nicht ganz bei der Sache war.

Ich seufzte: »Also gut, ich will mal in der Teedose nachsehen.«

Ein wenig widerwillig setzte ich meine Ankündigung in die

Tat um. Ich staunte nicht schlecht, als sich Jacquelines Vermutung bestätigte und ich winzige Nussstücke fand, die man nur dann bemerkte, wenn man danach suchte. Da die Teedose halb leer war, konnte kaum der Hersteller dafür verantwortlich sein, sonst hätte Jacqueline schon früher einen Anfall bekommen.

Fest stand, dass nur jemand, der Zugang zum Haus hatte, die Nussbröckchen ganz gezielt unter den Tee gemischt haben konnte, also Mike, Jeremi oder Margrethe.

»Ich muss mich entschuldigen«, sagte ich, als Jacqueline die Küche betrat. »Offenbar hast du einen Feind, der zu allem fähig ist. Unglaublich. Ich rufe jetzt die Polizei.«

»Nein!«, japste sie. »Tu das nicht.«

»Jacqueline, ich bitte dich. Wer auch immer das getan hat, muss …«

»Nein!«, sagte sie noch einmal. »Ich habe mir das genau überlegt.«

Blitzschnell riss sie mir die Dose aus der Hand, kippte den Inhalt in die Spüle und drehte den Wasserhahn auf.

»Kein Wort, zu niemandem«, befahl sie mir. »Ich regele das innerhalb der Familie.«

Obwohl ich mich anfangs gegen den Gedanken sträubte, ein Kind könnte eine solch mörderische Tat vollbringen, schien es mir letztendlich doch die plausibelste Erklärung zu sein, und zwar aus einem einzigen Grund: weil alles andere bedeutet hätte, dass jemand aus meinem engsten Umfeld ernsthafte Tötungsabsichten hatte. Dieser Gedanke war für mich kaum vorstellbar. Jeremi hatte ein Motiv, er konnte seine Stiefmutter nicht ausstehen, doch vermutlich hatte er sie nicht gezielt umbringen wollen, sondern war sich der Tragweite seiner Handlung nicht bewusst gewesen. Mit Sicherheit war es ihm bloß darum gegangen, ihr eins auszuwischen. Insofern war Jacquelines Ansatz richtig, die Dinge innerhalb der Familie zu klären. Ein leises Stimmchen in mir gab zwar zu bedenken, dass ich mir das alles nur schönredete, aber ich brachte es schnell wieder zum Verstummen.

Lieber widmete ich mich anderen Dingen. Vor die Wahl gestellt, mich um Jacquelines Familienangelegenheiten, das Ruinengrundstück oder um meine Ausstellung zu kümmern, benötigte ich exakt fünf Sekunden, um mich für Letzteres zu entscheiden. Immerhin hatte ich innerhalb von zwanzig Tagen eine Ausstellung auf die Beine zu stellen. Das war eine echte Herausforderung und würde mir jede Stunde abverlangen, die ich erübrigen konnte.

Ich fand immer schon, dass es auf der Nordhalbkugel im Allgemeinen und auf Poel im Speziellen keinen besseren Monat als den September gibt, um die Landschaft einzufangen. Manche Tage sind dann noch von der Wärme des Sommers erfüllt, die Weiden und Bäume sind herrlich grün, und die steinzeitlichen Teiche glitzern wie geschmolzenes Silber in der Sonne. Die Ernte ist eingebracht, das Land noch flacher als sonst. Der September ist eine Art Vakanz, von großer Reglosigkeit. Schöne letzte Tage. Nur kurz darauf spiegelt sich womöglich eine zerklüftete Wolkendecke in den Pfützen der Wege, und das Meer ist von bleierner Schwere. So kann es passieren, dass man auf

Poel an einem einzigen Tag ein ganzes Wetterjahr durchlebt, vom nebligen grauen Morgen in unheimlicher winterlicher Stille über einen Mittag unter einer Kuppel aus mediterranem Blau bis hin zu einem sentimental stimmenden bernsteinfarbenen Sonnenuntergang am Abend.

In den siebzehn Tagen, in denen ich meist allein, gelegentlich aber auch mit Pierre im Cabrio über die Insel fuhr, zeigte sich der September von seiner heiteren Seite. Nur die kühlen Böen erinnerten mich daran, dass sich der Herbst von Norden her unaufhaltsam näherte.

Im Internet hatte ich mir zahlreiche Fotos von Poel-Liebhabern angeschaut, die einen schönen Eindruck von der Insel vermittelten: der Hafen im Abendrot, der Leuchtturm, Sandstrände und schilfgesäumte Ufer und dergleichen. Zwangsläufig fragte ich mich, welche Fotos den Einheimischen ebenso wie den Touristen neue Einblicke geben und trotzdem den Charakter der Insel einfangen würden. Einfach nur zu wiederholen, was schon tausendmal geknipst wurde, wäre meinem Anspruch nicht gerecht geworden. Andererseits hätte es wenig Sinn ergeben, Bilder auszustellen, die Poel nicht gerecht geworden wären. Allem voran beschloss ich, ausschließlich Schwarzweißfotos zu machen, schließlich ging es nicht darum, eine Touristenbroschüre oder einen Kalender zu bestücken. Durch das Fehlen der Farben, so meine Hoffnung und Absicht, würde die volle Konzentration des Betrachters auf die wesentlichen Merkmale von Poel gelenkt: die Weite, die Stille, die Bescheidenheit und Klarheit, die geraden Linien des Horizonts, der Wege und Alleen.

Wenn Pierre mich begleitete, ließ er mich meine Arbeit tun,

ohne sich einzumischen. Oft streifte ich eine ganze Stunde umher, während er im Auto geduldig auf mich wartete, Bücher las oder auf dem Laptop Briefe an seine beiden Patenkinder schrieb. Ich fühlte mich rundherum wohl und im Gegensatz zu meiner allerersten Befürchtung in keiner Weise von ihm in meiner Arbeit behindert. Im Gegenteil, wenn ich mit gelungenen Aufnahmen zu ihm zurückkam, war ich froh, mein Glück mit ihm teilen zu können, etwas, das ich bei Carlos nie getan hatte. Mit jeder Stunde, die ich mit Pierre zusammen war, hatte ich das Gefühl, etwas mehr in ihn verliebt zu sein.

Obwohl ich meine Arbeit konzentriert verfolgte, ergaben sich immer wieder sehr intime Augenblicke, etwa wenn wir gemeinsam in einem schönen Restaurant mit Meerblick zu Mittag aßen oder für eine halbe Stunde mit aufgekrempelten Hosenbeinen am Ufer entlangwateten. Waren unsere ersten Küsse noch recht zaghaft, was vermutlich unserer gemeinsamen Kindheit geschuldet war, wurden sie häufiger und sinnlicher. Nur den letzten Schritt schoben wir noch vor uns her.

Es waren unbeschwerte, ausgefüllte Wochen, in denen ich außer Pierre kaum einem bekannten Gesicht begegnete. Alle zwei, drei Tage telefonierte ich mit Mike, um ihn über mein Vorankommen zu informieren, vermied aber einen Besuch in seinem Haus, und ein paarmal sah ich Margrethe von Weitem, ohne mich aber bemerkbar zu machen.

In solchen Momenten wurde mir bewusst, dass ich eine gewisse Distanz zwischen mir und die Freunde von früher legte, konnte mir jedoch nicht erklären, warum ich das tat. Vielleicht weil ich ganz auf Pierre fixiert war. Die alte Clique war kein Thema zwischen ihm und mir. Nur einmal kam ich auf jemanden aus Kaltenhusen zu sprechen, nämlich als ich Pierre fragte, ob Edith sich noch einmal zu der Warnung an mich geäußert hätte. Sie wisse schon wieder von gar nichts, antwortete er, und damit war dieses Thema für mich erledigt.

An einem Freitagabend passierte jedoch etwas, das mein über jene Tage aufgebautes Wohlbehagen blitzartig zerschlug.

Ich hatte inzwischen an die vierhundert professionelle, fein austarierte Fotos gemacht, von denen ich bei meiner Perfektion vermutlich allenfalls zwanzig Prozent würde verwenden können. Noch immer brauste ich daher im Cabrio über die vom Himmel überkuppelte Insel.

Kurz vor Sonnenuntergang fuhren Pierre und ich eine Tankstelle an. Zu meiner Überraschung wurde sie noch immer von Frida Scheunenwirth betrieben, seinerzeit eine Freundin von meinen Eltern, den Morgenroths und Edith Petersen. Während wir den altmodischen Tankstellenladen betraten, erzählte mir Pierre, dass Frida die Einzige außer dem Pastor sei, die regelmäßig Edith besuchte. Als Pierre mich vorstellte, schob sie mir als Erstes das Bonbonglas zu, genau wie vor dreißig Jahren, was ich total süß fand. Im Gegensatz zu Edith war die nur wenig jüngere Frida noch ziemlich rüstig, ein glücklicher Umstand, denn ihre vier Kinder lebten längst über ganz Deutschland verstreut. Mit den Füßen voran, so sagte sie mir, werde man sie aus ihrer Tankstelle heraustragen müssen, denn freiwillig gehe sie niemals. Das zehnminütige Intermezzo bei Frida rief mir die guten alten Tage in Erinnerung. Als ich wieder neben Pierre im Auto saß, hielt er mir eine Tüte mit Süßigkeiten unter die Nase.

»Für dich. Du hast neulich mal gesagt, du erinnerst dich nicht mehr, ob du Lakritze magst. In einer Minute weißt du mehr.«

Es waren solche kleinen Aufmerksamkeiten, die mich ganz verrückt nach Pierre werden ließen. Er vergaß nichts von dem, was ich ihm erzählt hatte. Das Licht der untergehenden Sonne schien ihm ins Gesicht, und ich dachte plötzlich: Das, Lea, ist deine Zukunft.

»Nun probier schon«, drängte er mich.

Ich fischte ein schwarzrosa Würfelchen aus der knallbunten Tüte, steckte es mir in den Mund und – spuckte es im hohen Bogen aus dem Wagen. Es landete zu Füßen eines Kunden, der völlig zu Recht ziemlich verdattert aus der Wäsche guckte.

Mir war das todpeinlich, Pierre dagegen brach in lautes Gelächter aus, das so ansteckend war, dass ich einstimmte. Bester Laune rollten wir zur Tankstellenausfahrt. Dann geschah es. Während Pierre auf eine Lücke wartete, um sich in den fließenden Verkehr einzufädeln, bog ein anderes Fahrzeug in die Tankstelle ein und fuhr direkt an mir, die ich noch immer lachte, vorbei. Auf dem Beifahrersitz saß – Julian, dem ich direkt in die blauen Augen blickte.

Pierre wollte soeben Gas geben, als ich rief: »Halt an! Bleib stehen!«

»Wieso? Hast du was vergessen?«

Ohne ihm zu antworten, sprang ich aus dem Cabrio und lief dem anderen Auto hinterher, das gerade vor einer Zapfsäule zum Stehen kam. Eine junge Frau stieg auf der Fahrerseite aus, das Fenster auf der Beifahrerseite war heruntergelassen. Ich war so außer mir, dass ich mich direkt davorstellte und in den Wagen starrte.

Der Mann auf dem Sitz war zwar blond und blauäugig, sah Julian jedoch überhaupt nicht ähnlich. Abgesehen davon war er viel zu jung, schließlich war Julian mit mir älter geworden. Zwar entschuldigte ich mich wortreich, trotzdem sahen sie mir hinterher wie einer Irren, und genauso fühlte ich mich auch.

Pierre stellte mir keine Fragen, wenngleich ich ihm anmerkte, dass er eine Ahnung hatte.

»Eine Verwechslung? Das passiert uns allen mal«, sagte er.

Der Abend und damit die gute Stimmung waren trotzdem gestört.

Am nächsten Tag traf ich mich mit Jacqueline zum Frühstück auf ihrer Terrasse. Sie bedauerte sehr, dass ich bisher so wenig Zeit für sie gehabt hatte.

»Meine einzige Freundin ist seit Juni auf Sylt, ohne sie ist es recht eintönig hier«, gestand sie. »Mike arbeitet sehr viel. Meist bin ich von acht Uhr morgens bis acht Uhr abends allein, und so viele Volkshochschulkurse gibt es gar nicht, dass sie meine Tage ausfüllen könnten. Gestern habe ich vor lauter Langeweile eine Torte gebacken.«

Das klang zunächst nicht nach einer zeitaufwändigen Abwechslung, aber als Jacqueline eine Minute später einen Servierwagen herbeirollte, verstand ich. Das dreistöckige Gebilde war einer Prinzenhochzeit würdig.

»Vielleicht kannst du jetzt den Grad meiner Verzweiflung ermessen«, sagte sie mit einem Lächeln, das von Galgenhumor zeugte. Nachdem sie sich wieder hingesetzt hatte, sagte sie: »Es geht mir momentan nicht so gut, Lea. Manchmal brauche ich … ziemlich starke Tabletten. Ohne die schaffe ich es nicht mehr.«

Zum Thema Abhängigkeit fiel mir nichts ein, außer die üblichen Sprüche, die man in solchen Situationen auf Lager hat: Das ist eine Sackgasse, du musst davon wegkommen, mach eine Therapie …

Jacqueline schien meine Hilflosigkeit zu spüren. »Aber nun bist du ja da. Lass uns über etwas anderes reden.«

Da Jacqueline mir gerade ein intimes Geständnis gemacht hatte, war ich bereit und willens, dasselbe zu tun, schließlich sind wir keinem Menschen gegenüber aufgeschlossener als demjenigen, der uns seine Geheimnisse offenbart hat.

»Neulich Nacht habe ich Julian gesehen, in Pierres Garten. Es war windig, und ich bin aufgewacht, weil ich glaubte, seine Stimme zu hören. Als ich zum Fenster gegangen bin, stand er da.«

Jacqueline sah mich mit großen Augen an. »Was meinst du mit ›stand er da‹?«

»Vermutlich hat er nicht wirklich dagestanden, aber ich habe ihn eine Sekunde lang gesehen. So wie dich jetzt. Auch wenn es unwahrscheinlich ist, hältst du es für möglich, dass Julian zurückgekehrt ist?«

»Für eine Sekunde? In einer windigen Nacht? Ein bisschen sehr theatralisch, findest du nicht? Wir spielen hier nicht die Poeler Version von *Phantom der Oper* nach, Lea.«

Ich stimmte ihr zu. Die Wahrscheinlichkeit, dass Julian nach dreiundzwanzig Jahren ausgerechnet zu diesem Zeitpunkt zurückkehrte, noch dazu heimlich, ging gegen null.

»Ich habe vor, meine Psychologin zu kontaktieren«, sagte ich.

»Ausgezeichnete Idee. Du hattest einen schweren Unfall. Wer weiß, was in deinem Kopf alles in Unordnung geraten ist.

Wenn ich nachts allein im Haus bin, höre ich es überall knacken, und ich schätze, in deinem Gehirn passiert gerade etwas Ähnliches. Es knackt hier und dort.«

Ich lächelte. Damit hatte Jacqueline die denkbar freundlichste Umschreibung für »du spinnst« gefunden.

Die Frage war allerdings, warum ausgerechnet Julian in meinem Kopf herumspuken sollte.

Und diese Flashs gab es ja auch noch. Im Unterschied zu den Situationen, in denen ich Julian zu sehen glaubte, erschienen die schlaglichtartigen »Fotos« vor meinem inneren Auge. Ich erkannte problemlos, dass sie nicht aus der Gegenwart stammten und in jenen Momenten nicht real abliefen, wohingegen mir Julians Stimme und Gesicht die Wirklichkeit vortäuschten. Meine Sinne glaubten tatsächlich, ihn zu sehen oder zu hören. Die »Fotos« dagegen blieben starr, wie eingefroren.

Mir fiel jenes schwarzweiße Standbild wieder ein, das ich bei meinem ersten Besuch in diesem Haus gesehen hatte: eine verzweifelte, weinende Jacqueline.

»Sag mal, Jacqueline, als ich im Mai auf Poel war, habe ich da … Gab es damals einen Vorfall, bei dem du in Tränen aufgelöst warst, und ich habe dich getröstet oder so was in der Art? Pierre hat mir von deinem allergischen Anfall erzählt. War das vielleicht der Moment, an den ich mich zu erinnern glaube?«

Sie sah mich einen Augenblick lang an wie jemand, dem ich auf den Fuß getreten war, doch gleich darauf war ihr nichts mehr anzumerken.

Tröstend ergriff sie meine Hand. »Ich glaube wirklich, dass du dringend mit deiner Ärztin sprechen solltest. Irgendwo habe ich gelesen, dass Paranoia genau so anfängt.«

»Hinterlassen Sie eine Nachricht nach dem Signalton«, ertönte die Stimme von Ina Bartholdy auf ihrem Anrufbeantworter, und ich folgte der Aufforderung mit der Bitte um Rückruf. In weiser Voraussicht hatte die Klinikpsychologin mir ihre Nummer mitgegeben, »falls irgendetwas sein sollte«, wie sie es formuliert hatte. Genau dieser Fall war eingetreten, wie ich fand.

Vier Monate zuvor

Von außen machte das Haus des alten Balthus nicht viel her: ein klobiges Gebäude, kleine Fenster, ein nicht mehr ganz neues Hoftor und daneben ein geradezu hässliches Wirtschaftsgebäude. Betrat man jedoch wie Sabina durch das Tor den Hof, verwandelte sich das schlichte Gemäuer in eine Art Gut. Der Boden war mit Basaltsteinen gepflastert, in mit Erde gefüllten Fässern wuchsen Iris, Narzissen und Margeriten, und die aus dem Süden frisch eingetroffenen Schwalben waren munter dabei, ihre Nester in allerlei Nischen zu bauen. In einer alten Pferdetränke plätscherte unaufhörlich ein Rinnsal. Die Eltern des streitbaren Nachbarn waren einst Bauern gewesen, und er selbst war es geblieben, auch wenn er schon lange keine Ackerflächen mehr bewirtschaftete. Ein bronzenes Schild mit Hammer und Sichel an einer Mauer wies darauf hin, dass er auch in anderer Hinsicht der Vergangenheit verhaftet war.

Trotz der starken sozialistischen Symbolik hätte der Hof etwas Beschauliches, Friedliches, ja Paradiesisches ausgestrahlt, wäre da nicht das grauenhafte Kreischen der Kreissäge gewesen.

Die Luft in dem Wirtschaftsgebäude war schwer vom Holzstaub, der einem fast den Atem nahm und auf der Haut juckte. Davon unberührt sägte der alte Balthus aus Brettern lange Pfähle, mit denen er zweifellos einen Zaun um »sein« Ruinengrundstück errichten wollte, was Harry zweifellos sabotieren würde. Sabina stellte sich vor, dass die beiden in der nächsten Zeit so ähnlich wie zwei Sisyphosse agieren würden. Der eine zimmerte tagsüber, was der andere nachts zerstörte, und keiner würde je mit seiner Arbeit fertig. Eine zwar kuriose, aber womöglich funktionierende Symbiose, in der sie sich gegenseitig eine Beschäftigung gaben und Lebenssinn stifteten.

Balthus war neben Edith der Einzige im Dorf aus der älteren Generation. Mikes Eltern lebten in einem Heim auf Usedom, die von Pierre in einer Finca auf Gran Canaria. Während Edith von ihrer Tochter betreut wurde, kümmerte sich um Rupert Balthus niemand. Kein Wunder, denn verglichen mit seiner Stacheligkeit waren Igel Kuscheltiere. Er war von jeher ein verstockter Griesgram, der lieber ein glühendes Stück Kohle verschluckt hätte, als zu jemandem ein nettes Wort zu sagen.

Damit der Alte sich nicht erschreckte und aus Versehen einen Finger absägte, näherte Sabina sich leise und wartete ab, bis die Kreissäge verstummte.

»Herr Balthus? Ich habe geklingelt, aber Sie haben es vermutlich nicht gehört.«

Er wandte sich um. Seine Augen waren wie finstere Gewitterwolken, glanzlos über fleischigen Augenringen. »Falsch vermutet, meine Dame. Da Sie bei mir geklingelt haben, bin ich davon ausgegangen, dass Sie zu mir wollten, und weil Sie zu mir wollten, wissen Sie, warum ich nicht geöffnet habe.«

Sabina grinste, unbeeindruckt von seiner Bissigkeit. »Ich bin durch das Hoftor gekommen, es stand einen Spaltbreit offen.«

»Wenn Ihre Autotür offen steht, habe ich dann auch das Recht, mich einfach ans Steuer zu setzen und davonzufahren? In Ihrem Beruf sollten Sie es besser wissen.«

Er hatte sich also über Sabina erkundigt, oder er hatte ihre Dienstmarke im Auto liegen sehen. Wie auch immer, gleichgültig schien sie ihm nicht zu sein.

»Ich habe schon lange keinen Besuch mehr bekommen«, fügte er hinzu, »und so soll es auch bleiben. Und jetzt gehen Sie, ich habe zu tun.«

Sabina bot an, ihm zur Hand zu gehen. Sie konnte ein wenig schreinern und hatte sogar mal ein Praktikum gemacht, zu einer Zeit, als Frauen diesen Beruf so oft ergriffen wie Männer den eines Sekretärs. Genau das hatte sie daran gereizt. Letzten Endes hatte die Aussicht auf eine abwechslungsreiche Tätigkeit bei der Polizei sie jedoch stärker gelockt.

»Dacht ich's mir doch«, erwiderte Balthus. »Ihr Kriminalbeamten kommt geradewegs aus den Vorabendserien vom ZDF. Halten Sie mich für blöd? Ich weiß genau, warum Sie hier sind. Also sparen Sie sich Ihr Geschleime. Ich will nichts mit Ihnen zu tun haben, mit Ihnen nicht und auch sonst mit keinem, verstanden? Sie gehören zu dieser Scheißwelt da draußen, und die hat hier drinnen nichts zu suchen.«

Von Harry hatte sie erfahren, dass Balthus auf seinem kleinen Hofgut seit Jahren völlig isoliert lebte. Lebensmittel ließ er sich liefern und ging nur noch aus dem Haus, um Schilder und Zäune rund um das Ruinengrundstück aufzustellen, und das auch erst seit Kurzem. Wie so viele andere Paranoiker hatte er sich so ein eigenes Land ohne Zutritt für andere geschaffen, wobei sein Zuhause nur der sichtbare Teil davon war und der andere in seinem Kopf existierte. Dass er einsam war, schien ihn nicht weiter zu stören, im Gegenteil, es gehörte zu seiner Logik. Dass er sich mit den anderen nicht auseinandersetzte, enthob ihn der Notwendigkeit, sich mit sich selbst auseinanderzusetzen. So wie manche Leute inbrünstig an Gott glaubten, hatte Balthus an eine sozialistische Zukunft geglaubt, bis eines Tages böse Menschen gekommen waren und Gott abgeschafft hatten.

Seit Sabina bei der Sitte arbeitete, saßen ihr fast jeden Tag Menschen mit schwerem Schicksal gegenüber. Tragödien, Lügen, Gemeinheiten, geplatzte Träume waren ihr nicht fremd. So etwas schulte den siebten Sinn, die Menschenkenntnis. Bei Balthus kam dazu, dass seine Abscheu vor der Welt im Laufe der Jahre nicht nur das Herz, sondern auch seine Gesichtszüge befallen hatte.

»Jetzt mal ehrlich, Herr Balthus. Ihnen geht es doch gar nicht um den Bau von Ferienhäusern. Nehmen Sie es mir nicht übel, aber sind Sie nicht Mitte achtzig? Wer wird denn in dem Alter noch Bauherr?«

Sabinas Vermutung war nicht rein instinktiv. Sie erinnerte sich noch lebhaft an den Dauerzwist zwischen Rupert Balthus und Edith Petersen, er als Chef der LPG und sie als aufmüpfiges Mitglied. Ansonsten die Gutmütigkeit in Person, kinderlieb und freundlich, mutierte Edith in der Nähe dieses Mannes zur Xanthippe, und die beiden hatten ihre Fehde nicht selten ausgesprochen wortstark und mitten auf der Dorfstraße ausgetragen. Ediths Beharrlichkeit war es zu verdanken, dass Balthus im Frühling 1990 als Leiter der LPG abgelöst wurde. Gut möglich, dass er sich auf diese Weise an seiner alten Widersacherin rächen wollte, indem er den Umweg über ihren Sohn nahm. Zweifellos würde Harry am meisten unter einem Abriss der Ruine leiden, und wenn Harry litt, dann litt auch Edith.

Wie sich zeigte, lag Sabina gar nicht so falsch, denn Emotionen spielten tatsächlich eine große Rolle, und dennoch lag sie daneben.

»Hören Sie zu, ich mache die Ruine platt, und wenn das die letzte Tat meines Lebens ist. An diesem unseligen Ort habe ich meine Tochter verloren, alles was ich hatte, dort ist sie zur ehrgeizigen, drogensüchtigen Nutte geworden. Für mich ist sie gestorben, und zwar schon vor dreiundzwanzig Jahren, als sie sich von mir abgewendet hat, um in diesem verruchten Hollywood zu leben.«

»Soweit ich weiß, ist sie zurückgekehrt und lebt gleich nebenan. Nicht viele Väter haben ihre Tochter zur Nachbarin.«

»Mike hat sie mir zweimal genommen, zuerst neunzehnhundertneunzig und dann noch mal, nach ihrer Rückkehr. Ich sage Ihnen mal was, meine Dame. Diese Jacqueline Soundso von nebenan kümmert mich in etwa so viel wie das indische Raumfahrtprogramm.«

Innerhalb von Balthus' simplem Gedankengebäude ergab seine Schlussfolgerung sogar Sinn. Die Freunde aus der Clique waren alle von ihrer gemeinsam verbrachten Kindheit geprägt, etwa indem sie sich gegenseitig angespornt hatten, Dinge zu tun, die sie sich normalerweise nicht getraut hätten, egal, ob sie nun auf hohen Mauern balanciert waren oder selbstbewusst gegenüber Nichtmitgliedern aufgetreten waren, so wie Lea gegenüber ihrer älteren Schwester. Die starke Verbundenheit untereinander hatte sie alle stärker, wagemutiger, neugieriger und experimentierfreudiger werden lassen, auch Jacqueline. Insofern hatte Balthus sogar recht.

Außerhalb seines schlichten Gedankengebäudes jedoch waren seine Behauptungen hanebüchener Unsinn. Jacqueline war schlicht ihren Weg gegangen. Sie hatte etwas ausprobiert und war gescheitert. Wenn die Sehnsucht einen aufs Meer hinauszieht und man nach einigen Jahren im Sturm kentert, dann sagen Leute wie Rupert Balthus hinterher über einen: »Wäre er doch bloß an Land geblieben.« Aber kann das Ufer für denjenigen, der sich nach dem Meer sehnt, wirklich ein lebenswerter Ort sein? Wäre er dort nicht auch zugrunde gegangen, nur langsamer, stiller und qualvoller?

Sabina wusste nichts über Jacquelines vermeintliche Drogensucht oder dass sie, wie ihr Vater sich ausgedrückt hatte, »eine Nutte geworden« wäre. Sie war ihrer inneren Stimme und nicht den Einflüsterungen ihrer Freunde gefolgt, als sie nach Kalifornien gegangen war. Damit hätte sie die Achtung und Unterstützung ihres Vaters verdient und nicht seine gehässige Schadenfreude.

»Sie können reden, so viel Sie wollen«, wetterte er. »Das Grundstück gehört mir, und ich kann damit machen, was ich will.« Er hatte sich bereits wieder der Säge zugewandt, als ihm noch etwas einfiel, das er unbedingt loswerden musste. »Übrigens sind Sie selbst schuld. Sie haben damals doch auch die Wiedervereinigung gefeiert, oder? Das haben Sie jetzt davon.

Davor hat es kaum Eigentumsstreitigkeiten gegeben, aus dem einfachen Grund, weil es damals kaum Eigentum gab.«

»Für jemanden, der an Eigentum uninteressiert ist, sind Sie ziemlich begierig darauf«, erwiderte Sabina.

»In einer Welt ohne Geld und Eigentum würde es mir nichts ausmachen, keines zu besitzen. Geld ist keine Atemluft. Keiner würde es brauchen, wenn alle anderen ebenfalls keines hätten. Sie haben aber nun mal welches. Ich folge bloß der Logik der Welt, die andere mir aufgezwungen haben.«

Sabina war kurz davor, ihm zu raten, nach Nordkorea auszuwandern, aber sie hätte sich damit ins eigene Fleisch geschnitten, war sie doch noch aus einem ganz anderen Grund hergekommen und auf eine Auskunft von Balthus angewiesen. Was das Grundstück anging, war alles besprochen. Der Alte würde nicht lockerlassen und nicht eher ruhen, bis der letzte Stein der Ruine abgetragen war, auch wenn er dadurch letztendlich nichts gewinnen würde. Zweierlei hatte er in seinem Leben geliebt, seine Tochter und seinen Staat. Beides war ihm genommen worden, das eine seiner Ansicht nach von Jacquelines Freunden, das andere von staatskritischen Nörglern und Revoluzzern wie Edith Petersen. Ihnen galt seine Rache.

Es war schon eine bittere Ironie, dass es Edith Petersen und ihren Kindern im vereinten Deutschland materiell schlechter ging als in jenem Staat, gegen den sie aufbegehrt hatte, und dass Balthus gut genug gestellt war, um Ferienhäuser bauen zu können. Er war mit dem Kapitalismus so vertraut wie ein Gewohnheitsverbrecher mit seiner Zelle.

»Ich bin nicht bloß wegen des Grundstücks hier«, wechselte Sabina abrupt das Thema.

»Sondern?«, fragte er und schickte sich an, die Kreissäge wieder in Betrieb zu nehmen.

»Wegen dem Verschwinden von Julian Morgenroth.«

Augenblicklich ließ der Alte von seinen Paneelen ab. »Sieh mal an, das hat aber lange gedauert. Ich habe den schwachköpfigen Dorfpolizisten schon damals zu Protokoll gegeben, dass da etwas nicht stimmt, und dreiundzwanzig Jahre später wird dieser Vorgang nun also bearbeitet. Kann es sein, dass Ihr System ein bisschen langsam ist?«

Sarkasmus hatte Sabina früh zu ertragen gelernt, anders wäre ein Zusammenleben im Hause Mahler gar nicht möglich gewesen. Leas zynische Spitzen hatten anfangs zwar geschmerzt, aber mit der Zeit hatte sich Hornhaut dagegen gebildet, die Sabina im Polizeidienst wertvolle Dienste geleistet hatte. Sie verlor niemals die Beherrschung, im Gegensatz zu manchen Kollegen, denen das Übel der Welt gelegentlich schwer zusetzte.

»Die Akte ist leider verloren gegangen«, log sie, um Balthus einen Punkt zu schenken, der ihn redseliger machen sollte.

»Das war ja klar«, höhnte er. »Schlendrian. Hat es früher nicht gegeben, so was. Aber heutzutage… Keine Disziplin mehr. Das Wichtigste in einem Staat sind die Akten.«

Dass er davon überzeugt war, glaubte Sabina ihm aufs Wort. »Um auf Julian Morgenroth zurückzukommen …«

»Ich habe ihn an dem bewussten Tag zur Ruine gehen sehen, und zwar zweimal, am Nachmittag und am Abend. Ich war mit Gagarin unterwegs.«

»Gagarin?«

»Mein Schäferhund. Um fünfzehn Uhr fünfzehn ist der

Knabe mit seiner Gitarre auf dem Rücken über die Felder spaziert, in Richtung der Ruine. Gagarin ist zu ihm hingelaufen und hat ihn beschnüffelt, der Junge hat ihn begrüßt und kurz mit ihm gespielt, bis ich den Hund zurückgepfiffen habe. Kurze Zeit später hab ich von der Ruine laute Stimmen gehört, als würde jemand streiten, und ein paar Minuten später kam der Junge zurückgelaufen. Gagarin ist wieder zu ihm hin, aber diesmal war der Knabe mit seinen Gedanken ganz woanders. Na ja, der hatte öfters solche Aussetzer, wenn man nur an die komischen Lieder denkt, die er immer geschrieben hat. Aber an dem Tag hat er irgendwie … unglücklich ausgesehen.«

Sabina nickte, um ihn zum Weiterreden zu animieren.

»Gegen zwanzig Uhr, ich war gerade zufällig am Wohnzimmerfenster, ist der Junge dann noch mal aus seinem Elternhaus gekommen und mit hängendem Kopf an meinem Fenster vorbei in Richtung Ruine geschlurft. Der war mindestens so fertig wie ich, aber ganz bestimmt nicht aus demselben Grund. Zurückgekommen ist er übrigens nicht, jedenfalls nicht bis es dunkel wurde, dafür lege ich meine Hand ins Feuer.«

Das war ein erstaunlich präziser Bericht, vor allem wenn man bedachte, dass das Ereignis fast ein Vierteljahrhundert zurücklag.

Offenbar bemerkte er das Erstaunen und die Skepsis in Sabinas Miene, denn unaufgefordert ergänzte er: »Ich kann mich deswegen so gut daran erinnern, weil an dem Tag der Staatsvertrag unterschrieben wurde, der die Auflösung der DDR besiegelt hat. Es war der letzte Augusttag, das werde ich nie vergessen.«

Sabina stellte sich vor, wie die Welt von Rupert Balthus an

einem Spätsommerabend zerbrach, wie er zornig und zugleich melancholisch am Fenster saß und auf ein Land blickte, das eben noch seines gewesen und im nächsten Moment ein fremdes war. Wie er auf Helmut Kohl, Michail Gorbatschow und den Großteil seiner Mitbürger schimpfte. Wie er verwelkte, so schnell, dass man ihm dabei hätte zusehen können. Stundenlang saß er am Fenster und starrte finster über die dämmernde Erde, auf das Dorf, in dem die anderen nun den Ton angaben, die jungen Leute mit ihren großen Wünschen an die Zukunft. Plötzlich sieht er einen von denjenigen, deren Traum soeben über den seinen gesiegt hatte, unverkennbar traurig an seinem Fenster vorbeilaufen. Dass eine solche Szene an einem derart speziellen Tag in Erinnerung blieb, war nicht ungewöhnlich. Auch Sabina wusste noch gut, was sie an jenem Abend gemacht hatte, als die Meldung von der Unterzeichnung des Staatsvertrages in den Nachrichten kam. Sie hatte in ihrem Zimmer laut Musik gehört, Nina Hagen, eine Platte nach der anderen. Dabei hatte sie beschlossen, in den Westen zu gehen und Polizistin zu werden.

»Haben Sie noch jemand anders gesehen?«, fragte sie.

»Durch mein Wohnzimmerfenster habe ich nur das Haus von den Morgenroths im Blick. Als es dunkel wurde, habe ich die Fensterläden zugemacht. Später habe ich Stimmen gehört. Frau Morgenroth hat mit jemandem gesprochen, ich glaube mit der Göre von den Petersens.«

»Mit Margrethe?«

»Ja, aber ich bin mir nicht sicher. Die Haustür ist noch ein paarmal auf- und zugegangen, sie hat schrecklich laut geknarrt, was mich sonst immer gestört hat, aber an dem Abend hat mich gar nichts mehr gestört. Ich habe mir eine Flasche Wodka aufgemacht. Deshalb haben mich die Dummköpfe von Polizisten am nächsten Tag auch nicht ernst genommen, als ich ihnen von dem Streit in der Ruine erzählt habe und dass der junge Morgenroth danach irgendwie komisch war. Sie haben meine Fahne gerochen, und damit hatte sich meine Aussage für sie erledigt. Außerdem …« Balthus zögerte, kniff die Lippen zusammen und schwieg.

Sabina wusste jedoch ohnehin, was als Nächstes gekommen wäre. Vom 31. August an war der Alte endgültig der Gestrige, der Gescheiterte, Abgeschriebene gewesen, und Menschen wie Miroslav Ammann orientierten sich ausschließlich am Kommenden. Seit 1990 war es mehr als leicht, Balthus öffentlich zu belächeln, und alle hatten es ausgiebig getan. Ammann und seine beiden Kollegen waren lediglich die Ersten gewesen.

»Wissen Sie sonst noch irgendetwas zu berichten, das Ihnen damals aufgefallen ist?«

Balthus sah Sabina ein paar Sekunden lang an. Als er antwortete, war seine Stimme frei von jener negativen Intonation, die ihm zur Natur geworden war. Offenbar war er es gewohnt, dass die Leute ihm entweder gar nicht oder nur widerwillig zuhörten. Nachfragen schienen sie ihm wohl nur selten zu stellen. Wann hatte er wohl zum letzten Mal eine normale Unterhaltung geführt?

»Nur dass Mike mittags mit seinem fabrikneuen Motorrad stundenlang durch Kaltenhusen gedüst ist und mit jedem seiner Freunde eine Runde gedreht hat.«

»Auch mit Julian?«

Er nickte. »Ja, sogar mit meiner Jacqueline. Nur Lea war

nicht dabei, Ihre Schwester. Die hatte sich ja seit Monaten nicht mehr blicken lassen.«

Sabina erinnerte sich nur ungern an jene mehrere Monate umfassende Phase ihres Lebens, nicht weil damals ihre Eltern gestorben waren, sondern wegen der daraus resultierenden Gefühle, für die sie sich bis zum heutigen Tag schämte. Denn in ihre tiefe Trauer um die beiden Menschen, die ihr am nächsten von allen gestanden hatten, hatte sich ein böses kleines Gefühl geschlichen, nämlich die Häme, dass die Katastrophe Lea weit härter getroffen hatte als Sabina. Gewiss, sie hatten alle beide Vater und Mutter verloren, Lea jedoch zusätzlich ihre größten Unterstützer, eifrigsten Bewunderer und das doppelte Netz. Zum ersten Mal in ihrem Leben war es Lea richtig schlecht gegangen, hatte sie mitten aus dem Herzen kommende Tränen geweint. Tränen, die Sabina als Kind über Jahre hinweg immer dann hatte heimlich weinen müssen, wenn man sie benachteiligt oder hintangestellt hatte, und die sie sich irgendwann verboten hatte.

So wurde der tragische Tod ihrer Eltern zugleich zu einem späten Sieg für Sabina. Lea wirkte schwach, orientierungslos und leicht verletzbar, wohingegen Sabina das Steuer übernahm und alles regelte, was geregelt werden musste. Anfangs bemerkte sie gar nicht, dass in ihrer Tatkraft auch ein gewisser Stolz mitschwang, die Dinge so gut zu bewältigen. Erst Monate später gestand sie sich ein, diese Zeit ein ganz klein wenig genossen zu haben.

»Sie haben vorhin und bei unserer gestrigen Begegnung Drogen erwähnt«, sagte Sabina. »Wen haben Sie damit gemeint? Nur Jacqueline?«

»Von meiner Tochter weiß ich es ganz sicher. Hab sie irgendwann dabei erwischt und windelweich geprügelt. Geholfen hat es nicht. Kurz darauf ist sie dann auf und davon.«

»Haben Sie eine Ahnung, woher sie die Drogen hatte?«

»Was glauben Sie wohl, wovon Mike Nickel das Motorrad bezahlt hat?«, spie Balthus die Frage förmlich aus. »Hab es aus Jacqueline herausgeprügelt. Aber wie gesagt, kurz darauf war sie weg, und beweisen kann ich es bis heute nicht.«

»Ich dachte, Mike hat damals Versicherungen verkauft und damit sein erstes Geld gemacht.«

»Das war später. Begonnen hat mein reicher Herr Schwiegersohn seine Karriere als Drogenhändler. Ich nehme mal an, dass dieses Wesen, das sich meine Tochter nennt, ihn nach ihrer Rückkehr aus Amerika mit ihrem Wissen erpresst hat. Hatte ja kaum noch Geld, nichts Gescheites gelernt und war sich zum Arbeiten zu schade. Erst wollte sie mich anpumpen, aber nicht mit mir. Meine Bedingungen haben ihr nicht gepasst, da hat sie sich wohl was anderes einfallen lassen.«

Sabina hatte eine ungefähre Vorstellung von diesen Bedingungen. Vom Glamour Hollywoods direkt in die sozialistische Enklave am Ende der Welt oder vereinfacht gesagt: totale Selbstaufgabe. Da hätte sie auch gleich in eine Sekte eintreten können. Ihr Urteil über Jacqueline fiel milder aus, als man es vielleicht von einer ehemaligen Drogenfahnderin erwarten durfte. Sabinas Meinung nach gehörte es zur Jugend dazu, risikofreudig, naiv, leichtherzig, ja sogar ein bisschen dumm zu sein. Jungen Menschen verzieh sie schnell, wofür sie Ältere verdammte, und jugendliche Besserwisser und Moralapostel fand sie grauenhaft. Außerdem wollten die jungen Leute damals so viel wie möglich ausprobieren, immerhin bot der Mauerfall tausend Chancen und neue Erfahrungen, von schnellen Autos und riskanten Unternehmensgründungen bis hin zum Tauchurlaub oder zur Auswanderung. Manchmal endete der Versuch problematisch, gelegentlich tragisch. Jacqueline hatte Drogen ausprobiert und in Hollywood bestimmt nicht damit aufgehört. Dort gehörte es fast zum guten Ton, irgendwas zu nehmen.

Was Mike anging, war Sabina wesentlich ungnädiger. Sollte die Anschuldigung des alten Mannes zutreffen, wäre Mike der Dealer, der Verführer gewesen, der andere in die Abhängigkeit getrieben hatte.

Weil Balthus ihr weitergeholfen hatte, verabschiedete sie sich höflich von ihm.

»Ich danke Ihnen für die Auskünfte«, sagte sie und wollte sich bereits abwenden, als er einen Schritt auf sie zuging.

»Es gehört sich wohl nicht, das zu sagen, aber ich habe Sie immer lieber gemocht als Ihre Schwester. Lea hatte in ihrer Jugend etwas … Falsches an sich, und das kann ich nicht leiden. Sie waren zwar öfter mal unverschämt, aber wenigstens ehrlich dabei und ganz Sie selbst. So etwas schätze ich.«

Wider Willen war Sabina von den Worten dieses verbohrten Betonkopfs, der seine Tochter nach eigenem Bekunden windelweich geprügelt hatte, zutiefst berührt. Kein anderer, der beide Schwestern kannte, hatte jemals der älteren, kantigeren den Vorzug gegeben.

Bevor Sabina wusste, wie sie darauf reagieren sollte, fügte er hinzu: »Es tut mir leid, dass ich Sie gestern verletzt habe.«

»War ja nicht mit Absicht.«

»Trotzdem.«

»Entschuldigung akzeptiert.«

Er reichte ihr die raue, an Arbeit gewöhnte Hand, und für eine Minute schien es, als wäre eine Verständigung zwischen ihnen möglich, die auch den Grundstücksstreit umfasste. Vielleicht war das Motiv des Alten, die Ruine abzureißen, wesentlich einfacher gelagert, als alle dachten. Wollte er sich mit dieser Aktion nur ein letztes Mal in Szene setzen? Wollte er, der seit Jahrzehnten vom ganzen Dorf Belächelte, dass den Menschen das Lachen verging?

September 2013

Am Tag vor der Ausstellungseröffnung erhielt ich den ersehnten Anruf von Ina Bartholdy. Ich saß gerade im Auto auf dem Weg nach Kirchdorf, wo ich im Gemeindehaus die Fotos in einer von mir festgelegten Anordnung aufhängen wollte. Unweit von Kaltenhusen hielt ich am Straßenrand an, stieg aus und schilderte der Psychologin die jüngsten Vorfälle in groben Zügen. Noch war die Insel in Nebel gehüllt, doch die Sonne blinzelte hier und da bereits hindurch. Es würde mal wieder ein schöner Tag werden.

»Ich hab gewusst, dass so etwas passieren kann«, schloss ich meinen Bericht. »Sie haben mir ja gesagt, dass das, was ich im Mai auf Poel erlebt habe, nur versteckt und nicht für allezeit verschüttet ist, dass es jederzeit hervordrängen könnte. Was die Shots betrifft, die mir immer wieder plötzlich vor Augen stehen – auch das kann ich nachvollziehen, obwohl ich nicht immer begreife, was sie mir sagen wollen. Eine weinende Jacqueline? Was hat das zu bedeuten? Aber gut, bitte sehr, lassen wir das mal so stehen. Julian dagegen … Als ich ihn gehört und gesehen habe, das war so was von real …«

»Lassen Sie uns das mal genauer ansehen«, sagte Ina Bartholdy, und allein ihre Stimme zu hören, tat mir gut.

Über Monate hinweg hatte sie mich betreut, hatte mir zugehört, mir stets sachlich und dennoch mitfühlend erklärt, was mit mir geschehen war und noch geschehen würde. Dass sie für mich zu einer Art schwesterlichen Freundin geworden war, verstand ich erst, als ich sie nach der langen Pause nun wieder sprach. Am liebsten wäre ich auf der Stelle zu ihr hingefahren.

»Was Julian angeht, gibt es zwei mögliche Erklärungen«, sagte sie. »Zum einen stehen die Orte und Begebenheiten im direkten Zusammenhang mit Ihrem Exfreund. Sie sagten, Sie beide hätten sich oft in der Klosterruine getroffen, in der Sie vor einigen Tagen seine Stimme gehört zu haben meinen.«

»Das ist wahr. Aber ich habe Julian meines Wissens nie in Pierres Garten stehen sehen, auch war er noch nie mit mir bei der Tankstelle.«

»Lea, Sie müssen verstehen, dass Ihnen das Unterbewusstsein keine Fotokopien des Erlebten ins Bewusstsein sendet, wenn es lebendige Bilder produziert. Vielmehr sind das vom tatsächlichen Geschehen abstrahierte Bilder. Gewissermaßen befinden Sie sich in einem Roman von Kafka.«

Ich lächelte. Ihre bildhaften Vergleiche hatten mir immer schon gefallen. »Kafka auf Poel, das fehlte noch«, sagte ich. »Fontane wäre mir lieber. Bei dem ist immer alles so schön vorhersehbar.«

»Leider trifft Ihr Gehirn die Literaturauswahl, Lea. Vielleicht haben Sie neulich Nacht von Julian geträumt, und als

Ihre noch immer hoch sensibilisierten Sinne darauf reagiert haben, meinten Sie, ihn im Garten zu sehen. Und was die Szene an der Tankstelle angeht, Sie sagten, die Tankstellenbetreiberin sei eine Freundin Ihrer Eltern gewesen. Gibt es ein Erlebnis, das eine besonders starke Verbindung zwischen Ihren Eltern und Julian beschreibt?«

Ich musste nicht lange nachdenken. Mein Blick schweifte über die neblige Einöde zu jenem schemenhaften Friedhof, auf dem das Erlebnis damals stattgefunden hatte.

»Auf der Beerdigung meiner Eltern bin ich Julian zum letzten Mal begegnet, und ich war ziemlich hässlich zu ihm.«

»Ich nehme an, die Betreiberin der Tankstelle war ebenfalls dort.«

»Ja.«

»Das wäre eine mögliche Verbindung. Vielleicht bedauern Sie Ihr damaliges Verhalten, sind jedoch der Möglichkeit beraubt, sich dafür zu entschuldigen. Ihr noch immer ein wenig labiles Gehirn kompensiert diese Diskrepanz, indem es Julian projiziert.«

»Na toll!«, seufzte ich, als wäre ich von der Leistung meines Gehirns enttäuscht, was nicht gänzlich falsch war. Ich hatte mich so gut wie immer im Griff, wie man so schön sagt, sah mich nicht gerne schwach und ließ mich niemals gehen. War ich früher krank und musste zu Hause bleiben, zog ich mir trotzdem normale Kleidung an, um nicht verlottert in einem alten, wenn auch gemütlichen Jogginganzug herumzulaufen. Auch zur Arbeit habe ich mich stets gezwungen, selbst wenn mein Körper sich lieber ausgeruht hätte. Auf meinen Verstand hatte ich mich immer verlassen können.

Aber diese Frau von damals war ich nicht mehr, und zwar unabhängig von meiner labilen mentalen Verfassung. Nicht nur meine Stimme, sondern mein ganzes Wesen war weicher geworden. Ich erlebte mich verwundbar, planlos und anlehnungsbedürftig, sehr viel milder als früher. Es mag seltsam sein, so etwas von sich selbst zu sagen, aber eigentlich mochte ich mich heute lieber als früher. Ich musste mich nur erst an die neue Lea gewöhnen.

»Ich schätze, ich kann nichts tun, um den Prozess aufzuhalten oder zu beschleunigen?«, fragte ich.

»Eine Rückkehr nach Argentinien oder eine längere Reise könnte ihn stoppen. Fern der Heimat erinnert Sie weit weniger an Ihre Jugend, die Orte und Freunde von damals. Etwas anders verhält es sich mit den ›Fotos‹, von denen Sie gesprochen haben. Ich glaube nicht, dass sie abstrakt sind, sondern eher Ereignisse von Ihrem Poel-Besuch im Mai spiegeln. Normalerweise kehren verlorengegangene Erinnerungen in Form von Sequenzen zurück, also kurzen Filmchen. Als Fotografin drückten sich Ihre Kreativität und Individualität jedoch maßgeblich über Momentaufnahmen aus. Vielleicht werden Sie noch eine ganze Weile solche Bilder sehen. Allerdings ist das keine Garantie, dass Ihre Erinnerung vollständig zurückkehren wird, Lea. Der Prozess ist unvorhersehbar. Möglicherweise kehrt die Erinnerung morgen zurück oder nie. Oder stückweise über viele Jahre hinweg.«

Was die Psychologin mir da offenbarte, beantwortete weniger Fragen, als dass es neue aufwarf. Welche Erinnerungen waren wichtig, welche belanglos? Hatte ich es mit einem Puzzle zu tun oder mit fantastischen Ausgeburten meines Gehirns?

Ich konnte mir selbst nicht mehr trauen. Das war eine erschütternde Erkenntnis, die nur schwer zu verstehen und noch schwerer zu verkraften war.

Aber … konnte ich anderen noch trauen? Diese Frage hatte ich vor einigen Tagen kurz zugelassen und dann sofort wieder weggeschoben. Nun stellte sie sich mit Macht erneut. Ediths mysteriöse Warnung und Harrys Antipathie gegen mich waren winzige Begebenheiten, die entweder gar nichts zu bedeuten hatten oder Bruchstücke von etwas Größerem waren. Falls es tatsächlich etwas Größeres gab, dann erschienen sogar Gefälligkeiten wie die von Mike ins Leben gerufene Fotoausstellung in einem anderen Licht. Versuchten sie mich auf Poel zu halten? Und wenn ja, wozu? Es sollte noch rätselhafter und verwirrender werden.

»Um noch einmal auf Julian zurückzukommen«, sagte Ina Bartholdy. »Wie ich zu Anfang unseres Gesprächs schon sagte, gibt es zwei Erklärungen dafür, dass Sie ihn zu sehen glauben. Über die eine Möglichkeit haben wir gesprochen, die andere ist, dass Julian bei Ihrem Poel-Besuch im Mai eine prominente Rolle gespielt hat.«

»Eine prominente Rolle? Wie meinen Sie das?«

»Nun ja, er könnte ein zentrales Thema gewesen sein. Vielleicht haben Sie etwas Wichtiges über ihn erfahren. Eventuell war er sogar der Anlass für Ihren Besuch.«

Ich dachte einen Moment darüber nach. »Nein, das kann nicht sein«, antwortete ich halb abwesend. »Ich bin auf die Insel gekommen, um zusammen mit meiner Schwester eine Grundstückssache zu klären.«

»Ach ja? Wissen Sie das ganz sicher, oder hat man es Ihnen nur gesagt?«

»Alles, was man vergessen hat, schreit im Traum um Hilfe«, hat der Schriftsteller Elias Canetti einmal behauptet. Dummerweise liegt es in der Natur des Vergessens, dass man nicht weiß, was man vergessen hat, weswegen die Hilfeschreie des Unterbewusstseins in einer fremden Sprache erfolgen. Man weiß zwar, dass etwas nicht stimmt, findet aber keinen Ausdruck dafür. Mir war nun wieder öfter danach, mich in die nächstbeste Maschine nach Argentinien zu setzen. Die Ausstellung auf Poel abzusagen, wäre die leichteste Übung gewesen, immerhin hatte ich schon mal London abgesagt!

Dass ich blieb, hatte drei Gründe, man könnte auch sagen, drei Namen.

Pierre: Ich hatte den Punkt überschritten, an dem ich ihn einfach so hätte verlassen können. Wir waren verliebt, und ich war entschlossen, diesmal nicht einfach alles wegzuwerfen wie damals bei Julian.

Sabina: Ich wollte in Erfahrung bringen, musste vielmehr hundertprozentig wissen, warum sie gestorben und was dem vorausgegangen war. Solange sie lebte, hatten wir uns gestritten, bekämpft oder ignoriert, zeitweise sogar gehasst. Welche Wünsche, welche Zukunftsträume hatte sie gehabt? Ich wusste es nicht. Worum konkret hatte sich unsere Feindschaft eigentlich gedreht?

Die Antwort darauf war entsetzlich. Es war im Grunde nie um die Sticheleien und anderen kleinen Boshaftigkeiten gegangen. Das Konkrete hatte sich verflüchtigt, es war nichts mehr davon übrig, geblieben war nur mein dummes Beharren darauf, das von den Eltern stärker geliebte Kind gewesen zu sein. Derselbe Stolz, der mich einst die Versöhnung mit Julian gekostet hatte, hatte mich auch die Versöhnung mit Sabina gekostet. Da ich ihr im Leben nie eine wirkliche Schwester gewesen war, wollte ich ihr nun wenigstens im Tod eine sein. Wenn es irgendetwas gab, das ich noch für sie tun konnte, dann dort weiterzumachen, wo sie aufgehört hatte, was immer es gewesen sein mochte. Hatten wir wirklich nur gemeinsam nach der Besitzurkunde für das Ruinengrundstück gesucht? Oder nach etwas anderem?

Julian: Er war der abstrakteste, am wenigsten fassbare Grund für mein Bleiben. Ich spürte, dass die Halluzinationen mir etwas sagen wollten. Gelegentlich verspürte ich den Wunsch, vor ihnen davonzulaufen, aber dann zog mich auch wieder etwas zu ihnen hin.

Es waren seltsame Tage. Die Vorbereitungen für die Vernissage lenkten mich ab, da sie mich voll in Anspruch nahmen, dennoch trug ich Pierre, Sabina und Julian die ganze Zeit über mit mir herum.

Wie es sich für einen fatalen, in einer Katastrophe mündenden Tag gehörte, begann er fröhlich. Ich deckte den Frühstückstisch besonders üppig, und als Pierre herunterkam, schenkte ich ihm Kaffee ein, als täte ich das zum tausendsten Mal für ihn.

Er begrüßte mich mit einem umwerfenden Lächeln, so als hätten wir in der Nacht umwerfenden Sex gehabt. Dabei hatten wir am Abend zuvor sogar fast gestritten, weil ich den Abend bei Mike und Jacqueline hatte verbringen wollen. Mike hatte mich anlässlich der bevorstehenden Vernissage und daher ohne Pierre zum Essen eingeladen, was mein Freund mit einer säuerlichen Miene quittiert hatte. Natürlich war ich trotzdem hingegangen.

Von der gestrigen Verstimmung war nichts mehr zu spüren. Kaum saßen wir uns gegenüber, gab er mir einen Briefumschlag.

»Was ist das?«

»Ein Kuvert.«

»Ach, was du nicht sagst«, entgegnete ich lächelnd. »Und was ist da drin?«

»Das, was das Kuvert umhüllen soll.«

Ich war selbst schuld, was fragte ich auch so dumm. Aber ich war leicht nervös wegen der am Nachmittag anstehenden Ausstellung. Und nun auch noch eine galante Überraschung! Aus dem Umschlag zog ich einen mehrseitigen bunten Ausdruck einer Reisebeschreibung: sechs Wochen Mauritius, Réunion, Seychellen, Madagaskar und Sri Lanka. Für zwei Personen.

Pierre legte seine Hand auf meine. »Bevor du antwortest, will ich dir etwas sagen, das mir seit Tagen im Kopf herumgeht. Ich habe mich in den vergangenen drei Wochen ziemlich zurückgehalten, was dich … was uns angeht. Vielleicht hast du dich gefragt, warum. Weißt du, Lea, ich schlafe nicht einfach so mit einer Frau, für die ich fühle, was ich für dich empfinde.«

»Pierre …«

»Nein, warte. Ich will dir erst sagen, was dich von allen anderen Frauen dieser Welt unterscheidet. Du bist für mich eine Mischung aus vertrauter und unbekannter Frau, aus dem Mädchen von einst und der Fremden, die vom Himmel gefallen ist. Als Teenager habe ich deinen Namen jeden Morgen beim Aufstehen und jeden Abend vor dem Einschlafen vor mich hin gemurmelt und gedacht: eines Tages, eines Tages … Dann bist du weggegangen und mit der Zeit zu etwas Unwirklichem geworden, zu einer Art Idol, das nie wirklich da und nie ganz weg war. In dem Moment, als ich dich wiedergesehen habe, war es um mich geschehen. Lea, ich liebe dich.«

»Mein Gott«, murmelte ich und jagte damit Pierre, nicht ganz ohne Absicht, einen gehörigen Schrecken ein. »Ich dachte, du hörst nie mehr auf zu reden. Wofür andere drei Wörter brauchen, brauchst du dreihundert. In dir steckt die wandernde Seele von Marcel Proust.«

Er schluckte. »Heißt das … Was heißt das jetzt?«

Ich kritzelte etwas auf die Reisebeschreibung, steckte sie zurück in den Umschlag und schob ihn zu Pierre hinüber.

Nachdem er ihn geöffnet hatte, sah er mich lange an. Ich hatte ein schlichtes Häkchen auf die letzte Seite der Beschreibung gemalt.

»So macht man eine Liebeserklärung«, sagte ich schmunzelnd, dann küssten wir uns über den Tisch hinweg.

Wie ein frisch vermähltes Paar saßen wir lächelnd beim Frühstück und warfen uns kokette Blicke zu. Ich war so aufgeregt, dass mir erst später auffiel, als ich mich in meinem Zimmer umzog, was in Pierres Wortschwall fast untergegangen wäre: Er hatte mich schon als Teenager geliebt.

Neunundneunzig Fragmente einer Heimat – das war der Name der Ausstellung, der groß über dem Eingang des Gemeindehauses prangte, flankiert von festlicher Beflaggung. Die Wappen wehten im frischen Ostseewind, es herrschte Kaiserwetter. Etwa einhundert Menschen waren zur Vernissage gekommen.

In einer viertelstündigen Ansprache ehrte man mich unter anderem als die »berühmte, an den Ursprung zurückgekehrte Tochter Poels«. Meine eigene Rede fiel wesentlich kürzer und schlichter aus. Da ich noch nie viel davon gehalten habe, meine Fotos – oder Fotos überhaupt – zu erklären, beschränkte ich mich auf einige Dankesworte an diejenigen, die mir die Ausstellung erst ermöglicht hatten, darunter natürlich auch Mike. Richtigerweise vermutete ich ihn hinter dem Aufwand, den man um die Ausstellung trieb. Nicht nur der Schriftzug über dem Eingang und die Flaggen gingen auf sein Konto, sondern auch der Cateringservice, der kostenlos Getränke ausschenkte, von Limo bis Champagner. Auch dass Margrethe und Harry gekommen waren, war ihm zu verdanken, wie mir Jacqueline berichtete. Er hatte für diesen Tag eigens einen Pfleger für Edith engagiert.

Dann wurden die Flügeltüren geöffnet. Über drei große Räume verteilt hingen an den Wänden und Stellwänden die neunundneunzig Fotos, die die Besucher nun gierig in Augenschein nahmen. Ich hielt mich dicht an Pierre und schritt mit ihm die Ausstellung ab. Seine Meinung war mir besonders wichtig. Ich hoffte, dass er meinen Stil mochte, meinen Blick nachvollziehen konnte. Leicht war das nicht, denn man konnte die Fotos beliebig interpretieren, als kritisch, provozierend, schön, originell oder nichtssagend.

Für letztere Variante entschied sich Margrethe. Sie konnte mit dem Schwarzweiß nichts anfangen, ebenso wenig mit den Motiven – »Wo sind denn die Sonnenuntergänge?« –, den Blickwinkeln, dem fehlenden dominanten Vordergrund und einigem mehr.

»Auf der Insel, die du da fotografiert hast, lebe ich nicht«, lautete ihr gnadenloses Resümee. Sie war ohnehin schlecht gelaunt, und ich vermutete, dass sie gar nicht hatte mitkommen wollen, Mike sie aber dann doch überredet hatte. Eine Stunde lang hielt sie sich an einem Saftglas fest, mit dem sie in einer ruhigen Ecke stand und mit kaum jemandem sprach.

Mit Harry war es nicht viel anders. Er richtete kein einziges Wort an mich und beachtete auch die Fotos kaum, da er die ganze Zeit über damit beschäftigt war, Mike aus dem Weg zu gehen.

»Wie im Kindergarten«, kommentierte Pierre sein Verhalten, und ich pflichtete ihm bei. Immer mal wieder ergriff er meine Hand, legte gelegentlich den Arm um meine Taille – alles Gesten, die einerseits an mich gerichtet waren und die gerne gehörte Botschaft seiner Liebe enthielten und die andererseits den anderen sagten, dass wir nun ein Paar waren. Als Hauptadressaten durfte ich getrost Mike annehmen. Vereinfacht gesagt, wollte Pierre damit ausdrücken, dass er bei künftigen Einladungen zum Abendessen von Mike berücksichtigt werden wollte. Ein bisschen Kindergarten also auch bei ihm.

»Großartig«, lobte mich Mike im Vorbeigehen. »Wahnsinn, Lea. Echt super.«

Nachdem er sich ein Stück entfernt hatte, flüsterte mir Pierre zu: »Du hättest hier auch Fotos von Klopapierrollen aufhängen können, und er hätte sie genauso super gefunden.«

Leider hatte er recht, denn Mike hielt sich überwiegend in der Nähe des Büfetts auf, von wo er ständigen Nachschub an Champagner bezog. Seine Ausflüge in die Welt meiner Fotos waren kurz.

»Da hängen gar keine Preisschilder dran«, beschwerte er sich nach einer Weile. »Kann man die Fotos denn nicht kaufen?«

»Du kannst alles kaufen«, warf Pierre gallig ein. »Jedenfalls lässt du, was das betrifft, nichts unversucht.«

»Wer bist du, ihr Pressesprecher? Kann ich bitte mal kurz mit Lea reden, ohne dass der Herr Landarzt sich einmischt?«, erwiderte Mike.

Um einem Streit zuvorzukommen, beantwortete ich die Frage. »Wenn ich nächstes Wochenende in Wismar ausstelle, werden Preisschilder angebracht.«

Damit gab Mike sich zufrieden und wandte sich wieder dem Büfett zu. Er war schon leicht angetrunken, vermutlich hatte er zu Hause bereits vorgeglüht. Jacqueline ließ ihn gewähren, mischte sich unter die Gäste, plauderte mal mit dieser und mal mit jenem, so als hätten sich alle ihretwegen versammelt.

Natürlich kamen auch auf mich Leute zu, wenn auch verhältnismäßig wenige. Meiner Erfahrung nach scheuen viele Menschen den unmittelbaren Kontakt zu Künstlern, als wären wir von einer anderen Kaste und man könnte nicht normal mit uns reden. Ohne Pierre an meiner Seite hätten sich bestimmt noch weniger Menschen mit mir, der Fremden, unterhalten. Den Arzt jedoch kannte jeder, und nach und nach trauten sich über ihn auch die Schüchternen an mich heran. Geduldig stand ich Rede und Antwort, so gut es ging, und nach einer Weile wurde es mir sogar fast zu viel.

Als sich die Räume zu leeren begannen, zog Pierre mich hinaus auf die Terrasse. Die Seevögel schwebten über uns in einem wahrlich grandiosen Himmel, die Luft war salzig und mild, meine Haare wehten im Westwind. Pierre küsste mich.

»Ich hätte es keine Sekunde länger ausgehalten«, sagte er. »Am liebsten würde ich der ganzen Welt zurufen, dass wir zusammen sind.«

»Du rufst es bereits der ganzen Welt zu«, scherzte ich. »Tristan hat sich weniger an Isolde geklammert als du dich an mich.«

»Entschuldige, es ist nur... Mike geht mir fürchterlich auf die Nerven.«

»Auch das ist unübersehbar. Was hast du vorhin damit gemeint, als du sagtest, er könne sich alles kaufen? Das war doch sicher nicht nur so dahingesagt.«

Er nickte. »Während der Reden habe ich von einem der Gäste erfahren, dass der Landkreis eine Bebauung oder sonstige Veränderung des Ruinengrundstücks untersagt hat. Damit ist es für den alten Balthus wertlos geworden. Falls er vor Gericht gehen sollte, würden sich die Verhandlungen ewig hinziehen.«

Mein Herz hüpfte vor Freude. Was für ein genialer Tag! Die guten Nachrichten nahmen kein Ende. »Aber das ist ja großartig!«, rief ich. »Genau das wollten wir doch erreichen!«

»Natürlich ist es großartig«, räumte Pierre widerwillig ein. »Mich freut es ja auch für dich, für Harry, für unseren Palast und für mich selbst. Aber es ist sonnenklar, dass Mike die Finger im Spiel hatte oder besser gesagt sein Portemonnaie. Er hat den Beschluss gekauft.«

»Selbst wenn, immerhin war es für einen guten Zweck.«

»Diesmal, ja. Er nimmt sich alles, was er will, lässt sämtliche Puppen nach seinem Gusto tanzen... Deine Fotoausstellung zum Beispiel. Ich gönne sie dir von Herzen, Lea, ganz ehrlich.

Trotzdem spielt Mike sich wieder mal als der große Gönner auf, und das passt mir nun mal nicht. Weißt du, dass er sogar mit Schwerin wegen einer Ausstellung in der Landeshauptstadt verhandelt?«

Nein, das war mir neu. Ich seufzte. »Und die ganze Eifersuchtsnummer nur, weil ich gestern seine Einladung zum Abendessen angenommen habe. Da ist *nichts* passiert. Das Aufregendste war, dass ich ihm und Jacqueline eine Übung im Qigong beigebracht habe, die ich in der Klinik gelernt habe. Dabei entspannt man sich und denkt an ein bestimmtes Körperorgan, dem man etwas Gutes wünscht.«

»Dann hat Mike vermutlich an seine Leber gedacht. Wenigstens würde ich ihm das raten.«

»He, nicht so sarkastisch. Außerdem fällt das unter deine Verschwiegenheitspflicht.«

»Theoretisch fällt es auch unter meine Verschwiegenheitspflicht, dass Mike zwei Arme und zwei Beine hat, und trotzdem ist das für jedermann offensichtlich.«

Er ging ein paar Schritte über die Terrasse und ließ den Blick über Kirchdorf und das nahe Meer schweifen, das die letzten Sonnenstrahlen des Tages widerspiegelte. Die Dunkelheit kroch von Osten heran.

»Ich möchte von hier weg«, sagte er.

»So früh schon?«

»Nein, ich meine von der Insel. Ich würde gerne woanders leben.« Er kam zu mir zurück und strich mir eine Strähne aus der Stirn. »In Buenos Aires vielleicht?«

»Du willst mit mir nach Argentinien gehen?«, sagte ich erstaunt.

»Nach Buenos Aires, Barcelona, Bangkok, Berlin, wohin du willst.«

»Aber du …« Ich wollte sagen, du kennst mich doch kaum. Im letzten Moment merkte ich, dass es nicht stimmte. Nach allem, was er mir gesagt hatte, kannte er mich ein ganzes Leben lang.

Ich hingegen kannte ihn eigentlich erst seit zwei Wochen.

»Und deine Praxis?«

»Ärzte können überall arbeiten, genau wie Fotografinnen.«

Mir fiel kein gewichtiges Gegenargument ein. Ich liebte Pierre. Noch hatten wir nicht miteinander geschlafen, und noch ein Jahr zuvor wäre es für mich undenkbar gewesen, mit jemandem, den ich nicht bis ins Intimste kannte, auch nur übers Zusammenziehen zu reden. Lag es am Alter, dass all das keine große Rolle mehr für mich spielte, oder an Pierre?

Wir küssten uns lange und innig, womit ich ihm gegenüber meine Zustimmung zu seinen Umzugsplänen ausdrücken wollte.

»Du hast mir noch gar nicht gesagt, was du von meinen Fotos hältst«, sagte ich und war auf seine Einschätzung gespannt. Ihm traute ich eine ausgewogene, tiefgehende und intelligente Kritik zu.

Er überlegte und wollte gerade zu einer Antwort anheben, als aus dem Gemeindehaus plötzlich aufgeregte Stimmen drangen. Bevor wir hineingehen konnten, streckte Jacqueline den Kopf zu uns heraus.

»Kommt schnell!«, rief sie hektisch. »Mein Vater ist dabei, mit einem Bagger den Palast abzureißen.«

Vier Monate zuvor

Strandspaziergänge waren eigentlich nicht Sabinas Ding. Sie bevorzugte Städtereisen oder ging zum Wandern oder Skifahren in die Berge. Kam sie um einen kurzen Badeurlaub mit Freunden nicht herum, schlug sie Seen wie den Lago Maggiore vor oder die mecklenburgische Seenplatte. Die Weite des Meeres löste üblicherweise eine seltsame Unruhe in ihr aus, und ein Psychoanalytiker hätte keine fünf Minuten gebraucht, um zu diagnostizieren, dass dies in ihrer problematischen Kindheit auf Poel begründet lag. Im Zweifel rührt ja sowieso alles von der Kindheit her.

An diesem Tag jedoch gab sie sich einen Ruck und ging zum Meer, was sie weniger Überwindung kostete als gedacht. Dreißig Stunden erst war es her, dass sie nach Poel gekommen war, und seither war sie unentwegt mit ihrer Vergangenheit konfrontiert worden. Vielleicht war es an der Zeit, einen Schlussstrich unter diese lange zurückliegenden Jahre zu ziehen. Nicht in dem Sinne, dass sie sie wie bisher verleugnete, sondern dass sie sie als unabänderliche Tatsache akzeptierte. Jene Jahre hatten sie stark gemacht. Wer weiß, wo sie wäre, wenn sie sich nicht schon so früh an anderen gerieben und abgegrenzt hätte? Abgesehen davon hatte es auch schöne Erlebnisse gegeben, als Lea noch sehr klein gewesen war, oder mit zwölf, als sie einen Schwimmwettbewerb für Jugendliche gewonnen hatte und in die stolzen Gesichter ihrer Eltern geblickt hatte. Nicht alles war schlecht gewesen, und wo stand überhaupt geschrieben, dass Menschen mit einer glücklichen Kindheit automatisch ein zufriedenes Leben führten?

Sabina hatte immer geglaubt, dass man sie auf Poel und speziell in Kaltenhusen nicht sonderlich mochte, deshalb hatte sie schon damals beschlossen, die Heimat nicht zu mögen. Nun stellte sich heraus, dass sie sich recht gut mit Harry und Margrethe verstand, dass selbst der alte Balthus sie respektabel fand und Julian ihr einst einen Song gewidmet hatte. Sie zog die Schuhe aus. Der Boden unter ihren bloßen Füßen, der kalte, feuchte Sand zwischen ihren Zehen fühlte sich ungemein ursprünglich an. Wo sonst ging man noch barfuß auf unberührter Erde? Der Strand war nicht nur für alle da, sondern auch ein Ort der Zeitlosigkeit. Im warmen Sand lösten sich so gut wie alle Konventionen auf. Man war nackt oder fast nackt, Manieren waren unwichtig, man lag zwischen urzeitlichen Felsen unter Möwen und gefiel sich für ein paar Stunden darin, ein Vormensch zu sein, ledig aller Bürden der Zivilisation, entflohen der Arbeit, den heimischen Verpflichtungen, dem Zwang, Geld verdienen zu müssen, den Nachrichten und im Idealfall ganz sich selbst überlassen. Handy, Laptop und MP3-Player hatten dem Strand zwar ein wenig von seiner wohltuenden

Wirkung genommen, aber auf Poel, noch dazu an einem kühlen, dunstigen Mainachmittag, saugte die Grenzlinie zwischen Erde und Wasser noch die Kraftfelder jener beiden Elemente auf und gab sie an alle ab, die darauf balancierten.

Viele waren es derzeit nicht, das Wetter war einfach zu unbeständig, der kleine Kaltenhusener Strand war schlecht erreichbar und nur Insidern vertraut. Sabina war nahezu allein, bis auf ein älteres Paar mit zwei Hunden, eine Joggerin und eine sich harmlos vergnügende Clique. Die Jugendlichen waren ungefähr im gleichen Alter wie Lea und ihre Freunde, als deren Clique sich langsam aufgelöst und Mike mit Drogen gehandelt hatte.

Hatte Lea davon gewusst? Sabina war die Letzte, die ihre Schwester in Schutz genommen hätte, aber Drogenkonsum traute sie der Jüngeren schlicht nicht zu. Leas Rauschmittel waren Bücher und Lieder gewesen, gefühlvolle Augenblicke, auch die Fotografie, die sie gerade für sich entdeckte. Und natürlich sie selbst, ihr gutes Aussehen und ihr Image als Prinzessin. Ihre Schwester war sehr von sich überzeugt gewesen, weshalb der durch irgendwelche Substanzen hervorgerufene künstliche Kick nicht zu ihr passte.

Ähnliches galt für Julian. Er war viel zu idealistisch, um sich auf kriminelle Machenschaften oder Abhängigkeiten einzulassen. Mike hingegen war genau der Typ für solche krummen Geschäfte gewesen: mit Geld angeben, einen auf dicke Hose machen, ein kleiner Gott sein, dem von denjenigen, die ihn brauchen, Opfer dargebracht werden – all das war genau seine Kragenweite. Hatte Jacqueline ihn vor zehn Jahren wirklich mit ihrem Wissen um seine Vergangenheit erpresst? Strafrechtlich gesehen waren die Delikte bereits verjährt gewesen. Sicherlich hätte es seinem Ruf geschadet, wenn Jacqueline herumerzählt hätte, was er damals getan hatte. Aber deshalb die Frau verlassen, die man liebt, samt kleinem Sohn? Sabina erschien das unverhältnismäßig und daher nur schwer vorstellbar.

Was, wenn Jacqueline noch um ein anderes, viel größeres Geheimnis wusste?

Fast wäre Sabina an der Klosterruine vorbeigelaufen. Vom Strand aus war sie hinter den grasbewachsenen Dünen, den Kiefern und Rotbuchen so gut wie nicht zu sehen, und wenn man sich ihr näherte, nahm man zunächst nur das höchste Mauerstück wahr. Ging ein Raunen durch die Zweige der Bäume, so wie an diesem Tag, und war die Luft diesig von Nebel und Gischt, hatte es den Anschein, als wollte die Ruine sich mit Hilfe der Elemente vor den Menschen verbergen. Die Uferschwalben, die in den zahlreichen Mauerlöchern ihre Nester bauten, kamen dagegen in ganzen Scharen. Von der Landseite waren sie nicht zu sehen, aber wenn man sich vom Strand her näherte, tanzten die kleinen Vögel zu Dutzenden über den Dünen, ein Bild der Lebensfreude und Lebensfülle.

Seltsam, früher hatte sie dergleichen nicht wahrgenommen. Poel war einfach nur ein öder Ort gewesen, provinziell, verschlafen, die Natur nichtssagend, die Menschen beschränkt und langweilig, selbst die Gleichaltrigen hinterwäldlerisch. Siebenundvierzig Jahre hatte es gebraucht, dazu einen trickreichen Altenpfleger und einen Kriminalfall, der vielleicht gar keiner war, um Sabina die Insel in einem günstigen Licht betrachten zu lassen. So wie Augen sich erst an die Dunkelheit gewöhnen müssen, um sich darin zurechtzufinden, hatte Sabina sich an all das Grün und an die schier endlose Weite anpassen müssen, um sich Poel anzunähern.

Eingebettet in das Gezwitscher und das Rauschen des Windes vernahm sie eine menschliche Stimme, dünn zunächst, fast unhörbar, doch mit jedem Schritt in Richtung der Ruine deutlicher und klarer. Für sie glich diese Stimme einem Sirenengesang, der sie anlockte. Es dauerte nicht lange, bis sie den Sprecher erahnte.

Ein Blick durch eines der Spitzbogenfenster ins Innere des verfallenen Klosters bestätigte ihren Verdacht. Harry stand in einem der Höfe und schrie eine Mauer an, ungefähr fünf Meter von ihm entfernt. Sabina konnte ihn nur von der Seite sehen.

»V-verdammt, Mike, die Arbeit war mir irgendwann z-zuwider. Ich habe sie einfach nicht mehr ert-tragen.«

»...«

»Ja, ich g-gebe es zu. Ich war neidisch auf d-dich, und gleichzeitig habe ich die Art und Weise verabscheut, wie du deinen Erfolg z-zustande gebracht hast. Ich wollte sein wie du und zugleich n-niemals wie du werden. Noch Jahre danach habe ich ha-halbherzig versucht, dir nachzueifern, auch nachdem ich schon mit dir gebrochen hatte. Was glaubst du, wieso ich so viele K-konsumkredite aufgenommen habe?«

»...«

»Oh n-nein, nein, das ist vorbei, inzw-wischen habe ich dich überwältigt, abgetötet. Nur manchmal noch... A-aber das zählt nicht. Du bist für mich erledigt, und w-weil du das weißt, demütigst du mich, wo du nur k-kannst.«

»...«

»Das hier war mal unser P-palast, die Mitte unserer Freundschaft. Aber du hast jedes Recht darauf verwirkt, deinen F-fuß auf diesen B-boden zu setzen. Verschwinde! Hörst du, du sollst v-verschwinden!«

»...«

Harry hatte Tränen in den Augen, während er auf die Mauer starrte, vor der ein Geist stand, den nur er wahrnahm und mit dem nur er im Streit lag. Einen nach dem anderen schleuderte er dem Geist seine Schuhe entgegen.

Sie knallten an die Mauer. Dann wurde es still.

Harry fiel auf die Knie und weinte, er weinte bitterlich wie ein völlig verzweifeltes Kind.

Sabina dachte einen Moment lang daran, sich lautlos zurückzuziehen. In die Nacht, den Wahnsinn eines Menschen einzutreten war äußerst heikel. Wie würde er reagieren? Mit Scham oder mit Zorn?

Aber dann fiel ihr ein, wie oft sie sich als Kind gewünscht hätte, dass jemand zu ihr gekommen wäre, dem sie alles hätte erklären können, was ihren Eltern und den Klassenkameraden unverständlich blieb. Wieso sie so ablehnend war zum Beispiel, warum sie so grässliche Sachen trug, einen Schlapphut aufsetzte, in dem sie unmöglich aussah, alles Weibliche und Weiche ablehnte, Poel hasste, das Essen ihrer Mutter hasste, den Fischkutter ihres Vaters hasste, Leas Musik und ihre Bücher hasste. Ein solcher Zuhörer war jedoch nie gekommen. Sabina hatte schlicht als schwierig gegolten, als Außenseiterin, Eigenbrötlerin, einige hatten sie sogar für verrückt gehalten.

So wie Harry heute als verrückt galt. Gewiss, er war kein Kind mehr. Aber er hatte nichts als seine Kindheit im Kopf. Und keiner hörte ihm zu.

Sabina räusperte sich, doch er hörte sie nicht. Daher sagte sie: »Harry.«

Er hob den Kopf. Ein paar Sekunden lang sahen sie einander an, ohne dass etwas passierte. Schließlich stand Harry auf und ging auf sie zu. Durch den Sims des Spitzbogenfensters getrennt, standen sie sich gegenüber. In Windeseile ging Sabina alle möglichen Erwiderungen auf alle möglichen Vorwürfe durch. Warum belauschst du mich? Was hast du hier zu suchen? Wieso spionierst du mir nach? Aber er fing einfach an zu erzählen.

»M-mike hat mich damals zu den Versicherungen und anderen Vermögensanlagen überredet. Ich höre ihn noch heute schw-wärmen. ›Wir brauchen bloß einen schicken Anzug, das Verkaufstraining bekommen wir vom Konzern, für den wir a-arbeiten und der uns fette Provisionen zahlen wird. W-wahnsinn, was? Um Autos verkaufen zu dürfen, muss man jahrelang in die Lehre g-gehen, aber Vermögensanlagen kann man nach einem Schnellkurs verhökern. Geldanlagen gehen weg wie geschnitten Brot, du klingelst irgendwo, fast jeder lässt dich r-rein, und so gut wie alle schließen sie einen Vertrag ab.‹ Ich hab ihm gesagt, dass ich eigentlich F-fischer werden will wie mein Vater und sein Vater und dessen Vater, aber er hat bloß abgewinkt.«

Harry seufzte und stützte die Ellenbogen auf.

»›Vom F-fischen wird man nicht reich‹, hat Mike zu mir gesagt. ›Du und M-Margrethe, ihr habt doch noch nicht mal genug Geld, um eurer Mutter zum Geburtstag die Tiefkühltruhe zu sch-schenken, die sie sich wünscht. Was hilft es, wenn man sich theoretisch alles kaufen könnte, es praktisch aber nicht m-machbar ist? Dafür ist die Sch-scheißmauer nicht gefallen.

Sie ist gefallen, damit wir endlich gutes Geld verdienen und unsere W-wünsche erfüllen. Mach mit, Harry.‹ Alles Wichtige hatten wir bisher immer g-gemeinsam getan, alle Sorgen geteilt, alle Hoffnungen, Wünsche ... Vor allem die Wünsche sind in den Monaten nach dem M-mauerfall immer wichtiger geworden. Mit einem Mal schien a-alles Mögliche möglich. Mehr noch, es schien wahrscheinlich. Auch Bes-sitz und Vermögen. Also hab ich ja gesagt. Ab da sind wir dann zu den Leichtgläubigen aufgebrochen, um ihnen das Rüstzeug fürs E-eldorado zu verkaufen. Von neunzig bis Mitte einundneunzig haben die Ossis fast alles genommen, w-was man ihnen unter die Nase gehalten hat: Aktienfonds, Lebensversicherungen und Bausparverträge, hohe monatliche Beitragszahlungen. Ihnen war nicht klar, dass das Geld, das sie eines Tages bekommen würden, zum größten Teil von ihnen selbst stammte. Sie r-rechneten die Sache nicht durch, übernahmen sich. Sie dachten, sie müssten nur mit der Schaufel den K-kies aus dem Bach holen und das Gold aussieben. M-mir drehte sich an den zahllosen Küchentischen, an denen ich s-saß, schier der Magen um, und irgendwann fing ich an, sie darauf aufmerksam zu machen, dass sie ihre Hoffnungen nicht in den H-himmel wachsen lassen sollten. Ich rechnete ihnen die Realität vor, sie wurden ärgerlich und warfen mir vor, sie veruns-sichern zu wollen. ›Das stimmt‹, antwortete ich, ›schlafen Sie lieber noch m-mal drüber.‹ Genau das taten sie und schlossen anderntags bei einer anderen G-gesellschaft ab, die ihnen zwar auch nicht mehr b-bot, dafür aber Leute beschäftigte, die den Menschen erzählten, was sie hören wollten. Nach einem Jahr war ich fix und fertig und verdiente so gut wie nichts mehr.«

»Ehrlichkeit wird von jeher schlechter bezahlt als die Lüge.«

Harry nickte eifrig. »Das kannst du l-laut sagen. Mike hat die große K-kohle gemacht und mich abgehängt. Zum ersten Mal war er in einem Revier, in das ich ihm nicht folgen konnte, dem der Erfolgreichen, der Überf-flieger. Irgendwie … irgendwie wollte ich ihm auch gar nicht folgen, war aber zu feige, es ihm zu sagen. Er war mein b-bester Freund, zu der Zeit sogar mein einziger. Ich versuchte, mit ihm Schritt zu halten, indem ich mir Dinge l-leistete, die ich mir gar nicht leisten konnte. So bin ich nach und nach zu einem von denen geworden, die ich z-zuvor über den Tisch gezogen hatte, nur dass ich mich selbst ausget-trickst habe. Erst als ich eine Weile von M-mike getrennt war, durch meinen Zivildienst in Thüringen, habe ich langsam ein bisschen k-klarer gesehen.«

Harry schwieg kurz, so als habe er den Namen eines Verstorbenen in den Mund genommen. Tatsächlich war die Freundschaft zu Mike damals dahingesiecht und schließlich zu Grabe getragen worden, das Wichtigste in seinem Leben.

»Damals hast du dir also geschworen, nie wie Mike zu werden, immer gegen ihn zu sein«, ergänzte Sabina. »Gerade deswegen bist du aber nie von ihm weggekommen.«

Er dachte einen Moment lang nach, dann sagte er: »Die meisten M-menschen glauben, dass man nur nach etwas süchtig werden kann, das man zumindest irgendwann mal g-genossen, das einem irgendwas gegeben hat. Aber man kann auch süchtig nach Feindschaft werden, nach Kampf und Streit und …« Er ging noch einmal in sich. »Wenn ich ehrlich bin, habe ich nichts a-anderes.«

»Was ist mit deinen Kindern? Margrethe hat erwähnt, dass du zweimal verheiratet warst und aus jeder Ehe ein Kind hast.«

»Mein elfjähriger S-sohn hält mich für eine L-lusche, meine fünfzehnjährige Tochter erzählt in der Schule herum, d-dass ich sie a-adoptiert hätte, so sehr schämt sie sich für m-mich. Ich mache es allen leicht und dränge mich nicht auf. Vielleicht haben sie r-recht. Vielleicht bin ich wirklich eine L-lusche. Was meinst du?«

»Ich halte dich nicht für eine Lusche.«

»Und für v-verrückt?«

»Weil es dich immer wieder hierherzieht?«

»Und weil ich mit Hirngespinsten rede. Alle denken, ich wäre verrückt, Pierre, M-Margrethe, die ganze Welt …«

»Du siehst von Zeit zu Zeit Gespenster? Was soll's? Es gibt Schlimmeres. In manchen Kulturen würde man vor dir dafür sogar heute noch auf die Knie fallen. Alles eine Frage der Perspektive.«

»Du meinst das e-ernst?«

»Ich habe schon mal eine Stunde lang mit meinen toten Eltern geredet, ihnen Vorwürfe gemacht und Fragen gestellt, dabei glaube ich nicht an ein Leben nach dem Tod. Mindestens genauso verrückt, oder? Wer sagt überhaupt, dass deine Halluzinationen ein Problem sind und nicht ein Ventil oder sogar die Therapie, hm?«

Er lächelte und blickte verlegen, fast ein wenig knabenhaft zu Boden.

»Trotzdem«, fügte sie hinzu. »Du solltest dein Leben ein bisschen reicher machen, dich nicht nur darauf konzentrieren, auch anderes wahrnehmen. Immer nur Feindschaften und leblose Gegenstände zu pflegen, macht auf die Dauer einsam und ungesellig.«

Der Vorschlag schien Harry zu gefallen, denn er nickte eifrig und lehnte sich mit den Armen vertraulich über den spätgotischen Fenstersims. »Du bist toll«, sagte er, ergriff ihre Hand und lächelte dabei in einer Weise, die bei Sabina schlimme Befürchtungen weckte. Er verliebte sich doch nicht etwa gerade in sie? Für Harry empfand sie großes Verständnis, so wie für alle Underdogs und einsamen Wölfe, und sie konnte sich gut vorstellen, mit ihm in Kontakt zu bleiben, ab und an ein Bier mit ihm trinken zu gehen. Mehr aber auch nicht.

Glücklicherweise lösten sich ihre Bedenken sogleich in nichts auf.

»Du bist echt ein prima Kumpel, Hi-hinkebein. So wie du hat schon lange keiner mehr mit mir g-gesprochen. Eigentlich seit Mike. Wenn wir Freunde werden könnten, fände ich das k-k-klasse. Außerdem wär's ein super Anfang für die andere W-wahrnehmung, die du mir empfohlen hast.«

»Wird gemacht, St-stammler«, erwiderte Sabina, und nachdem sie wie ein Mann eingeschlagen hatte, war die Kameradschaft beschlossen.

Dennoch war sie weder blind noch blöd. Harry war 1990, in jenem Jahr, in dem Mike vermutlich mit dem Dealen begonnen hatte, noch sein bester Freund gewesen und dürfte daher von dem Drogenhandel gewusst, ihn eventuell sogar mit betrieben haben. In diesem Fall war es nicht ratsam, wie die Katze um den heißen Brei herumzuschleichen, sondern den Verdächtigen direkt mit der Tat zu konfrontieren.

»Ich war vorhin beim alten Balthus«, sagte sie beiläufig.

»Noch gibt es Hoffnung, dass er seinen Plan von der Bebauung aufgibt. Wir sind ins Plaudern gekommen, und ich habe dabei einiges erfahren. Unter anderem hat er mir erzählt, dass Mike mal mit Drogen gehandelt hat. Du dann sicherlich mit ihm zusammen, oder?«

Harry war wie beabsichtigt von der Frage völlig überrumpelt. »W-was? Aber das … d-das ist …«

»Eine Ewigkeit her, ja klar, und deswegen auch längst verjährt. Keine Sorge, ich sag das nicht, um dir ans Bein zu pinkeln. Ich bin zwar Polizistin, aber auch ich hab schon mal beim Autofahren telefoniert, mit dem Dienstwagen Privatfahrten gemacht, ohne sie anzugeben, oder den aus England eingeführten Gin am Flughafen nicht verzollt.«

Sabina hielt sich an Regel Nummer fünf bei Verhören. Indem sie den Drogenhandel mit verhältnismäßig kleinen Vergehen auf eine Stufe stellte, nahm sie dem Delikt die Schärfe und machte es ihrem Gegenüber leichter, zu seiner Tat zu stehen.

»Mir kannst du es ruhig sagen. Wir sind doch Freunde, schon vergessen? Mike hat dich zum Mitmachen überredet, wie damals bei der Anlageberatung.«

»Hm, weißt du … Ja, sch-schon. Aber daran denke ich schon g-gar nicht mehr.«

Jackpot. Alles auf Zahl gesetzt und gewonnen. Die meisten anderen hätte sie mit dem kleinen Trick nicht zum Reden bekommen, jedenfalls nicht nur damit. Allerdings spielten Sabina einige günstige Umstände in die Hände. Harry, der sich seit Jahren nach Freundschaft sehnte, hatte Sabina gerade als Freundin gewonnen. Außerdem hatte sie ihn mit diesem Thema auf dem falschen Fuß erwischt. Nicht zuletzt war der

Drogenhandel tatsächlich schon sehr lange her, und Sabina wusste aus Erfahrung, dass Täter im Laufe der Zeit ein immer verschwommeneres Verhältnis zu ihrem Vergehen bekommen, so als würde es sich langsam auflösen wie eine Tablette im Wasser. Das ging so weit, dass manche Mörder vierzig Jahre nach ihrem Verbrechen ihren Enkeln davon erzählten, als handele es sich um eine Abenteuergeschichte.

»Hast du selbst mal was genommen?«, fragte sie.

»N-nein«, wies er die Frage entschieden zurück.

»Ich hab mal Cannabis probiert, fand es aber nicht so prickelnd und hab dann die Finger davon gelassen. Ihr habt also die Leute in eurem Umfeld versorgt, ja?«

Harry trat von einem Fuß auf den anderen, so als würde er frieren. »Na ja, U-umfeld … Ich w-weiß nicht.«

»Was ist mit eurer Clique?«, bohrte sie unbarmherzig weiter. Trotz der Sympathie, die sie Harry entgegenbrachte, verlor sie ihr Anliegen nicht aus den Augen, Julians Verschwinden auf den Grund zu gehen.

Sein Blick flackerte hektisch, das Thema behagte ihm nicht. »Nur P-pierre und Jacqueline.« Er sah auf die Uhr. »Aber ich muss jetzt l-los. In K-kirchdorf ist gleich eine Beerdigung.«

»Schon klar. Mach's gut. Was wünscht man einem Totengräber eigentlich? Schippen- und Schaufelbruch?«

Mit dem kleinen Kalauer rang sie Harry ein letztes Lächeln ab. Im Rückwärtsgehen verabschiedete er sich von Sabina, wobei er unsicher gestikulierte.

»Ach, Harry, eines noch«, rief sie, als er schon fast um die Ecke gebogen war. »Julian habt ihr damals nicht zufällig beliefert?«

»Julian?« Harry verharrte und blickte auf eine Mauer, als könne er durch sie hindurchsehen und dort die Antwort finden.

»Sein Verschwinden ist doch sehr ominös, findest du nicht? Will mir einfach nicht mehr aus dem Kopf. Könnte doch sein, dass er high war und ins Meer rausgeschwommen oder von einem Boot gefallen ist. Vor allem, wenn man zum ersten Mal etwas nimmt…«

»Er hat n-nichts genommen«, beeilte sich Harry zu erklären. »Dafür war er zu sehr wie ich.«

»Zu besonnen?«, fragte sie.

»Zu a-arglos«, erwiderte er nach einigen Sekunden. »Aber jetzt muss ich wirklich l-los.«

»Ich weiß, eine Leiche wartet auf dich«, sagte sie lächelnd, und nachdem Harry gegangen war, fügte sie leise hinzu: »Auf mich auch.«

Die Sache war fast zu simpel, zu lehrbuchhaft: Julian stößt Ende August 1990 auf den Drogenhandel, den Mike und Harry betreiben. Er ist entsetzt und enttäuscht, es kommt zum Streit, er droht den Freunden und wird wenig später ermordet, entweder gezielt oder im Affekt. Balthus sieht Julian zuletzt in Richtung des Klosters gehen, was auf die Ruine oder die unmittelbare Umgebung als Tatort hindeutet. Die beiden schleppen die Leiche hundert Meter zum Anlegesteg, verfrachten sie auf ein Ruderboot, beschweren sie mit Steinen oder was auch immer und werfen sie ins Meer, wo sie für immer verschwindet.

Ende der Geschichte.

Das war ein Mord für den Grundkurs in Kriminalistik,

und natürlich könnte es sich genau so zugetragen haben. Man glaubt es kaum, dachte Sabina, aber manchmal im Leben trügt der Schein nicht, und alles ist unfassbar simpel.

Doch auch bei dieser schlichten These blieben einige Fragen offen. Wie waren Mike und Harry an Julians Ausweis und seine Kleidung gekommen? War es nicht viel zu riskant, die Leiche im Meer zu versenken, wo die Auftriebskräfte des Körpers nach wenigen Tagen verstärkt wirken? Weshalb hatten sie das Boot auf dem Meer treiben lassen? Wie, wenn überhaupt, hatte Jacqueline von dem Mord erfahren?

Natürlich konnte sich auch alles ganz anders und viel komplizierter zugetragen haben.

Oder gar nicht. Bei einem Fall wie diesem, der im Grunde gar keiner war, hing nun mal alles von der Sichtweise ab, mit der man die spärlichen Fakten betrachtete. Auch das war letztlich Grundkurswissen von der Polizeischule. Wenn man nicht ahnt, dass man es mit einem Puzzle zu tun hat, ist ein Puzzleteil nichts weiter als ein Stück bedruckte Pappe. Umgekehrt, wenn man davon ausgeht, dass man es mit einem kriminalistischen Puzzle zu tun hat, ist jedes einzelne Teil automatisch ein Indiz, selbst wenn es in Wahrheit nur bedruckte Pappe und damit wertlos ist.

Vielleicht, überlegte Sabina weiter, konstruiere ich mir da bloß etwas zusammen und mache mich absolut lächerlich. Dass ein junger Mann beschließt, heimlich abzuhauen, dass ein Familienvater seine Ehe für eine andere Frau ruiniert, dass zwei Zwanzigjährige kriminell werden – all das war so alt wie die Welt. Eins plus eins plus eins ergab immer noch drei und nicht einhundert.

Andererseits konnte man sich immer und überall lächerlich machen, egal, was man tat oder nicht tat. Hatte man sich für eine Brille mit getönten Gläsern entschieden, war es töricht, sie mitten auf dem Weg abzulegen und lieber blind durch die Landschaft zu tapsen. Man musste das einmal gewählte Szenario ohne Wenn und Aber akzeptieren – oder aufgeben.

Wenn Sabina also mit getönten Gläsern auf die Fakten blickte, insbesondere auf den Ort, an dem sie sich befand, den Palast der Clique, so wirkte dieser eher wie ein Friedhof. Die Blumenstauden, die Harry gesetzt hatte, die von ihm fast vollständig weggewaschenen Graffitis, das gerupfte Unkraut – pflegte er dort wirklich nur die zu Grabe getragene Freundschaft? Oder auch ein reelles Grab?

Sabina streifte durch die Höfe der Ruine, auf der Suche nach etwas, das irgendwie nicht zum Rest passte. Das konnte alles Mögliche sein, eine Sitzgelegenheit, eine schwer erkennbare Inschrift, ein Symbol, eine besonders üppige Pflanze. Sie sah sich penibel um, tastete die Mauern ab, kletterte hinauf, um den Ort von oben zu betrachten, stieg wieder hinab, rutschte auf den Knien durchs Gras und dachte immer wieder daran, wie lächerlich das alles war. Inschriften entdeckte sie jede Menge, die meisten kaum lesbar, weil von Flechten zugewachsen. Da waren Sachen wie »Harrys Lieblingsfenster«, »Platz der Freundschaft«, »Mikes Stammplatz« und dergleichen eingeritzt. Hinter einer stacheligen Brombeerhecke und fast davon verdeckt, waren die Namen der Cliquenmitglieder eingemeißelt.

Plötzlich spürte Sabina, dass sie nicht mehr allein war. Es mochte antrainierte Intuition sein, vielleicht hatte sie aber auch eine winzige Veränderung wahrgenommen, einen Schatten ganz in der Nähe, ein Atemgeräusch zwischen zwei Windstößen.

Jemand stand hinter ihr, nur wenige Meter von ihr entfernt, unter einem Mauerbogen zwischen zwei Höfen. Noch bevor Sabina sich umdrehte, lief ihr ein kalter Schauer über den Rücken, denn sie spürte, ja wusste, wer es war.

»Hallo, Lea«, sagte sie.

September 2013

Wir fuhren mit drei Autos von Kirchdorf nach Kaltenhusen, Harry und Margrethe vorneweg. Es war bereits dunkel, und ich konnte Harry bei dem hohen Tempo nicht folgen. Pierre, der neben mir saß, sagte kein Wort. Auch mir schossen so viele Gedanken durch den Kopf, dass ich das Sprechen völlig vergaß. Hatte der alte Balthus die Ruine bereits komplett abgerissen? Was würde der Anblick der zerstörten Mauern in mir auslösen? Würde es zu einer Handgreiflichkeit kommen?

Jacqueline, die hinterm Steuer des dritten Wagens saß, war eine konservative Fahrerin und fiel immer weiter zurück. Kurz darauf, vermutlich durch den ungeduldigen Mike angetrieben, holte sie auf gerader Strecke wieder auf. Die Scheinwerfer näherten sich.

Plötzlich geschah etwas Unheimliches. Anfangs war es nur ein flaues Gefühl, doch dann wurde mir heiß, meine innere Unruhe kochte binnen Sekunden hoch, und ich musste rechts ranfahren. Jacqueline und Mike zogen an uns vorbei.

»Was ist?«, fragte Pierre.

Eines der seltsamen »Fotos« erschien blitzartig vor meinem inneren Auge, wie immer schwarzweiß und düster. Allerdings war darauf kaum etwas zu sehen. Das Bild stammte diesmal vom Innern eines Fahrzeugs, und der Blick ging durch die Heckscheibe nach draußen, wo nur zehn, zwanzig Meter entfernt zwei Scheinwerfer wie zwei böse funkelnde Augen die Dunkelheit durchbrachen. Eine Angst erfasste mich, die mir vertraut war, und ich wusste sofort, dass ich sie genau so schon einmal gespürt hatte.

Das Bild verschwand so schnell, wie es gekommen war.

Das Entsetzen stand mir wohl ins Gesicht geschrieben, denn Pierre sagte: »Komm, wir steigen aus und laufen ein paar Schritte.«

»Es geht schon wieder.«

»Was war denn los?«

Ich schüttelte einfach nur den Kopf und setzte die Fahrt fort. Nach etwa einem Kilometer bog ich von der Straße auf den Feldweg ein, der bis kurz vor das Wäldchen führte, in dem die Ruine lag. Die beiden anderen Autos parkten halb auf dem Feld, ich reihte mich hinter ihnen ein.

Als Pierre und ich ausstiegen, sahen wir die Lichtkegel mehrerer Taschenlampen, gehalten von phantomhaften Gestalten, die soeben in das Wäldchen eintauchten. Pierre holte ebenfalls eine Taschenlampe aus dem Kofferraum, und ich schaltete die entsprechende Funktion meines Handys ein, damit auch wir den Weg vor uns notdürftig beleuchten konnten.

Da ich für die Ausstellung Schuhe mit hohen Absätzen angezogen hatte, kamen wir nicht gerade schnell voran. Pierre stützte mich und warf mir immer wieder besorgte Blicke zu, die sowohl mir als auch dem Anlass unserer nächtlichen Wanderung gelten konnten.

Als wir in die Nähe des Palastes kamen, war er vom Restlicht in trübe Düsternis getaucht, ein seltsam geformtes Monstrum, von dem ein unheimliches Brüllen ausging. Der Motor eines Baufahrzeuges röhrte, wurde leiser, röhrte erneut. Einer nach dem anderen verschwanden unsere Freunde, die etwa hundert Meter vor uns waren, mitsamt ihrer Lichtkegel im Rachen der Ruine, die zumindest auf den ersten Blick noch intakt zu sein schien. Kurz darauf hörten wir die lauten Stimmen von Harry, Mike und dem alten Balthus, die allerdings schwer zu verstehen waren, weil einer den anderen zu übertönen versuchte. Ich verstand nur Satzfetzen: »verrückt geworden«, »Säufer«, »mir aus dem Weg«, »Ich schlag dir die Birne ein.«

Die Beschimpfungen und Drohungen hielten noch an, als Pierre und ich zu den anderen stießen.

Einige kleinere Mauern waren bereits umgestürzt oder wiesen Löcher auf, und auch ein paar Blumensträucher hatten die Attacken des gewaltigen Schaufelbaggers nicht überlebt. Das Gemäuer war allerdings noch erhalten, wie ich im Scheinwerferlicht des Baufahrzeugs erleichtert feststellen konnte.

Seite an Seite standen Mike und Harry vor dem alten Balthus. Jeder von beiden hatte in den letzten Monaten mit den ihm zur Verfügung stehenden Mitteln für den Erhalt des Palastes gekämpft, Harry mit dem verzweifelten Einreißen der Betreten-verboten-Schilder, Mike diplomatisch hinter den Kulissen. Ihre Anstrengungen kulminierten nun in einer einzigartigen Zusammenarbeit. Zum ersten Mal seit zwanzig Jahren zogen sie wieder an einem Strang. Margrethe und Jacqueline hielten sich im Hintergrund, ebenso wie zunächst auch Pierre und ich. Die beiden von Balthus angeheuerten Bauarbeiter, ein etwas älterer und ein junger Mann, die Pierre offenbar kannte, verfolgten am Steuer des Baggers und auf eine Spitzhacke gestützt den Streit mit aufmerksamer Gelassenheit. Für sie ging es hier um nichts.

»Das bringt uns doch alles nicht weiter«, murmelte Pierre im selben Moment, als ich genau das Gleiche dachte. Er wandte sich direkt an die beiden Arbeiter.

»'n Abend, Männer.«

»'n Abend, Doktor.«

»Ist das dein Bagger, Weller? Fahr bitte wieder nach Hause. Herr Balthus hat kein recht, die Ruine einzureißen.«

»Keine Chance, Doktor«, sagte Weller und stieg von dem Fahrzeug herab. »Wer zahlt, hat grundsätzlich recht. Und der alte Herr hat uns sehr gut bezahlt.«

Wie aufs Stichwort zückte Mike seine Geldbörse. »Ich zahle euch doppelt so viel.«

Die beiden Männer wechselten verunsichert einen Blick. »Aber wir … wir haben eine Abmachung mit dem alten Herrn da.«

»So ist es«, tönte dieser. »Und ich überbiete jedes Angebot meines besoffenen Schwiegersohns mit Leichtigkeit.«

»Keiner von euch«, wandte Mike sich leicht lallend an die Arbeiter, »kriegt im Umkreis von hundert Kilometern noch einen Job, wenn ihr hier weitermacht, das schwöre ich euch. Macht ihr stattdessen jetzt den Abflug, dann verschaffe ich euch ein paar fette Aufträge.«

Zunächst noch verblüfft, zum Mittelpunkt einer Auktion geworden zu sein, dann aber hocherfreut wechselte Weller im Nu die Seiten, und sein junger Kollege machte natürlich, was der Erfahrenere befahl. Just als die Krise überstanden schien, stürmte Balthus das Führerhaus des Schaufelbaggers und setzte das gewaltige Fahrzeug in Bewegung, bevor irgendjemand einschreiten konnte. Als Weller den Bagger zurückerobern wollte, hielt Balthus ihn mit einem Tritt auf Abstand.

Wir alle wichen zurück. Jacquelines Vater mochte zwar ein rüstiger und handwerklich begabter Rentner sein, aber vom Bedienen eines Schaufelbaggers hatte er keine Ahnung. Unter großem Gezeter versuchte er die Maschine seinem Willen zu unterwerfen, was diese mit ebenso großem Gezeter verweigerte. Das Fahrzeug brach in alle Richtungen aus, rammte eine Mauer, die sofort in sich zusammenfiel, drehte sich einmal um die eigene Achse und beschädigte dabei mit der mächtigen Schaufel eines der Spitzbogenfenster. Alles Geschrei von Weller, Mike und Harry half nichts. Beim Versuch, die Schaufel zum Steigen zu bringen, senkte der Alte sie. Im selben Moment machte der Bagger einen Satz nach vorn, die Schaufel bohrte sich ins Erdreich, verfing sich in einem riesigen Brombeerstrauch, zerfetzte ihn und riss ihn mit sich.

Die Scheinwerfer des Baggers gaben den Blick auf eine Stelle in der Mauer frei, wo sieben Namen untereinander tief in den Stein geritzt waren, von einer ovalen Kerbe eingekreist, die uns zur Schicksalsgemeinschaft machte.

Mike
Harry
Margrethe
Lea
Jacqueline
Julian
Pierre

Ich vermutete sofort, dass Harry sie vor langer Zeit dort verewigt hatte, denn er hatte damals überall im Palast herumgekritzelt wie ein Höhlenmensch.

Nicht länger als zwei, drei Sekunden ruhte mein Blick auf den Namen, dann wurde er abgelenkt. Zwar gelang es Weller just in diesem Moment, unterstützt von Mike und Harry, Balthus aus dem Führerhaus zu zerren, doch das war es nicht, was meine Aufmerksamkeit fesselte.

Ich machte einige Schritte nach vorn, um mich zu vergewissern, dass ich keiner optischen Täuschung unterlag.

Außer mir bemerkte nur eine weitere Person, was ich da entdeckt hatte: der junge Bauarbeiter. Er stand direkt vor den Überresten eines menschlichen Skeletts. Ein Arm, eine Schulter und ein halber Schädel ragten aus dem umgepflügten Boden, und die verwitterten Überreste einer blauen Nylonjacke ließen keinen Zweifel daran, dass der Leichnam nicht vor mehreren Jahrhunderten dort begraben worden war.

Julian hatte genau so eine Jacke besessen.

Harry sank auf die Knie, Mike wandte sich ab, Margrethe erstarrte, während sie halb entsetzt und halb fasziniert auf den Leichnam blickten, Jacqueline schloss die Augen, und Pierre fuhr sich mit den Händen über das Gesicht. Ich selbst trat ganz dicht an das Skelett heran.

Der junge Bauarbeiter sagte: »Scheiße, ey.«

Die Zeit mit Julian war die glücklichste meines Lebens. Unsere gemeinsame Zeit, das waren die Lieder, die er spielte, während mein Kopf auf seiner Schulter ruhte, die Bücher, die ich ihm vorlas, während sein Kopf auf meinen Beinen lag, unsere nackten, aneinandergeschmiegten Körper, die Liebe, mit der er mich ansah, eine gemeinsam verbrachte Stunde am Strand, ein Bad im Meer.

Die französische Schriftstellerin Françoise Sagan sagte einmal: »Man weiß selten, was Glück ist, aber man weiß meistens, was Glück war.« Wie recht sie doch hat.

Wir waren in Margrethes Küche versammelt. Es war nach Mitternacht, die Funzel über dem Esstisch leuchtete trüb auf unsere Köpfe und Hände herab. Keiner sagte etwas, und ich wiederholte im Stillen unentwegt den Namen des einzigen abwesenden Freundes, Julian, Julian, als wäre er etwas Künftiges, ein Ziel, eine Sehnsucht. Dabei war er vollendete Vergangenheit.

Seltsamerweise konnte ich mir noch immer nicht vorstellen, dass er wirklich tot war, obwohl es kaum einen Zweifel daran gab. Die blaue College-Jacke aus unverwüstlichem Nylon hatte ich ihm selbst 1989 zu Weihnachten geschenkt, meine erste West-Anschaffung, eine Bestellung aus einem Versandhauskatalog. Die blaue Farbe passte perfekt zu seinen Augen, und er hatte sie fast immer getragen – auch am Tag seines Todes, wie es schien.

Ich versuchte zu weinen, doch es gelang mir nicht, wie so oft. Selbst nach meiner Fehlgeburt hatte ich keine einzige Träne vergossen, ebenso wenig als ich Carlos mit einer anderen Frau ertappte und ihn bald darauf verließ. Zu weinen, das waren für mich der Inbegriff und das Eingeständnis des Unglücks, und diese Blöße wollte ich mir nicht geben. Vielleicht sollte ich lieber sagen: Diese Blöße hatte sich die Frau, die ich früher mal war, nie geben wollen. Inzwischen hätte es mir nichts mehr ausgemacht, meine Verzweiflung zu zeigen. Doch die alte Lea war noch nicht ausgelöscht. Einige ihrer Routinen wirkten in mir fort, und Routinen sind die schwierigsten Gegner. Ich hatte im Laufe der Jahre vergessen, wie man weint. Daher steckte mir die Verzweiflung wie ein Kloß im Hals.

Der trübselige Raum verstärkte die Traurigkeit, vielmehr trug das ganze, seit Jahren vom Kummer beherrschte Haus dazu bei. Ein Haus, in dem das Siechtum einer alten Frau ihre Tochter bei lebendigem Leib begrub, in dem es nach Salben und Verbandszeug, Urin und Erbrochenem roch. Niemand konnte etwas dafür, am wenigsten die arme alte Edith, doch das machte es nicht besser. Am liebsten wäre ich aufgestanden und schlafen gegangen, allerdings hatte uns die Polizei gebeten, für einige Fragen zur Verfügung zu stehen.

Ich sah die anderen der Reihe nach an. Pierre kratzte gedankenverloren an der bröseligen Tischkante herum, Jacqueline spielte nervös mit ihren Ohrclips, Mike starrte mit vor der Brust verschränkten Armen zur Decke, und Harry zupfte unentwegt an seiner Unterlippe, was ihn leicht debil wirken ließ. Ausgerechnet Margrethe zeigte ihre Traurigkeit am deutlichsten von uns allen, indem sie mit über die Tischplatte gelehntem Oberkörper beide Fäuste in die Augenhöhlen presste. Doch als sie die Hände nach einer Weile senkte, waren ihre Augen klar, die Ränder nicht gerötet.

Sie stand auf und stellte verschiedene Saft- und Wassergläser auf den Tisch, dazu drei Flaschen Chianti mit Schraubverschluss. Mike reservierte sogleich eine Flasche für sich.

»Pierre?«, fragte Margrethe. »Du auch?«

»Nein, ich trinke nur, wenn es mir gut geht.«

»Da wäre so mancher schon verdurstet«, entgegnete Margrethe und schenkte reihum ein, ohne weiter nachzufragen.

Ich traute mich nicht, sie um einen Tee zu bitten, aber vielleicht unterließ ich es auch nur, weil es mir so banal erschienen wäre, einen Getränkewunsch zu äußern, während die Polizei nur ein paar Steinwürfe von uns entfernt Julians Leiche freilegte und abtransportierte. Mehr aus Gedankenlosigkeit denn aus wahrem Verlangen trank ich den Rotwein aus einem Wasserglas. Jeder meiner kleinen Schlucke unterdrückte ein Schluchzen, den geseufzten Namen eines vor langer Zeit geliebten Menschen.

»Vielleicht ist es gut so«, sagte Margrethe in die Stille hinein.

»Was?«, fragte Mike. Seine Stimme klang dunkel, der Stimmung und der späten Stunde angepasst. »Was soll daran gut *so* sein?«

»Na, für den alten Morgenroth hat die Ungewissheit jetzt ein Ende. Außerdem … so eine grässliche Sache wie heute Abend macht so manches andere unwichtig, oder nicht? Ich finde, du und Harry, ihr solltet euch endlich versöhnen.«

Harry warf seiner Schwester einen finsteren Blick zu, Mike dagegen reagierte überraschend positiv auf Margrethes Vorschlag.

»Du hast recht. Wir haben uns wirklich lange genug bekriegt, was, Harry? Gerade heute, im Andenken an Julian und unsere Clique, sollten wir Frieden schließen.«

Bevor Harry irgendetwas dazu sagen konnte, platzte es aus Jacqueline heraus: »Ich brauche dringend eine Pille.« Ihre Augen flackerten unruhig wie die von kleinen Säugern am Ende der Nahrungskette. »Pierre, sofort!«

»Du brauchst mir ein paar Pillen zu viel in letzter Zeit.«

»Stell dich nicht so an«, mischte Mike sich ein und offenbarte damit, dass er bereits seit längerem von Jacquelines Abhängigkeit wusste.

»Also gut, komm schnell mit zu mir«, sagte Pierre widerwillig zu Jacqueline und warf mir im Gehen einen entschuldigenden Blick zu. Jacquelines Zustand ging für mich fast unter in dem Gemisch aus aufsteigender Übelkeit, der Traurigkeit über Julians Tod und der Bestürzung darüber, wie wir an diesem Tisch damit umgingen. Ich konnte nicht genau sagen, was mich störte, nur dass mich etwas störte.

Margrethe erhob sich keuchend. »Ich sehe mal kurz nach meiner Mutter«, sagte sie und ließ mich mit Harry und Mike allein.

Nachdem wir eine Weile geschwiegen hatten, was mir extrem unangenehm war, sagte Mike: »Für dich ist es bestimmt am schwersten, Lea.«

Kaum hatte er die Worte ausgesprochen, drängte ein heißer, brennender Schwall aus meiner Brust in den Rachen. Ich hielt mir die Hand vor den Mund und rannte zur Toilette, wo sich die ätzende Flüssigkeit in die Kloschüssel ergoss. Minutenlang verharrte ich darübergebeugt auf den Knien.

Als alles überstanden, als jeder Tropfen aus meinem Magen gewürgt war, begriff ich, dass ich gerade mit einem Mörder am Tisch gesessen hatte.

Der Gedanke nahm in kleinen Etappen Gestalt an. Wenn Julian am 31. August 1990 ermordet worden und ausgerechnet im Palast vergraben worden war … Warum überhaupt vergraben? Doch nur, damit alle Welt ihn für vermisst hielt … Wer hätte ein Interesse daran? Es konnte fast nicht anders sein, als dass … einer seiner Freunde …

Ich stand auf, wusch mir das Gesicht und blickte in den Spiegel.

Waren wir je Freunde gewesen? Vor tausend Jahren, vor den Trennungen, den Verletzungen, den Veränderungen, vor dem Schicksalsschlag? Wir waren Kinder, und im Kindesalter ist Freundschaft oftmals beliebig. Man kommt in eine andere Klasse, zieht in den Nachbarort und Ende. Als wir keine Kinder mehr waren, ab November 1989, waren wir berauscht von den Möglichkeiten, die uns die Zukunft auf einem silbernen Tablett darbot. Im Suff wird jeder jedermanns Kumpel, der Bankier und der Kassierer, die Geschäfts- und ihre Putzfrau, der Mörder und sein künftiges Opfer. Ein Vierteljahrhundert lang hatte ich die Erinnerung an unsere Freundschaft gepflegt, sie war über die Jahre zum Mythos geworden, und Mythen sind bekanntlich oft wiederholte Lügen, die man gerne hört und weitererzählt. Das, was wir noch füreinander empfanden, hatte mit Freundschaft nichts zu tun.

Wem konnte ich noch vertrauen?

Pierre klopfte an die Badezimmertür. »Lea? Alles in Ordnung bei dir?«

Ich öffnete. »Ja. Ich habe den Wein nicht vertragen.«

Als ich mit ihm in die Küche zurückkehrte, bemerkte ich zweierlei: Auf der Tischplatte vor Harry lag ein in kleine Fetzen gerissener Scheck, und im Halbdunkel einer Zimmerecke stand ein beleibter, rotgesichtiger Mann.

»Mein Name ist Miroslav Ammann«, stellte er sich vor. »Hauptkommissar.«

Polizeihauptkommissar Ammann erläuterte uns in Margrethes Küche, dass es sich bei dem Toten allem Anschein nach tatsächlich um Julian handelte. Sie hatten in der Windjacke einen verrosteten Schlüsselanhänger mit seinem Namenszug gefunden.

»Wir müssen die Ergebnisse der Gerichtsmedizin noch abwarten«, berichtete er, »doch es sieht so aus, als wäre der junge Mann mit einem schweren, stumpfen Gegenstand erschlagen worden. Die Stirnplatte ist offensichtlich zertrümmert.«

»Oh, mein Gott«, flüsterte ich. Keine Ahnung, warum, aber was ich erfuhr, machte die Sache für mich nur noch schlimmer. Dass Julian seinem Mörder im Moment seines Todes in die Augen gesehen hatte … wie schrecklich! Und der Mörder war jemand, den ich ein paar Stunden zuvor noch einen Freund oder eine Freundin genannt hatte.

»Sie werden verstehen«, sagte Ammann, »dass ich Ihnen allen ein paar Fragen stellen muss. Herr Nickel, wie ich gehört habe, ist Ihre Frau bereits schlafen gegangen. Mit Sicherheit haben die Ereignisse sie sehr mitgenommen. Sie können gerne zu ihr gehen. Was wir zu besprechen haben, hat bis Montag Zeit.«

Mike zögerte, das Angebot anzunehmen. In gewisser Weise schien er sich noch immer als der Cliquenchef und somit für uns verantwortlich zu fühlen. So jedenfalls deutete ich sein Zaudern. Ammann beteuerte erneut, dass er und seine Kollegen uns einzeln befragen würden und Mike ohnehin nichts tun konnte als warten. Das wolle er ihm nicht zumuten. Auf einmal erinnerte ich mich wieder an den jungen Ammann. Er war damals ein grässlicher Streber gewesen, der vor jedem noch so niedrigen Funktionär die Hacken zusammengeschlagen hatte. Ich hatte zu Hause ein paar Witze über ihn gerissen, und Sabina hatte ihn bald abblitzen lassen. Damals hatte ich mir ihre Reaktion auf die Fahnen geschrieben, es war für mich einer von vielen winzigen Triumphen über meine ältere Schwester. Nun verstand ich, dass Sabina ihn aus freien Stücken zurückgewiesen hatte.

Ammann schüttelte Mike zum Abschied heftig die Hand. »Ich hoffe, Ihrer Frau geht es bald wieder besser. Meine besten Grüße.«

Die Hacken zusammenzuschlagen war aus der Mode gekommen. Trotzdem meinte ich, das Geräusch aus weiter Ferne zu hören.

Obwohl ich den Teint eines Gespenstes hatte, hielt Ammann mich offensichtlich für vernehmungsfähiger als den kräftigen Mike und wollte unbedingt mit mir beginnen, und zwar persönlich. Er schien meine Antipathie zu spüren – und zu erwidern. Vermutlich wollte er sich gerade deshalb selbst um mich kümmern und Pierre, Margrethe und Harry von seinen Untergebenen vernehmen lassen. Im Verlauf des Gesprächs einigten wir uns auf tiefgekühlte Höflichkeit als Tonlage.

Die meisten der Fragen, die er mir im Wohnzimmer der Petersens stellte, fand ich idiotisch. Beispielsweise versuchte er mittels enorm komplizierter Satzkonstruktionen einen Zusammenhang zwischen Julians Verschwinden und meiner Abreise nach Argentinien einige Wochen später herzustellen. Ich hätte ihn darauf hinweisen können, dass Jacqueline und Margrethe damals vor mir von Poel weggegangen waren, hielt mich jedoch zurück. Stattdessen legte ich ihm ruhig dar, dass ich wohl kaum mehrere Monate gewartet hätte, wenn ich Julian im Zorn hätte erschlagen wollen. Seine Frage, was ich am Abend des 31. August 1990 gemacht hätte, beantwortete ich mit der Gegenfrage, was er am Abend des 22. April 1991 sowie am Abend des 6. Oktober 1992 gemacht habe.

Mal abgesehen von der langen Zeit, die eine seriöse Antwort unmöglich machte, waren jene Sommerwochen gleichförmig an mir vorübergezogen. Niemals hätte ich einen einzelnen Abend herauspicken können. Die wenigen Besonderheiten, die aus dem Meer der inneren Leere herausragten, waren die Beerdigung meiner Eltern und das Kennenlernen von Carlos. Sogar den ersten Sex mit Carlos hatte ich nur noch verschwommen in Erinnerung, wohingegen der mit Julian mir so präsent war, als läge er nur ein paar Tage zurück.

Ich konnte Ammann nicht helfen, und obwohl es seine Aufgabe war, Julians Tod aufzuklären und gewissermaßen zu rächen, gönnte ich ihm den Erfolg nicht. Irgendwie brachte dieser Typ mich Sabina näher, jedenfalls erklärte ich mich mit ihr solidarisch in ihrer Abneigung gegen diesen Mann.

»Ihre Schwester hat mich vor einigen Monaten aufgesucht, wussten Sie das? Wir haben ein bisschen über alte Zeiten geplaudert, schließlich sind wir mal zusammen gegangen. Ich habe bei der Gelegenheit mit ihr auch über das Verschwinden von Julian Morgenroth gesprochen, so von Kollege zu Kollegin. Die Angelegenheit ist mir immer schon seltsam vorgekommen. Sabina hat den Jungen ebenfalls gekannt, also gut möglich, dass sie auf eigene Faust Nachforschungen angestellt und sich dabei übernommen hat. Könnte durchaus sein. Hätte sie mich mal einbezogen. Aber sie war ja immer schon ein bisschen … schwierig. Jedenfalls werden wir nach dem heutigen Fund nun auch den Unfall, bei dem Sabina ums Leben gekommen ist und Sie, Frau Hérnandez, schwer verletzt wurden, noch einmal genauer unter die Lupe nehmen.«

Ich glaubte ihm zwar nur die Hälfte, dennoch war das eine interessante Information. Bisher war ich davon ausgegangen, dass ich Sabina in der Grundstückssache hatte beistehen wollen und dies der Grund für meinen ersten Besuch auf Poel gewesen war. Pierre hatte mir das jedenfalls erzählt, und Margrethe hatte behauptet, dass Sabina einen neuen Makler gesucht hatte. Natürlich könnte meine Schwester den beiden diesen Eindruck auch nur zur Tarnung vermittelt haben, ebenso wie ich. Nur wozu, wenn meine Schwester und ich nicht damals schon einem Verdacht nachgegangen waren?

Ich besann mich auf die Worte meiner Psychologin: »Wissen Sie das genau, oder hat man es Ihnen gesagt?«

Diese Frage hatte sie mir bezogen auf Sabina und die Suche nach der Eigentumsurkunde für das Ruinengrundstück gestellt. Man konnte mir alles Mögliche über jenen Tag im Mai erzählen, und ich musste es glauben – oder gänzlich anzweifeln.

»Bleiben Sie dabei, dass Sie sich an nichts erinnern?«, holte Ammann mich in die Gegenwart zurück. Schon wieder eine von diesen passiv-aggressiven Satzkonstruktionen.

»Dabei zu bleiben, unterstellt eine bewusste Entscheidung«, erwiderte ich.

»Sie erinnern sich also weiterhin nicht? Weder an Ihren Besuch im Mai noch an den Unfall oder an den Abend von Julian Morgenroths Verschwinden? Wie Sie meinen.«

»Nein, ich meine es nicht, sondern es ist so.«

»Sicher, sicher. Ich hoffe nur, Frau Hérnandez, dass Sie nicht denselben Fehler machen wie Ihre Schwester. So viel Glück wie Sie hat man nur einmal. Denken Sie gut über meine Worte nach.«

Vier Monate zuvor

Für Sabina hatte es etwas Unwirkliches, plötzlich und unvermutet ihrer Schwester gegenüberzustehen. Lea sah noch genauso aus wie früher. Natürlich waren die dreiundzwanzig Jahre nicht spurlos an ihr vorübergegangen, aber ihr Stil hatte sich nicht verändert, und in ihrem hübschen Gesicht war viel von dem achtzehnjährigen Mädchen von damals erhalten geblieben, das Sabina seither nicht wiedergesehen hatte. Um Leas Lippen spielte derselbe ironische Zug – ein Zeichen für ihre flinke Zunge –, den Sabina damals so abgrundtief gehasst und manchmal sogar gefürchtet hatte. Sie trug das schwarze Haar offen, es fiel glatt und glänzend auf ihren eleganten Blouson. Für einen Ausflug über Poels Weiden war sie zweifelsohne overdressed.

Im ersten Moment verspürte Sabina den Wunsch, Lea gegen das Schienbein zu treten. Zum einen, um sicherzugehen, dass sie tatsächlich da war und Sabina sich nicht von diesem spirituellen Ort hatte blenden lassen. Zum anderen, um sich für die tausend Gemeinheiten in der Kindheit zu rächen.

»Was machst du denn hier?«, waren die ersten Worte, die sie an Lea richtete.

»Na, das ist ja mal eine herzliche Begrüßung. Du sprühst nicht gerade vor Wiedersehensfreude.«

»Ich glaube, deine letzten Worte an mich waren: ›Lass mich einfach nur in Ruhe.‹«

»Und deine waren: ›Das kannst du haben.‹«

Lea lächelte, und ehe Sabina es sichs versah, umarmte die jüngere Schwester sie, wenn auch nur, weil das Protokoll ihres Wiedersehens es verlangte. Im ersten Moment verkrampfte sie und erwiderte die Umarmung nur zögerlich.

»Ich bin nicht aus Glas«, sagte Lea, der die Zurückhaltung der Älteren nicht entging.

»Ach, seit wann?« Sabina konnte einfach nicht aus ihrer Haut. Wie oft war sie in Gedanken die Auseinandersetzungen mit Lea noch mal durchgegangen, unzählige Male hatte sie die immer gleichen Wortgefechte im Geiste wiederholt. Nun fiel es ihr ungeheuer schwer, den Schalter umzulegen und freundlich zu sein, und sei es nur zum Schein.

»Dieses Zusammentreffen ist doch kein Zufall«, sagte Sabina.

»Nein, man hat mich angerufen.«

»Wer von deinen Freunden war es?«

»Gar keiner.«

»Okay, du willst es mir nicht sagen. Bist du hergekommen, um mich wiederzusehen, oder geht es dir nur um unser bedrohtes Grundstück?«

Lea lächelte. »Ja.«

Sie zwinkerte Sabina zu, die daraufhin die Augen verdrehte.

»Ist ja schon gut«, meinte Lea. »Ich habe zwar versprochen, nichts zu verraten, aber … Ein ziemlich konfuser Altenpfleger hat mich angerufen, Torben Irgendwas. Er hat sich reichlich Mühe gegeben, um meine Telefonnummer herauszufinden, und sogar in Argentinien bei meinem Ex angerufen.«

Sabina unterbrach sie verärgert: »Torben Schleicher hat dich gebeten herzukommen?« Sie hatte ihn aufgefordert, sich aus der Sache herauszuhalten, und er … »Wann war das?«

»Heute Morgen. Anscheinend hat der alte Morgenroth darauf bestanden, dass er mich ausfindig macht. Der gute Torben hat mir jedenfalls am Telefon eine wirre Geschichte erzählt, irgendwas von Julian und seltsamen Nachforschungen und dass du hier bist und und und … Sein Anruf ist mir wie ein Wink des Schicksals vorgekommen. Ich war gerade in der Normandie und bin gleich nach Paris gefahren. Von dort ist es ja nur ein Katzensprung bis nach Berlin, verglichen mit der großen, weiten Welt. Kurzentschlossen bin ich also hingeflogen, hab mir einen Mietwagen genommen, und hier bin ich. Es wurde aber auch Zeit, dass wir uns mal treffen, meinst du nicht auch?«

Lea warf Sabina einen langen, ungewohnt sentimentalen Blick zu. Sie schien es wirklich ernst zu meinen mit der Aussprache und der Versöhnung. Viele Menschen bereuen erst am Ende ihres Lebens oder vor einer Operation am offenen Herzen, dass sie ihren Geschwistern nie wieder die Hand ausgestreckt haben.

»Du bist nicht zufällig todkrank?«, fragte sie Lea unverblümt.

»Schwingt in deiner Frage eine Hoffnung mit oder bloße Neugier?«

»Ich will ehrlich sein. Mir wäre es lieber gewesen, wenn hier statt dir ein wilder Königstiger erschienen wäre.«

Lea lachte. »Du hast dich kein bisschen verändert, weißt du das?«

Du aber schon, dachte Sabina. Woran lag es, dass sich auf einmal auch andere Erinnerungen als die gewohnten bei ihr einstellten? Da waren die Fahrten der beiden Schwestern auf dem Kutter des Vaters, das Kochen mit der Mutter, das Spiel mit der Hauskatze. Bis Lea acht Jahre alt war, hatte Sabina ihr bei den Hausaufgaben geholfen. Seltsam, daran hatte sie seit einer Ewigkeit nicht mehr gedacht.

All diese Bilder waren Sabina nicht gerade willkommen. Seit ungefähr dreißig Jahren stand ihre Meinung über Lea im Wesentlichen fest und war in Beton gegossen. Bekanntlich fällt Menschen nichts schwerer und nichts ist ihnen unangenehmer, als ihre Meinung zu revidieren.

Davon konnte jedoch noch keine Rede sein. Eine Schwalbe machte noch keinen Sommer, und in einer ausgestreckten Hand steckte nicht selten ein Dolch. Sabina blieb skeptisch.

»Sag mal, was tust du eigentlich hier auf den Knien? Pflanzt du Radieschen?«, fragte Lea.

Sabina grinste schief. »Ich suche Trüffel.«

»Dass ich nicht von selbst darauf gekommen bin! Jetzt mal im Ernst, raus mit der Sprache. Selbst für deine Verhältnisse ist das nicht gerade normal, was du hier tust.«

»Was tue ich denn?«

Lea seufzte. »Du machst es mir alles andere als leicht, weißt du?«

»Habe ich je diese Absicht geäußert?«

»Na gut, dann lasse ich dich eben in Ruhe«, sagte Lea traurig. »Schön, dich wiedergesehen zu haben. Bis in dreiundzwanzig Jahren dann.« Sie wandte sich zum Gehen.

Auf einmal ärgerte sich Sabina über sich selbst. Vielleicht hätte sie sich auch geärgert, wenn sie nett zu Lea gewesen wäre. Vielleicht fiel sie nur auf einen Trick herein, als sie Lea hinterherging, so wie Eltern kleine Kinder zum Weitergehen animieren, indem sie so tun, als ließen sie sie allein. Doch weiter zu trotzen, wäre ebenfalls kindisch gewesen.

»Warte!«, rief sie. »Ich komme mit.«

Langsam gingen sie nebeneinanderher in Richtung Kaltenhusen. Die Poeler Felder und Weiden waren wieder einmal in Nebel getaucht, der die ebenso rätselhafte wie nostalgische Stimmung des Wiedersehens betonte.

»Ich bin bei Mike untergekommen«, erklärte Lea. »Jacqueline hat mir eine große Schlossführung angedeihen lassen, bevor ich mich endlich loseisen konnte. Harry hat mir gesagt, dass ich dich höchstwahrscheinlich hier bei der Ruine finde. Er sieht seltsam aus, findest du nicht? Wie auch immer, von ihm habe ich erfahren, dass unser Palast bedroht ist und dass du zusammen mit ihm versuchst, ihn zu retten. Ich bin schwer beeindruckt und biete euch meine Unterstützung an. Mit vereinten Kräften dürfte es uns gelingen, dem Unfug vom alten Balthus ein Ende zu bereiten und uns ganz nebenbei wieder anzunähern. Jetzt sag doch auch mal was.«

»Geht nicht, du redest die ganze Zeit.«

»Eine dumme Angewohnheit von mir. Bei der Arbeit schweige ich oft tagelang, das muss ich offenbar kompensieren. Sag einfach, wenn dir das Gequatsche zu viel wird.«

Lea war ganz anders, als Sabina sie sich vorgestellt hatte. Ihr Äußeres glich durchaus dem Bild, das sie sich immer von ihrer kleinen Schwester gemacht hatte, doch ihr Wesen unterschied sich erheblich von der Vorstellung. Nach Sabinas Meinung hätte Lea arrogant sein müssen. Jedenfalls hatte sie früher eine Tendenz dazu gehabt, die sich bei ihrem beruflichen Erfolg und ihrem immer noch guten Aussehen eigentlich hätte verstärken müssen. Stattdessen war Lea leutselig, freundlich, versöhnlich, sogar ein bisschen selbstkritisch, und als sie sich bei Sabina einhakte, wirkte die Geste wie eine Zeitmaschine. Zuletzt hatte Lea das vor rund fünfunddreißig Jahren gemacht, als Sabina sie noch regelmäßig zur Heidebucht mitgenommen hatte. Dort hatten sie vom Ufer aus ihrem Vater hinterhergewinkt und zugesehen, wie sein Boot aufs offene Meer davonglitt.

Wenn Mama und Papa uns jetzt so sehen könnten, dachte Sabina, würden sie sich riesig freuen. Allein der Gedanke versöhnte Sabina wieder mit ihren Eltern, zumindest ein Stück weit. Der Weg zu einer Aussöhnung mit ihrer Schwester war allerdings deutlich weiter und steiniger.

Als Lea sich erkundigte, was es mit ihren Nachforschungen im Hinblick auf Julian auf sich hatte, hielt Sabina sich bedeckt. Nicht etwa weil sie Lea verdächtigte, etwas mit seinem Verschwinden zu tun zu haben. Damals hatte ihre Schwester wahrlich andere Sorgen gehabt als Julian. Sie war noch immer in Schock und Trauer wegen des Todes der Eltern, und sie hatte kurz zuvor diesen Carlos kennengelernt. Julian war zum Zeitpunkt seines Verschwindens längst kein Thema mehr für Lea gewesen. Sabina weihte die Jüngere deshalb nicht ein, weil sie sich nicht sicher war, ob Lea dichthalten würde. Offenbar war sie recht mitteilungsbedürftig und würde in Kürze auf ihre früheren Freunde und damit jene Menschen treffen, die für Sabina als Täter in Betracht kamen. Wenn es denn überhaupt einen Täter gab. Das war der zweite Grund, weshalb sie Lea nicht in Kenntnis setzen wollte. Sie wollte nicht erneut als Verliererin dastehen, als paranoide Polizistin, die wegen ihrer Behinderung und einer Zwangsversetzung unter Minderwertigkeitskomplexen litt und deswegen allerorten Verbrechen witterte. Was Miroslav Ammann über sie dachte, war ihr egal. Leas Meinung dagegen durfte ihr nicht egal sein, war ihr nie egal gewesen.

Sabina konnte sich nach wie vor irren, völlig danebenliegen. Bisher hatte sie ihre Nachforschungen zwar konzentriert betrieben, dennoch hatte es stets etwas Spielerisches an sich gehabt, da es keinen echten Erfolgsdruck gab. Nun, da Lea mit im Spiel war, änderte sich alles. Mit einem Mal lasteten ganze Jahrzehnte der Auseinandersetzung auf Sabinas Recherchen, die Schatten der Vergangenheit.

»Am besten, du tust, worum Torben Schleicher dich gebeten hat«, wich Sabina der Frage nach Julian aus. »Fahr zu dem alten Herrn Morgenroth.«

»Das hört sich ja alles sehr geheimnisvoll an.«

»Das Wort trifft es genau.«

Lea blickte seufzend auf die Uhr. »Bald fünf. Ich denke, heute ist es zu spät für einen Besuch, ich werde morgen hinfahren. Na, wie sieht's aus? Gehen wir auf den Speicher, finden den Kaufvertrag für das Ruinengrundstück, weisen den alten Balthus in seine Schranken und arbeiten ganz nebenbei unsere Vergangenheit auf?«

»Dir ist schon klar, dass das die harte Tour ist? Was wir da oben finden werden, ist sicher nicht zum Lachen.«

»Wir werden uns schon nicht an die Gurgel gehen. Und falls doch, bist du mit deinen Pranken klar im Vorteil.«

Lea zwinkerte ihr zu, um zu unterstreichen, dass sie gerade einen Scherz gemacht hatte. Die restliche Wegstrecke erzählte Sabina ihr die Geschichte von ihrer Knieverletzung, während Lea ihr von ihrer Ehe mit Carlos und der Fehlgeburt berichtete.

»Ich war damals im fünften Monat. Ich … Da war dieser Auftrag, Südseeparadiese und Höllen der Südsee, es ging um Traumstrände, Aussteiger und Vulkane. Ich habe ihn spontan angenommen und bin den kompletten Pazifik rauf- und runtergeflogen. Carlos war von Anfang an dagegen. Man soll ja nicht so viel fliegen, wenn man schwanger ist, und ich kannte das Risiko. Auf Samoa ist es dann passiert, kurz darauf dann die Diagnose, dass ich keine Kinder mehr bekommen kann. Von da an ging es mit meiner Ehe bergab. Man kann es auf einen Nenner bringen: Ich hab's vermasselt, und zwar gründlich.« Lea seufzte und sah Sabina an. »Nicht zum ersten Mal in meinem Leben.«

Zum ersten Mal keimte in Sabina der Gedanke, dass eine menschliche Wiederannäherung zwischen ihnen in greifbarer Nähe sei, die sich ausgerechnet über das Traurige und Tragische in ihrer beider Leben anbahnte, über ihre Schwächen und Fehler.

September 2013

Sogar in der schlaflosen Nacht, die auf den Grabesfund folgte, ging mir diese eine Frage nicht mehr aus dem Kopf: Wem konnte ich noch vertrauen? Pierre, der mich offenbar von der Insel weghaben wollte und mir deshalb anbot, mit mir nach Argentinien zu ziehen? Mike, der mich mit meiner Ausstellung durch halb Mecklenburg-Vorpommern touren ließ, um mich hier zu halten? Margrethe, deren Erklärung für Sabinas Aufenthalt im Mai sich nicht mit der Wahrheit deckte? Auf die eine oder andere Art hatten sie alle mein Misstrauen geweckt, das gerechtfertigt sein konnte oder auch nicht. Lügen und Halbwahrheiten lauerten überall, und besonders in Bezug auf Pierre war das für mich eine zutiefst verunsichernde Erkenntnis. Mit einem Mal stellte ich alles in Frage, auch seine Gefühle, seine Avancen.

Vermutlich war ich am selben Punkt wie vier Monate zuvor. Oder sollte ich sagen, ich war an dem Punkt, an dem Sabina vor vier Monaten gewesen war. Offensichtlich hatte sie mich wegen ihrer Nachforschungen über Julians Verschwinden – oder vielmehr Julians Ermordung, wie inzwischen feststand – nach Poel kommen lassen. Hatten diese Nachforschungen etwas mit dem Unfall zu tun? Wenn man Ediths Warnung Glauben schenkte, dann ja.

In ganz Kaltenhusen war die alte Dame der einzige Mensch, von dem ich sicher sagen konnte, dass er mich nicht in die Irre führen, mir nichts Böses wollte. Ohne ins Detail zu gehen, hatte sie mir unmittelbar nach meiner Ankunft zur sofortigen Abreise geraten und von einer zweiten Chance für mich gesprochen.

Ich muss unbedingt noch mal unter vier Augen mit ihr reden, beschloss ich um 05:30 Uhr morgens. Es war zwar viel zu früh für einen Besuch, aber ich hielt es einfach nicht mehr im Bett aus. Ich kleidete mich rasch an und schlich auf Zehenspitzen, um Pierre nicht zu wecken, nach draußen ins erste Morgenlicht.

Das Haus der Petersens stand zwei Steinwürfe entfernt zu meiner Linken. Rechts lockten mich die dunstigen Weiden, das in der Ferne rauschende Meer und die Rufe der Möwen zu einem Spaziergang. Ein anderer Ruf war jedoch stärker. Tatsächlich hatte mich nämlich weder der Drang, Antworten auf meine Fragen zu bekommen, noch die Hoffnung auf einen klaren Kopf in der schlichten grünen Schönheit der Poeler Natur aus dem Bett getrieben.

Beide Sehnsüchte waren stark, dennoch wurden sie an jenem Morgen von etwas anderem übertroffen, nämlich Melancholie. Ich verspürte geradezu Lust, darin zu baden, mich mit Traurigkeit und Erinnerungen zu bedecken. Für mich war

Julian nicht vor dreiundzwanzig Jahren, sondern in der vergangenen Nacht gestorben. Und meine zeitlebens von mir geächtete Schwester war zur Heldin aufgestiegen.

Seit ich vor einigen Wochen auf Poel angekommen war, hatte ich einen ganz bestimmten Ort gemieden und dafür ständig neue Ausflüchte gefunden wie die Vorbereitungen für die Vernissage. Nun zog es mich mit aller Macht dorthin, wo ich sowohl Sabinas als auch Julians gedenken konnte, wo alle persönlichen Habseligkeiten der Familie Mahler lagerten: auf den Speicher meines Elternhauses. Ich erreichte ihn über eine Klappe in der Decke des Obergeschosses, die ich mit einer Hakenstange öffnete, ehe ich die Leiter herunterziehen konnte.

Die Luft dort oben war trotz der frühen Stunde klebrig warm, das Licht war spärlich. Indem ich die einzige Dachluke öffnete, versuchte ich beide Widrigkeiten auf einmal zu beheben, leider nur mit mäßigem Erfolg. Bei jedem Schritt flog uralter Staub vom Boden auf, den ich äußerst widerwillig einatmete. Solange es nur Luft zum Atmen gibt, begnügt man sich damit, sagte ich mir, und bald dachte ich nicht mehr daran.

Die Unordnung auf dem Dachboden setzte sich im Innern der Kartons fort. Die Hüte meines Vaters lagen bei den Küchengeräten des Kombinats Schwarzenberg, Sofakissen und Waschlappen bei den Gläsern, die Töpfe zwischen Mutters Kleidern. Sabina hatte damals alles zusammengepackt, da ich mit Carlos bereits nach Argentinien abgereist war. Der chaotischen Zusammenstellung der Utensilien merkte ich den Widerwillen meiner Schwester an, noch einmal alles, was an unsere verstorbenen Eltern erinnerte, in die Hand zu nehmen. Ebenso war ihre Eile zu spüren, aus Kaltenhusen wegzukommen. Die Sachen aus meinem Zimmer, die ich wenige Wochen vorher bereits gepackt und auf den Speicher geschafft hatte, wirkten allerdings genauso hirnlos in die Kisten geworfen. Immer wieder fielen mir Fotos in die Hände, die meisten davon zeigten mich, am zweithäufigsten waren meine Eltern abgelichtet, dann folgte meine Katze Tiger. Sabina lag weit abgeschlagen auf dem letzten Platz.

Eine der wenigen Aufnahmen von ihr zog mich in ihren Bann, und ich betrachtete sie mehrere Minuten. Darauf lag die jugendliche Sabina bäuchlings auf einer Liege im gefilterten Licht eines blauen Sonnenschirms am Strand, vielleicht in Ungarn, vielleicht in Bulgarien. Einen Arm hatte sie ausgestreckt und die Hand zur Faust geballt, und obwohl sie erst dreizehn Jahre alt war, gab sie mit ihrer imposanten Erscheinung eine eindrucksvolle Galionsfigur ab.

Völlig unvermittelt erinnerte ich mich an jenen Augenblick, der, wie ich nun begriff, der Ausgangspunkt für den zehnjährigen Krieg und die über dreißigjährige Feindschaft zwischen zwei Schwestern war. Ich war damals acht Jahre alt und hatte es mit einem Mal nicht mehr ertragen, eine so starke Schwester zu haben, die sogar den Jungs Paroli bot und die sich weigerte, die niedliche kleine Lea zu verhätscheln, wie die anderen es taten. Als Einzige von uns hatte sie eine Liege ergattert, wir anderen lagen auf Tüchern im Sand, und ich beschloss, die Liege zu erobern. Ich motzte, ich weinte, ich veranstaltete ein Riesentheater, und am Ende befahlen unsere Eltern Sabina, mir die Liege zu überlassen, die ich wie eine Cäsarin bestieg.

Der Moment verging, seine Wirkung hielt an. Von da an waren wir rasch auseinandergedriftet, getrieben von unterschiedlichen emotionalen Strömungen. Sabina entwickelte ihre Pampigkeit, ich meinen Sarkasmus im Umgang mit ihr. Im Grunde jedoch bewunderte ich meine Schwester für ihre körperliche wie charakterliche Stärke und für den Respekt, den sie sich überall erstritt, sogar von mir. Nichtsdestotrotz tat ich alles, um ihn zu unterdrücken, was mir nur gelang, indem ich ihr gegenüber besonders unverschämt auftrat. Das war der grausame Widerspruch meiner Eifersucht, die der Bewunderung entsprang und sie zugleich zerstörte.

Noch über einen ganzen Ozean und zwei Dekaden hinweg hatte ich die unsinnige, aus einer Laune heraus entstandene Rivalität gepflegt.

Was für ein gutes Herz sich unter Sabinas rauer Schale verbarg, führte mir ein anderes Foto vor Augen. Darauf saß meine Katze auf ihrem Schoß. Während ich den auf mir ruhenden Tiger stets bedenkenlos aufgeweckt und verscheucht hatte, wenn mir danach war, hatte Sabina es einfach nicht fertiggebracht, selbst wenn ihre Blase kurz vorm Platzen war.

Erkenntnisse wie diese taten weh, vor allem weil meine späte Reue niemandem mehr nutzte – außer mir selbst, was den Schmerz nur noch verstärkte.

Als ich die Fotos zur Seite legen wollte, bemerkte ich den Fußabdruck auf dem staubigen Boden, der unmöglich von mir stammen konnte, der Abdruck eines derben Schuhs oder Stiefels von mindestens Größe 44. Ich fuhr mit dem Zeigefinger darüber, der nur eine sehr dünne Spur hinterließ. Der Abdruck war vermutlich ungefähr vier Monate alt.

Vier Monate zuvor

Die Abdrücke, die Sabinas Schuhe auf dem staubigen Boden des Speichers hinterließen, störten sie irgendwie. Sie hatte diese Schuhgröße, seit sie zwanzig war, doch selten war sie sich ihrer Füße derart unangenehm bewusst. Es musste an Leas Anwesenheit liegen. Auch nach all den Jahren, obwohl sie beruflich Fuß gefasst, Selbstbewusstsein getankt, Niederlagen erfolgreich bewältigt und sich einen dicken Panzer gegen Komplexe zugelegt hatte, genügte es, dass Lea hinter ihr lief. Sofort schämte Sabina sich für ihre zu groß geratenen Füße.

»Du übernimmst diese Reihe da, ich die hier«, befahl sie, um ihre Unsicherheit zu kaschieren.

»Aye, aye«, salutierte Lea und öffnete den ersten Karton. »Volltreffer. Lauter Ordner und Papiere. Ich bin begeistert«, seufzte sie, zögerte aber nicht, mit der Suche nach dem fast achtzig Jahre alten Kaufvertrag für das Ruinengrundstück zu beginnen.

Eine Weile schwiegen sie. Als Sabina etliche Fotos in die

Hände fielen, wollte sie die Bilder rasch zur Seite legen. Doch Lea hatte es bereits bemerkt, sprang auf und kam auf sie zu.

»Zeig mal, was ist denn da drauf?«

»Lea, wir sind hier, um Unterlagen zu sichten, keine Fotos.«

»Och, wenn man das Angenehme mit dem Nützlichen verbinden kann …«

»Angenehm, na ja. Auf den Bildern bist doch sowieso fast nur du drauf.«

Lea stemmte die Hände in die Hüften. »Was soll denn das heißen?«, sagte sie lachend. »Dafür kann ich doch nichts. Du hast es immer schon gehasst, fotografiert zu werden. Du wärst nicht fotogen, hast du immer gesagt, deine Nase sei viel zu groß, du hättest Wangenknochen aus Gusseisen und die Hände von King Kong.«

Sabina lächelte bitter. »Schätzchen, das habe nicht ich gesagt, sondern du über mich.«

»Oh. Ganz sicher?«

»Ja.«

»Oh.«

»So schlimm ist es nun auch wieder nicht, dass du zweimal ›Oh‹ sagen musst. Das ist alles so lange her … Britney Spears konnte nicht mal sprechen, geschweige denn singen, und Lady Di war noch mit Prinz Charles verheiratet. Anders gesagt, es hat sich irgendwann im Mittelalter abgespielt.«

»Tut mir trotzdem leid.«

»Halb so wild. Such einfach weiter.« Daraufhin ging Lea zu ihren Kartons zurück, wirkte jedoch ein bisschen geknickt.

»Ich war wohl ein ziemliches Biest, oder?«, fragte sie einige Minuten später.

Sabina zögerte mit der Antwort und seufzte schließlich: »Was soll ich sagen? Ja, das warst du. Aber ich hatte ebenso viele Möglichkeiten wie du, den Teufelskreis zu durchbrechen und einen Schritt auf dich zuzugehen. Hab ich nie gemacht. Also, was soll's?«

Erneut schwiegen sie. Während Sabina die Kartons durchwühlte, suchte sie nach Worten, die eine Brücke zu Lea schlagen könnten. Aber sie war, was ihre Schwester anging, eine schlechte Brückenbauerin. Ihr wollte einfach nichts einfallen.

Lea hingegen schon. Sie sagte in die Stille: »Ich war eifersüchtig auf dich.«

Sabina war verblüfft. Dann lachte sie. »Du auf mich? Eifersüchtig? Du willst mich wohl auf die Schippe nehmen.«

»Nein, wenn ich's dir doch sage. Ich weiß, das hört sich komisch an, weil ich früher immer alles bekommen habe und … Aber erinnere dich mal, Sabina. Wie war das noch, wenn ich zum Klavierunterricht musste? Mama hat immer darauf bestanden, dass du mich begleitest. Dabei war ich alt genug, um nach der Schule die zweihundert Meter allein zu gehen. Auch Papa hat mich nie auf dem Kutter mit rausgenommen, wenn du nicht dabei warst. Er sagte, er hätte keine Zeit, um auf mich aufzupassen. Hundert solche Beispiele könnte ich dir nennen. Keine Sandburg konnte ich bauen, ohne dass sie dich als Aufpasserin dazubeordert hätten.«

Sabina zuckte mit den Schultern. »Ist doch ganz normal. Schließlich war ich die Ältere.«

»Darum geht es doch gar nicht. Mama und Papa haben gewusst, wie wir zueinander stehen, und trotzdem waren sie sich hundertprozentig sicher, dass du mich beschützen würdest, wenn es drauf ankommt. Nicht nur das, sie wussten auch, dass du mich beschützen *könntest.* Dass du die Nerven behalten würdest, egal, was passiert. Mich hielten sie für bezaubernd, für hübsch, aber auch für schwach und verletzbar. Als Mama und Papa gestorben sind, habe ich mich kurz darauf dem erstbesten Mann an den Hals geworfen. Carlos … Er … Er hat mich geschlagen, noch ganz am Anfang unserer Ehe. Ich habe das bisher keinem erzählt. Er hatte … sexuelle Präferenzen, die ich nicht geteilt habe. Ich habe es trotzdem über mich ergehen lassen. Dabei habe ich mir gewünscht … du … du würdest kommen und mich da rausholen.«

Sabina hatte Leas Beichte mit offenem Mund verfolgt. Vor allem der letzte Satz berührte oder vielmehr erschütterte sie so sehr, dass sie nicht wusste, wie reagieren. Sollte sie sich bei Lea für ihre Offenheit bedanken, ihrerseits Worte der Bewunderung finden, Nachfragen zu Carlos stellen? Sie war dermaßen irritiert, dass sie automatisch weiter in dem Karton wühlte, und noch bevor sie sich eine Antwort zurechtgelegt hatte, hielt sie das gesuchte Papier in Händen.

»Das gibt es doch nicht!«, rief sie. Es war tatsächlich der Kaufvertrag aus den Dreißigerjahren. »Ich glaube, so gut habe ich mich schon lange nicht mehr gefühlt.«

Sie stand auf und umarmte Lea, seit langer Zeit zum ersten Mal – und zugleich zum letzten Mal in ihrem Leben.

September 2013

Nach zwei Stunden auf dem Dachboden war ich völlig erschöpft, was an der schlaflosen letzten Nacht und der stickigen Luft, vor allem aber an den Erinnerungen lag. Nichts schlaucht mehr als späte Einsichten und offene Fragen, und davon hatte ich an jenem Morgen reichlich. Zu allem Übel stieß ich auch noch auf die Fotos, die ich von Julian und mir gemacht hatte, sozusagen meine ersten künstlerischen Versuche in diesem Metier. Zum großen Teil waren es ästhetische Nacktaufnahmen unserer jungen, glatten, hellen Körper. Darunter entdeckte ich Julians Liebesbriefe, Zeugnisse seiner romantischen Ader. Gegen einen Kleidersack gelehnt überflog ich die Zeilen, schmunzelte gerührt über ganze Passagen hinweg, schluckte andere wie Medizin hinunter oder träumte mich in sie hinein. Geschichten, Hymnen, Liedtexte und Gedichte wechselten sich mit normalen Briefen ab, über denen ich vor vielen Jahren zu später Stunde im Bett eingeschlafen war und die nun, so viele Jahre später, ein schmerzliches Lächeln hervorriefen.

Er wäre nicht weggegangen, sagte ich mir. Er hätte es nicht fertiggebracht, mich ein Jahr lang warten zu lassen. Doch allein dass er auf den Gedanken gekommen war, ohne mich um die Welt zu reisen, hatte mich wütend gemacht, also hatte das verwöhnte Kind die Puppe lieber zerschlagen, bevor sie ein anderer bekam, und sei es auch nur zeitweise. Letztendlich hatte mein Stolz uns auseinandergebracht. Stolz, die ewige Sünde der Narren, wie der britische Dichter Alexander Pope schrieb.

Auf einmal hörte ich Atemgeräusche, dazu ein Kratzen auf der Leiter und hielt inne. Doch niemand erschien.

»Pierre? Bist du das?«

Dann ein Pfeifen. Seit einer Ewigkeit hatte ich diese Melodie nicht mehr gehört, trotzdem erkannte ich sie sofort wieder. Es war die Hymne, die Julian einst für unsere Clique geschrieben hatte.

Als ich mich erhob, verstummte das Pfeifen, und als ich unten ankam, fand ich die Räume leer und verlassen vor.

Ich brauchte Klarheit über meinen Besuch im Mai, wobei ich mich schlecht an jene Menschen wenden konnte, denen ich nicht mehr voll vertraute, auch wenn ich ihnen damit womöglich Unrecht tat. Die Polizei schied ebenfalls als Ansprechpartner aus, da ich so gut wie nichts vorweisen konnte, außer einem Haufen unguter Gefühle im Bauch, der Warnung einer leicht dementen Frau und meinen Hirngespinsten. Edith Petersen war der Schlüssel. Sie wusste irgendetwas, da war ich mir sicher. Was genau, über wen und wie sie es erfahren hatte – davon hatte ich nicht die geringste Ahnung. Vielleicht überschätzte ich ihr Wissen auch, und sie besaß nur ein winziges Puzzleteil.

Als ich am Haus der Petersens eintraf, stand Margrethes Auto nicht an seinem Platz, nur das von Harry war da. Ich wollte gerade klingeln, da bemerkte ich, dass die Haustür nur angelehnt war, wie es immer schon gang und gäbe war an sonnigen, milden Tagen in Kaltenhusen, wo jeder jeden seit jeher kannte. Ich hatte die Hand bereits gehoben, um anzuklopfen, als ich durch den Türspalt am Ende des dunklen Ganges in die Küche blickte, wo Harry mit dem Rücken zu mir am Küchentisch saß. Er tat nichts, sondern starrte einfach nur geradeaus.

Plötzlich fand ich es besser, mich nicht bemerkbar zu machen. Was, wenn er darauf bestand, mich zu Edith zu begleiten? Daran hatte ich vorher gar nicht gedacht. Unversehens bekam ich die Chance, allein, und ohne dass es jemand mitbekam, zu Edith vorzudringen.

Auf Zehenspitzen schritt ich zur Treppe. Da ich wusste, dass sie knarrte, brauchte ich eine kleine Ewigkeit, bis ich die Stufen dicht an der Wand entlang nach oben geschlichen war.

Edith sah sich das Vormittagsprogramm im Fernsehen an, irgendeine Serie mit roten Rosen, Liebesschwüren und Luxusproblemen. Als sie mich bemerkte, schien sie einen Moment lang überlegen zu müssen, wer ich war, so als müsse sie erst eine Kartei im Kopf durchgehen. Nach einigen Sekunden fand sie den zu meinem Anblick gehörenden Namen.

»Oh, Lea, das ist ja lieb«, sagte sie und stellte den Ton des Fernsehers leiser. Wie schon einige Wochen zuvor streckte sie mir ihre knochige Hand entgegen, und mir schien, dass sie noch kraftloser, willenloser geworden war. Überhaupt wirkte die alte Dame müder und schwächer als bei meinem ersten Besuch, irgendwie blutleer.

»Hast du Pierre mitgebracht?«, fragte sie.

»Nein, er ist noch drüben, glaube ich.«

»Ich brauche ihn.« Eigentlich meinte sie, dass sie seine Spritzen oder vielmehr das ganze Arsenal seiner Betäubungsmittel brauchte. Es mag theatralisch klingen, aber ihr schien der Tod bereits über die Schulter zu blicken. Dazu dieser strenge Geruch, der von ihr ausging und nicht nur das Zimmer, sondern das ganze Haus erfasst hatte. Schon am Abend zuvor war mir die Ausdünstung des Verfalls unangenehm in die Nase gestiegen. Natürlich konnte Edith nichts dafür, und ganz sicher hätte sie kein Mitleid gewollt, aber genau das empfand inzwischen wohl jeder Besucher für sie. Früher hatte man Respekt vor ihr gehabt, man hatte sie gutmütig gefunden, kinderlieb, humorvoll, fleißig, stark, mutig, zäh. All das war erloschen, reine Vergangenheit. Die Gegenwart war pure Anteilnahme, sonst nichts.

»Schauen Sie mal, was ich beim Stöbern in alten Sachen gefunden habe.«

Ich gab ihr ein Foto, das vor ungefähr dreißig Jahren in ihrem Garten aufgenommen worden war: Zwischen Malven, Tomatenpflanzen und Bohnenranken steht die lachende Edith und breitet beide Arme über den Schultern der Kinder von Kaltenhusen aus, wie eine Adlermutter, die ihre Jungen beschützt. Julian legt sogar den Kopf auf Ediths Oberarm, eine zärtliche Geste voller Dankbarkeit.

Ich gab ihr Zeit, das Foto zu betrachten, stellte mich ans Fenster und warf einen Blick hinunter in den Garten, der keiner mehr war. Es gab dort weder Blumen noch Gemüse, und der Rasen war mit Klee und Moos durchsetzt.

»Da ist ja auch Sabina«, sagte sie schließlich.

Ich nickte. Auf dem Foto steht meine Schwester noch hinter Edith, die sie damals bereits überragt, und man sieht ihr an, dass sie nicht richtig dazugehört, obwohl sie es vielleicht möchte. Ihr Lächeln wirkt zaghaft, beinahe unsicher, im Gegensatz zu ihrer sonst eher grimmig-entschlossenen Mimik. Es war eine der seltenen Aufnahmen, auf denen Sabina mit uns anderen Kindern abgelichtet worden war. Deswegen hatte ich Edith gerade dieses Foto gegeben. Es verschaffte mir einen Übergang zu den Fragen, die mir unter den Nägeln brannten.

»Harald lacht ja gar nicht«, stellte die alte Dame enttäuscht fest. »Als Einziger. Irgendwas passt ihm schon wieder nicht. Vielleicht wollte er mich nicht mit euch teilen, was meinst du?«

»Da muss ich passen.«

»Er war schon als Junge schrecklich empfindlich. Wenn man mal Tacheles mit ihm geredet hat, dann hat er sich tagelang eingeigelt, und selbst wenn man ihn in Watte gepackt hat, hat er sich irgendwie auch daran verletzt. Nach Mike hatte er keine Freunde mehr. Aber mit Sabina hat er sich ganz gut verstanden. Ach, Lea, deine arme Schwester. Wieso muss ich das alles noch miterleben? Warum ist mein Körper denn bloß so zäh? Ich will nicht mehr zäh sein. Jemand muss mir endlich das Kissen auf den Kopf drücken. Aber sie alle sind zu feige. Zu feige.«

Sie sah mich an, als würde sie in meinen Augen den Mut suchen, den sie bei ihren eigenen Kindern vermisste. War das nicht entsetzlich? Der einzige Wille, den diese Frau noch hatte, galt ihrem Tod. Ich konnte sie verstehen, genauso gut wie jene, die sie als feige bezeichnete.

»Es war kein normaler Unfall, nicht wahr?«, wechselte ich völlig unvermittelt das Thema. »Hat uns jemand verfolgt? Sind wir deswegen so schnell gefahren? Was wissen Sie darüber?«

Ediths Augen flackerten unruhig auf, vielleicht weil sie meine nächste Frage bereits erwartete. Ich musste deutlicher werden. Manche Dinge lassen sich nicht über Umwege in Erfahrung bringen.

»Edith, vor ein paar Wochen haben Sie mich vor einer Gefahr gewarnt. Wen oder was haben Sie damit gemeint? Wovon geht die Gefahr aus?«

Der Atem der alten Dame ging schneller, er rasselte leicht. »Oh Lea, wenn du nur weniger fragen und stattdessen meinem Rat folgen würdest. Verlass Kaltenhusen, noch heute, am besten jetzt gleich.«

»Ich weiß, Sie meinen es gut. Aber Sie müssen mir sagen, was hier vor sich geht. Hat es mit Julians Ermordung zu tun? Mit seinem Grab in der Ruine, das die Polizei gestern Nacht freigelegt hat? Haben Sabina und ich im Mai davon erfahren?«

Edith schlug die zitternden Hände vor den Mund, die Augen weit aufgerissen.

»Was sagst du da?«, ächzte sie. »Julian ist … Oh, mein Gott. Man hat ihn …«

Ich zögerte. Wusste sie etwa noch nichts davon?

»Ja, er wurde ermordet, das steht so gut wie fest«, bestätigte ich betrübt. »Ermordet und verscharrt. Vor dreiundzwanzig Jahren.«

»Vor … dreiundzwanzig …«

»Vermutlich am einunddreißigsten August neunzehnhundertneunzig.«

Wieder schien sie im Geiste eine Kartei durchzugehen.

»Am einunddreißigsten August«, murmelte sie dann, völlig in sich versunken.

»Durch einen Zufall haben wir vergangene Nacht das Grab gefunden. Mich wundert, dass Margrethe und Harald es Ihnen nicht gesagt haben. Tut mir leid, dass Sie es auf diese Weise …«

Ediths plötzlich angstvoller Blick ging über meine Schulter hinweg.

Just in diesem Moment blitzte wieder eine jener in ein Standbild gegossenen Erinnerungen vor meinem geistigen Auge auf, die nach Meinung der Schweriner Klinikpsychologin ein Geschehen von meinem Besuch im Mai spiegelten: Margrethe steht vor dem Küchentisch im Erdgeschoss und beugt sich darüber, während sie ein Stück Stoff in der Hand hält, ein großes Badetuch, das sie über irgendetwas geworfen hat, das auf dem Tisch liegt. Harry steht neben ihr, leichenblass und verstört …

Das Bild erlosch.

Ich wandte mich um. Mit versteinerter Miene verharrte Margrethe vor der geöffneten Tür von Ediths Zimmer.

Vier Monate zuvor

»Wow, sch-scheiße, ich fasse es nicht, das i-ist ja irre.«

Harry hielt den Kaufvertrag für das Ruinengrundstück in Händen. Er las jedes Wort mindestens dreimal und streichelte mit dem Finger über die Unterschriften von Balthus' Vater sowie Sabinas und Leas Großvater. Dann strahlte er abwechselnd Sabina, Margrethe und Lea an, die sich bei den Petersens in der Küche um ihn und das Dokument versammelt hatten.

Schließlich ruhte sein Blick wieder auf Sabina. »D-das ist es! Wir sind g-gerettet! Das ist das Allerg-größte! Mann, ey, der he-helle Wahnsinn.«

Margrethe sagte mit tiefer, sonorer Stimme: »Ja, toll. Aber nun krieg dich mal wieder ein.«

Auf ihre Weise meinte Lea dasselbe, als sie sagte: »Das ist nicht die Magna Charta, Harry, sondern nur ein Vertrag über den Ankauf von Brachland.«

Sabina konnte ihn verstehen, vielleicht als Einzige. Der Palast war für ihn ein Symbol, ein Heiligtum, in dem das Beste seines Lebens aufbewahrt wurde: seine Erinnerung. Sicherlich hingen auch die anderen Mitglieder der Clique an dem Gemäuer, so wie viele Menschen im Erwachsenenalter noch an einem Spielplatz hängen, auf dem sie einst herumgetollt sind, oder am Garten der Großeltern, wo sie im Sommer Kirschen vom Baum gepflückt haben. Die meisten finden sich damit ab, dass die Dinge nicht ewig währen, sondern sich verändern, dass sie verkauft werden, einer Straße oder einem Parkplatz weichen müssen … Nicht so Harry. Selbst in dreißig Jahren würde er in der Ruine noch seine Jugend zelebrieren, jeden einzelnen Tag. Vielleicht würde er dort sogar sterben.

Er ergriff Sabinas Hand. »D-danke. Vielen, vielen Dank. Das hast du super gem-macht.«

»Gern geschehen. Lea hat mir dabei geholfen.«

Harry und Lea nickten sich zu, aber ihre Blicke begegneten sich nur kurz. Sie waren Fremde, getrennt nicht nur von den dreiundzwanzig Jahren, in denen sie sich nicht gesprochen hatten, sondern auch von dem, was ihr heutiges Leben ausmachte. Harrys Leben bestand aus Poel, der Klosterruine und dem Bestatten von Toten, das seiner Schwester aus Mühe. Leas Leben hingegen bestand, soweit Sabina das einschätzen konnte, aus der Arbeit als Fotografin, der künstlerischen Auseinandersetzung mit den verschiedensten Objekten, dem Umgang mit einem versierten internationalen Publikum und – so wie sie aussah – womöglich auch aus Geflirte mit attraktiven Männern. In dem innen wie außen heruntergekommenen Haus der Petersens wirkte sie wie eine frische Lilie in einem Strauß von Trockenblumen.

»Ich hätte da allerdings noch eine Bitte an dich«, sagte Sabina an Harry gewandt.

»A-alles«, bestätigte er. »Was du willst.«

»Ich will, dass wir alle gemeinsam einen Abend verbringen. Noch heute.«

»Sup-per Idee!«, rief Harry. »Immerhin haben wir was zu feiern.«

»Wenn ich alle sage, dann meine ich *alle* damaligen Kinder von Kaltenhusen, also eure Clique und mich.«

»Sch-scheiße.«

Dieser Fluch galt natürlich Mike.

»Scheiße«, wiederholte Harry und schlug die Hände vors Gesicht.

Margrethe stieß ihn von der Seite an. »Nun hab dich nicht so. Du darfst immerhin den blöden Steinhaufen behalten, dafür kannst du ja wohl mal über deinen Schatten springen. Außerdem ist es echt an der Zeit, dass ihr euch die Hand reicht. Ihr könnt doch nicht ewig …«

»Ist ja g-gut, ich hab's gehört«, maulte er seine Schwester an.

»Nicht schlecht. Aber hast du's auch verstanden?«

Eingehend betrachtete Harry das Dokument in seinen Händen, er betastete das Papier, dann warf er Sabina einen weiteren dankbaren Blick zu.

»Also gut. Abgem-macht.« Er stand auf. »Aber vorher will ich noch das dumme Gesicht von B-Balthus sehen, wenn ich ihm die frohe Botschaft überbringe.«

Sabina nahm den Vertrag wieder an sich und verstaute ihn zusammengefaltet in ihrer Sweatjacke. Zu dritt sahen sie durch das Küchenfenster, wie Harry wie ein fröhlicher Junge davonhüpfte und in die einsetzende Dämmerung über Kaltenhusen eintauchte.

»Ich bin überrascht«, sagte Lea und berührte Sabina an der Schulter. »Angenehm überrascht. Der Vorschlag, gemeinsam einen schönen Abend zu verbringen, hätte von mir sein können.«

Sabina lächelte. Für das, was sie vorhatte, war ein solcher Abend unerlässlich. Schön würde er allerdings nicht werden.

September 2013

Margrethe zerrte Lea aus dem Zimmer ihrer Mutter. Sie hegte eine tiefsitzende Antipathie gegen ihre frühere Freundin und Kameradin, die sich in einer einzigen Bewegung entlud, als sie Lea in Richtung Treppe stieß. Beinahe wäre Lea gestolpert, konnte sich jedoch gerade noch am Treppengeländer festhalten.

»Sag mal, was soll das?«, rief Lea.

Ohne ihr zu antworten, scheuchte Margrethe sie die Stufen hinunter vor sich her.

Eigentlich hatte sie Lea schon damals, als sie noch Kinder waren, nicht besonders gut leiden können und deshalb manchmal mit ihrem Fahrrad Lea in den Graben abgedrängt und die Aktion dann als Versehen getarnt, um Mike nicht zu verärgern. Denn Mike, nein, eigentlich alle hatten Lea mehr gemocht, als diese es verdient hatte, sogar Margrethes Mutter. Wer hatte Harry und Pierre tausendmal aus der Patsche geholfen? Sie, Margrethe. Wer hatte sich damals am meisten Arbeit mit der Freilegung der vermaledeiten Ruine gemacht und dabei weder Dornen noch Brennnesseln gescheut? Margrethe. Wer hatte Ersatzteile für Mikes schrottreifes Fahrrad besorgt und es dann repariert? Wer hatte Leas dümmliche Katze ein Dutzend Mal vom Baum geholt? Wer hatte Jacqueline immer wieder im Sportunterricht motiviert? Wer hatte Julian ein Alibi gegeben, wenn er sich heimlich mit Lea zum Knutschen treffen wollte? Margrethe und immer wieder Margrethe. Zusammen mit Mike war sie die Aktivste gewesen, die Tapferste, Fleißigste, Zuverlässigste.

Aber wie das so ist in einer ungerechten Welt – geliebt werden nicht diejenigen, die sich bemühen, sondern jene, die bezaubern. Ein Lächeln von ihnen wiegt tausend Stunden Anstrengung auf, ein einziges Wort hundert Taten. Lea war zierlich und löste damit bei den Jungen automatisch Beschützerinstinkte aus, die sie gerne in Anspruch nahm, und wenn sie den Kopf in den Nacken warf, lachte und die Haare schüttelte, war sie das hübscheste Mädchen weit und breit. Weil ihre Mutter aus einem gebildeten städtischen Hause stammte, las sie viel und konnte sich gut ausdrücken. Darüber hinaus hatte sie einfach ein Gespür dafür, wie sie andere Menschen für sich einnehmen konnte. Sie war Margrethe immer schon vorgekommen wie eine dieser Eisläuferinnen, die vor Talent und Schönheit nur so strotzen und denen es genügt, eine Acht zu laufen, um eine Zehn zu bekommen, wohingegen sich jene, die alles gaben, mit einer Sieben zufriedengeben mussten.

Damals jedoch war all das durch den Umstand gemildert worden, dass das Haus und Grundstück der Petersens – zusammen mit der Ruine – der Mittelpunkt und häufigste Versammlungsort der Clique gewesen war und Margrethes Mutter die Rolle einer gütigen Schutzpatronin übernommen hatte. Dadurch hatte sich Margrethe aufgewertet gefühlt.

Die Gegenwart sah anders aus. Heutzutage trank Jacqueline Pingpong-Tee im Schatten eines japanischen Ahorns, Pierre saß Tag für Tag in seinem weißen Kittel und mit Einmalhandschuhen in seiner weiß getünchten Praxis, wo er hundert Euro für einen Handschlag kassierte, und Mike war der Herr der Insel. Margrethe hingegen hatte nichts außer einem Putzjob, einem bescheuerten Bruder und einer siechenden Mutter, die sie im Stillen schon tausendmal gefragt hatte: Wann stirbst du endlich?

Nie war sich Margrethe jedoch der Erbärmlichkeit ihres eigenen Lebens bewusster gewesen als in jenem Moment, da Lea engelsgleich aus dem Nichts eingeschwebt war, hübsch und eindrucksvoll und wortgewandt. In Margrethes Haus, über dem das graue Leichengewand eines beschwerlichen Alltags lag, wirkte Lea wie ein Fresko in einer düsteren Garage.

Allein dafür hätte sie die Heimkehrerin gerne die Treppe hinuntergestoßen, um das zu Ende zu bringen, was der Unfall nicht bewerkstelligt hatte. Das war missgünstig, darüber war Margrethe sich im Klaren. Doch es ist tausendmal leichter, sich über jemandes Erfolg zu freuen, wenn man selbst etwas vorzuweisen hat. Diese Kraft zum Guten brachte Margrethe schon lange nicht mehr auf.

An jenem Vormittag allerdings kam zu ihrem allgemeinen Hass noch ein ganz spezieller hinzu.

»Was fällt dir ein, Mama von Julian zu erzählen?«, fuhr sie Lea an, kaum dass sie die Küchentür hinter sich geschlossen hatte.

»Entschuldige, ich dachte, ihr hättet es ihr längst gesagt. Wieso auch nicht?«

»Dass sie sich furchtbar darüber aufregen könnte, ist dir wohl nicht in den Sinn gekommen.«

»Irgendwann muss sie es doch erfahren.«

»Ach ja? Wo steht das geschrieben? Und wer entscheidet darüber? Du etwa?« Margrethe tippte sich mehrmals heftig mit dem Finger auf die Brust. »Es wäre meine Entscheidung gewesen, Madame. Ich habe das Sagen, was Mama angeht.«

»Ich verstehe die Aufregung nicht. Wieso sollte Edith nicht erfahren, was mit Julian passiert ist?«

Margrethe wich der Frage aus. »Wer hat dich überhaupt zu ihr gelassen?«

»Harry hat vorhin wie in Trance auf dem Stuhl da gesessen. Ich wollte ihn nicht stören und …«

»Als ich eben heimgekommen bin, war er nicht da. In seinem Zimmer ist er auch nicht. Wo zum Teufel treibt sich dieser Idiot bloß schon wieder herum?«

»Da fragst du die Falsche. Wie gesagt, vor einer Viertelstunde war er noch hier.«

In Margrethes Bauch brodelte die Wut wie eine giftige Brühe, und sie wusste nicht, über wem sie sie lieber ausgekippt hätte – über Harry, Lea oder dem alten Balthus, der mit seiner gestrigen Aktion diesen ganzen Schlamassel erst angerichtet hatte. Letztendlich musste das schmutzige Geschirr die Sache ausbaden, über das sie sich nun hermachte, als hätte sie noch eine Rechnung mit ihm offen.

Eine Minute lang kümmerte Margrethe sich um nichts anderes, und als sie schon dachte, der ungebetene Gast wäre gegangen, trat Lea neben sie, nahm ein Spültuch und trocknete die Teller und Gläser ab – eine Geste, die Margrethes Ärger nur noch verstärkte.

»Es tut mir leid«, sagte Lea, und obwohl Margrethe ihr weiterhin ihren breiten Rücken zukehrte, fuhr sie fort. »Ich habe mir überlegt, dass wir uns heute Abend vielleicht noch mal zusammensetzen sollten, wir alle, und ein bisschen über die alten Zeiten reden.«

»Wozu soll das gut sein?«, murrte Margrethe.

»Wegen Julian, du weißt schon. »Wir haben so viele schöne gemeinsame Erinnerungen. Zum Beispiel an den zehnten November neunundachtzig. Es war Julians Idee, unsere Wünsche an dem Abend in den Himmel zu schreien.«

»Ja, und sie war absolut bekloppt«, sagte Margrethe.

»Das finde ich zu hart.«

»Na und, er hört doch nicht zu.«

Manchmal konnte sie sich selbst nicht ausstehen, verabscheute ihre Sprache, die klang wie aus einer erbarmungslosen Wildnis. Aber so war die Armut nun mal, wild und erbarmungslos.

»Wir haben alle mitgemacht«, wandte Lea geduldig ein. »Auch du. Ich weiß es noch wie heute. Du bist mutig in den Regen getreten …«

»… und habe dummes Zeug geredet.«

»Wünsche sind nie klug. Das ist ja das Tolle daran.«

Margrethe verdrehte die Augen und warf die Spülbürste ins Wasser. So konnte nur jemand reden, dessen Wünsche in Erfüllung gegangen und lebendig waren. Ihre hingegen waren langsam gestorben, gleich nach der Hauswirtschaftsschule. Sie hatte als Au-pair-Mädchen nach Paris gehen wollen, danach weiter nach Monaco, Bologna, Rom… Doch kaum hatte sie ihr Zeugnis bekommen, war Edith an Darmkrebs erkrankt, und sie hatte ihrer Mutter natürlich in dieser schweren Zeit beigestanden. Dann war eins zum andern gekommen, und alle möglichen Krankheiten waren wie Raubtiere über ihre Mutter hergefallen. Damals hatten sie zum ersten Mal Geldprobleme bekommen, und so waren Margrethe und ihre Wünsche langsam auseinandergedriftet, bis sie sich schließlich aus den Augen verloren hatten.

Lea sagte: »Margrethe, ich wollte dir noch sagen, dass ich wirklich toll finde, was du da machst. Die meisten Töchter hätten Edith längst in ein Heim abgeschoben. Ich könnte das niemals, dafür bin ich viel zu egoistisch. Es erfordert sicher eine ungeheure mentale und körperliche Kraft, und manchmal wird es einem noch nicht einmal gedankt. Ich ziehe den Hut vor dir, und ich…«

»Oh, bitte«, spie Margrethe aus und traktierte eine verkrustete Suppenkelle mit der Bürste. »Lass das Süßholzgeraspel. Du, ausgerechnet du kommst hier einfach so nach dreiundzwanzig Jahren reingeschneit, redest geschwollen daher, und sofort scharwenzeln alle um dich herum. Mike verschafft dir eine Fotoausstellung, Jacqueline lädt dich zum Tee ein, Pierre steckt dir seine Zunge in den Hals… und wer weiß was noch…«

»Das Niveau unserer Unterhaltung fällt gerade gewaltig ab.«

»Das hier ist mein Haus, hier herrscht mein Niveau. Weißt du, wie oft Jacqueline mich schon eingeladen hat? Exakt null Mal. Mir wirft keiner irgendwas hinterher, außer den Mist dieser Welt.«

Widerlich, dachte sie über sich selbst. So als ob sie die Zurücksetzungen, die schimmeligen Träume, die Phantomschmerzen allesamt verrührt, eingekocht und die bittere Soße anschließend in sich hineingelöffelt hätte. Dieselben Erinnerungen, die ihren Bruder am Leben hielten, zerfraßen sie von innen.

»Ich hatte es auch nicht immer leicht«, rechtfertigte Lea sich und machte die Sache damit nur noch schlimmer.

Margrethe lachte laut und dunkel auf. »Du hast keine Ahnung, wie leicht du es hattest.«

»Oh Margrethe, du siehst nur das, was du sehen willst, nämlich die schönen Seiten meines Lebens. Aber bist du auch neidisch auf meine Fehlgeburt vor elf Jahren? Oder auf die zweite vor vier Monaten?«

»Ja«, entgegnete sie und meinte es bitterernst.

Lea hatte die Liebe kennengelernt und – wenigstens einige Monate lang – die Mutterschaft. Den heftigen, direkt zu Herzen gehenden Schmerz wegen des verlorenen Kindes hätte Margrethe nur zu gerne gegen ihren eigenen, ewig dumpfen Phantomschmerz getauscht. Einen einzigen Mann hatte sie geliebt, vor langer Zeit, und war verschmäht worden. Nachdem Lea vor dreiundzwanzig Jahren Julians Angebot zurückgewiesen hatte, ihn zu begleiten, war Margrethe zum ersten und einzigen Mal aus der Deckung gekommen und hatte sich ihm als Ersatz angeboten. Doch er hatte einfach nur den Kopf geschüttelt. Sicherlich, sie wären ein seltsames Paar geworden, eine robuste Walküre und ein musikalischer Romantiker. Aber hätten sie es nicht wenigstens versuchen können? Stattdessen nur ein Kopfschütteln. Das war's.

»Und mein Autounfall?«, insistierte Lea. »Bist du etwa auch darauf neidisch?«

Margrethe hatte keine Lust mehr auf diese Unterhaltung. »Weißt du was, Lea? Lass es einfach. Ehrlich, du gehst mir so was von auf die Nerven mit deiner coolen Weltläufigkeit, den beschissenen Kalendersprüchen und Literaturzitaten. Das hier«, sie holte etwas aus der Hosentasche hervor, »ist die einzige Hilfe, die ich brauchen kann, und nicht dein Gewäsch.«

Sie zeigte ihr kurz einen Scheck über fünftausend Euro, ausgestellt von Mike. Margrethe hatte keine Skrupel gehabt, das Geld anzunehmen, ganz im Gegensatz zu ihrem Bruder, der am Abend zuvor seinen Versöhnungsscheck in Fetzen gerissen hatte.

Nun verstaute sie das Schriftstück sorgsam wieder in der Hosentasche.

»Du hast nichts begriffen, Lea, gar nichts, und wenn du nicht mit Pierre zusammen wärst, hätte ich dir schon längst eine geklebt. Immerhin ist er noch so etwas wie ein Freund. Aber du … Du warst nie meine Freundin. Na, bist du jetzt schockiert? Darf es ein Kamillentee sein? Ein Ingwerplätzchen? Raus! Verschwinde!«

»Margrethe …«

»Nix, Margrethe. Na los, raus aus meiner Küche, bevor ich mich vergesse. Ich will dich nicht mehr sehen.«

Es gelang Margrethe, sich so lange zu beherrschen, bis Lea Haus und Grundstück verlassen hatte. Danach herrschte für einige Sekunden absolute Ruhe, die Uhr stand seit Tagen still. Der Geruch des Spülwassers stieg ihr in die Nase, zusammen mit der ebenso vertrauten wie verhassten Muffigkeit des alten Hauses.

»Julian«, sagte sie mit einer Stimme, in der alle Traurigkeit lag, die Margrethe sonst immer vor der Welt und sich selbst verbarg.

»Julian.« Der Freund von einst war lebendiger als in den letzten zwanzig Jahren. Als wäre er zurückgekommen.

Zugleich war er tot. Er war tot. Tot.

Mit einer einzigen machtvollen Bewegung warf sie das ganze Geschirr zu Boden, wo es krachend zerbarst.

Auf der Fahrt nach Wismar breitete sich, wie schon am Abend zuvor, Übelkeit in mir aus. Sie begann im Magen und stieg dann langsam auf, brennend wie scharfer Schnaps.

Ich hielt an und übergab mich.

Der Streit mit Margrethe hatte mir schwer zugesetzt. So wie sie hatte noch keiner mit mir geredet, diese offene Feindseligkeit war für mich fremd und beängstigend. Was jedoch hinzukam: Margrethe hatte möglicherweise recht, wenn auch nicht in allem und schon gar nicht in der Art und Weise, wie sie ihren Standpunkt vertreten hatte. Ihr eintöniger Alltag war auf mein buntes Dasein geprallt, denn im eigentlichen Sinne hatte ich gar keinen Alltag. Jeder Auftrag, jede Arbeit, jeder Tag war anders. Das war eine ungeheure Gnade. Eine, die andere neidisch machen konnte.

Margrethe irrte, wenn sie glaubte, dass Menschen glücklich werden, sobald sich ihre Wünsche erfüllen. Allerdings konnte sie, deren Wünsche allesamt unerfüllt geblieben waren, dies nicht wissen. Seit Jahren starrte sie auf eine verschlossene Tür, hinter der sich ihrer Meinung nach das bessere Leben befand. Das jedoch ist ein Mythos – das bessere Leben befindet sich immer diesseits der Tür.

Trotz aller Einwände hatte ich bisher ein weitaus leichteres Leben gehabt als Margrethe. Ich hatte die Welt gesehen, sehr viele unterschiedliche Menschen getroffen, hatte um nichts wirklich hart kämpfen müssen. Oft genug waren mir die Menschen und Dinge einfach so zugeflogen, vielleicht gerade weil ich ihnen mit Leichtigkeit und großem Optimismus entgegengeflogen bin. Das birgt jedoch die Gefahr, dass man sich an dieser Eigenschaft hochzieht und irgendwann von oben auf die anderen hinabblickt, die es nicht hinbekommen.

War ich früher ein solcher Mensch? Ich fürchte, ja. Dabei hatten maßgeblich die Gene meiner Dresdner Mutter, deren Vater Bildhauer gewesen war, die Fröhlichkeit meines Vaters, das Geld und die Kontakte von Carlos mich dazu gemacht.

Erst der Unfall und das darauf folgende Martyrium hatten mich verändert. Ich blickte in den Himmel, wo die Schwalben sich zu ihrem langen Flug Richtung Süden versammelten und Hieroglyphen in das leicht verwaschene, frühherbstliche Blau zeichneten. Als sie vor einigen Monaten auf der Insel eingetroffen waren, hatte Sabina noch gelebt – und irgendwie auch Julian.

Mir war nach einer Schulter, an der ich mich ausweinen konnte, so sehr hatte Margrethes Aggressivität mich getroffen. Natürlich fiel mir als Erstes Pierre ein, dem ich zwar seit der letzten Nacht aus dem Weg ging, nach dem ich mich jedoch nach wie vor sehnte. Aber zunächst hatte ich in Wismar zwei Dinge zu erledigen, die mich nicht losließen.

Im Wismarer Krankenhaus erinnerte man sich noch sehr gut an mich. Dass ich den Autounfall überlebt hatte, sah man dort als kleines Wunder an, aber auch als Ergebnis der kompetenten Behandlung. Dem stimmte ich aus vollem Herzen zu und schüttelte allen Ärztinnen und Ärzten, ebenso allen Pflegern und Schwestern die Hand. Meinem Wunsch, die Unfallakte einzusehen, entsprach man erst nach kurzem Zögern und vorheriger Rücksprache mit dem Chefarzt. Letzterer überreichte mir die Unterlagen dann persönlich, und der Blick, mit dem er das tat, schien mich zu fragen: Wollen Sie sich das wirklich antun?

Ich wollte nicht, aber ich musste. Wonach ich suchte, war mir selbst nicht ganz klar. Nach irgendetwas, das mir den Unfall erklärte oder mich zumindest einer Erklärung näher brachte. Der Besuch bei Edith hatte mich in der Sache nicht weitergebracht. Sie schien irgendetwas zu wissen oder zu ahnen, in anderer Hinsicht jedoch völlig ahnungslos zu sein, wie ihre Reaktion auf die Entdeckung von Julians Leichnam mir gezeigt hatte. Bei unserer ersten Begegnung vor einigen Wochen hatte sie sich in Margrethes Anwesenheit zunächst verwirrt gegeben, um mich dann bei erster Gelegenheit zu warnen. Dass sie auch heute nicht konkreter geworden war, konnte nur zwei Gründe haben. Entweder sie hatte schreckliche Angst. Nur wovor? Eine Frau wie Edith, die einen anflehte, dass man ihr das Kissen auf den Kopf drücken möge, konnte unmöglich um ihr Leben fürchten. Viel wahrscheinlicher war die zweite Erklärung: Sie versuchte jemanden zu schützen.

Die Bilder vom Unfallort, die mich zeigten, waren schrecklich und trafen mich mit voller Wucht. Erst bei ihrem Anblick wurde mir das wahre Wunder meiner Rettung in seiner ganzen

Dimension bewusst. Unglaublich, dass aus diesem Blutklumpen wieder mein altes Ich geworden war, wenigstens äußerlich. Auch die lange Liste der beschriebenen Verletzungen war eindrucksvoll. Besonders aufmerksam las ich den Bericht der Rettungssanitäter, die zwanzig Minuten nach dem Unfall gemeinsam mit der Feuerwehr am Unfallort eingetroffen waren. Sie hatten allerdings vermerkt, dass die medizinische Erstversorgung von demjenigen vorgenommen worden war, der auch den Notruf abgesetzt hatte: Dr. Pierre Feldt.

Bisher hatte mich die Frage, wer den Unfall entdeckt und gemeldet hatte, nicht weiter beschäftigt. Irgendjemand, der zufällig vorbeigefahren war, hatte ich angenommen.

Pierre hatte mir gesagt, dass er Jacqueline wegen eines allergischen Anfalls ins Krankenhaus gebracht habe und dass Sabina und ich ihnen mit einigem Abstand gefolgt seien.

Ich erkundigte mich beim Chefarzt, ob Pierre an jenem Tag Notdienst gehabt hatte, was jedoch nicht der Fall war. Wenn ihn seitens der Rettungsdienste also niemand angerufen hatte und er ein gutes Stück vorausgefahren war – wie hatte er den Unfall dann bemerkt? Wie konnte er der Ersthelfer sein?

»Ist Ihnen Jacqueline Balthus bekannt oder vielmehr Jacqueline Nickel?«, fragte ich.

»Oh ja, die Dame war schon meine Patientin«, sagte der Chefarzt, und irgendetwas in seinem Gesicht verriet mir, dass er die Begegnungen mit ihr nicht sonderlich schätzte.

»Ich weiß, Sie unterliegen der Verschwiegenheitspflicht, aber … Mir ist bekannt, dass Jacqueline eine Nussallergie hat. In der Nacht, als ich verunglückt bin, ist Jacqueline da ebenfalls eingeliefert worden?«

»Nein, das wüsste ich«, antwortete er, tippte kurz auf seinem Laptop herum und bestätigte mir dann: »Sie wurde in jener Nacht definitiv nicht in unserem Haus behandelt.«

Nach der letzten Nacht war mein Misstrauen gegen meine früheren Freunde eher diffus gewesen, geschürt von Ediths Warnung, dem Anschlag auf Jacquelines Leben und einigen kleineren Ungereimtheiten. Dass Pierre mich angelogen hatte, was die Unfallnacht betraf, war nun keine kleine Diskrepanz mehr und traf mich tiefer als Margrethes unvermittelt und offen zutage getretene Feindseligkeit. Mit einem Mal war ich wieder allein, ohne Freunde. Schlimmer noch, ich fühlte mich von jenen Menschen bedroht, mit denen ich bis gestern noch gegessen und getrunken, getanzt und gefeiert und sogar unter einem Dach geschlafen hatte. Meine Welt brach zusammen, die seit einigen Wochen ohnehin nur aus dem kleinen Kaltenhusen und seiner Handvoll Bewohner bestand.

Im Grunde wusste ich nun nicht viel mehr als vor meinem Besuch im Krankenhaus. Weder die Geschehnisse der Unfallnacht noch jene der Stunden davor waren mir präsenter als vorher. Allerdings wusste ich nun, dass ich mich ausschließlich auf mich selbst und meine eigenen Antworten verlassen durfte. Das wiederum erzeugte in mir einen gewissen Druck, nicht lockerzulassen. Mit halben Erklärungen würde ich mich nicht länger zufriedengeben.

Einige Wochen zuvor hatte ich Pierre gebeten, für mich herauszufinden, in welchem Heim Julians Vater untergebracht war. Es passte ins Bild, dass er mir diese Information noch immer nicht gegeben und vermutlich gehofft hatte, ich würde es vergessen. Kurzentschlossen rief ich bei Frida Scheunenwirth an, der Tankstellenbetreiberin und langjährigen Freundin der Familie Morgenroth, und erhielt prompt die gewünschte Adresse.

Das Haus »Ankerplatz« war nur ein paar Straßen von der Klinik entfernt, also fuhr ich sofort hin. Als ich mich an der Rezeption nach Hans Morgenroth erkundigte, streckte mir die Empfangsdame die Hand entgegen.

»Sind Sie eine Angehörige?«

»Nein, eher eine gute Bekannte.«

»Dennoch mein aufrichtiges Beileid.«

Hans Morgenroth war etwa eine Stunde vorher, kurz nachdem ihn die Polizei vom Tod seines Sohnes unterrichtet hatte, eingeschlafen und nicht mehr aufgewacht. Nach Auskunft seines Pflegers Torben Schleicher waren die Beamten sich unsicher gewesen, ob er sie überhaupt verstanden hatte. Offensichtlich hatte er das durchaus. Sein Tod machte eine der ohnehin wenigen Möglichkeiten zunichte, die ich noch hatte, um mehr über die Geschehnisse von vor vier Monaten zu erfahren. Und über jene von vor dreiundzwanzig Jahren. Andererseits gönnte ich Hans Morgenroth das sanfte und schnelle Ableben, nachdem er Gewissheit über das traurige Schicksal seines Sohnes erlangt hatte. Hätte er sich etwa noch lange mit einem Leben, das ihm nichts mehr bot, plagen sollen?

Torben Schleicher wirkte seltsam nervös auf mich. Wir hatten nur wenige Sätze gewechselt, und als ich mich von ihm verabschieden wollte, sagte er: »Dürfte ich Sie bitte mal kurz in Ruhe sprechen? Bei einem Kaffee?«

»Natürlich. Worum geht es?«

»Um Ihre Schwester.«

Torben Schleicher und ich setzten uns in ein am Kanal gelegenes Restaurant, nicht weit vom »Ankerplatz«, das zur Mittagsstunde gut besucht war. Mir war noch immer ganz flau im Magen, daher bestellte ich einen Kräutertee, Torben einen Cappuccino. Der junge Mann wirkte so bedrückt auf mich, als hätte er einen persönlichen Verlust erlitten.

»Haben Sie Herrn Morgenroth lange gekannt?«, fragte ich.

»Vier Jahre. Ich war von dem Tag an, als ich hier angefangen habe, für ihn zuständig.« Er hielt kurz inne. »Zuständig, das klingt so … so distanziert. Dabei habe ich Hans lieber gemocht als meine beiden Großväter.«

»Das merkt man Ihnen an. Wie lange war er in dem Heim?«

»Fast zehn Jahre.«

»Ein hübsches Haus, hell und sauber. In Deutschland nennt man so etwas ›sehr gepflegt‹, glaube ich.«

Ich deutete ein Lächeln an, um Torben ein wenig aufzuheitern, doch er reagierte nicht darauf. Eigentlich fragte ich mich erst in diesem Moment, was er denn mit mir besprechen wollte. Zu viel war in den letzten vierundzwanzig Stunden passiert, seit ich mit Pierre zur Ausstellungseröffnung gefahren war, und die großen Fragen ließen kaum noch Platz für die kleinen.

Während der Kellner die Getränke servierte, schwiegen wir. Torben spielte mit dem Löffel im Milchschaum. Dann blickte er abrupt zu mir auf.

»Ich bin schuld«, sagte er.

»Schuld? Woran?«

»An allem.«

Ich wartete auf eine nähere Erklärung, und als diese nicht

erfolgte, fragte ich: »An allem? Auch an den schlechten PISA-Noten, dem Facharbeitermangel und dem Erdbeben in Japan?«

»Daran, dass alles so gekommen ist, wie es gekommen ist. Wenn ich nicht so blöd gewesen wäre, würde Ihre Schwester noch leben, und Sie hätten nicht so viele Monate leiden müssen.«

Er schob die Cappuccinotasse so energisch von sich, dass der Inhalt auf den Unterteller schwappte. Ich nahm mir vor, meine ironischen Kommentare für mich zu behalten, und gab Torben die Zeit, die er brauchte.

Nach einer halben Minute setzte er von neuem an. Mit belegter, todtrauriger Stimme erklärte er mir, dass er Sabina damals mit einem Trick nach Poel gelockt hatte, wo sie erst Hans Morgenroth traf und danach wegen Julians Verschwinden nachzuforschen begann.

»Ich weiß, was Sie jetzt sagen werden: dass das noch lange kein Grund ist, mich schuldig zu fühlen, und dass Ihre Schwester sich aus freien Stücken entschieden hat, der Sache nachzugehen.«

»So ist es. Wenn ich Sie richtig verstanden habe, glauben Sie, dass der Unfall und Sabinas Ermittlungen unmittelbar zusammenhängen.«

»Ja.«

»Wie kommen Sie darauf? Haben Sie meine Schwester nach der ersten Begegnung noch einmal gesehen?«

»Nein. Das ist es ja gerade!«, rief er aufgeregt. »Sie hat mir gesagt, ich soll mich aus der Sache heraushalten. Aber das habe ich nicht getan. Ich habe Sie angerufen.«

»Mich?«

Er hatte sich sehr viel Arbeit mit seinen Recherchen gemacht, bestimmt fünfzig Euro an Telefongebühren investiert und über eine Spanisch sprechende Freundin die Telefonnummer von Carlos ausfindig gemacht.

»Ihr Exmann hat mir nach einigem Hin und Her Ihre Handynummer gegeben. An dem Morgen …«

»Das waren *Sie*?«, rief ich völlig überrascht.

Er blickte in den karamellisierten Schaum seines Cappuccinos.

»Sie waren irgendwo im Freien, ich habe den Wind gehört.«

»In der Normandie, bei Étretat.«

»Ich habe Ihnen kurz erklärt, wer ich bin und dass ich für Hans Morgenroth anrufe. Dass er Sie sehen möchte. Dass es um seinen verschwundenen Sohn geht. Dass ich schon Ihre Schwester eingeschaltet habe. Ehrlich gesagt, ging es mir nicht nur darum, Hans den Gefallen zu tun, Sie mit ihm zusammenzubringen, sondern auch Ihrer Schwester etwas Gutes zu tun. Sie hatte mir gegenüber angedeutet, dass Sie beide schon lange keinen Kontakt mehr hätten …«

»Was habe ich geantwortet?«

»Eigentlich nicht viel. Sie haben sich bedankt, dann haben Sie etwas von einem Auftrag gesagt, dass Sie keine Zeit hätten, nichts versprechen könnten. Ich war nach dem Gespräch ein bisschen enttäuscht. Und dann, ein oder zwei Tage später, habe ich in der Zeitung von dem Unfall gelesen, vom Tod Ihrer Schwester … Und von Ihnen. Es ist bestimmt kein Zufall, dass Sie verunglückt sind, so kurz nach Ihrem Eintreffen. Das stinkt doch zum Himmel. Sie und Ihre Schwester müssen etwas herausgefunden haben.«

Torben entfaltete seine Theorie, die von tausend Filmen inspiriert war, tausend Verfolgungsjagden, die alle im Crash endeten. Mir fiel wieder jenes innere Foto ein, das mir einige Tage vorher im Geiste erschienen war: zwei Scheinwerfer beim Blick durch die Heckscheibe. Waren Sabina und ich verfolgt und von der Straße gedrängt worden? Die Polizei hatte keine Hinweise auf Fremdverschulden gefunden.

Noch während mir diese Frage durch den Kopf ging und Torben weitersprach, blitzte es erneut vor meinem inneren Auge, und ein weiteres Standbild erschien: derselbe Ort, ich auf dem Beifahrersitz, Sabina neben mir am Steuer. Wieder zwei Scheinwerfer. Und dennoch nicht dasselbe Foto. Denn diesmal sehe ich auch die Kühlerhaube des Autos, in dem ich sitze. Die Scheinwerfer in der Nacht, sie kommen uns entgegen, direkt auf uns zu.

»Oh«, stöhnte ich und zuckte zusammen.

Torbens Hundeblick ruhte auf mir. »Es tut mir leid. Ich … ich habe nicht daran gedacht, wie belastend es für Sie sein muss.« Er kaute an seinen abgekauten Fingernägeln. »Vor ein paar Tagen stand etwas über Sie in der Zeitung. Ihre Fotoausstellung wurde angekündigt, und da … Da erst habe ich erfahren, dass Sie wieder nach Poel gekommen sind und … und … Amnesie, ja?«

Ich trank den Rest meines Kräutertees und nickte. »Sie brauchen sich nicht zu entschuldigen. Für nichts, verstehen Sie? Haben Sie uns etwa gegen den Baum gefahren? Nein. Man hat Julian Morgenroths Leiche gefunden, sein Vater hatte also recht, und Sie haben nur getan, worum ein Todkranker Sie gebeten hat.«

Ich nahm meine Handtasche, legte einen Zehner auf den Tisch und stand auf.

»Sie waren dem alten Herrn Morgenroth in den letzten Jahren ein Freund, sein einziges Glück«, sagte ich Torben zum Abschied. »Der stille Held in dieser Geschichte, das sind Sie.«

Er blieb über die Tasse gebeugt sitzen und lächelte ein ganz klein wenig, kaum sichtbar. Vielleicht bildete ich es mir auch nur ein.

»Wenn Sie meinen … Aber es gibt noch einen«, sagte er, als ich mich schon einen Schritt entfernt hatte. »Na ja, ich habe mich immer gefragt, wie Hans sich den ›Ankerplatz‹ leisten konnte. Er hat sich das selbst gefragt, denn er hatte nur eine kleine Rente. Wir haben angenommen, dass sein amtlicher Vormund die Finger im Spiel hatte, ein staubtrockener Typ von irgendeiner Behörde. Der hat jedenfalls mal Andeutungen in die Richtung gemacht. So ganz habe ich ihm das aber nie geglaubt. Vorhin war der Typ vom Amt im Heim, wegen Hans' Tod, und als er abgelenkt war, habe ich einen Blick in die Akten geworfen. Jemand hat Hans ohne sein Wissen zehn Jahre lang den Platz hier bei uns bezahlt.«

Torben streckte mir einen Zettel entgegen.

»Hier, ich hab den Namen aufgeschrieben.«

Bisher hatte es der September gut mit der Ostseeküste gemeint. Fast jeder Tag seit meiner Ankunft war mild und sonnig gewesen, abgesehen von den dunstverhangenen Morgenstunden, die ich so liebte. An diesem Nachmittag jedoch, als ich von Wismar zurück nach Poel fuhr, frischte der Wind stark auf. Als ich am Palast ankam, peitschten tiefhängende Wolken über die flache Insel, und vereinzelt fielen kalte Regentropfen. Sie beendeten den Sommer, der mein Leben auf den Kopf gestellt hatte. Ich hatte tausend Qualen ertragen und mich dabei von der Frau entfernt, die ich gewesen war, ohne meine neue Identität gefunden zu haben. Ich hatte eine Schwester verloren und sie dabei wiedergewonnen, war der Vergangenheit begegnet, hatte mich verliebt…

Seit drei Wochen kreisten meine Gedanken auch um Pierre, jeden Tag, jede Nacht vor dem Einschlafen und jeden Morgen beim Erwachen. Überall hatte ich ihn mit mir herumgetragen, bei meinen Fotosafaris, in meinem Elternhaus, bei den Besuchen hier und dort. Ich hatte mir vorgestellt, wie das Zusammenleben mit ihm aussehen könnte, in seinem Haus auf Poel, mit mir als Frau Doktor. Radtouren im Frühling, Strandfeeling im Sommer, lange, windumtoste Spaziergänge im Herbst, heißer Punsch mit knackenden Kluntjes im Winter, Sex vorm knisternden Kaminfeuer und allerlei weitere romantische Situationen. Seltsamerweise hatte ich uns immer nur hier auf der Insel sehen können, nirgendwo anders. Bis zu dem Moment, als man Julian gefunden hatte. Da hatte ich gewusst: Auf Poel, in Kaltenhusen, würde ich nie wieder leben können. Als hätte Pierre das Desaster geahnt, hatte er mir wenige Stunden vorher verkündet, mit mir zusammen fortziehen zu wollen, irgendwohin. Er selbst hatte es gesagt: wir beide an diesem Ort, das widerstrebte ihm.

Alles war so verlaufen, wie Liebesgeschichten meiner Meinung nach verlaufen sollten, weder zu schnell noch zu langsam, weder zu leicht noch zu schwer.

Und nun, von einer Stunde auf die andere, mischte sich

ein Gefühl in meine Liebe, das dort nicht hingehörte: Angst. Konnte man vor jemandem, den man liebte, Angst haben, und konnte man jemanden, vor dem man Angst hatte, aufrichtig lieben?

Ja, man konnte.

Ich erwartete Pierre am Eingang zum Palast, unter dem Torbogen. Eine halbe Stunde zuvor hatte ich ihm eine SMS geschickt, in dem Wissen, dass er kommen würde.

»Warum wolltest du mich gerade hier sehen?«, fragte er, als er eintraf. Er hatte seine weiße Arztkleidung abgelegt, trug eine Jeans und einen leichten schwarzen Pulli mit tiefem Ausschnitt, in dem er unverschämt gut aussah. »Wir könnten irgendwo schön zu Mittag essen. Wie wär's? Eine Stunde habe ich noch Pause. Für dich anderthalb.«

»Jeden anderen hätte ich tatsächlich nur in der Öffentlichkeit getroffen«, antwortete ich. »Mike, Margrethe, Harry, Jacqueline... Aber dich musste ich hier treffen, verstehst du? Weil ich dich liebe.«

»Ich liebe dich auch, aber... Wovon redest du?«

»Wenn ich mich mit dir in der Öffentlichkeit getroffen hätte, wäre das das Ende unserer Beziehung gewesen. Es hätte nämlich bedeutet, dass meine Angst vor dir größer ist als meine Liebe für dich. Ich habe hin und her überlegt, und hier bin ich.«

Die meisten Leute hätten mich für ziemlich töricht gehalten, mich an einem so abgelegenen Ort mit Pierre zu treffen. Hatte er mir drei Wochen lang etwas vorgespielt? War er so gut darin? Man hörte allenthalben, dass so etwas möglich war, von Heiratsschwindlern, die innerhalb von drei Monaten drei Frauen je dreißigtausend Euro abknöpften, oder von

Ehebrechern, die ihre Frau zum Hochzeitstag mit Blumen und Schmuck überraschten und eine Stunde vorher noch dem Bett ihrer Sekretärin entstiegen waren. Falls ich mich in Pierre irrte, konnte ich weit mehr verlieren als eine Zukunft mit ihm – ich konnte meine eigene Zukunft verlieren.

Ich sagte: »Du hast Julian umgebracht.«

Es war, als hätte ich ihm das sprichwörtliche Brett vor den Kopf gehauen. Sekundenlang brachte er kein Wort hervor. Er wich meinem Blick aus, beugte sich leicht nach vorn, griff sich an die Stirn, und als er mich wieder ansah, schimmerten seine Augen leicht glasig.

»Lea«, sagte er nur, begleitet von einer hilflosen Geste.

»Ich habe herausgefunden, dass du Hans Morgenroths Heimunterbringung gezahlt hast. Eintausendneunhundert Euro monatlich über einen Zeitraum von rund zehn Jahren. Ihr wart nicht verwandt, nicht befreundet. Im Heim kennt man dich nicht, was bedeutet, dass du Julians Vater nicht ein einziges Mal besucht hast. Was, wenn nicht dein schlechtes Gewissen, hat dich dazu gebracht, mal eben schlappe zweihunderttausend Euro für jemanden auszugeben, der nicht mehr war als dein ehemaliger Nachbar?«

Er sagte noch immer nichts, was bedeutete, dass er mir nicht widersprach. Ich hätte es mir gewünscht, mehr als alles andere in diesem Augenblick.

»Du hast mich damals schon geliebt, nicht wahr?«, fragte ich. »Bist du deswegen Julian in den Palast gefolgt? Habt ihr gestritten? Ging es um mich? Aber warum? Ich war doch schon nicht mehr mit ihm zusammen.«

»Lea, du … du verstehst das nicht.«

»Was verstehe ich nicht?«

Er trat auf mich zu, ich blieb stehen. Doch als er mich zu berühren versuchte, überkam mich wieder die Angst, und ich wich zurück.

»Ich habe Julian nicht umgebracht«, sagte er mühsam und gequält, als hätte er sich jedes Wort aus dem Fleisch schneiden müssen.

Ich weiß nicht, warum, aber ich glaubte ihm. Noch verrückter war nur, dass ich sagte: »Das glaube ich dir nicht.«

Wenn ich Pierre verdächtigte, ein Mörder zu sein, wäre es logischer gewesen, ihm vorzuspielen, dass ich ihm glaubte, obwohl ich es insgeheim besser wusste. Allerdings war dieses ganze Treffen nicht logisch, ebenso wenig wie meine Rückkehr nach Poel, die Missachtung der Ratschläge meiner Schweriner Ärztin, meine Liebe zu meinem früheren Spielkameraden Pierre…

»Wenn du mir sowieso nicht glaubst, was soll das alles hier?«, fragte er verärgert.

»Wirfst du immer so schnell die Flinte ins Korn? Überzeuge mich, dass ich dich zu Unrecht beschuldigt habe.«

»Lea, das ist alles viel komplizierter, als du denkst.«

»Sehe ich aus, als könnte ich nur einfache Dinge verstehen? Du weißt also etwas über Julians Tod?«, fragte ich.

Er nickte.

»Du weißt, wer ihn erschlagen hat?«

Nach einer Weile nickte er abermals.

»Und du warst daran beteiligt?«

»Ja… Nein… Ich sagte doch, es ist kompliziert.«

»Von wegen. Du bist ein Mordkomplize. Das ist nicht viel besser als ein Mörder!«

Das letzte Wort schrie ich Pierre ins Gesicht, ehe ich mich abwandte und vor ihm ins Innere der verschachtelten Ruine flüchtete. Abrupt wandte ich mich ihm wieder zu. Er war mir gefolgt, hielt jedoch zwei Schritte Abstand.

»Wer war es?«, rief ich. »Wen deckst du? Mike? Harry?«

Er antwortete mir nicht, und plötzlich kam mir ein unerhörter Gedanke.

Mit der Hand vor dem Mund stöhnte ich: »Oh, mein Gott.«

Pierre und ich standen in diesem Moment in telepathischer Verbindung, denn ohne ein Wort zu sprechen schien er zu wissen, welchen Verdacht ich hatte, und bestätigte ihn prompt.

»Ihr alle wart es«, nuschelte ich, wobei mir die Stimme versagte. Ich räusperte mich, schluckte. »Ihr habt ihn alle zusammen auf dem Gewissen.«

Ich wollte nichts mehr hören, hielt mir die Ohren zu. Als Pierre mich an der Schulter berührte, wehrte ich ihn ab. Mir wurde erst schwindelig, dann schwarz vor Augen. Ich ging in die Hocke, schlug die Hände vors Gesicht und verharrte eine Weile. Erst als Pierre mich erneut berührte, sprang ich auf.

»Lass mich in Ruhe!«, schrie ich ihn an. »Lasst mich alle in Ruhe, ihr Monster! Wie konntet ihr nur so tief sinken? Was hat Julian euch bloß getan, dass ihr ihn hinterhältig erschlagen und dann elend unter einem Busch verscharrt habt?«

Mir war nicht danach, darauf eine Antwort zu bekommen. Meine Fragen waren vielmehr Vorwürfe, Entlastungsschreie, Tränen des Zorns. Ich steigerte mich immer mehr in meine Trauer und meine Wut hinein, fast bis zur Hysterie. Pierre ließ ich nicht die geringste Chance, etwas darauf zu erwidern.

Schließlich wollte ich nur noch fort, irgendwohin, erst einmal zu meinem Auto. Um nicht an Pierre vorbeigehen zu müssen, schlug ich die entgegengesetzte Richtung ein, um den Palast auf anderem Weg als durch den Torbogen zu verlassen.

»Lea, bleib stehen!«, rief mir Pierre hinterher. »Lea, hör mir zu. Lea, bitte. Lea, so bleib doch stehen. Nicht dort entlang! Da ist von der Polizei abgesperrt. Lea!«

Tatsächlich hing ein Absperrband vor dem nächsten Hof, in dem man Julians Leichnam entdeckt hatte. Das Band hinderte mich nicht daran, meinen Weg fortzusetzen.

Etwas anderes schon. Fast wäre ich darüber gestolpert.

Direkt vor mir lag der leblose Körper eines Menschen.

Vier Monate zuvor

Der von Sabina einberufene Grillabend fand bei Mike und Jacqueline auf der Terrasse statt. Alle fanden sich zur grünen Stunde ein, jener fantastischen Zeit, wenn die Wiesen und Weiden in ein unwirkliches Licht getaucht sind. Das nahe Meer war grau und schwarz, in der Ferne glitt die von Dunst verschleierte Silhouette eines Frachters geisterhaft vorüber. Ein schwacher Duft von Gras lag in der Luft.

Eigentlich war es zu kühl, um draußen zu sitzen, aber alle hatten sich warm eingepackt, und die zwei Gaswärmer, die Mike aufstellte, sorgten für ausreichend Wärme. Der Grill war – natürlich! – kein herkömmlicher, sondern in einen Außenkamin integriert, der viel hermachte und von seinem Besitzer in höchsten Tönen beschrieben und gelobt wurde.

Mike schien es zu genießen, die alte Clique mal wieder so gut wie vollständig versammelt zu haben. Nur Julian fehlte. Trotzdem war er im Grunde genommen die Hauptperson des Abends, wenngleich das außer Sabina noch keiner ahnte.

Ein unaufmerksamer Beobachter hätte glauben können, es handele sich um ein ganz normales geselliges Zusammensein von Freunden, Bekannten und Nachbarn. Das Fleisch, die Würste und Gemüsespieße wurden aufgelegt, und Jacqueline kümmerte sich geradezu übereifrig um die Getränke, weshalb kein Glas länger als zehn Sekunden leer blieb. Die Gespräche drehten sich zunächst um Leas überraschenden Besuch und die Rettung des Palastes vor dem Zugriff des bösen Balthus. Dann kramten sie ein paar alte Geschichten aus, die dazu taugten, die Stimmung zu lösen. Das war auch nötig. Sabina bemerkte recht bald, dass dem Treffen etwas Gezwungenes anhaftete, das es wie eine Klammer umgab.

Jacqueline, der Sabina an diesem Abend zum ersten Mal seit ihrer Jugend wiederbegegnete, wirkte seltsam nervös. Sie bewegte sich fahrig, vermied lange Blickkontakte, und wenn sie lachte, klang es unnatürlich, so als hätte ihr jemand unter dem Tisch gegen das Schienbein getreten und sie so aufgefordert, gefälligst etwas fröhlicher zu sein. Ihr Gelächter wurde jedoch immer wieder von plötzlich einsetzenden Phasen unterbrochen, in denen sie stumm blieb. So wie sie in ihrem Essen herumstocherte, hätte man meinen können, ihr wäre übel. Margrethe war da konsequenter. Sie verzichtete völlig auf Gelächter und brütete die ganze Zeit über stumpf mampfend über dem eleganten Wedgwood-Teller, der von Würsten und Salaten überquoll. Alle zwanzig Minuten rief sie Edith an, um sich zu vergewissern, dass es ihr gut gehe. Mike schließlich wachte als Grillmeister sehr aufmerksam darüber, dass der Abend gesellig wirkte und die Gesprächspausen nicht allzu lang wurden. Er versuchte sogar, Harry einzubinden, der sich jedoch beharrlich an Sabina hielt. Ähnliches galt für Pierre, der Lea mit Beschlag belegte. Den ganzen Abend über konzentrierte Sabina sich auf die Beobachtung ihrer Tischgenossen und wartete auf den richtigen Moment, um die Bombe platzen zu lassen. Zwischendurch ergab sie sich jedoch auch immer wieder einfach ihren Gedanken und Gefühlen. Der Schönheit zum Beispiel, mit der sich die Finsternis langsam über Poel und das Meer senkte, oder der beeindruckenden Pracht des Sternenhimmels, der nahtlos in die fernen Lichterketten auf dem Festland überging.

Sabina dachte eine Minute lang an ihre Eltern und daran, dass sie abends oft im Garten gesessen und in den Nachthimmel geschaut hatten. Ihr leises Gemurmel war bei geöffnetem Fenster bis in Sabinas Zimmer gedrungen, und sie hatte sich gewünscht, eines Tages ebenfalls mit einem Mann so beieinanderzusitzen.

Sie warf Lea einen Blick zu, den diese nicht bemerkte und auch nicht bemerken sollte. Sabina war unendlich froh über die letzten Stunden, die ihr die Schwester zurückgebracht hatten, die ihr im Grunde erstmals eine richtige Schwester beschert hatten. An diesem Abend fühlte Sabina sich willens und stark genug, die schmerzlichen Erinnerungen in einen Mülleimer zu werfen und anzuzünden.

Als die Grillkohle langsam ausglühte, als Margrethe sich anschickte aufzubrechen und damit das beginnende Ende des Zusammenseins einläutete, hielt Sabina den richtigen Zeitpunkt für gekommen, um die nächste Stufe zu zünden.

»Wie ihr alle wisst, gehört das Ruinengrundstück seit heute wieder mir … oder besser gesagt Lea und mir. Deswegen können wir damit nun tun, was wir wollen. Ich will dort graben, und zwar gleich morgen früh«, verkündete sie.

Einige Sekunden lang sagte keiner etwas.

»Graben?«, fragte Lea schließlich verwundert. »Wozu? Der Palast ist doch längst ein Blumengarten.«

»Oh, ich möchte nichts pflanzen. Ich will auf die Suche gehen.«

»Wonach? Vermutest du dort Störtebekers Piratenschatz?«

»Nein, ein Geheimnis. Du ahnst es nicht mal, Lea, aber ich glaube, so manch einer hier ist im Bilde, was ich dort entdecken werde.«

Sabina blickte nacheinander in die Gesichter der Umstehenden. Jacqueline schien leicht erregt, und Harry nestelte nervös an seiner Unterlippe herum, während Mike, Pierre und Margrethe einfach nur die Stirn runzelten, wie Menschen das so tun, wenn jemand in Rätseln spricht.

»Wisst ihr, was ich echt merkwürdig finde?«, fragte sie. »Der Name Julian ist heute Abend kein einziges Mal gefallen. Dabei hat er doch quasi mit uns am Tisch gesessen. Gewissermaßen hat er sogar *auf* dem Tisch gesessen.«

»Ich … verstehe nicht«, sagte Lea. »Graben, Julian … Wovon redest du?«

»Das würde ich auch gerne wissen«, rief Mike verärgert.

Entschlossen machte er einen Schritt auf Sabina zu, der sie nicht im Geringsten beeindruckte und den sie ihrerseits mit einem Schritt nach vorn beantwortete. Einen Moment lang standen sie sich gegenüber wie zwei Boxer, kurz bevor die Glocke ertönt.

Dann wurden sie beide abgelenkt. Jacqueline sprang auf,

wobei sie am ganzen Körper zitterte, die Augen unnatürlich weit aufgerissen. Lautlos formte sie mit den Lippen Wörter.

Lea, die neben ihr stand, berührte sie an der Schulter. »Jacqueline, was hast du?«

Jacqueline riss sich los. »Julian … Oh, nein … Mein Gott … Die Möwen …«

Wie von einem Stromstoß getroffen, zuckte sie am ganzen Körper und bewegte sich dann ruckartig und völlig planlos, einen Schritt hierhin, einen dorthin.

Mike fasste sie hart an. »Was soll das? Reiß dich gefälligst zusammen! Du machst dich ja lächerlich.«

Sie schrie, als ramme ihr jemand Nadeln in die Haut, dann fing sie an, bitterlich zu weinen.

Mike warf Pierre einen ungeduldigen Blick zu. »Du bist der Arzt. Tu was!«

Pierre nickte. »Sie braucht ein Beruhigungsmittel.«

»Dasjenige, das sie nimmt, hilft ihr kaum noch. Dabei ist es schon ein echter Hammer.«

»Verstehe«, sagte Pierre. »Dummerweise habe ich Edith das einzige wirklich starke Mittel verabreicht, das ich zu Hause hatte. Ich fahre mit ihr in die Praxis. Jemand muss mir helfen, sie ins Auto zu bringen.«

Mike delegierte die Aufgabe an Margrethe, und während Jacqueline von zwei Seiten gestützt fortgebracht wurde, fuhr er Sabina an: »Bist du jetzt zufrieden? Wegen deiner grundlosen Verdächtigungen hat meine Frau einen Nervenzusammenbruch erlitten.«

»Das mit Jacquelines Zustand tut mir leid, aber … Ich habe nichts Besonderes gesagt, sondern bloß vom Graben im Palast und von Julian gesprochen. Den Rest hat Jacquelines Fantasie erledigt.«

»Du bist hier diejenige, die fantasiert.«

»Ich habe niemanden beschuldigt, irgendetwas getan zu haben, und auf meinem Grundstück kann ich nach Herzenslust graben. Ach ja, bevor ich es vergesse, ich werde die Nacht in der Nähe vom Palast verbringen, um sicherzustellen, dass ich die Einzige bin, die dort gräbt. Meine geladene Dienstwaffe habe ich übrigens bei mir. Und jetzt gute Nacht, schlaft gut.«

Mit diesen Worten wandte sie sich in Richtung Gartenweg um und ging davon.

»Du spinnst ja!«, schrie Mike ihr hinterher, dem sie jedoch keine Beachtung schenkte.

Nach ein paar Metern wandte sie sich noch einmal um. Fragend blickte sie Lea an. »Kommst du?«

Lea schien einen Augenblick lang unentschlossen, was sie tun sollte. Die unerwartete Wendung, die der Abend der Freunde genommen hatte, Sabinas Ankündigung, Jacquelines Anfall und Mikes Wutausbruch hatten sie eiskalt erwischt.

Noch ganz benommen von den Vorfällen, nickte sie. »Natürlich.«

Sabina war erleichtert, dass sie die eben erst wiedergewonnene Schwester nicht gleich wieder verloren hatte.

September 2013

Auch wenn es befremdlich, vielleicht sogar empörend und kaltherzig klingen mag, doch es war so. Dieser weitere Schock, der leblose Körper zu meinen Füßen, berührte mich emotional kaum noch. Der schwere Unfall, die Monate voller Qualen, Sabinas Tod, Ediths Warnung, all die Erinnerungen, dazu Margrethes Hass, der Fund von Julians Leiche, schließlich das, was ich kurz zuvor herausgefunden sowie bestätigt bekommen hatte, und nicht zuletzt enttäuschte Liebe – all das beanspruchte meine Nerven und meine Gefühle. Für den Mann, der reglos vor mir auf dem Boden lag, war da nichts mehr übrig. Es war mir egal, ob er noch lebte. Ich hatte kein Mitleid für ihn übrig, was vielleicht auch daran lag, dass dieser Mann Harry war, einer der Mörder.

Pierre schob sich an mir vorbei und untersuchte den Körper. Starr sah ich ihm einige Sekunden lang zu. Dabei bemerkte ich die leere Spritze, die direkt neben Harry lag.

Pierre sah zu mir auf. »Er ist tot.«

»So ist das also«, erwiderte ich mit kalter Stimme und erinnerte mich plötzlich wieder an die Spuren von Nüssen in Jacquelines Tee. »Nun bringt ihr euch also gegenseitig um, ja? Was war in der Spritze? Gift?«

»Ich weiß es nicht.«

»Lügner!«, rief ich, wandte mich um und rannte los, so schnell ich konnte.

Ich hatte mein Auto ungefähr zweihundert Meter entfernt geparkt und nahm auf dem Weg dorthin einige Abkürzungen. Hastig kletterte ich durch ein Spitzbogenfenster der Ruine, eilte durch das Unterholz des Wäldchens und sprang über einen kleinen Wassergraben, der zwei Weiden voneinander trennte. Ich war der Meinung, recht schnell gelaufen zu sein, aber als ich den Mietwagen erreichte, war Pierre direkt hinter mir.

Hektisch kramte ich in allen Hosen- und Jackentaschen nach dem Autoschlüssel, fand ihn aber nicht. Das gab Pierre die Gelegenheit, auf mich einzureden.

»Jetzt warte doch mal. Ich weiß wirklich nicht, was mit Harry passiert ist.«

»Du wolltest nicht, dass ich in den hinteren Teil der Ruine gehe, hast sogar versucht, mich aufzuhalten.«

»Weil da abgesperrt ist und ich dir etwas erklären wollte.«

Ich lachte verächtlich auf. »Ja, natürlich. Und was ist mit der Spritze? Solche benutzt du andauernd. Wer ist der Nächste, Pierre? Ich vielleicht?«

»Red keinen Unsinn«, fauchte er mich an. »Wenn ich dich umbringen wollte, hätte ich es längst tun können, oder etwa nicht? Ich fasse es nicht, was für ein Gespräch wir hier führen und dass du mir so etwas wie Mord überhaupt zutraust.«

»Du vergisst Julian. Und Harry.«

Endlich fand ich den Schlüssel in der Innentasche meiner Jacke. Ich schloss das Auto auf und stieg ein.

»Wohin willst du?«, fragte Pierre.

»Na, wohin wohl? Zur Polizei. Ich habe eine Leiche entdeckt und eine Handvoll Mörder dazu.«

Kraftvoll zog ich die Tür zu und verschloss sie von innen. Letzteres wäre nicht nötig gewesen, da Pierre keinen Versuch unternahm, mich aufzuhalten. Allerdings folgte er mir. Sein Wagen war nur wenige Meter von meinem entfernt geparkt, und er bog gleich nach mir auf die Landstraße ein.

Ich erhöhte das Tempo, fuhr viel zu schnell. Mit derselben Geschwindigkeit jagten mir die Verdächtigungen durch den Kopf. Bei einem Blick in den Rückspiegel fragte ich mich, ob Pierre mir schon einmal gefolgt war, in der verhängnisvollen Mainacht vor vier Monaten. Aber es gelang mir nicht, eine klare Ordnung in meine Gedanken zu bringen. Zu viele Tote: Julian, nun Harry, damals Sabina. Wer hatte meine Schwester und mich verfolgt? Und wer war uns am Steuer des zweiten Fahrzeuges entgegengekommen? Pierre war für mich in den vorangegangenen drei Wochen so etwas wie eine Planke für einen Schiffbrüchigen gewesen. Ich hatte mich völlig verloren gefühlt, unsicher, und seine Zuneigung war die erste Gewissheit gewesen, die mir zumindest ein wenig Halt gab.

Ich erhöhte das Tempo auf der schmalen Landstraße noch weiter, der Tacho zeigte einhundertzehn Stundenkilometer an, aber ich dachte kein bisschen darüber nach. Sonst fuhr ich nie schnell, das passte viel eher zu Sabina. Sie hatte Nerven wie Drahtseile gehabt – als Polizistin musste sie das wohl.

Hupend kam mir ein Traktor entgegen. Mit einem Schlenker in allerletzter Sekunde wich ich ihm aus.

Von Pierre war nichts mehr zu sehen. Vielleicht war meine Angst vor ihm grundlos. Vielleicht war aber auch meine Liebe zu ihm grundlos.

Irrte ich mich in Pierre? Sein schlechtes Gewissen war wirklich ausgeprägt, immerhin zweihunderttausend Euro groß.

Nein, Pierre war kein schlechter Mensch. Das Seltsame war, dass ich mich ihm immer noch sehr nahe fühlte, ihm sogar vertraute.

Gleichzeitig floh ich vor ihm.

Just in diesem Augenblick dachte ich zum ersten Mal: Ich bin verrückt. Ich weiß nicht mehr, was ich tue, und vor allem nicht, warum ich es tue. Mein Gehirn arbeitete unentwegt und versuchte zu analysieren. Tatsächlich brachte es keine einzige Überlegung zu Ende.

Die rote Ampel am Wismarer Stadtrand war schuld, dass Pierres Wagen nun wieder direkt hinter meinem war. Als ich mich zu ihm umdrehte, begegneten sich unsere Blicke, und ich dachte wieder: Ich liebe dich. Verdammt noch mal, ich liebe einen Mordkomplizen.

Vor dem Kommissariat stiegen wir gleichzeitig aus und trafen zeitgleich beim Pförtner ein. Trotzdem ignorierte ich Pierre völlig.

»Ich möchte Hauptkommissar Ammann sprechen«, bat ich. Der uniformierte Pförtner verwies mich an einen anderen Beamten, da Miroslav Ammann am Sonntag nicht im Büro war. Er öffnete uns die Tür und bat uns im Flur Platz zu nehmen. Offenbar nahm er an, dass Pierre und ich zusammengehörten und wegen derselben Sache vorsprechen wollten. Ich ließ ihn in dem Glauben, weigerte mich jedoch, Pierre auch nur anzusehen.

Auf dem Flur der Wache standen ungefähr zehn Stühle, zwei davon waren von einem jungen Paar besetzt, das gleich nachdem wir Platz genommen hatten, in ein Büro gerufen wurde.

Sobald wir allein waren, hob Pierre in leisem, leicht nervösem Tonfall an: »Okay, ich werde dir jetzt sagen, was vor dreiundzwanzig Jahren passiert ist.«

31. August 1990

Im Garten des Petersen-Hauses zirpen die liebeskranken Grillen. Die Luft steht still, sie ist schwer vom Parfüm des Sommers, dem Duft der Heckenrosen und Malven, der Lavendelstauden, Sonnenblumen und prall gefüllten Tomatensträucher. Auf alten Gartensesseln inmitten des üppigen Grüns sitzen sie beieinander: Margrethe und Harry, Mike, Jacqueline und Pierre, mit vorgebeugten Körpern, leise murmelnd, zischend, schimpfend.

»Drogen verkauft?«, fragt Margrethe an Harry gewandt. »Du und Mike? Ja bist du denn bekloppt? Entschuldigung, die letzte Frage hätte ich mir sparen können.«

»Aber g-guck doch mal, das Geld«, rechtfertigt sich der Gescholtene und streckt seiner Schwester zwölf Fünfzigmarkscheine entgegen, die sie ungläubig zählt.

»Woher habt ihr so viel Geld?«, fragt sie Pierre und Jacqueline etwas zu laut, woraufhin Mike sie maßregelt.

»Mann, Margrethe, wenn uns deine Mutter hört.«

»Die sitzt vorm Fernseher und guckt Tatort. Also noch mal, wie kommt ihr an so viel Geld?«

Jacqueline zuckt mit den Schultern. »Pierres Eltern haben ihm ein gut gefülltes Sparkonto überschrieben, für sein Medizinstudium im nächsten Jahr, und er gibt mir Kredit. Mein Gott, nun zieh nicht so ein Gesicht, wir nehmen doch bloß Heroin. Leichtes Zeug im Vergleich. Oder?« Sie blickt fragend in die Runde.

Keiner antwortet ihr.

»Damit ich das richtig verstehe«, sagt Margrethe. »Ihr beide«, sie deutet auf Mike und Harry, »besorgt den beiden«, sie deutet auf Jacqueline und Pierre, »Heroin.«

»Natürlich nicht nur ihnen, das wäre ja lächerlich«, ergänzt Mike. »Wir haben geschätzt hundert Kunden auf der Insel, in Wismar und Umgebung, Jacqueline und Pierre sind nur zwei davon. Das Zeug holen wir alle zwei Wochen in Lübeck ab und bringen es mit meinem Motorrad über die innerdeutsche Grenze. Da wird momentan kaum kontrolliert. Aber können wir jetzt gefälligst wieder über unser eigentliches Problem sprechen? Julian will zur Polizei gehen und uns anzeigen. Verdammt, das müssen wir verhindern.«

»Tja«, sagt Margrethe und verschränkt die kräftigen Arme vor der breiten Brust. »Nicht mein Problem, Mike.«

»Könnte es aber werden, wenn dein Bruder in den Knast muss. Willst du nicht auf die Hauswirtschaftsschule? Wenn Harrys Gehalt wegfällt, kann deine Mutter dir die Ausbildung in Berlin nicht bezahlen.«

»Idiot«, zischt Margrethe und wirft ihrem Bruder einen bösen Blick zu.

»Jemand muss Julian zur Vernunft bringen«, sagt Jacqueline. »Mit ihm reden, ihn überzeugen. Kann ja wohl nicht so schwierig sein.«

»Auf mich hört er bestimmt nicht«, sagt Margrethe. »Hab heute erst mit ihm gestritten.« Worüber, das verschweigt sie, schließlich muss sie ihre Demütigung nicht jedem auf die Nase binden. Lächelnd hat er ihren Vorschlag abgetan, statt Lea sie mit auf die Weltreise zu nehmen.

»Lea hat am meisten Einfluss auf ihn, sie sollte mit ihm reden«, schlägt Pierre vor.

Mike schüttelt den Kopf. »Die hat sich seit dem Tod ihrer Eltern völlig ausgeklinkt und interessiert sich für nix mehr, sondern hockt nur noch in ihrer Bude. Mit Julian hat sie es sich auch verdorben. Nein, ich sehe nicht, wie sie uns helfen könnte.«

»Herrj-je, wäre es denn wirklich so schlimm, wenn er uns anz-zeigt?«, fragt Harry. »Wir können d-das Zeug doch verstecken und alles leu-leugnen.«

»Solcher Stuss kann auch nur von dir kommen«, mault Margrethe. »Als Erstes machen die bei Jacqueline und Pierre einen Drogentest, dann kommt eins zum andern, und ehe du dichs versiehst, haben sie dich am Schlafittchen. Dich und Mike verknacken sie, Pierre kann sein Medizinstudium vergessen, und Jacqueline wird von ihrem Vater vermöbelt, bis ihre Knochen krachen. Aber mein Herr Bruder findet ja, dass das alles nicht weiter schlimm ist.«

Es geht noch eine Weile hin und her, während die Sonne sich dem Horizont entgegenneigt, ein frisches Lüftchen für Kühlung sorgt und ein paar glühende Wolken aufziehen. Jemand schlägt vor, sie sollten alle gemeinsam mit Julian sprechen, aber irgendwie glaubt keiner, dass das etwas bringen wird. Julian war schon immer idealistisch, er hält viel von Prinzipien und von Aufrichtigkeit. Was Harry und Mike da tun, ist für ihn ein übles Verbrechen, schlimmer noch, es ist Verrat an ihrer Freundschaft. Vermutlich glaubt er sogar, Jacqueline und Pierre einen Gefallen zu tun, wenn er ihren Drogenkonsum auffliegen lässt, weil sie dann größere Chancen haben, davon wegzukommen. Die Minuten verstreichen in fruchtloser Diskussion, bis Pierre aus dem Augenwinkel eine Bewegung wahrnimmt. Aus dem offenen Küchenfenster schiebt sich langsam ein kleiner Kopf nach draußen. Pierre, Mike, Harry, Margrethe, Jacqueline – einer nach dem anderen wenden sie sich Edith zu, die auf dem Fensterrahmen lehnt.

Sie sagt: »Ich werde das in die Hand nehmen.«

Genau das tut sie sofort. Sie haben Julian von Weitem zum Palast gehen sehen, und noch in derselben Minute bricht sie dorthin auf. Zunächst, um mit ihm zu reden. Doch auf dem Weg über die Weiden, in der langsam einsetzenden Dämmerung, ändert sie ihre Meinung. Was, wenn sie ihn nicht überzeugen kann? Wenn er sie stehen lässt, einfach davonläuft? Die Gelegenheit, ihn allein anzutreffen, ist einmalig. Schon morgen ist es zu spät, da geht er zur Polizei.

Am Palast angekommen, löst sie einen Backstein aus der Mauer. Sie tut es für ihren Sohn, nur für ihn, für Harry, den sie liebt, der ohne sie lebensuntauglich ist. Nichts bekommt der arme Junge auf die Reihe, immerzu versagt er. Muss er ins Gefängnis, ist er gezeichnet für Jahre und Jahrzehnte.

Nein!

Mit der ganzen Kraft ihres kleinen, schmächtigen Körpers holt sie aus und trifft Julian am Kopf. Der Stein zerbricht. Julian fällt um.

Eine Minute lang regt sie sich nicht. Tausend Bilder gehen ihr durch den Kopf: der kleine Julian auf ihren Knien, Julian, der ihren Streuselkuchen verschlingt, Julian, der ihr einen Wildblumenstrauß überreicht, Julian, der ihr ein Lied singt …

Sie beugt sich hinunter, überprüft den nicht mehr vorhandenen Puls und streicht schließlich eine blonde Locke aus Julians hübschem Gesicht.

»Edith?« Schrill stieß ich den Namen aus, wie einen Schrei, der sich als Echo in mir fortsetzte: Edith, Edith, Edith … Dann meinte ich plötzlich, meinen eigenen Namen zu hören und Edith vor mir zu sehen, so wie sie früher war. In meiner Erinnerung steht sie am Zaun, winkt mich zu sich herüber, gibt mir irgendeine Leckerei und erkundigt sich nach meinen Eltern, meinen Klavierstunden, meinen Schulnoten. Der Duft von Kuchen strömt aus dem Küchenfenster und vermischt sich mit dem Geruch des Meeres. Ich höre Ediths Lachen, leicht kratzig und sehr herzlich, spüre den Druck ihrer rauen Hausfrauenhand. Ihre grauen Augen ruhen zärtlich auf mir und dann auf dem Jungen neben mir, Julian. Zum Abschied lacht sie noch einmal, ein letztes Mal, bevor es für immer verstummt, dieses falsche Gelächter.

Wer hätte damals gedacht, dass etwas Böses in dieser Frau steckte, das nur einen Reiz brauchte, um wie eine Viper vorzuschnellen und zu töten?

Es würde nie wieder so sein wie früher. Die Erinnerung an

meine Kindheit war immer auch die Erinnerung an Edith gewesen, lachend, backend, kochend, immer gut gelaunt. Diese schönen Erinnerungen waren in den Wochen zuvor durch die Gegenwart ergänzt worden: Mitleid, ein wenig Trauer über so viel vergangenes Dasein, Hilflosigkeit… Nun mischte sich ein ganz anderes Gefühl in diese Melange, ein dunkler Hass auf die Frau, die an einem nostalgischen Spätsommerabend in voller Absicht ein junges Leben ausgelöscht hatte.

Wie diese Bilder je wieder trennen? Unmöglich. Sie würden ewig vermengt bleiben.

Pierre war anzusehen, dass es ihm genauso ging, mit dem Unterschied, dass er schon seit über zwanzig Jahren mit den widersprüchlichen Gefühlen lebte.

»Ich bin während des Studiums von den Drogen weggekommen, aus eigener Kraft. Aber das, was Edith uns angetan hat, war auf andere Weise ebenso zerstörerisch wie das Teufelszeug. Kürzlich hat sie mich gebeten, ihr langes Leiden zu beenden. Für die Edith unserer Kindertage hätte ich es, ohne zu zögern, getan. Doch diese Frau ist Ende August neunzehnhundertneunzig gestorben. Dass ich ihr die Gnade eines sanften Todes verwehre, ist meine Rache an ihr.«

Ich stützte das Gesicht in beide Hände, schluchzte und weinte heiße Tränen. Als ich kurz darauf den Kopf wieder hob, sagte ich: »Ich will die ganze Geschichte hören.«

Er nickte traurig, holte tief Luft und begann zu erzählen.

Die Freunde hatten in der Küche der Petersens ungeduldig gewartet. Als Edith zurückkehrte, war es schon stockdunkle Nacht. Wie es ihre Art war, redete sie nicht lange um den heißen Brei herum. Natürlich glaubten sie ihr nicht sofort, sondern meinten, es wäre bloß ein schlechter Scherz. Erst als Edith das weitere Vorgehen anordnete, begriffen sie, dass sie Julian tatsächlich ermordet hatte. Wie selbstverständlich ging sie davon aus, dass alle zu ihr hielten und das taten, was sie ihnen befahl. Dass sie damit durchkam, lag einerseits an ihrer Überrumpelungsstrategie. Bevor überhaupt jemand wieder klar denken konnte, waren die ersten Anweisungen an Margrethe und Harry schon erteilt und von diesen benommen befolgt worden. Ab dem Moment, da zwei aus der Clique mitmachten, fiel es den anderen schwer, aus der Gruppe auszuscheren. Was hätten sie auch sonst tun sollen? Ediths Mord zur Anzeige bringen? Harry und Margrethe die Mutter nehmen? Die Frau verraten, die immer gut zu ihnen gewesen war? Nicht zuletzt hatten sie alle etwas zu verlieren. Würde der Mord aufgeklärt werden, käme auch heraus, wie es dazu gekommen war. Der Drogenhandel samt Drogenkonsum würde offenbart, und zwar mit allen negativen Folgen. Keiner von ihnen hätte die Bösartigkeit aufgebracht, Julian umzubringen. Doch nun war er bereits tot, und daran war nichts mehr zu ändern. Es war wesentlich leichter nachzugeben, als sich aufzulehnen. Von jeher wirken die Gravitationskräfte der Feigheit stärker auf die meisten Menschen als jene des Mutes.

Mike und Jacqueline begleiteten Edith in den Palast, wo sie Julian begraben wollten. Als sie dort eintrafen, hatten sich einige Möwen bereits auf dem Leichnam niedergelassen und pickten an ihm herum, hatten sogar schon kleine Fleischstückchen aus ihm herausgerissen. Jacqueline bekam einen hysterischen Anfall, als sie das sah, und fiel für alle weiteren Arbeiten aus.

Indes klingelte Margrethe bei Julians Eltern unter dem Vorwand, dass ihre Mutter einige Lebensmittel benötigte. Frau Morgenroth wunderte sich nur kurz über die späte Stunde und eilte dann hilfsbereit in die Küche. In der Zeit, die sie benötigte, um die Lebensmittel zu holen, rannten Harry und Pierre in Julians Zimmer und suchten in aller Eile einige Kleidungsstücke und Papiere zusammen, die sie in den Rucksack ihres Freundes stopften. Der Coup gelang.

Zurück bei den Petersens gab Edith ihrem Sohn den Auftrag, aufs Meer hinauszurudern und den mit Steinen beschwerten Rucksack dort zu versenken. Dabei passierte dem tollpatschigen Harry ein Missgeschick, denn nicht nur der Rucksack landete im Meer, sondern er gleich mit. Das Boot trieb in der starken Strömung so schnell ab, dass Harry es vorzog, an Land zu schwimmen. Ungefähr gegen Mitternacht gab Edith schließlich die Parole aus, dass sie nie, nie wieder über diese Nacht sprechen sollten, auch nicht untereinander. Daran hatten sie sich alle gehalten.

Doch wer vor der Vergangenheit flieht, verliert immer das Rennen.

Ein Uniformierter erschien im Flur der Polizeiwache. »Frau Mahler? Bitte kommen Sie herein.«

Ich stand auf und sah Pierre an, dessen Schicksal ich nun in der Hand hielt.

Wie viel sollte ich preisgeben von dem, was ich herausbekommen hatte? Julians Leiche war gefunden, die Mörderin überführt, und wenn ich ein Auge zudrückte, war Pierre zwar nicht mit weißer Weste, aber doch einigermaßen sauber aus der

Sache herausgekommen. Wie das Ganze juristisch aussah, vermochte ich nicht einzuschätzen. Er war im weitesten Sinne in den Mord verwickelt, aber erst, nachdem er passiert war. Die Abscheulichkeit des Verbrechens war gewissermaßen über ihn hereingebrochen, genauso wie über die anderen.

Man konnte die Sachlage durchaus so betrachten.

Oder auch ganz anders.

Da saß ich nun vor dem Polizisten, dem ich die Entdeckung von Harrys Leiche gemeldet hatte, und meine äußere Gemütsruhe stand in heftigem Gegensatz zu meinen aufgewühlten Gedanken. In der Zeit, die der Polizist benötigte, um eine Streife zum Palast zu schicken, musste ich entscheiden, wie viel ich noch preisgeben wollte. Zwischen gar nichts und alles gab es keine Kompromisse. Ich konnte nicht Edith beschuldigen, ohne Pierre und die anderen zu belasten. Das wiederum hätte auch Auswirkungen auf mein Leben.

Ich liebte Pierre nicht weniger als am Tag davor. Diese Erkenntnis hätte mich erschrecken sollen, sie tat es aber nicht. Meine Liebe und seine Liebe waren Fakten. Hatte er für seinen Anteil an dem Geschehen vor dreiundzwanzig Jahren nicht schon genug Abbitte geleistet? Zweihunderttausend Euro für Julians Vater, der so seine letzten zehn Lebensjahre in einem wirklich guten Heim verbringen konnte. Mir kam der Gedanke, dass ihn dieses damalige Erlebnis nachhaltig geprägt und seine enorme Hilfsbereitschaft erst hervorgerufen hatte. Die Patenschaften für zwei Kinder der Dritten Welt, seine aufopfernde Tätigkeit für Ärzte ohne Grenzen, das würdige Begräbnis des alten Herrn Melchior, unseres Postboten, dem er den letzten Wunsch erfüllt hatte.

Auf einmal meinte ich, überall die Spuren zu bemerken, die das Verbrechen an Julian bis zu diesem Tag nach sich zog. War Mikes Alkoholsucht nicht eine Art Flucht? Waren Jacquelines Überspanntheit, ihr Reinlichkeitsfimmel, ihr hoher Tablettenkonsum und ihre diversen Phobien nicht Spätfolgen einer zutiefst verstörenden Tat? Vermutlich hatte sie Mike mit ihrem Wissen erpresst, als sie damals bettelarm aus Hollywood zurückgekehrt war. Damit hatte sich zwar ihre wirtschaftliche Situation schlagartig verbessert, aber gegen die Macht ihres Unterbewusstseins und ihres Gewissens war sie nicht angekommen. Ediths gesundheitliche Probleme hatten bald nach dem Mord an Julian eingesetzt, Magengeschwüre, Krebs, Rheuma … Die Folge eines Verbrechens, über das alle schwiegen, das jedoch im Innern jedes Einzelnen nachhallte wie ein nicht endender Schrei? Schließlich Harrys geradezu exzessive Verehrung der Ruine – Julians Friedhof – sowie sein Beruf als Totengräber. Margrethe schien dieses Verbrechen am besten von allen verarbeitet zu haben. Zumindest sah es auf den ersten Blick so aus. Doch wer weiß, vielleicht war sie jeden einzelnen Tag, an dem sie in ihren unzähligen Fernweh-Zeitschriften geblättert hatte, mit Julian um die Welt gereist und daran vertrocknet, dass sich diese Hoffnung nie erfüllen würde.

Waren sie nicht alle genug bestraft? Wollte ich dafür verantwortlich sein, dass man eine alte, pflegebedürftige Frau aus ihrem Sterbezimmer zerren und in ein Gefängnishospital verlegen würde?

»Nun zu Ihren Personalien«, sagte der Polizeibeamte, und ich gab sie ihm zusammen mit einigen Angaben über Harry.

Mehrmals wollte ich anheben und sagen: Es gibt da noch etwas, das Sie wissen sollten.

Aber ich brachte es nicht fertig. Es wollte mir einfach nicht über die Lippen kommen, dabei wusste ich nach wie vor nicht, was vor vier Monaten in der Unfallnacht geschehen war. Doch wollte ich das wirklich noch erfahren nach all dem anderen Grauen? War es nicht besser, Poel zu verlassen – ob mit Pierre oder ohne ihn – und einen Schlussstrich zu ziehen?

Ich war so müde und durcheinander, dass ich die Entscheidung darüber aufschob.

Die ganze Prozedur auf dem Polizeirevier dauerte knapp eine Stunde, und zum Schluss sagte der Beamte mir noch, dass Harrys Tod höchstwahrscheinlich Selbstmord gewesen sei. Allem Anschein nach war er an einer Überdosis Heroin gestorben, nichts deutete auf Gewaltanwendung hin, und die Beamten hatten einen Abschiedsbrief in seiner Jacke gefunden. Er bestand aus einem einzigen Satz. Harrys letzte Worte an die Welt waren: »Ich halte das nicht mehr aus.«

Der Beamte fragte mich, ob ich wisse, was er wohl damit gemeint hatte. Doch ich schwieg, ganz nach dem Prinzip von Voltaire, nach dem alles, was man sagt, der Wahrheit entsprechen sollte, aber nicht alles, was wahr ist, auch gesagt werden muss.

Pierre reagierte kaum darauf, dass ich ihn und die anderen nicht verraten hatte. Er wirkte geradezu schicksalsergeben. Zunächst dachte ich, es läge daran, dass ihm höchstwahrscheinlich nur wenig passiert wäre. Mord verjährt zwar nicht, doch hatte er selbst keinen Mord begangen, allenfalls Justizbehinderung. Der Drogenkonsum hingegen war so lange her, dass seine Approbation nicht gefährdet war. Natürlich hätte sein Renommee gelitten, doch wäre das für jemanden, der sich ohnehin mit dem Gedanken an Umzug und möglicherweise Auswanderung trug, leicht zu verschmerzen. Trotzdem, inzwischen kannte ich ihn ein bisschen und hatte das seltsame Gefühl, dass er noch aus einem anderen Grund so gelassen war. Vielleicht war er erleichtert, mir endlich alles gestanden zu haben, weil er es nicht ertragen hatte, mich anzulügen? Das wäre mir die liebste Erklärung gewesen.

Wir fuhren mit unseren Autos nach Kaltenhusen zurück und stiegen gleichzeitig aus. In der Ferne war Donnergrollen zu hören, die Luft war feucht. Im Haus der Petersens brannte noch Licht, und eigentlich hätte es der Anstand erfordert, Margrethe und Edith zu kondolieren. Waren sie überhaupt schon informiert worden? Wenn nicht, wäre es umso taktvoller gewesen, ihnen die Nachricht persönlich zu überbringen.

Mit einem Blick gab ich Pierre zu verstehen, dass ich aufgrund der besonderen Umstände den Anstand in diesem Fall beiseitezulassen gedachte. Die Symbolik von Harrys Selbstmord war ebenso unheimlich wie eindeutig: Er war an jener Droge gestorben, derentwegen Julian hatte sterben müssen, und zwar an dem Tag, nachdem man Julians Leiche nach langer Zeit entdeckt hatte.

An Pierres Gartentür blieben wir eine Weile stehen. Ich blickte zu den Sternen hinauf, die vereinzelt zwischen den Wolken hervorblitzten.

»Was wirst du nun tun?«, fragte Pierre.

»Ich weiß es nicht.«

Das war die Wahrheit. Auf keinen Fall würde ich mich in Poel niederlassen, aber das war auch alles, was ich mit Sicherheit sagen konnte.

»In der Nacht im Mai, vor vier Monaten«, begann Pierre in der Absicht, das Mosaik für mich zu vervollständigen, »da waren wir alle zum Abendessen bei Mike und Jacqueline. Sabina und du hattet darum gebeten, dass wir noch mal alle zusammenkommen. Zuerst hat Sabina uns in dem Glauben gelassen, es sei eine Feier, weil ihr den Kaufvertrag für das Ruinengrundstück gefunden hattet.«

»Es gibt ihn also wirklich, diesen Vertrag?«

»Ihr habt ihn uns gezeigt. Sabina hat ihn wieder an sich genommen. Ich vermute, er ist mit ihr... Euer Auto hat gebrannt...«

Die Vorstellung war zu schrecklich, um sie zuzulassen. »Und weiter?«

»Irgendwann hat Sabina uns dann mit ihrem Verdacht konfrontiert, dass Julian in der Ruine begraben sein könnte, und verkündet, dass sie das Terrain am nächsten Tag umpflügen wolle. Jacqueline hat sich schrecklich aufgeregt, sie brauchte spezielle Tabletten, die ich allerdings nicht dabeihatte, sondern nur in der Praxis. Ich habe mich mit ihr sofort auf den Weg gemacht. Bei mir ist sie dann völlig zusammengebrochen, es hat an die zwei Stunden gedauert, bis wir die Rückfahrt antreten konnten. Zwischen Weitendorf und Brandenhusen sah ich euren Wagen am Straßenrand, völlig zerstört... Rauch stieg auf. Ich schätze, der Unfall ist kurz vorher passiert. Es stimmt, ich war als Erster am Unfallort, aber ich hatte nichts damit zu tun. Ich habe keinen blassen Schimmer, was in jener Nacht passiert ist, und mir hat auch keiner der anderen etwas gesagt. Ich schwöre es.«

Wenn ich glaubte, dass er mich liebte – und das tat ich –, dann musste ich ihm auch glauben, dass er mich nicht mit einhundert Stundenkilometern gegen einen Baum rasen lassen wollte.

Ob dasselbe für Margrethe und Mike galt?

»Entschuldige, Pierre, aber ich bin zu müde, um weiterzureden. Morgen, ja?«

Daraufhin sagte er, dass er noch kurz zu Petersens rübergehe, das sei er ihnen irgendwie schuldig. Dann verabschiedeten wir uns.

Einige Sekunden nachdem ich das Fenster in meinem Zimmer geöffnet hatte, hörte ich einen Schrei, kurz darauf ein lautes Wimmern und Klagen. Es war Edith. Sie hatte soeben von Harrys Tod erfahren, jenes Sohnes, für den sie gemordet hatte und der deswegen gestorben war.

Ich hatte Pierre die Wahrheit gesagt, ich war tatsächlich hundemüde. Dennoch schaffte ich es nicht einzuschlafen, vielleicht gerade weil ich es unbedingt wollte. Die Gedanken kreisten und kreisten. Sie würden gewiss auch am nächsten Tag nicht damit aufhören, genauso wenig in der nächsten Nacht und am Tag darauf. Was hatte ich alles zu bedenken! Wie sollte es mit Pierre weitergehen? Wollte ich Mike, Margrethe, Jacqueline noch einmal begegnen? War es richtig, Edith davonkommen zu lassen? Wie würde der verstorbene Hans Morgenroth darüber urteilen, wenn ich die Mörderin seines Sohnes verschonte, nur weil sie gebrechlich war? Und wie hätte ich reagiert, wenn ich am 1. September 1990 von dem Mord erfahren hätte?

Nicht eine einzige der Antworten, die ich mir selbst gab, hatte länger als eine Stunde Bestand. Dann begann alles noch mal von vorn.

Sollte ich besser reinen Tisch machen und alles zur Anzeige bringen? Für den morgigen Tag war ein weiterer Termin bei Hauptkommissar Ammann angesetzt, an dem auch Mike teilnahm. Wenn nur einer aus der Clique – das Wort hatte inzwischen einen ganz anderen Zungenschlag –, wenn also nur einer auspacken würde, bräche das ganze Lügengebäude zusammen. Für Jacqueline würde es besonders schwer werden. Sie war ja bereits ein Nervenbündel, nur noch von Psychopharmaka zusammengehalten. Und Margrethe wäre die Tochter und Komplizin einer Mörderin. Zusätzlich zu all dem anderen Ballast könnte das Gewicht damit auch für sie zu schwer werden.

All das musste ich bedenken.

Musste ich das?

Am Ende musste ich mich lediglich fragen, wem die Wahrheit in diesem Fall noch diente. Den Toten? Konnte man Toten überhaupt dienen? Wem noch? Der Gerechtigkeit? Der Göttin, die in Beton gegossen mit verbundenen Augen vor Justizpalästen stand?

Um 04:19 Uhr beschloss ich abzureisen, eine Minute später begann ich, die Koffer zu packen, und nach weiteren zwanzig Minuten verließ ich Pierres Haus. Keineswegs, um ihn zu verlassen, sondern um, wie ich mir sagte, Abstand zu gewinnen zu Kaltenhusen, seinen Kindern und Toten. Ich sehnte mich nach Argentinien, dem Atlantik, meiner Wohnung, der spanischen

Sprache, schlicht nach allem, was nichts mit meiner Kindheit und den letzten vier Monaten zu tun hatte.

Als ich vor die Tür trat, regnete es in Strömen. Wenn der Mond nicht am Himmel steht, sind die Nächte in Poel stockfinster. Keine Laterne leuchtete mir den Weg zu meinem Auto, das ich ungefähr zwanzig Meter entfernt geparkt hatte. In Pierres Haus brannte kein Licht, ich hatte ihn also entweder nicht geweckt, oder er ließ mich verständnisvoll ziehen. So oder so, er wusste, dass unsere Beziehung nun nicht mehr in seiner Hand lag und er mich gehen lassen musste, wenn er wollte, dass wir wieder zusammenkamen.

Mühsam schleppte ich meinen Koffer und die Taschen durch den Regen. Als ich beim Wagen ankam, waren meine Kleidung, Schuhe und Haare bereits völlig durchnässt. Achtlos warf ich das Gepäck in den Kofferraum.

Gerade als ich die Fahrertür aufmachen und einsteigen wollte, riss mich jemand an der Schulter herum. Eine Sekunde lang blieb mir das Herz stehen.

»Ach, so ist das«, zischte Margrethe. »Mein Bruder ist tot, alles bricht zusammen, und du verdrückst dich.«

Hatte sie die ganze Zeit wie eine Spinne auf der Lauer gelegen, um mich zu überfallen?

»Lass mich los, du tust mir weh. Ich habe Harry nur gefunden, gerichtet hat er sich selbst.«

»Soso, gerichtet hat er sich, ja? Was fällt dir ein, dich hier derart aufzuspielen?«

»Offenbar kann ich es dir nicht recht machen, egal, was ich sage oder tue, ob ich nun bleibe oder gehe. Dass ich hier nichts mehr verloren habe, beweist dein Auftritt einmal mehr.« Augenblicklich bedauerte ich meine Härte und fügte schnell hinzu: »Es tut mir leid, dass Harry tot ist. Meinetwegen hätte er nicht sterben müssen – und meinetwegen ist er auch nicht gestorben, das weißt du genauso gut wie ich.«

Energisch streifte ich ihre Hand von meiner Schulter und unternahm einen zweiten Versuch einzusteigen, was Margrethe erneut nicht zuließ.

Wieder riss sie mich herum, diesmal sogar mit noch mehr, mit geradezu böser Kraft. »So kommst du mir nicht davon. Ich will dir mal was sagen, Frau Oberschlau. Pierre hat mir vorhin erzählt, dass er dich eingeweiht hat. Aber die Version, die er dir aufgetischt hat, ist nicht ganz vollständig.«

Sofort ahnte ich Schreckliches. Im besten Fall würde ich Margrethe zwar nicht glauben, trotzdem würde sie mich verunsichern. Im schlimmsten Fall würde es Pierre und mich für immer trennen.

Der Regen prasselte auf uns herab, tropfte uns von den Lidern, der Nase, dem Kinn und den Händen.

»Er hat dir weisgemacht, seine Rolle hätte damals darin bestanden, mit Harry Julians Zimmer zu durchsuchen und einige Sachen einzupacken. Oh nein, Madame, so war es nicht. Es stimmt, ich war bei Morgenroths, um nach Brot und Eiern zu fragen und sie abzulenken, aber Pierre hat sich geweigert, mit Harry in Julians Zimmer zu schleichen und die Sachen zusammenzusuchen. Er mache da nicht mit, das wäre Beihilfe zum Mord und so weiter, hat er gesagt. Mein dämlicher Bruder war also auf sich gestellt und hat es natürlich mal wieder verbockt. In Julians Zimmer hat er Muffensausen bekommen, es nicht rechtzeitig zu schaffen, und ist deswegen unverrichteter Dinge abgehauen. Wir mussten uns also was Neues einfallen lassen. Ich konnte ja schlecht noch mal zu Morgenroths gehen. Darum habe ich Pierre gesagt, irgendeinen Beitrag müsse er leisten, und das Geringste wäre …«

Margrethe unterbrach sich. Nie werde ich ihr hämisches Grinsen vergessen, in das sie alle Missgunst und die gesamte, über Jahrzehnte hinweg entstandene Bösartigkeit legte, die sie in sich trug.

»Das Geringste wäre«, fuhr sie fort, »zu dir zu gehen.«

Ich verstand nicht, was Margrethe meinte. »Wie jetzt, zu mir zu gehen?«

»Er sollte dich dazu bringen, die Morgenroths noch mal abzulenken. Du hattest dich nach dem Tod deiner Eltern fast völlig zurückgezogen und Julians Eltern wie uns alle weitgehend gemieden. War doch klar, wenn du zu ihnen gehen und ihnen etwas vorheulen würdest, dann würden diese gutmütigen Leute dich trösten und bewirten. Sie wären abgelenkt.«

»Was erzählst du denn da?«, rief ich verärgert. »Pierre war damals nicht bei mir, und ich war auch nicht bei den Morgenroths.«

Margrethe lachte auf. »Oh doch, und bis vor vier Monaten hast du das auch noch gewusst.«

Ich brauchte drei, vier schnelle Atemzüge, um zu begreifen, was Margrethe da gerade behauptete.

»Pierre ist zu euch nach Hause gegangen. Sabina hat laute Musik gehört, und vielleicht hast du deswegen nicht auf sein Klingeln reagiert. Jedenfalls hat Pierre von eurem Garten aus Steine gegen dein Fenster geworfen, bis du aufgemacht hast.

Aber der Feigling ist nicht mit der Sprache rausgerückt, sondern hat dir nur gesagt, dass wir dich dringend sprechen müssten und so weiter und so fort. Er hat so lange genervt, bis du nachgegeben hast. Erst bei uns in der Küche haben wir dir dann reinen Wein eingeschenkt. Klar, anfangs warst du völlig perplex, so wie wir vorher, als wir es von meiner Mutter erfahren haben. Aber als Mike dir befohlen hat, deinen Part zu übernehmen, hast du es getan. Du bist zu Morgenroths gegangen. Auch später warst du dabei, als wir hier in der Küche den Rucksack gepackt und beschwert haben, den Harry später ins Meer geworfen hat.«

»Nein«, flüsterte ich entgeistert.

»Du, meine Liebe, bist eine von uns Wölfen. Nur dass du es dank deines Unfalls vergessen hast.«

»Nein«, wiederholte ich atemlos. »Nein. Nein!«

»Vor vier Monaten hast du von der Normandie aus bei Pierre angerufen, weil du von allen nur seine Telefonnummer rausgekriegt hast. Da hat er dir gesagt, dass Sabina hier rumschnüffelt. Am selben Nachmittag bist du nach Poel gekommen.«

Ich riss mich von Margrethe los, um ins Auto einzusteigen, und diesmal ließ sie mich gewähren.

Sie stützte sich mit einer Hand am Wagendach ab, stemmte die andere in die Hüfte und sagte: »Ist schon irre, Lea. Wir hatten nie viel gemeinsam, nichts Wichtiges jedenfalls. Nur eins, nämlich dass wir aus denselben Gründen zu Helfern des Mordes an Julian geworden sind. Zum einen aus Loyalität zur Clique, zum anderen weil er uns beide gekränkt hat, als er uns bei seiner Weltreise außen vor lassen wollte.«

Ich ließ keinen weiteren Satz Margrethes mehr zu, schloss die Tür und fuhr davon.

Wie ich es schaffte, von Poel herunterzukommen, ist mir schleierhaft. Die nächtliche Fahrt ist mir kaum noch in Erinnerung. Vor lauter Tränen sah ich so gut wie nichts. Dazu der strömende Regen, die finsterste Nacht, das Chaos in meinem Kopf… Ein Wunder, dass ich nicht im Straßengraben landete.

War das, was Margrethe behauptet hatte, überhaupt möglich? Konnte man so etwas Ungeheuerliches, das Leben komplett Beherrschendes vergessen?

Ich suchte nach entlastenden Argumenten.

Zunächst einmal hielt ich mich für unfähig, an einem Mordkomplott beteiligt zu sein und dieses Wissen ein halbes Leben lang mit mir herumzutragen. Außerdem hatte Margrethe mir keinen einzigen Beweis vorgelegt. Sie war neidisch und verbittert und hätte darum allen Grund, mir das Leben zu vergällen, indem sie mir eine Lüge auftischte. Sie konnte meine Amnesie ausnutzen, mir sonst was erzählen, und ich konnte ihr nur schwerlich das Gegenteil beweisen. Zuzutrauen wäre es ihr. Allerdings fielen mir auch Argumente ein, die Margrethes Behauptung untermauerten – oder die vielmehr das Potenzial hatten, ihre These zu stützen, auch wenn man sie so oder so auslegen konnte.

Da waren zum einen die Halluzinationen, in denen ich Julian gesehen hatte. Meine Schweriner Psychologin hatte gesagt, sie seien wahrscheinlich abstrahiert. Ich hatte Julian unter dem Fenster in Pierres Garten »gesehen« – ein abgewandeltes Bild der Realität, in der Pierre einst unter dem Fenster meines

Elternhauses gestanden und mich zum Komplizen an Julians Ermordung gemacht hatte? Auch hatte ich Julian an der Tankstelle von Frida Scheunenwirth »gesehen«, die eine Freundin meiner Eltern gewesen war – und zugleich eine Freundin von Edith, der Mörderin von Julian. Kurz nachdem Edith von meiner Amnesie erfahren hatte, hatte sie mich aufgefordert, Poel sofort zu verlassen, und von einer zweiten Chance gesprochen. Hatte sie damit gemeint, dass ich – im Gegensatz zu den anderen Beteiligten – künftig ohne meine Schuld würde leben können? Oder war es doch um den Autounfall gegangen, den ich nur knapp überlebt hatte?

Man konnte alles in jede beliebige Richtung deuten. Genauso gut konnte ich Julian an der Tankstelle »gesehen« haben, weil ich Frida Scheunenwirth am selben Tag zum letzten Mal begegnet war wie Julian, nämlich bei der Beerdigung meiner Eltern. Auch für alles andere gab es mehr als nur die eine, mich verurteilende Erklärung.

Es war wie mit vielen der Fotos, die ich im Laufe meiner Karriere gemacht hatte. In einem bestimmten Licht, aus einer bestimmten Perspektive bekamen die Dinge eine bedrohliche, unheimliche Gestalt, während sie aus einem anderen Winkel nichts weiter als Gesteinsbrocken oder Schatten von Gummibärchen waren.

Ich erwachte hinterm Steuer meines Wagens auf einem Waldparkplatz neben einer kleinen Landstraße nicht weit von Schwerin. Zwar erinnerte ich mich kaum noch, wie ich dorthin gekommen war – ich war wie im Vollrausch gefahren –, doch überraschte es mich nicht, dass ich mich ausgerechnet in Richtung der Landeshauptstadt bewegt hatte. In Schwerin arbeitete Ina Bartholdy, und wenn ich von jemandem verlässliche Antworten bekommen konnte, dann von ihr.

»Sie sehen aber nicht gut aus«, sagte sie, sobald wir in dem Raum zusammensaßen, in dem wir vor drei Wochen unsere letzte Sitzung abgehalten hatten.

Ich nahm ihr diese Bemerkung keineswegs übel, zumal ich tatsächlich wie eine obdachlose Trinkerin aussah. Meine Kleidung, noch klamm vom Regen der letzten Nacht, war zerknittert und roch ein bisschen muffig. Von einer Frisur konnte an diesem Morgen keine Rede sein, und meine Augen blickten ruhelos auf die Frau, von der ich mir zum zweiten Mal in meinem Leben Rettung versprach.

»Ich muss etwas wissen«, begann ich ohne Umschweife. Sie ließ sich sogleich auf meine Ungeduld ein.

»Legen Sie los.«

»Angenommen, ich hätte vor meinem Unfall etwas gewusst, etwas Schreckliches, das mich betrifft, über ein lange zurückliegendes, erschütterndes Ereignis, bei dem ich hautnah dabei war. Könnte ich diese Erinnerung durch den Unfall völlig vergessen haben, sodass ich darüber absolut nichts mehr weiß?«

Sie goss sich und mir Kaffee ein und schob mir langsam die Tasse zu.

»Ich nehme an, Sie wollen das nicht näher spezifizieren.«

»Lieber nicht.«

Margrethes Gift wirkte bereits. Es wäre schon schwer genug gewesen, Freunde und geliebte Menschen eines kapitalen Verbrechens zu beschuldigen. Sich selbst sowohl juristisch als auch moralisch nackt auszuziehen, war noch einmal etwas ganz anderes. Man sagte anderen Leuten nicht so einfach: Übrigens, ich bin eine Mordkomplizin.

Nachdem Ina Bartholdy sich einen Schluck Kaffee gegönnt hatte, antwortete sie: »Der menschliche Körper, einschließlich des Gehirns, ist darauf getrimmt, sich selbst und damit uns zu schützen. Ängste beispielsweise sollen uns vor Gefahren warnen. Wenn Sie vor einem reißenden Strom stehen und sich davor fürchten, in das Boot einzusteigen, das sie auf die andere Seite bringen soll, ist das ein ganz normaler und im Grunde wünschenswerter Reflex, dessen Ziel es ist, Sie am Leben zu erhalten. Wenn also ein traumatisches Erlebnis für Ihre Psyche enorm belastend ist, bis hin zu selbstzerstörerischen Tendenzen, kann es passieren, dass Ihr Gehirn die Erinnerung daran einfach abschaltet. Unter anderem gibt es zahlreiche Fälle, in denen Frauen sich beim besten Willen nicht daran erinnern, vergewaltigt worden zu sein.«

»Welche Gefühle könnten so eine Reaktion auslösen?«

»Alle Gefühle, die uns das Leben zur Hölle machen können – Scham, Ekel, Entsetzen …«

»Schuld?«, rief ich dazwischen.

Sie setzte die Tasse ab und sah mich mit jenem Blick an, der in vielen Menschen das Gefühl erzeugt, für den Psychologen ein offenes Buch zu sein.

Ihre schlichte Antwort lautete: »Ja, durchaus.«

»Sie haben von vergewaltigten Frauen gesprochen. Wie sieht es mit den Vergewaltigern aus? Könnten die ihr Verbrechen ebenfalls ausblenden?«

»So wie Sie es formulieren, zögere ich, die Frage zu bejahen. Damit das Gehirn eine bedeutende Erinnerung unterdrückt, muss, vereinfacht gesagt, ein Grund vorliegen, der den Schutzmechanismus aktiviert. Im Falle von Schuld wäre das eine quälerische Reue, die es bei Vergewaltigern nicht allzu oft gibt, oder ein Dilemma. Ein anderes Beispiel: Jemand fährt versehentlich ein kleines Kind tot, begeht Fahrerflucht und bleibt unentdeckt. Die Erinnerung an den Unfall hätte das Potenzial, diesen Menschen in eine furchtbare Krise zu stürzen, also leugnet er das Ganze vor sich selbst. Vielmehr entscheidet sein Gehirn das für ihn, denn das ist ja kein bewusster Prozess. Ich möchte allerdings hinzufügen, dass es dabei keinen Automatismus gibt. Nicht alle Gehirne sind gleich, so wenig wie die Menschen, die mit ihnen leben müssen. Amnesien sind daher die Ausnahme. Weit häufiger finden Deformationen der Erinnerung statt, das heißt, dass man sich die Dinge gewissermaßen schönredet.«

Ich stand auf und ging ein paar Schritte im Raum umher, während ich die Hände rang. Gegenüber der Frau, die mich schon in ganz anderen Gemütszuständen erlebt hatte, verspürte ich nicht das Bedürfnis, meine innere Unruhe zu verbergen. Die erfahrene Psychologin bemerkte natürlich, dass mir mit ihren bisherigen Antworten nicht gedient war.

»Haben Ihre Fragen etwas mit den Halluzinationen und den Bildern zu tun, von denen Sie mir kürzlich am Telefon erzählt haben?«

»Das ist es ja: Ich weiß es nicht. Es geht um den jungen Mann, den ich von früher kannte und den ich immer wieder zu sehen meinte, obwohl das unmöglich war.«

»Warum war es unmöglich?«

Sie beobachtete mich einige Sekunden lang, und als sie

merkte, dass ich nichts mehr hinzufügen wollte, sagte sie: »Lea, je unvollständiger Ihre Angaben sind, desto ungenauer muss ich mich äußern.«

Ich nickte und schwieg. Sosehr ich ihr vertraute, ich konnte ihr nicht die ganze Wahrheit sagen. Noch nicht.

»Nun gut«, seufzte sie. »Ich will es versuchen.« Sie schenkte sich Kaffee nach und bat mich, wieder Platz zu nehmen.

»Ihr Fall, Lea, ist sehr speziell, da Ihr Gedächtnisverlust zum Teil eine direkte Folge des Unfalls ist, zum Teil vielleicht aber auch eine indirekte. Über die direkten Folgen, die von den Erschütterungen und Quetschungen hervorgerufen wurden, haben wir uns während Ihrer Genesung ausführlich unterhalten und sie fragmentarisch bereits behoben. Was jedoch die indirekt hervorgerufene Amnesie angeht ... Ihr Gehirn hat nach dem Unfall sinngemäß auf Notstromversorgung geschaltet. Es war vollauf damit beschäftigt, die lebenswichtigen Funktionen aufrechtzuerhalten. Stromfressender Ballast stört da nur. Sollten Sie also kurz vor dem Unfall schwer gestresst gewesen sein, könnte Ihr Gehirn danach die Ursache dafür gewissermaßen gelöscht und sich davon entladen haben. Welcher Art dieser Stress war, ob er mit Schuld zu tun hatte oder mit Angst, kann ich Ihnen unmöglich sagen.«

Was mir Ina Bartholdy da mitteilte, war Belastung und Erleichterung zugleich.

Margrethe konnte durchaus die Wahrheit gesagt haben. In diesem Fall hätte ich tatsächlich dreiundzwanzig Jahre lang das Verbrechen an Julian mit mir herumgetragen, hätte durch Torben Schleichers Anruf alarmiert bei Pierre angerufen, wäre daraufhin nach Poel geeilt und hätte versucht, Sabina davon abzubringen, die Wahrheit über Julian herauszufinden, was mich sicher gestresst hätte. Offen blieb weiterhin, wie es zu dem Unfall gekommen war.

Margrethe könnte mich aber auch angelogen haben. Demnach wäre ich wirklich nur nach Poel gekommen, um die Gelegenheit beim Schopf zu packen und mich mit Sabina auszusöhnen. Von einem Verbrechen an Julian hätte ich erst bei dem Grillabend erfahren und wäre entsprechend aufgeregt gewesen. Als Sabina und ich unsere Entdeckung melden wollten, hat man uns verfolgt, und dabei kam es zu dem Unfall. Unklar war, wer uns hinterhergefahren war.

Im Grunde war ich nicht klüger als vor dem Gespräch mit Ina Bartholdy, entsprechend blieb ein mulmiges Gefühl zurück. Am Tod eines von mir einst geliebten Menschen mitgewirkt zu haben – und sei es nur, indem ich geholfen hatte, das Verbrechen zu vertuschen – war eine ungeheure Last. Was mich aufrecht hielt, war die Hoffnung, dass alles nur Lug und Trug war.

»Ich sehe Ihnen an, dass Sie Klarheit wollen«, sagte sie. »Und ich verstehe das. Aber ich habe Ihnen bereits vor einigen Wochen geraten, nicht wieder nach Poel zu fahren, und heute gebe ich Ihnen denselben Rat. Bitte versuchen Sie nicht schlauer zu sein als Ihr Gehirn. Sehen Sie sich an, Lea. Die Suche nach der Wahrheit hat Ihnen offenbar weit mehr geschadet als genutzt.«

Ich hatte einige Wochen lang so etwas wie Glück empfunden. Das Zusammensein mit Pierre, die Fahrten über die grüne Insel und das Gefühl von neuem Aufbruch hatten mir unsagbar gutgetan. In Argentinien hatte ich nie so empfunden.

Weder meine Ehe noch meine Liebhaber hatten mich wirklich ausgefüllt, die von ganzem Herzen liebende Frau war in meinem Leben immer zu kurz gekommen. Mit den Fotos war es ähnlich. Zehntausende müssen es gewesen sein, doch mein eigenes Land hatte ich nie eingefangen. So gesehen bot mir der Unfall, trotz all der schrecklichen Folgen, auch eine Chance. Genutzt hatte ich sie nicht.

Ich fühlte mich seltsam orientierungslos und meinte, dieses Gefühl von früher zu kennen. Auf keinen Fall wollte ich wieder wie die alte Lea werden, aber mit Verneinungen allein kann man nichts gestalten. Mir fehlte die Idee, wie es weitergehen sollte mit Lea Mahler 2.0.

Tagelang fuhr ich ziellos durch Deutschland, doch nichts von dem, was ich sah, bereitete mir Freude, was aber nicht an den Eindrücken lag, sondern an mir. Ich dachte fast ständig an Pierre, und jedes Mal, wenn ich an ihn dachte, kamen mir auch Julian, der Palast, die Leiche und die Lügen in den Sinn. Nicht die Tatsache, dass Pierre an dem Komplott beteiligt gewesen war, hinderte mich daran, zu ihm zurückzukehren. Ich war imstande, ihm zu vergeben. Von allen Beteiligten hatte er sich am intensivsten mit der Tat beschäftigt und als Einziger versucht, sie irgendwie wiedergutzumachen. Edith hatte den Mord geleugnet, bis ich ihn ihr nach der Entdeckung von Julians Leiche im Palast – ahnungslos – wieder vor Augen geführt hatte. Margrethe war in ihrer typischen Art hemdsärmelig über ihre Beteiligung hinweggegangen und war vermutlich immer noch der Ansicht, alles richtig gemacht zu haben. Ich konnte auch nicht erkennen, dass Mike oder Harry sich mit ihrer Schuld auseinandergesetzt hätten, davon abgesehen dass der eine zum Trinker und der andere zum manischen Masochisten geworden war. Jacqueline war – möglicherweise – sogar so weit gegangen, ihr Mitwissertum zu benutzen, um sich nach ihrer Rückkehr aus Amerika einen Vorteil zu verschaffen und Mike zu erpressen. Dagegen hatte Pierre es sich wirklich schwer gemacht. Er hatte sich selbst nie vergeben und seine Schuld konstruktiv in die Hilfe für Hans Morgenroth und für die Schwachen und Armen in der Welt umgemünzt.

Dass ich ihn mied, hatte weniger mit ihm zu tun als mit mir. Ich fürchtete, dass ich, wenn ich erneut mit ihm zusammenkäme, immer wieder mit meiner eigenen möglichen Schuld konfrontiert würde. Wenn es ihm nicht gelänge, meine Zweifel an meiner Unschuld auszuräumen, würde ich für mich selbst immer die Mordkomplizin bleiben, die ich zutiefst verabscheute. Pierre war somit eine Art letzte Hoffnung, die ich mir ewig offenzuhalten gedachte, weil ich Angst hatte, erkennen zu müssen, dass es keine Hoffnung gab.

Aber vielleicht wollte ich mich auch nur selbst bestrafen. Irgendwie musste ich schließlich büßen für das, was ich – vielleicht – getan hatte. Selbst wenn ich mit den Geschehnissen des 31. August 1990 nichts zu tun hatte, hatte mein Erscheinen auf Poel vermutlich trotzdem zu dem Unfall und Sabinas Tod beigetragen.

Als ich am Frankfurter Flughafen die Maschine nach Buenos Aires bestieg, war ich willens, nie wieder zurückzukommen, so viel wie möglich zu vergessen und mich nach und nach von Schuld freizusprechen. Der Grund dafür war einfach: Ich wollte überleben.

Oktober 2013

»Avenida Callao einhundertzweiundachtzig«, nannte Pierre dem Taxifahrer am Flughafen von Buenos Aires die Adresse.

Die Fahrt führte ihn in eines der elegantesten Viertel der Drei-Millionen-Metropole, in der sich an diesem Oktobertag der Frühling von seiner schönsten Seite präsentierte. Auf den Verkehrsinseln standen rote und gelbe Tulpen in voller Blüte, und in den Cafés hielten die Leute ihre Gesichter in die warmen Sonnenstrahlen. Das quirlige Treiben in den Straßen gefiel Pierre ebenso gut wie der nostalgische Charme des Gebäudes, in dem Lea lebte. In einem Aufzug, den noch Evita Perón benutzt haben könnte, fuhr er in den achten Stock.

Das protzige silberne Klingelschild, von dem Lea ihm neulich erzählt hatte, war durch ein schlichteres, holzgeschnitztes ersetzt worden.

»Pierre!«

Lea wirkte unentschlossen, ob sie ihm um den Hals fallen sollte oder nicht. Ersteres wäre ihm sehr lieb gewesen, das

Zweite geschah. Doch war er nicht mehrere tausend Kilometer über den Atlantik auf die andere Seite der Welt geflogen, um sich nach zehn Sekunden entmutigen zu lassen. Er hatte sogar damit gerechnet, dass ihm Lea reserviert begegnen würde. Hätte ihm jemand an den Kopf geworfen, womit Margrethe Lea konfrontiert hatte, wäre er auch verunsichert gewesen.

»Komm rein«, sagte sie.

Er konnte fühlen, wie schwer ihr Herz in diesem Moment war, denn ihm ging es genauso. Sie hatte Angst, was diese Begegnung mit ihr machen würde, und er hatte Angst, dass sie nicht mehr genug Liebe und Mut finden würde, um einen zweiten Anfang mit ihm zu wagen.

Sie ging ihm voran durch die helle, weiträumige Wohnung. Alles darin atmete Großbürgerlichkeit, aber auch Gemütlichkeit, von den Teppichen über die Möbel bis zu den pastellfarbenen Wänden und dem gewaltigen Kronleuchter. Statt der in solchen Wohnungen obligatorischen Gemälde hatte Lea ihre Lieblingsfotos in Schwarzweiß vergrößert und gerahmt aufgehängt.

»Bitte setz dich doch. Möchtest du etwas trinken?«

Pierre durchbrach den konventionellen Rahmen, in den Lea seinen Besuch zu zwängen versuchte. Er war nicht zum Kaffeeplausch gekommen, sondern hatte ein festes Ziel.

»Edith ist tot«, sagte er. »Und Mike auch.«

»Was?«

Natürlich war sie schockiert. Lea war nicht der Mensch, der anderen den Tod wünschte, was auch immer sie getan hatten.

»Mike ist vor zwei Wochen mitten in der Nacht auf seinem Fabrikgelände mit über hundert Stundenkilometern gegen eine

Mauer gefahren. Er war nicht angeschnallt und hatte zwei Promille im Blut. Er war sofort tot.«

Lea setzte sich in einen großen Sessel, legte die Arme auf den schmiedeeisernen Lehnen ab und blickte starr vor sich hin, bis sie – ganz plötzlich – die Hände vors Gesicht schlug.

Pierre öffnete ein Fenster. Die Geräusche der Großstadt nahmen der Situation die beklemmende Stille. Danach ging er zu einem kleinen Teewagen, auf dem eine Wasserflasche und einige Gläser standen. Er feuchtete ein Tuch an, das er mitgebracht hatte, füllte ein Glas und kehrte mit beidem zu Lea zurück.

»Danke«, sagte sie, trank das Glas leer und ließ es zu, dass Pierre sich zu ihr beugte und ihre Stirn und die Wangen mit dem Tuch betupfte.

»Geht's wieder?«, fragte er.

Nach einem gedehnten Seufzer nickte sie halbherzig. »Ich nehme an, er ist nicht damit zurechtgekommen, dass Julians Leiche aufgetaucht ist. Jahrzehntelang haben sie alle die Tat verdrängt, und dann …«

Das war auch Pierres erster Gedanke gewesen. Aber etwas anderes war bei Mike vermutlich hinzugekommen. Er hatte sich immer noch als Patron, als Chef der Clique verstanden, zumal er der wirtschaftlich Erfolgreichste unter ihnen war und den besten Leumund hatte. Im Grunde waren sie alle auf die eine oder andere Weise von ihm abhängig, entweder von seiner finanziellen Unterstützung oder von der prosperierenden Fabrik. Sogar Harry, der sich ständig an ihm gerieben hatte, konnte irgendwie nicht ohne ihn sein. Dann war Julians Leiche aufgetaucht, Harry hatte sich umgebracht, Lea war wieder fortgegangen, und Pierre hatte angekündigt, seine Praxis zu schließen und Poel zu verlassen. Übrig geblieben waren nur seine ungeliebte Ehefrau und Erpresserin sowie die freudlose Margrethe. All das hatte sich eines Nachts mit einer ganzen Flasche Bourbon verschworen.

»In seinem Abschiedsbrief hat er gestanden, dass er Jacqueline ermorden wollte und ihr deshalb eine zerstoßene Nuss in den Tee gemischt hat. Er hat alles, auch das Haus, seinem Sohn und seiner ersten Frau Barbara hinterlassen.«

»Und Edith?«, erkundigte sich Lea.

»Ist zwei Tage nach Mike gestorben. Zuerst hat man Harry, dann Julians Überreste auf dem Friedhof bestattet und schließlich Mike, das alles hat sie nicht verkraftet. Auf dem Friedhof reiht sich ein frischer Grabhügel an den anderen, mit dem verstorbenen Herrn Morgenroth waren es fünf Beerdigungen in zehn Tagen. Übrigens, hier ist ein Brief von Margrethe für dich. Sie hat ihn mir bei Ediths Beerdigung zu lesen gegeben. Danach habe ich verstanden, wieso du mich bei Nacht und Nebel ohne ein Wort verlassen hast.«

Er überreichte Lea den Brief, der nur aus wenigen Zeilen bestand.

Liebe Lea,

ich habe dich angelogen. Du hast damals nicht bei der Vertuschung vom Mord an Julian mitgemacht. Ich war so voller Hass und Neid, nicht nur wegen deinem tollen Leben, sondern weil du als Einzige von uns immer ohne diese schreckliche Last warst.

Es tut mir sehr leid. Hoffentlich kannst du mir verzeihen.

Margrethe

»Oh Gott«, rief Lea und sprang auf. »Ist das wahr? Oh Pierre, ist das wirklich wahr?«

»Aber ja. Sie hat dir einen Bären aufgebunden, verharmlost ausgedrückt. Du warst damals keine Mittäterin. Das habe ich dir doch schon gesagt.«

Sie umarmte ihn und küsste ihn ab. Dann, ein letztes Mal, kam ihr erneut ein Zweifel.

»Sieh mich an und schwöre mir bei deiner Liebe, dass in dem Brief von Margrethe die Wahrheit steht.«

Er lächelte. »Ich schwöre es.«

Ihre Freudentränen und ihr liebevoller Blick waren das Schönste, was er je gesehen hatte. Sein Herz machte Luftsprünge. Er würde mit Lea zusammenleben. In dieser Stadt, in dieser Wohnung vielleicht. Davon hatte er immer geträumt. Seinem Glück und ihrem Glück war alles andere unterzuordnen, erst recht die Wahrheit.

Nach Ediths Tod hatten sie ihn ins Haus der Petersens gerufen, wo er den Leichnam der Verstorbenen untersucht hatte. Dabei war er sehr sorgfältig vorgegangen und hatte festgestellt, dass Edith keines natürlichen Todes gestorben war. Jemand hatte sie erstickt. Dafür kam nur Margrethe in Frage. Er wurde zornig, zum einen weil er seit Leas heimlicher Abreise niedergeschlagen und launisch war, zum anderen weil Edith nun von der Schuld befreit war, die sie dreiundzwanzig Jahre zuvor auf den Schultern der Kinder von Kaltenhusen abgeladen hatte. Er drohte Margrethe damit, die wahre Todesursache der Polizei zu melden, woraufhin sie ihm enthüllte, was sie Lea in der Nacht ihrer Abreise gesagt hatte. Dann bot sie ihm an, diesen Brief zu schreiben, falls er sich verpflichte, Edith einen natürlichen Tod zu bescheinigen.

Erst jetzt kam ihm der Gedanke, dass Margrethe diesen Handel, ebenso wie den Tod ihrer Mutter, von langer Hand geplant haben könnte, und zwar schon damals, als sie Lea mit der Wahrheit konfrontiert hatte.

Doch das änderte nichts für Pierre. Er war endlich bei Lea, sie lag in seinen Armen, er spürte ihre Haut, ihren Atem, ihre Liebe. Das allein zählte. Nie würde seine künftige Ehefrau sich noch einmal an Julians Tod mitschuldig fühlen müssen. Niemals würde sie erfahren, was tatsächlich in jener Nacht im Mai geschehen war.

Vier Monate zuvor

»Magst du?«, fragte Sabina und hielt ihrer Schwester zunächst eine Packung Kaugummis hin und, als diese ablehnte, eine Pistole.

Sie lachte. »Keine Angst, ist nur eine Schreckschusspistole. Ich habe meine Dienstwaffe privat nicht dabei. Das war bloß ein Bluff.«

Lea saß bleich neben ihr und starrte ebenfalls auf den leuchtenden Korridor, mit dem das Fernlicht des Autos die Finsternis durchbrach. Gelegentlich huschte ein Kaninchen oder ein Nachtvogel durch das Sichtfeld, ansonsten waren die Felder um den Palast wie leergefegt. Sie hatten die Fenster heruntergelassen, um besser auf Geräusche achten zu können, auf Schritte.

»Das ist doch alles total bizarr«, wandte Lea ein. »Hier mitten in der Nacht im Auto zu sitzen und darauf zu warten, dass jemand ein Skelett ausbuddelt. Noch dazu das von Julian. Du hast nicht den geringsten Anhaltspunkt für deine Theorie.«

»Anhaltspunkte schon, Beweise keine. Deswegen sitzen wir ja hier. Wenn jemand kommt, können wir ihn stellen. Kommt keiner, wird morgen gebuddelt. Wenn wir nichts finden, habe ich mich geirrt.«

Sabina konnte sich gut vorstellen, wie ihre Arbeit auf Menschen wirkte, die aus völlig anderen Lebenswelten kommend plötzlich mitten in eine Kriminalgeschichte stolperten. Zwar kannten die meisten Leute Krimis aus Büchern und dem Fernsehen, aber dort wusste man immer, womit man es zu tun hatte, nämlich mit Fiktion. Im wahren Leben war die Konfrontation mit schweren Verbrechen die große Ausnahme, und geriet man doch einmal hinein, fand man sich darin nicht zurecht und hielt die Geschehnisse für unwirklich und abstrus.

Am Anfang war jede Theorie weit hergeholt. Aufgrund eines einzigen, noch dazu winzigen Bausteins gleich auf etwas Monströses schließen – darüber konnte man leicht den Kopf schütteln. Sabina hatte in ihrem Job allerdings die Erfahrung gemacht, dass viele Verbrechen gut unter der Oberfläche verborgen lagen, aber sobald man einen Schnipsel erhascht hatte, lag der nächste meist nicht weit weg. Mit ein bisschen Mühe und Hirnschmalz hätte die Polizei schon vor dreiundzwanzig Jahren aufklären können, ob Julian Morgenroth ermordet worden oder tatsächlich in die Ferne aufgebrochen war. Eine zurückgelassene Gitarre, ein Augenzeuge, der den jungen Mann erst in der Nähe der Ruine gesehen und laute Stimmen gehört hatte, der ihn am späten Abend dann ein weiteres Mal – ohne Rucksack – aus dem Haus hatte gehen sehen und der außerdem von dem Drogenhandel wusste … Es hätte vermutlich nur zwei, drei gezielte Verhöre gebraucht, und man hätte die Wahrheit erkannt. Eigentlich keine große Sache.

Sabina hatte nach den Reaktionen von Jacqueline und Mike kaum noch einen Zweifel, dass die beiden etwas mit Julians Verschwinden zu tun hatten, und sie fürchtete, dass auch Harry mit im Boot saß. Bei Margrethe und Pierre war sie sich hingegen nicht sicher.

»Mir gefällt das alles nicht«, sagte Lea. »Ich habe Angst. Und mir ist schlecht.«

»Tür auf, rauskotzen, Tür zu, fertig.«

Lea sah sie gereizt an. »Ich möchte hier weg.«

»Und ich möchte eine Villa am Meer. Wir kriegen nicht immer, was wir wollen. Aber natürlich kannst du zurück ins Dorf laufen, wenn du willst. Ich halte dich nicht auf.«

Sabina merkte, dass sie dabei war, zu dem alten Tonfall zurückzukehren, der Lea und sie entfremdet hatte. Sogleich korrigierte sie sich. »Ich dachte nur, dass wir … diese Sache gemeinsam durchziehen. Das fände ich schön. Mir ist das hier wichtig, weißt du? Als Nächstes machen wir dann etwas zusammen, das dir wichtig ist, versprochen.«

Eine Weile herrschte Schweigen zwischen ihnen. Die Digitaluhr zeigte 22:57, 22:58, 22:59 … Just in dem Moment, als sie auf 23:00 Uhr sprang, beendete Lea das Schweigen, so als hätte sie einen letzten Schubs gebraucht, um sich zu überwinden.

»Wenn ich dich jetzt um etwas bitte, wirst du mir den Gefallen dann tun?«, fragte sie.

Ihre Stimme klang seltsam unheilvoll.

Sabina sah sie an. Das Innere des Wagens war fast dunkel, nur die Reflexionen des Fernlichts auf dem Feld sorgten dafür, dass sie einander in die Augen sehen konnten. Die von Lea glitzerten dunkel.

»Wenn du mich jetzt wieder bittest, die Aktion abzubrechen, dann …«

»Tu es nicht für Mike oder Harry oder sonst wen. Tu es für mich.«

Sabina verstand den ersten Satz nicht ganz. Nicht für Harry und Mike? »Wenn du dich wirklich so schlecht fühlst, fahre ich dich eben ins Dorf, komme zurück und verbringe die Nacht alleine hier. Das macht mir nichts.«

»Nein, so meinte ich das nicht. Lass uns einfach hier wegfahren und uns in Wismar ein Zimmer nehmen. Dann machen wir eine mehrtägige Tour an der Küste entlang. Ich lade dich ein.«

Sabina atmete tief durch und machte eine hilflose Geste. »Lea, das können wir ja gerne tun, sobald das hier geklärt ist. Gleich morgen.«

»Du verstehst mich nicht«, sagte Lea ungeduldig. »Wenn du morgen in der Ruine gräbst, dann … dann bin ich genauso dran wie die anderen.«

Entgegen den Gesetzen der Schallgeschwindigkeit benötigte Leas Stimme mehrere Sekunden, um Sabina zu erreichen.

»Du … du …«, stammelte sie.

Ihr versagte erst die Stimme, dann der Verstand. Es gelang ihr anfangs nicht, das Gehörte zu ordnen und in einen Zusammenhang zu dem zu bringen, was sie in den letzten beiden Tagen herausgefunden hatte.

»Es war nicht so, dass ich direkt …«, begann Lea, unterbrach sich dann aber. »Das ist wirklich eine lange Geschichte. Wenn du unbedingt willst, erzähle ich sie dir. Aber lass uns jetzt bitte fahren, ja?«

Sabina erstarrte, den Blick entsetzt auf ihre Schwester gerichtet. Mit beiden Händen umklammerte sie das Lenkrad. Einen Augenblick später, im Bruchteil einer Sekunde, verstand sie endlich, was Lea ihr da gerade zu sagen versuchte.

Sie startete den Motor, legte den Gang ein und wendete auf dem Feldweg.

»Danke«, sagte Lea, die Sabinas Verhalten falsch deutete.

»Nicht so voreilig«, sagte Sabina. »Wir fahren zur Polizei.«

»Was? Aber… das kannst du mir nicht antun!«

Das Auto schaukelte auf dem Feldweg hin und her. »Wenn du zehn Minuten wartest, wirst du sehen, wie gut ich das kann.«

Sabina bog auf die kleine Landstraße ein. Aus Richtung Kaltenhusen näherte sich ein Fahrzeug, Mikes Mercedes, wie sie an dem Nummernschild erkannte, und folgte ihr.

»Das war alles gelogen, stimmt's?«, rief Sabina zornig. Sie war unendlich enttäuscht. »Deine Liebtuerei, dein Charme, deine Reue, die traurige Geschichte vom Ehemann, der dich geschlagen hat, weshalb du dich nach meinem Schutz gesehnt hast… Alles bloß Theater.«

Lea warf einen Blick durch die Heckscheibe. Die beiden Scheinwerfer näherten sich unaufhaltsam, obwohl Sabina ziemlich schnell fuhr.

»Nein«, antwortete sie, doch für Sabina hörte sich das nicht glaubwürdig an.

»Der Pfleger von Herrn Morgenroth hat dich angerufen, dir von meinen Recherchen erzählt und dich damit unabsichtlich gewarnt. Daraufhin hast du einen von deinen früheren Freunden gefragt, was hier eigentlich los ist, und dann …«

»Mein Gott, ja, ich habe Pierre angerufen«, gestand Lea gereizt ein. »Er hat mir bestätigt, dass du unangenehme Fragen stellst. Danach habe ich mit Mike telefoniert … Aber ich habe dich wirklich gerne wiedergesehen. Ganz ehrlich. Und jetzt halt an, damit wir in Ruhe reden können.«

»Da gibt es nichts mehr zu reden. Du lügst, wenn du den Mund aufmachst. Du hast dich nicht geändert. Von wegen gerne wiedergesehen. Mike hat dich auf mich angesetzt. Er hat gesagt, umgarne sie ein bisschen, lenke sie ab, und wenn alle Stricke reißen, dann heul ihr was vor. Tu dir keinen Zwang an, Schwesterherz. Du kannst heulen, so viel du willst, aber jetzt seid ihr dran, und zwar alle.«

»Halt endlich an!«, rief Lea.

In der Ferne kam ihnen ein Fahrzeug entgegen.

Das werden Pierre und Jacqueline sein, dachte Sabina. Wer sonst fuhr so spät noch in Richtung Kaltenhusen, wo die Straße endete. Mike hatte den Freund vielleicht angerufen und ihn gewarnt. Die beiden könnten versuchen, sie in die Zange zu nehmen und ihr auf der schmalen Straße den Weg abzuschneiden.

Sabina konzentrierte sich voll und ganz darauf, eventuelle Fahrmanöver des Fahrzeugs hinter ihr und des entgegenkommenden zu kontern, weshalb sie nicht mitbekam, wie Lea nach dem Zündschloss griff, um den Motor auszuschalten. Just in dem Moment, als sie es bemerkte, schlug sie Leas Hand weg. Doch ihre Schwester unternahm einen zweiten Versuch, und es kam zu einem kurzen Handgemenge.

»Bist du verrückt!«, rief Sabina aus Leibeskräften.

Eine Sekunde später verzog sie das Lenkrad.

Im Moment des Aufpralls sahen die beiden Schwestern sich in die Augen.

Danksagung

In fast jeder Phase der Entstehung meiner Bücher werde ich von hilfreichen Menschen unterstützt. So auch bei *Das Küstengrab*. Noch bevor die erste Zeile geschrieben war, hatte meine langjährige Agentin Petra Hermanns zusammen mit dem Verlag dafür gesorgt, dass aus meiner Idee Wirklichkeit werden konnte. Während des Schreibens erhielt ich nützliche Tipps von meinen »Probelesern« Christian Igel, René Schwarzer, Toni Richter und meinem Kollegen und befreundeten Autor Stefan Holtkötter. Schließlich schliffen Wiebke Rossa und Angela Troni vom Limes Verlag den Text mit mir. Euch allen danke ich sehr herzlich.

ERIC BERG

Die Schattenbucht

Kriminalroman

MIX
Papier | Fördert gute Waldnutzung
FSC® C014496

Penguin Random House Verlagsgruppe FSC® N001967

Redaktion: Angela Troni

Umschlaggestaltung: www.dasbuero.net, Düsseldorf
Umschlagmotiv: Getty Images/PPAMPicture
Druck und Bindung: GGP Media GmbH, Pößneck

www.blanvalet.de

Für Christian

»Ich habe niemals von einem Verbrechen gehört, das ich nicht auch hätte begehen können.«

Johann Wolfgang von Goethe

»In God We Trust«

Motto auf US-Dollar-Scheinen

Prolog

Nachdem ich die Auflegtaste des Telefons gedrückt hatte, blieb ich eine Weile reglos mitten im Zimmer stehen. Während der vergangenen halben Stunde war die Ungeheuerlichkeit Wort für Wort in mich hineingetröpfelt, aber erst jetzt, nach dem Ende des Telefonats, entfaltete sie ihre volle Wirkung.

So viele Tote. Nicht auf einen Schlag, sondern einer nach dem anderen über einen längeren Zeitraum, und ich hatte keinen von ihnen gekannt. In einer Welt, die von üblen Nachrichten überquillt, war das eigentlich nur eine Tragödie unter vielen. Obwohl, das war sie nicht. Nicht für mich.

Etwas geradezu Monströses war daran, ich konnte es spüren, jedoch nicht beschreiben. Ein hässliches, unbefriedigendes Gefühl. Was erschütterte mich so sehr an diesem Verbrechen? Allein die Zahl der Opfer? Ich erinnerte mich, vor einiger Zeit über diesen Fall gelesen zu haben, aber irgendwie war mir dic Meldung nicht im Gedächtnis geblieben. Und nun war dieses Verbrechen per Telefon in mein Leben eingebrochen, an einem wunderschönen, strahlenden Frühlingsmorgen, an dem ich gerade mit meinem Tagespensum hatte beginnen wollen.

Stattdessen machte ich einen Spaziergang. Nach diesem

Anruf konnte ich unmöglich zur Tagesordnung übergehen, ich hatte über zu viele Dinge nachzudenken, die mich am Schreiben gehindert hätten. Das Meer und der Himmel leuchteten in etlichen Schattierungen von Blau, und ein paar Wassersportbegeisterte schwebten mitten durch dieses harmonische Farbenspiel hindurch. Auf der Strandpromenade spielte jemand Ziehharmonika, ich erkannte Lieder von Edith Piaf und Adriano Celentano. Sorglose Urlauber flanierten an mir und dem Musiker vorüber.

Mit einem Mal wusste ich, was mich an diesem Verbrechen zutiefst erschreckte – und dass ich gerade deswegen darüber schreiben würde, schreiben müsste.

Jeder Mord, von dem wir erfahren, ist für sich beängstigend genug. Aber wir meinen, ein Bild von den jeweiligen Verbrechern zu haben – von den Räubern, die Rentner in ihrem Gartenhäuschen erschlagen, den Sexualverbrechern, die Frauen und Kindern auflauern, den reizbaren jungen Männern, die uns auf Bahnhöfen überfallen. Es ist der massive Einbruch der Gewalt in unseren Alltag und unsere Ordnung, den wir so sehr fürchten.

Was, wenn der Tod sich in harmloser Verkleidung bereits in unser Haus geschlichen hat? Wenn er gleich um die Ecke wohnt und Teil unseres Alltags ist? Wenn wir ihm von Zeit zu Zeit die Hand schütteln? Ihn vielleicht sogar sympathisch finden?

Das Monströse an jenem Verbrechen, von dem ich kurz zuvor erfahren hatte, war das Normale, die absolute Durchschnittlichkeit der Beteiligten. Außerdem die Langsamkeit – um nicht zu sagen Gemächlichkeit –, mit der es seine Kreise gezogen hatte. Das Verbrechen hatte sich ganz allmählich zu einem Strudel entwickelt, der alles verschlang, was auch nur in seine Nähe kam, der Tote produzierte, Leben ruinierte und den man erst bemerkt, wenn es zu spät, der Sog schon zu stark ist.

Der Darß – eigentlich die Region Fischland-Darß-Zingst, im Volksmund schlicht Darß genannt. Ich hatte nur gute Erinnerungen an die Halbinsel, auf der ich zehn Jahre zuvor das letzte Mal gewesen war, und ich fand alles ganz genauso vor wie damals. Unterwegs stieg ich immer mal wieder aus, um einigen Surfern zuzuschauen, ein paar Reitern am Strand hinterherzublicken und einen einsamen Bernsteinsucher zu beobachten, der gerade ein Loch in den Sand grub. Das Meer war aufgewühlt, und am Horizont zogen Wolken und Regenvorhänge von Süd nach Nord, während am Bodden, der bei Ahrenshoop nur wenige Steinwürfe entfernt war, ein mildes pfirsichfarbenes Prismalicht über dem stillen Wasser lag. Die unterschiedliche Stimmung dieser eng beieinanderliegenden Landschaften von Bodden und Meer zog mich sofort in ihren Bann. Das Liebliche hier – sanft dahingleitende Zeesenboote, alte Bootshäuser, wogendes Schilf, geatmete Stille. Das Raue dort – vom Wind geformte Kiefern, von Gischtfontänen umtoste Seebrücken, schroffe Steilküsten.

Es mag naiv klingen, aber an einem solchen Ort erwartete man kein Kapitalverbrechen, vor allem nicht von Einheimischen. Die Leute hier waren bodenständig, gelassen und auf diskrete Art selbstbewusst. Autodiebstähle oder Einbrüche – gut, die mochte es geben, ebenso betrunkene Touristen, die in die Vorgärten urinierten oder die Malven zum Einknicken brachten. Ich betrachtete die Bewohner dieser Region eher als Heimgesuchte. Auf die ersten Touristen, die ein wenig Wohlstand brachten, folgten Wohlhabende aus dem ganzen Bundesgebiet, die sich hier Häuser kauften, die wiederum Diebe anlockten. Ob nun die Vorteile oder die Nachteile des Tourismus und des Zuzugs von Fremden überwogen, war ein weites Feld und ewiger Diskussionsgegenstand in der Kneipe, auf Festen und den Bürgersteigen. In einer Zeit, die arm an Skandalen war – weil heutzutage nun mal weit weniger als skandalös angesehen wird als noch vor dreißig Jahren –, gab es wenig, an dem die Leute sich in den Dörfern reiben konnten.

Alles ging seinen gewohnten Gang: erst der Vogelzug von Süd nach Nord, das Erblühen der Gärten, die Ankunft der Seeschwalben, die ihre Nester in die Steilküsten bohrten, das Auftauchen von Segeln über dem Wasser, zuerst wenige, mit der Zeit immer mehr, das zunehmende Kindergelächter am Strand, die gut besuchten Restaurants, Fahrrad fahrende Familien, dann ein allmählich blasser werdendes Licht, der Vogelzug von Nord nach Süd, Sand ohne Menschen, Brandung ohne Zuhörer, Wind ohne Wärme … Die Gezeiten eines Jahres.

Theoretisch war mir als Mensch und Schriftsteller natürlich klar, dass es auch in einer solch beruhigenden Umgebung Unglück geben konnte. Doch es war viel schwerer greifbar als in den Wohnsilos und U-Bahn-Stationen der Großstädte.

Ich schlenderte umher und überlegte, was es bedeutete und wie ungewöhnlich es war, wenn jemand, von dem man es nie erwartet hätte, sich umzubringen versuchte.

So fing alles an – scheinbar. Tatsächlich hatte es nämlich schon viel früher begonnen.

1

September

Dieser Fall war nicht wie die anderen – eine gesunde Frau sitzt bei Kaffee und Kuchen auf dem Balkon ihres Hauses und blickt auf das im Nachmittagslicht sanft schimmernde Wasser des Bodstedter Boddens. Plötzlich und ohne erkennbare innere Regung steht sie auf, klettert über das Geländer und stürzt sich in die Tiefe. Sie überlebt den Sprung, spricht seither jedoch kein Wort mehr.

Ina war so etwas nicht gewohnt. Hinter jedem Suizidversuch steckte eine Geschichte, die es für sie hervorzuholen galt. Manche ihrer Patienten mussten nur angepikst werden, und schon sprudelten die Tragödien ihres Lebens in schnellen Sätzen aus ihnen heraus, gespickt mit Vorwürfen an Ehepartner, Eltern, Freunde und das Leben. Andere gaben ihre Erlebnisse nur in Häppchen preis, zögerlich, jedes Wort abwägend, als sei es das alles entscheidende, unterbrochen von langen Pausen und stillen Tränen. Wieder andere betrachteten die Klinikpsychologin gar als Gegnerin, antworteten feindselig und sarkastisch oder schickten Ina weg, um sie bald darauf doch wieder herbeizuzitieren und zu beschimpfen. Über kurz oder lang und mehr oder weniger redeten sie alle auf irgendeine Weise über die kleinen und großen Katastrophen, deretwegen sie in der Klinik gelandet waren, an diesem Ort, an dem wie nirgendwo sonst der Hunger nach Leben und Lebensmüdigkeit aufeinandertrafen.

Marlene Adamski hingegen war verstummt, so wie manche Kinder, die ein schreckliches Trauma erlitten hatten. Doch diese Patientin war zweiundsechzig Jahre alt, und auf ein größeres Problem, geschweige denn ein Trauma gab es nicht den geringsten Hinweis.

In den Akten suchte Ina vergeblich nach Gründen für die Schatten, die sie unter Marlenes Augen entdeckte. Zusammen mit ihrem Ehemann führte die Frau eine gut gehende Bäckerei auf der Halbinsel Darß, nannte ein schuldenfreies Haus ihr Eigen, war physisch in bester Verfassung und hatte keinerlei Vorgeschichte, was psychische Erkrankungen anging. Letzteres allein war natürlich wenig aussagekräftig, schließlich erwuchsen Depressionen und Selbstmordgedanken selten ausschließlich aus handfesten, für jedermann erkennbaren Problemen. Ihr Dünger waren vielmehr Faktoren wie Einsamkeit, das Einerlei der Tage, Erfolgsdruck und die Unfähigkeit, aus einem als Teufelskreis wahrgenommenen Zustand auszubrechen.

Doch auch hierfür konnte Ina keinerlei Anhaltspunkte entdecken. Ihre Patientin sammelte Geld für syrische Flüchtlinge und sang im Gemeindechor. Nun gut, die Adamskis waren kinderlos. Doch während Marlenes zweiwöchentlichen Aufenthalts in der Psychiatrie am Stadtrand von Rostock hatte sie auffallend viel Besuch bekommen. Die vielen Freundinnen und Cousinen, mit denen Ina gesprochen hatte, erzählten ihr übereinstimmend, dass kaum ein Gemeindemitglied sozial engagierter und besser integriert war als Marlene

Adamski. In der Bäckerei war sie die gute Seele, die Kunden kannte sie mit Namen und begrüßte sie mit einem Lächeln und per Handschlag.

Blieb die Ehe der Adamskis, über die Ina bisher nur wenig wusste. Marlenes Mann Gerd kümmerte sich rührend um seine Frau. Wenngleich er ein Mensch zu sein schien, der die Schuld zuletzt bei sich selbst suchte, kam Ina die Fürsorge, die er seiner Frau entgegenbrachte, echt vor. Kurzum, es gab einfach keinen Anhaltspunkt, was die Ursache für den Suizidversuch sein könnte, und die Psychologin stand vor einem Rätsel. Dass Marlene nicht mit ihr sprach, machte es unmöglich, das Motiv zu ergründen. Ina hätte die Sache auf sich beruhen lassen können, denn Marlene Adamskis Entlassung stand bevor, und sie würde demnächst neue Patienten betreuen: Opfer von Gewalttaten, Unfällen oder Mobbing, von Stress und Übermüdung zermürbte Menschen, Drogenabhängige, Patienten mit Gehirntumoren und schwachen Herzen, die sie zu begleiten hatte. Doch die schweigende Frau mit den Schatten unter den Augen wollte ihr nicht mehr aus dem Kopf gehen.

Hatte sie nicht auch deswegen ein halbes Jahr zuvor von Schwerin an die Klinik in Rostock gewechselt, weil sie an ihrem neuen Arbeitsplatz mehr Zeit für die Patienten hatte? Früher musste Ina sich bei den nach einem Selbstmordversuch eingelieferten Patienten mit Aussagen wie »Ich tu's ganz bestimmt nicht wieder« zufriedengeben und nach ein paar Minuten zum nächsten Termin eilen. Im Jahr darauf sah sie die Menschen dann wieder. Schlimmer noch waren jene, die sie nicht wiedersah, weil sie beim zweiten Mal mehr »Erfolg« gehabt hatten als beim ersten. Ihre Zahl kannte Ina nicht, aber das machte es nicht einfacher. In der Rostocker Klinik hatte sie immerhin das gute Gefühl, alles für ihre Patienten tun zu können, was in ihrer Macht stand, zumal sie nur an zwei Tagen pro Woche als Angestellte arbeitete und an den anderen drei Tagen eine eigene Praxis in Ahrenshoop betrieb. Auf diese Weise konnte sie ihre Patienten länger betreuen, als es normalerweise möglich gewesen wäre. Nur bei Marlene Adamski biss sie in der Hinsicht auf Granit.

Das Schweigen der Bäckersfrau hielt Ina teilweise für bewusst gesteuert und weniger für die Folge eines Schocks, weshalb sie davon ausging, es mit etwas mehr Zeit brechen zu können. Denn trotz ihrer verbalen Zurückhaltung nahm Marlene ihre Umwelt durchaus wahr. Sie reagierte auf Bewegungen und Geräusche ebenso wie auf Menschen, die das Krankenzimmer betraten. Sie verzog den Mund, wenn ihr das Essen nicht schmeckte, und sie erwiderte Umarmungen. Lächeln sah Ina sie allerdings nie, außer ein Mal, als sie ihrer Patientin, um deren Vertrauen zu gewinnen, von ihrer Liebe für die Ostsee im Allgemeinen und den Darß im Besonderen erzählt hatte. Damals blickte Marlene geradezu selig drein, so als hätte Ina sie an einen untergegangenen Ort des Glücks erinnert. Die Psychologin spürte, sie und ihre Patientin könnten emotional zusammenfinden.

Gerd Adamski jedoch legte darauf keinen Wert.

»Das schaffen wir auch so«, sagte er, als er seiner Frau nach ihrer Entlassung in den geräumigen Audi half. Ina war mit den beiden zum Parkplatz gegangen, trotz des leichten Regens. Die äußeren Verletzungen Marlene Adamskis waren zwar fast vollständig verheilt, aber sie wirkte noch nicht ganz sicher auf den Beinen.

Er schloss die Beifahrertür und sprach, während er um das Auto herumging, mit leiser, tiefer Stimme. »Marlene hat zu viel gearbeitet, sich zu viel zugemutet. Die Bäckerei, das Ehrenamt, der Chor, der Haushalt … Sie hatte ja gar keine Zeit mehr für sich.«

»Mag sein«, erwiderte Ina. »Aber Menschen springen im Allgemeinen nicht wegen eines zu vollen Terminkalenders vom Balkon, Herr Adamski. Das ist allenfalls der Auslöser, niemals die Ursache. Ich empfehle Ihrer Frau dringend weiterhin eine professionelle psychologische Begleitung. Meine Praxis in Ahrenshoop ist die einzige auf dem Darß, aber falls Sie wen anders bevorzugen, habe ich Ihnen einige Adressen von Kollegen in Rostock aufgeschrieben.«

Er reichte ihr die Hand. Sie war klobig, behaart und von fünfundvierzig Jahren fast täglichem Teigkneten sehr kräftig, doch der feste Druck war nicht unangenehm.

»Danke, dass Sie sich um Marlene gekümmert haben, Frau Doktor. Ehrlich, ich bin sehr froh darüber. Aber das wird schon wieder. Ein bisschen Pflege und Aufmerksamkeit …«

»Mit ein bisschen Pflege werden verkümmerte Pflanzen vielleicht wieder«, sagte Ina, wobei die ungeduldige Erwiderung von ihrer sanften, geduldigen Stimme abgemildert wurde. »Natürlich sind Ihre Fürsorge und Aufmerksamkeit äußerst wichtig und hilfreich. Dennoch kann ich nicht genug betonen, dass der Heilungsprozess bei Ihrer Frau gerade erst begonnen hat. Dass sie nicht spricht, ist der auffälligste Hinweis, wenngleich nicht der einzige.«

»Auch das bekommen wir hin«, sagte Gerd Adamski mit einer solchen Sicherheit, als müsse er zu Hause nur ein Rezeptbuch aufschlagen. Bevor Ina ihn weiter bedrängen konnte, fügte er hinzu: »Sehen Sie, Frau Doktor, Sie sind Psychologin und wollen sicher nur das Beste für Marlene. Sie erzählen mir was von Ursachen und psychologischer Begleitung und so 'nem Zeugs. Aber wir kommen schon zurecht, wir sind einfache, hart arbeitende Leute. Bäcker, verstehen Sie?«

So, wie er es ausdrückte, hörte es sich an, als würde jeder Bäcker einmal im Leben einen Selbstmordversuch unternehmen, und danach sei die Bedrohung ausgeschwitzt und überstanden wie bei Mumps. Natürlich kannte Ina diese ablehnende Haltung gegenüber Psychologen, zum einen von den Erfolgsverwöhnten, die meinten, sich und ihr Leben auch ohne fremde Hilfe jederzeit im Griff zu haben, und zum anderen von denjenigen, für die psychologische Betreuung etwas für Weicheier war. Der Übergang war fließend, und Gerd Adamski gehörte eindeutig zur zweiten Kategorie.

Ina musste Marlene also ziehen lassen, und wenngleich sie nach wie vor an die Frau dachte, war sie bald schon von den neuen Patienten absorbiert.

Dann jedoch geschah etwas Merkwürdiges. Ina erhielt an zwei aufeinanderfolgenden Tagen auf ihrem rein beruflich genutzten Handy mehrere Anrufe, bei denen sich am anderen Ende niemand meldete, sobald sie abnahm. Ein Keuchen oder dergleichen war jedoch nicht zu hören. Nach einigen Sekunden legte der Anrufer jedes Mal wieder auf.

Irgendwann fragte Ina aus einer Ahnung heraus: »Frau Adamski? Marlene?«

Und siehe da, diesmal blieb der Anrufer länger am Apparat.

Die Psychologin beschloss, Marlene aufzusuchen und sie

zu überreden, Patientin ihrer Praxis zu werden. Sie rechnete mit einem kleinen Abenteuer, einem leicht ungewöhnlichen Außeneinsatz mit nutzbringenden Erkenntnissen.

Wider Erwarten wurde etwas ganz anderes daraus: ein Schicksalstag in ihrem Leben.

Zum Haus der Adamskis musste Ina sich umständlich durchfragen, obwohl sie selbst inzwischen seit gut einem Jahr auf dem Darß lebte. Eher zufällig und nicht dank einer Beschreibung oder des Navigationssystems kam sie endlich am Ziel an, ganz in der Nähe des Örtchens Wieck.

Die herrliche Aussicht entschädigte sie für ihre Mühen. Am Ende einer schmalen, von Strauchwerk begrenzten Asphaltstraße ging der Blick zur einen Seite über unberührte Wiesen unter dem riesigen Himmel. Ein paar verstreute, meist krüppelige Bäume, schier unendlich viele windschiefe Grashalme und die fahle Sonne hinter zerfledderten Schleierwolken – das war alles, und es war überwältigend schön. Eine frische Brise schlug ihr entgegen, und sie war versucht, mitten hineinzulaufen in die menschenleere Landschaft. Auf der anderen Seite führte ein kleiner Weg zum Bodden, der ungefähr dreißig Meter entfernt war. Dünne Nebelschwaden stiegen von ihm auf, schwebten behäbig darüber hinweg. Die Luft schmeckte salzig und roch nach frischer Erde.

Das Haus der Adamskis war ein echtes Schmuckstück, eine zartblau gestrichene einstöckige Bauernkate mit einer Reetdachhaube, umgeben von einer Natursteinmauer. Verstärkt wurde der malerische Eindruck von den zahlreichen

Rosenbüschen im Vorgarten. Eine sechsköpfige Familie hätte in dem Haus bequem Platz gehabt, doch soweit Ina wusste, lebten Marlene und Gerd Adamski allein. Wie sie später erfahren sollte, hatte das Ehepaar die Kate im Jahr 1991 in leicht heruntergekommenem Zustand gekauft, nach und nach renoviert und dabei das eine oder andere hinzugefügt, das eigentlich nicht zu einer Kate gehörte, beispielsweise den Balkon.

Marlene war damals in Inas Alter gewesen, Ende dreißig, und hatte deshalb vermutlich kaum mehr Hoffnungen auf eine Großfamilie gehabt. Vielleicht war die Größe des Hauses aber auch nicht ausschlaggebend für den Kauf gewesen, sondern allein die Lage oder schlicht der Preis.

Auf Inas wiederholtes Klingeln hin geschah überhaupt nichts. Sie war ein wenig enttäuscht, nun da sie es bis hierher geschafft hatte und einer Begegnung mit Marlene so nahe war. Allerdings konnte es sein, dass diese ihre Arbeit in der Bäckerei wieder aufgenommen hatte, und das wäre immerhin ein gutes Zeichen.

Doch dann entdeckte Ina die Frau just auf dem Balkon an der linken Hausfront, von dem sie einige Wochen zuvor gesprungen war.

»Marlene? Ich bin es, Ina Bartholdy.«

»Was wollen Sie?«

Das waren die ersten Worte, die Ina von ihr hörte. Ihre Stimme klang leicht dumpf und rau, was nicht zu ihrem Erscheinungsbild passte. Marlene hatte eine gemütliche, warme mütterliche Ausstrahlung. Man sah ihr irgendwie an, dass sie Bäckersfrau war, zumindest fand Ina, dass Bäckersfrauen so aussehen sollten.

»Ich weiß, ich habe meinen Besuch nicht angekündigt«, antwortete sie ausweichend. »Aber ich war zufällig in der Gegend und dachte, ich schaue mal vorbei.«

Das war noch nicht einmal gelogen, jedenfalls nicht ganz. Ina hatte tatsächlich noch etwas anderes auf dem Darß vor, gar nicht weit von Wieck entfernt.

Sie wollte gerade erneut um Einlass bitten, als Marlene aufstand und im Haus verschwand.

Das war es wohl, dachte Ina, doch dann ging der Türsummer an, und sie gelangte ins Haus.

Drinnen war es ziemlich kühl und vor allem unglaublich still. Alle Fenster waren geschlossen. Kein Vogelgezwitscher drang durch die Mauern, keine Uhr tickte. Eine gewundene Holztreppe führte nach oben.

»Marlene?«

Ina warf einen kurzen Blick ins Wohnzimmer und in die Küche, bevor sie begriff, dass die Bäckersfrau im Obergeschoss auf sie wartete.

Die Schlafzimmertür stand weit offen. Marlene saß mit dem Rücken zu ihr auf dem Balkon. Erneut standen Kaffee und Kuchen auf dem kleinen runden Tisch, erneut ging Marlenes Blick über die Bäume hinweg zum Bodden, wo die Segelboote geräuschlos auf dem funkelnden Wasser dahinglitten. Sie trug eine getönte Brille, die Septembersonne schien ihr ins Gesicht.

Ina nahm sich die Zeit, das Schlafzimmer mit einem Rundumblick zu inspizieren. Es war so althergebracht eingerichtet wie alles, was sie bisher vom Haus gesehen hatte. Nicht dass es schäbig gewesen wäre. Die Möbel waren gepflegt, wenngleich sie schon eine ganze Weile nicht mehr erneuert worden waren. Von der Spiegelkommode über den Bettvorleger bis zum – derzeit unbenutzten – Anzugständer für den Hausherrn war alles vorhanden. Beige und Braun waren die vorherrschenden Farbtöne, Eiche das favorisierte Holz. Ina suchte nach irgendetwas Außergewöhnlichem. Nach einer extravaganten Lampe, einer asiatischen Spieluhr, der eingerahmten Krakelei eines Kindes. Doch sie bemerkte nichts dergleichen, so wie sie auch in der Diele, im Wohnzimmer und im Treppenaufgang nichts gesehen hatte. Die Wände waren fast kahl, nur hier und da hing ein Druck mit Blumen- oder Landschaftsmotiven. Wenn Ina bedachte, wie schön das Haus von außen war, enttäuschte einen das Innere durch einfallslose Rustikalität.

Sie trat auf den Balkon und umfasste mit beiden Händen das Geländer. Vom ersten Stock in den Tod springen – ging das überhaupt? Hatte Marlene mit ihrem Ableben etwa nur kokettiert? Gehörte sie am Ende zu jenen Verzweifelten, die vier Personen auf den Anrufbeantworter sprechen, bevor sie eine zwar kritische, jedoch nicht unbedingt tödliche Dosis Schlaftabletten nehmen und unbewusst darauf hoffen, man werde sie rechtzeitig finden? Aus ihrer Akte hätte man das durchaus schlussfolgern können. An Ort und Stelle sah die Sache allerdings anders aus. Man konnte von hier oben sehr wohl in den Tod springen, obwohl es nur der erste Stock war. Die Räume waren ungewöhnlich hoch, das Grundstück fiel auf dieser Seite stark ab, und unten erstreckte sich eine Mauer. Aus sieben Metern Höhe auf nackten Stein fallen – das hätte anders ausgehen können als mit einer ausgerenkten Schulter, einer Gehirnerschütterung sowie einigen Verstauchungen und Prellungen. Trotzdem blieb die Frage: War

Marlenes Selbstmordversuch ein Hilfeschrei gewesen oder der letzte Ausweg für sie?

»Manchmal«, begann Ina leise und ohne ein Hallo vorneweg, »ist es nur eine Minute, in der wir nicht mehr weiterwissen, nicht mehr weiterwollen. Manchmal ergibt sich gerade dann eine Gelegenheit. Es ist nur ein kleiner Schlenker, der unser Auto vor einen entgegenkommenden Laster bringt. Es ist nur ein kleiner Sprung vor den einfahrenden Regionalzug. Das war gar nicht geplant. Wir wollten eigentlich zur Arbeit oder eine Besorgung machen. Und dann …«

Sie hielt inne, spähte zu Marlene hinüber und konnte durch die Sonnenbrille der Frau erkennen, dass deren Pupillen auf sie gerichtet waren.

»War es so?«, fragte sie.

War Marlene eines Tages aufgewacht und hatte wie aus dem Nichts beschlossen, dass ihr Leben keinen Sinn mehr hatte? Dass ein Mann, ein Haus, ein paar Bekannte im Dorf und eine Bäckerei einfach nicht genug waren? War sie das Opfer einer spontanen Laune geworden, einer Hormonschwankung gar, nichts weiter?

Ein Lichtreflex tanzte auf Marlenes Gesicht, der vom Gartenteich nebenan stammte. Er zuckte über ihre helle, hohe Stirn, über die aufgesteckten strohblonden, leicht angegrauten Haare, die fahlen Wangen, den von Falten umrahmten Mund und das weiche, rundliche Kinn. Ina ersehnte geradezu ein Wort von ihr, an das sie anknüpfen konnte. Wenigstens ein Nicken oder Kopfschütteln, ein Zucken der Lippen. Doch nichts. Der ruhelose Lichtpunkt war alles, was sich in Marlenes Gesicht bewegte.

Ina musste das Schweigen brechen. Nur wie? Dass die

Bäckersfrau sie hereingelassen hatte, hatte sicher etwas zu bedeuten.

»Ich habe in den letzten Tagen einige Anrufe erhalten, bei denen sich dann aber niemand am anderen Ende der Leitung gemeldet hat. Ich vermute, dass Sie das waren. Liege ich damit richtig?«

Marlene öffnete ganz leicht den Mund, wobei sich ihre Lippen kaum bewegten. In dem winzigen dunklen Spalt schien sich ein Wort zu formen, zusammengesetzt aus den Bruchstücken ihres ambivalenten Willens und von selbigem sofort wieder zerstört.

Kein Laut.

Ina wartete noch eine Weile, in der nur der Wind und das muntere Zwitschern der Nestflüchter zu hören waren.

»Warum fällt es Ihnen so schwer, mit mir zu sprechen?«

Wieder öffnete Marlene den Mund, wieder bereitete sie einen Anlauf vor. Die Grenze des Schweigens hin zur Sprache war für sie wie ein schwindelerregender Abgrund, der sie zögern ließ, auch wenn er mit einem einzigen Schritt zu überwinden war. Vielleicht war das, was auf der anderen Seite auf sie wartete, so wenig erstrebenswert, so furchteinflößend sogar, dass sie allen Mut zusammennehmen musste. Obwohl Ina ihre Patientin im Grunde nicht kannte, glaubte sie, dass Marlene diesen Mut in sich trug. Etwas davon lag in ihren Augen, die nie ängstlich in die Welt blickten, auch nicht, als sie sich in der Klinik zum ersten Mal wieder geöffnet hatten, oder später, als Ina ihr die vielen Fragen gestellt hatte.

Auch in Marlenes Biografie steckte jede Menge Courage. Die Cousinen der Bäckersfrau hatten Ina im Krankenhaus erzählt, dass Marlene mit neunzehn Jahren in Dresden eine Affäre mit einem sowjetischen Soldaten begonnen hatte. Damals nannte man das noch Affäre, und in der DDR galt ein sowjetischer Gefreiter nicht unbedingt als gute Partie, vor allem nicht, wenn man kurz vor einem Lehramtsstudium stand. Da Marlene sich ganz offen mit dem jungen Mann zeigte, beschimpften die Leute sie. Manche rissen sogar die Fenster auf, nannten sie eine Hure und knallten die Fenster mit Nachdruck wieder zu. Eines Tages war der Mann, für den sie ihren Ruf hergegeben und ihr Studium riskiert hatte, über alle Berge. Marlene hörte nie wieder von ihm. Ein Jahr später verliebte sie sich erneut. Auch dieser Mann war ihren bürgerlichen Eltern nicht gerade willkommen. Gegen die Widerstände ihrer Familie und des Bildungsministeriums brach Marlene ihr Studium ab und wurde die Frau des pommerschen Bäckers Gerd Adamski.

»Sie wissen doch, dass alles, was sie mir anvertrauen, unter uns bleibt«, versuchte Ina, die Frau zu ermuntern.

Diesmal öffneten sich Marlenes Lippen ein Stückchen weiter. Vielleicht hätte sie zu reden begonnen, wäre nicht just in diesem Moment die zufallende Haustür zu hören gewesen und gleich danach die Stimme ihres Mannes, der nach ihr rief. Sofort verschloss Marlene sich wieder, und nur wenige Sekunden später stand Gerd Adamski im Schlafzimmer. Sein Blick gab Ina unmissverständlich zu verstehen, was er von ihrem Besuch hielt. Boxer starren so kurz vor Beginn des Kampfes zur anderen Ringseite hinüber. Die Stimme des Bäckers klang allerdings gelassen.

»Frau Doktor, guten Tag. Was für eine Überraschung. Wer hat Sie denn geschickt?«

»Guten Tag, Herr Adamski. Im Rahmen einer Nachsorge wollte ich mich vergewissern, dass mit Ihrer Frau alles in Ordnung ist.«

»Tja, wie Sie sehen, *ist* alles in Ordnung.«

»Nun ja… Dürfte ich Sie bitte mal kurz sprechen, Herr Adamski? Wenn möglich nicht hier.«

»Ich wollte gerade dasselbe vorschlagen. Bitte hier entlang.«

Seine Verärgerung verbarg er hinter übertriebener Freundlichkeit. An der Tür ließ er Ina den Vortritt, wobei er ihr mit ausgestrecktem Arm den Weg wies – zur Treppe nach unten. Bevor sie hinabstieg, bemerkte sie eine offen stehende Tür, die ihr zuvor entgangen war. War etwa noch jemand im Haus? Die Möbel in dem Zimmer waren nagelneu und sehr schick, allerdings türmten sich darauf Teller, Chipstüten und allerlei Elektronik.

»Bitte sehr, Frau Doktor«, drängte Gerd Adamski sie, und sein mächtiger Kugelbauch kam ihr dabei so nah, dass sie beinahe auf der Treppe gestolpert wäre.

Im Wohnzimmer, das aufgeräumt, aber ein bisschen staubig war, stellte der Bäcker Ina zur Rede.

»Was Ihr unangemeldetes Kommen angeht… Ach bitte, nehmen Sie doch Platz. Also, da muss ich Ihnen sagen, dass mir das nicht gefällt.«

»Hätten Sie mich denn mit Ihrer Frau sprechen lassen, wenn ich meinen Besuch angekündigt hätte?«

»Nein. Das sage ich Ihnen ganz ehrlich, und ich habe meine Gründe dafür.«

»Würden Sie sie mir erläutern?«

»Das muss ich nicht.«

»Bitte, ich möchte es verstehen.«

»Ich habe alles dazu gesagt.«

»Herr Adamski, ich gehe davon aus, dass Sie das Beste für Ihre Frau wollen. In dem Fall verstehe ich jedoch nicht, wie Sie ernsthaft etwas gegen meine Visite haben können. Das kann Ihrer Frau nicht schaden.«

»Da bin ich anderer Meinung. Wir haben ganz tolle Fortschritte gemacht, auch ohne Sie.«

»Worin bestehen diese Fortschritte?«, fragte Ina und bemühte sich sehr um einen ruhigen, sachlichen Tonfall.

»Wir haben miteinander geredet. Marlene hat mir versprochen, dass sie das nie wieder tun wird.«

»Oh«, sagte Ina.

Nur zu gerne hätte sie ihr Gegenüber darauf hingewiesen, dass das Ehrenwort eines Patienten in diesem Fall so viel wert war wie das eines mehrmals vorbestraften Einbrechers vor dem Richter. Mit Polemik und feinsinnigen Bemerkungen hätte sie diesen Mann jedoch nur noch mehr gegen sich aufgebracht.

»Herr Adamski, ich arbeite nun schon sehr lange in meinem Beruf und habe im Laufe der Jahre Erfahrungen gemacht und Einblicke gewonnen, die nicht jedem offenstehen.«

»Und ich kenne meine Frau besser als jeder andere.«

»Zweifellos. Bedenken Sie aber bitte, dass Ihre Frau schon einmal etwas getan hat, das Sie nicht vorhergesehen haben. Das Sie nicht vorhersehen konnten. Was Ihre Frau belastet, steckt so tief, dass niemand es mit einem kurzen Blick erfassen oder mit ein paar Worten hervorholen und auslöschen könnte.

Daher möchte ich Sie bitten, mir diese Bescheinigung hier zu unterschreiben. Sie ermöglicht mir die Nachbetreuung Ihrer Frau auf Kosten Ihrer privaten Krankenversicherung.«

Gerd Adamski umklammerte das Dokument mit beiden Händen und hielt es mit halber Armeslänge Abstand vor seinen Kugelbauch, während er es in aller Ruhe durchlas. Ina war klar, dass er nie und nimmer seinen Namen daruntersetzen würde. Er wusste es ebenfalls. Allerdings nahm er sich sehr wichtig, daher musste er nicht nur anderen, sondern auch sich selbst immer wieder vorführen, dass er alles im Griff hatte, von allem etwas verstand, überall mitreden konnte. Er wusste am besten, was gut für ihn und seine Frau war – das war für ihn selbstverständlich dasselbe. Natürlich dirigierte er die Geschäfte und sagte stets, wo es langging. Eine solche Rolle erforderte ein ganz bestimmtes Prozedere, und es erforderte Würde. Deshalb veranstaltete er nun so ein Tamtam.

»Nein, das unterschreibe ich nicht. Sie haben Ihre Methode, und wir haben unsere.«

»Worin besteht Ihre Methode denn?«, hakte Ina nach.

Er erhob sich leicht keuchend von dem niedrigen Sofa. »Wir sind Ihnen keine Rechenschaft schuldig.«

Ina wollte ihn gerade fragen, wer eigentlich mit »wir« gemeint war, als Marlene hereinkam. Sie sah weder die Besucherin noch ihren Mann an, griff nach dem Dokument auf dem Tisch, unterschrieb es und ging wieder nach oben, bevor irgendeiner von ihnen etwas sagen konnte. Sofort schnappte Ina sich die Bescheinigung, ließ Gerd Adamski stehen und folgte ihrer Patientin. Doch als sie im ersten Stock ankam, war die Schlafzimmertür bereits geschlossen.

Zumindest für diesen Tag war ihr Besuch beendet.

Vierzehn Monate zuvor

Wir sind schon eine seltsame Truppe, dachte Marlene, als sie den Kirschkuchen auf den Esstisch stellte und dabei in die Runde blickte. So seltsam wie der Grund, der sie an diesem Nachmittag zusammengeführt hatte. Seit zwei Jahren trafen sie sich einmal im Monat, und zwar immer im Haus von Marlene und Gerd, weil Daniels Frau nichts von diesen Treffen erfahren durfte, Bodos Behausung zu klein war und man in Romys Wohnung fürchten musste, irgendwo kleben zu bleiben. Zwei Jahre lang hatten sie sich regelmäßig bei Kaffee und Kuchen beraten, aber nie war es um so viel gegangen wie an diesem Nachmittag. Die Nervosität war mit allen Sinnen zu spüren, sie lag in ihrem Schweigen, in ihren hochroten gesenkten Köpfen, in ihren Augen, die jeden Blickkontakt vermieden, in ihren verschwitzten Händen.

»Er ist noch warm«, sagte Marlene an Daniel Trebuth gewandt und brach damit die beklemmende Stille. »Und extra ohne Butter und Eier gebacken. Außerdem habe ich Sojamilch genommen. Das war doch richtig so, oder?«

Bei der letzten Besprechung hatte sie nicht daran gedacht, dass Daniel Veganer war und daher weder Butter noch Eier oder Milch aß, die natürlich im Teig verarbeitet waren. Sie hatte sich über sich selbst geärgert und es diesmal besser gemacht. Freudig schnitt sie ihm ein besonders großes Stück ab und sah zu, wie er davon kostete.

»Und?«, fragte sie.

»Hervorragend. Das haben Sie wirklich ganz toll hingekriegt, Frau Adamski.«

»Freut mich, dass es Ihnen schmeckt. Ich finde aber, wir kennen uns jetzt gut genug, dass wir Du zueinander sagen können. Schließlich sind wir eine Art Bande, da duzt man sich doch, oder nicht?«

»Wir sind keine Bande!«, brauste Marlenes Mann auf.

»Das war ein Scherz, Gerd.«

Er brummte etwas in sich hinein und steckte sich einen Bissen von dem veganen Kuchen in den Mund.

»Ich nehme das Du gerne an«, sagte Daniel. »Dann sollten wir aber alle Du zueinander sagen.«

Die Runde stimmte zu, und Marlene lächelte zufrieden. Sie mochte Daniel, auch wenn er so komische Sachen aß wie Bratwurst aus Sojabohnen, Schnitzel aus Weizenpampe und Hähnchenschenkel aus Blumenfasern. Sie glaubte, dass seine Frau die treibende Kraft dahinter war und er nur notgedrungen mitmachte, um den Familienfrieden nicht zu gefährden. Daniel war ein sehr rücksichtsvoller Mensch, und genau deswegen vertraute sie ihm nicht ganz. Obwohl… so konnte man das nicht sagen. Sie würde ihn jederzeit mit ihren Enkelkindern – falls sie welche hätte – in den Zoo gehen lassen oder ihm ihren Hausschlüssel geben, damit er nach dem Rechten sähe. Selbstverständlich würde sie ihm als Bibliothekar geradezu blind vertrauen, wenn es darum ging, das richtige Buch für sie aus dem Regal zu ziehen. Mit seinen Sandalen, der Schubertbrille und den Klamotten aus dem Naturmodenladen seiner Frau sah er ein bisschen bemitleidenswert, ein bisschen bieder und ein bisschen zum Knuddeln aus. Aus all diesen Gründen konnte Marlene sich beim besten Willen nicht vorstellen, dass Daniel der Richtige für das geplante Unterfangen war.

»Wir sind uns also einig?«, fragte Gerd schmatzend, warf die Gabel auf den Teller und schob den kaum angebrochenen Kuchen mit leicht hängenden Mundwinkeln von sich. Er lehnte sich so weit zurück, dass sein Kugelbauch voll zur Geltung kam. »Wir machen es nämlich nur, wenn alle mitziehen. Bei so einer Aktion geht das gar nicht anders. Wenn nur einer Nein von euch sagt, ist die Sache gestorben. Ich bitte um Handzeichen.«

»Warte mal, Gerd«, unterbrach ihn Marlene. »Romy, kaust du etwa schon wieder Kaugummi?«

Die junge Frau nickte.

»Aber doch bitte nicht, während wir Kuchen essen, Kind. Immer wieder sage ich dir das. Komm, raus damit.«

»Ich habe ihn mir ja schon hinter die Zähne geklebt.«

Marlene schüttelte tadelnd und zugleich gutmütig den Kopf. »Für eine frischgebackene Bäckereifachverkäuferin gehört es sich nun mal nicht, einen Kaugummi im Mund zu haben, während sie Kuchen isst.«

Gehorsam nahm die Gescholtene den Kaugummi aus dem Mund. Romy hatte erst kürzlich beim dritten Anlauf die Prüfung geschafft. Eine Zierde ihrer Zunft war sie dennoch nicht: schmächtig, fast nur Haut und Knochen. Mit ihrer Körpergröße von einem Meter siebenundfünfzig wäre sie hinter dem Tresen von Marlenes und Gerds Bäckerei fast unsichtbar, prangte da nicht diese leuchtend lila Haarsträhne in ihrem schwarzen Lockenkopf. Davon abgesehen schwitzte sie schnell und ungewöhnlich stark. Irgendwie sah sie immer aus, als käme sie gerade aus der Dusche, und trotzdem wirkte sie nie ganz sauber.

»Können wir jetzt weitermachen?«, fragte Gerd.

»Entschuldige, aber das war wichtig.«

»So, ich bitte also nochmals um Handzeichen.«

Eine Hand nach der anderen hob sich, die von Gerd als Erstes, es folgten die von Bodo, von Romy und nach einigem Zögern auch die von Daniel.

Schließlich waren alle Augen auf Marlene gerichtet.

»Hoppla«, sagte sie überrascht, als hätte sie vergessen, dass sie auch dazugehörte.

Selbstverständlich stand sie hinter dem Plan. Allerdings hätte sie sich gewünscht, dass er gar nicht erst nötig, dass die Sache auch anders zu lösen wäre. Gewiss dachten auch die anderen so. Wer beging schon gerne ein Verbrechen, wenn es sich vermeiden ließ?

»Beschlossen«, sagte Gerd, und Marlene schenkte allen Kaffee nach.

Kurz kam ihr der Gedanke, Sekt zu reichen, aber das wäre wohl doch nicht ganz angemessen.

»Marlene, hol doch mal den Rotkäppchen«, sagte Gerd.

Da keiner widersprach, ging sie in die Küche. Von dort hörte sie, wie die anderen die letzten Details des Unterfangens besprachen. Wortfetzen drangen an ihr Ohr: Haustür, Kapuze, Seil, Klebeband, Audi, Mercedes… Der heikelste Part war sicherlich der Überfall selbst, doch damit hatte sie rein gar nichts zu tun. Das war die Sache von Gerd, Bodo und Daniel.

Da kein Sekt im Kühlschrank war, ging sie in den Keller. Die Vorräte lagerten in Regalen gleich hinter der Heizungsanlage und der schweren Metalltür, aber Marlene lief nach kurzem Zögern daran vorbei in den Gang, der in den ungenutzten Teil des Gewölbes führte.

Das Haus war auf einer weitläufigen Bunkeranlage des Zweiten Weltkriegs gebaut worden, die aus massivem Stahlbeton bestand. Angeblich waren dort einst Kunstschätze vor den Bomben der Alliierten in Sicherheit gebracht worden. Der hintere Teil des Kellers war verzweigt und ihr unheimlich, weshalb Marlene ihn so gut wie nie betrat. Das letzte Mal war sie dort gewesen … Du liebe Güte, das musste zehn Jahre her sein, als die Enkel ihrer Cousine dort unten Verstecken gespielt hatten.

Marlene öffnete eine weitere Metalltür, und ein großer, finsterer Raum tat sich vor ihr auf. Es war weder feucht noch muffig darin, aber kühl, und die nackte Glühbirne, die von der Decke hing, hatte einen Wackelkontakt. Sie würde die Birne ersetzen und außerdem für ein bisschen Wärme in dem Raum sorgen müssen.

Sie seufzte. Schon bald wäre alles ausgestanden. Endlich! Marlene sehnte diesen Tag herbei, das glückliche Ende der Geschichte, das ebenso schwer greifbar und seltsam weit weg war wie deren Anfang.

»Marleeeene«, drang Gerds tiefe Stimme bis hinunter in den Keller. »Wir haben Duhurst.«

Hastig nahm sie den Sekt und ging nach oben. Als sie die Gläser verteilte und dabei in die Gesichter der anderen blickte, dachte sie darüber nach, was jeden von ihnen wohl dazu veranlasst hatte, die Hand zu heben: Romy, ihre junge

Verkäuferin, die sie zuerst ausgebildet und dann ins Herz geschlossen hatte, Bodo, der Kumpel des halben Darß, Daniel, der seine Familie über alles liebte, und schließlich ihr Gerd. Jeder von ihnen hatte einen Grund. Es musste so sein, denn es gehörte ein gewisser Grad an Verzweiflung dazu, das zu tun, was sie vorhatten.

Was mache ich hier eigentlich?

Diese Frage ging Daniel einige Tage nach dem entscheidenden Treffen durch den Kopf, während er mit Gerd und Bodo am frühen Morgen in einem Gebüsch auf der Lauer lag. In der Nacht hatte es geregnet, die Tropfen hingen schwer an den Zweigen des Rhododendrons und fielen ihm bei jeder noch so kleinen Bewegung in den Kragen, von wo sie ihm kalt den Rücken hinunterliefen und sich mit seinem körperwarmen Schweiß vermischten.

Ich schaffe das nicht, dachte er.

Im Geiste ging er immer wieder durch, was er zu tun hatte. Es musste alles ganz schnell gehen. Töller durfte weder die geringste Chance haben, sich zu wehren, noch um Hilfe zu rufen. Obwohl … Letzteres würde ihm kaum etwas nutzen. Sein Haus lag ziemlich abgelegen in der Nähe einer Steilküste. Die Straße war fast einhundert Meter entfernt, das Meer rauschte, und die Möwen schrien. Der schmale Weg, der am Haus vorbeiführte, stellte das einzige Risiko dar, aber er war stark aufgeweicht vom Regen, und so früh am Morgen waren sicher kaum Spaziergänger unterwegs.

Nichtsdestotrotz rutschte Daniel im Gebüsch vor Töllers

Haus das Herz in die Hose – oder das Gewissen ins Herz, so genau ließ sich das nicht auseinanderhalten.

»Entschuldigt bitte, aber ich kann das nicht«, sagte er.

»Was?«, war die einhellige Antwort, aus zwei Kehlen geschrien, wenn auch mit halb erstickter Stimme.

»Es muss einen anderen Weg geben.«

»Du warst einverstanden«, keifte Gerd im Flüsterton.

»Da wusste ich noch nicht, wie schwer das wird«, erwiderte Daniel. In seiner Stimme lag etwas Unsicheres, Weinerliches, was ihn ärgerte.

»Was hast du denn gedacht? Dass wir uns Töller mit einem Zauberstab und ein bisschen Abrakadabra schnappen? Du tust gleich genau das, was wir eingeübt haben, mein Junge. Ende der Diskussion.«

Dieses »mein Junge« konnte Daniel überhaupt nicht leiden. Er war sechsunddreißig Jahre alt, aber Gerd behandelte ihn ständig, als hätte er gerade eine Lehrstelle als Bäcker bei den Adamskis angetreten.

»Nein«, sagte Daniel. »Nein, ich …«

»Hör mal, so geht das nicht. Wir haben dir vertraut, wir haben zusammen geübt …«

»Ich weiß. Es tut mir ja auch leid, aber ich finde …«

»Verdammt, für solche Sperenzchen haben wir jetzt keine Zeit. Reiß dich gefälligst zusammen, mein Junge. Gute Güte, da würden ja selbst Romy oder meine Marlene einen besseren Job machen als du.«

Es war ganz und gar nicht Daniels Art, patzige Antworten zu geben, aber dieser Gerd war ein Mensch, mit dem er sich normalerweise nie an einen Tisch gesetzt hätte, ein Prahlhans und Besserwisser.

Bevor er jedoch etwas entgegnen konnte, mischte Bodo sich ein.

Er war nicht so ein grober Klotz wie Gerd, viel freundlicher und diplomatischer, und weil er einige Jahre jünger war als Daniel, ging ihm auch diese patriarchalische Art ab, mit der Daniel so gar nicht zurechtkam.

»Wenn du jetzt nicht mitmachst«, sagte Bodo, »dann war's das. Finito, Sense, aus. Eine solche Chance kommt nie wieder. Mach dir das klar.«

Er hätte sich – so wie Gerd es verlangte – zusammenreißen müssen, doch es gelang ihm nicht. Stattdessen brach er in Tränen aus.

»Ach, du Scheiße«, fluchte Gerd leise. »Jetzt fängt der auch noch zu heulen an.«

Bodo klopfte Daniel auf die Schulter. In diesem Moment ging die Haustür auf, auf die sie alle seit einer halben Stunde gestarrt hatten. Töller war kurz zu sehen, klopfte dann aber auf die Taschen seines Sakkos und ging noch mal ins Haus zurück.

»Schaffst du's?«, fragte Bodo.

Während er sich die Tränen wegwischte, schüttelte Daniel den Kopf.

»Dann müssen wir die Chose abblasen«, sagte Bodo zu Gerd.

»So eine Scheiße«, fluchte dieser. »Hätte ich bloß nicht auf euch beide gehört, dann hätte ich jetzt die alte Wehrmachtspistole meines Großvaters dabei, würde Töller das Ding unter die Nase halten, ihn ins Auto verfrachten und fertig. Aber nein, die Herrschaften wollten ja von Waffen nichts wissen. Mit den letzten Dorftrotteln und buddhistischen Mönchen lässt sich eine Entführung garantiert besser durchziehen als mit euch beiden.«

»Scht«, zischte Bodo. »Töller kommt wieder raus.«

Also gut, Augen zu und durch, sagte sich Daniel. Denen zeig ich's. Ich schaffe das. Ich ziehe es durch. Jetzt oder nie. Jetzt.

Er zog sich die Kapuze über, die sein Gesicht bis auf die Augen verdeckte, und stürmte aus dem Gebüsch quer über den Rasen von hinten auf Töller zu. Der war zwar schon um die sechzig, jedoch recht groß und schwer, weshalb man ihn am besten mit einem schnellen Überraschungsangriff überwältigte.

Daniels Part bestand darin, Töller einen Müllsack über den Kopf zu ziehen, damit er nicht sah, wer ihn angriff. Genau das tat Daniel nun. Es klappte. Töller war völlig überrumpelt.

Noch in derselben Sekunde wurde Daniel allerdings klar, dass etwas an der einstudierten Choreografie nicht stimmte, dass Gerd noch nicht zur Stelle war, um Töllers Arme zu packen, und dass Bodo noch keine Gelegenheit gehabt hatte, Töller den Mund mit einem Klebeband zu verschließen, bevor der Sack ihm die Sicht nahm. Daniel war so unvermittelt vorgeprescht, dass Gerd und Bodo hinter ihm zurückgeblieben waren. Alles geriet durcheinander.

Ein Schrei Töllers, eher ein lautes Aufstöhnen, durchbrach den morgendlichen Frieden der idyllischen Landschaft. Gerd riss Töller zu Boden, irgendetwas knackte, und Bodo drückte, weil ihm gar nichts anderes übrig blieb, das Klebeband auf die Stelle, wo unter dem Müllsack ungefähr der Mund war. Das half natürlich wenig, da der Sack verrutschte, und so schallten einige weitere nur wenig gedämpfte Schreie durch den Garten.

Gerd und Bodo taten ihr Bestes, um den Schaden zu begrenzen. Sie knieten auf Töllers Leib und versuchten, ihm die Hände zu fesseln. Wieder knackte es.

Daniel konnte nur zusehen. Er war nicht imstande, sich zu bewegen.

»Scheiße«, sagte Gerd, aber so leise, dass es mehr ein Hauchen war. Töller durfte seine Stimme ja nicht hören.

In aller Eile zog Bodo seine Jacke aus und wickelte sie notdürftig um Töllers Kopf, wodurch die Schreie zumindest halb erstickt wurden. Dann deutete er hektisch auf Daniel. Der verstand nicht, was Bodo von ihm wollte, und es vergingen einige weitere wertvolle Sekunden, bis er begriff, dass auch er seine Jacke ausziehen sollte.

Vor lauter Panik schaffte es Daniel, dass sich sein Hemd im Reißverschluss der Jacke verfing und er sie partout nicht ausgezogen bekam.

Plötzlich fuchtelte auch Gerd mit einem Arm in der Luft herum und funkelte Daniel aus ungeduldigen, zornigen Augen an.

Was denn? Was will er von mir?

Lasst mich doch alle in Ruhe. Ich habe diesen Mist nicht mitmachen wollen. Aber ihr habt so lange auf mir rumgehackt, bis …

Ach so, jetzt verstand er. Gerd deutete auf einen Haufen mit Holzscheiten, die an der Hauswand für den Winter aufgestapelt waren. Ohne darüber nachzudenken, was Gerd vorhatte, brachte Daniel ihm einen Scheit, den Gerd Töller mit halber Wucht über den Schädel zog.

Damit war Ruhe.

Endlich.

Aber diese Ruhe hatte auch etwas Unheimliches.

»Ist er … Ist er …?« Daniel war nicht in der Lage, den Satz zu Ende zu bringen.

Bodo fand den Puls des am Boden Liegenden im Nu, damit kannte er sich aus. »Nur bewusstlos«, sagte er die erlösenden Worte. »Zum Glück. Sag mal, Gerd, spinnst du? Weißt du, dass du ihn hättest umbringen können mit dem Ding?«

Der Bäcker rappelte sich mühsam auf. Er war ungefähr so alt und schwer wie das Opfer zu seinen Füßen.

»Daran ist dieses hirnverbrannte Arschloch schuld«, wetterte er gegen Daniel. »Sagt kein Wort und stürmt einfach los. Wozu haben wir eigentlich tagelang geübt, du Depp? Haben wir das auch nur einmal so geübt? Nein, haben wir nicht. Und du … Wart bloß ab, dich haue ich ungespitzt in den Boden, sobald wir …«

»Ruhe jetzt, das bringt doch alles nichts. Niemand haut hier irgendwen. Wir müssen Töller umgehend wegbringen und uns um ihn kümmern. Er hat sicher eine Gehirnerschütterung.«

Daniel war Bodo unglaublich dankbar dafür, dass er die Situation entschärfte. Beim Anblick von Gerds hochrotem Kopf hätte er sich fast in die Hosen gemacht. Zugleich war er erleichtert, dass es vorbei war. Vielleicht war nicht alles nach Plan gegangen, doch letztendlich zählte nur, dass sie Töller geschnappt hatten. Das war das Schwerste an der gesamten Aktion. Viel hätte er von jetzt an nicht mehr zu tun.

Doch schon im nächsten Moment traf es ihn wie ein Blitz. Als Bodo vorsichtig den Müllsack von Töllers Kopf zog, kam dessen blutüberströmtes Gesicht zum Vorschein.

Unwillkürlich machte Daniel einen Schritt zurück. »Oh

nein! Oh Gott!« Er schlug die Hände vor die Augen, wodurch seine Brille zu Boden fiel.

Gerd stöhnte. »Auch das noch. Mann, du bist echt … Ach, Scheiße, reden wir nicht drüber. Du hast recht, Bodo, es bringt ja nichts.«

Daniel konnte kein Blut sehen, davon wurde ihm schwindelig. Aber dass er daran mitgewirkt hatte, dass er indirekt mitschuldig war, machte es noch grausiger.

Diese widersprüchlichen Gefühle waren wie Taktschläge, die sein Herz zum Rasen brachten, daher bekam er kaum mit, wie Bodo den Bewusstlosen notdürftig versorgte. Auch dass sie Töller mit Mühe und Not zu dritt auf die Rückbank seines Mercedes hievten, erlebte Daniel in einer Art Dämmerzustand.

Die Fahrt schien für ihn kein Ende zu nehmen. Gerd, der sonst einen sportlichen Fahrstil pflegte, fuhr an diesem Morgen betont vorsichtig, um bloß nicht aufzufallen. Wie abgemacht sprach keiner ein Wort, damit Töller, der langsam zu sich kam, sie später nicht anhand ihrer Stimmen identifizieren konnte. Allerdings verlieh das Schweigen der Fahrt etwas zusätzlich Gespenstisches. Das Surren des Motors, der Blinker, das sanfte Rauschen der Klimaanlage – das war alles, was Töllers gelegentliches leises Wimmern untermalte. Sie fuhren über sattgrüne Alleen, vorbei an Feldern, über denen Vögel kreisten, und an Kirchtürmen, die in den klaren blauen Himmel ragten. Gerd ließ eine Gruppe von Fahrradtouristen mit kleinen Kindern die Straße überqueren und winkte ihnen freundlich zu.

Daniel hatte sich wieder einigermaßen gefangen. Derart eingepackt und verschnürt bot Töller keinen allzu schlimmen Anblick mehr. Er wehrte sich nicht und unternahm auch keinen Fluchtversuch. Da Bodo die Beine des Entführten so umwickelt hatte, dass er immerhin noch kleine Schritte tun konnte, mussten sie ihn nicht tragen – was die Sache ungemein vereinfachte, da er nicht gerade ein Leichtgewicht war. Auf der steilen steinernen Kellertreppe, die im unteren Drittel einen Bogen machte, wäre Töller beinahe gestürzt, aber es ging gerade noch mal gut.

Der rechteckige, etwa vier mal fünf Meter große Kellerraum, in den sie ihn brachten, war bis auf drei Dinge völlig leer. Auf dem Boden lag eine frisch bezogene Matratze, auf die sie den Mann legten. Daneben standen auf der einen Seite ein großer, mit Mineralwasser gefüllter Pappbecher und auf der anderen ein Eimer, der für die Notdurft gedacht war. Töllers Bewegungsradius wurde durch eine Fußfessel eingeschränkt, die durch eine schwere, etwa einen Meter fünfzig lange Metallkette mit einem Ring an der Wand verbunden war. Gerd hatte das unheimliche Ensemble, das aussah wie aus einem alten Kerker, auf einem Flohmarkt in Rostock erstanden und sogleich im Mauerwerk des Kellers verankert.

Erst als die drei Entführer im Erdgeschoss ankamen, sprachen sie wieder.

»So, das hätten wir«, sagte Gerd. »Ich fahre nur noch schnell den Mercedes in die Garage, damit wäre dann der schwierigste Teil geschafft. Ist doch alles in allem gut gegangen, auch wenn …«

Er unterbrach sich. Bodo und Daniel wussten auch so, auf wen und was sich dieses »auch wenn« bezog.

Bodo sagte: »So können wir den Typen da unten nicht liegen lassen. Der kann sich ja kaum bewegen und nicht trinken, das finde ich nicht richtig.«

»Den lassen wir jetzt erst mal zur Ruhe kommen, dann geben wir ihm ein bisschen mehr Freiheit«, bestimmte Gerd. »Halt du dich da raus, mein Junge, das ist mein Part. Du hast einen anderen übernommen, und ich schlage vor, du machst dich noch heute an die Arbeit.«

Während die beiden diskutierten, ließ Daniel den Blick durch das große Wohnzimmerfenster und hinaus in den Garten wandern. Im Hintergrund glitzerte der Bodden durch das dichte Gewerk der Bäume und Sträucher. Ein Baum fehlte allerdings, eine junge Birne, deren Stumpf nur noch wenige Zentimeter aus dem Boden ragte. An dem gefällten Stamm hatten sie tagelang die Entführung geprobt.

»Die Birne ist ganz umsonst gestorben«, sagte Daniel leise. Eigentlich dachte er nur laut. »Die dämliche Überei war für die Katz. Am Ende ist alles ganz anders gekommen, und der schöne Birnbaum ist für nichts gefällt worden.«

Gerd und Bodo sahen sich an, und Daniel konnte sich vorstellen, was sie dachten. Sie hielten ihn für einen Schwächling, einen Freak in Sandalen und Leinenhemd, einen Denker, der sogar über einen gefällten Baum sinnierte. Im Grunde konnte es ihm egal sein, was sie von ihm hielten. Was hatte er mit diesen Leuten schon gemeinsam? Die lasen ja nicht einmal. Die einzigen Bücher, die Bodo besaß, waren *Die digitale Welt von übermorgen* sowie *Web 10.0*, die obendrein verloren zwischen Stapeln von Computerzeitschriften lagen. Gerd war noch schlimmer. Für den Bäcker war Literatur etwas Ähnliches wie ein Opossum: Zwar wusste er, dass es existierte, aber er hatte weder je eines zu Gesicht bekommen noch die geringste Ahnung, wozu es überhaupt gut war.

Daniel machte sich zu Fuß auf den Weg nach Hause, eine

Strecke von etwa zwei Kilometern, deren zweite Hälfte er joggend zurücklegte. Laufen zu gehen war der Vorwand, den er für Jette brauchte, wenn er sich mit Gerd, Marlene und den anderen bei den Adamskis traf.

Sein Haus stand fast am Ende einer neuen, ruhigen Seitenstraße. Schon von weitem ging ihm jedes Mal das Herz auf, wenn er es erblickte. Das Reetdach leuchtete ockerfarben im Vormittagslicht, und das obere Bogenfenster war zum Lüften weit geöffnet. Die Malven im Vorgarten standen in voller Blüte. Vor dem Hintergrund der niedrig fliehenden Wolken und grünen Wiesen war Daniels funkelnagelneues Bauernhaus ein echtes Postkartenmotiv, und es erfüllte ihn mit Stolz, wenn Touristen es gelegentlich fotografierten.

Jedes Mal, wenn er sein Zuhause betrat, atmete er tief durch. Im Innern roch es leicht harzig, wie in einem Nadelwald im Sommer. Von Zeit zu Zeit knackte leise das Holz. Korbgeflechte und ein paar Handwebteppiche in frischen Farben, die allesamt Jette ausgesucht hatte, dominierten die Inneneinrichtung. Überall standen Sträuße mit Blumen aus ihrem Garten, und auch an den Wänden hingen Bilder von Blumen. Alles verströmte Reinheit, Stille und Frieden. Im Regal stand das sechs Jahre alte Hochzeitsfoto von Jette und ihm, das Daniel einen Moment lang betrachtete. Sie hatten spät geheiratet, als die Kinder schon da waren, und auch nur standesamtlich. Jette hielt nicht viel von Religion, während er gerne mal in die Kirche ging und betete, vor allem für seine Kinder.

Unglaublich, dachte er, dass er gerade eben einen Mann entführt, dass er ein Verbrechen begangen hatte.

Er sagte Jette nur kurz Hallo. Sie war sowieso beschäftigt, machte Pfannkuchen. Über Mittag schloss sie den Naturmodeladen für zwei Stunden und kochte für die vierköpfige Familie. Darauf legte sie großen Wert, und auch Daniel unterbrach seinen Vollzeitjob als Leiter der Stadtbibliothek für das gemeinsame Mittagessen.

Seine Tochter saß über eine pinkfarbene Socke gebeugt am Tisch, als Daniel eintrat. Ihre Mutter hatte ihr jüngst verschiedene Handarbeitstechniken gezeigt, und Felicia hatte sofort Feuer gefangen. Obwohl sie erst sieben Jahre alt war, bestickte sie alles, was ihr in die Hände fiel, und hatte sich bald zu einer kleinen Künstlerin gemausert. In der Familie witzelten sie schon, dass die Kleine eines Tages jene Naturmode entwerfen würde, die Jette dann im Laden verkaufte.

Wie immer sprang Felicia ihm zur Begrüßung in die Arme, woraufhin er sie einmal im Kreis herumwirbelte, was sie stillschweigend erwartete und was er wiederum so sehr an ihr liebte. Noch waren sie sich einig. Aber schon in ein paar Jahren würden ihr die Zöpfchen nicht mehr gefallen, die süßen Sommersprossen wären ihr ein Graus, die Farbe Pink wäre der Horror – und von Papi herumgewirbelt zu werden, das ginge gar nicht.

Daniel hielt Felicia fest umschlungen, genoss jede Sekunde. Sie zeigte ihm, was sie wieder Tolles fabriziert hatte, ein gesticktes Gänseblümchen, zog die Socke an, spielte Model. Er applaudierte überschwänglich, und beide lachten. Eine Minute lang war er der seligste Vater überhaupt.

Plötzlich legte sich der dunkle Schatten eines Gedankens über die heile Welt. Es gab kein Zurück mehr. Sie hatten an diesem Morgen Fakten geschaffen, die unumkehrbar waren.

2

September

Ina lächelte auf dem gesamten Weg von Wieck nach Zingst zu ihrem zweiten, weitaus angenehmeren Vorhaben an diesem Samstag. Sie summte, wie man es manchmal im schönsten Mai tut, wenn nach Monaten der Heizungswärme endlich wieder die Sonnenstrahlen ein Wohlgefühl auf die Haut zaubern. Tatsächlich war der grandiose Sommer so gut wie vorbei. Noch spielte das Wetter mit, und man konnte sich einreden, das alles dauere noch einige Wochen an, aber die zurückgehenden Touristenzahlen, die zunehmend unbelebten Strände und Wege sowie die farbintensiven Sonnenuntergänge vermittelten schon eine Ahnung von dem, was demnächst auf Land und Leute zukommen würde. Ihr graute vor der kalten Jahreszeit, aber an diesem Tag konnte ihr nichts die Laune verderben.

Bei Prerow überholte sie ein Oldtimer, eine von diesen offenen Seifenkisten in der Form eines Marschflugkörpers, darin ein Mann mit flatterndem Schal und Lederhandschuhen plus Beifahrerin mit Grace-Kelly-Kopftuch. Am Heck war ein Schild angebracht: »Oldtimertreffen Zingst«, darunter das Datum jenes Samstags.

Genau wie vor einem Jahr, dachte Ina und lachte auf. Nur dass es damals ein altes Zweirad mit Beiwagen war. Weil sie nichts Besseres vorgehabt hatte, war sie dem Gefährt spontan zu dem Treffen gefolgt. Die beste Entscheidung seit langer, langer Zeit.

Genau ein Jahr kannte sie Bobby nun schon. Wahnsinn, wie schnell die Zeit verging. Ihr kamen diese zwölf Monate viel kürzer vor.

Je näher sie Zingst kam, desto mehr Horchs, Aston Martins, Trabis und Bugattis umringten sie, und bald schon kam sie sich wie im Vorjahr in ihrem Renault Baujahr 2010 ziemlich fehl am Platze vor. Daher parkte sie erneut ein gutes Stück abseits der Wiese, auf der sich die Dinosaurier versammelten. VW-Käfer gab es einige, auch Cabrios, aber nur einen einzigen hellblauen mit weißem Verdeck. Dank des Wagens hatte sie Bobby schnell ausgemacht. Konzentriert putzte er die Felgen, die bereits so sauber waren, dass man davon hätte essen können. Er bemerkte sie nicht, und so blieb sie eine Weile vor der Kühlerhaube stehen.

Irgendwann räusperte sie sich und sagte: »Als ich ein Teenager war, habe ich davon geträumt, mit einem Käfer auf der Route 66 zu fahren, und zwar vom Anfang bis zum Ende.«

Wie er da so kniete und sie von unten herauf anlächelte, mit den Grübchen und dem kleinen Ölfleck auf der Wange, verliebte Ina sich noch einmal in ihn.

Zu ihrer Freude ließ er sich wie erhofft darauf ein, die Kennenlernszene aus dem letzten Jahr nachzuspielen, indem er aufstand und ihr die Hand entgegenstreckte. Bobby war zehn Jahre jünger als Ina, Ende zwanzig, einigermaßen sportlich, wenn auch nicht athletisch, und hatte schulterlange aschblonde Haare. Da er für einen Mann leicht unterdurchschnittlich und Ina für eine Frau leicht überdurchschnittlich groß war, standen sie sich auf Augenhöhe gegenüber.

»Die Route 66, ja? Und, hast du's gemacht?«

»Nie.«

»Wie wäre es stattdessen mit den mecklenburgischen Alleen?«

»Äh, jetzt? Aber Sie ... ich meine du ... Willst du denn nicht an dem Treffen teilnehmen?«

»Menschen leben, wenn sie atmen, und Autos, wenn sie fahren.«

»Du bist ja ein Philosoph.«

»Komisch, das hat schon mal jemand zu mir gesagt. Ich sei ein Philosoph im Blaumann. Damals habe ich noch als Mechaniker gearbeitet. Steig ein. Na los, dieser Käfer beißt nicht. Immer rein in die gute Stube.«

Sie lachten, küssten sich, und damit war die kleine, amüsante Showeinlage beendet. Fast wortwörtlich hatte ihre erste Begegnung so stattgefunden. Allerdings hatte Ina Bobby nie erzählt, dass sie damals von allen Käfern ausgerechnet vor seinem stehen geblieben war, weil sie als Teenager in ihren Route-66-Träumen immer einen hellblauen mit weißem Verdeck vor Augen gehabt hatte. Anfangs hatte sie dieses Detail zurückgehalten, um ihn nicht glauben zu machen, allein das Auto und weniger er selbst hätte ihre Aufmerksamkeit erregt. Tatsächlich war es beides gewesen. Später dann hatte sie schlicht nicht mehr daran gedacht.

Schon verrückt: Ohne ihre Jugendträume wäre sie diesem wunderbaren Mann nie begegnet.

Als Bobby sich hinters Steuer klemmte, staunte sie nicht schlecht.

»Wir müssen das jetzt nicht genauso machen wie letztes Jahr. Es war nur so eine spontane Idee von mir.«

»Wieso? Ich finde es gut. Komm schon, wir drehen eine Runde.«

Ina betrachtete den Käfer lieber, als dass sie darin fuhr. Außen blitzte und blinkte das Cabrio wie ein Bergsee in der Mittagssonne, im Innenraum dagegen sah es aus, als hätte der Wagen zwanzig Jahre lang ohne Verdeck ungenutzt in der Garage gestanden. Glücklicherweise war es nur ein Spaßauto für den Sommer, und Bobby fuhr ansonsten einen praktischen Polo.

Als Ina den Radioknopf berührte, erwartete sie, daran kleben zu bleiben, nicht aber, dass er abfallen könnte.

»Hoppla.«

»Ach, lass liegen. Für die Musik habe ich immer noch das hier«, sagte Bobby. Er holte sein Smartphone aus der Jeansshorts und steckte es in eine Vorrichtung am Armaturenbrett.

Kurz darauf erklang die wunderbare Stimme von Ella Fitzgerald. Zu einer Fahrt in einem Käfer, sagte er immer, passe die Musik der Fifties und Sixties am besten.

Während sie im ersten Gang von der Wiese rollten, fühlte Ina sich von einigen Frauen beobachtet: den anderen »Bräuten« der Oldtimerfans. Sie kannte diesen speziellen Blick. Der Altersunterschied zwischen ihr und Bobby war offensichtlich, zumal er auch noch ein paar Jahre jünger aussah, als er war, und sie mit ihrer natürlichen Eleganz womöglich ein paar Jahre älter. Es störte Ina nicht, derart beäugt zu werden, aber sie nahm es wahr, und sie war sich sicher, dass es Bobby ebenso erging.

Die Strecke führte über den Bodden und von dort auf

engen Landstraßen und traumhaften Alleen ins Mecklenburgische hinein. Trotz des sonnigen Tages wurde Ina bald kalt, da sie mit offenem Verdeck fuhren. Bobby gab ihr seinen Kapuzensweater. Er selbst schien kein bisschen zu frieren, obwohl er nur Shorts und T-Shirt trug. Seine langen blonden Haare flatterten nicht weniger im Wind als Inas schwarze.

Eine Weile sprachen sie nicht, sondern lauschten nur Ella und dem Wind.

»Es geht um die Arbeit, oder?«, fragte Bobby schließlich.

Ina seufzte innerlich. Sie hatte so sehr gehofft, dass er nichts merkte.

Normalerweise trennte sie Freizeit und Arbeit strikt. Das war bei ihrem Job ungemein wichtig, denn mit den tausend Nöten anderer Menschen ließe es sich nicht gut leben.

»Tut mir leid.«

»Entschuldige dich nicht. Sag mir lieber, worüber du nachdenkst.«

»Ach, es gibt da diese Frau«, antwortete sie und hielt inne. Es widerstrebte ihr, mit Bobby über ihre Patienten zu sprechen. In ihrer Beziehung wollte sie nicht die Psychologin sein, sondern einfach nur eine Frau.

»Ah, es gibt da diese Frau … Verstehe, das erklärt natürlich alles«, scherzte er.

Sie knuffte ihn in die Schulter. »Sei nicht so frech. Ich bin es nun mal nicht gewöhnt, mit dir über so etwas zu sprechen.«

»Ich war es nicht gewöhnt, zweimal in der Woche meine Küche zu putzen, bevor ich dich kannte. Und jetzt bekomme ich es hin. Also, was ist an dieser Frau so Besonderes, dass du sie mit uns Cabrio fahren lässt?«

Ina gab sich einen Ruck und erzählte ihm von Marlene Adamski, natürlich ohne Namen und Wohnort zu nennen.

»Weißt du, das ist ein schwieriger Spagat für mich. In meiner Praxis kann ich meine Patienten intensiv über eine längere Zeitspanne betreuen. Als Klinikpsychologin dagegen begleite ich die Patienten nur für wenige Tage oder Wochen. Ich bringe die Menschen gewissermaßen über die Brücke, die vom Ausnahmezustand Klinik zurück in ihr normales Leben führt. Falls nötig, übergebe ich sie danach in die Hände eines Kollegen. Bisher hatte ich Glück. Ich habe selbst in der kurzen Zeit immer herausgefunden, wo das Problem lag.«

»Nur bei dieser Frau nicht.«

»Totale Fehlanzeige. Die vielen Menschen, die meine Patientin im Krankenhaus besucht haben, haben mir unisono versichert, dass sie aus allen Wolken gefallen sind, als sie erfahren haben, dass die Frau sich das Leben nehmen wollte. Offensichtliche Ursachen gibt es nicht, und wenn jemand Depressionen hat, erfährt früher oder später immer irgendwer davon. Außerdem war sie viel zu aktiv für einen depressiven Menschen. Was diese Frau alles an sozialen Projekten unterstützt hat … Eine echte kleine Mutter Teresa.«

»Kannst du sie nicht beharrlich fragen?«

Sie lächelte ihn an und legte ihre Hand auf sein nacktes rechtes Bein. »Du bist süß, Bobby. Wie stellst du dir das vor? Die Leute kommen nicht zum Verhör zu mir, sondern zum Gespräch.«

»Wie wäre es dann mit einem Fragebogen? Bitte kreuzen Sie den Grund Ihres Selbstmordversuches an: a) kein Kabelfernsehen, b) Tequila ist alle, c) kein Sex mehr mit meinem Mann, d) schlechter Sex mit meinem Mann, e) …«

»Also wirklich, Bobby. Darüber macht man sich nicht lustig«, unterbrach Ina ihn, aber dann musste sie doch schmunzeln. Sein Humor war ansteckend, sie konnte ihm nie lange widerstehen – und sie wollte es im Grunde auch gar nicht.

»Mehrfachankreuzungen«, fuhr er unbeirrt fort, »sind selbstverständlich möglich. Ich meine, weder Sex noch Kabelfernsehen, das ist die Hölle. Und wenn dann noch der Alkohol ausgeht ...«

»Hör auf!«, rief sie lachend.

»Hey, ich bin Psychologinnengatte, ich weiß, wovon ich rede. Du bist ja bloß neidisch, weil du nicht selbst auf die Idee mit dem Fragebogen gekommen bist.«

Ina schmiegte den Kopf an seine rechte Schulter. Schön hatte er das gesagt – Psychologinnengatte. Sie waren nicht verheiratet, hatten nie darüber gesprochen. Ihm bedeutete die Ehe als Institution nichts, und sie wollte ihn nicht bedrängen. Vielleicht spielte auch der Altersunterschied eine Rolle. Gerne gab Ina es nicht zu, aber insgeheim hatte sie selbst noch nicht ganz ihren Frieden damit gemacht. Bobby war so jugendlich in seiner Art, so unternehmungslustig, manchmal sogar verspielt. Er wurde in wenigen Monaten dreißig, sie vierzig. Vielleicht nur zwei Zahlen. Vielleicht aber auch nicht. Fest stand, dass ihr eine Stunde mit ihm, sei es im Cabrio oder sonst wo, Kraft für eine ganze Woche gab. Nicht die schlechteste Grundlage für eine Beziehung, wie sie fand.

Zwei Tage später musste Ina an Bobbys humorigen Einfall mit dem Fragebogen zurückdenken, als sie auf dem Weg zu

Marlene war. Natürlich war der Vorschlag völlig indiskutabel. Kabelfernsehen und Tequila, also wirklich! Aber es tat gut, eine unverkrampfte Sicht auf ihre Arbeit zuzulassen, und sie konnte nicht anders, als darüber zu schmunzeln. Kurz darauf begann allerdings der Ernst des Alltags.

Auf ihr Klingeln hin rief Marlene von der Rückseite des Hauses: »Hier hinten im Garten.«

Halb aufgerichtet lag sie auf einer Sonnenliege und starrte den Stumpf eines abgesägten Baumes an. Als sie Ina näher kommen sah, konnte die Psychologin keine Reaktion im Gesicht der Bäckersfrau erkennen. Ina hätte auch eine zufällig vorbeihüpfende Amsel sein können. Gleich darauf war der Baumstumpf schon wieder viel interessanter.

Aus dieser Frau sollte man mal schlau werden! War sie nun willkommen oder nicht?

Ohne dazu aufgefordert worden zu sein, nahm Ina sich einen Gartenstuhl von der Terrasse und setzte sich zwischen Marlene und das Objekt ihrer Aufmerksamkeit.

»Ich finde, wir sollten uns heute über irgendetwas unterhalten, das Ihnen gefällt. Geben Sie daher ein Thema vor.«

Marlene blickte ihr Gegenüber fragend an, was immerhin ein kleiner Erfolg war.

»Egal welches«, fügte Ina hinzu.

Sie zögerte, schwieg.

Ina bot an: »Kuchen, Buddhismus, Erich Honecker, Blähungen …«

Ein leichtes Lächeln, immerhin.

»Eine hübsche Bauernkate haben Sie da«, sagte Ina, um ein Thema vorzugeben.

»Finden Sie? Wir haben viel Arbeit hineingesteckt.«

»Und diese Abgeschiedenheit ist wirklich einmalig.«

»Ja, eigentlich ist der Boden hier gar nicht geeignet, um darauf ein Haus zu bauen. Dass es trotzdem möglich war, haben wir ausgerechnet den Nazis zu verdanken. Unsere hübsche Bauernkate, wie Sie sie nennen, steht nämlich auf einem Bunker. Keine ganz so hübsche Vorstellung, nicht wahr?«

Offensichtlich hatte Marlene den Blick für das Positive verloren und konzentrierte sich auf das Negative.

»Kommen Sie, wir machen einen Spaziergang am Bodden.«

Ina reichte ihr die Hand, und die Bäckersfrau ergriff sie. Vom Grundstück der Adamskis führte ein abschüssiger, gewundener Pfad zum Wasser. Er war halb zugewachsen, aber nach nur einer Minute waren sie am Ziel. Die kleine Bucht war ungefähr fünfzig Meter breit und von Schilfinseln durchzogen, zwischen denen sich etliche Wasservögel tummelten. Der schmale Sandstrand war übersät von getrocknetem und frischem Tang, der einen salzigen Geruch verströmte. Nur einen Schritt von den winzigen Wellen entfernt, die ans Ufer plätscherten, standen zwei Gartenstühle aus Wurzelholz. Offenbar waren sie schon seit einiger Zeit nicht mehr benutzt worden.

»Sind das Ihre?«, fragte Ina, und Marlene nickte.

Sie säuberten die Sitzflächen notdürftig mit Papiertaschentüchern und nahmen Platz. Ihre erste gemeinsame Tätigkeit. So etwas war gerade bei verschlossenen Patienten enorm wichtig: Gemeinsamkeiten zu schaffen.

Eine Minute lang sagte keiner etwas, während sie einen Haubentaucher beobachteten, der sich nicht weit entfernt auf einem Stück Bruchholz putzte.

Dann wiederholte Ina: »Kuchen, Buddhismus, Erich Honecker, Blähungen …«

Wieder lächelte Marlene, ohne jedoch von sich aus das Gespräch zu beginnen.

»Wie friedlich es hier ist«, sagte Ina. »Ich stelle mir vor, dass man es sich an diesem Ort auch im Herbst mit einer Decke und einem Grog gemütlich machen kann. Wenn dann noch die Sonne direkt vor einem über dem Bodden ins Meer sinkt …«

»Nein, dort drüben.«

Nein, dort drüben. Das war nicht gerade ein weltbewegender Satz, auch nicht besser als »Hier hinten im Garten«, aber bei dieser Frau musste man sich selbst über winzige Fortschritte freuen.

Sie schmunzelten beide. Dass die Sonne nicht in der von ihr erwähnten, sondern in einer anderen Richtung unterging, war Ina sehr wohl bewusst, was Marlene im Nachhinein durchschaut hatte. Der kleine Kniff, auf den sie hereingefallen war, amüsierte sie.

»Früher waren wir oft hier«, fing sie ruhig und langsam an zu erzählen. »Eigentlich täglich, wenn das Wetter es zuließ. Der Bodden, der Darß, das Meer waren unsere kleine Welt, in die wir uns gekuschelt haben … wie in eine Blase. Mein Mann und ich waren einander genug, gerade weil wir keine Kinder hatten. Wie nah wir uns in dieser Phase waren. Von anderen Orten haben wir kaum gesprochen, solche Sehnsüchte waren uns fremd. Das ist bei mir erst später gekommen …«

Ina schien da gerade eine Liebe zu Grabe getragen zu werden, und aus der Mitte des Schweigens, das darauf folgte, entsprang ihre Vermutung, dass ein anderer Traum den Platz des vorherigen eingenommen hatte.

»Wir kommen nur noch selten hierher«, fügte Marlene hinzu. »Das ist irgendwie eingeschlafen.«

»So wie alles?«, fragte Ina.

Marlene sah Ina an, was diese als Zustimmung deutete.

»Wir haben lange Zeit nur für die Bäckerei gelebt und auch über nichts anderes gesprochen. Sehen Sie, anfangs haben wir arg um unseren Laden kämpfen müssen, und als wir es nicht mehr mussten, haben wir trotzdem weitergekämpft, einfach aus Gewohnheit.«

»Haben Sie je mit Ihrem Mann darüber gesprochen?«

»Ich könnte es mir leicht machen und behaupten, dass man mit Gerd nicht über Empfindungen sprechen kann. So ist es auch. Aber ehrlich gesagt habe ich es noch nicht einmal versucht. Ich habe nichts unternommen, weil das alles ganz langsam passiert ist. So wie Wasser verdunstet. Irgendwann war der Eimer nur noch halb voll. Als ich es gemerkt habe, sagte ich mir, was soll's, die andere Hälfte ist ja noch da. Irgendwann gingen wir dann auf die sechzig zu, und ich sagte mir, das kann es doch nicht gewesen sein, da muss doch noch etwas kommen, große Momente, ein feines Essen im Ritz oder im Adlon, ein Abenteuer, eine Safari, irgendwas …«

Sie hörte abrupt zu sprechen auf. Nach einigen Sekunden sagte sie: »Tja.«

Danach fiel sie wieder in Schweigen, und bald darauf wollte sie zum Haus zurück.

Während Ina hinter der Bäckersfrau herging, machte sie sich so ihre Gedanken. Was Marlene erzählt hatte, hörte sie nicht selten. Menschen, die eine tiefe Leere empfanden, gab es wie Sand am Meer. Manche unternahmen nicht einmal den Versuch, die Leere zu füllen, sondern gaben sich ziemlich sinnlosen Tätigkeiten hin. Manche putzten täglich stundenlang ihre Wohnung oder schauten sich Fernsehsendungen an, die sie noch am selben Abend wieder vergaßen. Marlene hingegen hatte sich in karitative Tätigkeiten gestürzt, was eine viel tauglichere Methode war, und vermutlich hatte sie auch Pläne für die Rente geschmiedet, die nicht mehr allzu fern war.

Eines verstand Ina allerdings nicht: Diese Zeit voller Pläne lag im Grunde ja noch vor Marlene, zumindest sollte sie das.

Als sie aus dem Gebüsch traten und gemeinsam auf das Haus zugingen, bemerkte Ina, dass sich an einem der Fenster im ersten Stock die Gardine bewegte. Jemand hatte dort oben gestanden. Vielleicht Gerd Adamski, der Inas Eingreifen mit Misstrauen begegnete, warum auch immer.

»Ist Ihr Mann schon von der Arbeit zurück?«

»Nie vor drei am Nachmittag.«

»Dann haben Sie Besuch?«

»Wieso fragen Sie? Ich bin allein zu Hause.«

»Ach so, dann habe ich mich wohl geirrt. Ich dachte …«

»Bis demnächst, Frau Bartholdy.«

»Oh, wir haben aber noch ein bisschen Zeit.«

»Nein, ich nicht.«

Ina hatte hin und wieder Patienten, die ein wenig spezieller waren als üblich. Natürlich war kein Fall wie der andere, jeder Patient auf seine Art speziell. Das war einer der Gründe, weshalb Ina Psychologie studiert hatte. Menschen waren nun mal sehr komplex und das am schwersten zu ergründende Wesen auf dem Planeten. Sie empfanden, agierten und reagierten auf unterschiedlichste Weise, egal in welcher Lebenslage oder Situation. Die einen suchten nach einem Schicksalsschlag Trost bei Freunden, andere verkrochen sich im Bett oder griffen zur Flasche, wieder andere griffen zur Waffe, wandten sich Gott zu oder Menschen, die sich dafür hielten, manche sprangen vom Balkon, wurden Schafhirten oder Zuhälter. Einige verkümmerten, andere wuchsen an der Not. In der Mathematik ergaben eins und eins immer zwei, in der Psychologie hingegen konnte alles herauskommen, wenn man eins und eins zusammenzählte. Das war eine hoch spannende Sache.

Trotzdem gab es Fälle, die bei Ina mehr Fragen aufwarfen als andere. Instinktiv spürte sie, dass eine weitere, eine verborgene Ebene vorhanden war, die sich recht simpel mit dem Begriff »Geheimnis« umschreiben ließ. Solche Patienten waren nicht ganz ehrlich. Ina nannte sie ihre »Gralsritter«. Sie suchten in der Psychotherapie Erlösung, während zugleich ein rätselhafter Widerstand sie daran hinderte, die Erlösung auch zu finden. Sie schrien um Hilfe, hielten sich dabei allerdings die Hand vor den Mund. Sie brauchten Ina, aber sie fürchteten sich insgeheim auch vor ihr.

In diesem September betreute Ina gleich zwei von diesen Gralsrittern. Marlene war der eine, der andere hieß Christopher. Er war fünfzehn Jahre alt und musste mit einem schweren Schicksalsschlag fertigwerden. Seine Mutter war im Jahr zuvor spurlos verschwunden, und die Polizei war sich nach wie vor unsicher, ob ein Verbrechen vorlag oder ob die Frau freiwillig untergetaucht war. Man ermittelte in alle Richtungen, wie es hieß.

Als sie an jenem Tag die Tür des Wartezimmers öffnete, erlebte Ina allerdings eine Überraschung. Wie erwartet saß dort Christopher – und neben ihm Inas Tochter, in eine rege Unterhaltung vertieft. Die beiden waren fast gleich alt.

»Stefanie! Was machst du denn hier?«

»Tolle Begrüßung. Du freust dich wohl gar nicht, mich zu sehen. Ist immerhin sechs Wochen her.«

»Natürlich freue ich mich. Aber … hast du denn keine Schule?«

»Nö. Können wir reden?«

»Weiß dein Vater, dass du hier bist?«

»Ob wir reden können, will ich wissen.«

»Ich … ich habe jetzt einen Termin mit Christopher, den du ja offenbar schon kennengelernt hast.«

»Dann warte ich hier, bis ihr fertig gequatscht habt.«

»Wir gehen raus, Fahrrad fahren. Sag mal, Christopher, hast du was dagegen, wenn ich mich kurz mit Stefanie unterhalte, bevor wir loslegen?«

»Kein Problem.«

Kaum hatte Ina die Tür hinter sich geschlossen, verdrehte Stefanie die Augen und sagte: »Wie man mit seinen Patienten Fahrrad fahren gehen kann, also ehrlich, das will mir nicht in den Kopf. Die gehören aufs Sofa.«

»In der Verhaltenstherapie laufen die Dinge nun mal anders.«

»Ich finde es krank. Was fehlt ihm eigentlich?«

»Du erwartest doch nicht ernsthaft eine Antwort auf diese Frage. Aber nun zu dir. Was ist los?«

»Ich hab die Schule geschmissen und will ein paar Wochen Urlaub am Meer machen.«

»Du hast … was?«

Stefanie fläzte sich auf das Sofa und schüttelte ihre langen Haare, die sich wie ein Kranz um ihren Kopf auf die Sofalehne legten. Ina fiel auf, dass ihre Tochter etwas zugenommen hatte, besser gesagt etwas mehr als nur etwas. Vor allem die Hüfte und die Oberschenkel waren breiter, was die hautenge Jeans zusätzlich betonte.

»Ich will Tierarzthelferin werden, da reicht ein Hauptschulabschluss.«

»Von wegen. Außerdem wolltest du vor sechs Wochen noch Grafikdesignerin werden. Du hast sogar selbst die Aufdrucke für die Jeans entworfen, die du gerade trägst. Ich finde, sie sieht toll aus, sehr originell. Du hast Talent, weißt du?«

»Mann, Mama, mach es nicht kompliziert. Ich hab keinen Bock mehr auf die blöde Schule. Übrigens hast du da gar nichts mitzureden. Du kriegst doch schon lange nicht mehr mit, was bei uns abgeht. Musstest ja unbedingt von Schwerin wegziehen, als wär's nicht genug, dass du Papa verlassen hast.«

Ina lebte seit einigen Jahren von Stefanies Vater getrennt, was ihre Tochter nie akzeptiert hatte, obwohl die Trennung einvernehmlich vonstattengegangen war. Von Anfang an hatte Stefanie darauf bestanden, bei ihrem Vater zu wohnen.

»Erstens kommt es dir sehr gelegen, dass ich an die Küste gezogen bin, sonst könntest du hier deine Ferien nicht verbringen, worauf du immer so scharf bist. Und zweitens war es dein ausdrücklicher Wunsch, mich höchstens einmal im Monat zu sehen. Mich hat das sehr verletzt.«

»Na also, jetzt bin ich ja hier, und wir sehen uns öfter. Ein Theater machst du!«

»Es geht immerhin um deine Zukunft.«

»Eben. Um *meine* Zukunft. Und die verbringe ich in den nächsten Wochen hier. Papa hat nichts dagegen. Jetzt mach du mal schön deinen Fahrradausflug – echt unglaublich –, und danach habe ich wahrscheinlich Hunger. Kriegt man in diesem Kaff eigentlich auch noch was anderes als Hering oder Labskaus?«

Es war für Ina nicht leicht, sich nach diesem Gespräch auf Christopher zu konzentrieren. Er schlug vor, zur Küste zu radeln, und bot ihr das Fahrrad seiner Mutter an. Natürlich lehnte Ina ab. Nicht nur dass es ihr geschmacklos vorgekommen wäre, sie wollte unter keinen Umständen den Platz der Verschollenen einnehmen. Das hätte ein falsches Signal sein können, daher lieh sie sich das Herrenrad von Christophers Vaters aus.

Die beiden fuhren nicht weit, nur ein paar Kilometer bis zur Hohen Düne. Trotz ihres Namens war sie lediglich etwa dreizehn Meter hoch, was jedoch für eine spektakuläre Aussicht reichte. Von einem hölzernen Aussichtsturm aus schweifte der Blick über Weißdünen und Salzgraswiesen, naturbelassene Kanäle und das Meer bis zur Insel Hiddensee. Sie waren auf dem Turm fast allein, die zwei Vogelliebhaber mit ihren Ferngläsern störten sie nicht.

»Bald rasten hier die Kraniche auf ihrem Weg nach Süden«, sagte Christopher. »Morgen vielleicht, in einer Woche oder zwei Wochen, so genau weiß man das nie. Plötzlich sind sie da. Wir haben uns das jeden Herbst angeschaut, seit ich klein war, manchmal zwei-, dreimal in der Woche.«

Er schwieg, und Ina meinte beinahe seine Gedanken zu hören. In diesem Jahr war seine Mutter nicht dabei, und vielleicht wäre sie es nie wieder.

»Sehen Sie den Vogel da?«, rief er und deutete in einen Wust von Sandhafer, wo ein kleiner Piepmatz munter von Stängel zu Stängel hüpfte. »Das ist ein Rohrsänger.«

»Wow! Den hätte ich gar nicht wahrgenommen, geschweige denn seinen Namen gewusst. Du kennst dich wirklich gut aus. Ist Ornithologie dein Hobby?«

»Wenn man hier lebt, weiß man so etwas.«

»In deinem Alter nicht unbedingt.«

»Na ja … Kann schon sein. Machen Sie mir Komplimente, um mich einzuwickeln und zum Reden zu bringen?«

Ina fand ihn ziemlich reif für seine fünfzehn Jahre.

»Nicht jedes Kompliment mache ich aus Berechnung«, erwiderte sie ruhig und ging zu einem anderen Thema über. »Hast du dir die Einführungs-CD, die ich dir mitgegeben habe, mal angehört?«

»Ja, war cool.«

»Und, hast du's ausprobiert?«

»Klaro.«

Sie hatte ihm Entspannungsübungen empfohlen, bei denen er sich gedanklich an einen sicheren Ort begab. Das Erscheinungsbild des Ortes, ebenso wie Lage, Temperatur, Geräusche, Töne und Düfte bestimmte er selbst, das ging niemanden etwas an, selbst Ina nicht. Damit sollte den Alpträumen entgegengewirkt werden, unter denen er litt. Seine schulischen Leistungen waren im vergangenen Jahr in den Keller gegangen, und die Gerüchte wegen seiner verschollenen Mutter verfolgten ihn auf Schritt und Tritt. Sie sei mit einem anderen Mann durchgebrannt, sagten die einen, sie habe sich wegen hoher Schulden nach Thailand abgesetzt, meinten die anderen, und wieder andere glaubten, Christophers Vater habe »etwas damit zu tun«. Das war eine ungeheure Belastung für den Jungen. Seine sieben Jahre jüngere Schwester schien deutlich besser damit zurechtzukommen, was ihm, so seltsam das klang, zusätzlich zu schaffen machte.

»Gut. Vorgestern war dein Geburtstag, nicht wahr? Wie ist es gelaufen?«

»Scheiße. Einfach nur scheiße. Alle meine Freunde meinen, zum Geburtstag müssten sie mir ein paar nette Worte aufzwingen. So was wie: *Das mit deiner Mutter wird bestimmt wieder.* Oder: *Kopf hoch, Chris, du wirst schon sehen, das klärt sich alles auf.* Können die nicht alle einfach die Klappe halten? Das ganze Jahr reden wir nicht drüber, wir spielen Handball oder Squash … Ach, egal! Ich bin dann hierhergefahren und habe nach Walen Ausschau gehalten. Aber bevor Sie jetzt wieder Ihre Fragen stellen, nach dem Motto ›Und, hattest du Erfolg‹ oder ähnliches Zeug … Ich will nicht über meinen Geburtstag sprechen.«

»In Ordnung. Worüber willst du dann sprechen?«

»Keine Ahnung. Suchen Sie sich was aus. Vielleicht darüber, warum ich meiner Schwester neulich das Eis aus der Hand geschlagen habe. Das hat Ihnen mein Vater doch bestimmt erzählt, oder? Felicia darf kein Eis essen, okay? Wir ernähren uns schon seit mehreren Jahren vegan. Wissen Sie, was das ist – vegan?«

»Ja.«

»So, und das Eis war nicht vegan. Ausnahmen gibt es nicht. Das hat uns unsere Mutter immer wieder gesagt. Ausnahmen gibt es nicht«, wiederholte er. »Mein Vater ist da viel zu lasch. Er nimmt das alles gar nicht richtig ernst. Elender Verräter.«

Ina erinnerte sich an die Butterkekse, die neulich während eines Besuches bei Christophers Familie auf dem Küchentisch gestanden hatten. Einen davon hatte sein Vater gegessen. Daher vermutete sie, dass die vegane Ernährungsweise vor allem auf seine Frau zurückgegangen war, denn Kinder im Alter von acht, neun Jahren kommen kaum von allein auf die Idee, auf Eis, Kakao und Mayo zu verzichten. Manche nehmen die Umstellung besser an, manche schlechter. Ganz und gar ungewöhnlich war allerdings, dass die Kinder noch vor der Pubertät gewissermaßen zu den ernährungsphysiologischen Sittenwächtern ihrer Eltern mutierten, so wie es bei Christopher der Fall war. Der Sohn identifizierte sich über die Maßen mit dem, was seine verstorbene Mutter ausgemacht hatte. Dadurch hielt er sie gewissermaßen am Leben und in seiner Nähe. Die Verbissenheit, mit der er über ihre Ideen wachte, ließ allerdings noch einen weiteren Schluss zu.

»Christopher, deine Mutter ist nicht verschwunden, weil irgendjemand aus eurer Familie sich nicht an die vegane Ernährungsweise gehalten hat.«

Seine Wangenknochen mahlten.

»Sie halten mich also auch für einen Verräter, ja?«

»Erstens würde ich es nicht Verrat nennen, und zweitens spielt es überhaupt keine Rolle, wer von euch wann was gegessen hat. Es hat nichts mit dem Verschwinden deiner Mutter zu tun.«

Das zu akzeptieren fiel ihm extrem schwer, auch wenn er tief in seinem Innern wusste, dass Ina recht hatte.

»Was spielt denn dann eine Rolle, hm? Eigentlich wissen Sie gar nichts. Sie stochern hier doch bloß im Dunkeln herum, und wenn Sie auf was Hartes stoßen, rufen Sie ›Treffer‹ und tun so, als wäre das eine Leistung. Und für so was muss man studieren, ja? Mein Vater hätte sie nie anrufen dürfen. Er ist so eine Niete.«

»Er ist eine Niete, weil er seinen Sohn liebt und ihm helfen will?«

»Weil er zugelassen hat, dass meine …« Christopher schluckte den Rest des Satzes hinunter.

Ina sprach ihn aus.

»Dass deine Mutter verschwunden ist. Du gibst ihm die Schuld daran? Das hast du mir bisher nie gesagt.«

»Sie ist nicht verschwunden. Sie ist tot.«

Einen Moment lang brachte Christophers Bemerkung Ina aus dem Konzept.

»Das wäre durchaus möglich«, sagte sie.

»Nicht nur möglich. Es ist so.«

»Ist das … Ist das ein Gefühl? Eine Ahnung? Oder mehr als das?«

An diesem Punkt brach der Junge das Gespräch ab und verließ den Hochstand. Ina folgte ihm zu den Fahrrädern. Er war höflich genug zu warten, bis sie sich auf den Sattel geschwungen hatte, bevor er losradelte.

Nach kaum hundert Metern trat er unvermittelt auf die Bremse und sah sie an.

»Ich habe nichts Verbotenes gegessen. Dass Sie mir ja nichts anderes in Ihr Notizbuch schreiben.«

Es hätte wenig gebracht, ihn darauf hinzuweisen, dass es schnurzegal war, was in ihrem Notizbuch stand, da es sowieso niemand außer ihr lesen würde. Christopher war sehr darum bemüht, von sich das Bild eines perfekten Sohnes zu zeichnen, an das auch er selbst glauben konnte und wollte.

»Okay«, sagte sie.

Er sah sie einige Sekunden lang prüfend an, bevor er ihr glaubte.

Als er weiterfahren wollte, fragte Ina: »Wenn du sagst, dass deine Mutter tot ist, dann deutest du damit an, dass sie umgebracht wurde. Indirekt beschuldigst du deinen Vater. Ist dir das klar?«

Er antwortete ihr nicht. Da war er wieder, der Instinkt, der Ina sagte, dass Christopher etwas vor ihr verbarg. Nur was? Und aus welchem Grund?

»Du weißt, dass die Polizei ihn überprüft und euer Haus durchsucht hat, ohne etwas Verdächtiges zu finden. Also, was veranlasst dich zu der Annahme, dass …«

»Auf welcher Seite stehen Sie?«, fragte er.

Ina zögerte. »Ich stehe auf gar keiner Seite. Ich bin keine Anwältin, sondern Psychologin. Meine Patienten sind …«

»Vergessen Sie's.«

Und weg war er.

Vierzehn Monate zuvor

Als Marlene das Küchenfenster öffnete, schlug ihr eine frische Brise entgegen, die sie tief einatmete. Der Geruch des Boddens, dieses Gemisch aus Salz und Schilf, war seit vierzig Jahren nicht mehr aus ihrem Leben wegzudenken. Als sie für Gerd auf den Darß gezogen war, hatte sie als Stadtkind noch befürchtet, dort nicht heimisch zu werden. Aber dann war sie am ersten Morgen nach dem Umzug aufgewacht, hatte die Luft gerochen und gewusst, dass sie für immer auf der Halbinsel bleiben würde. Manchmal war sie wochenlang nicht am Meer, weil sie zu beschäftigt oder zu müde war, doch der Bodden war stets präsent. Wann immer es ihr schlecht ging, machte sie einen Spaziergang am Wasser, blieb irgendwo stehen, schloss die Augen und lauschte einfach nur: den Rufen der Möwen, dem Gurgeln der Wellen, dem Rauschen des Windes. Wenn sie die Augen dann öffnete, ging es ihr schon etwas besser.

Vielleicht sollte ich dort mal wieder hin, dachte sie. Nur für ein paar Schritte.

Ein lauter Knall ließ sie aufschrecken. Romy hatte eine Stubenfliege erschlagen und schnippte das Tier in die Spüle, bevor sie ihre Arbeit fortsetzte. Sie schnitt eine Kiwi auf, so sorgfältig wie man es nur tun konnte, in Scheiben exakt gleicher Breite. Marlene hatte ihr während der Lehrzeit in der Bäckerei beigebracht, sich auf eine Sache zu konzentrieren. Vorher war Romy nämlich kaum zu gebrauchen gewesen.

Sie war mit fünfzehn Jahren von der Hauptschule mit einem Zeugnis zu ihnen gekommen, in dem die Zahl vier eine große Rolle spielte. Marlene war sich überdies sicher, dass die Lehrer dem Mädchen so manche Note nur aus Mitleid und mit zwei zugedrückten Augen gegeben hatten. Romy hatte das schlechteste Zeugnis von allen Bewerberinnen gehabt, nicht richtig rechnen können und obendrein zwei linke Hände und Probleme mit der Rechtschreibung gehabt. Gerd lehnte damals ab, sagte: »Nein, die nicht, auf keinen Fall.« Aber Marlene sah etwas in diesem Kind, denn das war Romy tatsächlich noch, ein Kind, das jemanden brauchte, der es an die Hand nahm. Ihre Eltern, die irgendwo an der Müritz wohnten, fielen aus, die hingen den ganzen Tag bloß vor der Glotze und redeten nur mit ihrer Tochter, wenn Romy etwas für sie erledigen sollte.

Marlene übernahm die Verantwortung und stellte Romy als Lehrling im Verkauf ein. Lange Zeit konnten sie das Mädchen nicht an die Kasse lassen, erst seit das neue Modell das Rückgeld anzeigte, klappte es besser. Ansonsten jedoch hatte sich »die Kleine«, wie Marlene sie oft nannte, zu einer ordentlichen Arbeitskraft gemausert. Sie war nie krank, fand immer etwas zu tun, war freundlich zu den Kunden und tratschte nicht. Gewiss, sie brauchte etwas länger als die anderen. Die lila Strähne und der unsägliche Kaugummi kamen auch nicht besonders gut bei den älteren Kunden an. Doch selbst Gerd sah inzwischen ein, dass Romys Zuverlässigkeit ein großer Pluspunkt war.

»Fertig«, sagte Romy. Sie lächelte wie nach jeder erledigten Arbeit, ungefähr so wie Sisyphos gelächelt haben würde, wenn er den Stein endlich den Berg hinaufgerollt hätte. »Und wer geht jetzt runter?«

Einen Moment lang war Marlene überrascht und wusste gar nicht, was Romy meinte. Sie hatte doch tatsächlich für den Bruchteil einer Sekunde vergessen, was im Gange war, warum sie Daniel und Bodo kannte, für wen die Kiwi gedacht war, für wen das Essen auf dem Herd köchelte. Dass in ihrem Keller ein Mann gefangen gehalten wurde.

»Machen wir es wie gestern«, seufzte Marlene.

Sie spielten Schnick Schnack Schnuck, wobei man mit den Händen einen Brunnen, einen Stein, eine Schere oder ein Blatt Papier formte und so eine Entscheidung herbeiführte. Die Idee war natürlich von der Kleinen gekommen.

»Ha, dein Stein fällt in meinen Brunnen!«, rief Romy.

Das Spiel ging über drei Runden, wie im Amateurboxen, und wie schon am Tag zuvor gewann Romy. Für Schnick Schnack Schnuck hatte sie Talent. Gedankenversunken sah Marlene dabei zu, wie ihre Kleine das Essen auf einem Tablett anrichtete und das Wasser und den Orangensaft einschenkte.

»Nein, nicht in Gläser«, sagte Marlene. »In Pappbecher.«

»Entschuldigung, hab ich glatt vergessen.«

»Macht ja nichts. Ist auch nur eine Vorsichtsmaßnahme für den Fall, dass …«

Sie unterbrach sich. Sie hatte vergessen, welchen Fall Gerd beschrieben hatte.

Romy füllte den Inhalt der Gläser in Pappbecher um, wobei sie einen verschütteten Tropfen sofort wegwischte.

»So, jetzt ist es servierfertig«, sagte sie und besah sich noch einmal das Ergebnis, um sicherzustellen, dass sie nichts vergessen hatte. Gerade als sie das Tablett in die Hand nahm, fiel die Haustür ins Schloss, und Gerd kam herein.

»Na, wie geht's meinen beiden Frauen? Komisch, so ohne euch in der Bäckerei. Da fehlt was.«

Wie unterschiedlich die Menschen doch waren, dachte Marlene. Wenn sie in den vergangenen beiden Tagen außer Haus gewesen war, dann war das Erste, was sie bei ihrer Rückkehr fragte, ob noch alles in Ordnung sei – und jeder wusste, was sie meinte. Gerd erkundigte sich nie nach dem Mann im Keller. Er hatte ihn dorthin gebracht, ihn angekettet und fertig. Für die Versorgung waren die Frauen zuständig.

»Oh, gibt's schon Abendessen?«, fragte Gerd.

»Das ist nicht für uns«, antwortete Marlene.

Sein skeptischer Blick huschte über das Tablett. »Tomatensalat, Gulasch mit Bandnudeln, eine Kiwi… Marlene, was denkst du denn? Wir sind doch kein Wellnesshotel.«

»Ich sehe nicht ein, wieso ich schäbiges Essen vorsetzen soll.«

Ihr fiel auf, dass sie, genau wie Gerd, Herrn Töller niemals mit Namen erwähnte, und auch nicht »er« oder »ihn« oder »ihm« sagte. Beide redeten sie gewissermaßen um ihn herum.

»Vitamine sind wichtig, vor allem wenn man nicht an die Sonne kommt«, fügte sie hinzu, verschwieg jedoch, dass sie den Tomatensalat extra mit Leinöl angemacht hatte, weil es wegen der wertvollen Omega-3-Fettsäuren sehr gesund war, und dass sie die Bandnudeln aus frischem Teig hergestellt hatte. Eine ganze Stunde hatte sie dafür gebraucht.

»Na ja, wenn du meinst«, brummte Gerd. »Ist ja auch nur für ein paar Tage, nicht wahr?«

»Zum Glück. Ich kann es kaum erwarten, dass dieser Mist endlich vorbei ist.«

Die Steintreppe in den Keller hinunterzugehen, fiel Marlene neuerdings schwerer, als sie wieder hinaufzusteigen. Schon diese seltsame Kluft anzuziehen, in der sie aussah wie ein Mitglied des Ku-Klux-Klans, bereitete ihr Magendrücken. Eine Kapuze, ein weites Gewand, Handschuhe und Schneestiefel, damit ja kein Fitzelchen von ihrem Körper zu erkennen war, mit Ausnahme der Augen. Dass Töller selbst die nicht richtig erkennen konnte, dafür sorgte die funzelige Beleuchtung.

Jedes Mal, wenn Marlene die Tür zu dem Kerkerloch öffnete, fuhr ihr ein Stich durchs Herz. So gefesselt bot der Gefangene keinen schönen Anblick. Er hatte nur eine Hand frei, um zu essen, zu trinken und in den Eimer zu machen. Seine an die Wand geketteten Beine hatten nur einen geringfügigen Spielraum, sodass er aufstehen und ein paar Schritte in einem Radius machen konnte, der keine zwei Meter umfasste. Wie sollte er so Schlaf finden? Und der war umso nötiger, als er garantiert Todesängste ausstand. Marlene hatte ihn mit Botschaften zu beruhigen versucht, auf Pappe geklebte Zeitungsschnipsel, auf denen stand: »IhnEn GeschIEHt NiCHts«, oder: »SIE sinD Nicht iN GeFAhr«. Doch das hatte nichts gebracht. Irgendwie sahen diese Schilder bedrohlich aus, wie Bekennerschreiben von Terroristen. Am liebsten hätte sie Herrn Töller mit Worten getröstet und ihn von seinen Fesseln befreit, doch er durfte ja ihre Stimme nicht hören und auch nicht die Gelegenheit bekommen, sie anzugreifen oder ihr die Kapuze vom Kopf zu ziehen.

Er lag auf der Matratze, als Marlene ihm das Tablett in den

Bereich schob, der ihm zur Verfügung stand. Sofort versuchte er sich aufzurichten. Sein Gewicht war sicher auch unter normalen Umständen ein Handicap, jetzt wurde es zu einem echten Problem. Er kam nicht richtig auf die Knie, fiel immer wieder um, keuchte und stöhnte, rollte auf seinem birnenförmigen Oliver-Hardy-Bauch hin und her. Obwohl seine Bemühungen zwischendurch auch komisch anzusehen waren, fast wie Slapstickeinlagen, war Marlene nicht zum Schmunzeln zumute. Wie gerne hätte sie ihm unter die Arme gegriffen. Aber Gerd hatte ihr eingeschärft: »Komm ja nicht in die Reichweite seines Arms. Sobald er weiß, wer seine Entführer sind, ist die Sache gelaufen, und wir wandern alle ins Gefängnis.«

Damit hatte er recht. Außerdem schadete Herrn Töller die Anstrengung nicht. Wenn sie bedachte, welchen gewaltigen Schaden er ihnen und den anderen zugefügt hatte… Trotzdem war sie erleichtert, dass die Platzwunde an seiner Stirn gut verheilte und er offenbar auch sonst keine bleibenden Schäden von Gerds Schlag davongetragen hatte.

Als der Gefangene endlich saß, ergriff er nach einem kurzen Blick auf das Essen den Plastiklöffel und tauchte ihn, ohne die Vorspeise zu beachten, sofort in das Gulasch und die kleingeschnittenen Bandnudeln. Er musste hungrig sein, die letzte Mahlzeit hatte er vor sechs Stunden bekommen, und gewiss aß er normalerweise öfter mal etwas zwischendurch. Sie nahm sich vor, ihm beim nächsten Mal einen Schokoriegel zu bringen.

Zufrieden stellte Marlene fest, dass es ihm schmeckte. Seine Essmanieren waren allerdings nicht die besten, selbst wenn man seine eingeschränkten Möglichkeiten berücksichtigte. Er hätte langsamer essen und den Mund beim Kauen ruhig schließen können. Außerdem hätte er die beiden Servietten benutzen können, und er hätte den sorgsam mit Kräutern abgeschmeckten Tomatensalat nicht unbedingt in die Soßenreste des Gulaschs kippen müssen.

Vielleicht, so überlegte sie, war es aber auch zu viel verlangt, von jemandem in seiner Lage eine gewisse Etikette zu erwarten.

Die wenigen Minuten, in denen sie Herrn Töller beim Essen zusah, waren für Marlene das Schlimmste. Währenddessen gingen ihr die merkwürdigsten Gedanken durch den Kopf, so fremd, als stammten sie gar nicht von ihr selbst. Und alles wild durcheinander: die Kette, die Platzwunde, Herrn Töllers Manieren, der Speiseplan für den nächsten Tag, Gerds Anweisungen, Daniels Geheimnisse vor seiner Frau… Wie ein Dutzend Gummibälle, die in ihrem Kopf herumsprangen.

Nachdem Herr Töller fertig war, wartete Marlene, bis er sich wieder auf die Matratze zurückgezogen hatte, dann erst ergriff sie das Tablett und tauschte den Eimer gegen einen frischen aus.

Gerade als sie gehen wollte, fragte er: »Warum tun Sie das?«

Seine Stimme war heiser von den Hilferufen, die er den ganzen vergangenen Tag über ausgestoßen hatte. Was das anging, bestand keine Gefahr, denn der massive Stahlbeton und die dicken Metalltüren ließen keinen Ton durch, und es gab nirgendwo Fenster. Nicht einmal oben in den Wohnräumen konnten sie ihn hören. Inzwischen hatte er das Geschrei aufgegeben.

»Warum tun Sie das?«

Meinte er das gute Essen oder die Entführung? Wunderte

er sich über den vermeintlichen Widerspruch, dass man ihn einerseits gut versorgte und andererseits ankettete wie einen Zirkusbären? Oder darüber, dass ihm etwas derart Ungewöhnliches und Beängstigendes widerfuhr?

So oder so, Marlene konnte Warum-Fragen nicht beantworten, auch nicht mit Gegenfragen. Eine Konversation war nicht vorgesehen. Allenfalls ein Nicken oder Kopfschütteln war möglich. Aber vielleicht konnte sie ein paar Pappschilder basteln mit den nötigsten Antworten wie »Ja« und »Nein« und »Nicht sprechen«.

»Fordern Sie ein Lösegeld?«, fragte er. Als Marlene nicht antwortete, fügte er hinzu: »Was habe ich Ihnen denn getan?«

Sie blieb in der Tür stehen, ohne sich umzuwenden.

Eine unverschämte Frage. Was du mir getan hast? Was du *mir* getan hast?

Sie schluckte ihren Zorn hinunter. Kein Laut entfuhr ihr, noch nicht einmal ein kurzes Aufstöhnen, und einen letzten Blick schenkte sie ihm auch nicht mehr. Erst nachdem sie die Tür hinter sich zugezogen hatte, zitterten ihre Hände so stark, dass die Pappbecher herunterfielen. Sie stellte das Tablett auf dem Boden ab und sammelte die Becher auf. Auf einmal fing ihr ganzer Körper an zu beben. Sie sank auf die Knie, schluchzte und weinte.

Sich allein im Haus eines Fremden aufzuhalten, ist eine Erfahrung, die gewöhnlich nur Einbrecher machen. In gewisser Weise war Bodo ein Einbrecher, wenn auch ein ganz besonderer. Weder verschaffte er sich gewaltsamen Zugang – er hatte ja Töllers Schlüssel – noch ging es ihm um Schmuck, Bargeld, Pelze oder Spiegelreflexkameras. Vor allem eines unterschied ihn von einem Dieb, nämlich dass er alle Zeit der Welt hatte. Niemand würde ihn stören bei dem, was er vorhatte. Töller lebte allein, er war kinderlos, seine Eltern waren schon vor Jahren gestorben, und zu seinem Bruder hatte er so gut wie keinen Kontakt mehr. Er pflegte fast nur noch telefonische Beziehungen zu Frauen, die ausnahmslos über 0190-Nummern erreichbar waren. Außer einer albanischen Putzfrau sowie einigen Freunden, bei näherem Hinsehen eher gute Bekannte aus seiner Branche, kam niemand zu ihm nach Hause. Im Grunde war er ein ziemlich einsamer Mensch.

Das alles wusste Bodo aus vier Quellen. Zum einen hatten er und Gerd Töllers Haus eine Weile lang observiert, um zu sehen, wer dort ein und aus ging. Das war nicht sehr ergiebig gewesen, aber immerhin hatten sie auf diese Weise herausgefunden, wann sie ihr Opfer am besten überwältigen konnten. Zum anderen hatte Bodo schon vor Wochen Töllers Computer und somit auch seinen Kalender, seine Mails und seine Dateien gehackt. Bodo war nicht gerade ein Spezialist darin, es war sogar seine Premiere in diesem Bereich gewesen, dennoch war er besser zurechtgekommen als gedacht. Ausgerechnet beim Sicherheitsprogramm hatte Töller gespart, ein unglaublicher Leichtsinn, der allerdings oft vorkam. Drittens war Bodo nun, da Töller entführt war, im Besitz seines Smartphones und konnte über die diversen Applikationen weitere Informationen sammeln. Und viertens hatte er jetzt, da er sich ungehindert im Haus umsehen konnte, Zugang zu allen Briefen und Akten.

Töller war ein überaus ordentlicher Mensch. In seinem Büro gab es eine ganze Regalwand mit sorgfältig beschrifteten

Ordnern, bis hin zu »Scheidung I« und »Scheidung II«. Seiner ersten Frau musste er bis heute einen beachtlichen Unterhalt zahlen, weshalb er mit seiner zweiten Frau einen Ehevertrag geschlossen hatte. Sie war Vietnamesin, achtundzwanzig Jahre jünger als er, und als sie sich von ihm trennte, weil sie sich in einen gleichaltrigen Mann verliebt hatte, bekam sie lediglich die vereinbarten zehntausend Euro, ein Klacks in Anbetracht seiner Geldmittel.

Diese waren für Bodo natürlich von besonderem Interesse. Dennoch durchforstete er, bevor er sich an seine eigentliche Aufgabe machte, zunächst alle Ordner, Speichersticks und Schubladen, weil er in den nächsten Tagen in Töllers Haut schlüpfen musste. Er würde dessen Mails beantworten, Briefe schreiben und einen Teil der Geschäfte übernehmen. Denn es war äußerst wichtig, ja geradezu entscheidend für den Erfolg ihres Unterfangens, dass Töllers Abwesenheit niemandem auffiel. So gesehen machte die Einsamkeit dieses Mannes den Coup erst möglich.

Als Erstes sagte Bodo der Putzfrau ab, mit der Begründung, dass er, also Alwin Töller, überraschend geschäftlich verreisen müsse und eine Weile nicht da sein werde. Er schickte ihr eine SMS, offenbar der übliche Kommunikationsweg zwischen den beiden.

Nachdem Bodo sich einen Überblick über Töllers Leben verschafft hatte, war endlich der Spaß an der Reihe, als er sich per Computer einen Überblick über die Geschäfte des Entführten verschaffte. Als er die Schubladen nach Passwörtern durchsuchte, stieß er auf einen Stapel Pornomagazine, die sorgsam unter einem Katalog für Bürobedarf versteckt waren – vermutlich für den Fall, dass die Putzfrau auch in den Schubladen putzte. Zuerst wollte Bodo diese Schublade auslassen, aber dann schaute er doch etwas genauer nach. Tatsächlich, ganz unten wurde er fündig. Zwischen prallen Brüsten und allerlei Dirty Talk lagerten die Codewörter und PINs für alle möglichen Online-Zugänge.

Das Smartphone piepte, es war eine SMS von Egzonjeta, Töllers Putzfrau. »Wer kümmert sich um Ihre Katze?«

Katze?

Sofort sah Bodo sich um, streifte durch alle Zimmer. »Wo steckst du denn, kleine Mieze?«

In einem der Küchenschränke lagerten mehrere Kartons mit Katzenfutter. Eine niedrige Tür schien von der Küche in eine Vorratskammer zu führen, doch schon beim Öffnen stieß Bodo ein Geruch von Waschpulver und – endlich – von Katze entgegen. Eine Klappe in der Hintertür der Waschküche war ein weiteres Indiz. Hinter der Waschmaschine stand auf dem Boden ein Korb, in dem tatsächlich ein Kater lag, ein müdes Knäuel, fast ganz weiß mit ein paar grauen Flecken, und blinzelte ihn an.

»Na, du bist ja mal eine schöne Flocke«, sagte Bodo und hatte damit auch schon einen Namen für den Kater gefunden.

Als er sich zu ihm hinabbeugte reckte das Tier ihm den Kopf entgegen. Vorsichtig hielt Bodo ihm eine Hand zum Schnuppern hin, nachdem er den Handschuh ausgezogen hatte. Der Kater gähnte, stand auf, streckte sich und rieb seinen Kopf an Bodos Knie.

»Ja, Flocke, ich mag dich auch«, sagte er und streichelte das Tier ausgiebig.

Es hatte eine Zeit gegeben, als Katzen ihm noch egal gewesen waren, aber dann war eine Katzenliebhaberin in sein

Leben getreten, und die Welt war seither nicht mehr dieselbe. Dinge, aus denen er sich früher nichts gemacht hatte, waren mit einem Mal interessant, während andere Dinge, die eine große Bedeutung für ihn gehabt hatten, auf Normalmaß schrumpften. Von einigen Schulhofromanzen abgesehen, war Nelli die einzige Frau, mit der er jemals zusammen gewesen war. Er war achtzehn, als sie sich kennenlernten, sie zwanzig. Zweifellos, sie war reifer als er, klüger sowieso, obwohl sie das immer bestritt. Acht Jahre waren sie zusammen, in denen sie sich gegenseitig formten, aneinander wuchsen. Acht Jahre, in denen Nelli ihr Studium in Pädagogik abschloss und er als Quereinsteiger ohne Studium die Tiefen und Möglichkeiten des Internets erforschte. Acht Jahre, in denen sie zusammen einen Teil der Welt bereisten, die Zukunft für sich entdeckten … Wirklich ernsthaft stritten sie nie, manchmal um Kleinigkeiten, und keiner von ihnen schielte jemals nach anderen Frauen oder Männern. Dass sie keine gemeinsame Wohnung hatten, war vielleicht eines der Geheimnisse, warum es bei ihnen so reibungslos lief. Bodo brachte Nelli das Motorradfahren und Kitesurfen bei, dafür lehrte sie ihn, auf Menschen zuzugehen und Tiere zu lieben.

Acht Jahre, zwei Monate und einen Tag nachdem sie sich in einer Diskothek kennengelernt hatten, wurde bei Nelli Bauchspeicheldrüsenkrebs im Endstadium diagnostiziert. Nach genau acht Jahren, vier Monaten und neunundzwanzig Tagen endete ihre Beziehung an Nellis Sterbebett. Eine Chemotherapie lehnte sie damals ab, da die Erfolgschancen bei unter fünf Prozent lagen. Er flehte sie an, die winzige Chance zu nutzen, aber sie sagte, sie wolle lieber noch zwei schöne Monate als zwölf schlimme haben. Dass sie die schönen Monate dann auch bekam, dafür sorgte er. Gemeinsam schrieben sie eine Liste mit Dingen, die Nelli unbedingt noch erleben wollte, und arbeiteten sie fast restlos ab. Nelli streichelte ein Känguru, schwamm mit einem Delfin, las die Gesamtausgabe von Marcel Proust, besuchte den Hindu-Tempel in Hamm, erlebte eine Opernpremiere mit Anna Netrebko, aß Sushi in einem sündhaft teuren japanischen Restaurant und flog mit einem Ballon über Usedom, woher sie stammte. Nur den Wunsch, eine Tierfarm in Afrika zu besuchen, konnte Bodo ihr nicht mehr erfüllen, da ihre körperliche Verfassung das einfach nicht mehr zuließ.

Der Tag, an dem er von Nelli Abschied nehmen musste, war der schlimmste in Bodos Leben.

Der Kater mauzte, im Napf war kein Futter mehr. Bodo füllte ihn auf, sah dem Tier beim Fressen zu und beschloss, demnächst ein hochwertigeres Futter als das herkömmliche zu besorgen.

»Komm mit, im Haus ist es schöner«, sagte er, und nach ungläubigem Zögern folgte Flocke seiner Aufforderung.

Wie der Blitz schoss er zwischen Bodos Beinen hindurch ins Wohnzimmer, wo er sich kurz darauf auf der Lehne eines Sessels triumphierend und schnurrend niederlegte.

Was war das nur für ein Mensch, der seine Katze in einer muffigen, klammen Kammer zwischen der Waschmaschine und dem Abflussrohr unterbrachte? Aber was Töller anging, durfte man sich über gar nichts mehr wundern.

Bodo kehrte ins Arbeitszimmer zurück, das in den nächsten Tagen sein zweites Zuhause sein würde.

»Alles geregelt«, antwortete er Egzonjeta, sozusagen in Flockes Namen. »Habe jemanden gefunden.«

3

September

Das nächste Treffen mit Marlene fand auf deren Wunsch nicht bei den Adamskis zu Hause statt. Normalerweise begrüßte Ina es, wenn die Patienten eigene Vorschläge im Hinblick auf die Therapiesitzungen machten, weil sie in einem selbst gewählten Umfeld oft zugänglicher waren. Dennoch vermutete sie, dass Marlenes Wunsch, die Sitzung außer Haus stattfinden zu lassen, etwas Gezwungenes an sich hatte.

Marlene schlug als Treffpunkt die Kirche in Prerow vor, wo an jenem Tag eine Probe des Chors stattfinden sollte, in dem Marlene viele Jahre lang aktiv gesungen hatte und dessen Mitglied sie noch immer war.

»Wir dürfen auf die Empore«, sagte sie, als sie das Gotteshaus betraten. »Ich habe mit dem Pastor gesprochen. Er ist zugleich der Chorleiter.«

Die Chorprobe war der ideale Rahmen für eine Therapiesitzung, schließlich war es eine von Inas wichtigsten Aufgaben, ihre Patientin wieder in das soziale Umfeld zu integrieren, das Marlene im besten Falle verunsichert, im schlimmsten ablehnend begegnen würde. Nicht wenige Suizidpatienten versuchten Freunden und Bekannten aus dem

Weg zu gehen, was letztendlich zur Isolation führte. Insofern war Marlenes Wahl erfreulich, vielleicht war sie ja sogar ein absichtlicher oder unbewusster Fingerzeig, was die Ursache ihres Suizidversuches anging.

Die beiden Frauen hatten die Empore ganz für sich, während sich der Chor unten vor dem Altar einsang. Eine Bach-Kantate füllte den Raum mit Wärme und Hoffnung.

»Was mein Gott will, das g'scheh allzeit,
sein Will, der ist der beste;
zu helfen den' er ist bereit,
die an ihn glauben feste.
Er hilft aus Not, der fromme Gott,
und züchtiget mit Maßen;
Wer Gott vertraut, fest auf ihn baut,
den will er nicht verlassen.«

Die Sonnenstrahlen fluteten von allen Seiten in die Kirche und tauchten den Innenraum in ein gleißendes Licht. Ina bemerkte, wie Marlenes Blick sich auf den Altar richtete, wo sich die Strahlen bündelten und verdichteten.

»Glauben Sie eigentlich an Schutzengel?«, fragte Marlene.

Es war die erste Frage, die sie Ina stellte.

»Darüber habe ich mir nie Gedanken gemacht, muss ich gestehen. Ich glaube an Trost, und wenn der Glaube an was auch immer tröstet, dann soll es mir recht sein.«

»Na, so was. Sie weichen mir ja aus, Frau Doktor. Um mich zu schonen?«

»Also gut, ich wollte Sie nicht vor den Kopf stoßen. Ich glaube nicht an Schutzengel. Aber Sie tun es.«

»Ja. Obwohl der Pastor es mir auszureden versucht hat. Er sagt, dass die Bibel hierzu keine klaren Aussagen macht und dass ich mich lieber an Gott halten soll, anstatt Engel zu kleinen Göttern zu erheben.« Marlene zuckte die Achseln.

»Ihr Herr Pastor scheint mir ziemlich streng zu sein.«

»Eigentlich nicht. Er ist ein überaus freundlicher Mann, das werden Sie schnell merken, wenn Sie ihn kennenlernen. Ich würde Sie ihm gerne vorstellen, wenn Sie nichts dagegen haben.«

Ina lächelte. »Natürlich nicht.«

»Noch eins, Herr, will ich bitten dich,
Du wirst mir's nicht versagen:
Wenn mich der böse Geist anficht,
lass mich doch nicht verzagen!
Hilf, steur und wehr, ach Gott, mein Herr,
zu Ehren deinem Namen.
Wer das begehrt, dem wird's gewährt;
drauf sprech ich fröhlich: Amen!«

Solange die Chorprobe andauerte, blieben Ina und Marlene auf der Empore, wo sie sich von Zeit zu Zeit unterhielten. Marlene erzählte, in welcher Stimmlage sie sang, welche Stücke sie besonders mochte und so weiter. Dabei fiel Ina auf, dass die Bäckersfrau immer wieder auf den Pastor zu sprechen kam.

»Abgesehen von meinem Mann kennt er mich wohl am besten«, sagte sie und lachte nervös auf. »Wie sich das anhört. Ich meine damit ja nur, dass wir sehr viele Projekte in der Kirchengemeinde gemeinsam betreuen.«

Anschließend gingen die beiden Frauen gemeinsam ins Kirchenschiff, wo Marlene zum ersten Mal nach ihrem Selbstmordversuch auf die anderen Chorsänger traf. Es war kein leichter Gang. Allein diese Blicke … So schlimm waren sie eigentlich gar nicht, aber es waren nun mal Blicke, manche mitleidig, andere forschend, wieder andere aufmerksam, ja, warmherzig. Zwanzig Blicke, die einfach nicht erlöschen wollten, sondern wie Scheinwerfer auf Marlene gerichtet waren. Ähnliches galt für die Worte. Die Chormitglieder hießen Marlene herzlich willkommen, und alle bemühten sich, ja nichts Falsches zu sagen. Gerade in diesem Bemühen, das förmlich zu greifen war, drückte sich die angespannte Situation aus. Keiner wusste so recht, wie er mit dem Selbstmordversuch der Kameradin, der Bekannten, der Bäckerin umgehen sollte, also überspielten alle die Tatsache, dass er überhaupt stattgefunden hatte. Am besten versinnbildlichte sich diese Einstellung in der saloppen Frage eines Chormitglieds: »Na, wieder gesund?«

Ina brachte die Blase zum Platzen, als sie sich vorstellte und dabei kein Blatt vor den Mund nahm. Sie erwähnte sogar, dass Marlene und sie sich gerade mitten in einer Therapiesitzung befanden. Natürlich löste das zunächst einiges Erstaunen bei den Anwesenden aus, die sich mir nichts, dir nichts als Zaungäste einer Psychotherapie wiederfanden, und das mitten in einer Kirche. Langfristig jedoch war es für Marlene besser, mit offenen Karten zu spielen. Sie hatte durch ihre Tat die Beziehung zu ihren Mitmenschen empfindlich gestört, auch wenn ihr das keiner sagte. Indem sie versucht hatte, sich das Leben zu nehmen, hatte sie sich aus dem Leben der anderen ausgeschlossen. Die Dorfbewohner würden sie nur dann wieder als Vertraute in ihren Kreis aufnehmen, wenn sie das Gefühl hatten, dass sich so etwas nicht noch einmal ereignen würde. Ansonsten bliebe sie eine Außenseiterin, mit einem Kainsmal versehen. Keiner würde sie mehr, bildlich gesprochen, nahe an sich heranlassen.

Der Pastor war tatsächlich ein sympathischer Mann. Er erinnerte Ina an einen Spatz, so klein, zerbrechlich und vergnügt, wie er war. Die Worte sprudelten nur so aus ihm hervor, und nachdem die anderen Chormitglieder eines nach dem anderen aus der Kirche getröpfelt waren, blieben sie zu dritt beieinander stehen.

»Wir haben Sie in der Gemeinde sehr vermisst, Marlene. Ich hoffe, Sie werden bald wieder Ihr altes Engagement aufnehmen.«

»Mal sehen. Sind neue Flüchtlinge angekommen?«

»Ja, einige, in Ribnitz-Damgarten.« An Ina gewandt fügte er hinzu: »Marlene hat ein sehr gutes Händchen für diese Leute. Mit einigen hat sie regelrecht Freundschaft geschlossen.« Der Pastor klatschte vor Begeisterung in die Hände. »Wissen Sie noch, Marlene, die beiden Syrierinnen? Wie hießen sie noch?« Wieder wandte er sich an Ina. »Mutter und Tochter, müssen Sie wissen, die in einer kleinen Flüchtlingsunterkunft gelebt und als Einzige ihrer siebenköpfigen Familie den Bürgerkrieg und die Flucht nach Europa überlebt haben. Sich verbal mit ihnen zu verständigen war kaum möglich, doch ein Händedruck von Marlene, ein paar Gesten und ein Stück selbst gebackener Kuchen genügten, um eine herzliche Atmosphäre aufkommen zu lassen. Marlene, wie hießen die beiden noch? As… Al…«

»Afnan und Chadisha«, sagte Marlene knapp. Sie sah auf

die Uhr. »Oje, ich habe ganz vergessen, dass ich noch einen Termin beim Friseur habe. Leider muss ich los.«

Inzwischen war Ina mit den plötzlichen Abschieden ihrer Patientin vertraut. Sie erhob keine Einwände, auch wenn die Therapiesitzung formal noch nicht beendet war. »Soll ich Sie hinfahren?«

»Nicht nötig. Ist gleich um die Ecke. Plaudern Sie ruhig noch ein wenig. Bis zum nächsten Mal dann.«

Weg war sie.

Marlenes Verhalten war recht merkwürdig – auffällig merkwürdig. Das letzte Mal war es Ina vorgekommen, als habe die Bäckersfrau sie rasch aus dem Haus haben wollen, nachdem sie sie auf einen möglichen Besucher angesprochen hatte. Dieses Mal dagegen hatte sie Ina selbst in die Kirche geführt und dem Pastor vorgestellt, und trotzdem hatte sie beinahe fluchtartig die Szenerie verlassen.

»Vielleicht hätte ich die syrischen Flüchtlinge nicht ansprechen sollen«, sagte der Pastor. »Als die Frauen in ein anderes Heim gebracht wurden, war Frau Adamski zwar traurig, aber ich hatte keine Ahnung, dass es sie so sehr mitgenommen hat.«

»Wann war das?«

»Vor etwa neun oder zehn Monaten. Es kam ziemlich unerwartet und ging alles ganz schnell. Frau Adamski hatte noch nicht einmal Zeit, sich von den beiden zu verabschieden.«

Selbst wenn Afnan und Chadisha ein sensibles Thema waren, überlegte Ina, hätte Marlene sich darüber im Klaren sein müssen, dass es zur Sprache kommen könnte. Hatte sie nicht sogar selbst gefragt, ob neue Flüchtlinge angekommen seien?

»Ist Ihnen in den letzten Monaten irgendeine Veränderung an Marlene aufgefallen?«, fragte Ina.

Der Pastor durchforstete seine Erinnerungen, als stünden sie in einem großen Bücherregal, und nach und nach schien er fündig zu werden.

»Nun ja, Frau Adamski war in letzter Zeit noch engagierter als zuvor. Der Chor, die Flüchtlinge, die Brotspenden für die Rostocker Tafel … Das hat sie zwar alles auch vorher schon gemacht, aber mit weniger Einsatz. Ich sage Ihnen, diese Frau ist fleißig wie ein Uhrwerk und mit so viel Herz und Hingabe bei der Sache. Von Einsamkeit oder Leere keine Spur. Deswegen bin ich ja auch aus allen Wolken gefallen, als ich von ihrem Sprung vom Balkon gehört habe. Von ihr hätte ich das am wenigsten erwartet. Nun gut, vielleicht hätte mich ihr plötzliches Interesse an Theologie stutzig machen sollen …«

»An Theologie? Sie meinen die Sache mit den Schutzengeln?«, hakte Ina nach.

»Oh, das ist nun schon eine ganze Weile her, dass sie sich in die Idee verliebt hat, Engel würden über uns Menschen wachen. Bestimmt mehrere Jahre. Nein, ich meinte vielmehr, dass sie insgeheim viel lieber Katholikin wäre. Einmal hat sie den Wunsch sogar ausgesprochen.«

»Hat sie Ihnen auch erklärt, warum?«

»Ich habe sie natürlich gefragt, jedoch keine richtige Antwort darauf bekommen. Der protestantische, quasi nur von Gott bewohnte Himmel sagt ihr nicht zu. Sie wünscht sich vielmehr einen mit Dutzenden, ja Hunderten von Heiligen und Engeln besiedelten Himmel, aber den kann ich ihr nicht bieten. Ebenso wenig die Muttergottes als Objekt der Anbetung. Maria ist nun mal viel unkomplizierter als ihr schwieriger Sohn mit seinen vielen Regeln«, scherzte er. »Sie schüttet ihre Gnade ja beinahe unterschiedslos über den Menschen aus. Jesus verlangt da schon ein bisschen mehr Entgegenkommen. Aber mal ehrlich, sind das gute Gründe, um zu konvertieren? Frau Adamski hat nämlich ernsthaft darüber nachgedacht. Letztendlich hat sie diesen Schritt aber nicht vollzogen.«

Marlene war also in den Monaten vor ihrem Selbstmordversuch religiös geworden. Was hatte diese unvermittelte Hinwendung zum Glauben ausgelöst? Und warum hatte sie sich ausgerechnet zum Katholizismus hingezogen gefühlt?

Ina kam es so vor, als wollte ihre Patientin eine Spur legen. Nur wozu?

Und wohin?

Dass das Fiat Coupé sie verfolgte, fiel Ina erst am nächsten Tag auf, als sie nach dem Einkaufen von Rostock auf den Darß zurückfuhr. Sie hatte sich ein neues Kleid gegönnt, und Stefanie hatte bei den High Heels zugeschlagen. Im Rückspiegel bemerkte Ina denselben tiefergelegten schwarzen Sportwagen, der ihr bereits am Tag zuvor bis zur Kirche hinterhergefahren war. Sie erinnerte sich deshalb so gut daran, weil sie sich noch gefragt hatte, wieso das Auto sie nicht überholte, obwohl sie ziemlich zurückhaltend fuhr und kaum Gegenverkehr herrschte. Der mit allem möglichen Schnickschnack ausgestattete Wagen hielt immer den gleichen Abstand, der zu groß war, um den Fahrer sehen zu können. Die Spiegelungen auf der Windschutzscheibe sowie die Umrisse der Sitze und Nackenstützen verhinderten außerdem, dass Ina erkannte, ob eine oder mehrere Personen darin saßen.

»Wofür ist das Kleid? Du hast Stunden gebraucht, um es auszusuchen, also denke ich mal, es ist für *ihn*. Deinen ach so tollen Bobby.« Stefanie sprach den Namen aus, als handele es sich um einen absolut uncoolen Sänger.

»Stimmt genau. Ich ziehe es heute Abend zum Grillen an. Es ist zwanglos und macht trotzdem was her.«

»Zwanglos? Es hat dreihundert Euro gekostet. Du hast voll getebarzt.«

»Wie bitte?«

»Getebarzt. Hast dir was Schweineteures geleistet. Nach diesem Bischof mit seinen goldenen Wasserhähnen und dem ganzen Kram.« Stefanie verdrehte die Augen.

Ina hätte es ihr beinahe gleichgetan. »Also diese Ausdrücke … Wenn ich mit dir rede, komme ich mir furchtbar alt vor.«

»Könnte was dran sein. Sag mal, guckst du ab und zu auch durch die Windschutzscheibe beim Fahren oder immer nur in den Rückspiegel?«

»Entschuldigung, ich … Du hast recht.«

Sie versuchte, den schwarzen Sportwagen auszublenden und sich wieder auf die Straße und das Gespräch mit ihrer Tochter zu konzentrieren.

»Okay, ich soll also mit zum Grillen gehen, oder was?«, fragte Stefanie.

»Wäre schön. Irgendwann müsst ihr euch ja kennenlernen«, erwiderte Ina.

»Papa hat keine Freundin, die ich kennenlernen muss.«

»Papa hat gar keine Zeit für eine Freundin. Deswegen

haben wir uns ja auch getrennt. Außerdem hat er Angst, dass du sie sofort wieder vergraulen würdest, und das kann ich sehr gut nachvollziehen.«

Stefanie zog eine Grimasse.

»Wenn ich schon zu diesem ollen, oh sorry, tollen Barbecue muss, darf ich dann wenigstens jemanden mitbringen?«

»Na klar. Wen denn?« Ina war gespannt.

»Chris.«

»Welchen Chris?«

»Na, Christopher.«

Ina nahm den Fuß vom Gas. »Du meinst *den* Christopher?« Sie fuhr rechts ran.

»Was ist denn jetzt schon wieder? Wir haben neulich bei dir im Wartezimmer Nummern getauscht und uns ein-, zweimal in Ribnitz-Damgarten auf ein Eis und so getroffen.«

»Vor allem das ›und so‹ würde mich interessieren.«

»Was hast du denn dagegen?«

»Er ist mein Patient«, sagte Ina bemüht ruhig.

Stefanie zuckte die Achseln. »Deiner, nicht meiner. Er ist cool. Und wir heiraten ja nicht gleich.«

Ina wusste nicht, ob ihr diese Freundschaft gefiel. Sie hatte eine gute Meinung von Christopher, er war ein netter Kerl, und wenn er eine Freundin fand, konnte ihn das stabilisieren. Doch hier ging es nicht um ein x-beliebiges Mädchen, sondern um ihre Tochter. Christopher war noch immer sehr labil, er war schlecht in der Schule, schwänzte häufig und wurde gelegentlich verbal aggressiv. Das Verhältnis zu seinem Vater war, vorsichtig ausgedrückt, extrem angespannt, und seiner Schwester schlug er auch schon mal ein nicht veganes Eis aus der Hand.

Wie würde er mit Stefanie umgehen? Was würde passieren, wenn sie mal anderer Meinung wäre als er? Oder wenn sie genug von ihm hätte?

»Du musst wissen, dass Christopher noch immer leicht verletzbar ist. Ich habe das selbst erlebt.«

»Ist ja nicht so, dass er einen an der Waffel hätte. Seine Mutter ist verschwunden. Das kann jedem passieren. Du bist ja auch verschwunden, nur halt auf andere Weise. Ich finde ihn völlig normal.« Stefanie hielt inne. »Nein, stimmt nicht. Er swaggt.«

»Ich nehme mal an, das ist etwas Gutes.«

»Das bedeutet, dass er eine super Ausstrahlung hat. Ich mag seinen schwarzen Wuschelkopf und seine Oberarme. Und Pickel hat er auch keine.«

»Ich sehe ein, dass das herausragende Qualitäten sind, auf die sich eine Beziehung aufbauen lässt«, erwiderte Ina mit einem Grinsen.

»Außerdem ist sein Zimmer echt der Hammer. Da ist eine Wand aus beleuchteten Glasbausteinen drin, die er selbst baut. Sie ist noch nicht ganz fertig, aber bald. Da hat er das Taschengeld von x Monaten reingesteckt. Irre, was? Chris ist voll engagiert. Egal was du sagst, ich werde ihn weiterhin daten.«

Ina fuhr wieder an, nachdem sie den ersten Schock überwunden hatte. »Meinetwegen. Dagegen bin ich wohl machtlos. Aber heute Abend kann er nicht mitkommen. Ich werde ganz sicher keinen Patienten zum Grillen im Familienkreis einladen.«

»Ihr fahrt doch auch zusammen Fahrrad. Wenn das mal nicht familiär ist.«

»Wir fahren Fahrrad im Rahmen einer Therapiestunde, und zwar zu zweit. Versteh das bitte, ich kann keinen rein privaten Umgang mit Christopher pflegen.«

»Tja, das wirst du aber müssen, denn früher oder später werde ich ihn mit nach Hause bringen«, erklärte Stefanie bestimmt.

»Dein Zuhause ist in Schwerin, wie du mir oft genug zu verstehen gegeben hast. Genau dorthin wirst du auf der Stelle zurückkehren, wenn du mich in unmögliche Situationen bringst. So gerne ich dich hier bei mir habe, du musst dich schon an ein paar Spielregeln halten. Übrigens sollten wir demnächst mal über deine Ausbildung sprechen.«

Stefanie warf ihr einen überraschten Seitenblick zu. »Was denn für eine Ausbildung?«

»Ich denke, du willst Tierarzthelferin werden?«

»Ach so, ja... Am Ende des Sommers.«

»Wann genau endet der Sommer in deinem Kalender?«

»Im Oktober.«

Über die Sache mit Christopher und die Ausbildung für Stefanie hatte Ina den Fiat völlig vergessen. Als sie in den Rückspiegel blickte, war er nicht mehr zu sehen. Hatte er sie überholt, als sie rechts rangefahren war? Oder war er abgebogen?

Vielleicht hatte sie sich das alles aber auch nur eingebildet.

Bobbys Haus lag ähnlich ruhig wie das der Adamskis, war jedoch bedeutend kleiner. Es gehörte zu einer kleinen Siedlung von Ferienhäusern beim Seebad Zingst am östlichen Ende der Halbinsel. Im September war nur etwa die Hälfte der sieben Bungalows an Touristen vermietet. Die Anlage gehörte einem von Bobbys Bekannten, der weiter entfernt wohnte. Diesem Umstand hatte er es zu verdanken, dass er die Ferienimmobilie zu einer relativ günstigen Miete ganzjährig bewohnen konnte. Dafür sah er in der Anlage nach dem Rechten, überreichte den ankommenden Gästen die Schlüssel und übernahm kleinere Reparaturen.

»Das ist hier ja die totale Pampa«, sagte Stefanie. »Spießiger als Schrebergarten geht ja wohl nicht.«

Als Ina jedoch das Gartentor aufschloss und sich Bobbys mit zwei Meter hohen Bambuspfählen umzäuntes Refugium vor ihnen auftat, rief Stefanie: »Wow!«

Ina war beim ersten Besuch auch verblüfft gewesen, und in gewisser Weise war sie es jedes Mal aufs Neue. Noch bevor man irgendetwas sah, hörte man das beruhigende Geräusch von plätscherndem Wasser. Es quoll aus einem großen Stein, ergoss sich in einen Gartenteich und floss einen Bachlauf entlang in einen zweiten Teich. In der Mitte des Gartens stand zudem ein antiker Brunnen, aus dem dutzende kleine Fontänen sprühten. Die behagliche, fast schon meditative Atmosphäre wurde durch mehrere Statuen indischer Gottheiten konterkariert, die aus Stein gemeißelt oder Eisen gegossen waren. Lebensgroße vielarmige oder elefantengesichtige Wesen in ekstatischen Posen standen zwischen Sonnenblumen, Hibiskussträuchern und Chrysanthemen oder waren von Clematis oder Kapuzinerkresse umrankt.

»Ist er Buddhist?«, fragte Stefanie.

»Meinst du Hindu? Nein, nein, das ist bloß Dekoration. Aber eine sehr schöne, wie ich finde.«

Als Stefanie Bobby durch die Fensterscheiben entdeckte, murmelte sie: »Du hast mir nicht gesagt, dass du ihn aus dem Kindergarten mitgenommen hast.«

Genau so einen Spruch hatte Ina erwartet. »Tu mir einfach den Gefallen und sei nett zu ihm, ja?«

»Ist ja schon gut.«

Bobby saß vor dem Computer und arbeitete, weshalb er sie weder sah noch kommen hörte. Ina war das gewohnt. Normalerweise bewegte sie sich dann langsam in seine Blickrichtung, um ihn nicht zu erschrecken, aber ihre Tochter war schneller und zog ihm einfach den Kopfhörer von den Ohren.

»Hi, ich bin Stefanie. Was hören Sie denn da?«

Ina entschuldigte sich für den Überraschungsangriff mit einer resignierenden Geste bei Bobby.

»Was ist das denn?«, rief Stefanie entsetzt.

Bobby gab ihr lächelnd die Hand. »Ich kann mich besser konzentrieren, wenn ich Opernarien höre«, sagte er. »Nur Arien, sonst nichts, auch keine Sinfonien oder so. Mozart, Verdi, Puccini und Donde… Dona…«

»Donizetti«, half ihm Ina.

»Genau der«, sagte er lachend. »Du siehst schon, Stefanie, mit der Theorie hab ich's nicht so. Es geht mir allein um die Musik. Ich höre sie nur, wenn ich arbeite. Eigentlich immer dieselben Arien, so laut, wie meine Ohren es gerade noch mitmachen.«

»Opernarien! Wie verrückt ist das denn? Haben Sie meine Mutter bei einer Therapie kennengelernt?«

»Nein, wir…«

»Was arbeiten Sie?«

»Ich entwerfe Computerspiele für Kinder. Aber jetzt habe ich frei. Es gibt Fisch vom Grill. Seid ihr so weit?«

»Du meinst, ob wir Hunger haben?«, fragte Ina. »Na ja, es ist erst kurz nach vier, und wir…«

»Nein, ich meine, ob ihr so bleiben wollt. Wir gehen angeln.«

»Ach du Scheiße«, stöhnte Stefanie, fügte sich jedoch nach einem heimlichen Klaps von Ina ins Programm.

Bobby war immer für Überraschungen gut. Ina wusste nie, wie ein Tag mit ihm verlaufen würde. Es konnte sein, dass sie sich zum Baden verabredeten und stattdessen in einem polnischen Romantikhotel landeten, oder sie wollten essen gehen und sahen sich dann unvorhergesehen einen Spätfilm an, zwei Stunden lang eng umschlungen im Kinosessel. Ina liebte diese Seite an Bobby ganz besonders, was erstaunlich war.

Wenn sie auf ihre früheren Beziehungen zurückblickte, stellte sie fest, dass ihre Partner immer ideal zu ihrem jeweiligen Lebensabschnitt gepasst hatten. Der erste studierte seinerzeit genau wie sie Psychologie. Sie hatten nicht nur dieselben Freunde, sondern auch beide eine klamme Kasse und waren politisch auf einer Linie, außerdem ein wenig unüberlegt, und sie probierten viel aus. Mit dem zweiten, einem Rechtsanwalt, war sie in einer Phase zusammen gewesen, in der sie sich beide beruflich etablierten, einen Klientenstamm aufbauten, eine Wohnung kauften, niederließen. Mit ihrem letzten Lebensgefährten, Stefanies Vater, dem mehrere Optikergeschäfte gehörten, hatte sie ein sehr ähnlicher Lebensstil verbunden, was Mode, Urlaubsreisen, Möbel, Restaurants und dergleichen anging, alles Dinge, die ihr mit Mitte dreißig zunehmend wichtig geworden waren.

Für Bobby spielte all das keine Rolle, weder Beruf noch Stil, Alter, Geld oder Hobbys. Er war ein bisschen wie Inas erster Freund, frisch und spontan, unkonventionell und clever. Sie hingegen war nicht mehr die Ina von vor fünfzehn

Jahren. Dennoch war sie von Bobbys Spontaneität und Frische hingerissen. Eine solche Liebe hatte sie bis dahin nicht gekannt, losgelöst von irdischen Dingen, rein und ganz auf den Partner konzentriert.

Die meisten Menschen in ihrem Umfeld hingegen sahen das nicht so. Für sie war Bobby nichts weiter als ein Toyboy, der noch dazu kein Akademiker war. Mit seiner sportlichen Figur, dem halb aufgeknöpften Hemd und der langen Mähne war er für sie der Inbegriff des jugendlichen Liebhabers. Manche unterstellten ihm sogar, dass er bloß seinen materiellen Vorteil suche oder einen Muttterersatz, was weder ihm noch ihr schmeichelte. Mehr und mehr wurden die beiden daher auf sich selbst zurückgeworfen, und Stefanies Auftauchen machte es nicht leichter.

Bobby angelte zwei Zander und ein paar kleinere Fische, die er nach ihrer Rückkehr im Garten grillte, während Ina und Stefanie in der Küche den Salat zubereiteten.

»Seid ihr echt so richtig zusammen?«, fragte Stefanie.

»Ich habe seinen Hausschlüssel. Vielleicht beantwortet das deine Frage.«

»Ihr habt euch vorhin gar nicht geküsst. Ich dachte immer, Typen wie er können das am besten. Oder am zweitbesten. Am besten können sie ja …«

»Stefanie, bitte.«

»Schon gut.«

»Das hast du vorhin auch gesagt, und nichts ist gut geworden. Du bist sehr unfreundlich zu ihm, und wenn wir uns geküsst hätten, wärst du sicher noch zickiger gewesen. Deswegen haben wir es nicht getan. Um es dir leichter zu machen.«

»Wenn du es *dir* leichter machen willst, dann such dir einen Mann, der was auf der Pfanne hat. Ich meine, hallo, der Typ geht angeln und wohnt in einem Schrebergarten. Der Ober-Fail. Spießig bis zum Gehtnichtmehr.«

»Im Gegensatz zu deinem Vater, dem Optiker, ja?«

Stefanie schnitt eine Grimasse.

»Vorhin hast du ihn selbst verrückt genannt, weil er Opernarien hört, während er Kinderspiele entwirft. Und davor hast du angedeutet, dass er ein Loverboy ist. Du solltest dich mal festlegen.«

Stefanie funkelte ihre Mutter provozierend an. »Okay: Er ist ein spießiger, verrückter Loverboy.«

»Er könnte Rallyes fahren, einen Kampfbomber fliegen oder die coolste Band der Welt managen, du würdest ihn immer spießig finden. Du hast beschlossen, ihn nicht zu mögen. Das habe ich verstanden. Aber könnten wir aus diesem Abend wenigstens noch ein paar passable Stunden herausholen? Bitte!«

Sie aßen den Zander bei Sonnenuntergang. Die steinernen Statuen der Hindugötter leuchteten orangerot, das Wasser plätscherte leise vor sich hin, und ein milder Abendwind, der noch einmal den vergangenen Sommer aufleben ließ, verwehte den Kohlerauch. Dazu tönte eine leise, asiatisch anmutende Meditationsmusik. Ein Hauch von Indien lag in der Luft.

Entgegen ihrer Gewohnheit, leerte Ina drei Gläser französischen Sauvignon Blanc ziemlich zügig in weniger als einer Stunde. Stefanie sagte kaum ein Wort, obwohl Bobby ein paarmal versuchte, sie in das Gespräch einzubeziehen. Die schöne Abendstimmung mit den zirpenden Grillen, den flackernden bunten Lichtern und den Wasserfontänen des

Brunnens wurde von der angespannten Atmosphäre überlagert.

Ina machte sich Vorwürfe. Vielleicht war es ein Fehler gewesen, Bobby und Stefanie zusammenzubringen.

»Wie geht es deiner Patientin, von der du mir neulich erzählt hast?«, fragte Bobby, um das Gespräch in Gang zu halten. »Hast du ihr den Fragebogen vorgelegt, den wir entworfen haben?«

Ina lachte. »Du musst wissen, Stefanie, dass Bobby sich einen Fragebogen ausgedacht hat, um verschlossenen Selbstmordpatienten das Motiv für ihre Tat aus der Nase zu ziehen. Kabelfernsehentzug, kein Tequila, schlechter Sex … Das war natürlich nur ein Scherz.«

»Haha«, sagte Stefanie mit mürrischer Miene, während sie auf ihrem Smartphone herumtippte.

Ina beschloss, sie eine Weile zu ignorieren.

»Nein, ich bin nicht sehr viel weitergekommen. Es ist, als würde ich ein dunkles Haus betreten und müsste erst mal herausfinden, was alles darin ist. Ich habe keine Ahnung, ob mich der nächste Schritt zum Lichtschalter führt oder in einen noch dunkleren Seitengang. Ob meine tastende Hand im nächsten Moment ein belangloses Möbelstück berührt oder ein menschliches Wesen, das sich ebenfalls im Haus aufhält und von dem ich nicht weiß, was es darin zu suchen hat.«

»Klingt unheimlich.«

»Na ja, das ist nicht immer so, aber diese Patientin ist besonders rätselhaft. Ich glaube, ihre plötzliche Religiosität hatte etwas mit ihrem Suizidversuch zu tun. Sie wollte zum Katholizismus konvertieren, und ich frage mich, warum.«

»So habe ich mir deine Arbeit nicht vorgestellt. So … forschend. Ich dachte immer, ihr Psychologen habt die Antworten sofort parat. Aber das hört sich ja richtig aufregend an.«

Ina lächelte. »Mein Berufsalltag wirkt von außen betrachtet nicht sonderlich aufregend. Ich höre zu und stelle Fragen, mache mir Notizen und versuche mein Gegenüber zu verstehen, ihm zu helfen. Vieles davon ist reine Routine, wie in den meisten anderen Berufen. Trotzdem ist es manchmal geradezu unheimlich. Vor etwa einem Jahr hatte ich eine Patientin, die nach einem Autounfall teilweise ihr Gedächtnis verloren hatte, allerdings habe ich den Grund dafür nicht in dem Unfall, sondern in einem traumatischen Ereignis gesehen, das sich davor ereignet hatte und das ihr Unterbewusstsein nun verdrängte. Soll man da nachforschen oder es lieber lassen? Was, wenn das, was sie dank der Therapie an Erinnerungen wieder abrufen kann, die Frau schwerer schädigt als die Amnesie? Das ist eine schwere, beängstigende Entscheidung mit unkalkulierbaren Folgen.«

»Ja«, sagte Bobby nachdenklich. »Der Mensch ist wohl … unkalkulierbar.«

»Im Prinzip stimme ich dir zu«, sagte Ina. »Realistischerweise muss man allerdings sagen, dass die meisten Exemplare dieses seltsamen Lebewesens namens Mensch es schaffen, ihre Ängste und schlimmen Erfahrungen gut zu verarbeiten oder sie zumindest auf irgendwelchen Abstellgleisen zu parken, wo sie verdrängt werden.«

»Und ich dachte, die Leute rennen euch Therapeuten heutzutage die Tür ein.«

»Die Nachfrage wird größer, das stimmt. Angsterkrankungen, Depressionen, Gewalterfahrungen, die Überinformation in unserer technisierten globalen Welt … Aber weißt du, man darf das nicht überbewerten. Wenn zum Beispiel jemand in der Serviceabteilung eines Kreditkartenunternehmens arbeitet, wo die Fehlbuchungen, Betrugsversuche und Kartenverluste auflaufen, dann könnte er bald zu dem Schluss kommen, dass man besser keine Kreditkarte besitzen sollte, erst recht keine von seinem Unternehmen. Dabei bekommen die allermeisten Kunden nie ein Problem mit ihrer Karte. So ähnlich ist das bei mir. Die allermeisten Menschen sehen in ihrem ganzen Leben keine Psychologenpraxis von innen, und es gibt nicht einen einzigen Grund für mich, durch die Straßen zu laufen und hinter jedem harmlosen Gesicht einen potenziellen Patienten zu vermuten.«

Er lachte. »Zu dir kommen also nur die Reklamationen?«

Ina stimmte in sein Gelächter ein. »Ja, gewissermaßen. Ich sitze in der Beschwerdestelle und bin für das Gehirn zuständig.«

»Die Ware ist vermutlich vom Umtausch ausgeschlossen, oder?«

»Richtig. Es werden nur Reparaturen angenommen.«

»Deswegen heißt es ja auch, ›jemand hat eine Schraube locker‹.«

Ina nicke. »In Köln sagt man ›jeck‹, das gefällt mir persönlich am besten.«

»Meschugge.«

»Crazy.«

»Plemplem.«

»Loco.«

»Durchgeknallt.«

»Gehirnfasching.«

Sie lachten über ihre saloppen Ausdrücke in Bezug auf die menschliche Psyche, und der ausgelassene Moment war wie ein Jungbrunnen für Ina. Wie befreiend, sich mal ohne schlechtes Gewissen über sich und ihre Arbeit lustig zu machen.

Nur Stefanie blieb ernst. Je mehr Ina und Bobby sich amüsierten, desto stärker kniff sie die Lippen zusammen.

»Ich bin müde. Kann mir mal jemand mein Bett zeigen? Ich nehme an, ihr schlaft zusammen in einem Zimmer.«

»So ist es.«

Ina zeigte Stefanie das Gästezimmer, ohne auch nur mit einem Wort auf ihr trotziges Verhalten einzugehen, auch um aus dem ohnehin schon schwierigen Abend keinen katastrophalen zu machen.

Im Bett, wo sie sich eine halbe Stunde später aneinanderkuschelten, entschuldigte sich Ina bei Bobby für das Verhalten ihrer Tochter.

»Es hätte so schön werden können.«

»Es war schön. Es ist immer schön, wenn du bei mir bist. Durch dich ist mein Leben wieder hell und warm geworden.«

Sie küssten sich.

»War es denn dunkel und kalt darin?«

»Du weißt ja …«

Bobby spielte vermutlich auf seine Mutter an, die ganz in der Nähe in einem Pflegeheim lebte, wo es trotz der Betreuung körperlich und geistig immer weiter mit ihr bergab ging. Als ihr einziges Kind besuchte er sie dreimal in der Woche. Manchmal erkannte sie ihn nur noch mit Mühe, an anderen Tagen weinte sie unentwegt, dann wieder war sie quietschfidel. Ina war bisher nie mitgekommen, da Bobby glaubte, seine Mutter würde nicht gut auf Ina reagieren. Er erklärte seine Annahme nicht näher, und Ina ließ es auf sich beruhen.

»Vielleicht sollten wir es mit dir und Stefanie so handhaben wie mit mir und deiner Mutter«, schlug Ina leicht geknickt vor.

»Ach komm, jetzt lass nicht den Kopf hängen. Ich werde sie schon noch für mich gewinnen.«

»Deinen Optimismus möchte ich haben.«

Stefanie war gewiss nicht der erste und auch nicht der letzte Teenager, der den neuen Partner eines Elternteils ablehnte. Als Psychologin verstand Ina sehr gut, was in dem Mädchen vorging. Als Mutter hingegen war sie verunsichert und auch ein wenig sauer. Ihre Tochter brach die Schule ab, ohne eine echte Perspektive zu haben, stand völlig unerwartet vor ihrer Tür, fing etwas mit einem ihrer Patienten an, stänkerte nur herum und belastete obendrein Inas Beziehung zu Bobby. Trotzdem – insgeheim war Ina froh, wieder mehr Zeit mit Stefanie verbringen zu dürfen. Vielleicht waren die kommenden Wochen oder Monate ja die letzte Gelegenheit, ein intimes Mutter-Tochter-Verhältnis zu etablieren, und zwar mit allem Drum und Dran.

Eng an Bobby geschmiegt, dämmerte Ina dem Schlaf entgegen. Vielleicht war es der ungewohnten Menge Alkohol geschuldet, dass sich ein Dutzend Gedanken durch ihren Kopf wanden, sich kreuzten, ineinander verschlangen und um die Oberhand kämpften – Pflegeheim, Altersunterschied, Angeln, ein dunkles Haus, ein Balkon, eine verschwundene Mutter, Tierarzthelferin, Gralsritter, Kirche, Spur, katholisch, Beichte, Sündenablass …

»Schuld«, sagte Bobby unvermittelt kurz vorm Einschlafen.

»Was? Was hast du gesagt?«, fragte sie leicht benebelt.

»Deine Patientin … Vermutlich hat eine große Schuld sie religiös gemacht.«

Nach unruhigem Schlaf wachte Ina mitten in der Nacht auf. Im ersten Moment ploppten sofort wieder dieselben Wörter in ihrem Gehirn auf, die zuletzt darin durcheinandergewirbelt waren: Spur, Beichte, Schuld …

Das ist es, schoss es ihr durch den Kopf. Ja, Bobby könnte recht haben. Katholiken durften beichten, Protestanten nicht. Und wer beichten will, der trägt eine Schuld mit sich herum.

Im nächsten Moment stutzte sie.

War das Brandgeruch, der in der Luft lag? Hatte Bobby etwa den Grill nicht richtig gelöscht?

Ina stieg aus dem Bett, um sich zu vergewissern, dass sie sich den Gestank nicht bloß einbildete. Im Wohnzimmer traf sie fast der Schlag. Durch die Fenster sah sie, dass die halbe Hausfront einschließlich der Eingangstür von Flammen eingeschlossen war. Rauch strömte durch sämtliche Ritzen ins Innere des Hauses.

»Oh mein Gott!«

Rauch und Benzingestank schnürten ihr fast die Kehle zu. Sie stürmte in Stefanies Zimmer. Ihre Tochter lag auf der Seite, den Arm über die Augen gelegt und mit offenem Mund, so wie sie oft als kleines Mädchen geschlafen hatte.

»Wach auf, Stefanie! Es brennt! Stefanie, wach endlich auf!« Ina rüttelte an ihrer Tochter, doch die rührte sich nicht. Sie war zu schwer, als dass Ina sie hätte tragen können.

Hustend stürmte sie in die Küche, wo sie ein nasses Geschirrtuch vor Mund und Nase presste und rasch zwei weitere befeuchtete. Damit rannte sie zurück in Bobbys Schlafzimmer. Auch er lag reglos in seinem Bett.

Sie nahm die Wasserflasche vom Nachttisch und leerte sie über seinem Gesicht aus, dann gab sie ihm ein paar Ohrfeigen und rüttelte an ihm herum.

»Was …?« Weiter kam er nicht, denn er musste heftig husten.

»Bobby!«, rief Ina durch das Tuch vor ihrem Mund. »Ein Glück, du bist wach. Bobby, es brennt. Wir müssen hier raus!«

Noch immer halb benommen, rappelte er sich auf. Erst der Anblick der Flammen, die das Haus inzwischen fast völlig umschlossen, machte ihn hellwach.

Der beißende Rauch in Kehle und Lunge machte es ihnen unmöglich, sich zu verständigen. Außerdem wurden sie beide von Hustenkrämpfen geschüttelt. Zum Glück waren die Fensterscheiben noch allesamt intakt, sodass zumindest der dichte Qualm nicht ins Haus drang. Die giftigen, betäubenden Gase fanden trotzdem ihren Weg.

Bobby deutete auf die Hintertür, die in die Waschküche und von dort ins Freie führte. Mit Handzeichen gab er Ina zu verstehen, dass sie die Tür aufschließen sollte, während er Stefanie holen ging.

In einem ersten Impuls wollte Ina Bobby begleiten, um bei ihrer Tochter zu sein … Aber irgendjemand musste die Hintertür öffnen, daher rannte Ina am Gästezimmer vorbei, in dem Stefanie noch immer bewusstlos lag, halb auf dem Bett, halb außerhalb. Ina raubte der Anblick fast den Verstand.

Hintertür, geh zur Hintertür, mahnte sie sich selbst.

Dort angekommen, griff sie nach dem Schloss, doch der Schlüssel steckte nicht.

Wo? Wo ist er nur?

Er lag weder auf dem kleinen Bord neben der Tür noch in der Schale, die darauf stand, und auch nicht in der obersten Schublade.

»Der Schlüssel ... weg«, krächzte sie mit letzter Kraft. Jede Silbe war wie ein Feuerstoß in ihrer Kehle. Sie wurde fast verrückt, rüttelte wie von Sinnen an der Türklinke.

Die Hitze schlug ihr wie ein schweres, erstickendes Kissen entgegen und presste sich auf ihr Gesicht.

Vierzehn Monate zuvor

Eine weiße Pfingstrose, Smoothies aus Orangen, Bananen und Mangos, zwei Schalen Bircher Müsli, dazu Brombeermarmelade, Sanddorngelee, geröstete Toastbrotscheiben und eine Kanne Bohnenkaffee von der arabischen Mischung – all das richtete Daniel auf dem Küchentisch an, wobei er die Anordnung mehrmals veränderte, bis er damit zufrieden war. Dann zündete er noch eine Bienenwachskerze an, und fertig war das Sonntagsfrühstück. Lächelnd überblickte er sein Werk. Acht Uhr vier. Das Brot war noch warm.

Der Sonntagmorgen war etwas Besonderes für Daniel und seine Frau. Sie erwachten immer ziemlich früh und schliefen miteinander. Jette blieb danach noch eine Stunde liegen, in der er duschte und das Frühstück herrichtete. Die Kinder, so war die Abmachung mit ihnen, kamen erst gegen neun Uhr herunter, sodass das Paar noch mindestens eine halbe Stunde für sich hatte. Das klappte nicht immer, aber oft. Jette fand, dass man auch in einer Partnerschaft mit Kindern die Zweisamkeit pflegen müsse.

Gähnend schleppte Jette sich in die Küche. Ihre kurzen, leicht rötlichen Haare standen in alle Richtungen ab. Sie trug ein weißes Baumwollshirt und ein mit Früchten bedrucktes Höschen, in dem sie niedlich aussah. Sie war nicht der Typ für aufreizende Wäsche, zumal es solche Artikel kaum als Naturwaren gab.

Sie streckte ihren schlanken, geschmeidigen Körper vor dem Küchentisch, was Daniel ziemlich anmachte.

»Guten Morgen, Hasi«, sagte sie. »Oh, mein Schatzi hat schon wieder alles so schön gedeckt.«

Den Kosenamen hatte er sich eher ergeben, als sich mit ihnen anzufreunden. Hasi, Mausi, Bärli, Spatzi – die halbe verniedlichte Tierwelt.

»Jetzt erst mal einen schönen Kaffee. Hm, riecht der gut. Ah, toll wie du den immer machst. Hast du schon nach den Kindern gesehen?«

»Selbstverständlich, holde Dame. Christopher probiert im Badezimmer ein neues Haargel aus, das total angesagt ist – behauptet er zumindest. Er hat sich heute Morgen schon viermal die Haare gewaschen, Ende offen. Und Felicia dekoriert ihre Puppenstube neu. Wir haben also Zeit, endlich mal.«

Sie aßen und tranken in aller Gemütlichkeit. Er biss von dem Toast mit Sanddorngelee ab, den sie ihm anbot, er revanchierte sich mit einer Scheibe mit Brombeermarmelade. Ab und zu schenkten sie sich einen liebevollen Blick über den Tisch hinweg.

»Gehst du heute wieder joggen, Mausi?«, fragte sie.

Er schluckte den Bissen hinunter und schenkte sich Kaffee nach. »Ja, gleich nach dem Frühstück. Heute werde ich wohl mal wieder eine größere Runde drehen, wie üblich durch den Darßer Wald und dann noch am Strand entlang. Gegen Mittag bin ich zurück.«

»Dass dich im Darßer Wald die Mücken noch nicht aufgefressen haben«, sagte sie. »Nicht ein Stich bei dir. Ich kann keinen Fuß dort hinsetzen, ohne dass ich nach einer Minute aussehe, als hätte ich die Röteln.«

Herrje! An solche Details hatte er gar nicht gedacht. Sein Kopf war so voll mit anderen Dingen, dass er langsam aufpassen musste, sich nicht in Widersprüche zu verwickeln und zu verraten.

»Mein Mückenspray ist eben besser als deines.«

»Pure Chemie«, entgegnete sie.

»Mir hilft's.«

Einen Moment lang schien Jette zu überlegen, ob sie ihn in einen Disput über den Nutzen und die Gefahren chemischer Mittel verwickeln sollte, entschied sich jedoch dagegen.

»Ich habe mir überlegt, heute mal mitzukommen.«

»Was?« Ihm rutschte fast die Tasse aus der Hand.

»Joggen, Bärli. Ich rede vom Joggen. Ich würde das gerne mal probieren.«

»Aber du … du machst doch schon Yoga und Pilates.«

»Na und? Wenn ich sonst immer Kaffee trinke, darf ich mir dann nicht auch mal einen Ingwertee machen? Christopher und Felicia können auf ihren Rädern neben uns herfahren. Das wäre doch ein schöner Familienausflug. Wir nehmen ein paar belegte Brote mit und machen ein Picknick. Das Wetter spielt anscheinend mit.«

Jette stand auf und öffnete die Terrassentür. Es würde sehr warm werden. Kaum ein Lüftchen, nur vereinzelte Wolken.

»Du… aber…«, stammelte er. »Das können wir doch machen, wenn ich zurück bin.«

»Wieso willst du denn zweimal los? Nun zier dich nicht so, Hasi, das wird lustig.«

Was Daniel vorhatte, würde ganz und gar nicht lustig werden. Ein weiteres Treffen bei Adamskis stand an.

»Weißt du, Jette, ich ... Das Joggen ist ... Ich brauche zwischendurch ein bisschen Zeit für mich, verstehst du das?«

Sie stand in der Terrassentür, hinter ihr der blühende Garten, und sah unendlich enttäuscht aus.

»Ach so. Ja dann ...«

Das Herz wurde ihm schwer. Wann hatte er Jette je eine Bitte abgeschlagen? Wenn sie sagte, sie würde gerne schwimmen gehen, dann packte er noch in derselben Stunde die Taschen. Wenn sie ihre Eltern besuchen wollte, überließ er ihr das Auto, stand eine Stunde früher auf und fuhr mit dem Fahrrad oder dem Bus zur Arbeit. Schlug sie vor, eine neue Staude ins Beet zu setzen, schaufelte er sich sogleich Zeit für die Fahrt zur Gärtnerei frei. Als sie damals den Laden aufmachen wollte, hatten sie so lange herumgeplant, bis es irgendwie möglich wurde. Er konnte sich nicht erinnern, seine Frau schon einmal vor den Kopf gestoßen zu haben.

Daniel nahm sie in den Arm. »Du, Liebling, das ... das ist nicht böse gemeint. Ich ...«

»Ist schon gut«, unterbrach sie ihn. »Du gehst joggen, ich mache Pilates. Wir verschieben den Ausflug einfach auf heute Nachmittag, einverstanden?«

»Einverstanden. Ich freue mich schon drauf.«

So sanft wie es nur irgend ging wand sie sich aus seiner Umarmung. Die Kaffeedose, die noch auf dem Bord stand, räumte sie in den Küchenschrank. Plötzlich hielt sie inne.

»Was ist denn *das*?«

»Schokolade«, sagte er unbeteiligt.

»Milchschokolade«, korrigierte sie ihn, und ihre Stimme veränderte sich, bekam einen metallischen Beiklang. »Und was finde ich neben der Milchschokolade?«

»Gummibärchen«, antwortete er gehorsam, obwohl er sich über Jettes rhetorische Fragen ein wenig ärgerte.

»Aus einem normalen Supermarkt. Da ist Gelatine drin, ein beschönigender Name für Rinderknochenextrakt. Wir haben doch darüber gesprochen und waren uns einig. Vegane Ernährung, und zwar konsequent.«

»Ja, schon«, bestätigte Daniel und blickte zu Boden. »Aber Felicia hat mich mit ihren Kulleraugen angeguckt und wollte die Gummibärchen unbedingt haben. Was hätte ich da denn machen sollen? Und Christopher hat gesagt, dass ihm die Schokolade ohne Milch zum Hals heraushängt.«

Jette warf die angebrochenen Packungen in den Mülleimer. »Ich sage nichts mehr dazu.«

Ein paar Minuten später verließ Daniel das Haus. Den kleinen Disput mit Jette hatte er gleich wieder vergessen. Manchmal tat es ihm richtig gut, eine verschworene Gemeinschaft mit seinen Kindern gegen ihre Mutter zu bilden. Herrgott, war denn ein Riegel Milchschokolade ab und zu wirklich so schlimm?

Die ersten hundert Meter joggte er, doch sobald er Prerow hinter sich gelassen hatte und außer Sichtweite seines Hauses war, ging er in ein normales Schritttempo über. Den Darßer Wald ließ er rechts liegen und schlug den Weg nach Wieck am Bodden ein.

Je näher er seinem Ziel kam, umso präsenter wurde ihm der Mann im Keller, den Daniel zu Hause weitgehend aus seinen Gedanken zu verbannen versuchte. Ihm wurde leicht übel. Er ging nicht gerne zu den Adamskis. Am liebsten hätte er sich aus allem herausgehalten und Gerd die Sache überlassen. So ein grober Klotz wie der eignete sich am besten als Kerkermeister. Aber das konnte Daniel ihm schlecht sagen, und irgendeinen Beitrag musste auch er weiterhin leisten, vor allem nachdem er sich bei der eigentlichen Entführung schon so ungeschickt angestellt hatte.

Als er blass vor Übelkeit vor dem Haus der Adamskis eintraf, stieg gerade Romy aus einem SUV – und zusammen mit ihr auch noch ein Unbekannter. Der Typ war nicht älter als drei- oder vierundzwanzig, hatte ein gefälliges Gesicht, eine stylishe Frisur, südländische Patina und das, was man neuerdings einen »Body« nannte. Letzteren brachte er mit einem Muskelshirt zur Geltung. Wie sich das für jemanden gehörte, der kampfsportbegeistert war, ließ der Fremde die Fingerknöchel knacken.

Als er auf Daniel zuging, wirbelte er mit der linken Hand die lange Kette seines Autoschlüssels um seinen Zeigefinger, die rechte streckte er Daniel entgegen.

»Hi, Daniel, ich bin Giovanni, Romys neuer Freund«, sagte er. »Ich tu jetzt auch mit.«

Gerd regte sich furchtbar auf. Dass Romy ihren Italo-Lover, den sie noch dazu erst seit einigen Tagen kannte, so mir nichts, dir nichts eingeweiht hatte, ohne es vorher mit ihm abzusprechen, brachte ihn zur Weißglut. Daniel war nicht oft einer Meinung mit dem Bäcker, aber in diesem Fall stimmte er ihm zu. Bei allen Differenzen in Charakter und Lebensführung, die ihn von Gerd und Bodo trennten, hielt Daniel ihnen zugute, dass sie unterm Strich ehrliche Menschen ohne jede Neigung zur Gewalt waren. Bei diesem Giovanni hingegen wusste man nicht, woran man war. Der Kerl sah nicht gerade aus, als wäre er zimperlich. Außerdem könnte er irgendwann versuchen, aus seinem Wissen Kapital zu schlagen. Solche bauernschlauen Gauner, die aus allem einen Vorteil für sich zu ziehen wussten, konnte Daniel nicht ausstehen.

Von Anfang an war ihm unwohl gewesen bei dem Gedanken, dass Romy mit von der Partie war. Das Mädchen brauchte eine geschlagene Minute, um den Titel eines Buches zu entziffern. Du lieber Himmel, das sagte doch alles. Da könnte man genauso gut die Insassen eines Irrenhauses in den Krieg schicken. Aber Marlene ließ nichts auf ihren Schützling kommen. Es war wie mit den Tauben im Park: Die Viecher waren nicht besonders helle und völlig unnütz, wurden aber ständig von irgendwem gefüttert.

Andererseits – was sollten sie machen? Es war ohnehin zu spät. Romy hatte ihrem Giovanni längst alles erzählt, und es war Glück im Unglück, dass der Kerl nicht gleich zur Polizei gerannt war.

Gerd ließ ein zehnminütiges Donnerwetter über Romy ergehen, während Giovanni vor dem Haus warten musste. Alles, was das Küken hinterher dazu zu sagen hatte, war: »Echt jetzt, ihr könnt ihm ganz sicher vertrauen. Ich weiß es. Ich hab schon mit ihm geschlafen.«

Dazu fiel nicht nur Daniel nichts mehr ein.

Resignierend wandte Gerd sich seiner Frau zu. »Marlene,

rede du mit dem Kind. Ich bin mit meinem Latein am Ende. So was habe ich noch nicht erlebt.«

Marlene gab mal wieder die Versöhnerin. Von allen Mitstreitern mochte Daniel sie am liebsten, auch wenn sie ausschließlich Bücher las wie *Die zartrote Rose von Malaysia* und *Das leise Lied des Amazonas*. Sie war vernünftig genug zu erkennen, dass es nichts half, auf den Hersteller zu schimpfen, wenn der Toaster brannte. Sie löschte lieber das Feuer.

»So kommen wir nicht weiter. Wir müssen akzeptieren, dass Giovanni jetzt zu uns gehört. Also machen wir das Beste daraus. Romy, bitte geh und hol ihn rein.«

Gerd war beleidigt, warum auch immer, vielleicht weil keiner ihm beisprang. Er schmollte während der ganzen Zeit, in der Giovanni sich vorstellte.

Der Italiener war im Hessischen geboren und aufgewachsen, seine Eltern stammten jedoch aus Sizilien, und er arbeitete seit einem Jahr als Kellner in einer Pizzeria auf dem Darß, die zwei seiner Cousins betrieben. Dort hatte er Romy fünf Tage zuvor kennengelernt, an einem Dienstag. Mittwochs waren sie ausgegangen, seit Donnerstag waren sie ein Paar, am Freitagmorgen hatte Romy ihm im Bett alles erzählt. Seine Hobbys waren Fußball, Kickboxen und Formel 1, Letzteres jedoch nur als TV-Zuschauer.

Innerlich rollte Daniel ein paarmal mit den Augen, ließ sich aber nichts anmerken.

»Ihr habt das affengeil gemacht«, lobte Giovanni. »Ich meine die Entführung und so. Bin voll auf eurer Seite, hundertzwanzig Prozent. Aber jetzt ist Stillstand, oder was? Wo ist eigentlich euer Problem?«

»Welches Problem?«, fragte Daniel.

»Die Kohle, Mann. Warum ist die Kohle noch nicht da, ey?«

Daniel zuckte leicht zusammen und schluckte. Wenn er solchen Prolls auf der Straße begegnete, blickte er schnell woandershin, um bloß nicht von ihnen angequatscht zu werden. Ihre Sprache, ihr Auftreten, ihre Muskeln verunsicherten ihn. Gerd und Bodo konnte sich Daniel ebenbürtig, in mancher Hinsicht sogar überlegen fühlen. Die Überlegenheit jedoch, die er eine Minute zuvor noch gegenüber Giovanni empfunden hatte, war nach nur einem Blick aus dessen dunklen Augen dahin, und er fühlte sich wie ein Mäuschen.

»Dafür ist Bodo zuständig«, brachte er gerade so über die Lippen.

»*Va bene*, ab sofort bin ich auch dafür zuständig. Wo is'n der … wie heißt er noch … der Bodo?«

»Nun setz dich doch erst mal hin, Giovanni«, bat Marlene. »Magst du einen Kaffee?«

»Wenn er frisch und gut ist.«

»Nicht nur Italiener verstehen was von Kaffee«, sagte Marlene schmunzelnd, und Giovanni nickte ihr lächelnd zu.

Mit Kaffee, Himbeerschnitten und ihren Qualitäten als Hausfrau beruhigte Marlene die angespannte Situation. Giovanni aß wie ein Bauer, zwei Schnitten in zwei Minuten, aber wenigstens aß er und hörte zu, als Marlene ihm ihren Plan auseinandersetzte. Wer wusste schon, was Romy ihm erzählt hatte? Vermutlich hatte sie die Hälfte des Plans ohnehin nicht verstanden und die andere Hälfte vergessen.

»Also, wann ist das Ganze fertig?«, fragte Giovanni.

»Wir haben höchstens eine Woche dafür eingeplant, und es sind ja erst ein paar Tage vergangen«, antwortete Marlene, die als Einzige mit Giovanni sprach, abgesehen von Romy natürlich. »Also alles völlig im Rahmen. Kein Grund zur Panik. Bald haben wir das Geld und teilen es auf. Bodo ist absolut vertrauenswürdig.«

»Wenn so viel auf'm Spiel steht, ist keiner vertrauenswürdig. Was passiert eigentlich, wenn wir die Kohle haben?«

»Wie meinst du das? Wir lassen Herrn Töller nachts auf einem einsamen Wanderparkplatz frei, und dann geht wieder jeder seiner Wege. Er weiß nicht, wer ihn entführt hat, wir müssen uns also keine Sorgen machen.«

Giovanni blickte jedem in der Runde eine Sekunde lang in die Augen. »Das größte Problem nach so 'nem Ding, wie wir's drehen, ist nicht das Opfer. Es sind die Leute, mit denen man's gedreht hat.«

4

September

Ina hatte Kopfschmerzen und verspürte den Drang, einen ganzen Eimer Wasser zu trinken, außerdem roch sie trotz mehrfachem Duschen wie ein Schornstein von innen. Immerhin hatte sie das feuchte Geschirrtuch vor Mund und Nase vor Schlimmerem bewahrt. Stefanie und Bobby hatten zwei Tage lang eine Sauerstoffmaske tragen müssen und lagen noch immer im Krankenhaus. Verglichen mit dem, was bei dem Brand hätte passieren können, hatten sie jedoch alle Glück gehabt.

»Wenn du Stefanie nicht hinausgetragen hättest«, sagte Ina, setzte sich auf die Bettkante und streichelte Bobbys Stirn und Haare. »Wenn du nicht gewesen wärst, dann … Mein Gott, wenn ich mir das vorstelle! Und ich Tollpatsch kriege noch nicht einmal die Tür auf. Vergesse einfach, dass der Schlüssel wie immer am Haken an der Wand hängt.«

»Du warst in Panik, da passiert so etwas«, versuchte Bobby sie zu trösten.

»Trotzdem.«

»Du hast den Brand bemerkt. Ohne dich würden wir das Gespräch jetzt nicht führen. Und Stefanie geht es wirklich gut?«

»Sie kriegt Pudding, so viel sie will, ich habe ihr ein neues

Smartphone besorgt, und sie empfängt neunundachtzig Fernsehkanäle auf dem Großbildschirm in ihrem Einbettzimmer. Natürlich geht es ihr da gut.«

Bobby versuchte zu lächeln, aber er sah elend aus. Seine Haut, vor allem die Lippen waren bläulich, und er schloss immer mal wieder für einige Sekunden die Augen.

»Ich lasse dich jetzt schlafen. Wollte nur kurz nach dir sehen.« Ina stand auf.

Er schüttelte den Kopf. »Was ist mit dem Haus? Weißt du was?«

»Ich war vorhin dort. Es steht noch. Aber es sieht von außen aus wie ein verkohlter Spekulatius, und der Rauch und das Löschwasser haben es unbewohnbar gemacht. Es muss so gut wie alles ausgetauscht werden. Dein Vermieter ist schon benachrichtigt.«

Die Nachricht schien Bobby zu deprimieren, was nicht verwunderlich war. Ihn so bedrückt zu sehen, tat ihr weh.

»Ich kümmere mich um die Versicherungen. Natürlich kannst du bei mir einziehen, bis ...«

Es klopfte an der Tür, und ein schlaksiger Zwei-Meter-Mann trat ein.

»Hallo, Bronny«, sagte der Mann. »Wie geht's dir?«

»Witte. Geht schon wieder.«

Die beiden Männer waren ungefähr im gleichen Alter und redeten sich mit Nachnamen an. Auf die knappe Begrüßung folgte ein kurzer Smalltalk über Bobbys Gesundheitszustand, damit war der Höflichkeit Genüge getan.

»Oberkommissar Witte«, stellte sich der Besucher Ina vor, vergrub die Hände in den Hosentaschen und zog sie bis zum Ende des Gesprächs nicht wieder hervor. »Bronny und ich waren Klassenkameraden und später gemeinsam bei der Freiwilligen Feuerwehr. Und Sie sind …?«

»Ina Bartholdy.«

»Ach, Sie sind das.«

Bezog sich diese Bemerkung nun auf Inas Rolle als Zeugin bei dem Brand oder auf ihre Rolle in Bobbys Leben? Bobby erzählte ihr nicht viel von seinen Freunden, und noch seltener brachte er Ina mit seinen Freunden zusammen.

»Ich wusste gar nicht, dass du mal bei der Freiwilligen Feuerwehr warst«, sagte Ina.

»Er ist vor etwa einem Jahr ausgeschieden«, antwortete Oberkommissar Witte für ihn und blickte Ina mit einem Grinsen an, auf das ein sekundenlanges Schweigen folgte.

»Warum bist du hier, Witte?«, fragte Bobby, und sowohl seine zusammengezogenen Augenbrauen als auch die Ungeduld in seiner Stimme verrieten den Grad an Sympathie, den er seinem ehemaligen Kameraden entgegenbrachte.

»Schon vergessen? Bei dir hat es gebrannt, und die Ursache ist zweifelsfrei Brandstiftung. Deine Kameraden … deine ehemaligen Kameraden sind sich sicher, dass jemand Benzin an die Hauswand geschüttet hat. Ziemlich plump. Immerhin schließt das dich als Brandstifter aus.«

»Oh, vielen Dank.«

»Trotzdem, um ein Haar wärst du so gestorben, wie die meisten Menschen es sich wünschen: nachts im Bett sanft entschlafen. Nur halt fünfzig Jahre zu früh. Jetzt stellt sich die Frage, ob jemand es auf das Haus abgesehen hatte oder auf einen von euch. Wir haben einen Kanister mit Benzin in deinem Garten gefunden. Wahllos weggeworfen.«

»Ein Spinner«, sagte Bobby. »Dem ist es bestimmt bloß

um ein schnelles Feuer gegangen, weiter nichts. Von so was hört man doch immer mal wieder.«

Dieser Meinung war Ina ganz und gar nicht. »Wenn ich mich kurz einbringen dürfte«, begann sie und erklärte dann: »Pyromanen, wie Bobby sie beschreibt, nehmen die Gefährdung von Menschenleben zwar in Kauf, haben es aber nicht darauf abgesehen, jemanden umzubringen. Bobbys Haus ist umgeben von offensichtlich leer stehenden Ferienhäusern, die ein wesentlich geeigneteres Ziel für so jemanden darstellen.«

»Der Täter hat wahrscheinlich nicht gewusst, dass wir im Haus sind«, wandte Bobby ein.

»Dein Polo und der Käfer standen gut sichtbar im Carport und mein Wagen davor. Wenn man so abgelegen wohnt wie du, noch dazu in Verbindung mit der Uhrzeit, bedeutet das, jemand ist zu Hause.«

»Damit liegt sie völlig richtig«, stimmte ihr der Polizeibeamte zu.

»Komm schon, Witte, wer sollte mich denn auf dem Kieker haben?«, protestierte Bobby. »Ein von einem Computerspiel enttäuschter Zehnjähriger, der sich einen Benzinkanister aus der Garage seiner Eltern schnappt, um schnell mal den Erfinder zu killen, nur weil er nie das nächste Level erreicht?«

»Dein Haus als Zielobjekt ist nicht plausibler«, entgegnete Witte. »Falls der Eigentümer die Prämie von der Feuerversicherung kassieren wollte, hätte er nebenan leichteres Spiel gehabt und zudem seinen Mieter geschont. Also vielleicht doch die Tat eines Spinners? Wäre ja nicht das erste Mal, dass Psychologen danebenliegen. Oder, Frau Bartholdy?«

»He, wie redest du denn mit ihr? Etwas mehr Höflichkeit, wenn ich bitten darf.«

»Ich leite die Untersuchung zu einem Mordversuch, Bronny, und serviere keinen Tee.«

»Du kannst von Glück sagen, dass ich flachliege. Aber ich habe gerade noch so viel Luft, um dir zu sagen, was für ein ...«

»Bitte, bitte«, unterbrach Ina. »Das bringt uns jetzt auch nicht weiter. Wir wollen doch alle dasselbe.«

Seltsamerweise musste Ina an Marlene denken. Auch wenn der Suizidversuch der Bäckersfrau nicht mit der Brandstiftung an Bobbys Haus zu vergleichen war, hatten die beiden Fälle dennoch eine Gemeinsamkeit: zwei beliebte Bewohner des Darß waren innerhalb eines kurzen Zeitraumes knapp dem Tod entronnen.

Und Ina kannte beide.

»Was, wenn ich das Ziel war?«, sagte sie.

»Danke für das Angebot«, erwiderte Witte. »Es liegt auf der Hand, dass ein schwer Gestörter es auf Sie abgesehen haben könnte.«

»Moment mal. Das hört sich ja an, als würden meine Patienten mich hassen.«

»Haben Sie das eben nicht selbst indirekt eingeräumt?«

»Keineswegs. Meine Bemerkung bezieht sich vielmehr auf das Auto, das mir vor ein paar Tagen gefolgt ist. Das glaube ich jedenfalls. Ein schwarzes Fiat Coupé. Allerdings habe ich den Wagen auf der Fahrt zu Bobbys Haus nicht bemerkt.«

»Haben Sie sich das Kennzeichen notiert?«

»Nein, ich ... Ich habe das Fahrzeug nicht als Bedrohung empfunden, außerdem hat es die ganze Zeit ausreichend Abstand gehalten.«

»Das Fahrzeug selbst tut gar nichts. Es zündet keine Häuser an, und es verfolgt auch niemanden. Für gewöhnlich tun das eher die Insassen. Fährt einer Ihrer Patienten einen solchen Fiat?«

Ina schnaufte. »Die Frage nach dem jeweiligen Fahrzeugtyp ist nicht Teil der Anamnese.«

»Geschlecht, Alter, Körpergröße des Fahrers?«

»Ich habe nur Umrisse gesehen. Wie gesagt, es war zu weit weg.«

»Das spricht dafür, dass der oder die Insassen unerkannt bleiben wollten. Und das wiederum spricht dafür, dass Sie sie kennen.«

Wittes Schlussfolgerung war nicht ganz von der Hand zu weisen, das musste Ina einräumen. Doch wer von ihren Patienten käme in Frage? Bemerkt hatte sie den Fiat erstmals nach der Therapiestunde mit Marlene in der Kirche.

Sie dachte an Gerd Adamski. Aber das war dünn, sehr dünn sogar. Einer labilen Suizidpatientin die Polizei ins Haus zu schicken, nur aufgrund eines losen Verdachts gegen ihren Ehemann? Abgesehen davon fuhren die Adamskis keinen Fiat, sondern einen Audi, und Ina war sich ja nicht einmal sicher, ob sie überhaupt verfolgt worden war.

»So«, seufzte Witte laut und gedehnt. »Dann müssen wir bloß noch über die Möglichkeit sprechen, dass der Anschlag gleichermaßen dir, Bronny, und Ihnen, Frau Bartholdy, galt.«

»Gleichermaßen?«, fragte Ina und wechselte einen irritierten Blick mit Bobby, dem es nicht anders erging als ihr.

Ina begriff, worauf Witte hinauswollte. Bobby hatte versucht, es geheim zu halten, aber sie hatte dennoch mitgekriegt, dass er sich konsequent von jenen Freunden trennte, die ihn von Ina abbringen wollten oder dumme Sprüche machten. Einige wollten sich nur noch mit ihm treffen, wenn Ina nicht dabei war, andere dachten genauso, posaunten es aber nicht herum, sondern mieden fortan den Kontakt zu ihrem Freund.

Bobby richtete sich halb auf. »Ich schwöre dir, Witte, wenn du noch ein Wort sagst, dann bringe ich dich um. Wenn nicht heute, dann morgen.«

Als Ina ein paar Türen weiter das Krankenzimmer ihrer Tochter betrat, lagen Stefanie und Christopher nebeneinander auf dem Bett und sahen sich Musikclips im Fernsehen an. Sie waren nicht gerade eng umschlungen – sie unter, er auf der Bettdecke –, aber immerhin fast Wange an Wange. Sie knabberten Lakritze, tranken Cola und kicherten, was das Zeug hielt. Sobald Christopher Ina bemerkte, hatte er es allerdings ziemlich eilig aufzustehen.

»Hallo, Frau Bartholdy«, sagte er mit zittriger Stimme. »Schön, dass Sie wieder … dass es Ihnen gut geht.«

»Danke, Christopher.«

»Ich wollte nur mal kurz nach Stefanie sehen. Das ist doch okay, oder? Stefanie hat Ihnen ja gesagt, dass wir … dass wir uns manchmal treffen.«

Als Patient hatte Christopher keinen sonderlich großen Respekt vor ihr gezeigt. Er war nie wirklich unfreundlich gewesen, aber sehr direkt, wenn ihm etwas nicht gepasst hatte. Trotz seines leicht mürrischen Wesens, das sicherlich mit dem Verschwinden seiner Mutter zu tun hatte, war Ina gut mit ihm ausgekommen. Mit diesem respektvollen, höflichen Teenager hier im Krankenhaus kam sie hingegen weniger gut klar, weil er als Freund ihrer Tochter vor ihr stand. Für Ina war das ein fremdartiges Gefühl, hatte sie bisher doch immer die Patienten von ihrem Privatleben im Allgemeinen und ihrer Familie im Speziellen getrennt.

»Natürlich ist es okay«, antwortete Stefanie demonstrativ, als Ina nicht sofort reagierte.

Jeder Einwand, den Ina vorgebracht hätte, wäre nicht nur den beiden Jugendlichen kleinkariert vorgekommen, sondern ein wenig auch ihr selbst. In Schwerin hatte sich diese Problematik, vor der sie jetzt stand, nie ergeben. Es war wohl nur eine Frage der Zeit gewesen, wann sich in einem so überschaubaren Gebiet wie dem Darß und seinen angrenzenden Gemeinden mal eine Verquickung von beruflicher und privater Welt ergeben würde.

»Ich habe nichts dagegen«, sagte sie schließlich an Christopher gewandt. »Aber ich werde mit deinem Vater darüber reden.«

»Och Mama, das ist so was von uncool!«, rief Stefanie.

»Versteh doch. Ich werde nicht als deine Mutter mit ihm reden, sondern als Therapeutin seines Sohnes. Und das muss ich tun.«

»Es ist trotzdem uncool.«

»Ich wäre die erste Mutter, von der ihre Tochter behauptet, sie sei immer cool.«

Daniel Trebuths wunderschönes Haus war in Traurigkeit gehüllt. Auch ohne das Schicksal der Familie zu kennen, konnte man die Melancholie bereits beim Betreten des Grundstücks geradezu mit Händen greifen. Die Blumen ließen die Köpfe hängen, manche waren bereits unrettbar verloren, und die Blätter der Sträucher hingen blass und schlaff von den Zweigen. Der Rasen war seit bestimmt einem Jahr nicht gemäht worden. Ein völlig verschmutzter Ball lag inmitten wuchernder Sträucher, deren Zweige wild nach allen Seiten griffen. Die Terrassenmöbel schienen während des letzten Winters nicht zugedeckt worden zu sein, und würden es im bevorstehenden Winter wohl wieder nicht. Die Hälfte der Fensterläden sperrte die Sonne des herrlichen Septembertages aus.

Vor der Haustür lagen an die fünfzig Zigarettenstummel, und als Daniel Trebuth die Tür öffnete und Ina ein Hallo entgegenhauchte, gab es keinen Zweifel mehr, von wem die Stummel stammten.

»Bitte kommen Sie doch herein.«

Seine mittellangen braunen Haare waren zerzaust, die Gläser seiner Schubertbrille ziemlich schmutzig, und seine Augen waren wie die Spiegel der zerfallenden Welt, in der er lebte. Er spielte gerade mit seiner kleinen Tochter ein Brettspiel.

»Hallo, Felicia. Kennst du mich noch?«, fragte Ina.

»Ja. Du bist die, mit der Christopher immer sprechen tut.«

»Das stimmt. Wie geht es dir?«

»Ganz gut. Guck mal.« Über die Hand zog das Mädchen sich eine bestickte Socke, die ein Gesicht hatte und rote Haare. Mit der unterhielt sie sich, während ihr Vater hinter ihr stand und weinte, ohne dass sie es bemerkte.

»Sehr schön, Felicia«, sagte Ina. »Das hat mir gefallen.

Hast du was dagegen, wenn ich mit deinem Papa kurz in die Küche gehe?«

Die Kleine schüttelte den Kopf, sodass ihre Zöpfchen hin und her flogen.

»Aber nicht schummeln«, sagte Daniel Trebuth mit tränenerstickter Stimme und holte sich ein kleines Lächeln seiner Tochter ab.

Die Küche war mit weißen Landhausmöbeln eingerichtet, nostalgisch, feminin und detailverliebt. Ein handbemalter Apothekerschrank war der Blickfänger. Durch die offene Terrassentür strömte frische, milde Seeluft herein. Zugleich war dieser Raum der einzige im ganzen Haus, den Daniel Trebuth penibel sauber und aufgeräumt hielt.

Er bot Ina einen Platz am Küchentisch an, stellte Butterkekse vor sie hin und brachte Kaffee in zwei Tassen, wie man sie in Uromas Vitrine und auf Flohmärkten findet.

»Arabische Mischung. Jette hat keinen anderen Kaffee getrunken.«

»Er ist sehr gut. Herr Trebuth, ich bin hier, weil …«

»Ich weiß, Christopher hat es mir heute Morgen schon erzählt. Na ja, erzählt ist nicht das richtige Wort. Er hat geschrien, während er es mir erzählte.«

»Ist sein Verhältnis zu Ihnen noch immer so angespannt?«

»Solange die Leute allen möglichen Kram zusammenquatschen, was seine Mutter angeht. Er gibt mir die Schuld an den Gerüchten.«

»Vielleicht sogar am Verschwinden Ihrer Frau. Gibt es da Neuigkeiten?«

»Nein, wieso? Glauben Sie etwa, dass ich meine Frau umgebracht habe?«

Die Frage haute Ina fast vom Stuhl. »Ich wäre wohl kaum hier, wenn ich das annehmen würde.«

Er nahm die Brille von der Nase und rieb sich heftig die Augen. Binnen Sekunden verzog er das Gesicht zu einer tragischen Grimasse, die unter stimmlosen, kurzen Seufzern zuckte. Ina tröstete ihn, so gut sie konnte, aber sie vermochte ihm die Last, die er trug, nicht abzunehmen. In seinem genau wie in Christophers Fall musste etwas verarbeitet werden, das weder einen Namen hatte noch ein absehbares Ende. Hinterbliebene können wenigstens um jemanden trauern, und auch Verlassene haben die Möglichkeit zum Neuanfang. Aber wie soll man mit der ewig nagenden Ungewissheit zurechtkommen? Jeden Tag konnte eine Horrormeldung eintreffen – oder die reumütig zurückgekehrte Jette Trebuth.

»Sie sind Ihren Kindern ein guter Vater. Sie kümmern sich um Felicia und haben Christopher zu mir in die Therapie geschickt. Aber wie steht es um Sie?«

»Ich brauche keine Therapie«, erwiderte er vehement.

»Das sehe ich zwar anders, aber ich will Sie nicht bedrängen. Zumindest sollten Sie eine Art Selbsttherapie versuchen. Zum Beispiel wäre es eine gute Idee, zusammen mit Ihren Kindern den Garten wieder in Schuss zu bringen, wozu jeder etwas beitragen kann. Vielleicht nehmen Sie sogar eine Umgestaltung an der einen oder anderen Stelle vor, auch was die Wohnungseinrichtung angeht. Es wäre ein Zeichen an die Familie, dass das Leben weitergeht und dass Sie neue, eigene Akzente setzen, die Sie mit den beiden gemeinsam entwickeln.«

Er räumte seine Tasse und die Kanne vom Tisch. »Ach ja, wegen Ihrer Tochter … Es stört mich nicht, wenn die beiden sich treffen. Auf diese Weise ist Christopher sozusagen bei Ihrer ganzen Familie in Therapie. Ich habe Sie ausgesucht, weil Sie nicht weit weg wohnen, und Sie kommen offensichtlich ganz gut mit meinem Jungen zurecht. Alles andere ist mir egal. Und jetzt möchte ich Felicia nicht länger warten lassen.«

Vierzehn Monate zuvor

Der Friedhof in der Nähe des kleinen Dorfes auf Rügen war menschenleer. Die Leute besuchten ihre Verstorbenen normalerweise am Wochenende oder tagsüber, daher hatte Bodo den frühen Montagmorgen gewählt. Er wollte mit Nelli allein sein, besser gesagt mit seinen Erinnerungen an sie. Auf keinen Fall wollte er Nellis Eltern begegnen. Schlimm genug, dass er mit ihren diversen Hinterlassenschaften auf der Grabstätte konfrontiert war.

An sich war das Grab schön gestaltet: schlicht, mit einer hellgrauen, grob strukturierten Platte. Nelli hätte das gefallen. Was ihr ganz und gar nicht gefallen hätte, waren die unzähligen Püppchen, Stofftierchen und Windräder aus Plastik, ganz so als wäre sie im Alter von sieben Jahren gestorben. Jeden Montag fand Bodo ein weiteres Kitschobjekt auf dem Grab vor, und ein anderes war dafür verschwunden, zernagt von der Nässe. Obwohl er manchmal die Versuchung spürte, den ganzen Kram wegzuwerfen, beließ er alles so, wie es war. Nelli war tot, das allein zählte. Einer Toten konnte nichts mehr gefallen, nichts mehr missfallen.

Bodo sprach oft mit Nelli, wenn er an ihrem Grab stand, auch wenn er nicht glaubte, dass sie ihm zuhörte. Er war

Atheist. Es gab keinen Himmel, von dem aus sie auf ihn hinabblickte. Nelli war im Nichts, sie war fort, endgültig. Sie konnte ihm auf seine Fragen hin keine Ratschläge mehr geben, ihm weder zustimmen noch widersprechen. Er führte Selbstgespräche auf einem Friedhof, das war alles. Und doch konnte er es nicht lassen.

Die Erkenntnis, dass sein Leben nie mehr so sein würde, wie es einmal gewesen war, verursachte einen ständigen Schmerz, der ihn manchmal fast verrückt werden ließ. Trotzdem versuchte er, nicht ausschließlich in der Vergangenheit zu leben. Er hatte in letzter Zeit manches geändert und entschieden, was Nelli vielleicht nicht gutheißen würde. Beispielsweise trug er keine Cowboystiefel mehr – Nelli hatte sie sehr gemocht. Freunde lud er nur noch äußerst selten zu sich nach Hause ein, während Nelli andauernd kleine Feste in ihrer oder seiner Wohnung organisiert hatte. Nicht zuletzt: Er hatte einen Mann entführt. Das hätte Nelli niemals toleriert. Dennoch war sie gewissermaßen daran beteiligt, dass es überhaupt dazu gekommen war.

Nach Abzug der Erbschaftssteuer hatte sie ihm dreißigtausend Euro hinterlassen, die sie von ihren Eltern im Laufe der Jahre geschenkt bekommen hatte. Dieses Geld hatten die beiden von ihm zurückgefordert. In der ersten Phase nach Nellis Tod hätte er es ihnen anstandslos gegeben. Sein Leben lag in Trümmern, was kümmerte ihn da Geld? Er trank zu viel, ging nicht mehr zur Arbeit, hockte nur noch vorm Fernseher und vor dem Computer oder lümmelte einfach nur herum. Die Erbschaft war ihm völlig egal. Doch Nellis Eltern behandelten ihn schäbig, stellten ihn als Erbschleicher hin. Sie hatten ihn nie gemocht, wieso auch immer. Vielleicht weil er nur einen Realschulabschluss hatte? Oder weil er früher mal eine Mechanikerlehre gemacht hatte? Für Leute aus gewissen Kreisen galt das ja als geradezu vulgär.

Jedenfalls kam es wegen des Erbes zum Streit, und Nellis Eltern fochten das Testament an. Es dauerte zwei Jahre, bis die Sache zu Bodos Gunsten entschieden wurde, zwei Jahre, in denen er zu diesen dreißigtausend Euro ein ganz anderes Verhältnis bekam. Sie waren alles, was ihm von Nelli geblieben war, außer den Erinnerungen und ein paar Fotos natürlich. Das Übrige hatten ihre Eltern an sich gerissen: die Möbel aus ihrer Wohnung, den Schmuck, jedes Shirt, jeden Schal und jede Haarspange, sogar ihre zwei Katzen, Angel und Ghost. Und natürlich die Grabgestaltung.

Niemals wäre es Bodo eingefallen, das Geld anzurühren. Erstens verdiente er genug, um seinen Lebensunterhalt zu bestreiten, und zweitens durfte Nellis Geld nicht in neuen Winterreifen, Großbildfernsehern und Couchgarnituren aufgehen. Einige seiner Freunde hänselten ihn, er sei schon wie ihre Omas und Opas, die aus ihrem Sparkonto einen heiligen Gral machten. Er ließ sie spotten. Vielleicht, so dachte er damals, würde er eines Tages mit den dreißigtausend Euro etwas kaufen, das zum einen auch Nelli gefallen und zum anderen Bestand hätte. Zum Beispiel eine Streuobstwiese. Nelli hatte Wiesen mit alten Baumbeständen sehr gemocht. Oder ein Segelboot, das er nach ihr benennen würde.

Irgendwann auf einem Feuerwehrfest, bei dem Gerd Adamski das Kuchenbüffet gespendet hatte, wies ihn der Bäcker darauf hin, dass Geld auf einem normalen Sparkonto in diesen Zeiten immer weniger werde. Ein halbes Prozent

Zinsen bei einem Prozent Inflation führe zwangsläufig zu einem schrumpfenden Vermögen. Bodo machte sich schlau, und es stimmte. Die Vorstellung, Nellis Geld könnte von so etwas Abstraktem wie der Inflation aufgefressen oder zumindest angenagt werden, ließ ihn unruhig werden. War die Zeit für den Kauf einer Wiese oder eines Bootes gekommen? Gerd Adamski riet ihm etwas anderes. Er kenne da jemanden …

Jener Tag, an dem Bodo erfahren hatte, dass die ganzen dreißigtausend Euro wegen der Insolvenz einer Hongkonger Bank vernichtet waren, war der schlimmste seit Nellis Tod. Es kam ihm vor, als wäre sie ein zweites Mal gestorben.

Finanziell traf ihn der Verlust kaum, schließlich hatte er Rücklagen. Aber das war Nellis Geld. Das ließ sich nicht einfach durch eine Umbuchung von seinem auf das Erbschaftskonto wiederbeschaffen.

Alwin Töller hatte noch nicht einmal den Anstand gehabt, ihm den Verlust in einem persönlichen Gespräch mitzuteilen, er tat es noch nicht mal telefonisch. Was war das bloß für ein Feigling, der lediglich einen Brief schickte, in dem er die Leute über das Ende ihrer Hoffnungen informierte? Der sich noch nicht einmal entschuldigte, obwohl die Bank, die er zuvor als »so sicher wie die Deutsche Bank« angepriesen hatte, von einem Tag auf den anderen nicht mehr existierte?

Natürlich war Bodo zunächst den Rechtsweg gegangen. Am Ende des Prozesses war er jedoch zu der Auffassung gelangt, dass die Justiz dieses Landes eine gutmütige, überforderte Mutter mit vielen Kindern war, die mit Glück eine Missetat entdeckte, während hinter ihrem Rücken zwei weitere begangen wurden, für die sie keine Beweise fand. Man konnte sich auf den Standpunkt stellen, dass das gar nicht so übel sei, schließlich war die Justiz in anderen Ländern mitunter eine Säuferin, die gleichgültig zusah, wie ihr neuer Macker die Kinder schlug. Aber so funktionierte das nicht. Der Maßstab war immer die Mutter, mit der man aufwuchs, und nicht jene ein paar Straßen weiter.

Was tat man, wenn die eigene Mutter einem nicht helfen konnte? Man hatte sie weiter lieb und half sich selbst.

Bodo sah auf die Uhr. Schon neun durch. Bevor er den Friedhof verließ, um zurück auf den Darß zu Töllers Haus zu fahren, legte er die Hand auf die Grabplatte und verharrte eine Weile.

»Bis nächste Woche.«

Was Bodo jeden Tag mehrere Stunden lang an Töllers Schreibtisch machte, war für ihn Schwerstarbeit. Zunächst einmal musste er alle Anfragen beantworten, die die Kunden per Mail an den Vermögensberater gerichtet hatten. Bodo hatte die Anleger gleich nach der Entführung per E-Mail-Rundschreiben darüber informiert, dass er – also Töller – in nächster Zeit telefonisch nicht erreichbar sei, sehr wohl aber online. Er sei unterwegs, um neue Anlagen in Asien aufzutun, die laufenden Geschäfte würden selbstverständlich nicht darunter leiden, er werde alle Anfragen zeitnah bearbeiten, immer für sie da sein und ähnliches hohles Blablabla. Auch jene Anfragen, die auf dem Anrufbeantworter landeten, beantwortete Bodo ausschließlich auf elektronischem Weg.

Und das konnte dauern. Nicht die Anzahl der Mails war das Problem, sondern Stil und Wortwahl. Die typische Sprache eines Vermögensberaters, eines Business-Typen, wie er es nannte, war ihm völlig fremd. Alles musste viel größer klingen, als es eigentlich war. Dazu musste er Fremdwörter und Fachbegriffe benutzen, die er sich mühsam aus einem Online-Börsenlexikon heraussuchte, und selbstverständlich mussten sie passen. Obwohl die Entführung nicht länger als ein paar Tage dauern sollte, wollte er Töller bestmöglich ersetzen, um keinen Verdacht aufkommen zu lassen. Sollte man Lufthansa-Aktien kaufen oder abstoßen? Wie sah es mit litauischen Staatsanleihen aus? Lohnte sich derzeit der Kauf von Silber? Er googelte die verschiedenen Themen, machte sich einen Reim darauf und antwortete prompt. Bisher hatte er nicht den Eindruck, dass er seine Sache schlechter machte als Alwin Töller, der Experte.

Bodo benutzte den vorhandenen Laptop, um die Banken- und Finanzplattformen aufzurufen, über die der Vermögensberater seine Geschäfte abwickelte. Mittels der Passwörter gelangte er in die entsprechenden Depots. Töller kaufte und verkaufte darüber Aktien, Anleihen und Devisen, eigentlich Finanzprodukte jeder Art, auch solche, von denen Bodo noch vor einem halben Jahr nie etwas gehört hatte.

Die entscheidende Frage für Bodo war, wie er aus den Depotbeständen Geld machen oder, um es im Jargon der Finanzwelt zu sagen, Geld generieren konnte. Allerdings war ein Problem aufgetaucht, mit dem Bodo vorher nicht gerechnet hatte.

An der Höhe der diversen Bestände lag es nicht. Tausende, Zehntausende, Hunderttausende, wenn nicht Millionen, sofern er alle Depots zusammenrechnete, Euro, Dollar, Yen und dergleichen bewegten sich rauf und runter, hin und her, je nach Kurs. Die meisten Geschäfte funktionierten automatisch, da Töller die entsprechenden Käufe und Verkäufe voreingestellt hatte. An einigen Stellen ploppten Erinnerungen oder Erledigungsvermerke auf, auch Empfehlungen kamen herein. Der fallende Preis für Mais, den neunzig Prozent der Menschheit sicher begrüßten, löste in einem der Depots eine Alarmmeldung aus.

Es wäre ein Leichtes gewesen, einzelne Posten zu verkaufen und das frei werdende Geld auf Töllers Referenzkonto umzubuchen, dessen Passwort Bodo ebenfalls kannte. Von dort könnte er die Summe auf eines der privaten Girokonten des Vermögensberaters transferieren. Da er unter anderem die Geheimzahl von einer der Platin-Kreditkarten Töllers gefunden hatte, brauchte er nur jede Woche an verschiedenen Geldautomaten Beträge abzuheben und das extrem hohe Limit auszuschöpfen. Allein in einer Woche kämen auf diese Weise gut zweihunderttausend Euro zusammen.

ZWEIHUNDERTTAUSEND. In ein paar Tagen wäre der Spuk vorbei, genau wie sie es geplant hatten, und sie könnten Töller freilassen. Wer seine Entführer war, wusste der Vermögensberater nicht. Da alle Abhebungen in bar erfolgen würden, hätte die Polizei keine Spur, natürlich nur unter der Voraussetzung, dass keiner von ihnen so blöd sein würde, das Geld auf ein inländisches Konto einzuzahlen. Denn die Behörden würden mit Sicherheit als Erstes die von Töller enttäuschten Kunden überprüfen. Das war auch der Grund, weshalb Bodo sämtliche Vorgänge von Töllers eigenem Computer und Internetanschluss steuerte. Damit war der Polizei ebenfalls kein Anhaltspunkt gegeben. Selbstverständlich trug Bodo die ganze Zeit über Handschuhe, während er in Töllers Haus war. Falls sie doch ein Haar von ihm finden würde, ließe sich das ganz leicht erklären, immerhin war Bodo damals bei Abschluss der Geldanlage schon einmal hier gewesen. Das war zwar lange her, aber so ein Haar konnte sich schon einmal im Teppichboden verfangen. Überdies gab es eine ganze Reihe weiterer enttäuschter und somit verdächtiger Kunden. Bodo war einer von rund einhundert. Vielleicht hatten ein paar der anderen hier auch ein Haar verloren.

Sie hatten wirklich an alles gedacht.

Nur an eines nicht.

Bodo zückte sein Handy und wählte die Nummer der Adamskis. »Hi, Marlene. Es gibt hier ein Problem, und zwar ein richtig großes.«

Nachdem das Gespräch beendet war, kraulte er Flocke, der auf seinem Schoß saß. »So, mein Kleiner, wir haben genau zwei Stunden Zeit zum Schmusen und Spielen.«

Marlene ging durch Töllers Haus wie durch ein Museum. Eigentlich gab es dort nichts Besonderes zu sehen, und genau das beschäftigte sie. Die Cornflakes im Küchenschrank, der in der Fernsehzeitung markierte Spielfilm mit Til Schweiger, den Töller sich hatte anschauen wollen, die Orchideen auf dem Fensterbrett, die denen bei ihr zu Hause ähnelten – das war alles so alltäglich. Trotzdem studierte sie einzelne Gegenstände, als seien es seltene, nie gesehene Exponate. Die Plattensammlung zum Beispiel: Herbert Grönemeyer, Reinhard Mey, Udo Jürgens. »Über den Wolken« und »Griechischer Wein«, das hörte sie selber gerne. Oder die Kollektion von

Filmen: *Doktor Schiwago*, alle drei Teile von *Sissi*, Streifen mit Doris Day und Rock Hudson – genau ihr Geschmack. Dabei war Alwin Töller für sie alles andere als normal, er war ein Mann mit krimineller Energie, ein Täuscher und Betrüger, und sie hatte sich die Wohnung von so einem irgendwie anders vorgestellt, ohne Orchideen, Udo Jürgens und Doris Day.

Selbst wenn er nur ein bisschen wie sie war, war sie dann nicht auch ein bisschen wie er? Wieder nistete sich, wie so oft, ein Zweifel in ihrem Herzen ein, dass das, was sie ihm antaten, gerechtfertigt war. Marlene konnte es nicht verhindern, dass er, seit die Entführung im Gange war, jeden Tag ein wenig mehr auf jenes Maß zusammenschrumpfte, das er am Anfang ihres Kennenlernens gehabt hatte.

An ihre erste Begegnung mit Alwin Töller konnte sie sich kaum noch erinnern. Er hatte eines Spätnachmittags zusammen mit Gerd auf der Couch im Wohnzimmer gesessen. Sie war in Eile gewesen, ein Auftritt mit dem Chor stand an. Ein flüchtiger Händedruck, ein Lächeln, das war's. Sie hatte den Mann für einen Versicherungsvertreter gehalten, jedenfalls sah er aus wie einer, und auch die auf dem Tisch liegenden, in Leder gebundenen Mappen sprachen dafür. Sie war froh gewesen, dass er offenbar zu den alten Hasen seiner Zunft gehörte und nicht zu den jungen Füchsen, die einem sonst was andrehten.

Kaum war sie aus dem Haus, vergaß sie ihn wieder, bis er einige Wochen später in die Bäckerei kam. Einen Plunder, eine Nussecke und ein Mandelhörnchen kaufte er und verzehrte alle drei Backwaren an dem Stehtisch in der Ecke. Sie selbst schenkte ihm Kaffee ein und wechselte ein paar Worte mit ihm. Er war ziemlich beleibt, wirkte sehr gemütlich, humorvoll, harmlos.

Hätte es etwas geändert, wenn sie Töller nicht abermals vergessen, sondern Gerd auf ihn angesprochen hätte? Tausendmal schon hatte sie sich diese Frage gestellt. Von jeher kümmerte Gerd sich um ihre privaten Finanzen. Zwar machte Marlene die Buchhaltung für die Bäckerei, aber wenn es um Versicherungen und Geldanlagen ging, hielt sie sich völlig heraus. Es hatte keinen Grund für sie gegeben nachzufragen.

Und dann kam der Tag, an dem der freie Anlageberater Alwin Töller von einem Irgendjemand zu einem ihr Schicksal bestimmenden Menschen wurde. Es war der Tag, an dem Gerd ihr gestand, dass all ihr Geld verloren war, das gesamte Ersparte und Ererbte aus vierzig Jahren Ehe und fünfundzwanzig Jahren Bäckerei. Zweihundertelftausend Euro.

Wochenlang hatte sie sich übergeben, alle paar Stunden, auch nachts. Hatte fast nichts gegessen. Hatte ihren Schutzengel angefleht. Nichts anderes konnte sie mehr denken als: Das Geld ist weg, ist weg, weg, weg.

Eigentlich ging es ihr gar nicht um das Geld, es war nie darum gegangen, auch als es noch da gewesen war. Nun ja, keiner verlor gerne sein Erspartes, für viele Menschen bedeutete es Sicherheit. Für Marlene jedoch nicht. Sie und Gerd hatten ein schuldenfreies Haus und die ebenfalls unbelastete Bäckerei, außerdem hatten sie all die Jahre freiwillig in die Rentenkasse eingezahlt, wenn auch nicht sonderlich viel. Zusammen brächten sie es auf eine Rente von eintausendvierhundert Euro monatlich. Das war doch immerhin etwas. Es würde ihnen auch ohne das Ersparte nicht schlecht gehen, wenn sie sich in zwei, drei Jahren zur Ruhe setzten.

»Nicht schlecht gehen«, murmelte Marlene, während sie weiter durch Töllers Wohnung schlenderte.

Immer hatte sie gearbeitet, vom siebzehnten Lebensjahr bis in die Gegenwart. Seit einem Vierteljahrhundert war sie nicht mehr richtig in Urlaub gefahren, nur mal drei Tage ins Erzgebirge, nach Berlin oder in den Schwarzwald. Sie träumte von einer vierwöchigen Kreuzfahrt, von einem schicken Abendessen im Salonwagen des Orient-Express, von einer ausgiebigen Kur in Marienbad. Sie brauchte keinen teuren Schmuck, keine Kleider von Dior und auch kein großes Auto. Sie war eine Frau ohne jede Neigung zu luxuriösem Besitz. Aber schöne, unvergessliche Momente, danach sehnte sie sich. Sie und Gerd hatten weder Kinder noch Nichten und Neffen, daher war für Romy eine gewisse Summe zurückgelegt. Der große Rest jedoch war für besondere Tage und Stunden da, für Spaziergänge über die Champs-Élysées und Gondelfahrten in Venedig.

War dazu da? Wohl eher gewesen, dachte sie. Das Geld wäre dafür da gewesen. Doch es war weg.

War es so?

Während Gerd mit Hilfe eines Rechtsanwalts versucht hatte zu retten, was zu retten war, beschäftigte Marlene sich ein wenig mit der Thematik und stellte fest, dass das Geld im Grunde gar nicht weg war. Es war nur woanders. Keiner hatte es verbrannt, keiner hatte es die Kloschüssel hinuntergespült. Ein Termingeschäft war geplatzt, der Weizenpreis war gestiegen, obwohl er hätte fallen sollen, und eine asiatische Bank, von der sie Anteile besessen hatten, war pleitegegangen. Von diesem verpatzten Termingeschäft, ebenso wie von der Bankenpleite, hatten jedoch andere Leute profitiert, und irgendwo auf der Welt rieben sich irgendwelche Börsenhaie und Multimillionäre die Hände über einen großartigen Profit.

Dieser Gedanke machte Marlene regelrecht krank, und sie wünschte sich, nicht so genau nachgeforscht zu haben. Denn von nun an wurde sie von hässlichen Bildern verfolgt, und zwar Tag und Nacht. Sie stellte sich vor, wie ein russischer Oligarch seiner neuen Gespielin eine Handtasche von Louis Vuitton kaufte, mit dem Geld, das Marlene für die Kur in Marienbad eingeplant hatte. Oder wie ein Londoner Broker sich gleich mehrere Maßanzüge von Armani schneidern ließ, von Marlenes Geld für den Orient-Express. Ihre Träume zerbröselten und verwandelten sich in die Designersofas, die Ohrringe und den Weinbestand anderer Leute.

In Gedanken versunken hatte sie einen der Filme in die Hand genommen, *Kleopatra* mit Liz Taylor, und geöffnet. In der Hülle befand sich jedoch eine DVD mit dem Titel Miss *Big Big Boop 7*, und das aufgedruckte Bild zerstreute jeden Zweifel, womit man es zu tun hatte. Sofort stellte sie die Hülle zurück. Ihr Blick fiel auf eine Fotowand. Die größte Aufnahme zeigte Töller und ein paar weitere Anzugträger, die sich im Foyer eines schicken Hotels mit Rotwein zuprosteten. Auch auf den Fotos in den kleineren Rahmen war er stets der Mittelpunkt: Töller beim Hochseeangeln, Töller mit seiner neuen Luxuskarosse, Töller auf dem Golfplatz. So lange war das alles noch gar nicht her.

Genau so etwas hatte sie sich von dem Besuch in seinem Haus erhofft. Da war er wieder, der Bonze, der ihr beinahe abhandengekommen wäre. Während Marlene sich damals die Seele aus dem Leib gespuckt hatte, war es ihm ganz offensichtlich prächtig gegangen.

Was hatte dieser schamlose Betrüger sie neulich noch mal im Keller gefragt? *Was habe ich Ihnen denn getan?*

»Du hast meinen Mann belogen«, sagte Marlene, den Blick auf das Foto gerichtet, auf dem Töller stolz einen gefangenen Schwertfisch präsentierte. »Hast ihm vorgegaukelt, dass es kein Risiko gibt, sondern nur Vorteile. Hast ihm verschwiegen, dass man mit diesen dämlichen Zertifikaten alles verlieren kann. Gut, er war so blöd, darauf reinzufallen, er hat sich nicht richtig informiert und auch das Kleingedruckte nicht gelesen. Aber wenn ich so blöd bin, nachts durch den Park zu laufen, und ein Bauchaufschlitzer streckt mich nieder – ist der dann auch aus dem Schneider, und ich bin selbst schuld? Mit dem Unterschied, dass man die kleinen Gauner und Bauchaufschlitzer irgendwann kriegt. Nur ihr Manager und Finanzheinis, ihr wurstelt euch immer raus. Dabei zerstört ihr nicht weniger Leben, nur nicht so blutig.«

»Marlene, wo bist du denn?«, rief Gerd quer durch die Wohnung. »Bodo will uns was geben.«

Während Marlene durch die Räume gestreift war, hatte ihr Mann Bodo darüber informiert, dass es mit Giovanni nun einen weiteren Mitwisser gab. Ganz bestimmt hatte er Bodo dahingehend zu beeinflussen versucht, dass Giovanni bei ihrem Coup auf keinen Fall das Heft in die Hand nehmen durfte. Wenn Gerd eines nicht leiden konnte, dann nicht mehr der Chef zu sein. Von einem Jungspund mit Goldkettchen und dicker Hose wollte er sich den Fortgang »seiner« Entführung schon gar nicht vorschreiben lassen. Deswegen waren die Adamskis auch ein bisschen früher eingetroffen als vereinbart.

»Guck mal, Marlene. Bodo hat uns sechstausend Euro gebracht«, erklärte Gerd freudestrahlend, als hielte er bereits die komplette verlorene Summe in der Hand.

»Mehr war heute leider nicht drin«, entschuldigte sich Bodo. »Das hängt mit dem Problem zusammen, von dem …«

»Mach dir darüber mal keinen Kopf, mein Junge. Ist doch ein guter Anfang. Das wären dann also viertausend für Marlene und mich, eintausendzweihundert für Daniel, fünfhundert für dich und dreihundert für Romy, ungefähr entsprechend der Verluste, die jeder von uns hatte.«

»Ich finde, dass jedem eintausendfünfhundert zustehen«, widersprach Bodo. »Schließlich tragen wir alle dasselbe Risiko.«

»Berechnungsgrundlage bei der Verteilung ist der Streitwert, nicht das Risiko.«

»Hat Gott das in Stein gemeißelt, oder kann man darüber diskutieren?«

»Bei einer Insolvenz wird das mit der Ausbezahlung der Gläubiger auch so gehandhabt.«

Bodo holte tief Luft. »Gerd, wir reden hier von einer Entführung, nicht vom Bürgerlichen Gesetzbuch.«

»Nein, nein, so hat das seine Richtigkeit«, bügelte der Bäcker die Einwände ab. »Hab ich's nicht gesagt, Marlene? Hab ich nicht gesagt, dass es klappen wird? Und weil Bodo alles am Automaten abhebt, hat die Polizei später keine Fährte. Super, oder? Du hast doch keine Spuren hinterlassen, Bodo?«

»Nein, ich hab aufgepasst. Am Automaten habe ich ein Käppi getragen, die Kameras haben mein Gesicht nicht erfasst.«

»So ist es richtig«, sagte Gerd. »Immer gut aufpassen, das ist das A und O. Und öfter mal den Automaten wechseln. Mal nach Rostock fahren, mal nach Rügen oder Wismar oder so. Damit die später keine Rückschlüsse ziehen können.«

»Ich bin ja nicht blöd.«

»Ich sag's lieber einmal zu oft.«

»Wohl eher zehnmal zu oft. Aber jetzt müssen wir über das Problem sprechen, wegen dem ich euch gerufen habe«, sagte Bodo und deutete auf den Computer.

»Okay, zeig her«, sagte Gerd großspurig, denn er kannte sich mit Computern in etwa so gut aus wie mit Astrophysik.

»Hier, sieh mal. Auf Töllers deutschem Privatkonto liegen nur fünfundzwanzigtausend Euro, besser gesagt, jetzt nur noch neunzehntausend. Für mehr müsste ich Geld von seinen Depots flüssigmachen und umbuchen.«

»Na, dann mach das doch. Du hast doch hoffentlich das Passwort geknackt?«

»Das Passwort hab ich, bloß... Vielleicht erleiden Töllers andere Kunden dadurch einen Schaden. Wenn ich die Depots auflöse, um das Geld für uns verfügbar zu machen, dann handelt es sich im Grunde um das Geld der aktuellen Anleger, oder nicht?«

»Hä?«, fragte Gerd.

Bodo unternahm einen neuen Anlauf. »Ich meine, wir sollten vorher ganz sicher sein, dass wir bei der Aktion niemanden schädigen, der nichts für unsere Situation kann. Hinter den einzelnen Anlagen, also den Käufen und Verkäufen, stehen nicht nur die Vorgangscodes, sondern auch die Namen. Hier, siehst du: Karin Müller, Friedrich Sommer, Vera Steingruber...«

»Vera Steingruber«, warf Marlene ein, »die kauft bei uns jeden Samstag Kuchen für ihr Kränzchen, Gerd.«

Ihr Mann verzog nur den Mund und ließ Bodo weitersprechen.

»Es sind Hunderte von Namen. Diese Menschen haben alle Töller ihr Geld anvertraut, ihre Hoffnungen, ihre Ziele und Wünsche, einen Teil ihres Lebens.«

»Jetzt werde mal nicht poetisch«, maulte Gerd. »Warum erzählst du mir den Quatsch?«

»Wir können doch nicht einfach so das Geld dieser Menschen stehlen, so wie es uns gestohlen worden ist.«

»Aber so ist das doch gar nicht. Wir ziehen den Leuten ja nicht die Scheine aus der Tasche. Das Geld ist doch nur«, er fuchtelte wild vor dem Bildschirm herum, »da drin. Es ist gar kein richtiges Geld. Es ist… wie heißt das noch? Diti… dimi…«

»Digital«, korrigierte Bodo. »Klar, das kann man sich einreden. Es ist bloß eine Zahl auf einem Bildschirm und schwirrt in einer unsichtbaren Sphäre herum, wo es niemandem zugeordnet werden kann. Erst wenn man das Geld am Automaten oder Schalter abholt, ist es wieder physisch.«

»Das hast du toll gesagt. Wenn du also die Aktien von Karin Müller verkaufst, den Erlös umbuchst und mit der Kreditkarte abhebst, muss Töller dafür geradestehen.«

»Muss er das? Was, wenn nicht? Was, wenn die Kunden auf dem Schaden sitzenbleiben, den wir angerichtet haben?«

»Nein, nein«, wiegelte Gerd ab und schien einen Moment lang nach unterstützenden Argumenten zu suchen. »Nein, nein«, wiederholte er.

Bodo ließ einige Sekunden verstreichen. »So ausführlich wollte ich es gar nicht erklärt haben.«

»Hä?«

Bodo seufzte. »Woher weißt du das denn so genau?«

»Ich kenne mich da aus.«

»So gut wie mit Geldanlagen?«

»He, he, mein Junge, so nicht, ja!« Gerd war lauter geworden.

»Selbst wenn am Ende Töllers Firma dafür haftet«, fuhr Bodo unbeeindruckt fort, »hat er vielleicht nicht mehr die finanziellen Mittel, um die aktuellen Anleger auszubezahlen. Ob er auch als Privatperson dafür geradestehen muss, wissen wir schon dreimal nicht. Als GmbH könnte er ...«

»Bodo, quatsch mich nicht voll«, unterbrach ihn Gerd. »Ich habe mehr Lebenserfahrung als du.«

»Du weißt vielleicht, wie man einen Sauerteig herstellt. Aber das hier ist Neuland für uns alle. Wieso spielst du dich hier als Anwalt und Versicherungsexperte auf? Warum gibst du nicht einfach zu, dass du keinen blassen Schimmer hast?«

Gerds Gesicht lief rot an. »Ich habe schon Geschäfte gemacht, da warst du noch nicht mal auf der Welt.«

»Oh bitte, nicht diese Leier. Ehrlich, Gerd, du erfüllst perfekt das Klischee des unbelehrbaren Rechthabers. Ich dachte immer, die gäb's nur in Büchern und Filmen. Aber nein, du stehst leibhaftig vor mir und quatschst einen Mist zusammen, dass einem ganz schlecht davon werden kann. Machst du das, weil du glaubst, dass dich sonst keiner respektiert? Ich verrate dir mal was. So wie du auftrittst, bist du das genaue Gegenteil einer Respektsperson, nämlich deren Karikatur.«

Rhetorisch war Gerd ein Totalausfall, das hatte Marlene schon vorher gewusst. Jeder hätte es gewusst, selbst Gerds Kneipenfreunde. Aber das sagten sie ihm natürlich nicht. Wozu auch? Stammtische unterliegen ihren eigenen Gesetzen. Stänkern, alles besser wissen – das gehört dort nun mal zum guten Ton. Doch Bodo, so kumpelhaft er sonst war, ließ sich von ihrem Mann nicht abkanzeln wie ein Pennäler, und die angespannte Lage tat ein Übriges.

Ein paar Sekunden lang wusste Gerd nicht, wie er reagieren sollte. Widerspruch war er durchaus gewohnt. Normalerweise begegnete er ihm mit Trotz und indem er seinen Gegnern ihre Jugend und Unerfahrenheit vorwarf. Aber noch niemand, jedenfalls wusste Marlene von keinem, hatte ihrem Mann ins Gesicht gesagt, dass er ein Popanz sei.

Alles war nun möglich. Gerd könnte an die Decke oder Bodo an die Gurgel gehen – oder sich um des Friedens willen zurückziehen. Bevor er eine Entscheidung treffen musste, wurde der Streit jäh von der Türklingel unterbrochen.

»Das wird Giovanni sein«, sagte Marlene. »Ich habe ihn angerufen.«

Während Bodo die Tür öffnete, schimpfte Gerd an seine Frau gewandt: »Bodo ist ein überhebliches Arschloch. Solche Typen kenne ich. Er hält sich für was Besseres, bloß weil er mit ein paar englischen Wörtern um sich wirft.«

»Mir fällt keines ein, das er benutzt hätte«, widersprach sie.

»Auf welcher Seite stehst du eigentlich?«

»Wieso Seite? Ich dachte, wir halten zusammen.«

»Dachte ich auch, aber Bodo nimmt ja keine Ratschläge an.«

»Wann hast du denn zuletzt einen angenommen?«

Gerd blieb die Spucke weg. Eine Erwiderung darauf zu geben, blieb ihm jedoch erspart.

Denn da kam auch schon Giovanni herein. Bodo erklärte ihm, was er hier von Töllers Schreibtisch aus jeden Tag machte, was es mit den Depots auf sich hatte, wie der Plan zur Beschaffung des Geldes aussah und auf welche Probleme er gestoßen war. Marlene war überzeugt, dass Romys Freund nur ein Zehntel davon verstand, zumal Bodo diesmal nicht mit Fachbegriffen und englischen Wörtern geizte. Vielleicht wollte er dem Kellner zu verstehen geben, wo dessen Grenzen waren, und dass er nicht gedachte, sich von ihm reinreden zu lassen.

Giovanni hörte geduldig zu – jedenfalls für seine Verhältnisse. Die Schlüsselkette in seiner rechten Hand wirbelte bestimmt hundertmal erst in die eine und dann in die andere Richtung um seinen Zeigefinger, bis Bodo seine Erläuterungen beendet hatte. Als es so weit war, legte er einen Arm kumpelhaft um Bodos Schultern, dirigierte ihn zum Bürostuhl und brachte ihn mit sanfter Gewalt dazu, sich zu setzen.

Sehr langsam und deutlich, mit langen Pausen zwischen den einzelnen Wörtern, sagte er: »Du … buchst jetzt … des Geld … von den Anlegern … auf das Konto … von dem Schlappschwanz. Und dann … heben wir's gemeinsam … mit der beschissenen Visakarte … ab. *Fine del problema. Capisci?*«

Einige Sekunden lang herrschte absolute Stille. Keiner bewegte sich, bis auf die Katze, die auf einem Sessel neben dem Schreibtisch ein Nickerchen gemacht hatte und aufgewacht war. Mit einem Satz sprang sie auf Bodos Schoß. Noch während er es streichelte, packte Giovanni das Tier im Nacken und warf es achtlos wie ein Handtuch quer durch den Raum, wo es auf allen vieren direkt vor Marlenes Füßen landete.

Marlene hätte den weißen Stubentiger gerne getröstet, aber ihre ganze Aufmerksamkeit wurde von dem sich anbahnenden Konflikt zwischen Bodo und Giovanni beansprucht. Zwar war Bodo durchaus sportlich, und die beiden Kontrahenten waren ungefähr gleich alt, aber der muskulöse und entschlossene Giovanni wirkte ihm alles in allem deutlich überlegen.

»Wie ich Gerd schon erklärt habe …«, begann Bodo, doch Giovanni unterbrach ihn sofort.

»*No, no, amico mio.* Das ist keine Diskussion, das ist ein Beschluss.«

»Wenn das ein Beschluss sein soll«, erwiderte Bodo, »dann erwarte ich eine Abstimmung.«

5

September

Ina wurde den Gedanken nicht los, dass Marlene ihr neulich in der Kirche einen verklausulierten Wink gegeben hatte, vielleicht sogar mehr als nur einen. Das Gerede vom Schutzengel, dass sie Ina mit dem Pastor zusammengebracht hatte, dass sie das Gespräch bei der Erwähnung der beiden Syrierinnen so abrupt abgebrochen hatte – das war alles auffällig. Ina kam es vor, als hätte Marlene sie zu einer Schnitzeljagd eingeladen, von der weder klar war, wohin sie führte, noch wer oder was am Ende auf sie wartete. Es gab auch keine Garantie, dass Marlene aus dem »Spiel« nicht irgendwann ausstieg. Oder falsche Fährten legte.

Trotzdem juckte es Ina, die Herausforderung anzunehmen. So wie in jedem Beruf gab es auch in der Psychotherapie mehr oder weniger interessante Aufgabenstellungen und Klienten, und zur faszinierendsten Patientengruppe gehörten nun mal die Gralsritter, jene Menschen, die Hilfe suchten und zugleich unbewusst der Hilfe entgegenarbeiteten, aus welchen Gründen auch immer. Davon abgesehen war Marlene eine sympathische suizidgefährdete Frau, und der Gedanke, bei ihr etwas unversucht zu lassen, hätte Ina gequält. Sie fühlte sich geradezu persönlich aufgefordert zu handeln.

Nicht zuletzt war da ja auch noch die Sache mit dem rätselhaften Fiat, der Marlene und ihr gefolgt war – oder auch nicht. Hatte der Wagen etwas mit ihrer Patientin zu tun?

Es war ein Spagat, einerseits auf Spurensuche zu gehen und andererseits nicht zur Schnüfflerin zu werden.

Unter dieser Prämisse suchte Ina den Pastor in seinem Büro auf und trug ihm eine Bitte vor.

»Wäre es möglich, dass ich Kontakt zu den beiden syrischen Flüchtlingen aufnehme? Wenn ich es richtig verstanden habe, standen die beiden Frauen Marlene recht nahe.«

»Oh ja, sie haben sich mehrmals in der Woche getroffen«, bestätigte der Pastor. »Ich weiß nur nicht, wie Ihnen die Damen helfen könnten. Wie schon gesagt, die Verständigung war sehr schwierig und hat fast ausschließlich über Gesten funktioniert. Afnan und Chadisha haben immer Tee für Frau Adamski gekocht, die ihnen dafür selbst gemachtes Gebäck mitbrachte. Soviel ich weiß, hat Frau Adamski ein paar Sprachübungen mit ihnen gemacht. Sie wissen schon, ›Danke‹, ›Bitte‹, ›Guten Tag‹ und so weiter, dafür haben die Damen sich dann mit ein paar Vokabeln Arabisch revanchiert.«

»Mag sein, aber ich möchte nichts unversucht lassen. Afnan und Chadisha scheinen so etwas wie Freundinnen von Marlene gewesen zu sein. Vielleicht erfahre ich ja etwas, das meiner Patientin hilft.«

»Tja, ich könnte versuchen, die beiden Frauen ausfindig zu machen, aber das kann eine Weile dauern. Die Flüchtlinge wechseln derzeit wild durcheinander von Nord nach Süd und von West nach Ost, ganz wie in einem Würfelbecher, die Bedauernswerten. Ich werde mal bei der zuständigen Behörde nachfragen.«

»Haben Sie vielen Dank, damit helfen Sie mir sehr.«

Ina hatte sich bereits verabschiedet und stand schon an der Tür, als der Pastor sie zurückrief.

»Übrigens habe ich nach unserer Begegnung kürzlich überlegt, was Frau Adamski, abgesehen von der überraschenden Verlegung ihrer syrischen Freundinnen, noch zu schaffen gemacht haben könnte. Mir ist nur die Sache mit Romy Haase eingefallen.«

»Romy Haase?«

»Hat Frau Adamski sie denn nicht erwähnt?«

»Bisher nicht. Bitte erzählen Sie.«

»Das Mädchen war erst Auszubildende, später dann Angestellte in der Bäckerei, und ich glaube, ich übertreibe nicht, wenn ich sage, dass die beiden Frauen eine Art Mutter-Tochter-Verhältnis hatten. Bis … Tja, das ist es ja eben. Von einem Tag auf den anderen war Romy von der Bildfläche verschwunden. Vor einem guten Jahr etwa. Frau Adamski schien es ziemlich gefasst aufzunehmen, daher habe ich gar nicht mehr daran gedacht.«

»Was meinen Sie damit, von der Bildfläche verschwunden?«

»So genau weiß ich das auch nicht. Frau Adamski hat nicht mit mir darüber gesprochen. Ich habe es überhaupt erst bemerkt, nachdem ich Romy eine ganze Weile nicht mehr in der Bäckerei gesehen hatte. Ihre Kollegin und Freundin Sandra Kümmel sagte mir, dass sie über Nacht fortgegangen sei.«

Genau so hatte Ina sich die Landbäckerei Adamski inmitten von Prerow vorgestellt: als Kleinod mit viel Korbgeflecht und schönen Holzregalen, bodenständigen Kuchen, fantasievollen Torten und Verkäuferinnen in nostalgischen Schürzen. Auf einem Biedermeiertisch wurden die selbst gemachten Pralinen präsentiert, auf einem anderen für die Region typisches Gebäck. Der ganze Laden war vom Duft nach frischem Brot erfüllt, vervollständigt von kleinen Schwaden Anis und Zimt.

Ina wusste, dass Marlene nach ihrem Selbstmordversuch die Arbeit noch nicht wieder aufgenommen hatte, und da es halb fünf am Nachmittag war, bestand die Hoffnung, dass sie auch nicht auf den Ehemann ihrer Patientin treffen würde.

Ina bestellte ein Stück Beerenstreusel und einen Cappuccino an einen der Stehtische. Über den Verkaufstresen hinweg ließ sich schlecht ein Gespräch führen, daher wartete sie auf eine gute Gelegenheit. Als es ruhiger im Laden geworden war, fragte Ina unverblümt in den Raum: »Sagen Sie bitte, arbeitet Romy noch hier? Romy Haase?«

Sie hatte alle drei Verkäuferinnen angesprochen, aber zwei der Frauen sahen nur die dritte an. Es handelte sich, wie Ina dem Namensschild mit den geschwungenen Buchstaben entnehmen konnte, um Sandra Kümmel. Romys Freundin war eine kurzhaarige, mollige Blondine mit einem Faible für auffällige Ohrringe.

»Die ist schon lange weg. Sind Sie mit ihr verwandt?«

»Nein, ich hätte sie nur gerne gesprochen.«

»Das hätte ich auch«, erwiderte Sandra Kümmel, in der Stimme eine Enttäuschung, die sich offenbar nie so recht hatte Luft machen können. Sie kam um den Tresen herum und stellte sich zu Ina an den Tisch.

Leiser als zuvor sagte sie: »Macht die sich einfach mir nix, dir nix aus dem Staub.«

»Oh! Sie waren befreundet?«

»Ich war ein Lehrjahr über ihr und habe vor jeder Prüfung mit ihr gelernt, tausendmal alles durchgepaukt. Dasselbe übrigens beim Führerschein. Sie durfte mit meinem Auto einparken üben und wenden auf der Straße in drei Zügen, sonst wäre sie bestimmt zum dritten Mal durchgefallen. Beinahe hätte sie eine Beule in einen Porsche gefahren. Ich wäre fast gestorben. Das kann man wohl Freundin nennen.«

»Da gebe ich Ihnen recht.«

»Ohne mich hätte sie auch im dritten Anlauf nicht bestanden. Na ja, ohne die Chefin natürlich auch nicht. Das hat Romy nur uns zu verdanken.«

Sie deutete auf ein Foto an der Wand zwischen all den Urkunden und Meisterbriefen. Darauf war die ganze Belegschaft der Bäckerei zu sehen, vorne in der Mitte stand eine junge Frau, die ihr Ausbildungsdiplom stolz in die Kamera hielt. Sie war eher klein, sehr zierlich, hatte schwarze Haare und eine lila Strähne.

»Und dann haut sie einfach so ab, ohne ein Wort«, sagte die ehemalige Freundin und Kollegin. »Vom einem Tag auf den anderen.«

»Vielleicht ist ihr ja etwas zugestoßen.«

»Nein, die Chefin hat mir das Kündigungsschreiben gezeigt. Die Romy hat ihren Job fristlos hingeschmissen. So was geht ja mal gar nicht, auch rechtlich nicht. Aber die Chefin hat es einfach so hingenommen.«

Sandra Kümmel zuckte mit den Schultern. »Auf die Romy lässt sie nix kommen. Als ich mich damals beschwert habe, hat sie mich ziemlich angefahren, was sie vorher nie gemacht hat. Kennen Sie Frau Adamski?«

»Ja. Aber keine Sorge, sie wird nichts von unserem Gespräch erfahren. Haben Sie irgendeine Vermutung, warum Romy so überstürzt gekündigt haben könnte?«

Sandra Kümmel sah aus, als warte sie schon ein ganzes Jahr darauf, den Namen endlich aussprechen und den Finger auf ihn richten zu können.

»Giovanni. Da bin ich mir ziemlich sicher. Den Typen hat sie in einer Disko kennengelernt, ich war dabei. Sah ziemlich geil aus, ich meine nett anzusehen. Aber ein Macho hoch drei. Sizilianer, muss ich noch mehr sagen? Ich wollte, dass sie die Finger von ihm lässt. Aber nein, sie hat sich ihm an den Hals geworfen und alles toll gefunden, was er gesagt und getan hat. Romy ist halt… na ja, ein bisschen… nachgiebig. Und ein paar Wochen später lässt sie alles stehen und liegen. Würde mich nicht wundern, wenn sie für ihn in Italien das Frauchen spielt, Sie wissen schon, Heim und Herd in Palermo, drei *bambini* und so. Vermutlich schämt sie sich deswegen. Oder er verbietet ihr den Kontakt zu mir. Meine Anrufe gehen jedenfalls ins Leere.«

»Giovanni und wie weiter?«

»Keine Ahnung. Irgendwas Italienisches halt. Hat in einer Pizzeria in Ribnitz-Damgarten gearbeitet, Quattro Stationen irgendwas. Warum wollen Sie das eigentlich alles wissen?«, fiel Sandra Kümmel reichlich spät ein.

»Ich habe Ihren Namen vom Pastor«, antwortete Ina ausweichend. »Er meinte, Sie wüssten vielleicht mehr.«

»Ach so«, gab sich die junge Frau mit der Erklärung zufrieden, die keine war.

Als Ina sich in ihr Auto setzte, sah sie gerade noch ein schwarzes Fiat Coupé um die Ecke biegen.

»Bobby! Hallo!«, rief Ina ins Handy, ein bisschen außer Atem vom Tütenschleppen.

Sie hatte die Zutaten für ein tolles Abendessen eingekauft, mit dem sie Bobby überraschen und seine Entlassung aus dem Krankenhaus feiern wollte. Auch Stefanie war wieder völlig gesund, und ein gemütliches Dinner war ihrer Meinung nach ein guter Weg, Stefanie an ihren »neuen« Freund zu gewöhnen. Sie würde ihrer Tochter irgendwie beibringen müssen, dass Bobby – wenigstens für eine Weile – bei ihnen einziehen würde, da seine eigene Wohnung derzeit unbewohnbar war.

»Na, bist du schon am Packen?«

»Ja, ich … Ich bin gerade eben erst angekommen. Vorher habe ich noch Stefanie abgeliefert. Allerdings … Ihr Freund war bei ihr im Krankenhaus, und die beiden wollten unbedingt zu ihm nach Hause. Also habe ich sie nach Prerow gefahren. Stefanie hat mir versprochen, heute Abend um sieben bei dir zu sein. Ich hoffe, das ist okay.«

Ina seufzte. »Ja, schon in Ordnung. Ich sehe es positiv. Stefanie und ich haben jetzt eine Gemeinsamkeit mehr: Wir müssen uns beide mit dem Kerl der jeweils anderen abfinden.«

»Hm, ja, deswegen rufe ich auch an. Ich sollte und wollte es dir eigentlich persönlich sagen, aber vielleicht ist es am Telefon leichter.« Er atmete tief durch. »Ina, ich finde, wir sollten uns eine Weile nicht mehr sehen, bis …«

»Oh.«

Sie blieb mitten auf dem Supermarktparkplatz stehen und stellte die zwei Tüten ab.

»Ja, es …«, seufzte er. »Es tut mir leid. Ich hatte im Krankenhaus Zeit zum Nachdenken und … Ich denke einfach … Ich denke, es … So was habe ich noch nie gemacht, und jetzt merke ich, wie schwer das ist.«

»Ja«, hauchte sie ins Handy. »Für beide.«

»Bitte, Ina, ich … Es ist alles ein bisschen viel derzeit. Ich meine, der Brand, Stefanie …«

»Nicht weiterreden«, bat sie und schloss kurz die Augen.

Als sie sie wieder öffnete, gestikulierte eine Frau wild hinter der verschmierten Windschutzscheibe ihres rostigen Kleinwagens, da Ina einen der wenigen freien Parkplätze blockierte. Nachdem sie ein paar Schritte zur Seite gemacht hatte, hupte die Frau und regte sich noch mehr auf. Ina hatte die zweite Tüte stehen lassen.

»Ina?«, fragte Bobby. »Ist alles in Ordnung?«

»Ob alles in Ordnung ist?«

»Du weißt, wie ich das meine.«

»Lass uns das Gespräch beenden.«

»Du, Ina, ich …«

»Mach's gut, Bobby. Ich wünsche dir das Beste.«

Sie hätte das Handy am liebsten quer über den Parkplatz geschleudert. Stattdessen warf sie es in einer Mischung aus Selbstbeherrschung und Wut zum Gemüse in die Tüte.

Die Frau hinter dem Steuer kurbelte das Seitenfenster herunter. »Sagen Sie mal, sind Sie besoffen, oder was? Räumen Sie endlich die beschissene Tüte da weg, sonst mach ich die platt.«

Ohne die Frau zu beachten ging Ina zu ihrem Auto.

»Ich sag's Ihnen, ich mach das Ding platt«, wiederholte sie.

Kurz darauf war das Geräusch splitternder Plastikverpackungen zu hören.

Stundenlang saß Ina allein in ihrer Wohnung, auf demselben Platz auf dem Sofa, und fragte sich immer wieder: Warum? Warum gerade jetzt, wo es so gut gelaufen ist? Warum überhaupt? Warum so plötzlich, ohne Vorahnung, ohne Krise?

Natürlich sagte sie sich, dass es möglicherweise sowieso nicht gut gegangen wäre, dass es besser jetzt passiert war als später, dass sie zu alt für ihn oder er zu jung für sie war, dass sie mehr trennte als vereinte und so weiter und so fort – kleine Pflaster auf große Wunden. Es war, als wollte man jemanden mit Fernweh, der im Hafen sehnsüchtig einem ausfahrenden Ozeandampfer hinterherblickt, damit trösten, dass das Schiff in einen Sturm geraten und untergehen könnte.

Man musste nicht psychologisch geschult sein, um zu erkennen, dass das lediglich billige Versuche waren, über das Verlassenwerden hinwegzukommen. Ina musste nur auf ihr Herz hören, und das sagte ihr, dass sie Bobby jetzt schon schrecklich vermisste und dass es in ein paar Wochen nicht anders sein würde. Sie konnte nicht böse auf ihn sein. Zum einen liebte sie ihn zu sehr, trotz der Verletzung, die er ihr zufügte. Zum anderen hatte sie ihrerseits drei Lebenspartner auf diese Weise verletzt. Bisher war es nämlich immer sie gewesen, die Schluss gemacht hatte.

War es Letzteres, das sie besonders hart traf?

Stefanie kam eine halbe Stunde später als vereinbart nach Hause, um halb acht.

»Was sitzt du denn da?«, fragte sie überrascht. »Ich dachte, das Essen ist schon fertig.«

»Falscher Einstieg in das Gespräch«, entgegnete Ina.

»Sorry wegen der Verspätung. Chris' Vater hat mich hergefahren, sonst wäre ich noch später gekommen.«

Auch das noch, dachte Ina. Keiner ihrer Patienten oder deren Angehörige wussten, wo sie wohnte, und das hatte auch seinen guten Grund. Von Kollegen, die anders damit umgingen, hatte sie mehrfach gehört, dass diese auch an den Wochenenden oder mitten in der Nacht von Patienten aufgesucht wurden. Das ging natürlich nicht. Ina brauchte ihre freie Zeit wie jeder andere, und zwar ohne das ständige Gefühl, in einer Art Bereitschaftsdienst zu sein.

Aber das war jetzt auch egal.

»Hast du mit Bobby gesprochen?«, fragte Ina.

»Hm?«

»Als er dich und Christopher nach Prerow gefahren hat, hast du ihm da vielleicht … irgendwas gesagt? Du weißt schon, dass du ihn nicht magst, oder so?«

Stefanie warf ihren Schlüsselbund aufs Sofa. »Hat er gepetzt, ja? Dacht ich's mir doch, der Typ ist so eine Lusche. Anstatt sich mal mit mir auseinanderzusetzen …«

»Was … hast … du … zu … ihm … gesagt?«

»Dass er alles kompliziert macht.«

Ina sprang vom Sofa auf. »*Er* macht alles kompliziert? Er? Bevor du hier aufgetaucht bist, gab es überhaupt keine Komplikationen. Wir hatten Spaß miteinander, wir haben unser Leben geteilt, unsere Probleme besprochen. Nicht einen einzigen miesen Abend hatten wir. Aber neuerdings dreht sich alles nur noch um dich. Deine Ausbildung, deine Freundschaft zu Christopher, deine Einstellung zu Bobby …«

Ina ließ sich auf das Sofa zurückfallen. »Er hat Schluss gemacht.« Plötzlich, als sie es selbst aussprach, brachen alle Dämme. Sie stützte das Gesicht in ihre Hände, weinte unter Krämpfen, kippte auf die Seite und schluchzte in die Sofakissen.

Bestimmt eine Minute, eine endlose Minute lang war Ina ganz allein. Es gab keine anderen Menschen auf der Welt als sie und den für immer verlorenen Bobby.

Dann streichelte ihr Stefanie über die Haare.

»Es tut mir so leid, Mama. Ehrlich, ich … Das wollte ich nicht. Ja, zugegeben, ich wollte ihn irgendwie vor den Kopf stoßen, weil er … weil er so jung ist, und ich finde, dass ihr nicht richtig zusammenpasst. Aber ich hätte nie gedacht … Ich meine, einerseits habe ich es schon gehofft, aber im Grunde … Ich will doch nicht, dass du traurig bist. Ach, Mama, ich bin echt so eine blöde Kuh. Du lässt mich mit Chris knutschen, obwohl er dein Patient ist, und ich gönne dir deinen eigenen Spaß nicht. Weißt du was, ich rufe Bobby gleich an und entschuldige mich, ja? Dann renkt sich alles wieder ein. Gibst du mir mal seine Nummer?«

Ina richtete sich langsam wieder auf, wischte die Tränen von den Wangen und schnäuzte sich. Ja, so war ihre Tochter. Eigentlich ein lieber Mensch, aber aus irgendeinem Grund hielt sie es für nötig, sich als verwöhnte Göre zu präsentieren.

»Nein«, sagte Ina leise und ergriff Stefanies Hand. »Wenn er mich verlässt, nur weil du dich mal geräuspert hast, dann hat er mich nicht verdient.«

Stefanie sah sie lange an. »Sicher?«

»Ganz sicher.«

»Ich will nicht dran schuld sein, verstehst du, Mama? Ich weiß, dass ich dich neulich überfallen habe. Und dass ich nicht ganz einfach zu händeln bin.«

Ina umarmte ihre Tochter. »Ehrlich, ich bin froh, dass du da bist. Stimmt, es ist nicht ganz einfach mit uns beiden, aber … ich liebe dich, und ich mag dich hierhaben. So, bevor das jetzt zu einer rührseligen Szene aus *Am goldenen See* ausartet, versuche ich uns aus den Zutaten, die nicht unter die Räder gekommen sind, was Leckeres zu kochen.«

Sie machte sich an die Arbeit, putzte Gemüse und kochte Reis. Mit ihren Gedanken allerdings war sie ganz woanders. Es war, als würde sie unentwegt einen Rosenkranz mit Bobbys Namen beten.

Ina hatte schon öfter darüber nachgedacht, Christopher an einen Kollegen abzugeben. Es wäre illusorisch zu glauben, dass sich Privatleben und Beruf in diesem Fall völlig trennen ließen. Selbst wenn sie bei den Therapiestunden nicht als Stefanies Mutter aufträte, würde es doch immer mitschwingen. Außerdem war ihre Tochter nun ein Teil von Christophers Leben, und um nichts anderes ging es ja bei der Psychotherapie. Andererseits begann er sich in letzter Zeit Ina zu öffnen und machte allmählich Fortschritte im Umgang mit seinem Schicksal. Wenn sie ihn nun abgab, müsste ihr Nachfolger eventuell noch mal von vorne beginnen. So oder so, letztendlich musste sie es ihrem Patienten zur Wahl stellen.

Stolz zeigte Christopher ihr seinen mit zehn Punkten bewerteten Englischtest, als sie ihn zu Hause zu dem vereinbarten Spaziergang im Rahmen der Therapiestunde abholte.

»Wahnsinn! Deine erste gute Note seit Monaten«, lobte sie ihn.

»Hab ich hauptsächlich Stefanie zu verdanken. Sie hat mich zum Lernen verdonnert.«

Das kam nun wirklich überraschend für Ina. Selbst die Schule abbrechen, aber andere zum Lernen anhalten. Möglicherweise hatten die beiden Teenager wechselseitig einen guten Einfluss aufeinander. Ein Jahr lang war Christopher ganz auf seine Mutter fixiert gewesen, mit Stefanie war nun ein anderer, wichtiger Mensch in sein Leben getreten. Umgekehrt hatte ihre Tochter einen intelligenten Jungen zum Freund, der sich aber hängen ließ und somit wie ein Spiegelbild war. Sich selbst quasi von außen zu erleben, bewirkte manchmal wahre Wunder.

Ina ging mit Christopher südlich von Prerow spazieren. In den Wäldern dort war der Herbst schon zu spüren. Er hing in der Luft, man roch ihn geradezu. Pilze sprossen, Kastanien reiften, die ersten Blätter bekamen einen gelblichen Rand. Aber wenn sie eine Lichtung oder Wiese überquerten, ergoss sich eine Flut von Wärme und Licht über sie, und der Sommer kehrte im Nu zurück. So lange, bis sie in das nächste Waldstück mit seiner schattigen Kühle und erdigen Schwere eintauchten.

»Heute ist unsere erste Sitzung, seit du mit Stefanie befreundet bist«, sagte Ina. »Wie ist das für dich?«

»Schon ein bisschen anders.«

»Wie anders? Kannst du es beschreiben?«

»Vorher war es mir egal, was Sie über mich denken. Jetzt nicht mehr.«

»Wirklich? Ich hatte auch vorher nicht den Eindruck, dass es dir egal ist, was ich über dich denke. Weißt du noch, beim letzten Mal hast du darauf bestanden, immer ein strikter Veganer gewesen zu sein?«

»Das war was anderes. Da ging es um ...«

»Ja?«

»Um meine Mutter.«

»Aber sie hat uns nicht gehört. Egal was du mir anvertraust, sie wird es nie erfahren.«

Dazu äußerte er sich nicht.

Nach ein paar Schritten zäumte Ina das Thema von einer anderen Seite auf.

»Was deinen Vater angeht, hältst du dich mit Vorwürfen nicht zurück. Über deine Mutter dagegen sprichst du nie kritisch.«

»Weil es nichts gibt, was ich schlecht an ihr finde. Sie ist einfach nur toll. Sie weiß immer, was sie will. Sie hat ihren Naturmodenladen aufgemacht, obwohl mein Vater Bedenken dagegen hatte, genauso wie bei dem Haus. Bestimmt hat sie es mit diesem Blindgänger nicht länger ausgehalten.«

»Falls ich dich richtig verstehe und es sich tatsächlich so zugetragen hat, würde das bedeuten, sie hat Felicia und dich zugunsten eines neuen Lebens verlassen. Sie hätte somit auch das Haus und ihren Laden drangegeben.«

»Sie wird uns schon noch zu sich holen.«

»Warum hat sie euch nicht gleich mitgenommen?«

Darauf antwortete er nicht, und Ina hakte auch nicht nach. Es ging ihr nicht darum, seine Argumentation ad absurdum zu führen, sondern ihn zum Nachdenken anzuregen und aus seinem mentalen Schützengraben herauszulocken.

Christopher hatte beschlossen, seine Mutter zu einer Heiligen zu stilisieren, obwohl sie seiner Theorie nach die Familie verlassen hatte. Sollte er hin und wieder doch an ihr zweifeln, dann nur im tiefsten Innern, als flüchtiger Gedanke. Den Zweifel auszusprechen hätte bedeutet, ihn offiziell zuzulassen und in die Welt zu setzen, wo seine Mutter ihn womöglich hören konnte. Letzteres allerdings nur, wenn sie schon im Himmel war.

Hielt er seine Mutter für tot? Dass er sie so sehr überhöhte, sprach eigentlich dafür, denn als Tote wäre sie ein Opfer, keine Täterin. Wieso negierte er dann andererseits diese Möglichkeit so strikt? Das passte alles nicht richtig zusammen.

»Woran denken Sie?«, fragte er nach einer Minute, in der sie geschwiegen hatten.

Es war nicht ungewöhnlich, dass die Patienten Ina Fragen stellten. Am Anfang einer Therapie ermunterte sie jeden dazu. Auch Gegenfragen waren erlaubt. Wieso fragen Sie das? Was meinen Sie denn selbst dazu? Inas Erfahrung nach erzeugte es Vertrauen und eine gewisse Sicherheit, beides unabdingbare Voraussetzungen für ein gutes Verhältnis zwischen Therapeut und Patienten. Christopher hatte bisher allerdings nur selten davon Gebrauch gemacht.

»An Großtante Gertrud«, antwortete sie wahrheitsgetreu.

Er lachte. »Und ich hab geglaubt, Sie wären bei der Sache.«

»Das bin ich auch. Großtante Gertrud ist keine Verwandte von mir. Sie ist ein Terminus, eine Art Codewort.«

»Na, jetzt bin ich aber mal gespannt.«

»Stell dir das Porträt einer verzweigten Großfamilie vor, auf dem vierzig Leute zu sehen sind. Holt man das Foto nach einigen Jahren wieder hervor und betrachtet es, sucht man zunächst nach sich selbst und nimmt dann nach und nach die anderen in Augenschein.«

»Klaro.«

»Wenn überhaupt, dann fragt man erst ziemlich spät: Wo ist eigentlich Großtante Gertrud? Die müsste eigentlich mit drauf sein. Ist sie aber nicht. Ein Außenstehender, der Großtante Gertrud nicht kennt, würde sie selbstverständlich nicht vermissen.«

»Logisch, aber … Ich verstehe nicht …«

»Mein Beruf verlangt von mir, dass ich Großtante Gertrud vermisse, obwohl ich sie nicht kenne.«

Verstand er nun, worauf sie hinauswollte und dass die besagte Tante sehr viel mit ihm zu tun hatte?

Das, was ihre Patienten ihr erzählten, war stets nur ein Teil des Ganzen. Christopher hatte in all den Sitzungen ausführlich über seine Mutter gesprochen: wie sie ihn zum Sport ermuntert, bei Wettkämpfen angefeuert und ihm bei Hausaufgaben geholfen hatte, auch dass sie ihm heimlich den einen oder anderen kleinen Schein zugesteckt hatte, wenn ihm das Taschengeld gegen Monatsende ausgegangen war. Seine Geschichten umfassten seine gesamte Kindheit und warfen ein helles Licht auf das liebevolle Verhältnis zwischen Mutter und Sohn.

Nur die letzten Tage vor ihrem Verschwinden klammerte er aus.

Nun wäre es völlig verständlich gewesen, wenn er die Tage nach ihrem Verschwinden ausgelassen hätte. Möglicherweise auch das letzte Zusammensein oder das letzte Telefonat. Seine Geschichten hingegen endeten ungefähr zwei Wochen vor dem einschneidenden Ereignis.

Wieder schwiegen sie eine Weile. Ina ließ immer auch solche Momente zu, in denen vermeintlich nichts passierte, unter der Oberfläche jedoch jede Menge Bewegung herrschte.

»Nicht nach links!«, sagte Christopher, als sie an der Weggabelung einer Wiese ankamen, in einer Tonlage, als hätte er gesagt: Nicht anfassen! Er merkte es selbst und ergänzte um einiges gelassener: »Rechts ist besser.«

Der vorgeschlagene Weg schien Ina einen ziemlich weiträumigen Schlenker um Prerow herum zu machen, und sie hatten nur noch eine halbe Stunde Zeit.

»Wohin führt der Weg nach links?«

»Weiß nicht.«

Großtante Gertrud lässt grüßen, dachte Ina. Wird Zeit, dass ich ihr mal einen Besuch abstatte.

Am frühen Abend desselben Tages kehrte sie zurück und ging an eben jener Weggabelung nach links. Sie hatte ohnehin einen Abendspaziergang machen wollen, denn Stefanie hatte sich mit Christopher verabredet, und Ina fürchtete sich ein wenig vor den Stunden bis zum Schlafengehen. Stunden ohne Bobby, ohne wenigstens ein Telefonat mit ihm. Da konnte sie genauso gut ihre Neugier im Hinblick auf Christopher befriedigen, die neuerdings nicht mehr rein beruflich war.

Zunächst fiel ihr nichts Besonderes auf, und sie hatte auch keine Idee, wonach sie eigentlich suchte. Nach zwanzig Minuten war sie drauf und dran umzukehren – der Wald war einfach nur ein Wald, der Weg nur ein Weg. Entweder hatte sie sich geirrt, oder Christopher allein besaß den Schlüssel zu dem Geheimnis. War dies vielleicht die bevorzugte Wanderstrecke seiner Mutter gewesen? Nur warum hatte er sie dann auf den Aussichtsturm der Hohen Düne mitgenommen, wo er jedes Jahr mit seiner Mutter die Rast der Kraniche beobachtet hatte? Wieso sollte er also etwaigen Erinnerungen an diesen Weg entfliehen?

Es war den Versuch wert, sagte Ina sich und beschloss, nur noch bis zur nächsten Kurve zu gehen. Dort angekommen, öffnete sich ein herrlicher Blick gen Bodden. Etwa einhundert Meter entfernt stand das Haus der Adamskis.

Vierzehn Monate zuvor

Es war ein herrlicher Samstag, und Daniel war faktisch pleite. Am Vortag war ein Brief von der Bank gekommen – unangenehme Nachrichten landeten bei ihm grundsätzlich freitags im Briefkasten, sodass er sich das ganze Wochenende über aufregen musste, bis er montags die Situation endlich klären konnte. Dieses Mal gab es nichts zu klären. Er hatte mehrere Raten nicht bezahlt. Punkt. Banken waren generell eher humorlos, aber bei Ratenzahlungen verstanden sie wirklich überhaupt keinen Spaß. Warum hatte er die Rate nicht zahlen können? Weil Jette einfach mal so viertausend Euro vom Girokonto auf das Geschäftskonto ihres Naturmodenladens umgebucht hatte. Das war alles, was er an Reserven besessen hatte.

»Mausi, dann überweis dir doch was von den neunzigtausend auf dem Sparkonto«, sagte Jette leichthin und trank in aller Ruhe ihren Kaffee, nachdem er sie darauf angesprochen hatte.

»Darum geht es nicht«, wich Daniel aus. »Dein Laden bringt kaum noch etwas ein, und trotzdem orderst du unverdrossen Waren.«

»Wie soll ich denn bitte schön was verkaufen, wenn ich keine Waren habe?«

»Aber doch nicht so viel.«

»Die Kunden brauchen ein bisschen Auswahl, sonst kann ich den Laden ja gleich dichtmachen.«

»Genau das schlage ich dir vor.« Daniel konnte seine Stimme nur schwer im Zaum halten.

»Was? Du … du willst mir meinen Lebenstraum nehmen!«, rief sie entsetzt. »Nur weil es gerade mal nicht so gut läuft? Was ist aus deinem Vertrauen in mich geworden? Was ist aus unserer Liebe geworden? Bedeutet dir das etwa gar nichts mehr?«

Sie stellte ihre Lieblingstasse etwas zu heftig auf dem Tisch ab, sodass sie einen Sprung bekam. Das war zu viel auf einmal für Jette. Sie ließ den Kopf auf die Platte sinken und begann zu weinen.

Daniel stand hilflos daneben. Jettes Ausbruch war für ihn völlig überraschend gekommen. So emotional war sie nur selten, und normalerweise war die Welt für sie ein sonniger Ort. Natürlich – sie verstand nicht, warum er sich wegen der viertausend Euro so aufregte. Sie konnte es nicht verstehen.

»Ich gehe joggen.«

»Ja, geh du nur joggen, immer bloß joggen, joggen, joggen. Aber eins sag ich dir, den Laden mache ich *nicht* zu, da kannst du dich auf den Kopf stellen.«

»Wir reden ein andermal darüber. Bis später.«

Seit Jahren, genauer seit er das bei Töller angelegte Geld verloren hatte, belog er sie. Jeden Monat manipulierte er einen alten Kontoauszug aus der Zeit, als er noch im Besitz der Summe gewesen war, indem er das Datum veränderte, ihn anschließend kopierte und faltete, sodass er aussah, als hätte die Bank ihn geschickt. Gut sichtbar für Jette platzierte er ihn auf dem Stapel mit der eingehenden Post. Daniel achtete sogar darauf, die Summe nach und nach zu erhöhen, indem er sich selbst Zinsen gutschrieb. Verrückt – Zinsen auf Geld, das längst nicht mehr existierte. Wenn Jette herausbekäme, dass er das Geld bei einem windigen Vermögensberater angelegt, verloren und ihr den Verlust auch noch verschwiegen hatte, würde sie durchdrehen. Dann konnte alles passieren.

Es war eine Minute vor zwölf für ihn. Wenn er der Bank auch die nächste Rate schuldig bleiben würde … Sie würden noch in diesem Jahr das Haus verlieren, schlimmer noch, die Kinder würden ihr Zuhause verlieren. Die Bank würde es sich einverleiben, zwangsversteigern und die junge Familie vor die Tür setzen. Und es war nicht irgendein Haus, sondern das einzige, das er jemals besitzen würde. Noch einmal würde er diese Chance nicht bekommen.

Der Ruin klopfte bereits an die Tür, und so klopfte Daniel ein weiteres Mal an die Tür der Adamskis. Ohnehin war ein dringliches Treffen einberufen worden.

Inzwischen konnte er seine Mitverschworenen nicht mehr ausstehen: den prahlerischen Gerd, den sizilianischen Proleten, dessen dümmliche Freundin und neuerdings sogar Marlene, die Töller bekochte, als säße er in einer VIP-Lounge und nicht als Gefangener im Keller. Lieber heute als morgen hätte Daniel ihnen allen für immer Adieu gesagt.

Nur das gemeinsame Vorhaben hatte sie vereint. Über die letztendlich vergebliche Sammelklage gegen Alwin Töller hatten sie sich kennengelernt und eine Selbsthilfegruppe für Betrogene gegründet. Am Anfang war es bei den Treffen nur darum gegangen, nicht allein zu sein, denn ein großes Problem zu haben bedeutet normalerweise, dass man allein ist, umso mehr, wenn es selbst verschuldet ist, und ganz besonders, wenn es um Geld geht. Sie alle hatten ihr Vermögen verloren, weil sie Alwin Töller vertraut hatten. Im Nachhinein könnte man das naiv nennen, sogar dumm.

Daniel hatte bloß ein paar Prozent Zinsen mehr für seine neunzigtausend Euro haben wollen, und nachdem die ganze Summe weg war, hatte er nicht den Mut aufgebracht, es Jette zu sagen, es überhaupt irgendjemandem zu sagen, schon gar nicht seinen Eltern, die sein Erbe vorab ausgezahlt hatten. Niemand außer diese Gruppe fremder Leute, die sein Schicksal teilten, konnte ihn verstehen, seine Mitstreiter waren die Einzigen, die ihn nicht belächelten oder verurteilten, und genau deshalb hatte er ihre Nähe gesucht.

Anfangs ganze zehn Kläger, waren sie von Instanz zu Instanz weniger geworden, bis nur noch sie übrig geblieben waren. Nachdem sie mit ihrer Klage gescheitert waren, hatten sie hin und her überlegt, was sie sonst noch unternehmen könnten: an den Petitionsausschuss des Bundestages schreiben, bis vor den Europäischen Gerichtshof gehen, eine Kampagne gegen Töller lostreten. Nur langsam hatten sie sich dem ungeheuerlichen Plan einer Entführung genähert. Daniel wusste schon gar nicht mehr, wer den Vorschlag gemacht hatte. Irgendwann hatte er auf dem Tisch gelegen wie ein verschnürtes Päckchen, und alle waren darum herumgeschlichen, hatten einen kurzen Blick daraufgeworfen, um sich gleich wieder verschämt abzuwenden. Mehrere Monate hatten sie gebraucht, um diese Scham zu überwinden. Um das Tabu gedanklich zuzulassen. Um das Verbrechen als letztes Mittel zu akzeptieren.

Wenn jetzt einer von ihnen, nur ein Einziger, aus der Reihe tanzte, dann konnte alles auseinanderfliegen.

Ausgerechnet Bodo, den Daniel von allen noch am ehesten leiden konnte, machte auf einmal Ärger.

Marlene servierte den sechs Anwesenden Schokoladenkuchen. Eigentlich zu schwer für einen heißen Sommertag, aber sie dachte, etwas Nervennahrung könnte nicht schaden, immerhin stand eine wichtige Entscheidung an. Außerdem brauchte man für Schokoladenkuchen weder Eier noch Butter, und so musste sie nicht eigens für Daniel einen zweiten Kuchen backen.

Nach dem ersten Schluck Kaffee sagte Gerd: »Also, wer ist dafür, dass Bodo die Anlegerkonten anzapft, damit wir schnell an unser Geld kommen? Ich bitte um Handzeichen.«

»Sag mal, Alter, ist des hier ein Taubenzüchterverein?«, fragte Giovanni.

»Bodo wollte eine Abstimmung, also stimmen wir ab, Giovanni. Für alles gibt es Regeln.«

»Echt ey, wie ihr das überhaupt gepackt habt, den Typen zu entführen, ist mir ein Rätsel. Ihr geht das an wie so'n Bundestagstrupp. Kuchen mampfen, Kaffee schlürfen und zwischendurch mal kurz die Pfoten heben.«

Marlene verstand, was Giovanni meinte. Ihr ging es selbst manchmal so, dass sie sich fragte: Was tun wir hier eigentlich? Sie saßen zusammen wie bei einem Geburtstag, doch statt über den letzten Urlaub, die Konfirmation der Enkelkinder oder Onkel Herberts neue Ehefrau zu sprechen, diskutierten sie ein gemeinsames Verbrechen. Anfangs war das schon seltsam gewesen, aber inzwischen hatte sie sich daran gewöhnt.

»Nimm dir noch ein Stück«, bot Marlene Giovanni an.

Er griff zu und biss ab. »Ach, scheiß drauf«, sagte er, wobei ihm ein Krümel aus dem Mund schoss, der auf Gerds Teller landete. »Wenn ihr das so wollt. Also, ich bin dafür.«

Romy und Gerd hoben ebenfalls die Hände.

Damit stand es drei zu drei, und wenn sich keiner mehr meldete, käme keine Mehrheit für den Antrag zustande. Bodos Nein stand fest, während Daniel und Marlene noch zögerten. Aus den Augenwinkeln sahen sie sich gegenseitig an. Die Situation erinnerte Marlene ein bisschen an eine Pokerpartie. Wer als Erster die Hand hob, wäre der Schuft, der in Kauf nahm, dass Alwin Töllers Anleger unter ihrem Coup leiden müssten. Wohingegen der andere sein Gewissen beruhigen, mit Nein stimmen könnte und trotzdem sein Geld bekommen würde.

»Für mich geht es um alles«, sagte Daniel, der den Poker damit verlor. Als er zustimmte, sah er aus, als müsste er jeden Moment zur Kloschüssel rennen.

»Vier«, zählte Gerd. »Was ist mir dir, Marlene?«

Das Ergebnis stand fest, damit hätte Marlene es sich leicht machen können. Doch das wäre nicht ehrlich, fiel ihr ein. Selbstverständlich wollte sie niemand anders bestehlen als Alwin Töller. Andererseits …

»Ursprünglich sollte er für drei, vier Tage bei uns bleiben«, sagte sie deprimiert an Bodo gewandt. »Jetzt sitzt er schon eine Woche da unten. Das ist ganz schön belastend, weißt du das? Ich meine, wir sind doch eigentlich keine Entführer, nicht so richtig jedenfalls. Ich muss jeden Tag die Fäkalien von ihm wegräumen, muss ihn so elend da hocken sehen, sein Gejammer ertragen, seine Fragen …«

Traurig schlürfte sie an ihrem Kaffee, der ihr jedoch nicht schmeckte.

»Tut mir leid, Bodo, aber wir müssen die Sache jetzt schnell zu einem Ende bringen. So geht es jedenfalls nicht weiter.«

Sie fühlte sich elend, als sie die Hand hob, aber als Gerd »fünf zu eins« sagte, war sie erleichtert. Morgen, spätestens übermorgen wäre es geschafft.

Marlene atmete tief durch. »Soll ich frischen Kaffee machen?«

»Nicht für mich«, sagte Giovanni gähnend und reckte sich, wobei er seine Muskeln ausgiebig spielen ließ. »Wir haben ja alles besprochen. Romy und ich wollen noch an den Strand. Das Wetter ist zu geil.«

Bodo hatte bisher kaum ein Wort gesagt. Nun stand er auf.

»Ich kann es nicht fassen. Ihr beschließt einfach mal so, andere Leute zu beklauen. Zumindest könnte das passieren. Versteht ihr das denn nicht? Diese anderen, das sind quasi wir. Wir sind das. Wir waren das. Uns hat man genauso um unser Geld betrogen, wie ihr jetzt Dritte betrügen wollt.«

»Na, hör mal, Bodo. Keinem von uns ist die Entscheidung leichtgefallen«, beschwerte sich Gerd.

»Erstens stimmt das nicht, und selbst wenn es so wäre, ist und bleibt es die falsche Entscheidung. *Ich* werde sie jedenfalls nicht umsetzen.«

Ein lautes Stöhnen, ein Stuhl flog zur Seite.

Giovanni baute sich vor Bodo auf. »Du hast die Scheißabstimmung gewollt, Alter.«

»Weil ich gedacht habe, dass ihr, wenn euch die Konsequenzen bewusst werden …«

»Jetzt hältst du dich gefälligst auch dran«, unterbrach ihn

Giovanni. »Fünf zu eins, noch deutlicher geht's nicht. Du stehst allein.«

Bodo nickte. »Das stimmt. Andererseits bin ich der Einzige von euch, der Zugang zu Töllers Konten hat. Du kannst mich windelweich prügeln, Giovanni, und du siehst so aus, als würdest du es auch gerne tun, aber das wird nichts ändern. Alle Codes sind in meinem Kopf, und ohne meine Kenntnisse seid ihr einfach nur fünf ahnungslose Leute, die um einen Computer herumstehen. Das ist die bittere Wahrheit, *ragazzo*. Also, du bringst es lieber hinter dich und schluckst sie hinunter. Ohne mich kriegt ihr nicht einen Cent.«

Giovannis Brustkorb wuchs um einige Zentimeter, und es hatte den Anschein, als wollte er jeden Moment auf Bodo losgehen.

Marlene stellte sich dazwischen. »Bodo, das ist nicht fair. Abstimmung ist Abstimmung, und ich habe dir erklärt, wieso ich die Sache schnell zu Ende bringen will.«

Bodo sah sie nachsichtig an. »Das wollen wir alle, Marlene. Aber nicht auf unsaubere Weise. Wenn wir Töller nicht länger gefangen halten können, dann müssen wir abbrechen.«

Alle stöhnten halb entsetzt und halb im Zorn auf, nur Giovanni ließ seine Wut auf andere Weise raus, indem er die Faust in die Luft stieß, als wolle er jemanden zu Boden schlagen.

»Das kommt nicht in Frage«, schimpfte Gerd. »Jetzt, wo wir so weit gekommen sind.«

»Ich habe ja nicht gesagt, dass ich aufgeben will. Ich brauche nur etwas mehr Zeit. Es gibt da noch ein Konto auf den englischen Kanalinseln. Per Internet kann ich da allerdings nichts ausrichten. Wenn ich das Codewort wüsste, könnte ich bei der Bank anrufen und …«

»Du brauchst das Codewort von dem Typ?«

»Ja.«

Giovanni richtete sich auf, kraulte sich ausgiebig zwischen den Beinen und deutete mit dem Finger auf ihn. »Okay, du kriegst das beschissene Ding.«

Während sie auf Giovannis Rückkehr warteten – er hatte gesagt, er brauche etwa eine Stunde –, bereiteten Marlene und Romy das Abendessen für Alwin Töller vor. Da es Samstag war und Marlene fand, dass man samstagsabends etwas Besonderes aufgetischt bekommen sollte, bereitete sie einen Stralsunder Fischtopf zu. Dafür war sie am Morgen extra zu einem etwas entfernten Markt gefahren und hatte feinste Filets von Dorsch und Steinbeißer besorgt. Marlene schälte die Kartoffeln, während Romy die Gurken entkernte und Knoblauch hackte, wobei sie für eine Zehe gut fünf Minuten brauchte.

Daniel steckte den Kopf in die Küche. »Romy, kannst du deinen Freund bitte mal anrufen, wo er bleibt. Ich habe zu Hause gesagt, ich wäre joggen, und das ist jetzt über zwei Stunden her. Ich bin schließlich nicht Superman.«

»Er mag es aber nicht, wenn ich ihm hinterhertelefoniere.«

»Und ich mag es nicht, wenn meine Frau glaubt, ich lüge sie an.«

»Tust du aber«, erwiderte Romy, ergänzte allerdings nach einem Ellbogenstoß von Marlene: »Gut, ich schreib ihm eine WhatsApp.«

»Herzlichen Dank«, sagte Daniel ironisch. »Was hat er überhaupt vor?«

»Etwas holen.«

»Und was?«

»Weiß ich auch nicht.«

»Gib's zu, das ist dein Lebensmotto.«

Bevor Marlene ihn zurechtweisen konnte, kehrte er ins Wohnzimmer zurück, wo Gerd und Bodo saßen und warteten.

»Hör nicht auf ihn, Romy«, sagte sie. »Er ist gereizt, wie wir alle. Das sind schwierige Tage für uns.«

Sie beobachtete, wie Romys Finger über die Tastatur ihres Smartphones huschten. Eine Nachricht schrieb sie innerhalb von Sekunden, aber an einem Gurkensalat konnte sie sich eine volle Stunde abarbeiten.

»Nun erzähl mal«, sagte Marlene mütterlich. »Wir hatten noch gar keine Gelegenheit, um über Giovanni zu sprechen. Das ging ja alles ziemlich schnell mit euch.«

»Schon, aber er ist so toll«, rief Romy. »Wie sagt man noch? Man muss die Gelegenheit beim Schoß packen.«

»Beim Schopf«, korrigierte Marlene, was Romy jedoch nicht zur Kenntnis nahm, weil sie bereits mitten im Schwärmen war.

»Er ist irre stark. In seiner Nähe komme ich mir so richtig super beschützt vor. Wie er mich an der Hand hält, wenn wir irgendwo rumlaufen. Du müsstest mal sehen, wie er die anderen Jungs mit seinen Blicken warnt, mich anzuquatschen.«

»Ja«, seufzte Marlene. »Ich kann es mir gut vorstellen, und ich schätze, das wird er so lange tun, wie ihr zusammen seid.«

Romy kicherte. »Geil, oder? Er ist halt ein echter Kerl, nicht so ein Windbeutel wie Daniel, der Angst vor seiner Frau hat.«

»Romy, ich muss dich doch sehr bitten. Daniel ist unser Verbündeter, und ich möchte nicht, dass es einreißt, dass wir schlecht übereinander sprechen.«

»Tut mir leid«, gab Romy kleinlaut nach, und Marlene verzieh ihr im selben Atemzug. »Ich wollte damit doch bloß sagen, dass ich auf feurige Typen stehe.«

Und auf dominante, fügte Marlene in Gedanken hinzu. Wenn das mal gut ging.

»Angenommen, ihr trennt euch irgendwann … Meinst du, er wird Stillschweigen bewahren?«

»Keine Sorge, ich hab an alles gedacht«, erwiderte Romy. »Er kriegt fünftausend Euro von mir, die Hälfte von meinem Anteil. Dadurch hängt er mit drin.«

Fünftausend Euro, wiederholte Marlene im Geiste. Kaum zu glauben, wie wenig Geld das war, verglichen mit den Mühen und Gefahren und nicht zuletzt der Ungeheuerlichkeit einer Entführung. Wie oft hörte man, dass ältere Leute überfallen wurden, und das alles wegen zwanzig Euro. Letzteres wurde gerne betont. Aber rechtfertigte eine höhere Summe eine solche Tat? Zweitausend Euro? Zwanzigtausend? Welcher Betrag war hoch genug, um zum Verbrecher zu werden – und bei wenigstens einem Teil der Leute auf klammheimliches Verständnis zu stoßen? Wenn es um eine Million ging? Um zehn Millionen?

Marlene stellte sich viele Fragen, nur Antworten hatte sie keine.

Romy zuckte mit den Schultern. »Ich weiß sowieso nicht, was ich damit machen soll. Ja, okay, es gibt da einen super Kühlschrank, der alles kann, nur nicht staubsaugen.« Sie lachte kurz über ihren Witz, doch da Marlene noch nicht einmal die Lippen verzog, fuhr sie fort: »Das ist ein Riesending, zwei Meter hoch, rot, im Retro-Style, mit Eiswürfelmacher oder wie das heißt, und Eiskrem machen kann der auch. Außerdem ist der intelligent, den kann man mit dem Internet verbinden, und dann sagt er einem, ob die Milch sauer ist und so Zeug. Kostet nur leider zweitausend Euro.«

Marlene stellte sich vor, wie der rote Superkühlschrank in Romys enger Küche zwischen dem alten Herd und der an allen Ecken und Enden oxydierten Spüle stand.

»Ach, ich weiß nicht«, fügte Romy in ernüchtertem Tonfall hinzu. »Eigentlich brauche ich so gut wie nie Eiswürfel, und Eiskrem kriege ich ja bei uns in der Bäckerei genug. Wahrscheinlich werde ich ihn mir nicht kaufen und die restlichen fünftausend wieder aufs Konto tun. Oder wir fahren damit mal in die Heimat von Giovannis Eltern, nach Sardinien.«

»Sizilien«, korrigierte Marlene geistesabwesend.

Die Kleine hatte die zehntausend Euro vier Jahre zuvor von ihrer Oma anlässlich ihres achtzehnten Geburtstages bekommen und das Geld eine ganze Weile nicht angerührt. Marlene hatte sie am Anfang mehrmals gefragt, ob sie sich nicht etwas gönnen wolle, einen Urlaub vielleicht oder den nötigen Führerschein samt Kleinwagen. Doch Romy hatte immer nur mit der Schulter gezuckt.

»Wenn du …«, begann Marlene, zweifelte dann jedoch, ob sie die Frage überhaupt stellen sollte. »Versteh mich bitte nicht falsch, aber wenn du das Geld eigentlich gar nicht brauchst, wieso machst du dann bei uns mit? Ich meine, es ist ja schon ein wenig … ungewöhnlich, was wir hier tun.«

Wieder zuckte Romy mit den Schultern. »Ich habe dem

Kerl das Geld gegeben, also muss er es mir auch wieder zurückgeben. Ist doch logisch, oder?«

Ob es logisch war, wusste Marlene nicht. Auf jeden Fall war Romys Sichtweise höflich, denn sie ließ unerwähnt, dass es Gerd gewesen war, der sie von dieser Geldanlage überzeugt hatte. Er hatte ihr damals durch die Blume zu verstehen gegeben, dass man schon ziemlich schlicht im Kopf sein müsse, wenn man auf einen Geheimtipp mit sieben Prozent Zinsen verzichtete. Natürlich, die Entscheidung hatte letztendlich Romy getroffen, so wie Patienten das letzte Wort vor einer Operation haben. Dass drei Ärzte dringend dazu geraten hatten, war hinterher meist nur eine Randnotiz, wenn etwas schiefging. Romy kannte sich mit Geldanlagen ungefähr so gut aus wie mit der Funktionsweise der Milz. Sie hatte damals mit der Schulter gezuckt und einfach alles unterschrieben, was Töller ihr vorgelegt hatte.

Gewiss, zehntausend Euro waren nicht allzu viel, verglichen mit Marlenes zweihunderttausend. Doch es war alles, was Romy besaß, und so gesehen wog ihr Verlust genauso schwer. Nicht ein einziges Mal hatte sie Gerd deshalb einen Vorwurf gemacht, anders als Bodo, der zumindest gelegentliche kleine Seitenhiebe nicht lassen konnte.

Gerd litt unter beidem, unter Bodos Andeutungen genauso wie unter Romys Schweigen. Natürlich zeigte er das nicht, und er hätte sich gegen jede direkt vorgetragene Anschuldigung aufbrausend zur Wehr gesetzt, hätte niemals eine Mitschuld zugegeben. Marlene kannte ihn allerdings gut genug, um zu wissen, dass er den Kampf gegen Herrn Töller nicht des Geldes wegen führte. Das Geld war nur das Objekt, das Symbol, um das es ging. Auch nicht für Marlenes Träume hatte er diese

Entführung gewagt. Ihm waren Abendessen im Orient-Express und luxuriöse Kreuzfahrten herzlich egal, schlimmer noch, er hätte sich bestimmt nur widerwillig darauf eingelassen, weil er sich in der Gesellschaft reicher oder gebildeter Leute unwohl fühlte. Unter ihnen war er nämlich nicht der Platzhirsch, für den er sich sonst immer hielt.

Lange Zeit hatte Marlene die wahren Motive ihres Gatten nicht wahrhaben wollen. Gerd ging es ausschließlich um seine Ehre, und die war in zweierlei Hinsicht schwer beschädigt worden. Zum einen hatte er sich quasi übers Ohr hauen lassen, etwas, das einem Gerd Adamski eigentlich nie passierte, jedenfalls nicht offiziell. Ausgerechnet er, der sich rühmte, gewieft zu sein, jeden Trick zu durchschauen und sich in allem auszukennen, war auf jemanden hereingefallen. Doch es kam noch dicker. Dass sowohl Bodo als auch Romy auf seinen Rat hin bei Herrn Töllers Geldanlage eingestiegen waren, bedeutete für Gerd einen Gesichtsverlust ohnegleichen. Wenn er früher Fehler gemacht hatte, hatte er sich stets geweigert, sie zur Kenntnis zu nehmen. Er ging einfach darüber hinweg, drehte sich die Sachlage so lange zurecht, bis er nach einer Weile tatsächlich glaubte, alles richtig gemacht zu haben und nur falsch verstanden worden zu sein. Diese von Jahr zu Jahr gewachsene und gehegte Sicht der Dinge hatte Herr Töller schwer erschüttert. Der Fehler, einem Filou nicht nur sein ganzes Geld anzuvertrauen, sondern auch noch andere in die Sache hineinzuziehen, war zu offensichtlich und unbestreitbar gewesen, um ihn abzuwiegeln. Gerd war zutiefst gekränkt.

Marlene kam nicht umhin, ihren Mann dafür ein wenig zu verachten. Sie wollte es nicht und versuchte sich einzureden, dass ein Motiv so gut wie das andere sei, und manchmal gelang es ihr sogar. Doch ploppte dieses negative Gefühl immer wieder auf, so unvermeidlich, wie sich nach gutem Wetter irgendwann wieder Wolken am Himmel zeigen.

Giovanni kehrte mit einem komischen Gerät zurück, das wie ein großes, altmodisches Handy aussah. Daniel hatte so etwas noch nie gesehen.

»Das soll uns helfen, das Codewort zu kriegen?«, fragte er skeptisch.

»Das ist ein Stimmenmodulator«, erklärte Giovanni. »Wenn man es nahe an den Mund hält, kommt eine ganz andere Stimme aus einem raus.«

Daniel betrachtete den Modulator näher. Passenderweise hieß das Ding »Monster«, denn die Stimme klang tatsächlich verzerrt, geradezu unheimlich. Da Töller Giovanni nicht kannte, war damit der letzte Rest Wahrscheinlichkeit dahin, dass er die Stimme später identifizieren konnte.

»Der Dicke im Keller hat seine Chance gehabt«, sagte Giovanni. »Pappschilder und so, auf denen irgendwas draufsteht, dass er keine Angst haben muss, das ist jetzt rum. Und ob der Angst kriegen muss. Also, wir geh'n jetzt alle zusammen da runter.«

»Was soll denn das bringen?«, sagte Gerd, sichtlich eingeschnappt, dass er mal wieder nicht gefragt worden war.

»Die Wirkung ist ganz anders. Wirst schon sehen.«

Gerd wollte sich nur widerwillig auf die Vorschläge eines jungen italienischen Kickboxers einlassen, der es noch dazu wagte, ihn zu übergehen. Seine Methode hatte darin bestanden, in der einen Stunde, die sie im Wohnzimmer auf Giovanni gewartet hatten, an Bodo herumzumäkeln wie ein alter Grantler. Immer wieder hatte er Daniel aufgefordert, er solle doch »auch mal was sagen«. Aber Daniel hatte geschwiegen. Bodos Entscheidung war gefallen, daran war nichts zu ändern, und leider brauchten sie ihn weiterhin. Aber verzeihen – nein, verzeihen würde Daniel dem Abweichler das nie.

Sollte der Prolet ruhig seine Chance kriegen. Wieso nicht?

Im Keller, wo sich alle sechs die Kluft samt Kapuze anzogen, verstand Daniel sofort, was Giovanni mit der veränderten Wirkung meinte. Seines Wissens war bislang immer nur eine Person zu Töller gegangen. Nun, da sie allesamt in ihren unheimlichen Kostümen zusammenstanden, lief sogar ihm ein kalter Schauer über den Rücken, obwohl er sich nicht bedroht fühlen musste.

Wie ein Tribunal schritten sie in den Raum: Giovanni, Gerd, Daniel, Bodo, Marlene und Romy. Töller verstand sofort, dass sich etwas verändert hatte, dass sie sein Schweigen nicht länger hinnehmen würden. Bleich und ängstlich drückte er sich an die Wand.

»Bitte … Bitte nicht … Ich werde Ihnen ein Lösegeld zahlen. Zwanzigtausend. Also gut, dreißigtausend … hunderttausend. Nehmen Sie Kontakt zu meiner Bank auf, um die Übergabe zu vereinbaren.«

Das könnte dir so passen, dachte Daniel. Die meisten Entführungen scheiterten bei der Lösegeldübergabe. Selbst der gewitzte Dagobert, der die Polizei mehrmals gefoppt hatte, war letztendlich nicht ans Ziel gelangt, sondern hinter Gittern gelandet. Das Intelligente an dem von ihnen entworfenen Plan war ja gerade, dass eine Geldübergabe nicht nötig war.

»Du weißt genau, was wir wollen«, sagte Giovanni.

Töller schluckte. »Nein … Nein, das nicht. Kein Passwort. Gut, sagen wir zweihunderttausend.«

Giovanni ging langsam auf Töller zu.

»Nein, nein, bitte nicht … Bitte … Bitte …Ich bitte Sie …«

Der Italiener betrat den Radius des Gefangenen, obwohl Gerd ihn im letzten Moment zurückhalten wollte. Daniel verstand, warum der Junge sich dieser Gefahr aussetzte. Er signalisierte Töller damit, dass er keine Angst hatte. Denn so schwach, elend und hilflos sich Töller fühlen musste, so war dieser winzige, ihm zur Verfügung stehende Radius eine Art Burg mitten im Feindesland für ihn. Keiner hatte sich ihm bisher auf weniger als zwei Schritte Abstand genähert. Das gab ihm eine letzte, wenn auch geringfügige Sicherheit. Die hatte Giovanni ihm nun genommen, bevor er auch noch die allerletzte Grenze überschritt.

Blitzschnell griff er nach Töllers rechter Hand und bog ihm den Daumen nach hinten, sodass dieser augenblicklich auf die Knie ging und schrie wie am Spieß.

Der Angriff erfolgte so überraschend, dass sowohl Marlene als auch Daniel aufstöhnten und den Blick abwandten.

Giovanni lockerte den Griff kein bisschen, wie Töllers Geschrei vermuten ließ. Nur langsam wandte Daniel sich dem Geschehen wieder zu, wobei er stark zwinkerte und die Hand abwehrend vors Gesicht hielt, so als sei er Zuschauer eines Horrorfilms. Glücklicherweise blickte der Gefangene zu Boden, sonst hätte er die Schockreaktion zweier Mitglieder des Tribunals mitbekommen. Marlene hatte die Türklinke ergriffen, an der sie sich festhielt wie an einem Geländer am Rand des Abgrunds.

»Hitch… ah… aaah! Hitchcock«, stieß Töller aus. »Loslassen… bitte… Das Passwort lautet Hitchcock.«

Giovanni zog sich ein paar Meter zurück. Er hielt sich den Stimmenmodulator vor den Mund und fragte: »Wie wird das geschrieben?«

Diesmal rollte Daniel nicht mehr nur innerlich mit den Augen. Er tippte Giovanni an und gab ihm und den anderen ein Zeichen, ihm vor die Tür zu folgen. Marlene verließ noch vor ihm den Raum. Sie lehnte die Stirn gegen die Wand, schloss die Augen und ließ die Streicheleinheiten ihres Mannes ohne Regung über sich ergehen.

»Das war echt heftig«, sagte Bodo vorwurfsvoll und schwer atmend. Er riss sich die Kapuze vom Kopf. »Wir hatten vereinbart, dass Töller gut behandelt wird.«

»Wir hatten auch vereinbart, dass du uns die Kohle besorgst, Alter. Also, stell dich nicht an wie ein Mädchen. Außerdem ist dem überhaupt nix passiert. Dem bullert noch eine Stunde lang die Hand, dann merkt er nix mehr. Nix gebrochen, nix verstaucht oder so. Und mir haben das Wort, wie versprochen. Was sagste jetzt, Gerd? Hat doch Bombe geklappt.«

Gerd sagte gar nichts mehr. Mit diesem Erfolg hatte Giovanni das Ruder übernommen.

»Ihr habt das Geheimwort verstanden, ja?«, hakte der Italiener nach. »Irgendwas Englisches mit ›cock‹. Das ist was Dreckiges, oder?«

»Der Name eines englischen Regisseurs«, erklärte Daniel,

wobei er sich zusammennehmen musste, um nicht arrogant zu klingen. »Eines sehr berühmten Regisseurs.«

»Bombe, ey. Okay, das war's für heute, oder ist noch was? Ich muss in einer Stunde im Restaurant sein.«

Daniel ekelte die Vorstellung, dass die Hand, die eben noch einen Menschen gequält hatte, in einer Stunde Pizza servieren würde. Doch je mehr sich seine Herzfrequenz in der folgenden Viertelstunde normalisierte, desto bewusster wurde ihm, dass sie einen Durchbruch erzielt hatten.

»Geschafft«, flüsterte er auf der Fahrt in die Bibliothek vor sich hin, immer und immer wieder wie ein Mantra, und eine Woge der Erleichterung und des Glücks erfasste ihn.

6

September

Bobby hatte Ina verletzt, wenn auch auf eine Weise, die es ihr schwer machte, wütend auf ihn zu sein. Sie konnte nicht Ehrlichkeit erwarten und sich hinterher beschweren, wenn sie damit konfrontiert wurde. Schon gar nicht als Psychologin. Tagsüber schaffte sie es irgendwie, den Ex aus ihren Gedanken zu verbannen. Sie hatte viel zu tun, und wenn sie in ihrem Kalender mal eine Stunde entdeckte, die nicht ausgefüllt war, schloss sie sie rechtzeitig, sei es mit liegen gebliebenem Kram, mit Einkäufen, schwierigen Recherchen oder Lektüre.

Auf diese Weise wurde sie innerhalb weniger Tage stolze Besitzerin diverser neuer Paar Schuhe, Abonnentin einer Wirtschaftszeitung und Mitglied einer Naturschutzorganisation. Sie beschäftigte sich mit dem Leben von Pablo Picasso und Marie Antoinette, und sie kochte ein im Internet entdecktes Originalrezept für Cassoulet nach, was mehr als fünf Stunden in Anspruch nahm.

Die Nächte hingegen waren ein Problem. Trotz Hopfentee, Lavendelöl und RTL II schlief Ina nur schlecht ein. Daher war sie fast dankbar, als nach Mitternacht ihr Handy klingelte, obwohl das meistens nichts Gutes bedeutete. Da Stefanie seelenruhig in ihrem Bett schlief, konnte ihr nichts zugestoßen sein, und Ina ertappte sich zwischen dem ersten und dem dritten Klingeln bei der Hoffnung, es möge Bobby sein.

»Hallo, hier ist Christopher.«

Sie war augenblicklich hellwach. »Christopher!«

»Können Sie bitte ganz schnell bei uns vorbeikommen?«

»Was ist denn los?«

»Mein Vater ... Er ... Er dreht durch.«

»Was meinst du damit? Was tut er denn?«

»Er regt sich über irgendetwas schrecklich auf, ich habe es nicht ganz verstanden.«

»Hat er dich geschlagen oder hart angefasst?«

»Das soll er mal versuchen, dann ...«

»Christopher. Sag mir endlich, was los ist.«

»Ich habe mich mit Felicia im Bad eingeschlossen. Sie hat Angst, aber ... Nein, getan hat er uns nichts. Er hat ein paar Sachen zertrümmert. So habe ich ihn noch nie gesehen.«

»Aber auf euch ist er nicht losgegangen?«

»Nein.«

»Gut, ich komme. Bleibt, wo ihr seid. Auf keinen Fall die Badezimmertür öffnen, bis ich da bin. Wenn dein Vater versucht, die Tür aufzukriegen, rufst du sofort die Polizei an, hast du verstanden? Du wählst dann eins, eins, null. Keine Heldentaten, bitte.«

»Ist klar.«

»Ich brauche eine Viertelstunde.«

Drei Minuten später saß Ina im Auto. Nur aus einem einzigen Grund rief sie nicht die Polizei an – das hätte womöglich eine Maschinerie in Gang gesetzt, auf die sie keinen Einfluss mehr hätte. Die Beamten könnten das Jugendamt benachrichtigen, und dann wäre alles möglich. Ein alleinerziehender randalierender Vater in der Familienwohnung – andere Kinder waren schon aus geringeren Anlässen aus ihrem Leben gerissen worden, zumindest vorübergehend. Ob das im Moment das Richtige war? Wären Christopher und Felicia körperlich bedroht gewesen, hätte sie dagegen keine Sekunde überlegt. Das war offensichtlich nicht der Fall, dennoch wollte sie sich unbedingt selbst ein Bild verschaffen, bevor sie entschied, ob sie das Jugendamt einschaltete.

Als sie am Haus der Trebuths in Prerow ankam, herrschte Stille. Ein paar Fenster waren matt erhellt, die der Nachbarhäuser alle dunkel. Unendlich viele Sterne flimmerten am Himmel, dessen tiefe Schwärze von den Straßenlaternen nicht beeinträchtigt wurde. Vom Meer wehte ein leichter Wind herüber. Friedlicher konnte eine Nacht nicht sein.

Sie klingelte und musste nicht lange warten.

»Herr Trebuth.«

»Frau Bartholdy.«

Seine Stimme klang müde und traurig. Er war völlig ruhig und wirkte nicht überrascht, sie zu sehen. Umgehend trat er einen Schritt zurück, um ihr zu signalisieren, dass sie eintreten durfte. Angst hatte Ina zwar keine vor ihm, aber ganz wohl war ihr nicht. Das Regal mit den Fotos seiner Frau war im Ganzen abgerissen worden, die Bruchstücke lagen über den Boden verteilt. Dasselbe galt für einige der Wandbilder mit Blumenmotiv. Eine umgestürzte Stehlampe schickte schwache Lichtblitze in den hell erleuchteten Raum, wie letzte Zuckungen eines erschlagenen Insekts. Das Wichtigste jedoch, die Badezimmertür, war unversehrt. Es sah nicht so aus, als hätte Daniel Trebuth den Versuch unternommen, sie gewaltsam zu öffnen. Das einzig Lebendige, das irgendwelche

Blessuren davongetragen hatte, war eine Zimmerpflanze, deren Blattkrone abgeknickt war.

Ina sah ihr Gegenüber streng an, sprach aber mit mildem Tonfall.

»Ist Ihnen eigentlich klar, was Sie Ihren Kindern damit antun?«

»Ja, ich weiß, ich weiß«, seufzte er und rieb sich mit einer Hand die Augen. »Es tut mir so leid. Seit einer Viertelstunde spreche ich durch die Tür mit den Kindern und sage ihnen, wie sehr ich meinen Ausbruch bedaure. Aber sie wollen mir nicht aufmachen.«

»Und das wundert Sie?«

»Nein … Sie haben ja recht. Es … es war nur das eine Mal. So etwas passiert mir sonst nie. Keine Ahnung, es ist einfach über mich gekommen. Oh mein Gott, was hat mich da bloß geritten? Die armen Kinder.«

Inas Blick schweifte erneut über das Chaos, die gerahmten Hochzeitsfotos, die Urlaubsfotos, die Blumenbilder. Daniel Trebuths Wut hatte sich ihrer Meinung nach gegen seine Frau gerichtet, und da sie abwesend war, gegen Dinge, die mit ihr zu tun hatten. Glücklicherweise – in diesem Fall musste man das so sagen – brachte er die Kinder nicht in enge Verbindung mit seiner Frau. Es waren jetzt seine Kinder, daher waren sie verschont geblieben.

»Ich schlage vor, Sie räumen erst mal auf, um eine gewisse Normalität wiederherzustellen. In der Zwischenzeit rede ich mit Christopher und Felicia.«

Ohne zu zögern, machte er sich wie ein fleißiger Diener an die Arbeit. Er sagte alles, was sie hören wollte, er tat alles, was sie verlangte. Vermutlich hätte sie ihm auch befehlen können, einen Handstand zu vollführen, um die Blutzirkulation im Kopf zu verbessern, und er hätte der Aufforderung Folge geleistet. Daniel Trebuths Unterwürfigkeit machte Ina misstrauisch. Andererseits konnte sie es ihm schwerlich übel nehmen, dass er ihre Vorschläge umsetzte.

Sobald sie sich zu erkennen gab, öffnete Christopher die Badezimmertür. Seine Schwester schien geweint zu haben, wohingegen er selbst den tapferen Mann gab, und tatsächlich hatte er alles richtig gemacht.

»Du hast klug und umsichtig gehandelt«, lobte Ina ihn, woraufhin er gleich einen Zentimeter wuchs.

Felicia warf sich ihr in die Arme und wollte sie gar nicht mehr loslassen, obwohl sie und Ina sich nur von einigen wenigen flüchtigen Begegnungen kannten. Während sie Wange an Wange dastanden, flüsterte Ina ihr beruhigend ins Ohr und wiederholte immer wieder: »Es ist vorbei.«

»Euer Vater ist wieder zur Ruhe gekommen. Sein Verhalten tut ihm schrecklich leid«, schloss sie. »Aber das möchte er euch gerne selbst sagen. Seid ihr dazu bereit? Oder braucht ihr noch Zeit?«

»Nein, ist schon okay«, sagte Christopher

Ina wartete auch Felicias Zustimmung ab. Das Mädchen nickte betrübt.

»Du musst nicht, wenn du nicht willst«, bot sie an.

»Doch, ich will«, bestätigte die Kleine mit heller, porzellandünner Stimme.

»Ganz sicher?«

»Ja.«

Als sie das Wohnzimmer betraten, war das Chaos weitgehend beseitigt. Daniel Trebuth hatte die Scherben zusammengekehrt, die Bilder und die umgeknickte Pflanze weggeschafft. Ein einzelnes Foto seiner Frau stand wieder an seinem Platz im Regal, allerdings in einem gesprungenen Rahmen. Ina fand, das hätte er sich schenken können. Die Stehlampe hatte er zwar aufgerichtet, jedoch nicht ausgeschaltet, weshalb sie weiterhin ihr flackerndes, verstörendes Licht durch den Raum schickte.

Als Daniel Trebuth einen Schritt auf die kleine Felicia zuging, wich sie zurück und ergriff die Hand ihres Bruders. Ihre Angst traf den Vater sichtlich. Ina nahm ihm sein Erschrecken über die Reaktion seiner Tochter ab. Vermutlich begriff er erst in diesem Moment vollständig, was er da angerichtet hatte und dass es mit ein paar schönen Worten und dem Zusammenkehren der Scherben nicht getan war.

Er brach in Tränen aus und stammelte mehrfach Entschuldigungen. Ihn derart schwach zu erleben, machte es vor allem Felicia leichter, wieder Vertrauen zu ihm zu fassen, und nach einer Minute versöhnte sich die dreiköpfige Familie. Christopher allerdings blieb distanziert, auch wenn er die Entschuldigung seines Vaters akzeptierte.

»Möchtet ihr die Nacht hier verbringen oder lieber woanders?«, fragte Ina die Kinder, was Daniel Trebuth erneut schockierte. Aber sie musste diese Frage stellen, als Signal an die Kinder, dass sie die Wahl hatten, um ihnen eine gewisse Sicherheit zurückzugeben.

»Felicia soll entscheiden«, sagte Christopher. »Ich bleibe da, wo sie ist.«

Das Mädchen wollte zu Hause bleiben.

Daraufhin bat Ina ihren Vater um ein Gespräch unter vier Augen, das sie draußen vor der Tür führten. Die Zigarettenstummel lagen immer noch dort, in den letzten Wochen mehrmals vom Regen aufgeweicht, von der Sonne getrocknet und erneut aufgeweicht, braun, schleimig, zerknickt wie zertretene Schnecken. Neue waren nicht hinzugekommen, da der Hausherr seiner Sucht inzwischen in der Wohnung frönte, wie man deutlich riechen konnte.

»Herr Trebuth, nun sagen Sie mir bitte, warum. Dass Sie seit einem Jahr unter großem Druck stehen, ist mir klar. Aber was war der Auslöser für Ihren Wutanfall?«

Er seufzte schwer. »Es war alles ein bisschen viel für mich in letzter Zeit. Ich kämpfe mich von Tag zu Tag, und irgendwie … Manchmal gebe ich Jette die Schuld daran. Das finden Sie sicherlich falsch.«

»Gefühle sind nie richtig oder falsch, sie sind vorhanden, und deswegen muss man mit ihnen umgehen. Daher möchte ich, dass Sie mit Ihren Kindern zu einer Familienberatungsstelle gehen, und zwar gleich morgen Vormittag. Melden Sie sich einen Tag krank oder nehmen Sie sich frei, wie Sie wollen, aber bitte gehen Sie dorthin. Hier ist die Adresse. Morgen Nachmittag werde ich dort anrufen und mich erkundigen, ob Sie meiner Empfehlung gefolgt sind. Ich kann nicht genug betonen, dass Sie sich gleich morgen an die Beratungsstelle wenden sollten.«

In der Nacht schlief Ina unruhig und alles in allem nicht mehr als zwei Stunden. Bereits um halb sechs stand sie auf. Vom Müsli aß sie gerade mal einen Löffel, und so blieb es bei sieben Tassen Kaffee innerhalb einer Stunde. Als Stefanie um sieben Uhr in die Küche kam, erzählte Ina ihr, was in der Nacht passiert war.

»Und du hast nicht die Polizei oder das Jugendamt gerufen?«, fragte Stefanie entsetzt.

»Es liegt keine häusliche Gewalt vor. Der Mann hat eine Stehlampe und ein paar Bilderrahmen malträtiert. Soll man ihm dafür die Kinder wegnehmen? Das kann immer nur die letzte Maßnahme sein. Man reißt nicht so mir nichts, dir nichts eine Familie auseinander. Im Übrigen ginge das bei den Trebuths auch rechtlich nicht.«

»Christopher hasst seinen Vater.«

»Das ist schlimm. Aber wenn die Behörden jedes Mal ein Elternteil einsperren würden, wenn die Kinder sich das wünschen, dann hätte ich schon mindestens zehn Nächte in einer Zelle verbracht. Oder, liebste Tochter?«

»Ach, so schlimm seid ihr gar nicht, du und Papa.«

»Danke. Ich weiß, das ist deine unnachahmliche Art, ein Lob auszusprechen. Aber, um auf das Wesentliche zurückzukommen, ich sehe nicht, dass Felicia oder Christopher etwas zustoßen könnte.«

Stefanie stocherte in ihrem Joghurt herum. »Kann ja sein. Aber Christophers Vater ist grässlich. Total depri, der wandelnde Waschlappen und langweilig obendrein. Außerdem trägt er Socken in Sandalen, *oh my god.*«

»Ich bezweifle, dass Socken in Sandalen ein ausreichender Grund für einen Richter wären, die Familie zu trennen.«

»Manchmal ist da was Unheimliches in seinen Augen …«

»Du meinst etwas Düsteres. Nun ja, das würde uns an seiner Stelle vermutlich allen so gehen.«

»Nein, richtig unheimlich. Ich kann's nicht erklären.«

»Unsere Wahrnehmung wird hauptsächlich von äußeren Faktoren beeinflusst und mitunter verfälscht. Du weißt, dass seine Frau verschwunden ist, und du ziehst die Möglichkeit in Betracht, dass er etwas damit zu tun haben könnte.«

»Nö, nicht die Bohne, er hat ein Alibi.«

Das war Ina völlig neu. »Wer sagt das?«

»Chris. Er hat seine Mutter als Letzter gesehen. Sie ist aus dem Haus gegangen, um einen Movinger zu machen. Jedenfalls hat sie das gesagt.«

»Einen was?«

»Einen Spaziergang, Mama. Das kommt von *to move*, du verstehst?«

»Ein Movinger, na schön. Und weiter?«

»Irgendwo bei Prerow, mittags. Und dann, platsch, war sie weg. Chris' Vater war bis spätabends in der Bibliothek. Er kann es also nicht gewesen sein. Falls da überhaupt etwas gewesen ist.«

Wieso hatte Christopher ihr verschwiegen, dass er seine Mutter als Letzter gesehen hatte?

Da war sie wieder, Großtante Gertrud.

Nach dem Gespräch mit ihrer Tochter war Ina verunsichert. Objektiv war ihre Entscheidung richtig gewesen. Es hatte keine häusliche Gewalt vorgelegen, und sie hatte darauf bestanden, dass die drei zur Familienberatung gingen. Und doch … Sie wollte nicht bis zum Nachmittag warten, um sicherzugehen, dass Daniel Trebuth ihren eindringlichen Ratschlag befolgt hatte. Also fuhr sie zum Haus der Familie, gemeinsam mit Stefanie, die sich nicht hatte abwimmeln lassen. Wenn bis zehn Uhr nichts passiert wäre, so nahm sie sich vor, würde sie dem Hausherrn nochmals einen Besuch abstatten und ihm auf die Füße treten. Ina fand, dass sie das den Kindern schuldig war, aber ihr war auch klar, dass sie damit gegen die erste Regel auf Seite eins des Handbuchs Psychologie verstieß: bewahre Distanz. Sowohl ihre Supervisorin in der Klinik wie auch ihr Doktorvater wären entsetzt, wenn sie wüssten, dass Ina neuerdings ihren Patienten nachstieg. Obwohl – Daniel Trebuth war gar nicht ihr Patient, und um ihn ging es in diesem Fall ja hauptsächlich.

»Echt cool, Mama«, sagte Stefanie. »Mit dir erlebt man wenigstens was. So hab ich mir deine Arbeit nicht vorgestellt.«

»Ich auch nicht.«

»Vielleicht sollte ich Psychologin werden. Übrigens, ich habe heute Nachmittag ein Vorstellungsgespräch für ein Praktikum«, sagte Stefanie.

»Bei einem Psychologen oder bei einem Tierarzt?«

»Nein, im Rostocker Zoo als Tierpflegerin. Ich will die Affen betreuen. Die sind so was von süß und sexy.«

»Orang-Utans sind sexy?«

»Na, die kleinen halt. Die kann man so schön knuddeln.«

»Vor ein paar Tagen wolltest du noch helfen, Welpen zu kastrieren und Meerschweinchen zu kämmen.«

»Ach, Mama, mach es doch nicht immer so kompliziert.«

Um halb zehn tat sich etwas. Daniel Trebuth stieg in sein Auto und fuhr los, allerdings ohne die Kinder.

»Warum ist Chris nicht bei ihm?«, fragte Stefanie.

»Möglicherweise will er vorab noch schnell in die Bibliothek fahren, um etwas zu klären.«

Ina hielt einigen Abstand, während sie ihm folgte, und ließ es auch zu, dass sich ein Fahrzeug zwischen ihn und sie schob. Da Trebuth einen froschgrünen Ford fuhr, war es nicht schwierig, an ihm dranzubleiben.

Die Fahrt dauerte nur wenige Minuten, von Prerow nach Wieck, aus Wieck wieder heraus, dann eine Landstraße am Bodden entlang. Die Strecke kam Ina bekannt vor, sie war sie schon zweimal gefahren. Als Daniel Trebuth in jenen Weg einbog, der zum Haus der Adamskis führte, hielt sie irritiert am Straßenrand an.

Im ersten Moment brachte sie die Dinge nicht zusammen. Was für ein Zufall! Oder etwa kein Zufall?

»Mama, du verlierst ihn ja!«, schimpfte Stefanie. »Was ist denn los? Hast du ein Gespenst gesehen?«

»So ungefähr.«

Nach einer Minute bog auch sie in die einspurige Straße ein und parkte etwa fünfzig Meter von Marlenes Haus entfernt.

»Du bleibst im Auto«, befahl sie Stefanie.

»Wer bin ich denn? Ein Hund?«

»Für die nächste Viertelstunde, ja.«

Langsam näherte Ina sich dem Haus. Tatsächlich, da stand Daniel Trebuths Auto. Der Audi, mit dem Gerd Adamski seine Frau von der Klinik abgeholt hatte, war nicht zu sehen – der Bäcker arbeitete vermutlich –, aber durch das halb offen stehende Garagentor erkannte Ina das schwarze Fiat Coupé, das ihr neulich gefolgt war.

Es war schwierig, all diese Details zu einem Bild zusammenzusetzen, noch dazu innerhalb von Sekunden: Daniel Trebuth, Marlene Adamski, der Fiat…

Was sollte sie tun?

Wegfahren und die Entdeckung für sich behalten?

Wegfahren und Marlene später darauf ansprechen?

Darauf warten, dass Daniel Trebuth wieder herauskam?

Klingeln?

Ewig konnte sie nicht unschlüssig mitten vor dem Haus stehen bleiben. Sie musste sich entscheiden.

Sie beschloss, den Stier bei den Hörnern zu packen, und klingelte. Manchmal war Konfrontation der einzige Weg, um eine verworrene Situation zu klären. Und Verwirrung gab es reichlich.

Nichts geschah. Ina klingelte erneut – wieder ohne Ergebnis.

Sie trat einige Schritte zurück. Die dunklen Fenster des Hauses waren wie Augen, die sie anstarrten, und in diesem Moment begriff sie, dass es ein Fehler gewesen war, sich zu erkennen zu geben.

»Chris!«, erklang Stefanies schriller Ruf. »Chris, hallo!«

Ina wandte sich erschrocken zu ihrer Tochter um, die sich natürlich nicht an die mütterliche Anweisung gehalten hatte. Heftig winkend stand das Mädchen mitten auf dem Weg, und Ina folgte ihrem Blick zum Waldrand, etwa einhundert Meter entfernt, wo sie kürzlich selbst gestanden hatte. Ja, da war ein Fahrradfahrer, der durchaus Christopher sein könnte, aber statt sich zu nähern, fuhr er davon.

In einer erneuten spontanen Entscheidung wirbelte sie herum, sammelte Stefanie ein und fuhr mit ihr nach Hause.

Als Ina am nächsten Morgen beim Frühstück die Regionalzeitung aufschlug, stand auf der Titelseite: »Erschütternder Mord auf dem Darß.«

Vierzehn Monate zuvor

»So ein Fuchs! So ein verdammter Fuchs!«, rief Bodo. In seine Stimme mischten sich Enttäuschung und Ärger, aber auch eine widerwillige Bewunderung für Alwin Töller. »Der hat uns doch glatt ausgetrickst. Verflucht noch mal ist der abgebrüht.«

Bodo redete mit sich selbst. Von Töllers Arbeitszimmer aus hatte er auf den britischen Kanalinseln angerufen, um eine Geldanweisung auf das deutsche Konto in Auftrag zu geben. Als er das Codewort genannt hatte – Hitchcock –, hatte man ihm gesagt, dass es leider nicht das richtige sei.

Bodo hatte es fast vom Stuhl gehauen. Mit dem Hörer in der Hand war er aufgesprungen, und das Herz hatte ihm bis zum Hals geschlagen.

Schnell sagte er auf Englisch: »Oh, tut mir leid. Hitchcock ist das Codewort für ein anderes Konto. Ich muss kurz nachsehen und rufe Sie gleich noch mal an.«

»Natürlich, Sir. Haben Sie einen schönen Tag.«

Im letzten Moment hatte er damit die Situation gerettet.

Hatte er das wirklich? Oder wiegte man ihn nur in diesem Glauben? War Hitchcock womöglich gar nicht das Codewort, sondern ein Alarmauslöser? Würde die Bank das Konto jetzt sperren? Oder, was noch schlimmer wäre, würde sie ein

Sicherheitsunternehmen verständigen, das daraufhin einen Kontrollanruf machen oder umgehend einen Wagen zu Töllers Haus schicken würde? Gab es solche Mechanismen überhaupt? Und wenn, funktionierten sie auch international?

Das Risiko war zu groß. Er packte in aller Eile die Sachen zusammen, die Laptops, Sticks, das Pausenbrot, die Cola, einfach alles. Zweimal schritt er alle Räume ab, um sich zu vergewissern, dass er ja nichts vergaß.

»Flocke!«, fiel ihm ein. In dem Körbchen war der Kater nicht, vermutlich streifte er irgendwo draußen herum.

Er konnte das Tier doch nicht einfach zurücklassen, ohne Nahrung. Es war kein Trockenfutter im Haus, und Nassfutter wäre bei diesen Temperaturen schon nach einem Tag im Napf ungenießbar.

Im Garten rief er nach dem Kater, immer auf der Hut, um ja nicht von einem zufällig vorbeikommenden Spaziergänger oder dem Postboten entdeckt zu werden. Tatsächlich musste er sich innerhalb der Viertelstunde, in der er Flocke anzulocken versuchte, dreimal hinter einer Eibe verstecken.

Beim vierten Mal schienen sich Bodos schlimmste Befürchtungen zu bestätigen. Zwei Männer mit einem Schäferhund näherten sich und klingelten an der Haustür.

»Mist!«, fluchte er leise vor sich hin.

Sie würden Töller schnellstens freilassen müssen, irgendwo auf einer Wiese oder im Wald, und zu ihrem alten Leben zurückkehren, als wäre nichts gewesen. Die Aktion war gescheitert, und außer ein paar tausend Euro hatte er nichts gewonnen. Wenigstens hatte ein Teil des Plans funktioniert, und sie waren unerkannt geblieben.

Während Bodo darüber nachdachte, wie er sich am besten

von dem Grundstück schleichen könnte, ohne von den Männern bemerkt zu werden, schmiegte sich plötzlich Flocke an ihn, den er streichelnd begrüßte. Im nächsten Moment zogen die Fremden ab.

Bodo wartete einige Minuten, bis er ganz sicher war, dass sie wirklich fort waren. Als er im Briefkasten nachsah, lag darin der Handzettel eines nahe gelegenen Tierheims, das um eine Spende bat.

Erleichtert holte er tief Luft – und hielt mittendrin den Atem an. Was, wenn der Flyer bloß ein Trick war? Oder machte er sich ganz umsonst verrückt? So wie ein Wanderer im nächtlichen Wald hinter jedem Rascheln einen Bösewicht oder die Gestalt aus einem Horrorfilm vermutet, so war es ganz natürlich, dass Bodo in seiner Lage überall Fallstricke vermutete. Wären die Männer wirklich von einem Sicherheitsunternehmen gewesen, wären sie dann innerhalb einer halben Stunde bei ihrem Klienten gewesen, ausgerüstet mit einem gefälschten Flyer? Wie wahrscheinlich war es, dass statt einer Maus eine Horrorgestalt das Rascheln im Wald verursachte?

Seine Sachen und Flocke unterm Arm, ging Bodo zu seinem Polo, der ein Stück entfernt stand. Als er alles eingeladen hatte und losfuhr, sah er die beiden Männer erneut, wie sie in Ahrenshoop von Haus zu Haus gingen.

Falscher Alarm also – diesmal. Die Leute waren tatsächlich vom Tierheim. Ganz sicher, dass nicht doch irgendetwas in Gang gesetzt worden war, war er sich allerdings nicht.

Er hielt kurz an, steckte den erfreuten Spendensammlern zehn Euro in die Dose und fuhr weiter Richtung Wieck.

Bodo saß gerne in Marlenes Küche, in der es wie so oft lecker nach Kuchen duftete. Zwar weckte der Geruch von Teig, Vanille und Zucker keine Erinnerungen bei ihm, denn weder seine Eltern noch Nelli oder er selbst hatten sich je im Backen versucht, trotzdem empfand er den Duft als beruhigend und behütend, so als könne ihm in dieser Küche nichts passieren. Marlenes mütterliche Gestalt passte hervorragend dazu, ohne sie wäre dieses friedliche Bild nicht vollständig gewesen.

»Den habe ich für Herrn Töller gebacken, als Dankeschön für seine Mitarbeit«, sagte sie mit einem traurigen Blick auf den Gugelhupf. »Aber verdient hat er ihn nicht.«

»Das kannst du laut sagen«, stimmte Bodo zu und schnitt sich ein großes Stück aus dem Rund heraus. Er biss ein wenig zu herzhaft zu, doch das brauchte er jetzt.

»Vielleicht hat er sich mit dem Geheimwort ja auch nur vertan«, versuchte sie eine Erklärung.

»Von wegen vertan! Der hat uns gefoppt, uns übers Ohr gehauen, und das nicht zum ersten Mal. Wenn du dich bitte mal dran erinnerst, warum er überhaupt da unten sitzt.«

Sie seufzte. »Das Schwindeln scheint ihm im Blut zu liegen.«

»Marlene, der Mann hat nicht aus einer Fünf in Mathe eine Drei gemacht und sie dann seiner Mama zur Unterschrift vorgelegt. Das ist ein waschechter Lügner und Betrüger, und dass er sich selbst ganz anders sieht, macht die Sache nur noch schlimmer. Wenn er wenigstens dazu stehen würde, und sei es auch nur insgeheim. Aber nix da, solche Typen sind wie manche Gebrauchtwagenhändler, die den Rost nur überpinseln und auch noch meinen, das sei völlig legitim. Dass sie damit vielleicht eine alleinerziehende

Mutter, die sich mit Autos nicht auskennt, an den Rand des Ruins bringen …«

»Ich weiß, was du sagen willst«, unterbrach ihn Marlene mit weinerlicher Stimme. »Ich kann Herrn Töller ja auch nicht ausstehen. Am liebsten würde ich ihm eine Schwarzwälder Kirsch ins Gesicht klatschen und kräftig verreiben.«

Bodo schmunzelte. »Deine Grausamkeit kennt wohl keine Grenzen.«

»An anderen Tagen tut er mir halt leid. Du musst da nicht runter, Bodo. Ich muss da runter. Ich muss den Gestank riechen. Ich muss mit ansehen, wie Herr Töller langsam verkommt. Der braucht dringend mal ein Bad, eine Zahnbürste … Aber Gerd sagt, ich darf ihm nichts geben, das wäre zu gefährlich.«

»Ich würde dir ja helfen, bloß geht fast meine ganze Zeit dafür drauf, Töllers Geschäfte und seine Korrespondenz zu erledigen. Kann Romy dich denn nicht entlasten?«

»Ach, das arme Kind wäre damit doch völlig überfordert. Das Mädchen kann ja nicht mal ein Sandwich machen, ohne Mayonnaise und Senf zu verwechseln. Ich lasse sie immer bei Schnick Schnack Schnuck gewinnen, damit sie nicht in den Keller muss. Gerd hat in der Bäckerei zu tun, Daniel in der Bibliothek, und Giovanni ist sich zu gut dafür. In der Pizzeria serviert er jeden Abend hundert Essen, hier dagegen macht er keinen Finger krumm.«

Bodo streichelte ihre Hand. Er verstand Marlene gut. Ihm wäre es unmöglich, das zu tun, was sie jeden Tag tat. Für ihn war es nicht weiter schwer gewesen, an Töllers Schreibtisch zu sitzen, ja, er hatte sich dort regelrecht wohlgefühlt. Das Kaufen und Verkaufen, das Jonglieren mit Aktien und Anleihen, genauso wie in eine andere Identität zu schlüpfen, hatten etwas Spielerisches gehabt. Mit der Materie kannte er sich inzwischen ziemlich gut aus. Zwar gab es ein paar Kunden, die sich wunderten, dass Alwin Töller nie telefonisch zur Verfügung stand, aber dank der erfundenen Asienreise war noch keiner misstrauisch geworden. Dafür kam Bodo viel zu locker rüber.

Letztlich hatte er seinen Spaß gehabt, während Marlene Töllers die Scheiße hatte wegräumen müssen. Letztendlich jedoch hatten sie beide auf dasselbe Ziel hingearbeitet, und wäre ihr Plan erfolgreich gewesen, hätte er Töllers Haus ebenso freudig verlassen und abgeschlossen wie Marlene den Keller.

Er spürte die drohende Leere nach der begrabenen Hoffnung. Noch gelang es ihm, sie auf Abstand zu halten. Aber sie streckte bereits ihre Fänge nach ihm aus. Wenn Nellis Geld endgültig verloren war, war auch das Letzte von Nelli verloren. Dann wäre sie reine Vergangenheit. Was bliebe ihm dann noch? Nicht einmal mehr der Kampf.

Vielleicht hätte er die Einlagen der Kunden doch anzapfen sollen, nur ein paar hundert Euro von ein paar Dutzend Wohlhabenden, das wäre sicher genug gewesen. Die Anleger hatten alle so viel Geld, da fiele der Verlust nicht weiter ins Gewicht – anders als bei Daniel mit seiner Existenznot, Marlene und Gerd mit ihrem bedrohten Lebensabend, Romy mit ihren Ersparnissen und er selbst mit seiner maßlosen Trauer.

Oder etwa doch? Die allermeisten würden eine solche Tat wahrscheinlich trotzdem unmoralisch nennen. Doch mit der Moral und der Anständigkeit war das so eine Sache. Sie wurden vor allem dann in Ehren gehalten, wenn alles rundlief, wenn man seine Schäfchen im Trockenen hatte. Ging es den Menschen hingegen dreckig, nahm die Moral oft ein schnelles Ende.

War das überhaupt möglich – anständig bleiben zu wollen im Rahmen eines Verbrechens? War das nicht ebenso absurd, wie aufrichtig sein zu wollen bei einer Lüge?

Das ganze Unterfangen war für Bodo von Anfang an ein Spagat gewesen, er hatte es sich bisher nur nicht eingestanden.

»Wir müssen den anderen Bescheid sagen«, murmelte er, wie jemand, der seine Niederlage eingesehen hat.

Marlene griff zum Telefon. Noch während sie wählte, hielt sie inne.

»Ist es vorüber, Bodo? Das war's doch? Oder etwa nicht?«

In Marlenes Stimme schwang dieselbe Angst mit, die auch Bodo fühlte, sowohl vor dem kläglichen Ende der Aktion wie auch vor ihrer Fortführung. Denn was auch immer geschähe, zum ersten Mal hatte Bodo die Ahnung, dass es eher schlimmer statt besser würde.

Daniel war gerade dabei, die Kinderbuchempfehlungen der Bibliothek für den Monat Juli zusammenzustellen, als ihn Marlenes Anruf erreichte. Als er auflegte, sah er aus, als hätte er von einem schrecklichen Unglück erfahren, und seine beiden Mitarbeiterinnen bemerkten sofort, dass etwas nicht stimmte. Mit der Begründung, seine Mutter sei mit einem Herzinfarkt ins Krankenhaus eingeliefert worden, verließ er unter zahlreichen Tröstungen die Bibliothek.

Seine Hände zitterten so stark, dass es ihm nicht gelang, den Motor seines Wagens zu starten. Erst fiel ihm der Zündschlüssel aus der Hand, dann verfehlte er mehrmals das Schloss, schließlich gelang es ihm nicht, Kupplung und Gangschaltung zu koordinieren. Mehrfach würgte er den Wagen ab und hoppelte wie ein Fahranfänger aus der Parklücke. Trotzdem fluchte er kein einziges Mal, und die verwunderten Blicke der Passanten kümmerten ihn kein bisschen.

Nach einigen Minuten kehrten seine Fähigkeiten, ein Fahrzeug zu steuern, immerhin teilweise zurück. Ohne größere Fehler gelangte er auf die Bundesstraße, die zum Darß führte. Manchmal schlingerte das Auto ein wenig, was daran lag, dass Daniel während der Fahrt immer wieder die Brille absetzte, um sich die Tränen aus den Augen zu wischen. Oder daran, dass er andauernd die Scheibenwischanlage benutzte, ohne dass es nötig gewesen wäre. Als er in Wieck ankam, war die Lauge aufgebraucht, und die Wischer glitten quietschend über das Glas.

Bei den Adamskis angekommen, saß er eine ganze Weile mit Marlene und Bodo in der Küche, wo kaum ein Wort fiel. Es hieß, Gerd wolle bald da sein, Romy sei auf dem Weg zu Giovanni, und dann werde man sehen.

Nur was gab es da zu sehen oder zu besprechen? Die Uhr tickte, und zwar nicht nur im übertragenen Sinn. Die Wanduhr zeigte die Sekunden an, die verstrichen, während irgendwo in einer Bank die Akte Trebuth von Schreibtisch zu Schreibtisch wanderte und irgendjemand mit strengem Blick und gleichgültiger Hand Daniels Schicksal besiegelte, heute, morgen, kommende Woche …

Im Grunde hatte sich seine Lage im Vergleich zu vor zwei Tagen nicht verändert. Im Vergleich zum vorangegangenen Tag dagegen hatte sie sich sehr wohl verändert. Da hatte Daniel sich nämlich am Ziel geglaubt. Nun war es, als hätte ihm jemand sein Los mit dem Hauptgewinn gestohlen, bevor er es hatte einlösen können.

»Wohin gehst du?«, fragte Marlene.

Erst da bemerkte Daniel, dass er die Küche verlassen hatte. »Runter zum Dieb. Ich muss ihn mir ansehen.«

»Ach, Daniel, das bringt doch nichts.«

Die steile, schier endlose Treppe führte ins Dunkel. Anfangs kam noch etwas Licht von hinten, und sein Schatten ging ihm langsam voraus. Nach und nach wurde der Schatten dünner und blasser, bis er ganz in der Finsternis aufging. Daniel tastete sich am Mauerwerk nach unten. Mit jedem Schritt zog sich seine Kehle ein wenig mehr zu.

Zu spät bemerkte er, dass er am Treppenfuß angelangt war, und knickte um. Kurz stöhnte er auf. Der Schmerz machte seine Sinne wacher, ohne dass er ihn als Schmerz wahrnahm. Was war schon das Pochen eines Knöchels gegen das so viel größere Leid, das in seinem Kopf wütete, auf sein Herz drückte?

Um die Kluft anzuziehen, schaltete er nun doch das Licht an. Zum ersten Mal war er allein im Keller der Adamskis. Vielleicht fiel ihm deswegen diesmal alles Mögliche auf, was ihm die beiden Male zuvor entgangen war: Marmeladen und Gelees in Mengen, grüne, gelbe, braune, rote, Likörflaschen mit großen Etiketten, auf die jemand in schöner, schwungvoller Schrift »Holunder«, »Sanddorn« oder »Brombeere« geschrieben hatte. Daneben Kartoffel- und Apfelkisten, die einen erdigen Geruch verströmten. Alte Blumentöpfe. Ein paar Flaschen Sherry und Chianti. Eine Werkbank. Eine alte Tiefkühltruhe, die das nervöse Brummen unablässiger Tätigkeit aussendete.

Als Daniel den Türknauf berührte, zögerte er, ihn zu drehen. Ein paar Atemzüge lang umschloss seine rechte Hand die metallische Kugel, und er spürte, wie ihre Kälte auf die Finger und das Gelenk übergingen. Obwohl das physikalisch fragwürdig bis unmöglich war, meinte er bald, dass sein ganzer Körper von dieser Kälte erfasst sei, die weiter zunahm, als sich die Tür knarzend öffnete.

Manche Menschen haben die instinktive, in der Natur gar nicht so selten vorkommende Eigenschaft, sich ihrem Lebensraum anzupassen. Töllers Gesichtsfarbe war fahl wie die Wände geworden, fahl wie das Licht der Energiesparlampe, und sein äußeres Erscheinungsbild hatte sich der kargen, nackten Umgebung angeglichen. Sein Anzug, das Hemd und die Krawatte lagen zerknüllt auf der Matratze. Nur in Unterwäsche und mit einer Decke über den Schultern saß Töller mit angewinkelten Beinen an die Wand gelehnt auf dem Boden und blickte halb ängstlich, halb schuldbewusst in Daniels Augen, die ihn aus zwei kleinen Öffnungen in der Kapuze fixierten. Kein Zweifel, er wusste genau, was er getan hatte, und er war sich darüber im Klaren, dass es nicht unbemerkt geblieben war.

»Ich konnte nicht anders«, sagte er.

Natürlich hätte er anders gekonnt. Die meisten Menschen in seiner Lage hätten einen kleinen Teil ihres Geldes hergegeben, um möglichst schnell freizukommen. Was waren schon dreihunderttausend Euro, wenn man drei Millionen oder sogar noch mehr besaß? Warum war Töller dazu nicht bereit? Vielleicht weil man zu erschwindeltem Geld eine andere Beziehung hat als zu ehrlich verdientem? Weil er dieses Geld brauchte, um sein schlechtes Gewissen mit Statussymbolen, kubanischen Zigarren und alten Weinen zu betäuben? War es die logische Folge seiner zutiefst egoistischen Tat, nämlich der Vermehrung des eigenen Vermögens zum Schaden anderer, dass er deren Früchte ebenfalls nur egoistisch verwenden konnte? Oder war es viel simpler? War es für einen Gauner wie ihn schlicht unerträglich, von anderen Gaunern gemolken zu werden?

Wie auch immer, sie hatten Töller unterschätzt. Da saß er, ein angeketteter, halb nackter Mann mit rötlichen Pusteln auf der Haut, einem gelblichen Fleck auf dem weißen Slip, einem zu kurzen Unterhemd und zu langen Fußnägeln, und er hatte sie alle vorgeführt, die Muskelprotze, Großmäuler und Hacker – auch Daniel. Trotz seiner üblen Lage und Giovannis schmerzhaftem Griff hatte Töller die Chuzpe besessen, seine Entführer zu belügen.

Lachte er sich im Stillen etwa ins Fäustchen? Würde er diese Räuberpistole schon bald unter seinesgleichen zum Besten geben, nicht ohne Stolz und Selbstzufriedenheit?

Daniel dachte an seine Kinder, an die heitere kleine Felicia, die in ihren selbst bestickten Söckchen für ihn tanzte, und an den selbstbewussten, sportlichen Christopher. Würden sie ihn eines Tages verachten, der eine als mittellosen Versager, die andere als verurteilten Verbrecher? Daniel wollte sein Haus und seine Familie um jeden Preis halten, wusste jedoch nicht, wie.

Töller entgingen die Tränen hinter der Kapuze offenbar

nicht. »Machen Sie es nicht noch schlimmer für sich«, sagte er. »Lassen Sie mich frei, und ich verspreche Ihnen …«

Daniel konnte sich nicht länger beherrschen und trat ihm mit voller Wucht gegen das rechte Schienbein. Töllers greller Schrei drang, von den Wänden zurückgeworfen, als scharfer Splitter in Daniels Ohr. Unter dem Echo seiner eigenen Tat zuckte er zusammen.

Töller hielt sich das Bein und kugelte sich auf dem nackten Boden. Die Decke rutschte ihm von den Schultern, er schlug sich den Kopf an. Sein Wimmern war eine Bitte um Mitleid. Der ausgefuchste Finanzjongleur war auf einmal ganz klein, ganz Mensch, verletzbar. Zu Daniels eigenem Erstaunen hatte er selbst sein Gegenüber verletzt. Überrascht und verwirrt ging er die paar Schritte bis zur Tür zurück und betrachtete sein Werk voller Unbehagen. Er löschte das Licht und verharrte noch ein paar schwere Atemzüge lang. Dann verließ er den Raum.

Während er sich der Kluft entledigte und anschließend die Treppe ins Licht hinaufstieg, bemerkte er eine seltsame Veränderung in sich. Im Grunde war er noch derselbe Mann wie zuvor. Er liebte seine Familie, er war gerne Bibliothekar und verschlang Bücher, er mochte englische Krimiserien, Stevie Wonder, die Sketche von Loriot, Talkshows …

Dennoch war etwas anders als noch vor einer Stunde. Es war wie ein Eselsohr auf einer Buchseite. Die Geschichte hatte sich dadurch nicht verändert, trotzdem war die Grundlage, auf der sie geschrieben stand, nicht mehr dieselbe.

Wie ein alter Mann erklomm Daniel weiter die Treppe. Fast schon oben angekommen, ging er nach kurzem Zögern umso entschlossener noch einmal zurück.

7

September

Die Ermordung von Gerd Adamski traf Ina wie ein Schlag. Nicht weil sie den Bäcker sonderlich gemocht hatte, sondern weil Marlene davon direkt betroffen war. Zuerst ihr Selbstmordversuch und jetzt diese Tragödie. Ein Schlag auf den Kopf, ausgeführt mit einem Stein oder einem anderen schweren, stumpfen Gegenstand, hatte ihren Ehemann niedergestreckt, und zwar unmittelbar vor seinem Haus.

Sollte sie zuerst Marlene anrufen? Oder gleich zur Polizei gehen? Sie durfte ihre Beobachtungen nicht zurückhalten, zumal sie nicht unter die Verschwiegenheitspflicht fielen. Daniel Trebuth war ja noch nicht einmal ihr Patient. Sein Sohn allerdings schon.

»Du darfst den Bullen nichts von Chris erzählen«, forderte Stefanie, als sie beim Abendessen darüber redeten. »Er war das gestern nämlich gar nicht.«

»Das sagt er.«

»Ich habe mich geirrt. Und du hast nur jemanden auf einem Fahrrad gesehen.«

»Stefanie.«

»Soll Chris von der Bullerei verhört werden, nur weil ich schlechte Augen habe?«

»Dein Vater ist Optiker und bescheinigt dir hervorragende Augen.«

»Ich sagte, ich habe mich geirrt, und fertig.«

Ina rief Marlene an und hinterließ eine Nachricht auf dem Anrufbeantworter, halb Kondolenz, halb Bitte um Rückruf. In zwei Tagen hätten sie ohnehin einen Termin. Ina bot an, ihn zu verschieben oder vorzuverlegen, ganz wie Marlene wünschte. Hauptsache, sie würde sich telefonisch melden.

Selbstverständlich fühlte sie sich dabei merkwürdig, da so gut wie außer Frage stand, dass Marlene Ina am Vortag vor dem Haus gesehen und ignoriert hatte. Irgendjemand musste Daniel Trebuth ja die Tür geöffnet haben. Und dann war da noch dieses unbestimmte mulmige Gefühl, dass die ganze Episode irgendetwas mit dem gewaltsamen Tod von Marlenes Ehemann zu tun haben könnte.

Ihr blieb daher nichts anderes übrig, als zur Polizei nach Ribnitz-Damgarten zu fahren. Gut fühlte sie sich dabei allerdings nicht. Sie wäre gezwungen, sich zu rechtfertigen, und würde erklären müssen, warum sie Daniel Trebuth gewissermaßen beschattet hatte. Dass sie das ausgerechnet vor Oberkommissar Witte tun musste, machte die Sache für sie nicht leichter.

»Ah, Frau Bartholdy«, sagte er und winkte sie in sein Büro. Statt ihr die Hand zu geben, schob er sie in die Hosentasche. Er kam ihr immer mehr wie eine Mischung aus Bogart und Marlow vor. »Wie geht's Bronny? Wieder gesund?«

»Ich … nehme es an.«

»Sie sehen sich nicht mehr?«

»Nein, wir … haben uns getrennt.«

»Tja«, seufzte er. »Hat mich sowieso gewundert, und nicht

nur mich. Sie wissen schon, er und Sie, das war… Bronny steht eigentlich auf einen anderen Typ Frau.«

Ihre Beziehung zu Bobby ging ihr Gegenüber eigentlich überhaupt nichts an, trotzdem erwiderte sie: »Einen jüngeren Typ?«

Er merkte offenbar, dass das Gespräch abdriftete, und bekam in letzter Sekunde die Kurve. »Ist Ihnen noch etwas zu dem Brand eingefallen?«

»Nein, eigentlich nicht. Obwohl, der schwarze Fiat ist mir wiederbegegnet. Ich habe ihn gestern in der Garage der Adamskis in Wieck gesehen.«

»Sie meinen *die* Adamskis?«

Ina nickte. »Ich kenne Marlene Adamski.« Wegen ihrer Schweigepflicht erwähnte sie jedoch nicht in welchem Zusammenhang. Während sie Oberkommissar Witte erklärte, was sie zum Haus der Bäckersleute geführt hatte, folgte ihr Blick seinen Augenbrauen, die sich alle paar Sekunden hoben und senkten.

Inas Erläuterungen endeten eine Sekunde, bevor Stefanie und Christopher ins Spiel gekommen wären. Sie war sich einfach nicht sicher, ob sie den Jungen tatsächlich am Waldrand gesehen hatte, und falls Stefanie für ihren Freund log, könnte sie am Ende noch wegen einer Falschaussage belangt werden.

Witte dachte kurz nach. »Ein schwarzes Auto, das Sie verfolgt hat oder auch nicht und das Sie jetzt in einer Garage gesehen haben, wobei Sie sich nicht sicher sind, ob es überhaupt jenes Auto ist… Meine liebe Frau Bartholdy, ich kriege eher einen Durchsuchungsbefehl wegen Falschparkens als aufgrund derart vager Beobachtungen.«

Sie ging nicht weiter auf seinen Sarkasmus ein. »Wissen

Sie, ich bin nach der gestrigen Entdeckung davon ausgegangen, dass Gerd Adamski mich verfolgt hat, weil er nicht damit einverstanden war, dass ich seine Frau therapiere.«

»Nein, das wusste ich nicht«, gab der Kommissar spitz zurück. »Hatten Sie diesen Verdacht schon vorher? Und wenn ja, warum haben Sie ihn mir nicht mitgeteilt?«

Seine Finger flogen mit unglaublicher Geschwindigkeit über die Tastatur, so als freuten sie sich, endlich mal wieder aus dem Käfig der ausgebeulten Hosentaschen herauszukommen.

»Auf Gerd Adamski ist ein solches Fahrzeug nicht zugelassen, ebenso wenig auf seine Frau oder Daniel Trebuth. Also, wem gehört es, und wer hat es von gestern auf heute weggefahren? Wenn wir den Halter haben, haben wir vielleicht auch den Täter – den des Brandanschlags und den des Mordes. Herzlichen Dank, Frau Bartholdy, Sie hätten vielleicht ein Verbrechen verhindern können, wären Sie früher damit zu mir gekommen.«

»Verzeihen Sie«, erwiderte Ina ruhig, »aber das leuchtet mir nicht ganz ein. Wenn Gerd Adamski mich tatsächlich in dem Fiat verfolgt hat und in Flammen aufgehen lassen wollte – wer sollte ihn deswegen ermorden? Logisch ist das nicht.«

»Vielleicht haben Sie ihn ja umgebracht«, scherzte er. »Aus Notwehr.« Wittes Hände verschwanden wieder im grauen Stoff der Hose. »Jetzt mal im Ernst, Frau Bartholdy. Was halten Sie von folgendem Deal: Sie spielen hier nicht *Miss Marple* und ich nicht *Psycho*.«

Als sie die Polizeistation verließ, ertönte das Dingeling ihres Smartphones, das eine Kurznachricht ankündigte.

»Bin heute Abend um sechs am Hafen in Wieck. Würde mich sehr freuen, wenn du kommen könntest. Möchte dir etwas sagen und etwas zeigen. Falls du mich noch leiden kannst…

Bobby«

Vierzehn Monate zuvor

Draußen blühte das Leben, während es drinnen faulte. In Marlenes geliebtem Garten reiften die Kirschen, die Hortensien standen in voller Pracht, Bienensummen lag in der Luft. Am Tage schrieben die Schwalben Noten in den Himmel, und in der Nacht sangen die Zikaden Liebeslieder. Über allem lag zu jeder Stunde das uralte, immerwährende, seltsam versöhnliche Rauschen des Wassers. In Marlene rief all dies manchmal die Illusion hervor, die Welt sei alles in allem ein schöner, ein begnadeter, gottgegebener Ort. Selten dauerte dieses Gefühl jedoch länger als ein paar Minuten.

Im Innern des Hauses, das Marlene so oft wie möglich mied, obwohl es dort angenehm kühl war, ging etwas vor sich. Sie konnte es nicht in Worte fassen und versuchte, mit aller Kraft die Bilder zu zerstreuen, die ihre Fantasie erzeugte.

Vor drei Tagen hatte es so ausgesehen, als wäre die Entführung endlich vorüber – gescheitert zwar, aber vorüber. Doch die anderen hatten die Hoffnung nicht aufgegeben, das richtige Kennwort aus Töller herauszupressen und die Sache zu einem guten Ende zu bringen. Vor allem Daniel und Giovanni wirkten äußerst entschlossen. Jeden Abend zwischen fünf und sechs gingen sie gemeinsam in den Keller, der Kickboxer und der Bibliothekar. Wenn sie nach einer halben Stunde wieder nach oben kamen, verließ Giovanni sofort das Haus, und Daniel wusch sich minutenlang die Hände.

Drei Tage lang sagte Marlene nichts. Obwohl Giovanni und Gerd es ihr befohlen hatten, setzte sie Alwin Töller nicht auf Wasser und Brot, sondern brachte ihm heimlich, wenn sie allein im Haus war, einen Krustenbraten, ein Wiener Schnitzel oder einen Linseneintopf nach Hausfrauenart, dazu stets einen Salat, Möhren oder Radieschen und einen Apfel.

Am vierten Abend hielt sie es nicht mehr aus. Sie wartete, bis Giovanni gegangen war, und passte Daniel ab, als er aus dem Gästebad kam. Seine Hände rochen nach Lavendelseife und Honiglotion.

»Komm, setzen wir uns auf die Terrasse«, sagte sie, als sie ihm den obligatorischen Kaffee anbot.

»Aber nur eine Tasse, viel Zeit habe ich nicht, ich will mit Jette und den Kindern Essen gehen. Habe ich dir eigentlich schon mal meine Familie gezeigt?«

Er zog drei Fotos aus der Brusttasche seines Hemdes. »Das ist Jette, das Christopher und das hier Felicia.«

Das letzte der drei Bilder betrachtete er einige Sekunden länger als die anderen, bevor er es Marlene vorlegte. Seine Tochter hatte sich darauf eine mit Augen, Nase und Mund bestickte Socke über die Hand gezogen, mit der sie sich offenbar unterhielt.

»Süß«, kommentierte Marlene.

»Ja, nicht wahr?« Seine Augen funkelten, als er die Fotos in das Hemd zurücksteckte, wo durch den dünnen Stoff auch eine Zigarettenschachtel und ein Feuerzeug schimmerten.

»Seit wann rauchst du? Ich dachte, deine Frau toleriert das nicht.«

»So ist es auch«, antwortete er knapp, und wieder funkelten seine Augen, allerdings anders als zuvor. »Ich habe nicht viel Zeit, Marlene.«

»Na schön, ich… Ich möchte, dass du mich verstehst, Daniel, deswegen wollte ich in Ruhe mit dir sprechen. Es geht um Herrn Töller.«

»Nenne ihn nicht immer *Herrn* Töller. Er ist kein Herr mehr.«

»Wie auch immer, dieser Mann sitzt jetzt schon seit zehn Tagen da unten. Wir können ihn nicht länger gefangen halten. Irgendwem wird sicher schon sehr bald auffallen, dass mit ihm etwas nicht stimmt.«

»Bodo kümmert sich darum. Er hat eine spontane Urlaubsreise erfunden und postet ein paar Fotos auf Töllers Facebook-Seite, natürlich nur von Internetcafés in Rostock oder Wismar aus. Ein paar Tage lang geht das bestimmt noch gut.«

»Und wenn nicht? Ich habe keine Lust, ins Gefängnis zu gehen, die hat keiner von uns. Schlimm genug, dass wir schon so viel verloren haben. Sollen wir *alles* verlieren?«

»Es gibt keine einzige Spur, die zu uns führt. Töller bekommt hier nichts anderes zu Gesicht als einen nackten Kellerraum.«

»Es geht auch darum, dass ich das alles nicht länger ertrage. Warum wollt ihr das nicht verstehen? Ich – kann – nicht – mehr.«

»Nur noch zwei, drei Tage, dann wird er weich und verrät uns das richtige Passwort.«

»Das habt ihr mir schon vor drei Tagen gesagt. Mein Gott, wir machen diesem Mann das Leben zur Hölle.«

»Wenn wir ihn nicht dorthin treiben«, entgegnete er offen, »dann wird die Hölle uns verschlucken.«

Er stand auf. »Jetzt entschuldige mich bitte, Jette wartet sicherlich schon. Und was dein Problem angeht, klär das mit Gerd, ja? Tschüss, bis morgen.«

Eine Weile blieb Marlene noch besorgt auf der Terrasse sitzen. Offenbar spürte sie als Einzige, dass das Ganze nicht mehr stimmte, dass es etwas mit ihnen allen machte … Nur zum einen konnte sie es selbst nicht in Worte fassen, und zum anderen war dieses seltsame Gefühl nicht stark genug, damit sie sich gegen die anderen stellte. Sollte sie diejenige sein, die ihnen zum zweiten Mal ihre Träume stahl?

Die Backofenuhr klingelte. Töllers Essen war fertig. An diesem Tag gab es Gemüselasagne. Etwas extravagant vielleicht. Aber immer nur Fleisch, das ging doch nicht. Sie richtete eine doppelte Portion auf einem Pappteller an und brachte ihn mit einer großen Plastikflasche Mineralwasser nach unten.

Als sie im Keller auf eine Zigarettenkippe trat, erschrak sie, als wäre es eine Natter. Dann sah sie eine zweite, dritte …

Töllers Oberarm wies mehrere Brandverletzungen auf, und Marlene wurde mit einem Mal so schlecht, dass sie sich beinahe über das Tablett übergeben hätte.

»Sie sind der einzige Mensch hier, der noch ein Herz hat«, wimmerte Töller schwach. »Ich spüre das. Sie sind eine Frau, richtig? Bitte, Sie müssen mir helfen.«

Natürlich antwortete sie nicht und verließ sofort den Raum. Doch seine Worte folgten ihr überallhin, in den Garten, die Küche, unter die Dusche …

Gerd kam um acht Uhr nach Hause. Neuerdings verbrachte er viel Zeit in seiner Stammkneipe, und viel Zeit bedeutete viele Biere. Er war stets gerade noch ansprechbar und lallte nur ganz wenig, aber die abgedroschenen Phrasen, mit denen er ihre Bedenken abbügelte, gingen Marlene auf die Nerven: »Das wird schon«, »Wir packen das«, »Es geht nicht anders«, »In einem Jahr lachen wir drüber«. Abgesehen davon, dass Marlene sich nicht vorstellen konnte, wie sie in einem Jahr über diese Geschichte lachen sollte, empfand sie es als feige und gemein, dass Gerd sich völlig aus der Entführerei zurückgezogen hatte. Was tat er denn noch, außer seine großen Reden zu schwingen? Er kam Marlene inzwischen vor wie einer von den Gartenzwergen im Blumenbeet, die mit Kugelbauch, Schnauzer und roten Backen posierten, als wären sie zwei Meter groß.

»Morgen«, sagte sie völlig unvermittelt zu ihrem Mann, während sie Matjes mit Kartoffeln aßen.

»Was?«

»Ihr habt noch genau vierundzwanzig Stunden Zeit. Wenn euch Töller bis morgen Abend das Passwort nicht verraten hat, steige ich aus.«

Ihm fiel die Kinnlade herunter. »Marlene, aus so etwas steigt man nicht einfach aus. Das ist… wie ein fahrender Zug, verstehst du?«

»Dann muss ich eben die Notbremse ziehen.«

»Was soll das denn? Wo wir so nahe am Ziel sind. Außerdem sitzen wir nicht als Einzige in dem Zug.«

»Ach, hör endlich mit diesem dämlichen Zug auf.«

Gerd war sichtlich überrascht von ihrer Ungeduld, die er nicht von ihr kannte.

»Die anderen werden das nicht so einfach hinnehmen«, mahnte er.

»So, was werden sie denn tun? Mich zu Töller sperren?«

»Erzähl doch keinen Quatsch.«

»Mein Entschluss steht fest. Vierundzwanzig Stunden. Punkt.«

Sie schaltete den alten Plattenspieler an und legte Harry Belafonte auf, in einer Lautstärke, die es Gerd unmöglich machte, weiter mit ihr zu diskutieren.

Nach einer Minute drehte er den Regler herunter. »Marlene, das ganze Haus erbebt unter diesem Bananen-Song. Wenn das bis in den Keller dringt … Das könnte der Polizei später einen Hinweis auf uns geben.«

»Was will die Polizei denn dann tun?«, fragte sie bissig. »Alle verhaften, die Belafonte-Platten besitzen?«

Und schon drehte sie die Musik wieder auf.

Eine Stunde später standen Romy und ihr Freund auf der Matte. Um diese Zeit kamen sie sonst nie vorbei, und sie nannten auch keinen Grund für ihren Besuch. Nach wenigen Sekunden war Marlene klar, was gleich passieren würde, und genauso kam es dann auch. Nach ein paar Begrüßungsfloskeln bat Romy sie zu einem Vier-Augen-Gespräch in die Küche.

Von allen Beteiligten war Romy noch am ehesten in der Lage, Marlene zu überreden, ihr Ultimatum zurückzunehmen. Sogar Gerd hatte das akzeptiert und verstanden. Die junge Frau brachte eine Saite in Marlene zum Klingen, die

Gerd schon eine ganze Weile nicht mehr berührte. Romy brauchte Marlene. Gerd brauchte sie zwar auch, aber auf ganz andere Art, zum einen für jenen Teil der Haushaltsführung, der vielen Männern nicht liegt, zum anderen für … Ja, einfach dafür, dass da jemand zum Reden war und weil er nicht gerne alleine lebte. Romy brauchte Marlene, weil keiner sonst sie liebte und es uneingeschränkt gut mit ihr meinte, auch Giovanni nicht, und das begriff sie.

Doch keine Abhängigkeit besteht einseitig, selbst wenn es auf den ersten Blick den Anschein hat. Marlene brauchte Romy genauso, und zwar als Objekt der Fürsorge. Das verlieh der eher schwachen, wenig verlangenden Romy einen gewissen Einfluss, von dem sie allerdings so gut wie nie Gebrauch machte.

»Guck mal, Marlene, ob da einer drei Tage oder dreizehn Tage im Keller sitzt, das macht eigentlich keinen Unterschied. Ich meine, keinen richtigen. Entführung ist Entführung. Du willst bestimmt auch dein Geld wiederhaben, oder? Du wolltest doch mit mir auf die Chinesische Mauer. Wie soll das gehen ohne Kohle?«

Ohne zu fragen, nahm Romy sich ein Bier aus dem Kühlschrank – gleich zwei ungewöhnliche Dinge auf einmal.

»Hast du heute Abend schon was getrunken?«, fragte Marlene stirnrunzelnd.

»Sekt. Aber du hast ja keinen kalt gestellt.«

»Wüsste auch nicht, wozu. Oder feiern wir heute den zehnten Tag von Herrn Töllers Kerkerhaft?«

»Ach, Marlene, dem geht's doch gar nicht so schlecht.«

»Das soll wohl ein Scherz sein, es riecht wie im Affenhaus da unten.«

»Na ja, dann kauf halt Raumspray«, erwiderte Romy und giggelte unnatürlich.

»Sag mal, wie viel Sekt hast du denn schon intus?«

»Och, ein oder zwei.«

»Gläser oder Flaschen?«

»Kleine Flaschen.«

»Piccolos?«

»Nein, Rotkäppchen.«

Marlene atmete tief durch. Irgendetwas stimmte nicht mit Romy. Selbst für ihre Verhältnisse war sie extrem begriffsstutzig. Außerdem stützte sie sich so seltsam verrenkt auf dem Küchentisch auf. Und ihre Augen waren total gerötet.

»Romy, sei ehrlich zu mir. Du hast doch noch etwas anderes genommen.«

»Na ja, Giovanni hat mir so'n Pillchen gegeben.«

»Was hat er? Du meinst …?«

»Glückspillchen.«

»Eine Stunde Glück und den Rest des Lebens Unglück.« Marlene seufzte.

»Die Wirkung hält vier Stunden an, sagt Giovanni.«

Marlene stürzte aus der Küche, während Romy es vorzog, sich an der Bierflasche festzuhalten und nicht von der Stelle zu rühren.

»Was denkst du dir eigentlich dabei, das Kind zu so 'nem Mist zu verführen?«, fuhr sie Giovanni an, der sich gerade mit Gerd eine Sportsendung anschaute. »Er hat ihr Drogen gegeben«, erklärte sie ihrem Mann.

»Madonna! Ein bisschen Ecstasy, davon stirbt man nicht«, maulte Giovanni zurück.

»Herzlichen Dank auch. Wenn ich bis jetzt noch Zweifel

hatte, dass es richtig ist, diese verrückte Sache zu beenden, dann hast du sie gerade zerstreut. Das war's, ich habe die Nase gestrichen voll. Mir steht es bis hier.«

»Ist ja schon gut, du musst ab sofort nix mehr machen«, gestand ihr Giovanni zu. »Romy kann dem Typ das Futter bringen und seine Scheiße wegräumen.«

»Oh, wie gnädig«, entgegnete Marlene. »Wie wäre es, wenn du mal die Scheiße wegräumst?«

»Das ist Frauenarbeit.«

»Aha, na dann ist es ja wohl Männerarbeit, die verfluchten Passwörter zu besorgen!«, schrie sie. »Und wo sind sie? Was hat uns dein Kung-Fu und diese ganze Knöchelknackerei gebracht? Nichts. Frauen unter Drogen setzen, das kannst du. Und mit den Augen rollen und uns deine Bizeps und deine Goldkettchen vorführen. Aber wenn es darum geht, für Ergebnisse zu sorgen …«

»*Va a cagare!*«, brüllte er aus Leibeskräften, was so viel wie »geh scheißen« bedeutete, und schleuderte ein Sofakissen quer durch den Raum auf eine Kommode, wo es zwei holzgeschnitzte Waldtiere zu Boden riss.

»Ganz ruhig«, sagte Gerd, nicht ohne Angst. Auch Marlene fürchtete einen Augenblick, Giovanni könnte auf sie losgehen.

Stattdessen stürmte er auf den Wohnzimmerschrank zu und riss in größter Hektik die Türen eine nach der anderen auf.

»Wo ist sie, Gerd?«

»He, bleib ruhig.«

»Euch zeig ich's. Und dem Arschloch im Keller zeig ich's auch.«

»Du musst uns nichts beweisen, Giovanni. Marlene hat es nicht so gemeint, nicht wahr, Marlene?«

»Wonach sucht er denn?«, fragte sie verdattert.

»Du hast gesagt, sie ist hier drin, irgendwo hier drin. Du hast damit angegeben, so ein Ding zu haben. Also, wo ist sie? Wo?«

»Mach keinen Mist, Giovanni.«

Gerd versuchte, ihn zaghaft vom Schrank wegzuziehen, aber der Italiener schüttelte ihn ruppig ab.

»Fass mich nicht an. Ah, hier ist sie ja.«

Er zog Gerds geerbte Wehrmachtspistole aus einem Fach ganz unten im Schrank. Die Munition lag gleich daneben.

»Oh mein Gott!«, rief Marlene, als sie erkannte, was da vor sich ging. »Giovanni, ich bitte dich …«

»Lass mich in Ruhe!«

Er hastete an Marlene und Gerd vorbei aus dem Wohnzimmer und hätte fast Romy umgerannt, die abwesend lächelnd im Türrahmen stand.

»Was is'n los? Was is'n das für'n Ding?«

»Va a cagare.«

Marlene hatte Mühe, Giovanni in den Keller zu folgen, weil er drei Stufen auf einmal nahm. Immer wieder versuchte sie, ihn zu beschwichtigen. Als sie unten ankam, hatte er sich bereits eine Kapuze übergezogen und betrat den Raum, in dem Töller festsaß, mit größter Entschlossenheit.

Töller war völlig überrascht von dem Überfall. Er hatte wohl geschlafen und kam nicht mal mehr dazu, sich halbwegs aufzurichten.

Giovanni kniete sich neben ihn und steckte ihm den Pistolenlauf in den Mund. Ohne den Stimmenverzerrer zu benutzen, rief er so laut, dass der Schall Marlene in den Ohren schmerzte: »Du Dreckschwein sagst mir jetzt das beschissene Passwort. Letzte Chance. Ich zähl bis drei.«

Marlene stockte der Atem.

»Eins …«

…

»Zwei …«

…

»Drei.«

8

September

Ina kam es vor, als würde sie in ein Gemälde von Caspar David Friedrich eintauchen. Der Hafen von Wieck war vor dem Hintergrund eines wogenden Schilfmeeres und des sich kräuselnden Boddens in das milde Septemberlicht der Abendsonne getaucht. Draußen glitten noch ein paar Jollen durch das Wasser, während im Hafen bereits das Leben döste. Von den Liegeplätzen war lediglich eine Handvoll belegt. Die vertäuten Zeesenboote und Yachten schunkelten behäbig auf und ab, und nur von ihren im Wind flatternden Wimpelketten ging eine gewisse Unruhe aus. Leute waren kaum auf den Stegen zu sehen, daher hätte sie Bobby eigentlich schnell ausmachen müssen. Zunächst fand sie ihn jedoch nicht. Er saß auf einem Regiestuhl, die Beine ausgestreckt, den Kopf in den Nacken gelegt. Ein Strohhut verdeckte sein Gesicht.

Auf den Planken machten ihre Schuhe so viel Lärm, dass er sie früh bemerkte und ihr schon von weitem zuwinkte. Er wirkte unbefangen, beinahe fröhlich, ganz anders als Ina. Trotzdem hatte sie keine Sekunde überlegen müssen, ob sie seiner Bitte um ein Treffen nachkommen wollte. Klarheit war ihr lieber als die Ungewissheit der vorausgegangenen Tage.

Als sie nur noch wenige Schritte von ihm entfernt war, deutete er mit ausgestrecktem Arm über ihren Kopf hinweg.

»Moin. Hast du die Wolken im Norden gesehen? Morgen kommt schlechtes Wetter, und danach ist der Sommer endgültig vorbei. Den schönen Tag muss ich heute daher noch mal ausnutzen.«

Er bezog das auf die Shorts, die er trug, und darauf, dass er barfuß war, aber sie war sich nicht sicher, ob sie an seiner Stelle diese Unterredung mit dem Wetterbericht begonnen hätte.

»Siehst du das Zeesenboot da vorne? Gehört seit heute mir.«

Das Boot war ungefähr zehn Meter lang und drei Meter breit, dunkelbraun lackiert, mit einem Ruderhaus sowie einem großen und einem kleinen Mast.

»Eiche geklinkert«, erklärte Bobby. »Baujahr um neunzehnhundert, aber tipptopp überholt, Ketschtakelung, Diesel.«

»Ja, sehr hübsch«, sagte sie knapp, während sie immer noch auf das eigentliche Gespräch wartete. Tatsächlich war sie stärker beeindruckt, als sie zugeben wollte. Das Boot traf genau ihren Geschmack, und sie konnte sich sehr gut vorstellen, damit über den Bodden zu schippern.

»Genau neunundzwanzigtausendneunhundert Euro. Der Verkäufer wollte ein paar tausend mehr, aber ich habe ihn heruntergehandelt. Ende September ist nicht die beste Zeit, um ein Boot zu verkaufen. Ungefähr so, als wollte man sich im November einen neuen Sonnenschirm zulegen.«

»Bobby, ich wüsste gerne …«

»Ich sitze schon den halben Tag hier und betrachte es«,

unterbrach er sie. »Verstehst du, ich sehe es mir die ganze Zeit über einfach nur an und komme gar nicht mehr davon weg. Vor dem Sonnenuntergang habe ich fast ein bisschen Angst, weil ich dann das Boot nicht mehr erkenne und mir anderweitig klarmachen muss, dass ich es wirklich gekauft habe.«

»Lass mich raten, du hast mich angerufen, damit ich in der Dunkelheit eine Taschenlampe auf dein Boot richte.«

»Nimm das Tuch ab.«

»Wie bitte? Welches Tuch?«

»Das da vorne am Bug. Würdest du es bitte für mich wegnehmen?«

Ina seufzte. »Bobby, was soll das?«

»Tu mir den Gefallen.«

Sie war nicht gerade in bester Stimmung. Die Fragen, die sie an ihn hatte, brannten ihr Löcher in die Brust, deshalb zog sie das Tuch ziemlich unwirsch vom Bug des Bootes.

Dort stand in großen, schwungvollen Lettern auf einer bronzenen Tafel: *Ina*.

Ungläubig starrte sie auf ihren Namen. Er stand tatsächlich dort, eindeutig. Trotzdem bekam sie das, was sie da sah, sekundenlang irgendwie nicht mit sich in Einklang. Fast wollte sie fragen: Wie kommt der da drauf?

Bobby stand dicht neben ihr, ohne sie zu berühren. »Aus vollem Herzen habe ich es nach dir genannt. Und jetzt habe ich nur noch sieben Worte. Sieben Worte, von denen ich hoffe, dass du sie mir abnimmst: Es tut mir leid. Und: Ich liebe dich.«

Ina war unfähig, irgendetwas dazu zu sagen. Abwechselnd sah sie Bobby und das Schild an. Sie hätte nachfragen sollen, woher sein Sinneswandel kam, was eigentlich los gewesen war. Ob er allen Ernstes glaubte, es würde genügen, sie aus der Wüste zurückzurufen, in die er sie geschickt hatte, und sie zur unfreiwilligen Taufpatin zu machen, und schon sei alles vergeben und vergessen. Sie hätte vorwurfsvoll, skeptisch oder neugierig sein können, manches davon vielleicht sogar sein müssen.

Doch sie brachte keinen Laut hervor. Stattdessen sprang sie kurz entschlossen auf das Boot. Um genauer zu sein, waren es ihre Beine, die sie wie von selbst auf das Boot beförderten, denn ihr Kopf erteilte ihnen nicht den Befehl dazu. So als wäre nach langer Zeit eine schwere schwarze Bleiweste von ihrem Körper genommen worden, war ihr nach Hüpfen zumute, nach Himmel und Meer, nach Geschwindigkeit.

Lächelnd betastete Ina das Holz. Sie hatte Lust, alles anzufassen, schlug die kleine Glocke, hielt das Segeltuch an ihre Wange – alles von Bobbys strahlenden Augen begleitet. Sie war plötzlich eine attraktive Frau, fühlte sich geliebt. Man taufte Schiffe – na ja, Boote – auf ihren Namen.

»Lass uns eine Runde drehen«, sagte sie übermütig wie ein reich beschenktes Kind.

»Was, jetzt?«

»Natürlich. Nur mal kurz aus dem Hafen raus und wieder zurück.«

Bobby schob den Strohhut aus der Stirn und zog skeptisch die Augenbrauen zusammen. »Mal kurz, ja? Das ist kein Tretboot, Ina. Da sind Vorbereitungen nötig und …«

»Ach, komm schon. Die Sonne geht erst in ein paar Stunden unter.«

»Ähm«, sagte er gedehnt, setzte den Hut ab und fuhr

sich mehrmals durch die Haare. »Es gibt da noch ein kleines Problem. Also … Okay, ich sag's einfach: Ich habe keinen Bootsführerschein.«

»Was sagst du da?«

»Ich darf dieses Boot gar nicht fahren, jedenfalls noch nicht. Aber ich werde …«

Ina brach in lautes Gelächter aus, das auch dann noch anhielt, als Bobby weitersprach.

»Ich werde den Schein nächsten Monat … Oder im März machen. Ehrlich, ich … Bei mir ist halt alles umgekehrt. Ich kaufe erst das Boot und lerne dann, wie … Genauso habe ich erst eine Frau in mein Leben gelassen und mich danach gefragt, ob ich … dazu bereit bin.«

Ihr Gelächter ebbte ab. Glücklich sah sie Bobby in die Augen. »Das war alles? Kalte Füße? Bindungsangst? Mehr nicht?«

»Dummheit«, fügte er der Aufzählung hinzu und machte eine ratlose Geste. »So bin ich halt.«

»Und Stefanie hatte nichts damit zu tun?«

»Überhaupt nichts. Ich mag sie.«

Ina schenkte ihm ein breites, wohlwollendes Lächeln. »Du magst sie also. Ein bisschen verrückt bist du schon.«

Er nickte. »Meschugge.«

»Plemplem.«

»Jeck.«

Sie lachten. Bobby sprang auf das Boot, wo sie ihn mit offenen Armen empfing.

Auf den ersten Blick erfüllte Marlene Adamski die wichtigsten Kriterien einer typischen Witwe, die gerade ihren Mann verloren hatte: Sie trug Schwarz, wirkte betrübt und bot jedem, der zum Kondolieren vorbeikam, Kaffee und Kuchen an. Ina, die ebenfalls eingeladen und somit halb privat und halb beruflich vorbeigekommen war, zählte innerhalb einer halben Stunde viermal dieselbe Frage von vier Besuchern, nämlich wie es nun mit der Bäckerei weitergehen werde. Als sie hörten, dass die Bäckerei schließen werde, sahen sie noch trauriger aus als die Witwe.

»Bringen sie mich irgendwo anders hin«, bat Marlene Ina, als gerade mal kein Besucher da war. »Danke, dass Sie sich die Zeit nehmen, aber rechnen Sie sie auch bitte ab.«

»Machen Sie sich darüber keine Gedanken.«

Ina fuhr mit ihr zur Steilküste in Ahrenshoop, einem ihrer Lieblingsorte auf dem Darß. Tief hängende Wolken jagten über das endlose Meer, und die jungen Seeschwalben probierten ihre gerade erst erworbenen Flugkünste aus. Der Wind zerrte an den letzten Blüten der wilden Hagebutten am Wegesrand und an Inas langen Haaren. Marlenes vom Spray gestählte Frisur hielt hingegen mühelos den frischen Böen stand.

Dem Meer reckte sie das Gesicht entgegen, während sie Ina ihr Herz ausschüttete.

»Damals, als ich mit Gerd frisch verheiratet war, hatte ich von unseren späteren Jahren immer ein romantisches Bild vor Augen: zwei Schwäne oder Enten, die Seite an Seite übers Wasser gleiten. Entsetzlich kitschig, ich weiß, wie aus einem Roy-Black-Lied, aber so war's nun mal. Ich habe mich damals schon auf die Zeit des völlig miteinander Vertraut-Seins gefreut. Sie wissen schon, das berühmte Rentnerpaar auf der Parkbank.«

Die beiden Frauen schwiegen eine Weile, vielleicht um zwei Spaziergänger passieren zu lassen, vielleicht weil es Marlene ungeheuer schwerfiel, das Folgende auszusprechen.

»Diesen Zustand haben wir leider nie erreicht. Wir hatten zwar das Haus, die Bäckerei und das Dorfleben, außerdem ein paar gemeinsame Freunde, gemeinsame Routinen … Aber unsere Vertrautheit war nie wie bei einem Schwanenpaar, sondern eher wie bei Zahnrädern. Alles griff ineinander, trotzdem war da keine Wärme. Ich weiß nicht, wie ich es sonst beschreiben soll. Gerd hatte Fehler und Eigenarten, so wie jeder Mensch. Ab und zu hat er beim Stammtisch ein paar Schnäpse zu viel getrunken, er hat oft angegeben und sich insgeheim in unserer Ehe immer für den Chef gehalten. All das hat mich nie wirklich gestört. Er war kein schlechter Mensch, sondern ein zuverlässiger Bäcker und verlässlicher, treuer Ehemann. Aber wenn ich ehrlich bin, war ich die meiste Zeit nur deshalb noch mit ihm zusammen, weil ich nicht allein sein wollte.«

»Vielen von uns fällt es leichter, an einem bestehenden Zustand festzuhalten, auch wenn er nicht befriedigend ist, anstatt sich auf etwas Neues, Ungewisses einzulassen. Die Routine, in der Sie gelebt haben, hat Ihnen Halt und Sicherheit gegeben.«

»Bis zu dem einen Tag im letzten Jahr. Ich stand im Wohnzimmer und habe dabei zugesehen, wie Gerd sein Nickerchen hielt. Sein Kugelbauch hat sich beim Einatmen ausgedehnt, die Lippen haben beim Ausatmen gebebt, die Zeitung auf seiner Brust ist Zentimeter um Zentimeter verrutscht. Auf einmal kam es mir so vor, als würde ich auf einem Boot stehen, das sich langsam von dem Steg entfernt, auf dem Gerd zurückblieb. Ich bin gewissermaßen davongetrieben, ganz langsam und leise mit der Strömung. An dem Tag war ich drauf und dran, ihn zu verlassen. Aber wie Sie schon gesagt haben, ich war am Ende zu feige.«

»Sie sind zu hart mit sich. Wenn man seinen Partner nach so vielen Jahren verlässt, dann kommt es einem schnell so vor, als würde man die gemeinsame Zeit quasi vernichten. So als wäre sie nichts wert, als wäre sie vergeblich gewesen. Wer wirft schon gerne vierzig Jahre weg?«

»Ja«, erwiderte Marlene nachdenklich und fiel wieder in ein minutenlanges Schweigen, das Ina nicht unterbrach. Zuhören, Fragen jenseits des von Marlene gewählten Themas vermeiden, sich völlig zurücknehmen – all das gehörte für Ina zur Vertrauensbildung. Daher hatte sie auch den eigentlichen Grund der Therapie, nämlich Marlenes Suizidversuch, bei den letzten Treffen nicht mehr zur Sprache gebracht. So hielt sie das immer bei ihren Patienten, bis diese nach einiger Zeit selbst zum Kern des Problems vordrangen.

Ina hatte den Eindruck, als wäre dieser Zeitpunkt gekommen.

»Sie konnten sich vielleicht nicht vorstellen, ohne Ihren Mann zu leben, aber auch nicht mehr mit ihm. Ein Dilemma, das die allermeisten Menschen viele Jahre lang mit sich herumtragen, ohne es zu lösen. Irgendwann verfolgt man seine eigentlichen Interessen nicht mehr, man wird geistig und emotional träge, wobei es egal ist, ob man nur noch apathisch zu Hause herumhockt oder sich in tausend Aktivitäten verzettelt und sich dabei auflöst wie eine Tablette im Wasser.«

»Ich bin ja wohl eher der Typ Tablette«, sagte Marlene schmunzelnd.

Ina war noch skeptisch. Waren Marlenes soziales Engagement und gesellschaftliche Umtriebigkeit im Grunde nur Ersatzbefriedigungen für fehlendes Eheglück und Kinderlosigkeit? Konnten sämtliche Wohltaten und die Aktivitäten, die sie entwickelt hatte, letztendlich ihr leeres Herz nicht füllen? War das der Auslöser, der die Blase zum Platzen gebracht hatte, sodass ihr der Suizid als einziger Ausweg erschienen war? Möglicherweise gab es Faktoren, die in dem Zusammenhang noch gar nicht beleuchtet worden waren.

»Es gibt da einen Namen, den Sie mir gegenüber bisher vermieden haben: Romy Haase«, wagte Ina den Vorstoß.

Prompt war es vorbei mit der ruhigen, nachdenklichen, melancholischen Marlene. Abrupt wandte sie sich ihrer Therapeutin zu. Der Seidenschal um ihren Hals flatterte heftig im Wind, und sie zähmte ihn mit einer energischen Handbewegung.

»Lassen Sie Romy aus dem Spiel.«

»Was ist passiert, Marlene?«

»Gar nichts. Ich möchte nicht darüber sprechen.«

»Über gar nichts wollen Sie also nicht sprechen?«

»Romy hat nichts mit alledem zu tun.«

»Alledem?«

Marlene antwortete nicht.

»Sie haben das Mädchen wie eine Tochter aufgenommen, nicht wahr? Und dann ist sie fortgegangen? War es so? Mit einem jungen Italiener? Jetzt sehen Sie mich nicht so überrascht an. Sie selbst haben mich mit dem Pastor bekannt gemacht, und ich glaube, Sie wollten, dass er ein bisschen mit mir plaudert.«

»Das war ein Fehler.«

»Aber es ist wahr, was ich von Romy gesagt habe, oder?«

»Bringen Sie mich bitte nach Hause.«

»Sind Sie böse auf mich?«

Marlene schüttelte heftig den Kopf. »Ich bin nicht böse. Ich will auch, dass wir uns weiterhin sehen, nur ... Für heute möchte ich Schluss machen.«

Wieder einmal brach Marlene Adamski ein gut verlaufendes Gespräch abrupt ab, und erneut hinterließ dies bei Ina das ungute Gefühl, dass Marlene etwas Bedeutsames verbarg. Jedoch hatte die Gefühlsaufwallung ihrer Patientin absoluten Vorrang, und es musste für Ina darum gehen, sie auf der kurzen Fahrt von Ahrenshoop nach Wieck zu beruhigen. Daher kehrte sie zum ursprünglichen Grund des Besuchs zurück.

»Wie gehen Sie damit um, dass Ihr Ehemann erschlagen, also ermordet wurde? Ist das eine zusätzliche Belastung für Sie?«

Marlene blickte aus dem Beifahrerfenster auf die Landschaft, die langsam in einem Regenschauer verschwand.

»Eigentlich ... nein. Wichtig ist, dass er tot ist.«

Als sie merkte, wie missverständlich sie sich ausgedrückt hatte, erschrak sie.

»Ich habe ihn nicht umgebracht, falls Sie das denken sollten. Ich war im Haus und habe Harry Belafonte gehört, ziemlich laut. Seine Musik bringt mich immer zum Träumen. Eigentlich erschreckend: Ich habe von einem Inselparadies mit einem Atoll und Palmen im schneeweißen Sand geträumt, als der Täter Gerd nur ein paar Meter von mir entfernt erschlagen hat.«

Das war nun schon das zweite Mal innerhalb weniger Tage, dass jemand meinte, er müsste Ina gegenüber seine Unschuld beteuern. Dieser Gedanke führte sie zu einer Frage, die sie unbedingt noch loswerden wollte.

»Woher kennen Sie eigentlich Daniel Trebuth?«

Marlene ließ einige Sekunden verstreichen, bevor sie antwortete: »Wir haben mal … einen Prozess zusammen geführt. Ist ein paar Jahre her. Und Sie?«

Ina war ein wenig genervt von dem seltsamen Blinde-Kuh-Spiel, das Marlene mit ihr trieb. Was ihre Seelenlage betraf, mochte sie so viele Geheimnisse vor ihrer Psychologin verstecken, wie sie wollte, aber es war nun wirklich lächerlich, so zu tun, als hätte Ina vor einigen Tagen nicht bei den Adamskis geklingelt, kurz nachdem wer auch immer Daniel Trebuth ins Haus gelassen hatte. Und Marlene ging ja kaum noch vor die Tür.

Aber bitte, wenn Marlene unbedingt spielen wollte …

»Ach, das wissen Sie doch längst«, entgegnete sie. »Übrigens, ein schönes Coupé haben Sie da in der Garage stehen. Wollte immer schon mal so einen Wagen haben. Falls Sie sich zufällig irgendwann davon trennen wollen …«

Eine Minute später setzte sie Marlene an fast genau der Stelle ab, wo Gerd Adamski erschlagen wurde. Die bunten Polizei-Absperrbänder flatterten im Sturm.

Vierzehn Monate zuvor

Bodo parkte direkt vor der Haustür der Adamskis und sprang gut gelaunt mit einer weißen Rose in der einen und einer Flasche Champagner in der anderen Hand aus dem Auto. Er hatte die Blume eigens für Marlene gekauft, denn er wünschte sich so sehr, sie mal wieder lächeln zu sehen, und sei es nur für eine Sekunde. Menschen unglücklich zu sehen, tat ihm im Herzen weh, und dann setzte er alles daran, dass wieder ein Strahlen über ihr Gesicht ging. Bei älteren Damen hatte er die Erfahrung gemacht, dass eine kleine Aufmerksamkeit am besten wirkte. Bei Männern war das weitaus schwieriger. Die deuteten seine offene Art oft falsch, und so war schon einmal das Gerücht entstanden, er sei »vom anderen Ufer«. Das juckte ihn zwar nur wenig, trotzdem hielt er sich seither bei seinen Geschlechtsgenossen ein wenig zurück. Denen gab er ein Bier aus und erreichte damit letztendlich dasselbe: Man mochte ihn. Und Bodo mochte es, wenn man ihn mochte.

In der Taktfolge von Mozarts *Kleiner Nachtmusik* klingelte er an der Haustür. Ding – ding, ding – ding, ding – ding, ding, ding, ding.

»Was klingelst du denn wie ein Bekloppter?«, meckerte Gerd. »Hat's geklappt?«

»Guten Tag, Gerd. Ich freue mich auch, dich zu sehen«, erwiderte Bodo. »Darf ich reinkommen?«

»Deswegen bist du ja wohl da. Was willst du denn mit der Rose?«

»Keine Angst, sie ist nicht für dich. Ich habe zwei gute Nachrichten. Welche willst du zuerst hören?«

»Hä?«

Bodo seufzte. Mit Gerd konnte man einfach nicht scherzen, jedenfalls nicht auf feinsinnigere Art. So wie Bodo ihn auf diversen Feuerwehrfesten erlebt hatte, war er eher für den groben Humor zu haben, für Zoten, Judenwitze und dergleichen.

Daniel und Romy liefen aus der Küche herbei, und Daniel rief sofort: »Hast du das Geld?«

»Also echt, hier herrscht vielleicht eine Stimmung … Okay, hier die erste gute Nachricht. Das Kennwort, das ihr aus Töller herausgekitzelt habt, war richtig. Ich habe damit Zugang zu dem Konto auf den Kanalinseln bekommen und die Umbuchung bereits veranlasst. Ein Alarmwort gab es nicht.«

»Der ganze Eiertanz, den du aufgeführt hast, von wegen Polizei und so, war also für nix?«

»Gerade du als Bäcker solltest wissen, dass man bei rohen Eiern lieber ein bisschen vorsichtiger sein sollte, Gerd.«

»Ich brauche deine Belehrungen nicht.«

»Meine Güte, damit haben wir ja doch noch eine Gemeinsamkeit gefunden. Den Satz unterschreibe ich sofort.«

Daniel sagte gereizt: »Könnten wir bitte zur Sache kommen. Hast du das Geld, Bodo?«

»Übermorgen. Ich muss es schließlich noch mit den Kreditkarten abheben und dabei das Tageslimit beachten.«

»Wie viel ist auf dem Konto?«, fragte Gerd.

»Einhunderttausend.«

»Einhundert…« Gerd schluckte, und sein Gesicht lief rot an. »Einhunderttausend Euro?«, blaffte er. »Das reicht ja hinten und vorne nicht. Allein ich kriege zweihunderttausend.«

»Nur keine Aufregung. Erstens handelt es sich bei der Summe um britische Pfund, und das steht etwas besser als der Euro. Zweitens, und damit komme ich zu der anderen guten Nachricht, hatte ich damals, bevor ich das falsche Kennwort benutzt habe, einige Anlagen für Töllers Kunden getätigt.«

»Quatsch nicht rum, sondern mach es kurz«, unterbrach Gerd.

»Stand heute haben diese Papiere etwa sechsundzwanzigtausend Euro Gewinn gemacht. Ich habe sie abgestoßen, den Überschuss auf Töllers Privatkonto umgebucht und mit der Kreditkarte abgehoben. Für jeden von euch habe ich deshalb einen Briefumschlag mitgebracht. Offensichtlich habe ich ein Händchen für Geldanlagen. War mir selbst neu. Aber es sieht so aus, dass ich, wenn ich noch ein bisschen mehr Zeit habe, die ganze Summe für uns zusammenkriege.«

»Leck mich am Ärmel!«, stieß Gerd erfreut aus. »Also hast du es dir überlegt, ja? Du weißt schon, wegen deiner Zimperlichkeit, was das Geld der anderen Leute angeht und so weiter.«

»Falsch. Meine Zimperlichkeit, wie du es nennst, hat sich um die Geldeinlagen der Kunden gedreht. Die werde ich nach wie vor nicht antasten. Wovon ich eben gesprochen habe, betrifft die erwirtschafteten Gewinne. Ich finde, die können wir guten Gewissens einstreichen, denn ohne mich würde es die ja gar nicht geben.«

»Sechsundzwanzigtausend«, murmelte Daniel und rechnete mit den Fingern seinen Anteil aus. »Das macht dann etwas mehr als siebentausend für mich.«

»Und etwa das Doppelte für mich«, sagte Gerd und rieb sich die Hände. »Nun leg endlich diese blöde Blume weg und lass den Zaster rüberwachsen.«

Bodo nahm die Rose zwischen die Zähne und zog die Kuverts aus dem Rucksack. »Bevor ich das Geld verteile, muss ich euch leider sagen, dass ihr euch verrechnet habt.«

»Was? Wieso?«, fragte Gerd.

Bodo nahm die Rose aus dem Mund. »Seht ihr, ich finde es nicht richtig, wenn wir das Geld entsprechend unserer damaligen Einlagen bei Töller aufteilen. Wir tragen alle dasselbe Risiko und kriegen alle dieselbe Strafe aufgebrummt, wenn sie uns erwischen.«

»Darüber haben wir doch schon mal gesprochen, Bodo«, wandte Gerd ein.

»Leider hast du mich damals abgebügelt. In jedem dieser vier Kuverts befinden sich ungefähr sechstausendfünfhundert Euro, für Romy, Daniel, mich sowie für dich, Gerd, und Marlene. Hier, bitte sehr.«

Der Bäckermeister wurde laut. »So läuft das nicht. Ich will meine vierzehntausend. Du kannst nicht andauernd die Regeln ändern.«

Bodo blieb ruhig. »Ich erinnere mich an keine Regeln, denen ich zugestimmt hätte.«

»Weil wir davon ausgegangen sind, dass wir das ganze Geld auf einen Schlag kriegen. Wir hätten es auch schon längst, wenn du nicht so …«

»Zimperlich wärst, ich weiß«, ergänzte Bodo, noch immer gelassen.

Die Auseinandersetzung fand nur zwischen ihm und Gerd statt. Daniel und Romy protestierten hingegen überhaupt nicht, im Gegenteil, Daniel riss sein Kuvert auf wie ein Junkie sein Tütchen und murmelte, während er nachzählte, immerzu: Gott sei Dank, Gott sei Dank.

Romy freute sich ebenfalls. »Geil. Dann bin ich ja schon fast fertig mit allem, oder?«

»Was heißt hier fast fertig?«, fuhr Gerd sie an. »Hier steigt keiner aus, bevor nicht alle komplett ausbezahlt sind.«

»Oh, wie lieb wir uns haben«, kommentierte Bodo ironisch. »Ich glaube, das ist genau der richtige Moment, um den Champagner zu öffnen.«

»So ein Mist«, sagte Daniel mit einem Blick auf die Uhr. »Feiert ohne mich. Jette wird sich schon fragen, wo ich bleibe, und ich muss noch durch den Wald nach Hause laufen.«

»Ich kann dich nach Prerow fahren«, bot Romy an.

Obwohl keiner der Anwesenden Vertrauen in eine Fahrerin hatte, die genauso viele Anläufe für den Führerschein wie für die Verkäuferinnenprüfung benötigt hatte, nahm Daniel das Angebot notgedrungen an. In aufgeräumter Stimmung verließen die beiden das Haus.

»Na dann, Gerd, bleiben also wir beide«, sagte Bodo, obwohl er es für Verschwendung hielt, Gerd Champagner einzuschenken. »Wo ist eigentlich Marlene?«

»Hat sich hingelegt. Ihr geht's nicht so gut. Die Nerven.«

»Schade. Ich hatte mich so gefreut, ihr die gute Nachricht zu überbringen. Vielleicht sollten wir Töller ein Gläschen spendieren, was meinst du?«

»Dem?«, rief Gerd erschrocken. »Jetzt geht's aber los, was? Bei dir piept's wohl.«

»War bloß ein Vorschlag. Wie geht es ihm überhaupt?«, fragte Bodo.

Seit der Entführung vor nunmehr fast zwei Wochen war er kaum im Keller gewesen. Abgesehen von der Tatsache, dass es um Nellis Geld ging, betrachtete er dieses ganze Unterfangen eher sportlich, wie einen Wettkampf. Vor allem reizte ihn der Nervenkitzel, wenn er E-Mails in Töllers Namen verfasste oder mit Aktien jonglierte und dabei am Arbeitsplatz eines anderen saß. Dass sie Töller gefangen halten mussten, war nichts weiter als ein Schönheitsfehler, ein Trick oder ein Foul, das Bodo liebend gerne vermieden hätte. Doch leider war es der einzige gangbare Weg, um am Ende zu gewinnen. Wie gut, dass dieses »Spiel« bald vorüber war.

»Wie soll es ihm schon gehen«, sagte Gerd ungeduldig und begann, die Fünfhundert-Euro-Scheine zu zählen. »Den Umständen entsprechend halt.«

Gleich am nächsten Morgen machte sich Daniel auf den Weg zur Bank, um mit dem Geld aus dem Umschlag die ausstehenden Raten zu bezahlen. In den letzten Wochen war die Bank so etwas wie ein Feind für ihn gewesen, ein gieriges Scheusal, das ihm an die Existenz wollte. Nun, da der junge Banker mit dem sauberen Seitenscheitel und dem taillierten Anzug die von Daniel mitgebrachten Euros zählte, war die Bank wieder der smarte Freund, ohne den er und Jette sich der Traum vom eigenen Haus nie hätten erfüllen können.

»Sehr schön, wir verbuchen die Summe sofort.«

Daniel grinste erleichtert. »Danke. Damit ist die Sache erledigt, nehme ich an.«

Das kurze, kaum hörbare Räuspern seines Gegenübers war als diplomatisches Nein zu verstehen.

»Herr Trebuth, ich muss Sie leider noch mal an die ausstehende Gesamtforderung erinnern.«

»Wieso ausstehend?«

Der Banker beugte sich diskret vor. »Ich spreche von den zweiundfünfzigtausend.«

»Welche zweiundfünfzigtausend, verdammt?«

Der Drucker sprang an, und der höfliche Filialleiter bat seinen Kunden um Geduld.

Flüche wären Daniel früher niemals über die Lippen gekommen. In letzter Zeit jedoch zeigte sich ein ungeduldiger Zug in seiner Ausdrucksweise. Es war, als würde er äußerlich in einer heilen Welt mit Frau und Kindern, Haus und Büchern leben, innerlich aber in einer unbarmherzigen Wildnis. Die beiden Welten durchdrangen sich gegenseitig auf seltsame Weise. Bei den Adamskis erzählte er liebevoll von seiner Familie und zeigte Fotos herum, die er zärtlich streichelte. In der Bibliothek hingegen trieb er neuerdings rigoros Mahngebühren bei verspäteter Abgabe ein, und zwar selbst von sozial schwachen Familien, bei denen er bisher immer ein Auge zugedrückt hatte.

Obwohl ihn der kühlende Luftschwall aus dem Ventilator direkt vor ihm traf, bildeten sich Schweißperlen auf Daniels Stirn. Eine Minute, eine schreckliche Minute lang, hielt er sich an der Theorie fest, dass es sich um ein Missverständnis handelte, und ahnte zugleich, dass Banken sich nur sehr selten bei derart hohen Summen irrten.

Hatte man ihm den Kredit gekündigt? Der war doch aber viel höher. Waren das Verzugszinsen? Unmöglich, so hohe Zinsen in so kurzer Zeit.

»Hier, bitte, Herr Trebuth, das sind die Kopien der Unterlagen. Ihre Frau hat im Laufe der letzten Jahre mehrere Kredite aufgenommen, wegen des Ladens, nehme ich an.«

»Wie bitte? Sie haben meiner Frau ohne mein Wissen Kredit gegeben?«

»Da die Sicherheiten vorhanden waren und Sie ein guter Kunde sind, haben wir die Anfragen genehmigt. Inzwischen ...«

»Mit Sicherheiten meinen Sie ... meinen Sie ...«

»Das Haus.«

»Aber ich habe doch eben eingezahlt.«

»Sie haben die ausstehenden Raten beglichen, was sehr erfreulich, angesichts der Gesamtforderung jedoch leider nur ein Tropfen auf den heißen Stein ist. Die zweiundfünfzigtausend Euro sind fällig, genauer gesagt längst überfällig. Wir haben Ihre Frau mehrmals davon in Kenntnis gesetzt. Hinzu kommt, dass Sie uns in den letzten Monaten einige Raten schuldig geblieben sind, was unser Vertrauen in Ihre Solvenz nicht gerade gestärkt hat. So leid es mir tut, aber wir benötigen eine Einzahlung oder vielmehr eine Hinterlegung von sechzigtausend Euro bis zum Ende des Monats.«

Daniel fühlte sich wie in einem Moor, das ihn langsam verschlang, und er war unfähig, sich dagegen zu wehren. Was er auch unternehmen würde, es zöge ihn nur noch weiter hinunter. Er konnte es nicht wagen, Jette mit den unbezahlten Krediten zu konfrontieren. Zweifellos hatte sie die Summen heimlich aufgenommen, um einer Diskussion wegen ihres geliebten, aber schlecht laufenden Ladens aus dem Weg zu gehen. Allerdings war es nur noch eine Frage von Tagen, bis ihr die Bank mit Pfändung drohen würde, und spätestens dann müsste sie ihr Geheimnis lüften und ihr Scheitern eingestehen. Natürlich ging sie davon aus, dass Daniel mit seinen neunzigtausend Euro die kritische Lage bereinigen könnte. Sobald sie im Bilde wäre, dass das Geld weg war, zumindest teilweise, musste er ihr erläutern, wie es dazu kommen konnte und wer dafür verantwortlich war. Wenn Töller demnächst wieder auf freiem Fuß war und die Entführung durch die Medien ging, brauchte sie nur eins und eins zusammenzuzählen.

Sie einzuweihen wäre riskant. Jette war nicht Giovanni, den man mal so mir nichts, dir nichts in ein Verbrechen involvieren konnte.

Eines war Daniel klar: Er benötigte mehr Geld aus Töllers Vermögen, als ihm anteilsmäßig zustand. Nur dann konnte er das Haus und damit seine Familie retten. Nur wie sollte er das bewerkstelligen? Bodo war über die Maßen anständig, Gerd passte auf wie ein Schießhund, und Giovanni mischte ja nun auch noch mit.

Irgendwie musste er das hinbekommen. Er konnte einfach nicht anders, als ausschließlich an seine Kinder zu denken, immer nur an sie. Das war ein vom Willen nicht steuerbarer Vorgang – so wenig wie man seinem Herzen befehlen konnte, mit dem Schlagen aufzuhören, oder der Lunge, das Atmen einzustellen.

Er hatte diesen Keller nie betreten wollen. Anfangs hatte

er noch mit sich gerungen, an sich gezweifelt, alles infrage gestellt, sich gehasst, Töller gehasst, das Geld gehasst. Damit war es jetzt vorbei. Er war schon so weit gegangen, es war so viel passiert – das Vorhaben musste einfach zu Ende gebracht werden. Eine Schuld entstünde juristisch gesehen nur, wenn sie entdeckt würden, und die Schuld vor sich selbst nur bei einer Niederlage. Es hieß immer, der Zweck heilige die Mittel. Nein, es war der Erfolg. Und das hatte nicht er entschieden, sondern die Gesellschaft, in der er lebte.

Frühe Sonnenstrahlen durchdrangen Schleierwolken und warfen einen zwielichtigen Schimmer auf den Bodden. Da Sommerferien waren, durchpflügten zahlreiche Boote den hauchzarten Morgendunst und brachen ihn entzwei, sodass er aufstieg und in der Wärme eines neuen Sommertages verging. Innerhalb einer Stunde lösten sich die Konturen der Ufer vollständig auf, und das Festland verschwand in einem diffusen Leuchten, vor dem immer wieder Formationen von Wasservögeln vorbeizogen.

Marlene saß in ihrer kleinen Bucht im Sand, umgeben von Strandhafer und vertrocknetem Tang. Obwohl sie in der Sonne saß, fror sie wie im Schatten einer dunklen Wolke.

Wenn sie an ihr Leben zurückdachte, kam es ihr vor wie die Flügel einer Mühle, die sich immerzu im Wind gedreht hatten. Sie hatte einen wiederkehrenden Traum, der sie nicht zur Ruhe kommen ließ: zunächst ein weitgehend selbstbestimmtes Dasein, dann einen guten Mann, ein freiheitliches politisches System, ein Kind, ein Laden, ein Haus mit Garten … Das Meiste war in Erfüllung gegangen, und wenn man es großzügig auslegte, hatte sie mit Romy, die sie liebte wie eine Tochter, letztendlich auch ein Kind bekommen. Manchen Menschen wären die vielen Jahre vielleicht eintönig vorgekommen, aber sie brauchte diese Ruhe des Alltags, des sich ständig Wiederholenden. Immer in Bewegung zu sein und dennoch einen festen Mittelpunkt zu haben, in die Bäckerei zu gehen, die Kunden zu begrüßen, ein Schwätzchen zu halten, Kuchen einzupacken. Abends dann die Stunden mit Gerd, die Sonntagsspaziergänge am Bodden. Immer das Gleiche in vereinzelten Variationen. Unter dem Strich war ihr Leben für sie lange Zeit völlig in Ordnung gewesen.

Nur der letzte Abschnitt nicht. Ihr Traum von einem abwechslungsreichen Lebensabend würde sich nicht erfüllen, woran auch der Geldsegen, den Bodo ihnen bescherte, nichts änderte, im Gegenteil.

Für Marlene war dieses Geld nicht die Rückkehr, sondern das Ende aller Träume. Seit Herr Töller ihr Vermögen verzockt hatte, hatte sie die Hoffnung gehegt, es eines Tages zurückzubekommen, und obwohl sie nicht stolz darauf war, hatte diese Hoffnung sie erfüllt. Der Augenblick des Triumphs wurde dann wider Erwarten zu einem Moment, in dem sich alle Hoffnungen in Lügen verwandelten. Nun, da jeden Tag ein Teil des Geldes zu Marlene zurückfloss, wusste sie, dass sie es niemals würde ausgeben können. Jedes Mal wenn sie im Geiste damit zu planen versuchte, etwa eine Gondelfahrt in Venedig, musste sie daran denken, unter welchen Umständen sie es wiedergewonnen hatte. Wer mit ihr in der Gondel sitzen würde.

Gerd saß im Schatten der Terrasse beim Frühstück, als Marlene zum Haus zurückkehrte. Wie verlogen schön dieser Tag begann, mit dem Duft von frischen Brötchen und Marmelade, den berauschenden Farben von Lavendel und Clematis, der friedlichen Stille … Bodos Rosen standen mitten auf dem Tisch. Jeden Tag, wenn er Geld vorbeibrachte, brachte er ihr auch eine Rose mit. Drei Stück waren es inzwischen.

»Er war da und fand es schade, dich wieder mal zu verpassen«, sagte Gerd mit sarkastischem Unterton. »Wärst du dreißig Jahre jünger, würde ich ihn anpfeifen, aber so … Übrigens, ich wollte schon eine Vermisstenanzeige aufgeben. Bitte sag mir doch Bescheid, wenn du das nächste Mal spazieren gehst.«

Dass sie ihm nicht antwortete, passte ihm nicht. Er vertrug einen Streit, nicht aber, wenn sie ihn ignorierte. Allein zu sein war ebenfalls nichts für ihn, dann dackelte er später hinter ihr her wie ein junger Hund. Jetzt in den Sommerferien, da die Bäckerei geschlossen war, war es besonders schlimm. Da wusste er gar nichts mit sich anzufangen.

Seltsam und erschreckend – alles war im Grunde wie immer, dabei hielten sie im Keller einen Mann gefangen.

Stolz blätterte Gerd vor seiner Frau die großen Scheine auf den Tisch. »Wir haben an die neunzigtausend zusammen. Fast die Hälfte. Was sagst du jetzt?«

Sie starrte das Geld an wie den Alkohol vom Vorabend, der an ihren Kopfschmerzen schuld war.

»Daniel«, sagte sie nur.

»Was ist mit ihm?«

»Daniel. Er kommt immer noch jeden Morgen, geht nach unten und bleibt dann eine halbe Stunde mit Herrn Töller allein. Warum macht er das? Wir haben doch von dem Mann bekommen, was wir wollten, jedenfalls nachdem ihm Giovanni die Pistole in den Mund gesteckt hat«, ergänzte sie vorwurfsvoll. »Ich dachte schon, jetzt ist es aus, jetzt sind wir alle Mörder.«

»Ist doch gut gegangen.«

»Gut gegangen«, echote sie. »Was ist denn jetzt mit Daniel?«

»Weiß auch nicht. Worüber du dir so den Kopf zerbrichst. Sieh mal, Marlene, mit dem Geld hier können wir zehn Kreuzfahrten machen. Na gut, sagen wir fünf, denn wir wollen ja eine tolle Kabine, oder? Wo willst du zuerst hin? Rio? Adria? Antarktis? Ich will mir auch noch ein schnelles Auto davon kaufen, so eines wie Giovanni hat. Na ja, muss ja kein Fiat sein.«

»Wie lange noch?«, fragte sie.

Er klaubte die Scheine wieder zusammen, nachdem er frustriert festgestellt hatte, dass Marlene nicht daran interessiert war.

»Drei, vier Tage. Bodo hat das im Griff. Du, der erledigt die Geschäfte von dem Typen schon wie ein Profi. Das nächste Mal fragen wir ihn, wie wir das Geld anlegen sollen. Jetzt schau mich nicht so an, ist ja gut, ich werde es nicht mehr anlegen. Außerdem haben wir sowieso vereinbart, dass wir jeden Kontakt abbrechen, wenn das hier rum ist und wir Töller freigelassen haben. Außer zu Romy natürlich.«

Zornig fügte Marlene hinzu: »Und zu Giovanni, diesem … diesem Drogendealer.«

»Scht, sprich leise, er ist drinnen und passt auf, dass Romy keinen Fehler macht, wenn sie Töller das Essen bringt.«

Widerstrebend hatte Marlene diese Aufgabe an Romy abgegeben. Giovanni hatte es seiner Freundin befohlen, und

Marlene hatte nicht mehr die Kraft, ihm zu widersprechen. Insgeheim war sie sogar dankbar, nicht mehr in den Keller gehen zu müssen.

»Wie viel gibst du ihm?«, fragte Marlene. »Und bestreite es ja nicht. Inzwischen kann ich diesen Halbstarken recht gut einschätzen, ich kann mir denken, dass er sich nicht mit Romys läppischen fünftausend Euro abgibt.«

Ertappt belegte Gerd das Brötchen auf seinem Holzbrettchen mit der doppelten Portion Aufschnittwurst, vier Scheiben.

»Zehn Prozent. Aber glaub mir, die sind gut angelegt. Ohne ihn …«

»Das war Folter!«, rief sie.

»Scht«, zischte er und ließ die Faust auf den Tisch sausen. »Ehrlich, Marlene, du gehst mir langsam auf den Wecker. Zuerst fängt Bodo an zu spinnen und jetzt du. Habt ihr etwa gedacht, das wird ein Spaziergang?«

»Ja, das hab ich«, schleuderte sie ihm lautstark entgegen. »Und du hast es auch gedacht. Du bist Bäcker, du kannst nichts anderes als backen. Du hast nicht die leiseste Ahnung von Geldanlagen oder Computern und auch nicht von Entführungen. Die Hälfte der Zeit tust du, als wärst du der abgebrühteste, schlitzohrigste Mann der Welt, und die andere Hälfte, als würde da kein Mensch in unserem Keller dahinvegetieren. Du weißt alles und weißt von nichts. Von uns allen bist du der Erbärmlichste.«

Wenn andere ihn vor den Kopf stießen, ließ Gerd sich schnell und gerne auf jeden Streit ein. Er hatte schon mehr als einmal Freunde verloren, weil er nicht nachgeben konnte. Nur wenn Marlene ihm Vorwürfe machte, war er eingeschnappt und zog sich hilflos zurück. Manchmal vertiefte er sich dann in sein Boulevardblättchen. Oder er sah sich eine Sportsendung an und tat ein paar Stunden später so, als hätte es den Streit nie gegeben.

Genau das hatte er in diesem Moment vor. Er stand vom Tisch auf und nahm seine Kaffeetasse.

Nur eine Sekunde später ließ er sie fallen. Sein Blick ging über Marlenes Kopf hinweg an den Rand des Gartens.

Marlene wandte sich um. Da stand eine Frau an der Hausecke, halb verborgen hinter der Dachrinne und einer Clematis. Als sie merkte, dass man sie entdeckt hatte, lief sie davon.

»Scheiße!«, rief Gerd. »Wer war das?«

»Ich glaube«, Marlene steckte ein Kloß im Hals, sie hatte kürzlich ein Foto der Frau gesehen, »das war Jette Trebuth.«

»Scheiße. Wie kommt die denn hierher?«

Gerd lief hinter ihr her, doch sein Alter und sein dicker Bauch ließen ihm keine Chance, die junge, schlanke Frau einzuholen.

»Giovanni!«, brüllte er.

Marlene lief ins Haus. »Giovanni, Giovanni!«

Der Italiener kam gerade mit Romy aus dem Keller nach oben.

»Da draußen«, keuchte Marlene. »Daniels Frau.«

Giovanni warf alles zu Boden, was er in den Händen hielt, und noch ehe Marlene *Mein Gott, was habe ich da bloß getan?* denken konnte, war er schon vor der Tür.

Marlene hörte Hilfeschreie, die sich mit den Rufen von Gerd und Giovanni vermischten, sich entfernten und entfernten, immer weiter entfernten.

Verstummten.

9

September

Was die Trebuths betraf, gab es eine gute und eine schlechte Nachricht für Ina. Die gute war, dass der Familienvater tatsächlich, wie von ihr gefordert, mit seinen beiden Kindern die Beratungsstelle aufgesucht hatte. Nur leider, und das war die schlechte, war es während dieses Termins zu einem Eklat zwischen Daniel und Christopher gekommen. Details erfuhr Ina zunächst nicht, da die Gespräche selbstverständlich vertraulich behandelt wurden, aber als sie am übernächsten Tag in der Klinik arbeitete, kam Stefanie mit ihrem Freund vorbei.

»Ich will dich etwas fragen«, sagte Stefanie und nahm sie beiseite. »Du musst mir aber versprechen, nicht gleich an die Decke zu gehen.«

Wenn Gespräche schon so anfingen, war der Tag meistens gelaufen.

»Ich verspreche es«, seufzte Ina.

»Darf Chris bei uns einziehen? Ins Gästezimmer und nur für ein paar Tage, jedenfalls erst mal.«

»Jetzt kann ich verstehen, wieso du mir zuvor ein Versprechen abgerungen hast.«

»Ach Mama.«

»Ich weiß ehrlich gesagt gar nicht, mit welchem Gegenargument ich anfangen soll. Zieh einfach eins mit geschlossenen Augen aus dem Eimer. Im Ernst, Liebes, ich kann doch keinen Patienten bei mir wohnen lassen.«

»Dann geht er eben zu einem anderen Psycho-Doktor.«

»Selbst wenn das so einfach ginge, du wohnst bereits im Gästezimmer, und ich werde euch ganz bestimmt nicht zusammen in einem Bett schlafen lassen.«

»Dann schlafe ich halt vorübergehend bei dir. Du wolltest doch, dass wir uns näherkommen.«

»Näher ja, aber nicht so nahe, mein Schatz. Außerdem müsste Christophers Vater zustimmen.«

»Der Typ ist so ein Widerling. Chris will nichts mehr mit ihm zu tun haben, und das kann ich gut verstehen. Oh, sorry, ich darf ja gar nicht mit dir darüber sprechen.«

»Das verlange ich auch nicht.« Ina sah auf die Uhr. »In einer halben Stunde habe ich hier in der Klinik Feierabend. Dann würde ich Christopher gerne ins Café einladen – allein.«

Ina ging mit dem Teenager in ein Café um die Ecke, das sie eigentlich nicht mochte. Die Einrichtung war ihr zu kühl gehalten – Stühle und Tische aus Aluminium sowie Spots an der Decke, deren gelbliches Licht auf grüne Wände traf. Der sintflutartige Regen ließ ihr jedoch kaum eine Wahl, wollte sie das Gespräch nicht völlig durchnässt führen.

Sie setzten sich in eine Ecke, wo die bodenlangen Fenster rechtwinklig aufeinandertrafen, sodass sie von Strömen von Wasser umgeben waren, das an den Scheiben herunterlief. Das Prasseln und Rauschen schuf eine seltsam diskrete Atmosphäre, denn selbst wenn sie in normaler Lautstärke miteinander sprachen, konnte man sie an den gut besetzten Nachbartischen nicht verstehen.

Christopher blickte leicht mürrisch drein, was Ina allerdings nicht auf sich bezog, sondern auf die Tatsache, dass ihm ein großer Brocken auf der Brust lag, der ihn einerseits quälte, den loszuwerden jedoch ebenfalls mit Qualen verbunden sein würde.

Sobald die Getränke serviert waren, fragte Ina: »Und?«

Christopher antwortete nicht sofort. Was er zu sagen hatte, kostete ihn Überwindung, aber nachdem er einmal die Kraft dafür gefunden hatte, sprudelte die Behauptung, die er aufstellte, in einem einzigen schnellen Schub aus ihm heraus.

»Papa hat eine andere Frau. Er hat Mama betrogen, als sie noch bei uns war. Ich weiß es genau, ich habe die beiden gesehen.«

Ina war überrascht. Sie hatte mit allem gerechnet, nur damit nicht. Dabei war es nun wirklich nichts Außergewöhnliches. Bei ihren Sitzungen erfuhr sie oft ganz andere Dinge, manchmal ging es gar um finsterste Abgründe. Ein Seitensprung nahm sich dagegen geradezu alltäglich aus. Ihr Erstaunen bezog sich vielmehr darauf, dass ausgerechnet Daniel Trebuth fremdgegangen sein sollte. Sie traute ihm das nicht zu. Gewiss, der Mann war unausgeglichen, nervös, launenhaft und irgendwie obskur. Trotzdem schien er ihr beim besten Willen nicht der Typ für Bettgeschichtchen zu sein, auch wenn das natürlich nur ein Gefühl war.

»Und das hast du ihm in der Beratungsstelle vorgeworfen?«

»Weil er behauptet hat, er würde Mama schrecklich vermissen, der Heuchler. Dabei ist er froh, dass sie weg ist, das merke ich ganz genau.«

»Streitet er seine Untreue denn ab?«

Christopher nickte.

»Bist du deutlicher geworden?«, hakte sie nach.

»Nein.«

»Auch nicht nach der Sitzung?«

»Nein. Er wollte es wissen, und wir haben uns ordentlich gefetzt, aber ich hab's ihm nicht gesagt.«

»Warum nicht?«

»Weil ... weil ... Ist doch egal.«

»Na schön, aber du bist dir ganz sicher, ja?«

»Ich sage doch, ich habe sie gesehen, ihn und die andere.«

»Erzähl mir davon.«

Ab da an wich er Inas Blick aus, wie schon mal, als sie ihn gefragt hatte, weshalb er seinem Vater nur Vorwürfe machte, ohne sie mit Details zu untermauern.

Christopher blickte in sein Glas, das er in den Händen hin- und herdrehte. »Beim ersten Mal war es Zufall. Ich war mit dem Rad im Wald unterwegs, in der Nähe von der Stelle, wo wir neulich mal spazieren waren. Dort ist es ziemlich einsam. Normalerweise bin ich da nicht. Aber an dem Tag hat vor dem einzigen Haus weit und breit so ein geiles Auto geparkt. Da bin ich eben hin und ... Na ja, ich bin halt um das Auto herumgeschlichen, da ist plötzlich mein Rad umgefallen und hat einen Kratzer in den Lack gemacht. Keine zehn Sekunden später geht die Tür von dem Haus auf, und ich denke: Scheiße, wenn der Typ, dem das Auto gehört, mich jetzt sieht. Also gehe ich mit meinem Rad hinter dem Wagen auf Tauchstation und hoffe, dass ich ungeschoren davonkomme. Wie ich da so vorsichtig über das Auto drübergucke, sehe ich, wie mein Vater mit so 'ner Tussi aus dem Haus kommt und in einen hässlichen Kleinwagen steigt. Vermutlich ihrer. Die beiden haben gelacht und so. Okay, sie haben nicht geknutscht oder was weiß ich. Aber als ich ihn abends ganz nebenbei gefragt habe, wie's beim Joggen war, hat er doch tatsächlich ganz scheinheilig behauptet, er wäre diesmal noch weiter gelaufen als sonst. So ein Stuss, alles gelogen. Beim nächsten Mal bin ich ihm nämlich heimlich gefolgt, und zack ist er wieder gemütlich zu dem Haus vom letzten Mal spaziert. Ist doch sonnenklar, was die da drin machen. Warum sollte er sonst lügen, hm?«

Ina war Christophers Bericht aufmerksam gefolgt.

»Wie hat die Frau denn ausgesehen, mit der du deinen Vater gesehen hast? War sie schon älter?«

»Nein, höchstens fünfundzwanzig, ziemlich klein, vielleicht eins sechzig. Dünn, lockige Haare, schwarz, aber mit einer fetten lila Strähne vorne. Hat ziemlich panne ausgesehen.«

Bei der Erwähnung der lila Strähne fiel Ina das Foto in der Bäckerei wieder ein. Die Beschreibung passte exakt auf Romy Haase, mit der Ina Daniel Trebuth – wenn man ihm schon eine Affäre unterstellte – allerdings so überhaupt nicht liiert sah. Außerdem war besagte Romy laut ihrer ehemaligen Kollegin damals mit einem jungen Italiener zusammen gewesen. Trotzdem konnte Ina nicht völlig ausschließen, dass der Bibliothekar und die Bäckereiverkäuferin ein Techtelmechtel hatten. Nur warum trafen die beiden sich ausgerechnet bei den Adamskis?

Auf diese Frage wusste Ina keine Antwort. Dafür fiel ihr etwas anderes wie Schuppen von den Augen, und sie sah es ganz klar vor sich. »Du hast es deiner Mutter erzählt«, sagte sie.

Dass Christopher erneut in sein Glas blickte, war Bestätigung genug, und sofort lief ein Film in Ina ab: Jette Trebuth erfährt von ihrem Sohn, dass ihr Mann sich mit einer anderen Frau trifft. Sie lässt sich beschreiben, vielleicht sogar zeigen, wo sich das besagte Haus befindet, und geht hin, um sich selbst ein Bild zu machen. Von diesem Moment an kann Christopher nur spekulieren, was passiert.

Fest steht: Seine Mutter ist verschwunden. Sie ist weg, weil er die Klappe nicht halten konnte, so empfindet er es zumindest. Er bringt ihr Verschwinden mit seiner Beobachtung, seinem Verdacht, seiner Indiskretion in Verbindung, was ihn zutiefst erschreckt. Dass die Polizei im Dunkeln tappt, was das wahre Geschehen angeht, macht es nur noch schlimmer für ihn. Hat seine Mutter etwas erfahren, das sie zutiefst erschüttert hat? Ist ihr etwas im Wald zugestoßen, auf dem Weg zu dem Haus, wo ihr jemand auflauerte? Ist es gar im Haus selbst passiert? Das Liebste und Teuerste im Leben zu verlieren, ist für sich erschütternd genug, daran will der Junge verständlicherweise nicht auch noch Schuld haben. Darum verleugnet er alles, vor sich selbst und damit zwangsläufig auch vor anderen. Der Wunsch, das Rätsel zu lösen, verkümmert im Schatten einer dunklen Wolke – der Angst, für immer mit diesem selbst zugefügten inneren Brandmal leben zu müssen.

Gut möglich, dass Christopher nie oder erst sehr viel später darüber gesprochen hätte. Dass er darüber ein alter Mann geworden, darüber gestorben wäre. Denn mit jedem verstrichenen Tag, mit jedem vergangenen Jahr wäre die Mauer des Verdrängens ein wenig stabiler geworden. Das Verhältnis zu seinem Vater wäre katastrophal gewesen, ohne dass der Junge hätte beschreiben können, warum. Nur ein Detail hatte ihn vorm ewigen Schweigen bewahrt, und zwar die – nach Christophers Meinung – heuchlerische Trauer seines Vaters. Für ihn kam das einer Verhöhnung des Andenkens seiner Mutter gleich, und das hatte ihn aufgewühlt.

»Ich bin mit ihr diesen Waldweg langgelaufen«, murmelte er in das Limonadenglas. »Ich habe ihr gesagt, da drüben ist es, da habe ich ihn gesehen. Sie hat nur genickt.«

Er leerte das Glas, als wolle er sich die eben gesprochenen Worte erneut einverleiben.

»Wie oft bist du deinem Vater dorthin gefolgt?«

»Ein paarmal, um ganz sicher zu sein. Aber als meine Mum … also nachdem sie verschwunden war, ist er nicht mehr hingegangen. Dafür war er einmal woanders, in einem anderen Haus in Ahrenshoop. Ich bin ihm mit dem Moped gefolgt, das habe ich zum fünfzehnten Geburtstag bekommen. Es stand fast immer nur in der Garage, aber mein Vater war an dem Tag so komisch, und ich dachte … Ist ja egal, jedenfalls ist er mit jemandem zusammen nach Ahrenshoop gefahren, mit einem jungen Typen, ein Italiener, Spanier Türke, irgend so was. Mit dem ist er in ein Haus in der Nähe von der Steilküste gegangen. Die waren da eine Viertelstunde drin. Als sie wieder rauskamen und weggefahren sind, hab ich aufs Klingelschild geguckt. Tiller oder so. Nein, warten Sie. Töller, Alwin Töller. Ich dachte noch, was für ein beschissener Name. Aber ich war heilfroh, dass es kein Frauenname war. Das wäre echt scheiße gewesen.«

Er fuhr sich mehrmals mit den Händen durch die wuscheligen Haare. »Was meinen Sie, war sie dort? In dem anderen Haus, meine ich. In dem mit der jungen Frau?«

»Ich wünschte, ich wüsste es. Das wird die Polizei herausfinden. Da fahren wir jetzt sofort hin.«

»Muss das sein?«

»Ich finde es gut, dass du so offen zu mir warst, Christopher. Bitte sei es weiterhin. Denn auch wenn du dich jetzt elend fühlst, Offenheit macht stark.«

Vierzehn Monate zuvor

»Daniel, du … du musst sofort herkommen. Es geht um deine Frau.«

Gerds schwerer, nach Bronchitis klingender Atem pfiff heiser aus der Ohrmuschel des altmodischen Telefons, das auf Daniels Schreibtisch in der Bibliothek stand.

»Meine Frau?« Daniel brauchte einige Sekunden, um das Gehörte einzuordnen. »Was soll das heißen?«

»Sie ist hier, in unserem Haus.«

Wenn man ihm mitgeteilt hätte, dass Jette in einer Raumkapsel auf dem Weg in die Erdumlaufbahn sitze, wäre er nicht verblüffter gewesen.

»Ja, aber … Wie? Woher? Was macht sie bei euch?«

»Wir sitzen auf der Couch und tauschen Rezepte für Weihnachtsplätzchen aus. Mensch, Junge, quatsch nicht, sondern komm her. Und zwar sofort. Wir brauchen dich.«

Gerd legte auf, bevor Daniel ihm weitere Fragen stellen konnte. Glücklicherweise hatte die Bibliothek seit einer Viertelstunde geschlossen, und die Mitarbeiter waren bereits nach Hause gegangen. Auf der Fahrt zu den Adamskis fragte Daniel sich immerzu: Wie, um alles in der Welt, hatte Jette von den Bäckersleuten erfahren? Und was war dort passiert?

Mit dem Handy versuchte er ein paarmal, Gerd zu erreichen, um mehr zu erfahren, doch es nahm niemand ab. Daniel hielt das Warten an den Ampeln und Kreuzungen, das Stillsitzen im Auto kaum noch aus. Zu allem Übel hielt ihn auch noch die Polizei an, die ihm wegen »Telefonierens am Steuer« ein Bußgeld aufbrummte. Das gibt's ja wohl nicht, das ist alles ein mieser Film, dachte er. Obwohl – oder gerade weil – er es eilig hatte, ließ er alle Ermahnungen brav über sich ergehen, gab keine Widerworte, räumte sofort seine Schuld ein und zahlte bar. Im Geiste jedoch hatte er die Faust geballt, hätte sie den Polizisten am liebsten ins Gesicht gerammt und das Gaspedal durchgedrückt.

Ausnahmsweise fuhr er mit dem Wagen direkt vor das Haus der Adamskis. Er musste nur einmal kurz klingeln, sofort öffnete Gerd die Tür.

»Mann, das hat vielleicht gedauert! Bist du etwa mit dem Dreirad gekommen?«, blaffte er. Sein Kopf sah aus, als hätte ihn zehn Minuten lang ein Ringer in die Mangel genommen. »Plötzlich stand sie bei uns im Garten. Mehr weiß ich auch nicht. Und dann …«

»Und dann was?«, fragte Daniel, als Gerd aufhörte zu sprechen, so als sei damit alles gesagt.

»Tja, also …«

»Wo ist sie jetzt?«

»Unten.«

»Wo unten?«

»Im Keller.«

»Bei Töller?«, rief Daniel.

»Bist du verrückt? Natürlich nicht. In einem anderen Kellerraum.«

»Eingesperrt?«

»Ja, was denkst du denn! Sie weiß alles oder fast alles, jedenfalls genug. Wir hatten keine Wahl.«

»Wer ist wir?«

Die Antwort auf Daniels Frage erübrigte sich, als Romy und Giovanni aus dem Keller heraufkamen, gefolgt von der leichenblassen Marlene.

»Ich will endlich wissen, was passiert ist«, rief Daniel ungeduldig. Sie begrüßten sich innerhalb der Gruppe längst nicht mehr, auch gab es keine Momente des Schweigens, des Zögerns, der Nachdenklichkeit. Wie bei panischen Passagieren auf einem sinkenden Schiff war auch bei ihnen die dünne Kruste der modernen Zivilisation durchbrochen, und sie waren um einige zehntausend Jahre zurückgeworfen.

»Sie hat gehört, worüber ich mit Marlene gesprochen habe. Was hätten wir denn machen sollen? Ich hab noch ›Halt‹ gerufen, aber sie ist weggelaufen. Wir natürlich hinterher. Ruck, zuck hatte ich sie eingeholt.«

»*Ich* hab sie ruck, zuck eingeholt, Alter«, korrigierte Giovanni. »Ich hab sie mir geschnappt und in den Keller gesteckt. Mich hat sie gekratzt.« Giovanni führte einige Schrammen auf seinen Unterarmen wie Kriegsnarben vor.

»Na ja«, schränkte Gerd ein. »Wir haben sie uns zusammen geschnappt.«

»*Va a cagare!*«, rief Giovanni. »Du hast mir bloß ein paar Türen aufgehalten und sonst gar nix. Aber, Alter, das kostet dich was. Von jetzt an kriegen Romy und ich – also ich – die Hälfte von allem, was du noch kriegst. Verstanden?«

Daniel konnte sich diese Unterhaltung, bei der man völlig am Wesentlichen vorbeiredete, nicht mehr anhören.

»Ist mir scheißegal, wer Jette in den Keller geschleppt hat. Wie geht es ihr?«

»Hat getobt wie eine Furie«, antwortete Giovanni. »Ich hab ihr eine geklatscht, jetzt ist sie ruhig.«

»Du hast… was?«

»Ihr eine geklatscht, Alter«, wiederholte der Italiener. »Mit der flachen Hand. Ich werd doch keine Frau boxen. Sie hat ein bisschen Nasenbluten, *dio mio*, das geht vorbei.«

»Du hast sie wohl nicht mehr alle, meine Frau zu schlagen«, erboste sich Daniel.

In der nächsten Sekunde packte Giovanni ihn am Hemd und schleuderte ihn rücklings gegen die Wand. Ein Bild vom Typ Gänseblümchenwiese fiel herunter, der Rahmen zerbrach. Giovanni kam Daniels Gesicht so nahe, dass ihre Lippen sich beinahe berührten, und die schwarzen Augen des Italieners starrten ihn unmittelbar an, füllten sein gesamtes Blickfeld aus.

»Jetzt hör mir mal gut zu, du Bücherwurm. Ich lass mir von so 'ner Möse doch nicht das Geschäft verderben. Glaubst du, ich hab Lust, in den Bau zu wandern, hä? Wenn ich dich jetzt gleich loslasse, wirst du da runtergehen und deine Möse davon überzeugen, ihre Klappe zu halten, und zwar für immer, ja? Und noch was, weil wir gerade so schön miteinander quatschen – maul mich nie wieder so an, Alter. Wenn du glaubst, dass du jetzt grad meine schlimme Seite erlebst, dann irrst du dich. Auf 'ner Skala von eins bis zehn ist das die Sieben. Da unten im Keller, da kommste dir vielleicht stark vor mit deinen Zigaretten, die du auf 'nem wehrlosen Mann ausdrückst. Aber du bist in Wirklichkeit nur eine Null, Alter, und so was von krank.«

Im Gegensatz zu Gerds Sprüchen nahm Daniel die von Giovanni ernst, weil sie von physischer Dominanz und Entschlossenheit getragen waren. Falls Gerd jemals die Führung der Gruppe innegehabt hatte, so war sie längst an Giovanni übergegangen, und alle akzeptierten es – außer vielleicht Bodo, aber der bekam davon überhaupt nichts mit.

Wie angekündigt ließ Giovanni Daniel los. Ein Hemdknopf war abgerissen, das Hemd aus der Hose gerutscht, und es war Giovanni, der es Daniel unvollständig und schlampig wieder unter den Gürtel stopfte. Dann schubste er ihn in Richtung der Kellertür.

Gerd drückte ihm den Schlüssel in die Hand und erklärte ihm, wo er Jette finden würde, woraufhin Daniel, zurechtgestutzt und noch unter dem Eindruck von Giovannis Warnungen, in den Keller hinabtorkelte.

»Bärli!«

Jette kauerte in einer Ecke des völlig kahlen Raums, das Gesicht verweint, die Haare wirr abstehend wie nach einem Stromschlag. Als sie Daniel hereinkommen sah, hob sie den Kopf und rief ihn mit einem ihrer Lieblingskosenamen. In diesem Moment fiel aller Groll von ihm ab. Die Schulden, die vegane Ernährung, der defizitäre Laden – alles war vergessen. Sogar der Kosename, den er früher nur geduldet hatte, war ihm auf einmal wert und teuer.

»Bärli!«

Sie stand auf und warf sich in seine Arme. Wann hatte sie das je getan? Trotz gelegentlicher kindlicher Anwandlungen war Jette eine starke Persönlichkeit, die nicht dazu neigte, Schwächen zu zeigen. Darum hatte sie ihm ja auch nichts von den unbedienten Krediten gesagt. Sie war ein Kopfmensch, plante gerne, traf einsame Entscheidungen und nahm sie nur äußerst selten und widerwillig zurück. Alle, die Jette kannten, sagten unisono, dass sie ihr Leben im Griff hatte.

Doch in dem Augenblick, als sie sich in Daniels Arme flüchtete, war sie ganz Gefühl, reine Angst.

Sie stellte keine Fragen.

»Bitte bring mich hier raus«, flehte sie nur. »Schnell.«

»Das geht nicht. Giovanni steht oben. Er wird es nicht zulassen.«

»Er hat mich total hart angefasst«, klagte sie und entblößte ihre schlanken Oberarme, wo sich auf der milchigen Haut schon bald einige hässliche gelbgrüne Inseln abzeichnen würden.

Eine der Stellen, auf die sie deutete, streichelte und küsste er. »Dir wird nichts passieren. Du musst nur mitmachen.«

Während er seine Frau im Arm hielt, erzählte er ihr die Geschichte von Anfang an. Daniel war selbst überrascht, wie logisch sich alles anhörte. Vor der Entführung hatte er lange mit dem Vorhaben gehadert und sich nur schwer damit arrangieren können. Erst der Erfolg, genauer das ausgezahlte Geld, hatte ihn bestätigt. Nun kam ihm der Bericht über das Verbrechen eines Bibliothekars so flüssig über die Lippen, dass er am Ende der festen Meinung war, sie hätten gar nicht anders handeln können und die ganze Welt würde ihm darin zustimmen.

Jette schwieg lange, auch nachdem er geendet hatte. Mit großen, aufmerksamen Augen sah sie ihn an, und er spürte, dass sie wieder zu denken begann. Der Kopfmensch, die alte Jette kehrte zurück, nur dass sie es vor ihm zu verbergen versuchte.

»Ach, Bärli«, sagte sie schließlich. »Wenn du doch nur früher mit mir gesprochen hättest.«

Mit einem Mal schien ihr diese Formulierung zu vorwurfsvoll zu klingen. Sie, die früher, ohne zu zögern, ihre Meinung geäußert hatte, verhielt sich mit einem Mal wie jemand, der einem schwer Erziehbaren seine Dummheiten auszureden versuchte, ohne ihn vor den Kopf zu stoßen.

»Zusammen werde wir schon eine Lösung finden. Noch ist ja nichts passiert, oder? Das lässt sich alles noch ausbügeln. Du hast aus den besten Motiven heraus gehandelt. Für uns. Das hätte nicht jeder. Nur müssen wir da jetzt irgendwie wieder raus, Bärli. Vorher müssen wir natürlich … müssen wir natürlich *hier* heraus.«

Jettes Gedanken waren ein offenes Buch für ihn. Natürlich wollte sie erst einmal den Keller verlassen, wer an ihrer Stelle hätte das nicht gewollt? Sobald sie frei wäre, würde sie zur Polizei gehen. Aus moralischen Gründen war sie Veganerin geworden, um – wie sie immer betonte – gegen das Verbrechen an Tieren ein Zeichen zu setzen. Würde sie da das Verbrechen an einem Menschen tolerieren? Seine Frau, so wie er sie kannte, wäre glaubwürdiger gewesen, wenn sie Erstaunen geäußert, ihm Vorwürfe gemacht und erst nach einer ganzen Suada von Beschimpfungen etwas Verständnis gezeigt und von einer gemeinsamen Suche nach Lösungen gesprochen hätte.

»Ich rede mit ihnen«, sagte er und löste sich langsam von ihr.

Erneut krallte sie sich an ihn. »Sie werden doch auf dich hören?«

»Wahrscheinlich.«

»Ich bin deine Frau. Sie werden … mir doch nichts tun, oder?«

»Nein, natürlich nicht.«

»Bärli, ich werde auch niemandem was verraten. Ganz bestimmt nicht.«

»Weiß ich doch.«

»Geh nicht weg, Bärli.«

»Ich muss. Wie soll ich denn sonst mit ihnen sprechen?«

»Aber ich habe … habe …«

Sie wollte sagen, dass sie Angst hatte, aber selbst jetzt war ihr dieses Wort nicht zu entlocken.

»… habe dich sehr lieb«, sagte sie stattdessen.

»Ich habe dich auch lieb.«

Seine Erwiderung hatte wohl so formelhaft routiniert geklungen, dass sie ihn noch nicht gehen lassen wollte.

»Denk an die Kinder, Bärli.«

»Ich tue nichts anderes«, gab er zurück und ärgerte sich ein bisschen darüber, dass sie glaubte, ihn daran zu erinnern zu müssen, dass er einen Sohn und eine Tochter hatte.

Abschließen oder nicht?

Er ging zurück und starrte auf das Schloss. Nur wenige Zentimeter davon entfernt schwebte das kleine, längliche Stück Metall, das er zwischen Daumen und Zeigefinger hielt. Es zitterte, als sei es vom gegensätzlichen magnetischen Pol und würde nie und nimmer in die Öffnung passen.

Seine eigene Frau einschließen – wo kam man denn da hin? Wer war er denn? Nach einer Minute stand sein Entschluss fest. Nein, das kam nicht infrage, das konnte niemand von ihm verlangen.

Gerade als er sich abwenden wollte, drehte sich der Türknauf so langsam wie der Sekundenzeiger einer Uhr um die eigene Achse. Eine kleine Bewegung mit großer Wirkung. Ein Spalt tat sich auf, nicht breiter als der Umriss eines Bleistifts, dann wurde die Tür mit einem Ruck aufgerissen.

»Bärli«, stöhnte Jette und griff sich an die Brust. »Hast du mich vielleicht erschreckt. Ich … ich …«

Ohne ein Wort ergriff er den Knauf und zog die Tür gemächlich wieder zu. Diesmal zitterte der Schlüssel nicht in seiner Hand, und mit einem leichten, fast zart klingenden Klick-Klack war es getan.

Was sollte er Giovanni erzählen? Daniel hatte zwei Möglichkeiten: entweder das zu wiederholen, was Jette gesagt hatte, nämlich dass sie Stillschweigen bewahren, oder seine Einschätzung abzugeben, nämlich dass sie genau dies nicht tun würde. Er konnte seine Frau unmöglich diesem hirnlosen Kretin ausliefern. Andererseits – ließe er sie gehen, wären dies Daniels letzte Stunden in Freiheit für lange Zeit, und in gewisser Weise wäre sein Leben dann vorbei. Würde er seine Kinder je wiedersehen? Wohl nicht. Eine solche Zukunft mochte er sich nicht ausmalen.

»Und?«, fragte Giovanni, noch während Daniel die Treppe hinaufging.

»Sie …« Daniel hatte vor, dem Italiener die Wahrheit über Jette zu sagen, aber er schaffte es nicht. Er konnte dieses Urteil nicht sprechen, auch wenn das bedeutete, dass man das

Urteil über ihn sprechen würde. »Sie will nicht aktiv mitmachen, aber sie hat Verständnis für uns – für mich. Sie wird uns nicht verraten.«

»Ganz sicher?«

»Ich kenne Jette. Sie wird niemals zulassen, dass der Vater ihrer Kinder ins Gefängnis kommt«, log er.

Mit gesenktem Kopf lief Giovanni im Kreis und zupfte mit den Fingern an seiner Unterlippe.

»Also, was ist?«, fragte Daniel ungeduldig. »Darf ich sie nach oben holen?«

»Ich überlege noch«, sagte Giovanni.

»Was gibt es denn da zu überlegen? Jette hat …«

»Halt einfach mal die Fresse, Alter. Ich hab gesagt, ich muss überlegen.«

Daniel, Romy und Gerd sahen Giovanni schweigend dabei zu, wie er Runde auf Runde drehte.

»Nee, ist zu riskant«, sagte er plötzlich. »Sie würde alles sagen, um da rauszukommen. Und bevor du jetzt wieder rumschreist, denk dran, was ich dir vorhin gesagt hab.«

Daniel hatte nicht die Absicht zu protestieren. Auf seltsame Weise war er froh über Giovannis Entscheidung, auch wenn er eben noch dagegen argumentiert hatte. Sein Herz war schwer und leicht zugleich.

»Ich muss doch den Kindern irgendwas sagen«, gab er zu bedenken. »Wenn Jette nicht nach Hause kommt, werden sie Fragen stellen.«

»Dann lass dir was einfallen.«

»Und was? Dass ihre Mutter, ohne uns was zu sagen, in Urlaub gefahren ist? Das glaubt mir doch kein Mensch. Da gibt es nicht viel zwischen Freilassung und … und …«, stotterte Daniel, bis der Kloß im Hals so dick wurde, dass ihm die Stimme versagte.

»Ich tu keiner Frau was an«, sagte Giovanni. »Glaubst du echt, ich fass 'ne Frau an, Alter? Mal eine klatschen, okay, aber nix Härteres. Frag Romy, ich hab sie mal geklatscht, oder Romy? Aber sonst nix. Ich tu keiner Frau was an.«

Marlene, noch immer leichenblass, sagte: »Wir können Jette nicht ewig festhalten. Ich werde mit ihr sprechen, ihr alles erklären, und dann ... Ich bin sicher, sie wird schweigen, unter der Voraussetzung, dass wir die Entführung sofort beenden.«

»Ich bin dagegen«, widersprach ihr Ehemann. »Es muss doch noch eine andere Möglichkeit geben.«

Daniel fing an, Gerd zu hassen, weil er etwas aussprach, das er selbst noch nicht einmal zu denken wagte. Aber – hatte Gerd es überhaupt *so* gemeint? Für derart feine Differenzierungen bewegten sie sich längst auf einem viel zu feindseligen Terrain.

»Ich tu keiner Frau was an«, wiederholte Giovanni.

Romy, die sich an ihn schmiegen wollte, schob er energisch beiseite. Erneut lief er im Kreis, blickte zu Boden, zupfte an seiner Lippe und sah dabei nicht besonders intelligent aus ... Eine Minute ging das so.

Abrupt hielt er inne und sah Gerd an.

»Was hast du gesagt?«

»Nichts«, antwortete der Angesprochene verunsichert. »Ich habe gar nichts gesagt.«

»*Va a cagare!* Vor einer Minute, Alter.«

»Ach so, na ja, dass da nicht viel bleibt.«

»Nein, davor. Dass wir sie nicht ewig festhalten können.«

Gerd überlegte. »Das war Marlene.«

Giovanni ließ die Knöchel seiner Finger knacken, ganz langsam einen nach dem anderen, es nahm gar kein Ende, sodass es Daniel vorkam, als hätte Giovanni mindestens vier Hände. Schließlich nickte der Italiener, und keiner, auch nicht der, der den Satz ausgesprochen hatte, verstand, wo darin eine Lösung liegen sollte.

Mit geschlossenen Augen ruhte sich Romy auf einer Liege in Marlenes Garten aus, nur mit einem gelben Bikini bekleidet. Sie nippte unentwegt an einem Glas Sekt, das förmlich an ihren Lippen zu kleben schien, weshalb sie an ein Baby erinnerte, das durstig an der Brust trank. Die Flasche Asti Spumante, die in Reichweite stand, war bereits zu zwei Dritteln geleert.

Von dem Mädchen zunächst unbemerkt, ließ Marlene sich auf der zweiten Liege nieder. Sie konnte Romy den Alkoholkonsum am helllichten Tag nicht verübeln. Wein oder Sekt stellten eine grandiose Betäubung dar, die sowohl langsamste als auch geschmeidigste Form der Selbstzerstörung, und jeder aus der Gruppe der Entführer musste seinen eigenen Weg finden, mit dem Grauen umzugehen.

Nun saßen also zwei Menschen im Keller, und das Schlimmste war, dass sie Jette Trebuth – anders als Töller – nicht einfach so freilassen konnten. Marlene machte sich schreckliche Vorwürfe, weil sie dazu beigetragen hatte, dass Giovanni die arme Frau einfing. Aber in jenem Moment … Sie hatte unter Stress gestanden, nicht recht gewusst, was sie da tat, und es sofort bereut. Allerdings, würde sie beim nächsten Mal nicht wieder so handeln? War das nicht eine billige Reue, die sie sich nur leisten konnte, weil sie noch in Freiheit war?

Nicht nur der Keller hatte nun zwei Bewohner, auch im Obergeschoss waren zwei Neue eingezogen. Romy und Giovanni hatten sich im Gästezimmer einquartiert, so lange bis … Tja, was das anging, tappte man im Dunkeln.

»Was hat Giovanni eigentlich vor?«

Romy, reckte sich und gähnte, dann rappelte sie sich auf und umklammerte Marlene wie ein Äffchen. »Hallo. Ich hab dich gar nicht kommen hören. Geht's dir wieder besser? Wie ein Gespenst hast du ausgesehen.«

»Ja, etwas besser.«

»Willkommen zurück im Leben.«

Ein trunkener Engel, der sie in der Hölle willkommen hieß.

»Danke, Liebes. Jetzt sag, was plant dein toller Freund? Er hat versprochen, er rührt sie nicht an, also will ich hoffen, dass ihm etwas wirklich Intelligentes eingefallen ist.«

»So was erzählt er mir nie.«

»So was? Das hört sich ja an, als würde er noch drei andere Dinger drehen.«

»Im Moment nicht. Er hatte schon mal Ärger mit der Polizei, da habe ich ihn aber noch nicht gekannt.«

»Lass mich raten: Drogen?«

Romy zuckte mit den Schultern. »Ich habe die Wäsche abgenommen. Hoffentlich habe ich alles richtig in den Schränken verstaut. Du hast da oben irgendwo Motten. Ich habe so ein Ding aufgehängt, an dem die Viecher sich verfangen, und da hängen schon elf dran. Vorhin waren es jedenfalls elf. Ein paar haben noch gezappelt, aber die hab ich festgedrückt, die kommen da nicht mehr weg. Geputzt habe ich noch. Und auch sonst alles gemacht.«

Marlene sah sie mit einer stillen, diffusen Trauer an, die zu der Jahreszeit passte, in der alles schwer und zugleich weich war. Ein Schweißtropfen kroch von Romys Hals in den Ausschnitt des Bikinis und trat, als sie den Kopf in den Nacken legte, um das Glas vollends zu leeren, am unteren Ende wieder aus, bis er sich in ihrem Bauchnabel verfing.

»Da fällt mir ein, ich muss anfangen zu kochen«, sagte Romy. »Ruh du dich aus und schau dir die schönen Bienchen an.«

Bienchen. Fast beneidete Marlene dieses Mädchen um seine Geistesträgheit. Was für eine Gnade, so wenig zu verstehen. Was für eine Gnade, das Gewissen gegen Asti Spumante eintauschen zu können.

Als sie allein im Garten war, zog Marlene das Handy aus der Tasche. Sie wählte die 110, und eine männliche Stimme erklang.

»Polizeinotruf.«

Marlene betrachtete den Garten und machte sich klar, dass sie ihn nie wiedersehen würde. Nie mehr den Herbst darin spüren, wenn die letzten Rosenblüten schwer an den Zweigen hingen, der säuerliche Duft von Fallobst in der Luft lag und die Kraniche schreiend darüber hinwegzogen. Nie wieder die Meisen im Winter an den Futterknödeln hängen und picken sehen, nie wieder die Krokusse den Schnee durchbrechen sehen. Nie wieder eine duftende Freesie oder eine Iris von draußen ins Wohnzimmer holen.

In spätestens einer Viertelstunde würden Streifenwagen mit Blaulicht und Sirene vorfahren, Beamte würden das Haus stürmen und alle verhaften, auch Romy. In Handschellen würden sie das Kind abführen, und sie, Marlene, wäre daran schuld. Ihr Gewissen war intakt – das Problem war nur, dass es in alle Richtungen arbeitete.

»Hier Polizeinotruf. Bitte sprechen Sie.«

Sie drückte die Taste mit dem roten Hörer.

Kürzlich hatte Gerd die Entführung mit einem fahrenden Zug verglichen. Wenn er entgleiste, traf es nicht nur sie, es traf sie alle.

Marlene bereitete ein umfangreiches Mahl zu: einen Topf Spaghetti Napoli, Ratatouille, eine Gemüsebouillon, Marillenknödel und ein Dutzend Muffins, so als würde sie eine Heerschar von Gästen erwarten. Romy ließ sich aus der Küche verbannen, ohne Fragen zu stellen, aber das tat sie ja nie. Im Wohnzimmer zappte sie zwischen zwei Nachmittagssoaps hin und her und öffnete eine zweite Flasche Asti Spumante.

Als alles fertig und auf einem riesigen Tablett angerichtet war, nahm Marlene den Kellerschlüssel, verstaute ihn in ihrer Schürze und stieg hinab. Zielstrebig ging sie durch die Kellergänge zu der Tür, die sich schräg gegenüber von der zu Alwin Töllers Kerker befand, und schloss sie auf.

Jette Trebuth stand erstarrt mitten im Raum, wobei sie einem modernen Kunstwerk ähnelte, ein großes buntes Etwas vor kahlen Wänden. Einige Sekunden lang sahen die beiden Frauen einander schweigend in die Augen.

»Wer sind Sie?«, fragte Daniels Frau.

»Marlene Adamski. Ich wohne hier.«

»Ich kenne Sie irgendwoher.«

»Mir gehört die Bäckerei in Prerow, aber Sie gehören nicht zu meinen Kundinnen, vielleicht weil wir keine Bioware anbieten, mein Mann und ich. Wir schalten manchmal Anzeigen mit Bildern von uns.«

Wieder sahen sie sich eine Weile wortlos an. Dann sagte Marlene: »Ich habe Ihnen was zu essen gebracht. Da ich nicht weiß, was Sie mögen, hab ich … Es ist alles vegetarisch, ich meine, vegan.«

Mit einem Mal kam es ihr absurd vor, dieses Ankochen gegen den Wahnsinn. Wie unwirklich das alles war. Eben noch hatte sie die Hände in den Knödelteig getaucht, jetzt umklammerten dieselben Hände den Gefängnisschlüssel. Was für ein irres Theater!

»Gehen Sie«, hörte Marlene sich plötzlich sagen. Sie hatte nicht die Kraft für einen Anruf bei der Polizei gehabt, aber sie fand gerade noch genug Kraft, um einfach nur stehen zu bleiben und nichts zu tun.

»Alle Türen stehen offen. Gehen Sie, und tun Sie, was Sie tun müssen.«

Als wäre die Botschaft auf taube Ohren gestoßen, rührte Jette Trebuth sich zunächst nicht. Erst einige Atemzüge später setzte sie zögernd einen Fuß vor den anderen. Wie ein von Menschen geprügelter Hund schlich sie vorsichtig in Marlenes Richtung, beschleunigte dann im Vorbeigehen und wandte sich an der Tür noch einmal zu ihrer Befreierin um, als wolle sie sich vergewissern, dass sie nicht doch Opfer eines tückischen Streichs geworden war. Einen Augenblick später rannte sie davon.

Marlene stieß einen gedehnten Seufzer aus.

Es war geschafft. Es war zu Ende. Zugleich war es aber auch das Vorspiel zu weiteren Torturen – die Bloßstellung, das Gerichtsverfahren, das Gefängnis. Danach das Nichts. So weit zu denken, war ihr unmöglich.

In diesem Moment befand sie sich noch im Auge des Orkans. Die einen Grausamkeiten lagen hinter, die anderen noch vor ihr. Gleich würde sie Töller freilassen, und dann war alles eine Frage von wenigen Minuten. Der Polizei gegenüber würde sie behaupten, dass es Romys Idee gewesen sei, Töller und Jette Trebuth freizulassen, das gäbe sicher mildernde Umstände für die Kleine. Nach zwei, drei, vier Jahren wäre sie bei guter Führung vielleicht wieder draußen, und an Romys guter Führung war nicht zu zweifeln. Mehr konnte Marlene für ihr Mädchen, das noch sein ganzes langes Leben vor sich hatte, nicht tun.

Sie wollte gerade nach oben gehen, da hörte sie einen Aufschrei und lautes Poltern, gefolgt von gespenstischer Stille.

10

September

In Kriminaloberkommissar Wittes Büro herrschte einige Sekunden lang Stille, nachdem Christopher auf Inas Bitte hin den Raum verlassen hatte. Zwei weitere Kommissare waren dabei gewesen, als der Junge noch einmal alles erzählt hatte. Einer der Beamten sah immerzu auf die Uhr, der andere hielt einen Stift wie eine Zigarette und lutschte von Zeit zu Zeit daran.

Witte stieß sich mit seinen langen Beinen ab, drehte zwei Runden auf seinem Bürostuhl und brach anschließend als Erster das Schweigen. »Tja, das ist natürlich eine interessante Information. Wenn Daniel Trebuth eine Geliebte gehabt hätte, würde das dem Fall eine ganz neue Wendung geben.«

»An eine Affäre mag ich ehrlich gesagt nicht recht glauben«, schränkte Ina ein. »Ich meine zu wissen, von welcher Frau Christopher berichtet. Sie heißt Romy Haase und hat in der Bäckerei der Adamskis in Prerow gearbeitet. Obwohl ich sie nicht persönlich kenne, finde ich, dass sie und Daniel Trebuth irgendwie nicht zusammenpassen. Außerdem war sie anderweitig liiert.«

»Für Hinweise ist die Polizei immer dankbar, Frau Bartholdy, doch die Schlussfolgerungen übernehmen wir selbst.«

Der Sarkasmus in der Stimme des Kommissars erinnerte Ina an seine Aufforderung, hier nicht die Miss Marple zu geben. Andererseits hatte er die neuen Erkenntnisse ihr und Christopher Trebuth zu verdanken, und so schnell war sie nicht bereit, sich abwimmeln zu lassen. Außerdem interessierte sie sich nicht aus purer Neugier für den Fall, sondern wegen Marlene und Christopher.

»Sie sagten eben, das könnte dem Fall eine neue Wendung geben. Darf ich fragen, in welche Richtung es bisher ging?«

»Sie haben Ihre Schweigepflicht, und wir haben unsere«, erwiderte Witte knapp.

Ina beschloss, auf gut Glück einen Pfeil abzuschießen. Auf dem Weg von dem Café, in dem Christopher sich ihr anvertraut hatte, zur Polizei hatte sie ein paar Recherchen mit dem Smartphone durchgeführt.

»Ihre bisherigen Ermittlungen in der Sache Trebuth haben nicht zufällig etwas mit Alwin Töller zu tun?«

Bei diesem Namen kam eine gewisse Bewegung in die Polizisten. Der eine nahm den Stift aus dem Mund, der andere vergaß für einen Moment seine Uhr, und Witte erstarrte auf seinem Bürostuhl.

»Woher wissen Sie davon?«

»Tut mir leid, Herr Oberkommissar. Schweigepflicht. Aber ich bin im Internet auf einige alte Artikel gestoßen, in denen steht, dass der Vermögensberater Alwin Töller vermisst wird. Ebenso wie Christophers Mutter. Wäre doch möglich, dass es da einen Zusammenhang gibt.«

Die drei Polizisten sahen sich an. »Komm schon«, sagte der eine mit dem Stift an seinen Chef gewandt. »Das Meiste steht eh schon in der Zeitung.«

Witte verdrehte die Augen. »Also meinetwegen. Wir nehmen an, dass die beiden sich gekannt haben.«

»Jette Trebuth und dieser Töller? Sie meinen ...«

»Genau das meine ich. Dass sie sich sogar mehr als gut gekannt haben. Gegen Alwin Töller lief ein Ermittlungsverfahren wegen Betrugs und Steuerhinterziehung, und es gibt noch ein paar weitere Indizien, die darauf hindeuten, dass er sich ins Ausland abgesetzt haben könnte. Unter anderem hat er einige Konten leer geräumt, kurz bevor er spurlos verschwand, und seinen Mercedes haben wir am Rostocker Bahnhof gefunden. Von dort aus kann er überallhin gefahren sein. Die Passagierlisten von allen deutschen Flughäfen haben wir ohne Ergebnis überprüft, aber er könnte genauso gut von Warschau, Zürich oder Prag gestartet sein – wenn er überhaupt geflogen ist. Wir wissen es nicht. Seltsam ist nur, dass auch seine Katze verschwunden ist. Wer flieht schon mit einem Haustier? Die Papiere, die man dafür ausfüllen muss, wenn man nach Übersee reist, hinterlassen eine Spur. Und noch etwas ist merkwürdig: Töller hat alle seine Kreditkarten gesperrt, kurz bevor er auf Nimmerwiedersehen verschwand. Wir verstehen nicht, warum er das getan hat. Es passt alles nicht richtig zusammen, aber das ist die heißeste Spur, die wir haben, oder vielmehr bis heute hatten.«

Ina dachte nach. »Schön und gut, aber wie kommen Sie darauf, dass dieser Töller und Jette Trebuth sich gekannt haben?«

»Ihr Ehemann hat mal gegen Töller prozessiert. Ist schon eine Weile her, aber immerhin, es ist eine Verbindung. Außerdem hatte Jette Trebuth beachtliche Schulden aufgehäuft, die über kurz oder lang zur Insolvenz ihres Ladens geführt hätten.«

»Lassen Sie mich raten: Die Adamskis haben ebenfalls mal gegen Töller prozessiert.«

»Stimmt, woher …?«

»Marlene.«

»Aha. Und jetzt kommen Sie auch noch mit dieser Romy-Haase-Story um die Ecke. Ganz schön verwirrend.«

Dem stimmte Ina zu. Ihr kam die Geschichte vor wie ein Bausatz ohne Anleitung, bei dem nicht ersichtlich war, welches Teil wo hingehörte und was eigentlich am Ende dabei herauskommen sollte. Objektiv betrachtet hatten sie nicht mehr als lauter verschwundene Leute, die irgendwie mit der Ermordung von Gerd Adamski zu tun haben konnten oder eben auch nicht.

»Seit wann wird Alwin Töller vermisst?«, fragte Ina.

»Offiziell erst seit Mitte August, weil wir niemanden gefunden haben, der berechtigt gewesen wäre, eine Vermisstenanzeige aufzugeben. Er hat kaum Verwandte. Aber seine Putzfrau, eine gewisse Egzonjeta … Egzonjeta Sowieso, der Nachname ist unaussprechlich. Die hat uns am sechsundzwanzigsten Juli gesagt, dass irgendetwas nicht stimmt.«

»Jette Trebuth wird schon länger vermisst, richtig?«

»Ja, einige Tage früher.«

»Sagen Sie, Romy Haase wird nicht zufällig auch vermisst?«, hakte Ina nach.

»Nein, mir sind alle vierzehn Vermisstenfälle der letzten zwei Jahre bekannt. Eine Romy Haase gehört nicht dazu.«

»Und ihr Freund Giovanni? Leider kenne ich seinen Nachnamen nicht.«

»Ein Giovanni ist auch nicht darunter.« Witte stöhnte gereizt. »Hören Sie, Frau Bartholdy. Wir sind hier keine Dilettanten. Natürlich haben wir auch ein Verbrechen an Jette Trebuth und Alwin Töller in Betracht gezogen. Bei jedem Menschen, der vermisst wird, tun wir das. Im Fall von Frau Trebuth haben wir sogar den Wald durchkämmt, in dem sie zuletzt gesehen wurde, sowie die Ufer in der Umgebung. Nichts, keine Leiche. Vielleicht hat Töller sie ja auch gezwungen. Oder mit seinem Plan zur Flucht überrumpelt. Ich bin selbst Vater. Ich weiß, dass niemand so mir nichts, dir nichts seine Kinder zurücklässt. Wir haben es uns bestimmt nicht leicht gemacht. Aber ich habe noch zwölf weitere Vermisstenanzeigen aus den letzten zwei Jahren auf dem Schreibtisch liegen, die ich bearbeiten muss, und es gibt nun mal dieses Auto am Rostocker Bahnhof und die Schulden auf der einen und die Ermittlungsverfahren auf der anderen Seite. Frau Trebuth und Herr Töller haben beide in Schwierigkeiten gesteckt. Für uns sieht das alles nach einer gemeinsamen Sache aus.«

Ina nickte. Offenbar hatte es im Leben von Daniels Frau und seinem früheren Vermögensberater tatsächlich nicht gerade zum Besten gestanden.

Witte hatte ihr gewiss mehr gesagt, als er gedurft hätte. Obwohl sie ihm bereits interessante Informationen verschafft hatte, wollte sie ihm gerne noch einen weiteren Gefallen tun, gewissermaßen als Belohnung für sein Entgegenkommen. Zudem gewann man Menschen nicht mit Härte, sondern mit Freundlichkeit.

»Ziehen Sie eine Hausdurchsuchung bei Daniel Trebuth in Betracht?«, fragte sie ihn.

»Tut mir leid, das geht Sie nun wirklich nichts an«, erwiderte er.

»Leicht dürfte das nicht werden. Nur weil Daniel Trebuth mal mit einer anderen Frau im Auto gesessen hat, wird ihnen kein Richter eine Durchsuchung erlauben.«

»Herzlichen Dank, Frau Bartholdy, dass Sie mich darauf hinweisen. Und jetzt entschuldigen Sie uns bitte, wir haben zu tun.«

»Ich kann Ihnen nur empfehlen«, sagte Ina mit einem schelmischen Lächeln, »dass Sie noch einmal mit Christopher sprechen. Der Name Alwin Töller ist ihm möglicherweise nicht unbekannt. Vielleicht hat der Richter ja ein Einsehen mit Ihrem Ersuchen, wenn herauskommt, dass Daniel Trebuth in Töllers Haus war, und zwar wenige Tage vor seinem Verschwinden.«

Ina bewegte sich auf dünnem Eis in Bezug auf ihre Verschwiegenheitspflicht, letztlich in Bezug auf ihren Beruf. Aber das war sie neuerdings ja gewohnt.

Nachdem die Beamten Christopher noch einmal befragt hatten, machte Ina sich auf den Weg nach Hause. Stefanie und ihr Freund saßen Händchen haltend auf dem Rücksitz, und Ina musste sich überlegen, wie sie mit der Situation umgehen sollte. Möglicherweise würde das Haus, in dem der Junge lebte, in Kürze durchsucht werden, was sie ihm selbstverständlich verschwieg. Trotzdem konnte er nicht bei ihr einziehen, völlig unmöglich.

»Ich werde deinen Vater anrufen und ihn fragen, ob er etwas dagegen hat, wenn du ein, zwei Tage …«

»Cool, er darf zu uns?«, rief Stefanie begeistert.

»Nein, darf er nicht. Ihr könnt bei Bobby schlafen. Einer im Gästezimmer, einer auf dem Sofa.«

»Seid ihr wieder zusammen?«

»Ja, und er zieht morgen ein Haus weiter. Sein Vermieter hat ihm eine Ferienwohnung überlassen, solange die alte Wohnung renoviert wird. Übrigens, wäre nett, wenn ihr ihm dabei ein bisschen unter die Arme greift, damit er nicht alles allein schleppen muss. Ich habe morgen leider einen vollen Terminkalender.«

»Geht klar«, sagte Christopher. »Ich würde lieber in einem Straflager arbeiten, als zu meinem Vater zurückzugehen. In zwei Wochen werde ich sechzehn, dann darf man die vorzeitige Volljährigkeit beantragen. Dann suche ich mir eine Lehrstelle und eine Wohnung.«

»Geilo meilo!«, rief Stefanie und sah sich vermutlich schon bei ihm einziehen.

Die beiden hatten innerhalb weniger Tage eine starke Verbindung aufgebaut. Christophers Einfluss auf ihre Tochter schien Ina überwiegend positiv zu sein, denn er hatte ihr das Praktikum im Zoo wieder ausgeredet und sie überzeugt, sich an einer weiterführenden Schule anzumelden. Allerdings mochte dieser Entschluss auch damit zu tun haben, dass sie im Rostocker Zoo niemanden für die Affen gesucht hatten, sondern für das Reptilienhaus. Mit Leguanen und Klapperschlangen knuddelte es sich halt nicht so gut.

Irgendetwas hatte Ina ihren Patienten nach seinem »Geständnis« noch fragen wollen, aber sie hatte es vergessen. Sie war müde. Ihr ging mehr durch den Kopf, als ihre Hirnzellen verarbeiten konnten Was hatte der merkwürdige Seitenblick des Polizisten zu bedeuten? Würden sie auch das Haus der Adamskis durchsuchen? Was wusste Marlene über den Tod ihres Mannes, und stand dieser im Zusammenhang mit dem Verschwinden von Christophers Mutter? Wo war Romy Haase, und welche Rolle spielte sie? Wie würde die kleine Felicia die neuerlichen Umbrüche in ihrer Familie verkraften, die sich andeuteten? Ging das mit Stefanie und Christopher nicht alles ein bisschen zu schnell?

Die Sorgen einer Mutter mischten sich mit den brennenden Fragen einer Therapeutin, der Neugier einer Frau und leider auch mit einer gewissen geistigen Erschöpfung. Die Gedanken an so viel Gewalt und Tod ermüdeten, außerdem fühlte Ina sich gar nicht gut dabei, ihre Patienten samt ihren Angehörigen der Reihe nach der schlimmsten Verstrickungen zu verdächtigen. Trotzdem kam sie nicht umhin festzustellen, dass es einen Erschlagenen und mindestens zwei Verschwundene gab. Wenn man die überraschend von der Bildfläche abgetretene Romy Haase mitzählte, sogar drei.

Als sie vor Bobbys Gartenhaus in Zingst ausstiegen, rief sie Daniel Trebuth an.

»Hätten Sie etwas dagegen, wenn Ihr Sohn und meine Tochter für ein paar Tage bei einem Freund von mir übernachten? In getrennten Zimmern, versteht sich.«

»Nein, das ist … ist schon in Ordnung. Im Moment ist das vielleicht sogar besser. Chris hat Ihnen sicher von dem Streit erzählt, nehme ich an. Und hier ist auch nicht alles … Wenn er will, kann er gerne noch etwas länger bleiben.«

Kein Zweifel, Daniel Trebuth war irritiert und verunsichert, allerdings ganz sicher nicht von Inas Bitte. Im Hintergrund hörte sie die Stimmen mehrerer Frauen und

Männer sowie von Möbeln, die geöffnet oder verschoben wurden.

Die Hausdurchsuchung war offenbar in vollem Gange.

Ina stellte ihm keine Fragen, bot aber an, Felicia zu ihrem Bruder zu holen.

»Es könnte ein kleines Abenteuer für Ihre Tochter werden«, versuchte sie, ihm den Vorschlag schmackhaft zu machen. »Viele Kinder in Felicias Alter mögen solche Ausflüge ins Unbekannte, und Christopher gibt ihr den nötigen Halt.«

»Nicht heute, Frau Bartholdy. Danke für das Angebot, aber … Nein, meine Tochter bleibt bei mir. Verstehen Sie, ich brauche hier jemanden.«

Er legte auf, und Ina waren die Hände gebunden. Arme kleine Felicia. Die Beamten würden auch ihre Sachen durchsuchen, ebenso wie die ihres Bruders. Das war alles andere als schön für das kleine Mädchen. Auch Christopher wurde still, als Ina ihm mitteilte, was bei ihm zu Hause vor sich ging. Vielleicht kam ihm da zum ersten Mal der Gedanke, dass sein Vater mehr als nur indirekt mit dem Verschwinden seiner Mutter zu tun haben könnte.

Am nächsten Tag war Ina mit Terminen ausgelastet. Zwischendurch versuchte sie, Witte zu erreichen, aber entweder war er wirklich sehr beschäftigt oder er ließ sich verleugnen. Einen detaillierten Bericht über die Ergebnisse der Hausdurchsuchung hätte sie gar nicht erwartet, aber wenigstens einen kleinen Wink, wie es gelaufen war. Immerhin hatte sie keinen unerheblichen Anteil daran, dass die Polizei eine weitere Spur verfolgte.

Stefanie rief unter einem Vorwand in der Stadtbibliothek an und bekam heraus, dass Christophers Vater wie üblich zum Dienst erschienen war.

»Du sollst dich da nicht einmischen«, ermahnte Ina ihre Tochter am Telefon.

»Aber ich bin längst mittendrin.«

»Ja, eben, und da gehörst du nicht hin.«

»Häng's, Mama.«

»Wie bitte?«

»Vergiss es. Ich werde Chris durch die schwere Zeit helfen, davon kannst du mich nicht abhalten.«

»Das will ich ja auch gar nicht. Ich will nur, dass ihr bei Bobby bleibt, dann ist alles gut. Kommt ihr denn mit dem Umzug voran?«

»Nicht, wenn du hier stündlich anrufst.«

Ina versuchte, in der Mittagspause Marlene zu erreichen, um herauszufinden, ob bei ihr alles in Ordnung war und ob bei ihr eine Hausdurchsuchung stattgefunden hatte. Marlene hörte sich ganz normal und ruhig an, fast ein bisschen zu ruhig und normal, wie Ina fand. Aber vermutlich, so rügte sie sich, übertrieb sie es mit dem Interpretieren und erfüllte damit ein typisches Psychologenklischee.

Nachmittags meldete sich der Pastor von der Kirchengemeinde von Prerow. Er hatte endlich herausgefunden, dass die beiden Syrierinnen, die Marlene ein Jahr zuvor betreut hatte, in die Nähe von Schwerin gebracht worden waren, wo sie in einer Flüchtlingsunterkunft wohnten und irgendeiner Arbeit nachgingen. Daher war davon auszugehen, dass sie ein wenig Deutsch gelernt hatten. Der Pastor hatte sogar ein Foto von ihnen gefunden, auf dem auch Marlene abgebildet war, und schickte es Ina per E-Mail.

Ein Abstecher in die Landeshauptstadt würde nicht lange dauern, überschlug Ina den Zeitaufwand. Sie hatte nicht vergessen, wie Marlene sie kürzlich im Gespräch mit dem Pastor geradezu mit der Nase auf die Flüchtlinge gestoßen, dann aber die Unterhaltung abgebrochen hatte. Unter normalen Umständen hätte Ina es nie in Betracht gezogen, sich an einer Schnitzeljagd durch die Republik zu beteiligen. So viel Zeit hatte sie gar nicht, noch dazu gab es keine Möglichkeit, etwas abzurechnen, und der Erfolg war noch dazu zweifelhaft. Sie wusste ja nicht einmal, wonach sie fragen sollte.

Doch die Umstände waren alles andere als normal. Der gewaltsame Tod Gerd Adamskis, die mögliche Verbindung zum Fall Trebuth und nicht zuletzt Stefanies Beziehung zu Christopher machten diese Angelegenheit speziell. Wie hatte Stefanie gesagt? Sie steckten längst mittendrin. Ein Rückzug hätte abrupt und vollständig erfolgen müssen, was allein wegen Stefanie ein Ding der Unmöglichkeit war. Afnan und Chadisha stellten den berühmten Strohhalm dar, nach dem Ina griff, denn im direkten Gespräch mit Marlene kam sie irgendwie nicht weiter.

Ina machte früh Feierabend, machte sich auf den Weg in Richtung Schwerin und rief von unterwegs bei Bobby an.

»Alles in Ordnung bei euch?«

»Alles bestens. Außer dass ich dich noch mehr als sonst vermisse, wenn Stefanie und Christopher in meiner Nähe sind.«

Ina lachte in die Freisprechanlage. »Wieso denn das?«

»Weil die beiden unentwegt knutschen. Sogar mit Kartons in den Händen kriegen sie ihre Lippen kaum auseinander. Da werde ich neidisch.«

Sogar sehr kurze Telefonate mit Bobby taten ihr gut, und wenn sie daran dachte, wie elend sie sich in den wenigen Tagen der zerbrochenen Beziehung gefühlt hatte, lief es ihr kalt den Rücken herunter.

Nun, das war vorbei und – wie man so sagt – eine Erfahrung. Allerdings eine, die Ina ungern ein zweites Mal machen wollte.

Die Flüchtlingsunterkunft stellte sich als ein nicht sonderlich hübsches, aber sauberes Wohnhaus am Schweriner Stadtrand heraus. Es gab dort eine Art Concierge, eine Reinemachfrau, die mit knittrigem Gesicht in der geöffneten Haustür stand, den Wischmopp wie ein Zepter in der Hand.

»Entschuldigung, ich möchte gerne zu Afnan und Chadisha Kodmani.«

»Den Afghaninnen?«

»Syrierinnen.«

»Die mit der Burka?«

»Kopftuch und Kaftan, nehme ich mal an.«

»Erster Stock. Sind aber arbeiten. Jedenfalls die Jüngere. Ob die Alte da ist, müssen Sie mal sehen. Aber die spricht sowieso fast kein Deutsch. Oder können Sie Ausländisch?«

»Arabisch leider nicht.«

Ina beschloss, es zu wagen und bei den Kodmanis im ersten Stock zu klingeln. Tatsächlich war nur Chadisha da, Afnans Mutter, die ihre schlechten Deutschkenntnisse mit herzlicher Gastfreundschaft ausglich. Als Ina ihr Grüße vom Pastor überbrachte und den Namen Marlene fallen ließ, bewirtete die Syrierin sie mit süßem Tee und noch süßeren Keksen und führte sie dazu in einen mit orientalischen Tüchern und Teppichen gestalteten Raum, der Mutter und Tochter als Wohn- und Schlafzimmer diente. Die übrige Wohnung wurde von weiteren weiblichen Flüchtlingen aus dem Nahostraum genutzt.

Chadisha lächelte fast unentwegt und vertröstete Ina auf die nächste halbe Stunde, da sie in Kürze Afnan erwartete. Ina hätte gerne mehr als ein paar Floskeln mit ihr gewechselt, zumal sie vom Pastor wusste, dass die etwa fünfzigjährige Frau drei Söhne und eine Tochter im syrischen Bürgerkrieg verloren hatte und darüber frühzeitig gealtert war. Tatsächlich wirkte sie auf Ina eher wie siebzig, sowohl was ihre körperliche Beweglichkeit als auch die schnelle Ermüdung anging.

Afnan ließ nicht lange auf sich warten. Sie war zweiundzwanzig und machte eine Ausbildung zur Krankenpflegerin. In dem einen Jahr, seit sie in Schwerin lebte, hatte sie große Fortschritte gemacht.

»Heute ich spreche ganz gut«, erwiderte sie bescheiden, als Ina sie lobte. »Aber noch langer Weg vor mir. Wenn ich Prüfung mache, ich will sprechen mehr als gut. Trotzdem, alles klappt viel besser als vor einem Jahr. Damals fast gar nichts gesprochen. Marlene trotzdem immer da gewesen. Wir Rezepte ausgetauscht für Kuchen, und Marlene mit uns getrunken Tee. Wir nie hatten Gelegenheit, uns zu verabschieden. Alles so schnell.«

Chadisha, die Mutter, nickte betrübt. »Schnell«, wiederholte sie und schenkte mir Tee nach. »Sagen danke an Marlene.«

»Das richte ich gerne aus«, versprach Ina vorschnell. Sie wusste noch nicht, ob sie ihrer Patienten von diesem Besuch erzählen sollte. Es kam darauf an, was sie in Erfahrung bringen würde.

»Marlene hatte eine schwere Zeit«, erklärte Ina. »Es ging ihr gar nicht gut, und jetzt ist auch noch ihr Mann gestorben. Er wurde … er wurde leider ermordet.«

Afnan übersetzte ins Arabische, woraufhin Chadisha etwas sagte und sich Mutter und Tochter verschwörerisch ansahen.

»Sie sind eine Freundin von Marlene?«

»Ja. Ich meine es gut mit ihr. Wir reden viel, aber ich habe das Gefühl, dass sie mir etwas Wichtiges verschweigt. Sie würde es mir gerne erzählen, aber irgendetwas steht ihr noch im Weg. Wissen Sie, ich glaube tief in ihr drin wollte Marlene, dass ich zu Ihnen komme. Wenn Sie also etwas wissen, dann sagen Sie es mir bitte.«

Afnan übersetzte abermals. Zwischen den Frauen kam es zu einem Disput, von zahlreichen Gesten begleitet, wie es im arabischen Raum so üblich ist. Chadisha lehnte etwas ab, das Afnan tun wollte, sich ohne die Erlaubnis ihrer Mutter aber nicht traute. Die Auseinandersetzung dauerte mehrere Minuten, bis Chadisha anscheinend ihren Segen erteilte, wenn auch widerstrebend.

»Ich Ihnen schon gesagt, dass mein Deutsch vor einem Jahr nicht gut«, sagte Afnan. »Deswegen ich nicht habe alles verstanden, was Marlene uns hat erzählt. Erst hinterher, viele Wochen danach, ich etwas besser verstanden.«

Vierzehn Monate zuvor

Zum ersten Mal seit der Entführung war Marlene wieder in der Kirche. Vor zwei Wochen hatte sie eine Erkältung vorgeschoben und alle Chorproben abgesagt. Zur Messe ging sie ohnehin nur selten. Predigten lagen ihr nicht, weder als Absenderin noch als Empfängerin, daher zog sie es vor, allein auf den Bänken des Gotteshauses zu sitzen. Am liebsten kam sie an den sonnigen Tagen, wenn der Altarraum in gleißendem Licht erstrahlte, und hielt Zwiesprache.

An diesem Ort war sie vor etwa zwanzig Jahren auch zum ersten Mal ihrem Schutzengel begegnet. Obwohl, so konnte man das eigentlich nicht sagen. Natürlich war es keine Begegnung im herkömmlichen Sinne gewesen. Sie hatte eine starke Präsenz gespürt und auf einmal das Bedürfnis gehabt, Danke zu sagen. Danke für eine stabile Gesundheit, ein Leben ohne viel Stress und große Sorgen, mit einem braven Ehemann, in einem verhältnismäßig wohlhabenden Land, im Frieden.

Man musste sich ja nur in den Nachrichten ansehen, wie viel Leid es woanders gab. Ach, wie viele Stunden hatte sie in dieser Kirche verbracht und immer das besondere Gefühl der Geborgenheit gespürt, beinahe wie eine himmlische Berührung. Das Licht und die Stille dieses Ortes waren ihr Trost und Freude.

Marlene war nicht im naiven Sinne gläubig. Sie wusste, dass die Stimme Gottes oder der Engel letztendlich der Widerhall der eigenen Seele waren, das Echo der Erziehung, die man genossen hatte, der Vorurteile, die man pflegte, der eigenen Vorlieben und Abneigungen, der Bücher, die man gelesen, und der Filme, die man gesehen hatte, alles in allem das Echo der Summe sämtlicher Hoffnungen und Enttäuschungen. Ihr Schutzengel war nicht physisch, er flatterte nicht unentwegt um sie herum und beschützte sie vor Steinschlag, Lebensmittelvergiftungen oder betrunkenen Autofahrern. Er war eher so etwas wie eine innere Energie, ein geistiger Aufpasser, ein Über-Ich.

Gerade deswegen war das, was an diesem Tag passiert war, so furchtbar. Sie spürte – nichts. Licht und Schatten, Sonne und Wolken wechselten sich über dem Altar ab wie ein langsamer, unregelmäßiger Herzschlag, doch da war kein Leben mehr, keine Präsenz, keine Berührung. Die Himmlischen schwiegen. Nachdem Marlene wochenlang in gewisser Weise umhergeirrt war, war sie nun an einem dunklen, verlassenen Ort. Sie war allein.

Leise stimmte sie einen Bach-Choral an: »Bleibt, ihr Engel, bleibet bei mir.«

Vergeblich. Was geschehen war und was noch geschehen würde, war zu schrecklich. Es erdrückte sie.

Wäre sie doch nur Katholikin. Dann könnte sie zur Beichte gehen. Oder dem Papst im Fernsehen zuschauen und dafür einen Ablass erhoffen.

Alle diese Wege waren ihr verschlossen. Für Protestanten

gab es keine himmlische Vergebung, solange sie auf Erden weilten. So hatte Marlene es zumindest verstanden.

Stand die Schuld nicht in ihren Augen? War sie nicht an ihrer nervösen Stimme abzulesen, am Zittern der Hände?

Afnan und Chadisha, zu denen Marlene im Anschluss an ihren Besuch in der Kirche ging, schienen davon nichts zu merken. Sie hätte die beiden ohnehin besucht, wie so oft in den vergangenen Monaten. Aber an diesem Tag wurde sie den Gedanken nicht los, dass ihre Freundschaft und Hilfe für diese Frauen so etwas wie ein Gewicht in einer Waagschale sein könnten, die zu Marlenes Ungunsten zu kippen drohte.

Das Treffen dauerte ein bisschen länger als sonst, und irgendwann gingen den drei Frauen die Gesten, das Lächeln und der gezuckerte Tee aus. Marlene hätte aufbrechen sollen, aber irgendeine Macht hielt sie fest. Ein paar Sekunden lang herrschten Schweigen und Bewegungslosigkeit, wie bei einem Standbild.

»Im Keller meines Hauses wird ein Mann gefangen gehalten«, quoll es unvermittelt aus Marlene hervor.

Die beiden Syrierinnen sahen sie ratlos an. Sie verstanden kaum ein Wort Deutsch, seit Monaten versuchte Marlene vergeblich, einen Kurs für sie zu organisieren.

»Mann« wiederholte die junge, hübsche Tochter, dann kicherte sie. Ihre Mutter rückte sich das Kopftuch zurecht.

»Das ist absolut nicht normal. Ihr sollt nicht denken, das wäre hierzulande eine Sitte oder so. Die Entführung ist natürlich gegen das Gesetz. Aber was soll man denn machen, wenn das Gesetz einen im Stich lässt? Hat es dann noch Gültigkeit? Wer stützt sich schon auf einen gebrochenen Stab? Keiner macht das. Man wirft ihn weg und schnitzt sich einen neuen. Wenn mir vor ein paar Jahren jemand gesagt hätte, dass ich mal einen Mann im Keller gefangen halten würde …«

Sie lachte kurz auf, wurde aber schnell wieder ernst.

»Ich will nur, was mir zusteht. Will nur zurück, was er mir genommen hat. Ich konnte nicht mehr schlafen, nicht mehr essen, hatte keine Freude mehr an der Arbeit, musste hundertmal, tausendmal am Tag daran denken. So konnte es doch nicht weitergehen. Dieser Mann, dieser Töller, ist ein Wolf, nein, schlimmer, eine Hyäne. Er hat mich gehetzt bis zur Erschöpfung, und in meiner Fantasie hat er mich außerdem noch ausgelacht. Deswegen habe ich die Hand gehoben, versteht ihr? Ich habe es aus Notwehr getan.«

Die beiden Syrierinnen tuschelten miteinander. Sie spürten, dass da eine Tragödie vor sich ging, denn Verzweiflung ist eine Sprache, die überall auf der Welt verstanden wird.

»Aber es ist etwas ganz anderes als Notwehr daraus geworden. Ich habe das nicht kommen sehen, und jetzt … Was auch immer ich tue, und selbst wenn ich nichts tue, irgendjemand wird leiden.«

Marlene erwartete keine Reaktion von ihren syrischen Freundinnen. Sie hatte es ihnen nur gesagt, weil sie es einmal laut aussprechen musste. Was das bringen sollte, wusste sie selbst nicht. Sie fühlte sich nicht besser. Afnan und Chadisha verstanden ja noch nicht einmal, worum es überhaupt ging. Trotzdem war es nötig gewesen, ihre Reue unschuldigen Seelen anzuvertrauen, Menschen, die selbst extrem gelitten und viel zu verzeihen hatten.

»Neulich hat jemand zu mir gesagt, dass wir diesen Mann,

der uns betrogen hat, in die Hölle treiben müssen, damit sie uns nicht selbst verschluckt. Und nun hat sie uns alle gefangen. Das ist doch die Hölle, nicht wahr? Ein Ort ohne Ausgang, in dem jede Tür nur tiefer ins Dunkel führt.«

11

September

Es war weit nach Mitternacht, als Ina nach Hause kam. Auf der Autobahn war sie in einen Stau geraten, der sich nach einem schweren Unfall gebildet hatte. Nach mehreren Stunden Stop-and-go war sie an einem Dutzend Blaulichtern vorbeigezuckelt, Stunden, in denen sie viel Zeit zum Nachdenken über die unterschiedlichsten Dinge gehabt hatte. Wie kurz das Leben sein, wie unvermittelt es enden konnte. Welche Haken es schlug und welche Überraschungen, sowohl gute als auch schlechte, es bereithielt. Dass Stefanie seit Neuestem die Nähe zu ihr suchte, war eine von den guten, ebenso, dass sie Bobby gefunden hatte. Dass Marlene vermutlich in eine äußerst dubiose Geschichte verwickelt war, war eine schlechte.

Ina versuchte einzuordnen, was Afnan und Chadisha ihr erzählt hatten, und zu begreifen, worum es überhaupt ging. Afnan wusste nur, dass irgendein Mann bei den Adamskis festgehalten worden war, und selbst das war ihr erst im Nachhinein klar geworden, als sie ausreichend Deutschkenntnisse hatte und aus dem Gedächtnis heraus das Gespräch ansatzweise rekapitulierte.

Was bedeutete »festgehalten«? Wie lange und auf welche

Weise? Wer und warum? Und wie war das Ganze ausgegangen?

Auf all diese Fragen gab es keine Antworten. Immerhin hatte Ina – und das war das eigentlich Bedeutsame – einen Hinweis darauf erhalten, dass Marlene vor etwa einem Jahr heftig gelitten und eine große Schuld verspürt hatte.

Eine Antwort allerdings musste Ina sich selbst geben, nämlich wie sie mit dem Wenigen, was sie erfahren hatte, umgehen sollte. Sprich, ob sie sich an die Polizei wenden sollte oder nicht. Einerseits ging es um ihre Patientin, und Ina unterlag der Verschwiegenheitspflicht. Die Ausnahmeregelung griff in diesem Fall nicht, denn sie betraf lediglich die Ankündigung von Straftaten, nicht etwas, das weit in der Vergangenheit lag. Andererseits hatte Ina ihr Wissen nicht von Marlene, sondern von einer anderen Frau erhalten, die nicht ihre Patientin war, somit dürfte die Schweigepflicht hierfür nicht gelten.

Das kam dabei heraus, wenn man sich zu sehr engagierte – lauter Schwierigkeiten.

Ina hätte einfach in das leere Bett in ihrer leeren Wohnung fallen können. Doch als sie die Schuhe auszog und die Bluse aufknöpfte, sehnte sie sich nach den Menschen, die sie liebte, selbst wenn sie um diese Zeit längst schliefen. Also zog sie sich wieder an, um zu Bobby nach Zingst zu fahren, auch wenn sie dann unter demselben Dach schlafen würde wie ein weiterer Patient von ihr.

Erst im Garten von Bobbys neuer Behausung, die baugleich mit der alten war, fiel Ina ein, dass sie noch keinen Schlüssel dafür hatte, und sie wollte ungern jemanden wecken. Glücklicherweise bemerkte sie den schwachen Schimmer einer Lampe im Wohnzimmerfenster und warf einen

Blick hinein. Christopher saß auf dem zum Bett umfunktionierten Sofa und schien zu grübeln.

Leise klopfte sie an die Scheibe, und der Junge öffnete ihr die Tür.

»Alles okay?«, fragte sie im Flüsterton.

»Geht so.«

Überall standen noch die Umzugskartons herum, nur wenige Sachen waren bereits eingeräumt. Da das Wohnzimmer gerade mal vier Quadratmeter groß war, stapelten sich darin die Sachen. Es war eng und roch nach feuchter Pappe. Trotzdem hatte Christopher sich an Inas Vorgabe gehalten und war nicht heimlich in Stefanies Zimmer geschlichen.

Er setzte sich wieder auf das Sofa und trank einen Schluck aus der Bierflasche, die er nervös in den Händen drehte.

»Alkoholfrei«, kam er einer möglichen Frage Inas zuvor. »Hat Bobby mir spendiert.«

»Schon in Ordnung.«

»Ein super Typ, Ihr Freund. Ist vorhin extra noch mal los, um uns meine Lieblingspizza zu besorgen. Kann der mich nicht adoptieren?«

Christopher lachte nervös auf, und Ina räumte einen Sessel frei, auf dem sich Kleider stapelten. »Christopher, was ist los? Irgendetwas stimmt nicht, das sehe ich dir doch an. Geht es um deinen Vater?«

Er nickte. »Die Polizei hat ihn verhört. Wissen Sie, damals haben sie meinen Vater auch befragt, so wie mich und die Nachbarn und überhaupt alle, die mit meiner Mum zu tun hatten. Aber das jetzt, das war anscheinend ein richtiges Verhör. Das ist was ganz anderes. Die glauben wirklich, dass er …«

Er trank einen weiteren Schluck.

»Scheiße«, sagte der Junge.

»Wo ist er jetzt?«, fragte Ina.

»Wieder zu Hause. Von da hat er mich angerufen. Ich soll mir keine Sorgen machen. Der hat sie doch nicht mehr alle.«

»Die Polizei würde ihn nicht gehen lassen, wenn sie Beweise für seine Schuld hätte. Und was für die Polizei gilt, das gilt auch für uns, verstehst du?«

»Trotzdem ist er ein Loser.«

»Wenn du deinen Vater verletzen und demütigen willst, bist du auf dem besten Weg dazu. Ich glaube, es gibt wenig Schlimmeres, was man seinen Eltern sagen kann.«

»Aber es ist die Wahrheit. Alles ist futsch, unsere ganze Familie, sogar das Haus, aus dem wir bald rausmüssen. Wie würden Sie so jemanden nennen? Doch auch eine Niete, einen Loser, oder?«

Vierzehn Monate lang hatte Christopher sich vorstellen dürfen, dass seine Mutter lebte, irgendwo. Nun könnte sie tot sein, jederzeit, schon im nächsten Augenblick, und sein Vater könnte der Mörder sein. Der beinahe Sechzehnjährige könnte innerhalb einer einzigen Sekunde beide Elternteile, ihre Liebe, sein Zuhause, das Vertrauen in andere Menschen verlieren, fast alles, was einem Halt gibt im Leben.

»Wie viel haben dich die beleuchteten Glasbausteine in deinem Zimmer gekostet?«, fragte sie ihn.

»Was hat denn das damit zu tun?«

»Wie viel?«

»Also… Ich weiß nicht… Vielleicht achthundert oder neunhundert Euro?«

»Und wie viel Zeit hast du für den Einbau gebraucht?«

»Jede Menge.«

»Wie viel Taschengeld kriegst du im Monat?«

»Vierzig die Woche.«

»Du hast das Taschengeld von Monaten dafür ausgegeben und einen Großteil deiner Zeit investiert. Nichts anderes hat dein Vater getan. Und zwar für seine Familie. Selbstlos.«

»Von wegen selbstlos. Das Haus war *sein* Traum.«

»So wie du den Traum von einem Zimmer mit einer Wand aus beleuchteten Glasbausteinen hattest. Vielleicht war dein Vater etwas leichtsinnig, aber wenn er es war, dann nicht nur für sich. So wie ich ihn einschätze, hat er dabei vor allem an euch gedacht.«

»Und ist gnadenlos gescheitert. Ich bleibe dabei, er ist ein Loser.«

»Angenommen, Stefanie fängt eine Ausbildung an und bricht sie ab, weil sie sie nicht schafft. Ist sie dann eine Loserin? Würdest du ihr das vorwerfen?«

»Würde ich nicht«, widersprach er heftig. »Und selbst wenn, das ist nicht dasselbe.«

»Nein, ist es nicht. Aber so ist das Leben. Manchmal muss man Äpfel und Birnen vergleichen. Nichts ist absolut gleich. Jede Ausgangslage ist verschieden, keine Herausforderung gleicht der anderen. Du bist noch keine sechzehn und glaubst zu wissen, was das Leben für dich bereithält. Und ich sage dir: Rechne mit allem, und am Ende wirst du trotzdem überrascht.«

Er wirkte plötzlich sehr niedergeschlagen, und Ina fand es besser, das Thema nicht fortzuführen.

»Wo ist Felicia?«

»Bei meinen Großeltern. Noch. Aber morgen muss sie zu ihm zurück. Ein Mist ist das.«

»Man kann deinem Vater Felicia nicht wegnehmen, solange …«

»*Sie* hätten es gekonnt«, unterbrach er Ina, und für einen Moment glomm Zorn in ihm auf, der jedoch sofort wieder erstarb. »Tut mir leid, ich … Es ist nur, ich kann abhauen, ich kann mich für volljährig erklären lassen und mich um mich selbst kümmern, aber sie ist noch so klein. Ich fühle mich total mies, wenn ich sie zurücklasse. Können Sie mich verstehen?«

»Ich würde diese Unterhaltung nicht führen, wenn ich dich überhaupt nicht verstehen könnte.«

Ina mochte Christopher von Tag zu Tag ein wenig mehr, trotz seiner emotionalen Schwankungen, die in Anbetracht seiner Situation völlig verständlich waren. Er war noch sehr jung, ein wenig frühreif, ein wenig burschikos und ganz schön tapfer. Aber nun war er dem Gedanken verfallen, seinen Vater zu verlassen, dem er nicht mehr vertraute. Nur seine hilflose Schwester hielt ihn noch davon ab. Diese Besessenheit durfte sich nicht verfestigen, wenn diese geplagte Familie noch eine Chance haben sollte.

»Ich schlage vor, dass du dich mit deinem Vater aussprichst. Ich würde euch einen Mediator empfehlen, eine Art Moderator, denn ich sehe mich außerstande, diese Aufgabe zu übernehmen. Dafür bin ich viel zu parteiisch.«

Sie legte ihre Hand auf seine, und er lächelte.

»Ich finde es toll, wie Sie mit allem umgehen«, sagte er in sanftem, fast anhänglichem Tonfall. »Sie wissen schon, mit Stefanie und mir und dieser ganzen Krise. Ich habe es Ihnen nie gesagt, aber Sie haben auf mich immer so cool gewirkt. So ausgeglichen. Durch nichts aus der Ruhe zu bringen. Sie haben wirklich alles im Griff.«

Ina lachte. »Ich nehme das mal als Kompliment. Warte nur, jetzt da du mit Stefanie zusammen bist und wir uns häufiger privat sehen, wird sich deine hohe Meinung von mir schnell ändern. Ich und alles im Griff. Sprich mal mit Bobby darüber oder mit Stefanie. Die können dir ein paar andere Storys erzählen.«

»Mit Steffi habe ich mich schon darüber unterhalten. Die hat erst gelacht, so wie Sie eben, aber dann hat sie mir gestanden, dass sie Sie neuerdings mit ganz anderen Augen sieht. Ich glaube, sie ist ein bisschen stolz auf Sie. Wäre ich auch an ihrer Stelle.«

Inas Herz schlug schneller. »Ich muss zugeben, du kannst ganz wunderbare Gutenachtgeschichten erzählen. Mir geht es gleich viel besser.«

Sie verabschiedeten sich, und Ina schlich auf Zehenspitzen aus dem Wohnzimmer. Als sie vor Bobbys Schlafzimmer stand und soeben den Türknauf drehen wollte, fiel ihr noch etwas ein und sie kehrte noch mal zurück.

»Ich habe neulich ganz vergessen, dich etwas zu fragen, als wir in dem Café saßen und du mir von deinem Vater und der jungen Frau erzählt hast. Es geht um das Auto, das du damals vor dem verlassenen Haus gesehen hast, in dem dein Vater war. Du sagtest, es wäre irgendwie besonders cool gewesen, oder so ähnlich.«

»Komisch, dass Sie mich das gerade jetzt fragen. Dasselbe Auto habe ich heute wieder gesehen, und zwar hier, in einem Carport keine hundert Meter weg. Es gehört wohl jemandem in der Anlage.«

Ina erschrak. Würde etwa noch einmal jemand einen Brandanschlag verüben?

»Du hast ein schwarzes Fiat Coupé gesehen? Wann war das?«

»Na ja, es hat da die ganze Zeit gestanden. Aber es geht nicht um ein Coupé, sondern um ein Käfer Cabrio.«

Vierzehn Monate zuvor

Giovanni schaltete in den fünften Gang seines Fiat Coupés und beschleunigte auf der Landstraße auf einhundert Stundenkilometer.

»Mann, Alter, das hätte ich nicht gedacht, dass wir das zusammen durchziehen. Hätte ich dir echt nicht zugetraut, Alter.«

Sie hatten minutenlang geschwiegen, aber jetzt, da sie sich dem Ziel näherten, wurde sogar der coole Italiener nervös. Er warf einen Kaugummi ein, stellte Eros Ramazotti aus und bekam Rededrang.

Ganz im Gegensatz zu Daniel.

»Ja«, erwiderte der nur einsilbig.

Er hätte auch nicht gedacht, dass er mal mit jemandem wie Giovanni in einem Sportwagen sitzen, einer Meinung sein und mit ihm an einem Strang ziehen würde. Seine schlechte Meinung über den Italiener hatte sich nicht geändert, trotzdem ruhten Daniels ganze Hoffnungen auf diesem kickboxenden, Goldkettchen tragenden, multitätowierten Macho aus Hessen. Einem Teil von ihm widerstrebte es noch immer. Doch seit diese elende Entführung im Gange war, kam es ihm vor, als wohnte ein zweiter Mann in ihm, geboren aus Angst und Ohnmacht, gewachsen an den Möglichkeiten, die sich ergeben hatten, nachdem das Tabu, Töller gefangen zu nehmen, einmal überwunden war. Er konnte nicht sagen, ob er den zweiten Daniel mochte. Er war ihm fremd wie ein Halbbruder, dem man zum ersten Mal begegnet und der als gesetzloser Abenteurer die Welt durchstreift, während man selbst die brave Existenz lebt. Mal bewunderte und mal fürchtete er ihn.

Dieser zweite Daniel konnte Jette ihre Fehler nicht verzeihen.

»Du, wegen deiner Frau…«, begann Giovanni.

»Ich will nichts darüber wissen«, blockte er ab und bemühte sich, die Tränen zurückzuhalten, was ihm auch gelang. Am Morgen war es ihm nicht gelungen, da hatte er Jettes niedliches Gähnen vermisst, ebenso wie sie sich immer an ihn schmiegte und die Streckübungen neben dem Bett, bei denen er ihr so gerne zugesehen hatte. Sogar die Verniedlichungen, das dämliche Bärlispatzihasi, fehlten ihm seltsamerweise. Felicia hatte ihn traurig gefragt, warum ihre Mama nicht nach Hause gekommen sei, und er hatte sie unter Tränen angelogen, die Mama komme bestimmt bald zurück.

Dennoch hatte das, was er empfand, weniger mit Trauer als mit Traurigkeit zu tun. Es fiel ihm keineswegs schwer, sich den feinen Unterschied klarzumachen. Mit der Melancholie, mit der man auf die Überreste eines zerplatzten Traumes blickt, sah Daniel sein bisheriges Leben dahinschwinden, aber er erkannte darin auch den Rohstoff für sein künftiges Leben. Dieser Schicksalsschlag könnte die Familie zusammenschweißen. Außerdem hatten sie ja immer noch das Haus…

»Wann gehste denn zur Polizei?«, fragte Giovanni.

»Heute Nachmittag erstatte ich die Vermisstenanzeige.«

»Ey, du kommst mit allem klar, oder? Ich meine, so gefühlsmäßig und so. Du kackst nicht ab?«

»Ich komme klar.«

»Ist nicht toll gelaufen, aber wenigstens … Ist 'ne Lösung, du verstehst?«

»Ja.«

»Und du hast echt kein Problem mit … mit meinem Plan? Du weißt schon …«

»Nein.«

»Bist cooler, als ich gedacht hab. Bodo sagen wir aber nichts. Gerd meint, der ist 'ne empfindliche Schwuchtel.«

»Ich sage ihm nichts.«

»*Va bene.* Nach heute werden wir uns nicht mehr sehen. Und falls doch mal zufällig …«

»Dann kennen wir uns nicht.« Dieser Teil der Zukunft würde Daniel sicherlich am leichtesten fallen. Er hatte sich vorgenommen, die letzten beiden Wochen vollständig aus seinem Gedächtnis zu streichen.

Dort, wo alles angefangen hatte, stiegen sie aus dem Auto. Das Wetter, die Düfte, das Rauschen des nahen Meeres und der leichte Wind glichen jenen an dem Morgen, als sie Töller auf seinem Grundstück überwältigt hatten. Wie üblich parkten sie ein Stück entfernt und sondierten möglichst unauffällig das Gelände, bevor sie sich dem Haus näherten.

Bodo sah sie kommen und öffnete ihnen die Haustür.

»Was gibt's denn?«, fragte er. »Warum wolltet ihr, dass wir uns hier treffen?«

»Keine Zeit für lange Erklärungen«, erwiderte Giovanni.

»Wir müsse abbrechen, und zwar jetzt gleich. Vorher wollen wir aber noch mal abkassieren.«

»Was ist denn passiert?«

»Ich sag doch, keine Zeit. Wie viel haste?«

»Vierzehntausend.«

Giovanni schüttelte den Kopf. »Das reicht nicht. Außer dir und Romy hat keiner sein ganzes Geld zurückbekommen. Stimmt doch, Daniel?«

»Mir fehlen achtzigtausend.«

»Hey, Moment mal!«, rief Bodo. »Du hast neunzigtausend verloren und schon über fünfzigtausend zurückbekommen, Daniel.«

»Meine Situation hat sich geändert. Ich brauche jetzt mehr.«

»Ja«, bestätigte Giovanni. »Ich brauch auch mehr.« Bevor Bodo protestieren konnte, hielt der Italiener ihm Gerds Pistole an die Schläfe. »Du buchst jetzt zweihunderttausend von den Anlegerkonten auf Töllers Privatkonto um. Keine Diskussion. Tust du's nicht, drücke ich ab, ich schwör's dir.«

Bodo war erstarrt. »Ich …«

»Keine Diskussion«, wiederholte Giovanni.

Diesmal klang es so eisig, dass Daniel auch um Bodos Willen hoffte, er werde tun, was man von ihm verlangte. Die Sekunden, die der Bedrohte brauchte, um zu antworten, kamen Daniel wie Minuten vor.

»Also gut, ich werde euch sagen, wie es geht, werde es aber nicht selbst machen. Ist das … Ist das ein Kompromiss?«

Giovanni verdrehte die Augen. »Scheiße, bist du ein sturer Hund. Und ein Depp dazu. Was soll'n das bringen?«

»Gegen … gegen Töller läuft ein Ermittlungsverfahren

wegen Steuerhinterziehung und Betrug, habe ich inzwischen erfahren. In der Post war ein Brief…«

Giovanni drückte ihm den Lauf ein bisschen fester gegen die Schläfe, sodass Bodo die Details wegließ.

»Jedenfalls… Wir haben Töller sein letztes privates Geld genommen, und wenn wir jetzt die Anlegerkonten plündern, werden diese Leute hundertprozentig ihr Erspartes verlieren, und…«

»Nicht schon wieder *die* Leier.«

»Das kann ich einfach nicht. Ich kann es nicht selbst machen.«

»Gerd hat recht, du bist echt so eine Schwuchtel. Aber meinetwegen… Damit wir hier endlich fertig werden.«

Giovanni übergab die Pistole an Daniel und setzte sich vor den Computer. »*Va bene*, was jetzt?«

Es war das erste Mal, dass Daniel eine Schusswaffe in der Hand hielt, denn er hatte Zivildienst geleistet. Würde er abdrücken können, wenn es nötig wäre? Vermutlich. In den letzten Wochen hatte er schon so viele Hürden übersprungen, und seltsamerweise wurden sie immer kleiner, nicht größer.

Bodo gab Giovanni die entsprechenden Anweisungen, und der Italiener setzte sie am Computer um. Die Prozedur dauerte etwas länger als erwartet, da Bodo darauf bestand, keinem der Anleger alles zu nehmen, sondern von mehreren jeweils einen Teil abzuziehen. Nach einer halben Stunde waren die zweihunderttausend Euro endlich auf Töllers Privatkonto, von wo sie sie abheben konnten.

»Die Kreditkarte?«, fragte Giovanni.

Bodo gab sie ihm.

»Die Geheimzahlen?«

»Stehen auf dem Notizzettel hier.«

Giovanni teilte die vier Kreditkarten gerecht zwischen Daniel und sich selbst auf. »Daniel und ich gehen jetzt«, sagte er dann. »Am besten, du beseitigst hier alle Spuren und verschwindest dann auch. Ab jetzt kein Kontakt mehr, verstanden? Denk immer schön dran: Wir hängen alle mit drin.«

Damit verließ Giovanni das Haus. Ein paar Sekunden lang war Daniel mit Bodo allein, und er fühlte sich unter dem Blick seines Gegenübers schäbig und schuldig. Rechtfertigungen lagen ihm auf der Zunge, aber sie taugten nur für ihn selbst. In diesem Augenblick verstand er, dass es kein zweites Ich in ihm gab, wie er gedacht hatte, keine Kehrseite oder dergleichen. Das war nur der Versuch gewesen, einem anderen die Verantwortung zuzuschieben, damit er selbst anständig geblieben wäre.

Aber das war er nicht.

Daniel legte die Pistole, die in seinen Händen zitterte, auf den Schreibtisch.

»Es tut mir leid«, sagte er im Gehen.

»Mir auch«, erwiderte Bodo und steckte die Pistole in seinen Gürtel.

Marlene saß mit Gerd und Romy um den Esstisch, an dem sie sich zwei Jahre lang wieder und wieder beratschlagt hatten. Jeder weitere Schritt war an diesem hölzernen Oval beschlossen worden, vom Gang zur nächsten Gerichtsinstanz über die Wahl eines neuen Anwalts bis hin zur Entführung.

Marlene schien der Frühsommer unendlich weit weg zu sein, als die Idee, Töller festzusetzen, Gestalt angenommen hatte. Dabei hatte sie erst vor wenigen Tagen die Hand dafür gehoben, auf eben diesem Stuhl, dasselbe Geschirr auf dem Tisch. Sie wünschte sich die Nervosität jenes Junitages zurück, denn sie hatte von Unschuld gezeugt.

Diesmal spielten sie Doppelkopf. Wie verabscheuungswürdig normal das alles war. Sie verhielten sich wie Mafiosi, die sonntags katholisch und an den Werktagen Mörder waren. Aber was sollte man denn sonst tun, außer Normalität zu leben oder sie zumindest vorzutäuschen? Man konnte doch nicht zwölf Stunden am Tag schreiend im Haus umherirren und in der Nacht wie ein erschöpfter Falter zu Boden sinken. Irgendwie musste man die Stunden doch herumkriegen.

»Es wird Zeit, ich fange mit dem Kochen an.«

»Was, jetzt schon?«

»Für Herrn Töller. Wir lassen ihn doch heute Abend frei. Er soll noch mal ein richtig schönes Essen bekommen.«

»Also echt, Marlene«, seufzte Gerd. »Damit er den Aufenthalt bei uns in guter Erinnerung behält, oder was?«

Als sie unverdrossen in die Küche ging, beschwerte er sich jedoch nicht weiter. Sie bereitete Rucolasalat mit Kirschtomaten und Parmesansplittern zu, außerdem Fischklößchen in Senfsoße mit frischem Kartoffelpüree und Gartengemüse, als Dessert Vanilleeis mit heißen Himbeeren. Wie ganz zu Beginn der Entführung richtete sie die Speisen auf einem großen Tablett an, das sie achtsam die Treppe hinunterbalancierte. Sie zog sich die Kapuze über und entriegelte die Tür.

Noch bevor sie das Licht anschalten konnte, traf ein harter Gegenstand sie am Kopf. Sie taumelte zurück und fiel hin. Ihr wurde schwarz vor Augen, und sie glaubte keine Luft mehr zu bekommen. Als sie die Kapuze vom Kopf zog, lag sie inmitten von Senfsoße und Himbeeren, die warm und glitschig an ihren Händen klebten. Da sie nur verschwommen sehen konnte, erschrak sie zunächst über das schwarze, schwere Etwas, das wie eine Schlange auf ihrem Körper lag. Mit einem Schrei sprang sie auf, woraufhin es rasselnd von ihren Beinen glitt und bewegungslos auf dem Boden liegen blieb.

Jetzt erst traf sie der Schmerz, es war wie ein zweiter Schlag. Im nächsten Moment hörte sie Rufe, allerdings seltsam verzerrt und widerhallend. Sie glichen eher dem Geschrei von Tieren.

Noch nie hatte Marlene körperlich so sehr gelitten. Sie hielt sich das Gesicht fest, als wolle sie verhindern, dass ihr Kopf entzweisprang. Sie schmeckte Vanilleeis auf den Lippen. Scharf brannte der Senf in den Augen.

Das Gebrüll kam näher. Ein riesiges, buntes Knäuel walzte auf Marlene zu. Erst als die Masse nur noch einen Schritt von ihr entfernt war, erkannte sie die Details. Giovanni hielt Töller mit einem festen, mitleidlosen Griff im Zaum, flankiert von Gerd und Daniel.

»Bist du in Ordnung?«, fragte Gerd.

Sie nickte. Der Schmerz kam und ging mit dem Pulsschlag. Vereinzelt waren wieder klare Gedanken möglich, und die Sehschärfe nahm langsam zu. Nach einigen Minuten fühlte Marlene sich stark genug, um einen Schritt zu wagen, einen zweiten, dritten … Sie lehnte am Türrahmen zu Töllers Gefängnis. Er lag winselnd auf dem Boden, verschnürt wie jene Leichen, denen ein Seemannsgrab zuteilwird. Neben ihm lagen einige Brocken des Mauerwerks, in dem die Halterung der Kette verankert gewesen war.

Völlig erschöpft kamen zuerst Daniel und dann Gerd heraus. Giovanni wirkte weit weniger angestrengt, eher wie nach einem Aufwärmtraining. Unsanft schob er Marlene zur Seite, fluchte etwas auf Italienisch und warf die Tür mit ungeheurer Wucht zu, sodass sie zurückprallte.

Erst in diesem Augenblick, als Marlene noch einen weiteren Blick in den Raum warf, bemerkte sie, dass etwas anders war als sonst. In ihrer Verwirrung erkannte sie jedoch zunächst nicht, was es war.

Der zweite geräuschvolle Versuch Giovannis, die Tür zu schließen, war von Erfolg gekrönt.

Sobald der Knall verklungen war, schnaufte Gerd tief durch. »Wie hat der Kerl es nur geschafft, die Kette aus der Wand zu brechen? Ich hab mir so viel Mühe damit gegeben …«

»*Va a cagare!*«, rief Giovanni. »Das ist doch jetzt scheißegal. Der hat uns gesehen, Alter. Wir haben keine Kapuzen auf. So eine Scheiße, der Typ hat uns gesehen.«

12

September

Ina lag die halbe Nacht wach, wie so oft in letzter Zeit, obwohl sie todmüde war. Wenn sie endlich einschlief, wachte sie kurz darauf wieder auf, so als ob ein innerer ängstlicher Aufpasser vorsorglich die Alarmglocke schlüge. Ab und zu streifte Bobbys Arm ihre Haare oder legte sich auf ihren Unterleib, und dieselben Berührungen, die sie gestern noch als zärtlich und beruhigend empfunden hatte, lösten nun ein ganz anderes Gefühl in ihr aus – Unsicherheit.

War es Zufall, dass sie sowohl Bobby als auch Marlene und Daniel Trebuth unabhängig voneinander kennengelernt hatte, drei Menschen, deren Geschichten sich seltsamerweise im Haus der Bäckersleute zu kreuzen schienen?

Was hatte Bobby mit Gerd und Marlene Adamski zu tun gehabt? Vielleicht gab es ja eine ganz banale Erklärung dafür. Als freier Programmierer für Computerspiele konnte Bobby der Bäckerei Adamski durchaus eine Homepage gebastelt haben.

Vielleicht war die Erklärung jedoch alles andere als banal.

Christopher hatte sich hinter Bobbys Käfer Cabrio versteckt, als Daniel Trebuth und Romy Haase aus dem Haus der Adamskis gekommen waren. Demnach musste Bobby zu diesem Zeitpunkt drinnen gewesen sein und ergo die Bewohner und deren Besucher kennen.

Wenn man dann noch berücksichtigte, was Afnan und Chadisha erzählt hatten … Wenn sie so darüber nachdachte: Sehr viel wusste sie nicht über Bobby. Da er viele Freunde verloren hatte – ihretwegen, wie sie vermutete –, hatte sie nicht mit Dritten über ihn sprechen können. Sie waren fast immer zu zweit und daher extrem aufeinander bezogen gewesen. Andererseits – Bobby war eine Seele von Mensch. Er bremste für jeden Frosch, half Salamandern über die Straße, tat Hinz und Kunz einen Gefallen und war, bevor er Ina kennenlernte, in zig Vereinen engagiert. Er hatte eine schwerkranke Mutter, die er dreimal wöchentlich besuchte, und er las Ina jeden Wunsch von den Augen ab. Er umsorgte sie nicht nur, sondern gab ihr auch das Gefühl, der wichtigste Mensch auf der ganzen Welt für ihn zu sein.

Wie konnte sie nur an so jemandem zweifeln? Wie konnte sie zulassen, dass ein winziges Detail das große Ganze in Frage stellte? Mit Sicherheit war Bobby einer der aufrichtigsten und edelsten Menschen, denen sie je begegnet war.

In diesem Bewusstsein schloss sie die Augen und schlief neben ihm ein.

Ina erwachte um sieben Uhr. Die frühe Stunde und der ernüchterte Blick aus dem Fenster auf einen grauen, regnerischen Tag bewirkten, dass sie sich mit einem Mal wieder seltsam wehrlos vorkam. Zuletzt hatte sie sich zwanzig Jahre zuvor so zerrissen gefühlt, als sie auf das Ergebnis ihrer Mathematikklausur gewartet hatte. Wie Oberkommissar Witte schon angedeutet hatte, verstand sie von Kriminalistik ungefähr so viel wie vom dreidimensionalen Koordinatensystem. Es wäre nur logisch, sich umgehend an die Polizei zu wenden. Aber es ging nicht mehr nur um ihre Patienten, es ging um den neben Stefanie wichtigsten Mensch in ihrem Leben.

»Ist was mit dir?«, fragte Bobby.

Nackt räkelte er sich im Bett und gähnte ausgiebig. Sofort war sie wieder unendlich froh, dass er Teil ihres Lebens war, sonst würde ihr Blut bei seinem Anblick nicht wie Champagner prickeln. Sie fühlte sich ihm unglaublich nah. Doch es gab Momente – es hatte sie von Anfang an gegeben –, in denen sie eine merkwürdige Fremdheit verspürte, so als gäbe es eine Seite von ihm, die sie nicht kannte. Sie hatte es immer auf ihren Beruf geschoben. Geisterbeschwörer sehen bekanntlich überall Geister, Verschwörungstheoretiker überall Verschwörungen, demnach sahen Psychologen vielleicht in jedem Menschen eine verborgene Seite.

Doch an diesem Morgen war es für sie fast mit Händen zu greifen, und dass sie Bobby so sehr liebte, machte die Sache nicht leichter.

»Nein, nur ein bisschen der Kopf, weißt du?«

»Ist sonst wirklich nichts?«

»Mir geht's hervorragend«, log sie. Sollte sie ihn beiläufig auf Marlene ansprechen, um zu sehen, wie er reagierte?

»Prima. Dann können wir ja nachher irgendwohin fahren. Den Vogelzug beobachten zum Beispiel, das ist jedes Mal ein tolles Schauspiel. Millionen von Kranichen und Gänsen. Letztes Jahr haben wir es vor lauter Arbeit verpasst, und ich dachte, das holen wir nach.«

»Du, ich wollte eigentlich … Ich habe noch etwas in der Praxis zu tun.«

»Am Samstag? Da arbeitest du doch sonst nicht.«

»Es geht leider nicht anders. Du hast hier sicher genug damit zu tun, alles einzuräumen. Ich fahre dann auch gleich los.«

»Vor dem Frühstück?«

»Ach, ich hole mir schnell was in Prerow. Vielleicht in der Bäckerei Adamski.«

Sie forschte nach irgendeiner auffälligen Regung in seinem Gesicht, als sie den Namen fallen ließ, konnte aber nichts entdecken.

»Die ist seit Kurzem geschlossen«, erwiderte er nur.

»Woher weißt du das?«

»Erstens sind die Gemeinden hier alle klein, da spricht sich so was schnell rum, und zweitens stand in allen Zeitungen, dass der Bäcker ermordet wurde. Ich geh duschen. Fährst du jetzt gleich?«

»Ja.«

»Dann bis später.«

Während er unter der Dusche stand, brachte sie den Klassiker und stöberte in seinen Sachen. Wie hieß es so schön? Gelegenheit macht Diebe. Ina warf all ihre Prinzipien und noch wenige Minuten zuvor getroffenen Beschlüsse über Bord, um sich ihrer ganz sicher zu sein.

Früher hatte man am meisten über die Leute erfahren, wenn man ihr Portemonnaie durchsuchte, inzwischen fand man alles Wichtige auf dem Smartphone. Den Code dafür kannte Ina, daher war es ein Leichtes für sie, das elektronische Adressbuch zu öffnen. Sie suchte unter A wie Adamski, H wie Haase, T wie Trebuth und Töller.

Nichts. Keine Einträge. Nicht mal ein italienisch klingender Vor- oder Nachname.

Natürlich mischte sich auch ein wenig schlechtes Gewissen in ihre Erleichterung, aber insgesamt war sie doch froh, geschnüffelt und so ihre Angst beruhigt zu haben. Jetzt fiel es ihr ein klein wenig leichter, den nächsten notwendigen Schritt zu machen, den Anruf bei der Polizei. Bevor sie das Haus durch die Hintertür verließ, um Christopher nicht zu wecken, sah sie kurz in Stefanies Zimmer. Ihre Tochter schlief noch tief und fest. Kein Wunder, sie hatte noch nie bei einem Umzug geholfen und die Schlepperei wahrscheinlich unterschätzt.

Sobald Ina das Haus verlassen hatte, wählte sie die Nummer des Kriminalkommissariats.

»Herr Witte? Ina Bartholdy hier. Gut, dass ich Sie erreiche. Ich habe gestern etwas erfahren, das Sie interessieren dürfte. Es geht um den Fall Adamski. Und zwar hat mir eine Frau erzählt, dass Marlene Adamski ihr vor einem Jahr eine Art Geständnis abgelegt hat. Man könnte es auch Beichte nennen.«

Während sie mit dem Polizeibeamten sprach, suchte sie in ihrer Handtasche nach dem Autoschlüssel, konnte ihn aber nicht finden.

»Ich würde Ihnen das gerne detailliert erläutern. Soll ich auf dem Revier vorbeikommen? In Ordnung, ich fahre sofort los.« Sie legte auf und wandte sich vom Auto ab. »Wo habe ich nur diesen verdammten Schlüssel?«

Kaum hatte sie die Worte ausgesprochen, schrak sie zusammen. Bobby stand vor ihr, tropfnass und nackt bis auf eine Boxershorts. Er lächelte sie an und gab ihr einen Kuss. Etwas klingelte an ihrem linken Ohr. Es war ihr Autoschlüssel, den er zwischen Daumen und Zeigefinger hielt und schüttelte.

»Ohne den kommst du hier nicht weg. Er lag neben dem Waschbecken.«

Nach dem Treffen mit Witte fuhr Ina nach Heiligendamm. Angeblich war Bobbys Mutter dort in einem Pflegeheim untergebracht, auf halbem Weg zwischen dem Darß und Wismar gelegen. Es gab nur eines, und zwar ein sehr exklusives, wie Ina jetzt erfuhr. Als sie parkte und sich das schlossartige Gebäude von außen betrachtete, bezweifelte sie, dass Bobby sich ein solches Domizil für seine Mutter leisten konnte, während er selbst in dem winzigen Bungalow wohnte, für den er einen Freundschaftspreis von nur vierhundert Euro Miete bezahlte.

Eine Lüge also? War es ein Fehler gewesen, Witte zu verschweigen, dass Christopher ein hellblaues Käfer Cabrio vor dem Haus der Adamskis gesehen hatte? Warum hatte sie das für sich behalten? Weil sie Bobby völlig vertraute? Oder weil sie befürchtete, dass er ... Dass er was?

Wieso hatte er nicht auf den Namen Adamski reagiert? Er hätte doch sagen können: »Du, ich habe den Typen gekannt, der ermordet wurde, ich habe mal für ihn die Homepage gemacht.« Oder so ähnlich. Was, wenn er damals nur zufällig dort war, um am Bodden spazieren zu gehen? Sein Handy hatte schließlich auch keine Hinweise geliefert, dass er die Adamskis näher kannte. Seit dem frühen Morgen versuchte Ina, den Schatten des Verdachts loszuwerden, doch kam das dem Versuch gleich, eine dunkle Wolke mit einem Föhn zu vertreiben. Sie fühlte sich wie eine Verräterin, zur selben Zeit war sie unfähig, mit dieser Unklarheit zu leben.

Mit Bauchschmerzen betrat sie das mondäne Foyer des

Pflegeheims, das sich kaum von dem eines Vier-Sterne-Hotels unterschied, sah man einmal von den weiß gekleideten Pflegerinnen und Pflegern ab. Über den dicken Veloursteppich, der jeden Schritt abfederte, schritt Ina zur Rezeption.

»Guten Tag, ich suche eine Frau Bronny, die hier bei Ihnen wohnt.«

Die drei Zentimeter langen, wie die polnische Fahne rot und weiß lackierten Fingernägel der jungen Rezeptionistin klapperten über die Tastatur.

»Bronny. Wird das so geschrieben? Nein, die Dame wohnt ganz sicher nicht bei uns, sonst wäre sie im System.«

»Es gibt doch kein anderes Heim in Heiligendamm, oder?«

»Wir sind das einzige.«

Wenn Bobby nicht wie behauptet dreimal wöchentlich seine Mutter besuchte, was machte er dann in dieser Zeit? Würde er einfach nur angeln gehen, hätte er ihr nicht diese Lüge auftischen müssen.

Binnen eines Augenblicks wurde Bobby zu einem Fremden. Da war sie also, die ominöse unbekannte Seite an ihm. Plötzlich bekam sie ein Gesicht, entpuppte sich als konkrete Lüge, als etwas, das Ina ihm vorwerfen, bei dem sie auf die Wahrheit bestehen, worüber sie wütend sein konnte.

In der nächsten Sekunde waren all diese Details egal, und Vorwürfe, Zorn, selbst die Wahrheit hatten keine Bedeutung mehr. Ina würde Bobby nie wieder vertrauen können, und nur darauf kam es an. Als sie sich das klarmachte, zerbrach eine kleine Welt in ihr. Vielleicht sogar die Zukunft, je nachdem, was sie noch alles erfahren würde.

Der nächste Schritt hingegen drängte sich förmlich auf. Schließlich war Ina nicht nur für sich selbst verantwortlich, sondern auch für Stefanie und Christopher, die derzeit bei Bobby wohnten. Als Allererstes würde sie die beiden zu sich nach Hause holen.

»Bobby heißt doch mit Nachnamen Bronny«, sagte eine zweite Rezeptionistin, die die Unterhaltung mit angehört hatte, zur ersten. Sie war so blond, wie man nur sein konnte, und betrieb wie ihre Kollegin einen enormen Aufwand mit ihren Fingernägeln, auf denen wahre Kunstwerke zu bestaunen waren.

An Ina gewandt fragte sie: »Sie meinen Bobbys Mutter, ja?«

»Äh … ja.«

»Sie heißt Karlmann mit Nachnamen. Regine Karlmann. Ich glaube, sie war zweimal verheiratet.«

»Aha.«

»Möchten Sie Frau Karlmann besuchen? Ich rufe mal oben an.«

»Zimmer hundertsechzehn«, sagte die andere mit den polnischen Fingernägeln. »Entschuldigung, ich hatte Bobbys Nachnamen ganz vergessen. Für uns ist er einfach nur Bobby.«

»Ach so …«

Ina war so überrascht von der unerwarteten Wendung, dass sie kaum einen Ton herausbrachte und auch ganz vergaß zu erwähnen, dass sie Frau Karlmann gar nicht besuchen wollte. Eben noch hatte sie die wildesten Spekulationen über Bobby angestellt, und jetzt rieselte Asche auf ihr Haupt. Außerdem wurmte es sie, dass die beiden jungen Rezeptionistinnen Bobby genauso anredeten wie Ina. Ihr hatte er erzählt, dass ihn nur aktuelle oder ehemalige Freunde wie Witte so nannten, während ihn Leute, zu denen er eine gewisse Distanz bewahren wollte, nur als Bodo kannten. Ihn Bobby nennen zu dürfen, war eine Auszeichnung.

»Sie haben Glück, Frau Karlmann wurde gerade hergerichtet«, sagte die Rezeptionistin mit dem Telefonhörer in der Hand. »Wen darf ich melden?«

»Ina Bartholdy«, sagte sie halb abwesend. »Ich bin Bobbys Lebensgefährtin.«

Wieder war da dieser befremdete Blick, wenn auch nur eine halbe Sekunde lang, in den Augen der beiden Frauen erkennbar, und doch lange genug, um sich wie eine Exotin zu fühlen, wie jemand, der absolut nicht an diesen Platz an Bobbys Seite gehört.

Sie hatte ihren Namen genannt, damit war es zu spät für einen Rückzieher. Bobby würde so oder so erfahren, dass sie hier gewesen war, vermutlich würde sie es ihm sogar selbst gestehen. Also konnte sie sich auch mit seiner Mutter bekannt machen.

Regine Karlmann war eine beleibte, ziemlich unbewegliche Frau mit einem gutmütigen, wenn auch müden Gesicht. Eine Friseurin hatte sie gerade frisch onduliert, und mit der riesigen weißhaarigen Frisur, dem rosa Kleid und der schnurrenden weißen Katze auf dem Schoß sah sie ein bisschen aus wie Barbara Cartland in ihren letzten Jahren. Tatsächlich lag ein Buch im Stil der Liebesromanautorin auf dem kleinen Mahagonitisch neben ihr.

»Nelli«, sagte sie, als Ina mit ausgestreckter Hand auf sie zuging. »Ach Nelli, wie schön, dich mal wieder zu sehen.«

Als Ina eine Stunde später in den Weg zu Marlenes Haus einbiegen wollte, kamen ihr von dort mehrere Zivilfahrzeuge und Streifenwagen der Polizei entgegen, einige davon mit Blaulicht. So schnell, wie sie aufgetaucht waren, waren sie in Richtung Prerow auch schon wieder verschwunden. In einem der Wagen hatte sie Witte entdeckt, aber es waren zu viele gewesen, um auf die Schnelle auszumachen, ob die Beamten Marlene mitgenommen hatten.

Obwohl ihre eigenen Recherchen zu der Hausdurchsuchung geführt hatten, hoffte Ina immer noch, dass diese immer dubioser und unheimlicher werdende Geschichte sich auflöste wie ein Spuk, dem man aufgesessen war und der sich als Streich oder Sinnestäuschung entpuppte.

So wie die Sache mit Bobbys Mutter. Da hatte sich Ina vorher auch ganz schön was eingeredet, ja sogar ihre Beziehung gefährdet gesehen, und am Ende stellte sich heraus, dass Bobby die Wahrheit gesagt hatte. Nicht nur dass es Frau Karlmann tatsächlich gab und er sie dreimal in der Woche besuchte, sie war leider auch so stark dement, wie er es beschrieben hatte. Nachdem Ina noch einmal vergeblich versucht hatte, der alten Dame zu erklären, wer sie war, ergab sie sich der Rolle als Nelli. Bis dahin hatte sie noch nie von Bobbys erster langjähriger Freundin gehört. Nelli hatte Bobby tatsächlich bisher vor Ina geheim gehalten. Doch nachdem Regine Karlmann sie auf ihre, also Nellis, schwere Krankheit angesprochen hatte, konnte sie sich die Dinge zusammenreimen. Bauchspeicheldrüsenkrebs war so gut wie unheilbar, und wie Ina ihren Bobby kannte, hatte er nicht weniger gelitten als Nelli.

Das also erklärte die seltenen befremdlichen Momente, die Ina bisher nicht hatte einordnen können, zum Beispiel wenn

Bobby inmitten einer fröhlichen Situation für zwei Minuten ganz still wurde oder die Art, wie er sie zuweilen betrachtete, irgendwie wehmütig. Mit Sicherheit dachte er oft an Nelli und fühlte sich von Zeit zu Zeit miserabel, weil er ein gutes Leben mit einer anderen Frau führte, die er liebte. Wahrscheinlich hätte er Nelli niemals wehtun, sie niemals verlassen können. Der Tod hatte sie ihm aus den Armen gerissen. Mit Ina war er nur zusammen, weil es Nelli nicht mehr gab. Solche Gedanken waren normal und menschlich, sie verletzten Ina nicht. Jedoch quälten und verletzten sie denjenigen, der sie hatte.

Bobby war ein herzensguter Mensch, der zu Nelli gehalten hatte, als sie ihn am meisten brauchte, und der nun auch für seine Mutter da war. Frau Karlmann hatte Ina erzählt, dass er ihr vor einem Jahr die Katze gebracht hatte, das schönste Geschenk ihres Lebens. Dass Ina einen solchen Menschen, noch dazu ihren Lebensgefährten, in die Nähe eines Verbrechens gerückt hatte, wenn auch nur kurz, machte ihr schwer zu schaffen.

Daher beschloss Ina, ihm alles zu erzählen, und hoffte, dass er darauf so reagieren würde, wie er es oft tat – mit einem herzlichen Lachen, einem lieben Wort und einer Einladung zu irgendetwas Verrücktem.

Die Polizei hatte Marlene offenbar nicht mitgenommen. Als Ina auf die Haustür zuging, hörte sie Stimmen aus dem Garten. Auch das schwarze Fiat Coupé stand noch in der geöffneten Garage.

»Die haben nichts gefunden«, sagte Marlene, sobald sie Ina sah.

Die meisten Menschen würden einen solchen Satz nach einer Hausdurchsuchung im Tonfall der Erleichterung oder mit Stolz aussprechen. Nicht so Marlene. Nichts gefunden, das klang aus ihrem Mund seltsam neutral, wenn nicht sogar mit einer leisen Enttäuschung in der Stimme.

Die junge Frau, mit der Marlene auf der überdachten Terrasse zusammensaß, war zweifellos Romy Haase. Lila Haarsträhnen im schwarzen Haar waren selten, und Ina hatte auch noch das Foto vor Augen, das in der Bäckerei hing. Wochenlang war Romy für Ina ein Phantom geblieben, nun schüttelte sie ihr die Hand.

»Schön, dass ich Sie mal kennenlerne.«

»Hm, ja… ach so«, erwiderte Romy und sah dabei aus, als hätte sie sich im Wald verlaufen. Auf dem Tisch stand eine riesige Schwarzwälder Kirschtorte, die ein wenig von ihrer beeindruckenden Wirkung verlor, weil »Hapy Bairthday Malene« darauf geschrieben stand.

»Oh, Sie haben Geburtstag, Marlene. Herzlichen Glückwunsch.«

»Erst übermorgen«, korrigierte die Beschenkte seufzend. »Romy hat da etwas durcheinandergebracht.«

Drei Rechtschreibfehler und dann auch noch im Tag geirrt. Aber die Torte kam von Herzen, das war das Wichtigste Da Romy Haase beruflich keine Geburtsurkunden ausstellte, sondern nur Geburtstagstorten fabrizierte, war das alles halb so wild.

»Ich geh dann mal wieder hoch«, sagte Romy an Marlene gewandt.

»Oh, bitte bleiben Sie noch«, bat Ina. »Ich habe schon so viel von Ihnen gehört, ich würde gerne ein bisschen mit Ihnen plaudern. Sie wohnen hier?«

Romy dachte angestrengt darüber nach. »Na ja, ich hab

oben ein Zimmer. Aber auch noch meine alte Wohnung mit meinem tollen Kühlschrank.«

»Ein toller Kühlschrank? Das freut mich. Und Ihr Freund wohnt auch hier?«

»Freund?« Die junge Frau wirkte verwirrt.

»Giovanni.«

»Giovanni«, wiederholte Romy mechanisch und wechselte einen Blick mit Marlene. »Der ist … weg.«

Sie machte eine Handbewegung, als habe ihr Freund sich vaporisiert.

»Giovanni … und wie weiter?«

»Caffi … Nein, Caffarelli.«

»Jetzt lassen Sie doch das arme Kind in Ruhe«, mischte Marlene sich ein.

»Ich hatte nicht vor, ihr etwas anzutun.«

»Sie sind meine Ärztin und müssen tun, was ich sage.«

»Ich bin Ihre Psychotherapeutin, und als solche handle ich.«

Wie angekündigt, ging Romy ins Haus, und Ina nahm sich den Stuhl, ohne auf die Erlaubnis zu warten. Die Luft war frisch und durchsetzt von Sprühregen, der sich wie ein feines, vom Wind getragenes Netz auf die Haut legte. In der Ferne war das Geschrei von Gänsen zu hören, die den Bodden überquerten.

»Ich soll Ihnen viele Grüße von Afnan und Chadisha ausrichten«, sagte Ina.

Ein Leuchten ging über Marlenes ermattetes Gesicht. »Sie haben die beiden gefunden?«

»Und in Schwerin besucht. Es geht ihnen gut. Afnan macht eine Ausbildung zur Krankenpflegerin.«

»Oh, das ist gut«, seufzte Marlene selig, wie es eine Oma tun würde, die vom Glück ihrer Enkelin erfährt.

»Sie wirken nicht überrascht, dass ich sie gesucht, sondern nur, dass ich sie gefunden habe. Möchten Sie mit mir über die Hausdurchsuchung sprechen?«

»Wieso sollte ich? Mein Mann ist ermordet worden, da ist das ja wohl ganz normal.«

»Das würde ich nicht sagen. Gegen Sie lag kein konkreter Verdacht vor. Allerdings hat Afnan mir eine verrückte Geschichte erzählt.«

In Kurzform wiederholte Ina, was sie in Schwerin erfahren hatte, wobei sie versuchte, es so normal wie möglich zu formulieren, obwohl es alles andere als das war.

Marlene drehte unentwegt die Kaffeetasse in ihren Händen. »Afnan hat mich irgendwie missverstanden. Sie konnte nicht richtig Deutsch.«

»Sicherlich, vielleicht haben Sie nicht von einem Mann gesprochen, sondern von einem Maulwurf oder einem Muli.« Ina musste sich bemühen, nicht allzu höhnisch zu klingen. »Vielleicht wurde auch gar niemand gefangen gehalten, sondern nur gefällig gemacht, gerne gegessen oder gut gegart, irgendetwas mit zwei g. Ja, ein gut gegarter Maulwurf, das wird es gewesen sein. Bitte beenden Sie diesen Unsinn, Marlene, und sagen mir, was Sie mir schon seit unserem ersten Gespräch nach Ihrem Sprung vom Balkon sagen wollen, aber nicht über die Lippen kriegen.«

»Bitte gehen Sie.«

»Diesen Satz höre ich in letzter Zeit sehr häufig von Ihnen. Aber Sie schicken mich nie endgültig weg.«

»Das kann sich ändern.«

»Warum wollten Sie neulich mit mir nicht über Romy sprechen? Sie hat ein Zimmer hier, Sie mögen das Mädchen. Ich verstehe nicht, was daran so schlimm sein soll.«

»Sie verstehen eine Menge nicht.«

»Wie sollte ich auch? Sie kommen mir vor wie eine Ertrinkende, die um Hilfe schreit und dem herbeieilenden Rettungsschwimmer eins auf die Nase haut. Das ist äußerst frustrierend.«

»Das ist Ihr Besuch auch.«

Ina erkannte, dass Sie mit Marlene an diesem Tag nicht weiterkam. Sie beschloss, nicht weiter zu insistieren, und bat darum, die Toilette benutzen zu dürfen, bevor sie aufbrach. Im Haus schlich sie nach oben, wo die Tür zu Romys Zimmer einen Spaltbreit offen stand. Schon damals, bei ihrem ersten Besuch in Marlenes Haus einige Wochen zuvor, hatte sie im Vorbeigehen bemerkt, dass die Möbel in jenem Zimmer sich von den übrigen unterschieden. Sie waren weniger rustikal, mehr schwedisch.

Ein einziger Blick genügte Ina, um herauszufinden, was sie wissen wollte. Auf den Lautsprechern standen Zimmerpflanzen, und an der Wand hing ein Poster mit den männlichen Stars einer deutschen Dauerserie. Romy lag auf dem Bett und las ein Frauenmagazin.

»Hat er Sie verlassen?«, fragte Ina.

Das Mädchen nickte nach einer Weile. »Ja. Und er hat alles mitgenommen.«

»Alles? Was denn?«

»Er hat alles mitgenommen, außer dem Auto«, wiederholte sie mechanisch. »Alles, alles mitgenommen. Nur das Auto nicht.«

Romy widmete sich wieder dem Magazin, ohne sich an Ina zu stören, die den Blick noch eine Weile auf ihr ruhen ließ.

»Er ist weg und hat alles mitgenommen«, flüsterte sie vor sich hin.

»Das tut mir leid«, sagte Ina und schloss leise die Tür.

Ein Käfer Cabrio, das im strömenden Regen steht, ist ein trauriger Anblick. Das wurde Ina bewusst, als sie nach Zingst zurückkehrte. So blau konnte der Wagen gar nicht sein, dass man dabei an den Sommer zurückdachte. Aber wenn darin der Mensch saß, den man liebte, wurden Regen und Wind zur Nebensache.

Bobby bemerkte sie zunächst nicht. Er verharrte reglos, ohne etwas zu tun. Während sie ihn verschwommen durch die Windschutzscheibe betrachtete, zersprang ihr fast das Herz vor Glück. Wie verrückt das alles war – trotz aller Zweifel liebte sie diesen Mann keinen Deut weniger. Die Skepsis, ebenso wie die romantische und erotische Zuneigung wohnten nebeneinander in ihrem Herzen und rangen, mit wechselndem Erfolg, um den größeren Platz.

Schließlich klopfte sie an die Scheibe, woraufhin er sofort die Tür öffnete, ausstieg und ihr Gesicht in beide Hände nahm. Wenn sie bis dahin noch irgendeinen Zweifel gehabt hatte, dass Bobby der Richtige war, wurde er in diesem Augenblick weggeküsst.

»Was machst du hier?«, fragte sie.

»Ach, mir war einfach so danach. Vorher war ich auf dem Boot.«

»Du hast doch nicht etwa im Regen daran gearbeitet?«

Er grinste. »Nur ein bisschen drin gelegen.«

»Mein Gott, die Kabine ist so klein, dass eine Pygmäe Mühe hätte, darin zu schlafen.«

»Wie gesagt, mir war danach.«

Er war verändert, nachdenklicher, geradezu melancholisch. Dazu passte auch die Musik, die im Auto lief: eine traurige Arie aus *La Traviata*.

War jetzt der richtige Zeitpunkt für ein Geständnis? Bring es hinter dich, sagte Ina sich.

»Macht es dir etwas aus, die Unterhaltung irgendwo fortzusetzen, wo mir kein Wasser in den Nacken läuft?«, fragte sie.

»Setz dich zu mir.«

Sie eilte auf die andere Seite, ließ sich auf den Sitz gleiten und schloss die Tür. Schon bei den Fahrten mit offenem Verdeck hatte sie das Innere des Käfers nicht gemocht. Doch bei geschlossenem Verdeck, wenn der Regen auf das Dach prasselte, war es darin laut, feucht und klamm, wie sie feststellen musste. Die Klamotten klebten ihr auf der Haut. Sie fühlte sich unwohl, aber das mochte auch mit dem zu tun haben, was ihr auf dem Herzen lag.

»Ich muss dir etwas sagen. Ich war vorhin …«

»Ich muss dir auch etwas sagen«, unterbrach er sie mit dunkler Stimme. »Es ist etwas Schlimmes passiert. Etwas sehr Schlimmes.«

Vierzehn Monate zuvor

»Karte einbehalten. Bitte wenden Sie sich an den Kundendienst Ihrer Bank.«

Der Augenblick, als Daniels Blick auf die Information des Geldautomaten fiel, war von einem heftigen Schmerz begleitet, wie wenn man ihm eine Eisenkugel in den Bauch gerammt hätte. Im nächsten Moment sackte er über der Tastatur zusammen, wo er eine Minute lang in dieser Haltung verharrte. Noch einmal wagte er, den Kopf zu heben, so als hoffe er auf ein Wunder, und starrte mit brennenden Augen auf den Bildschirm. Der Hinweis war erloschen, das normale Begrüßungsportal forderte ihn dazu auf, seine Karte einzuführen. Tatsächlich, er besaß eine weitere Karte von Töller.

Was war nur passiert? Wieso war die erste Karte, eine Kreditkarte, gesperrt worden? Wer oder was steckte dahinter? Bodo? Giovanni? Gar die Polizei? Sollte er sofort versuchen, über die zweite Karte an Geld zu kommen? Oder war es besser abzuwarten?

»Brauchen Sie noch lange?«, fragte eine Frau hinter ihm.

»Lassen Sie mich in Ruhe«, fuhr er sie an.

Kannte er sie? Nein. Ihr leichter Berliner Akzent deutete darauf hin, dass sie entweder eine Touristin oder – was ihm plausibler erschien – eine von jenen Tussis im Rentenalter war, die ihre »Sommerfrische« im Zweithaus am Meer verbrachten. Vermutlich eine Hauptstädterin mit einer Villa am Wannsee, einem Notar als Ehemann und einem Gefolge schwer parfümierter Freundinnen.

Sein Blick streifte ihre Handtasche von Bulgari und einen dicken roten Klunker, mit dem er sicher die Raten eines ganzen Jahres hätte bezahlen können. Für eine Sekunde spielte er mit dem Gedanken, dieser Frau den Schädel einzuschlagen und mit dem Ring davonzulaufen. Doch das war wirklich nur gesponnen, einer jener Tagträume, von denen man weiß, dass sie nie Wirklichkeit werden. Mal abgesehen davon, dass man ihn in Anbetracht der zahlreichen Passanten und der zweifellos vorhandenen Überwachungskameras mit Sicherheit innerhalb von einer Stunde gefasst hätte – Daniel schlug keiner Frau den Schädel ein. Seltsam, dass er sich überhaupt, wenn auch nur sehr kurz, derart grausame Szenen vorgestellt hatte.

Ein Gedanke, nein, ein Gefühl, das bedeutend länger in ihm nachhallte, war das Empfinden von Ungerechtigkeit. Dieser Frau, die bestimmt einen Großteil ihrer Zeit mit dem Einkauf teurer Markenartikel und dem Schlürfen von Austern verbrachte, mangelte es anscheinend an nichts, während er sich abstrampelte und dennoch auf keinen grünen Zweig kam. Im Gegenteil, er stand vor dem Ruin. Und warum? Wieso war es manchen Menschen vergönnt, in Saus und Braus zu leben, und ihm wollte einfach nichts gelingen?

Seine Eltern hatten sein Interesse für Literatur nie gefördert. Er hatte studieren wollen, aber für ihn als jüngstes von drei Kindern war einfach nicht genug Geld da. Seinem älteren Bruder hatten sie vierzigtausend Euro für das Studium der Wirtschaftswissenschaften »geliehen« – de facto hatte er es aber nie zurückgezahlt. Seine Schwester hatte ihren Traum vom eigenen Café verwirklichen dürfen, großzügig unterstützt von Mama und Papa.

Und dann Töller, der Betrüger. Und der Staat, der Daniel auf seinem Schaden sitzen ließ. Und die Bank, die ihn gnadenlos für Dinge bestrafte, die er gar nicht getan hatte.

Nicht zuletzt Jette. Naturmoden, mein Gott, sie hätte besser daran getan, Handtaschen von Bulgari zu verkaufen, anstatt diesen Ökoscheiß. Sie war schuld. Sie hatte die Familie mit ihren Komplexen, ihrer Perfektion und ihrem guten Gewissen in den Abgrund gezogen.

Er zog die zweite Karte aus der Brusttasche seines Hemdes. Eine MasterCard, Platin. Das bedeutete den Zugriff auf Zehntausende, Hundertausende von Euro. Es bedeutete Reichtum und wirtschaftliche Sorglosigkeit.

Rettung.

Daniel betrachtete die Karte einige Sekunden lang intensiv, bevor er sie in den Schlund der Maschine steckte.

Der Automat ratterte, piepte, ratterte.

»Karte einbehalten. Bitte wenden Sie sich an den Kundendienst Ihrer Bank.«

Daniel klappte wie unter einem schweren Krampf zusammen, sein Kopf schlug auf die Tastatur auf.

Bodo … Darum also hatte er sich entschuldigt, als sie sich getrennt hatten. Dieser Schweinehund, dieser elende Mistkerl mit seinem verdammten Anstand … Zur Hölle mit ihm, zur Hölle mit allen, die …

»Brauchen Sie Hilfe? Soll ich einen Arzt rufen?«, fragte die Frau.

Er wirbelte herum, blickte sie mit großen, feurigen Augen an und richtete den Zeigefinger auf ihre Nase. »Ich habe Ihnen gesagt, Sie sollen ...«

Er brach ab und lief zu seinem Auto, wo ihn eine große Müdigkeit befiel. Tatsächlich schlief er an Ort und Stelle ein, und als er wieder aufwachte, war es bereits dunkel.

Zu Hause warteten schon seine Schwiegereltern auf ihn. Seit Jettes Verschwinden wohnten sie im Gästezimmer und hielten engen Kontakt zur örtlichen Polizei. An diesem Abend vermeldeten sie, dass mehrere kleine Suchtrupps vergeblich die Umgebung abgesucht hatten, sogar einige örtliche Vereine hatten sich daran beteiligt. Sie waren sehr niedergeschlagen, sodass Daniels eigene Niedergeschlagenheit – die einen anderen Grund hatte – nicht weiter auffiel.

Christopher hatte sich in seinem Zimmer eingeschlossen, und obwohl Daniel ihn mehrmals bat, die Tür zu öffnen, blieb ihm der Zugang versperrt. Das traf auch im übertragenen Sinn zu. An seinen Sohn kam Daniel in letzter Zeit nicht mehr heran. Christopher redete kaum noch etwas, brütete nur dumpf vor sich hin. Diese Lethargie kam Daniel wie ein Vorbote auf sein eigenes Schicksal vor. Was blieb ihm denn noch?

Felicia umklammerte seinen Körper, kaum dass er ihr Zimmer betrat, wie eine Rettungsboje.

»Hast du Mama mitgebracht?«, fragte sie.

»Nein, Kleines, leider nicht.«

Es war schon mehr als merkwürdig, dass er Jette vor ein paar Wochen noch geliebt hatte. Davon war nichts übrig geblieben, nicht mal ein Funke. Er fragte sich, was ihn jemals mit dieser Frau verbunden hatte, die ihn zu allerlei Dingen überredet hatte, die ihm eigentlich widerstrebten. Ihr Tod berührte ihn nicht direkt, sondern nur über den Umweg seiner Kinder. Das Leid der beiden schlug ihm aufs Gemüt und auf den Magen. Doch viel Platz war dafür nicht. Zu sehr beschäftigte ihn die materielle Zukunft.

Er würde kämpfen. Er würde nicht aufgeben. Das war er seiner Familie schuldig.

»Alles wird gut«, flüsterte er seiner Tochter ins Ohr, während er ihr über die Haare streichelte. »Glaub mir, alles wird gut.«

13

September

Auf der Fahrt im Käfer nach Prerow sprachen Ina und Bobby kaum ein Wort miteinander. Dieser neuerliche Mord wirkte auf Ina wie eine Explosion in unmittelbarer Nähe. Schon über Gerd Adamskis gewaltsamen Tod war sie schockiert gewesen, aber das hier war etwas ganz anderes. Es berührte Ina persönlich.

Daniel Trebuth war tot. Erschossen. Mehr wusste sie nicht. Doch das genügte, um sie wie ein Blitz zu treffen.

Er war Christophers Vater, und Stefanie war Christophers Freundin. Schon wenn ein Gewaltverbrechen im weiteren Umfeld passierte, wühlte das die Menschen innerlich auf und weckte ein Gefühl von Bedrohung. Passierte es hingegen direkt neben einem, in der Nachbarschaft, der eigenen Familie oder dem Freundeskreis, bedeutete das eine existenzielle Erschütterung. Ina überlegte sich allen Ernstes, Stefanie zu ihrem Vater zurückzuschicken, wenigstens bis sich alles beruhigt hatte.

Wie sollte es mit Christopher und der kleinen Felicia weitergehen? Die beiden galten nun als Vollwaisen, auch wenn das Schicksal der Mutter nach wie vor ungeklärt war.

»Ich habe deine Mutter besucht«, sagte Ina, als sie Prerow erreichten. Die Bemerkung entwich ihr unüberlegt, vielleicht nur, um die Stille zu unterbrechen und das flaue Gefühl zu überspielen. »Verzeih bitte, dass ich dir vorher nichts gesagt habe. Ich verstehe auch, dass du mir nichts gesagt hast.«

Bobby hatte Mühe mit der Gangschaltung und löste das Problem für ihn untypisch mit Gewalt. Der Käfer ruckelte wie ein gepeitschter Gaul, dann lief er wieder anstandslos.

»Ich nehme an, Nelli war …«

»… der wichtigste Mensch in meinem Leben«, ergänzte er mit Tränen in den Augen. »Zusammen mit meiner Mutter. Sie war immer für mich da, hat immer zu mir gehalten. Ich will, dass sie es so gut wie möglich hat, auch wenn sie …« Er unternahm einen zweiten Anlauf. »Auch wenn sie nicht mehr viel davon mitbekommt. Das Heim kostet eine Stange Geld, aber ich verdiene zum Glück gut. Und jetzt möchte ich nicht mehr darüber sprechen.«

»Bist du verärgert?«

»Nein, bin ich nicht. Ich wollte nur nicht, dass du … dass du auf diese Weise von Nelli erfährst. Ich hätte es dir irgendwann selbst gesagt, ganz sicher. Nein, nicht irgendwann, sondern schon sehr bald.«

Bobby hielt etwa fünfzig Meter vom Haus der Trebuths entfernt, in der Nähe des ersten Absperrbandes der Polizei. Jede Menge Schaulustige hatten sich versammelt.

»Oh, du kennst offenbar den Weg zu Daniel Trebuths Zuhause«, stellte Ina fest.

Er sah sie an. »Ich habe vorhin Christopher und Stefanie hergebracht, nachdem Christophers Großvater ihn angerufen hatte.«

»Ach so, richtig. Wartest du auf mich? Ich kann mir auch ein Taxi nehmen, wenn du lieber …«

»Ich warte hier.«

Sein Blick schickte Ina fort. Sie stieg aus in den Regen, und gerade als sie die Tür zugeschlagen hatte, hörte sie, wie Bobby etwas rief. Daher öffnete sie die Tür wieder.

Er sagte: »Das Boot, die *Ina* … In meiner Fantasie habe ich dieses Boot schon oft gekauft. Früher hieß es immer Nelli.«

Nach einigem Hin und Her mit den Ordnungshütern gelangte Ina an den Tatort. Im Erdgeschoss herrschte noch immer Hochbetrieb, obwohl die Leiche schon vor Stunden gefunden worden war, ungefähr zu der Zeit, als Ina Marlene aufgesucht hatte. Daniel Trebuths toter Körper war zwar bereits weggebracht worden, aber auf dem hell gekachelten Wohnzimmerboden erstreckte sich immer noch eine große, unförmige Blutlache, die sich wie ein zäher Lavastrom ausgebreitet hatte und inzwischen geronnen war.

»Bauchschuss«, erklärte Oberkommissar Witte, die Hände in den vorderen Hosentaschen. »Die Milz und weitere Organe wurden von der Kugel durchbohrt. Er war innerhalb von Sekunden tot. Kein schöner Anblick. Kommen Sie wegen der Kinder?«

»Vor allem«, antwortete Ina.

»Die beiden sind oben, da ist die Spurensicherung schon durch. Und warum noch?«

»Wer hat ihn gefunden?«

»Liebe Frau Bartholdy. Gewissermaßen gehören Sie zwar schon zum Inventar, so oft wie wir uns in letzter Zeit sehen. Aber bitte haben Sie Verständnis dafür, dass ich mit dem Inventar keine Kriminalfälle bespreche.«

»Nun haben Sie sich mal nicht so. Ich habe Ihnen einen Tipp gegeben, dafür geben Sie jetzt mir einen.«

»Wir sind hier nicht auf der Tauschbörse, gnädige Frau. Im Übrigen haben die Hausdurchsuchungen, die wir aufgrund Ihrer sogenannten Tipps durchgeführt haben, absolut nichts von Belang ergeben. Das soll übrigens keine Kritik sein, sondern nur eine Feststellung.«

»Sie leisten ganze Arbeit, mich davon zu überzeugen, dass Sie ein Ungeheuer sind«, erwiderte sie im höflichsten Tonfall. »Wo lernt man das? In der Polizeischule? Sie haben offenbar gut aufgepasst. Oder ist Ihnen Ihr Naturell in diesem Fach entgegengekommen?«

»Keine Schmeicheleien bitte. Ich bin im Dienst, und Komplimente steigen einem schnell zu Kopf.«

»Sie hören sich an wie Kojak. Machen Sie das unbewusst, oder ist es einstudiert?«

»Es soll ja Männer geben, die darauf stehen, wenn Psychologinnen so mit ihnen reden. Bobby gehört wahrscheinlich dazu … ich nicht. Falsche Adresse also. Gehen Sie nach oben, kümmern Sie sich um Ihre Patienten, und lassen Sie mich meine Arbeit tun.«

Ina revidierte ihre Meinung über Witte. Er war nicht vom Typ »raue Schale, weicher Kern«, wie sie anfangs gedacht hatte. Er war nicht Humphrey Bogart oder Philipp Marlowe, denn unter seiner rauen Schale befand sich eine noch rauere, härtere Schicht, gefolgt von einer bitteren Füllung. Ihr Versuch neulich, ihn zu gewinnen, hatte nicht gefruchtet – auf verdorrten Boden fällt jeder Samen vergebens.

Als sie das Wohnzimmer verlassen wollte, bemerkte Ina einen geöffneten Brief auf dem Esstisch. Natürlich berührte sie ihn nicht, aber ein Blick hinterließ ja keine Fingerabdrücke.

Das Schreiben einer großen deutschen Bank umfasste vier Seiten, doch es genügte, die Betreffzeile zu lesen: Zwangsversteigerung. Der Termin war in zwei Wochen angesetzt.

Hatte die Ankündigung der Bank etwas mit dem Mord zu tun? Wohl nur, wenn Daniel Trebuth Selbstmord begangen hätte. Doch von der Schusswaffe, die ihn getötet hatte, gab es keine Spur, und sie war auch nicht auf dem Boden markiert worden. Abgesehen davon brachte sich niemand mit einem Bauchschuss um.

Am oberen Absatz der Treppe stand ein älterer Herr, der sich Ina als Daniels Schwiegervater vorstellte. Wie sich herausstellte, hatte er die Leiche seines Schwiegersohnes gefunden, als er Felicia hier abliefern wollte, die wegen der langen Vernehmung Daniels eine Nacht bei ihm und seiner Frau verbracht hatte.

»Ich bin Stefanies Mutter, Ina Bartholdy.«

»Die Kinder sind in Christophers Zimmer. Ich habe für sie getan, was ich konnte, aber ich musste mal kurz da raus.«

»Das ist verständlich. Ich gehe gleich zu den beiden. Bitte gestatten Sie mir eine Frage: Wussten Sie, dass dieses Haus zwangsversteigert werden sollte?«

»Das hat mich die Polizei auch schon gefragt. Nein, ich hatte keine Ahnung. Daniel hat nie auch nur eine Andeutung über finanzielle Probleme gemacht. Allerdings hätten wir ihm auch gar nicht helfen können. Die Rente von mir und meiner

Frau reicht gerade so zum Leben, und bei seinen Eltern sieht es auch nicht besser aus, soviel ich weiß.«

»Was hat die Polizei Sie denn noch so gefragt?«

»Ob ich etwas von einer alten Wehrmachtspistole weiß. Offensichtlich ist mein Schwiegersohn mit einer solchen Waffe getötet worden. Aber da konnte ich den Beamten nicht helfen. Und sie wollten natürlich wissen, wo ich zur Tatzeit war, gestern Nacht gegen dreiundzwanzig Uhr. Es ist einfach nur schrecklich. Ich muss meine Frau anrufen, die weiß es noch gar nicht. Mein Gott, zuerst Jette und jetzt… Das ist wie ein Fluch, Frau Bartholdy.«

Daniel Trebuths Schwiegervater wurde es zu viel, und er ging nach draußen, um frische Luft zu schnappen.

Bevor Ina Christophers Zimmer betrat, atmete sie noch einmal tief durch.

Felicia lag bäuchlings auf dem Boden, den Kopf zwischen den Armen, und weinte herzzerreißend. Ihr Bruder saß neben ihr auf dem Boden. Seine Tränen kamen still, ohne einen Schluchzer. Es war bewegend, wie er seiner kleinen Schwester mit der einen Hand die Haare streichelte und mit der anderen unentwegt seine Wangen zu trocknen versuchte, während er den Kopf auf Stefanies Schulter gelegt hatte. Die drei boten ein zutiefst anrührendes Bild voller Tragik, aber auch voller Trost. Seltsam war nur, dass das Zimmer in ein wunderschönes, geradezu magisches Licht getaucht war, das von einer Wand aus bunt leuchtenden Glasbausteinen herrührte.

Ina schloss das Fenster zur Straße, das auf Kipp stand. Die Stimmen der Polizisten und das Klicken der Kameras verstummten von einem Moment auf den anderen. Um auch das Blinken der Signallampen von Polizei und Rettungswagen aus dem Raum zu verbannen, ließ Ina die grellgelbe Jalousie herunter.

»Darf ich mich zu euch setzen?«, fragte sie.

Stefanie streckte die Hand aus.

»Ist Papa wirklich tot?« Die kleine Felicia hob kurz das verweinte Gesichtchen und blickte Ina an, voller Hoffnung, sie möge sagen, dass alles nur ein Missverständnis sei.

Eine Sekunde lang war Ina für dieses Kind der Engel, der alles wieder geraderücken konnte.

»Ja«, sagte sie. »Er ist leider wirklich tot.«

Die Kleine weinte neuerlich laut los, und diesmal berührte Ina sie sanft am Oberarm, um ihr zu zeigen, dass sie mit ihr fühlte. Es gab wohl kaum etwas Traurigeres, als Kindern die Nachricht vom Tod ihrer Mutter oder ihres Vaters zu überbringen und sie in dieser frühesten Phase ihres Schmerzes zu begleiten. Wie hätten diese Tränen irgendjemanden kaltlassen können? Wie hätte Ina nicht den Schmerz dieser Kinder spüren können? Sie war darin geübt, Profi zu bleiben und nicht zur Betroffenen zu werden, aber an diesem Tag fiel es ihr besonders schwer.

Als sie eine Stunde später das Haus verließ, hatte es aufgehört zu regnen. Je mehr Polizeiwagen abgefahren waren, desto mehr Schaulustige waren gegangen, und nur ein paar versprengte Beamte und Bürger waren übrig geblieben. Die ersten Blumen waren niedergelegt worden, die ersten Kerzen brannten. An der nächsten Ecke stand noch immer das Käfer Cabrio mit Bobby hinter dem Steuer.

»Wo hast du Stefanie gelassen?«, fragte er, als Ina wieder auf dem Beifahrersitz Platz nahm.

»Sie will bei Christopher bleiben. Es hat sie fast genauso mitgenommen wie ihn. Irgendwie … irgendwie machen mich diese Liebe und Anhänglichkeit stolz. Ich habe eine wunderbare Tochter.«

Er sah sie lange schweigend an, und sie brach es ganz bewusst nicht.

»Was jetzt?«, fragte Bobby schließlich wie jemand, der nicht den Mut findet, der Angebeteten seine Liebe zu gestehen.

»Tja, was jetzt?«, seufzte Ina. »Ich habe Hunger und möchte in ein ganz bestimmtes Restaurant. Komm, ich lade dich zum Italiener ein.«

Das »Il Gattopardo« lag nicht besonders günstig. Was andernorts ein Vorteil sein mochte – die Hauptstraße direkt vor der Tür –, war auf dem Darß eher ein Handicap. Die meisten Touristen schätzten es, bei guter Aussicht zu speisen, sei es mit Blick auf das Meer, den Bodden, auf Wälder, Dünen, Schilf oder hübsche Marktplätze. Vom besten Platz der Osteria aus blickte man hingegen auf eine nicht eben interessante Straße mit ein paar Recyclingcontainern. Da halfen auch die schönen Panoramafenster nichts.

Die Einrichtung bestand aus den unvermeidlichen hellen, lackierten Stühlen mit pastellfarbenen Polsterbezügen und etwa fünfzehn nicht eingedeckten Tischen. Nur der kleine Barbereich kam ungewohnt schick und stylish daher. Dort hingen auch die Szenen aus der Verfilmung von Tomaso di Lampedusas auf Sizilien angesiedeltem Roman *Il Gattopardo – Der Leopard* mit Burt Lancaster, Claudia Cardinale und Alain Delon, nach dem das Restaurant zweifellos benannt war. Eigentlich hätte Ina ähnliche Bilder im ganzen Raum erwartet.

Ihr kam es vor, als wären zwei völlig unterschiedliche Personen an der Gestaltung des »Il Gattopardo« beteiligt gewesen. Während die Speisekarte in leicht verkratzte Folien eingeschweißt war, wirkten die Gläser und das Besteck sehr geschmackvoll.

»Ich hätte gerne ein stilles Wasser, ein Glas Prosecco und einmal Caprese«, bestellte Ina.

»Und ich nehme ein kleines Pils und die Pizza Siciliana.«

Nachdem die Bedienung, eine nicht gerade überschwänglich freundliche junge Frau, gegangen war, sagte Ina: »Du hast das einzige Gericht bestellt, das sich sizilianisch anhört. Ansonsten gibt's nur das Übliche auf der Karte: Pizza, Pasta, Tiramisu …«

»Wir sind sicher nicht wegen des tollen Essens hier, oder?«, erwiderte Bobby leicht gereizt.

»Nein«, bestätigte sie. »Giovanni hat hier gearbeitet. Giovanni Caffarelli. Er hat mit der Geschichte zu tun, an der ich dran bin.«

»Der Geschichte, an der du dran bist«, wiederholte er spöttisch. »Was soll das, Ina? Wieso tust du das?«

»Für wen?, wäre die richtige Frage. Darauf gibt es nur eine Antwort. Ich tue es für meine Patientin Marlene Adamski. Wenn ich nicht herausfinde, was ihr das Leben zur Hölle gemacht hat, wird sie es wieder tun, Bobby. Sie wird erneut vom Balkon springen. Oder sich vor den nächstbesten Mähdrescher werfen. Oder sich im Bodden ersäufen. Das werde ich nicht einfach so zulassen. Ich bin ihr gegenüber eine Verpflichtung eingegangen, und sie hat mich als ihre Therapeutin bisher nicht entlassen. Das hat seinen Grund. Mir ist völlig klar, dass ich auf irgendetwas Scheußliches stoßen werde. Aber das ist mein Job, Bobby. Menschen wenden sich nicht an Psychotherapeuten, weil sie ein ausgefülltes, glückliches, heiteres Dasein führen, sondern weil es einen Haufen Mist in ihrem Leben gibt, den alleine abzutragen sie nicht die Kraft haben. Zum Dermatologen geht man ja auch nicht, um seine in Eselsmilch gebadete, weiche Haut vorzuführen, sondern …«

»Ich bin nicht blöd, ich habe dich verstanden«, unterbrach er sie just in dem Moment, als die Getränke kamen.

In jener Minute, die die Bedienung brauchte, um Bier, Wasser und Prosecco zu servieren, schwiegen die beiden. Doch ab und zu trafen sich ihre Blicke – der nervöse von Bobby und der angespannte von Ina.

»Entschuldigen Sie«, rief Ina die Bedienung zurück. »Ich würde gerne mit Giovanni sprechen. Arbeitet er noch hier?«

Die junge Italienerin sah sie misstrauisch an. »Schon lange nicht mehr. Warum?«

»Wie gesagt, ich würde ihn gerne sprechen.«

»Worum geht es denn?«

»Um ihn«, wiederholte Ina mit einem freundlichen Lächeln, jedoch beharrlich in der Sache. »Nur um ihn.«

Die ohnehin nicht gerade weichen Gesichtszüge der Kellnerin verhärteten sich. »Ist nicht da«, sagte sie und ging davon.

Inas Frage löste einigen Aufruhr in dem spärlich besetzten

Restaurant aus. Die Italienerin zog hinter der Bar eine andere, etwa gleichaltrige Kellnerin zu Rate, die in der Küche verschwand, woraufhin einige Sekunden später das gebräunte Gesicht eines Mannes durch die Essensausgabe spähte und gleich darauf ein zweites, das dem ersten leicht ähnelte. Nun waren vier Augenpaare auf Ina gerichtet.

»Na, super«, kommentierte Bobby. »Scheint, du hast in ein Wespennest gestochen.«

»Warst du schon mal hier?«

»Nein. Warum fragst du mich den ganzen Tag, wo ich überall schon war?«

»Das hat verschiedene Gründe. Jetzt gerade will ich es wissen, weil es sicher nicht schaden würde, wenn du zumindest einen von den beiden Köchen kennen würdest, die da auf unseren Tisch zukommen.«

»Ich muss dich enttäuschen. Ich habe die Typen noch nie gesehen.«

Die beiden Brüder positionierten sich vor dem Tisch, als hätte sich ein Gast über die Qualität ihrer Spaghetti beschwert. Der Ältere – er war etwa Mitte dreißig – hatte eher grobe Gesichtszüge sowie tiefe Falten von der Nasenwurzel bis zum Mund und zwischen den Augenbrauen. Sein Pizza-und-Pasta-Bauch war nicht zu übersehen. Sein geschätzt sieben oder acht Jahre jüngerer Bruder war schlank, hatte wesentlich feinere Gesichtszüge und jene herrlich dunklen, strahlenden Augen, für die die Italiener bei den Nordeuropäerinnen berühmt sind.

Das Sagen hatte eindeutig der Ältere. Sein Bruder stand, wie im Hofprotokoll einer Monarchie vorgesehen, einen Schritt hinter ihm, während den Frauen die Rolle der sich abseits haltenden Beobachterinnen zukam.

»Wieso interessieren Sie sich für unseren Cousin? Was hat er getan? Wer sind Sie überhaupt?«

Ina überreichte dem Italiener ihre Visitenkarte, die er jedoch ignorierte. »Giovanni könnte mir dabei helfen, ein paar Dinge zu klären. Es geht um eine Patientin, mehr darf ich nicht sagen.«

»Hat es mit dieser Romy zu tun?«

»Oh, Sie kennen Romy Haase?«

»Die beiden waren zwei- oder dreimal hier und haben was gegessen, ist schon lange her. Na und? Giovanni ist nicht mehr mit ihr zusammen. Er macht, was er will.«

Ina zog die Augenbrauen hoch. »Aber sein Auto ist noch immer dort abgestellt, wo Romy wohnt.«

»Der Fiat, schon möglich. Sie passt darauf auf, solange er weg ist. Glaube ich wenigstens. Was interessiert mich sein Auto. Was interessiert Sie sein Auto?«

»Wo kann ich ihn finden?«

»Vielleicht hier, vielleicht da, ich weiß es nicht. Wenn er nicht gefunden werden will, ist das seine Sache.«

»Warum will er denn nicht gefunden werden?«

»Seine Sache. Hören Sie auf, nach Giovanni zu fragen, dann kommen wir miteinander aus. Sonst gehen Sie jetzt bitte.«

Der Jüngere hatte seinem Bruder die Visitenkarte aus der Hand genommen und begann mit ihm zu diskutieren, allerdings auf Italienisch. Vereinzelte Wörter und Satzfetzen wie »*terapeuta*« und »*non agente di polizia*« ließen Schlussfolgerungen auf den genauen Wortlaut der Unterhaltung zu. Jedoch ergab sich aus dem Gesprächsklima, dass die Brüder sich – gewiss nicht zum ersten Mal, wie Ina vermutete – nicht einig waren. Irgendwann warf der Ältere dem Jüngeren ein paar

Schimpfwörter an den Kopf und verließ mit einer typisch italienischen Geste den Raum.

Der junge Koch blieb noch ein paar Sekunden lang unschlüssig am Tisch stehen und sah abwechselnd auf Ina und Bobby herab.

»Gratuliere«, sagte Ina. »Sie haben gewonnen.«

Er nickte. »Aber nur weil Umberto sich fast genauso große Sorgen um Giovanni macht wie ich. Allerdings hängt er ein paar uralte Prinzipien aus Bella Italia etwas höher als ich, deswegen …«

Er setzte sich neben Bobby, Ina gegenüber. »Ich bin Alessandro. Giovanni ist der Sohn der Schwester unserer Mutter. Als wir *ragazzi* waren, haben er und ich viel miteinander gespielt. Wir sind gleich alt und in einem kleinen Dorf in Hessen aufgewachsen. Das schweißt zusammen. Na ja, er war eigentlich wie ein Bruder für mich. Aber er hatte immer schon ein Talent dafür, sich in Schwierigkeiten zu bringen, das muss ich leider sagen. Und seit einem Jahr scheint er in richtig großen Schwierigkeiten zu stecken.«

»Können Sie mir Genaueres sagen?«, fragte Ina.

»Sagen Sie mir erst, ob Sie die Therapeutin von Romy sind.«

»Die bin ich nicht. Aber die Namen meiner Patienten darf ich Ihnen ohnehin nicht sagen. Schweigepflicht. Nur so viel: Sie sind dicht dran.«

»Ich habe auch nur gefragt, weil diese Romy ein bisschen … Sie wissen schon. Als ich sie kennengelernt habe, das war letzten Sommer, da fand ich sie schon nicht gerade helle. Nachdem Giovanni weggegangen ist, habe ich sie zufällig mal beim Joggen am Bodden getroffen, und da war sie … Mann, völlig daneben, wie zugedröhnt. Ich könnte es nicht beschwören, aber dass unser Cousin nicht mehr da ist, hat bestimmt was mit ihr zu tun.«

»Sie sagen, Giovanni ist weg. Wo ist er wohl hin?«

Alessandro rollte den Salzstreuer zwischen seinen Händen, als wolle er ihn zu irgendwas verarbeiten.

»Am Anfang hab ich noch gedacht, er macht einen längeren Urlaub in Italien, Sie verstehen?«

Er sah Ina auf seltsam verschwörerische Weise an.

»Nicht wirklich«, antwortete sie, nachdem Bobby ihr durch ein Schulterzucken zu verstehen gegeben hatte, dass er genauso ahnungslos war.

»Na ja, ein längerer Urlaub in Italien … Das sagt man so unter italienischen Landsleuten, die im Ausland leben, wenn man für eine Weile von der Bildfläche verschwindet. Klaro?«

»Ah, klaro.«

»*Va bene.* Ein paar Tage vorher hat er mir noch irgendwas von einem guten Geschäft erzählt, von einer Menge Geld, und ich hab zu ihm gesagt, mach keinen Scheiß. Aber das hab ich jedes Jahr ungefähr ein Dutzend Mal zu ihm gesagt, und geholfen hat es so gut wie nie. Giovanni hat ständig irgendwelche Sachen nebenher laufen gehabt, kleinere Trickssereien, Drogen … Ich habe es nie genauer wissen wollen. Das ist nicht meine Welt. Ich will mal mein eigenes schickes Restaurant haben, dafür lebe ich.«

Seine Kopfbewegung lud dazu ein, sich den schicken Barbereich anzusehen, der offensichtlich sein Werk war, ebenso wie vermutlich der Name des Restaurants. Der ganze belanglose Rest stammte wohl von seinem älteren Bruder Umberto.

»Wann haben Sie zum letzten Mal von Giovanni gehört?«, fragte Ina.

»Damals, als ich ihm gesagt habe, er soll keinen Scheiß machen.«

»Aber das ist ja mehr als ein Jahr her«, stammelte sie überrascht.

Alessandro nickte betroffen. »So ist es.«

»Und Sie haben bisher nichts unternommen?«

»Die ganze Familie hat stillgehalten.«

»Aber wieso denn, um Himmels willen? Ich meine, ein ganzes Jahr, ohne eine Nachricht, ohne ein Lebenszeichen …«

»Sie verstehen das nicht«, erwiderte Alessandro. »Mein Cousin hat das schon zweimal gemacht, jedes Mal war er eine Weile weg, ohne sich zu melden. Ich sag ja, er war ständig in irgendwas verwickelt. Der Job hier als Kellner war die erste normale Arbeit in seinem Leben, abgesehen von ein paar Gelegenheitsjobs. Er hat bei mir und meiner Frau gewohnt, hatte dort ein großes Zimmer. Acht Monate lang ist es gut gegangen, dann …«

Alessandro stellte den Salzstreuer energisch zurück auf den Tisch. »Italienische Familien halten zusammen, viel mehr als die deutschen. Die Familie ist heilig, verstehen Sie? Wenn man sich auf niemanden mehr verlassen kann, die Eltern, die Geschwister, die Kinder, die Cousins halten immer zu einem. So ist das bei uns. Das hat viele Vorteile. Aber leider auch ein paar Nachteile. Wenn jemand aus der Familie verschwindet, der in Schwierigkeiten steckt, geht man nicht zur Polizei. Man wartet ab, was passiert.«

Ina ließ das Gehörte sacken. Es war schon seltsam. Da lebten Leute aus einem Fast-Nachbarland seit einem halben Jahrhundert, manche sogar in der dritten Generation in Deutschland, und man wusste so gut wie nichts von ihnen.

Man kannte ihre fantastische Küche, ihre beliebten Weine, ihre langen, mit Pomade zurückgekämmten Haare, ihre erotischen Sänger, ihre wunderschönen alten Städte, ihre berühmte Unpünktlichkeit, ein bisschen sogar ihre melodische Sprache, um die man sie beneidete – und trotzdem blieb einem ihre Seele fremd, so wie die deutsche Volksseele ihnen fremd blieb. Gewiss hatte weder Alessandro noch sein Bruder, vermutlich sogar keiner aus ihrer ganzen Familie, etwas mit kriminellen Machenschaften am Hut, trotzdem galt: Jemanden von den eigenen Leuten verpfeifen, das war tabu.

»Natürlich haben wir alle die Fühler ausgestreckt«, fuhr Alessandro fort. »Sämtliche Kontakte aktiviert, auch die wenigen, die wir noch nach Sizilien haben. Ohne Erfolg. Wir haben x Freunde abtelefoniert, auch einige alte Klassenkameraden. Um sein Verschwinden zu kaschieren, haben wir sogar seine Steuererklärung gemacht und seine Rechnungen bezahlt, einfach alles.«

»Aber jetzt haben Sie, Alessandro, ja doch etwas an eine Außenstehende verraten.«

Der Koch stand auf und senkte traurig den Kopf. »Ja«, seufzte er. »Aber nicht, weil ich eine super Menschenkenntnis habe und glaube, dass Sie Giovanni nicht ans Messer liefern würden, wenn Sie die Möglichkeit dazu hätten. Sie würden es ganz sicher tun, für sich selbst oder Ihre Patientin.«

Ina musterte ihn gespannt. »Sondern? Warum wollen Sie mir helfen, Giovanni zu finden?«

»Weil meine Loyalität Grenzen hat, anders als bei meinem Bruder. So lange wie diesmal war Giovanni noch nie weg. Ich bin mir fast sicher, dass er entweder gekillt worden ist, und dann müssen wir ihn anständig beerdigen, wie es sich für einen Katholiken gehört.«

Er blickte zu seinem Bruder hinüber, der hinter der Bar stand und verkniffen beobachtete, wie Alessandro ein Familienmitglied anschwärzte.

»Oder?«, fragte Ina.

Alessandro antwortete mit todernster Miene. »Oder er ist selbst zum Killer geworden.«

Zum wiederholten Mal an diesem Tag saßen Ina und Bobby nach dem Restaurantbesuch im Auto, ohne dass der Motor lief, und schwiegen. Ina hatte eine Theorie gehabt, die immer noch stimmen konnte. Aber eine andere, weit schrecklichere, war hinzugekommen. Sie wagte nicht, Bobby anzusehen, und ihm ging es genauso. Das Schweigen, der Abgrund zwischen ihnen, war unerträglich geworden.

»Ich muss mit dir reden«, sagte er schließlich.

»Ich habe gehofft, dass du das sagst.«

»Abwarten.«

Er startete den Wagen, ohne ihr zu sagen, wohin er fuhr, und Ina fragte nicht nach.

Die Seebrücke von Kühlungsborn ragte einsam in das vom Wind gepeitschte Meer. Die Touristen zog es an diesem rauen letzten Septembertag in die Cafés der umliegenden Hotels, wo sie durch die Panoramafenster vergnüglich bei Kaffee und Kuchen beobachteten, wie sich die wenigen tapferen Spaziergänger abmühten. Die himmlischen Schleusen blieben geschlossen, doch tief hängende, dunkle Wolken ließen die Dämmerung früh hereinbrechen, und um sechzehn Uhr leerte sich die Promenade schlagartig.

In Anorak und Stiefel trotzten Bobby und Ina den wilden Elementen, die die Seebrücke im Griff hatten. Ein vereinzelter Angler auf der großen Plattform am Ende hielt der unangenehm aufsprühenden Gischt stand.

»Petri Heil!«, rief Bobby ihm zu.

»Ach, du bist es. Lange nicht mehr gesehen. Petri Dank.«

»Na, was im Eimer?«

»Nur zwei Äschen. Mache aber gleich Schluss. Kommst du zum Feuerwehrfest?«

»Mal sehen.«

Mit einem Handzeichen verabschiedeten sie sich, und Bobby lehnte sich gegen das Geländer, den Blick nach Norden auf das offene Meer gerichtet.

Ina hätte auf diesen Ausflug in Kälte und Sturm verzichten können, aber es war Bobbys ausdrücklicher Wunsch gewesen, genau an diesem Ort mit ihr zu reden. Anders als Ina, schien es ihm nicht das Geringste auszumachen, immer mal wieder vom Meer ins Gesicht gespuckt zu werden. Ina spürte, wie sich die Gedanken hinter seiner Stirn zu formen und Worte zu sammeln begannen. Eben dieses intuitive Verstehen, das sie füreinander entwickelt hatten, nahm sie so sehr für ihn, nein, mehr noch, für ihre ganze Beziehung ein. Er schien stets genau zu wissen, was sie brauchte, und ebenso erging es ihr mit ihm. Deshalb spürte sie auch im Innersten, dass etwas anders war als sonst. Den ganzen Tag schon hatte sie im Gefühl gehabt, dass eine Aussprache unvermeidlich sein würde. Ja, sie hatte sogar erhofft, dass es dazu kommen würde.

Geduldig wartete sie ab. Gelegentlich warf sie einen kurzen Seitenblick auf sein Profil und die flatternden Haare, durch die sie ihm am liebsten gefahren wäre. Eine Minute verging, in der ihnen der Wind ins Gesicht schlug, die Wolken über ihnen dahinjagten und die Möwen dicht über den Wogen vorüberschossen.

Im Gebrüll der Natur ging Bobbys Stimme fast unter. »Warum sind die Menschen eigentlich so scharf darauf, im Leben einen Sinn zu finden?«

Ina war von ihren Patienten an vermeintlich sprunghafte Themenwechsel gewöhnt. Sie fragte eine Frau mittleren Alters nach dem Zustand ihrer Ehe und bekam etwas von Hautkrankheiten erzählt, von Waffeln mit Erdbeermarmelade, von einer Abneigung gegen Kakteen oder einem Pony namens Cindy. Letztendlich jedoch stellte sich der Zusammenhang für sie irgendwann heraus.

Auf Bobbys Frage ging sie ganz bewusst nicht ein, da er damit einen Gedankengang einzuleiten schien, den sie nicht unterbrechen wollte.

Er murmelte in den Wind: »Ich meine, die meisten Leute scheinen ohne einen Sinn im Leben nicht auszukommen. Sie glauben an Gott, sie bekommen Kinder, bauen ein Haus, schreiben ein Buch, machen hunderttausend Fotos, gründen ein Unternehmen …«

»Ein Lebenssinn gibt Halt. Was ist dagegen einzuwenden?«

»Gar nichts. Außer dass er eine Illusion ist. Kinder und Enkel sterben, Bäume und Mauern haben weder ein Gedächtnis noch können sie sprechen, und die allermeisten Bücher werden irgendwann verrotten. Nelli war mein Ein und Alles, und nachdem sie gestorben war, wollte ich ihr Leben gewissermaßen verlängern. Ich habe versucht, das bisschen, das von ihr übrig war, in die Zukunft zu retten.«

Er fuhr sich mit den Händen über das ganze Gesicht, besonders intensiv über die Augen, wohl nicht nur, um ein paar Gischtspritzer zu verreiben.

»Das war falsch«, sagte er mit einer Intensität, als fälle er ein Urteil.

Ina seufzte. »Geh nicht so hart mit dir ins Gericht. Es ist völlig normal, dass du …«

»Nein, Ina«, widersprach er ihr. »Daran ist nichts völlig normal. Die Wege, die ich gegangen bin, waren es jedenfalls ganz sicher nicht. Tief in mir drin hab ich die ganze Zeit gewusst, dass ich etwas Falsches tue. Trotzdem konnte ich nicht damit aufhören, im Gegenteil, ich habe mich immer weiter reingesteigert. Das ist doch idiotisch, oder? Und wenn es idiotisch ist, dann gibt es ganz bestimmt einen Namen dafür.«

»Wir reden hier nicht mehr über Trauer, über Zeesenboote oder dergleichen, habe ich recht?«

»Ja, hast du.«

Erwartungsvoll sah er sie an.

»Kognitive Dissonanz«, antwortete sie.

»Kognitive Dissonanz« wiederholte er. »Wow, das klingt toll.«

»Auf Lateinisch klingt alles toll. Vereinfacht gesagt geht es um einen Spannungszustand, der entsteht, wenn man sozusagen auf zwei Stühlen gleichzeitig sitzen will, die Stühle aber auseinanderdriften. Um die Spannung zu verringern, entscheidet man sich für eine von beiden Positionen und neigt später dazu, mit aller Gewalt daran festzuhalten.«

»Und das nennst du vereinfacht ausgedrückt?«

Sie schmunzelte. »Ein Beispiel: Wenn man eine Entscheidung getroffen hat, die sich hinterher als Fehler herausstellt, ist man dazu verleitet, ihn sich nicht einzugestehen, vor allem dann, wenn andere darunter zu leiden haben. Das kann dazu führen, dass man den Fehler nicht akzeptiert und ihn sogar vervielfacht, um ihn zu verneinen. Man multipliziert ihn gewissermaßen weg. Manche Menschen ändern sogar Überzeugungen, die sie bis dahin hatten, um bloß nicht als gescheitert dazustehen.«

»Aha.« Bobby war beeindruckt.

»Wie du dir denken kannst, würde ich als Psychologin ein solches Verhalten nicht idiotisch nennen, sondern menschlich. Weder Individuen noch Gemeinschaften sind davor gefeit. Wie viele Staaten haben schon Kriege geführt, die sich im Nachhinein als Desaster und moralisch haltlos entpuppt haben, aber weil bereits tausend Soldaten gestorben waren, wurden sie weitergeführt. Schließlich wären die Opfer ansonsten sinnlos gewesen. So sind aus ursprünglich tausend Opfer zehn- oder hunderttausend geworden, und die moralischen Überzeugungen wurden komplett verzerrt. Etliche Konflikte, vom Nachbarschaftsstreit bis zum politischen Brandherd, werden nicht beigelegt, weil kognitive Dissonanz im Spiel ist.«

»Na, dann bin ich ja in bester Gesellschaft. Gibt es denn kein Mittel gegen das kognitive Dingsda?«

»Du hast bereits eines gefunden: Erkenntnis. Du bist dir der Dissonanz bewusst geworden und kannst deine weiteren Entscheidungen daher bewusst treffen, anstatt dich weiter in die Rolle als Getriebener zu ergeben, ohne es zu bemerken. Die Fähigkeit, einen Fehler einzugestehen, ist ein Akt wahrer

Reife. Jedoch wird in unserer Gesellschaft ein solches Eingeständnis vielfach als Schwäche angesehen und entsprechend geahndet. Dabei sollte es eigentlich belohnt werden.«

»Hat dir schon mal jemand gesagt, dass du dich manchmal wie ein weiser alter Philosoph anhörst?«

Sie lächelte. »Schon oft.«

Das kleine ironische Zwischenspiel schaffte es leider nicht, Bobby aufzumuntern. Er trug sichtlich schwer an seinem Kummer, und Ina hielt den Moment für gekommen, endlich direkter zu werden.

Sie fragte: »Wieso stehen wir an einem Tag wie diesem hier auf der ungemütlichen Seebrücke und diskutieren über kognitive Dissonanz? Kannst du mir das erklären?«

Bobby hielt ihren Blick fest. »Kann ich.«

Mein Gott, wie sehr sie diesen Mann liebte. Und wie sehr sie fürchtete, ihn eines Tages nicht mehr lieben zu können, nicht mehr lieben zu dürfen, vielleicht sogar schon morgen. Viel lieber hätte sie mit ihm über etwas anderes gesprochen, über das Wetter, das Angeln, ihre Vorliebe für Seebrücken, irgendetwas.

Sie wich seinem Blick aus, und dabei bemerkte sie, dass sie inzwischen alleine waren. Der Angler war gegangen. Dunst hüllte die Hotels an der Küste in einen silbrigen Schleier, der auch sie beide umgab. Die vereinzelten Menschen auf der Promenade waren geisterhafte, gebeugte Kreaturen.

Bobby sagte: »Ich liebe dich, aber …«

In diesem Moment spürte Ina es zum ersten Mal – so etwas wie Abschied, irgendeine Art von Auseinandergehen, und das schnürte ihr die Kehle zu. Sie schwankten im Luftstrom, nur einen Schritt, nur einen ausgestreckten Arm weit voneinander entfernt. Ihre Hände blieben in den Jackentaschen, ihre Füße bewegten sich nicht.

»Ich wünschte«, sagte er, »wir wären uns schon vor achtzehn Monaten begegnet.«

»Warum?«

»Dann wäre das alles nicht passiert. Dann würde auch das, was gleich kommen muss, nicht passieren.«

»Was jetzt kommen muss? Du willst mir etwas sagen, deswegen sind wir hier, nicht wahr? Geht es um die Todesfälle? Gerd Adamski, Daniel Trebuth … Du kennst die beiden? Ebenso Romy Haase, oder? Was ist mit Daniels Frau? Und einem Mann namens Alwin Töller? Nun sag doch was! Warum sprichst du es nicht einfach aus, verdammt? Warum reden wir nicht Klartext, jetzt und hier?«

Ina hatte sich in einen Redeschwall hineingesteigert und wusste nicht, warum sie ihm solche Vermutungen an den Kopf warf, ausgerechnet in diesem Moment. Vielleicht weil sie erst jetzt den Mut zur Konfrontation gefunden hatte – nicht mit Bobby, sondern mit jener ängstlichen Frau in ihr, die behalten wollte, was ihr so lieb war.

Er wandte sich ihr zu und fixierte sie mit seinen Augen, in die sie sich damals als Erstes verliebt hatte und die auf einmal einem ganz anderen Menschen zu gehören schienen.

Oh mein Gott, dachte sie. Es ist wahr.

Das Verbrechen lag vor ihr, ausgebreitet wie eine Patchworkdecke, voller Bilder – ein Mann in einem Keller, ein Bäcker, der eine Kette schmiedet, ein Hacker, der Konten anzapft, ein verzweifelter Bibliothekar sowie jede Menge Träume, bedroht wie Seifenblasen, Träume von Katen, Kreuzfahrten und Kühlschränken.

Eine Woge zerschellte an den Pfeilern der Seebrücke, schnellte hoch wie ein Geysir und brach über Ina und Bobby zusammen.

Er umfasste ihre Schultern, und einige Sekunden lang, nachdem er zu erzählen aufgehört hatte, wurde der Druck seiner Hände stärker und stärker. Urplötzlich riss er sich von Ina los, umkrallte das Geländer der Seebrücke, beugte sich fast mit dem ganzen Oberkörper darüber und starrte in die tosende, schäumende stahlgraue Brandung.

Die subtile, schwer greifbare Angst, die sie die ganze Zeit über empfunden hatte, schnellte aus ihrem Innersten empor. Sie meinte Bobbys Herz in seinen Schläfen pochen zu sehen. Salzwasser lief ihnen übers Gesicht, tropfte ihnen von den Haaren, vom Kinn.

Sie hielt ihn fest.

Eine Minute, zwei Minuten, eine kleine Ewigkeit lang standen sie so beieinander, wie in Bronze gegossen, von Ferne an eine tragische Skulptur erinnernd. Die Wolken rasten über sie hinweg und brachten neuerlich Regen, der Ozean peitschte hoch, nur sie selbst bewegten sich nicht. Was sie beide in diesem Moment verband, war tiefe Liebe, dasselbe Gefühl, das sie seit ihrer ersten Begegnung elektrisierte, um dessen Zerbrechlichkeit sie jedoch wussten. Doch sie waren auch in einem ganz anderen, fast gegensätzlichen Gefühl miteinander verbunden – dem Entsetzen, das sie beide empfanden.

»Wenn du mich heute fragst, wie ich mich auf diese Aktion einlassen konnte, kann ich es dir nicht mehr sagen. Damals war es für mich die letzte Möglichkeit und schien mir gar nicht so abwegig. Die Einsicht kam erst später, als es schon zu spät war.«

Langsam, fast erschöpft lösten sie sich voneinander. Der Wind brüllte ihnen ins Gesicht, und für einen Augenblick dachte Ina daran, dass sie Bobbys Beichte aufschreiben, in kleine Schnipsel zerreißen und dem Wind mitgeben könnten, woraufhin sie im Meer untergehen oder zwischen Schilf und Blumenbeeten verrotten würde. Ein kleines Kind würde einen Fetzen davon aufsammeln, eine Ente im Bodden würde einen treibenden Schnipsel auf Essbarkeit überprüfen, Straßenkehrer würden kleine Passagen zusammen mit Zigarettenkippen und leeren Pizzaschachteln in einen Müllsack stecken.

Es war nur ein kurzer Moment, in dem sie in Betracht zog, das soeben Gehörte für sich zu behalten. Vielleicht war in einem ähnlichen Moment vor einem guten Jahr die Idee zu jener unseligen Entführung entstanden, ein kurzes Aufblitzen nur, so schwach, dass man es als Sinnestäuschung abtun konnte. Erst etwas später war es noch einmal aufgeblitzt und dann noch einmal und wieder und wieder, bis daraus ein beständiges Licht der Hoffnung geworden war. Das Wesen der Verführung bestand ja gerade darin, dass es die Menschen an ihrer schwächsten Stelle packte.

Inas schwache Stelle war ihre Liebe zu Bobby. Jedoch nicht nur. Langsam fing sie an, die wahre Dimension dieses Verbrechens zu erfassen, das zwar vor vierzehn Monaten begonnen, aber noch immer nicht abgeschlossen war.

»Was ist aus Alwin Töller geworden?«, fragte sie.

Bobby schüttelte hilflos den Kopf. »Ich weiß es nicht. Wie

abgemacht habe ich damals den Kontakt zu Marlene, Gerd und den anderen abgebrochen. Ich wollte mit dem ganzen Kram nichts mehr zu tun haben, nicht mehr daran denken. Also bin ich erst mal in Urlaub gefahren, und danach habe ich mich in Arbeit vergraben. Ehrlich, ich habe nichts mitbekommen, weder Zeitungen gelesen noch Freunde getroffen. Das Oldtimertreffen letztes Jahr war meine erste normale Unternehmung nach Monaten. Dort sind wir uns begegnet. Durch dich hatte ich genug Ablenkung in meinem Leben, und ich habe im Laufe der Zeit so gut wie komplett verdrängt, was bei den Adamskis alles passiert ist. Ab und zu hat es mich trotzdem noch eingeholt, und dann war ich jedes Mal ziemlich down.«

»Dass man Alwin Töller nie lebend aufgefunden hat, so wie es von euch geplant war, hast du nicht gewusst?«

»Nein. Ich habe es eben erst von dir erfahren, und jetzt fühle ich mich noch elender. Wer sollte denn …? Und warum? Ich verstehe das alles nicht.«

»Was hast du über Daniels Frau gewusst?«

»Gar nichts. Ich bin ihr nie begegnet, und keiner hat mit mir je über sie gesprochen. Noch nicht mal, als du Christopher zu mir gebracht hast, habe ich erfahren, dass sie vor vierzehn Monaten verschwunden ist. Stefanie hat ihn mir ja nur mit seinem Vornamen vorgestellt. Wer der Junge ist, habe ich erst heute Morgen kapiert, als es hieß, dass sein Vater tot ist. Dass Marlene die Selbstmordpatientin ist, von der du immer gesprochen hast, habe ich auch lange nicht geahnt. Du hast ja nie einen Namen genannt. Aber ich gebe zu, diese ganzen Querverbindungen sind schon ziemlich viele Zufälle.«

»Im Grunde nicht«, widersprach sie. »Es gibt hier keine Praxis außer meiner. Die Wahrscheinlichkeit, dass Christopher und Marlene bei mir landen, war ziemlich hoch. Um noch mal auf Töller zurückzukommen … Willst du mir wirklich weismachen, du hättest nie daran gezweifelt, dass ihr Töller nach dem Ende eurer ›Geschäftsbeziehung‹ unversehrt freilasst? Komm, hör auf, das nehme ich dir nicht ab.«

Er fuhr sich mit den Händen durch die langen Haare. »Okay, ich gebe es zu, ich habe mal darüber nachgedacht, was ist, wenn … Aber ich habe nicht nachgeforscht. Ich wollte es nicht wissen, verstehst du? Das hätte mich bloß noch weiter runtergezogen und sowieso nichts geändert.«

»Du willst sagen, du hättest im schlimmsten Fall einen Mord gedeckt. Das ist echt ungeheuerlich.«

»Ach ja? Was meinst du, wer sich um meine Mutter kümmert, wenn ich im Gefängnis lande?«, redete er sich in Rage. »Sie hat eine winzige Rente, ohne mein Einkommen ist sie aufgeschmissen. Von der Schande gar nicht erst zu reden. Sie ist zwar oft verwirrt, hat aber auch noch klare Momente. Ich …« Er beruhigte sich wieder und brachte den Satz leise zu Ende. »Ich habe ihr Töllers Katze geschenkt. Bei meiner Mutter hat sie es besser als bei dem Drecksack. Aber ich schwöre, ich habe sie ihm nicht weggenommen, weil ich geglaubt habe, dass er sowieso nicht mehr zurückkommt.«

Rechtfertigte das Leben eines Menschen, den Mord an einem anderen stillschweigend hinzunehmen? Ina nahm sich vor, kein moralisches Urteil zu fällen, zumindest nicht im Moment. Es ging um Wichtigeres.

»Da ist noch einiges, was ich nicht verstehe, Bobby. Du sagst, die anderen hätten dich dazu gezwungen, die Anlegerkonten anzuzapfen.«

»Stimmt.«

»Und Daniel und Giovanni wären mit den Kreditkarten losgezogen, um das Konto restlos zu plündern.«

»Auch richtig.«

»Warum stand dann das Haus der Trebuths kurz vor der Zwangsversteigerung? Daniel hätte doch eigentlich genug Geld haben müssen, um es zu retten.«

»Tja, weißt du, das ist meine Schuld. Kaum hatten Giovanni und Daniel das Haus verlassen, habe ich alle Kreditkarten mit sofortiger Wirkung gesperrt. Die haben keinen Cent damit abheben können. Ich konnte doch nicht zulassen, dass unschuldige Leute zu Schaden kommen.«

Der Sturm zerrte an ihren Haaren und Jacken, und sie wandten dem offenen Meer den Rücken zu. So wie sie da eng nebeneinanderstanden und plauderten, hätte ein Beobachter glauben können, sie beredeten etwas Alltägliches, eine größere Anschaffung vielleicht. Das Verrückte war, dass sie wegen des starken Windes und der Brandung schreien mussten, um sich zu verstehen, sich aber zugleich sicher sein konnten, dass keiner mithören konnte – außer der Himmel.

»Du hast deine Kompagnons also ausgetrickst. Das war ziemlich riskant. Sie hätten dir zu Hause einen Besuch abstatten können.«

»Natürlich war ich mir darüber im Klaren, deshalb bin ich ja auch sofort in Urlaub gefahren. Andererseits, was hätten sie gewonnen? Mit der Kreditkartensperrung war jede Möglichkeit dahin, doch noch an das Geld zu kommen. Da hätte auch ich nichts mehr tun können, und das wussten sie. Außerdem waren wir darauf angewiesen, dass keiner auspackt, sonst wären wir alle dran. Das Risiko, mir Angst einzujagen, war zu groß. Ich habe mich ziemlich sicher gefühlt, bis …«

Ina nickte. Bis zu dem Brandanschlag. Bobby hatte ihn auf sich bezogen. Schließlich kam es nicht alle Tage vor, dass man Opfer eines Anschlags wurde, und seine Beteiligung an einem Verbrechen, auch wenn es inzwischen über ein Jahr zurücklag, schien Bobby als Erklärung naheliegend.

»Deshalb hast du dich also von mir getrennt.«

Er nickte und strich ihr eine nasse Strähne von der Wange. »Ja, nur deswegen. Es war hart, aber ich musste es tun. Meinetwegen wärst du fast ums Leben gekommen, und Stefanie auch. Die Wahrheit konnte ich dir ja schlecht sagen.«

Ina löste sich von ihm. Nachdenklich ging sie ein paar Schritte auf der Seebrücke hin und her.

»Das verstehe ich, Bobby«, sagte sie traurig. »Aber es bedeutet im Umkehrschluss, dass du mich sofort zurückgeholt hast, als du dir sicher warst, dass die Gefahr vorbei ist. Das war an dem Tag, nachdem Gerd Adamski erschlagen wurde. Du hast mich zum Hafen in Wieck gelockt und mir das Boot gezeigt … Das heißt, du musst geahnt haben, dass Marlenes Ehemann der Brandstifter war.«

»Ja … Nein … Schon …«, druckste er herum.

»Entschuldige bitte, aber das legt nahe, dass *du* ihn umgebracht hast«, schrie sie gegen den Sturm an und wandte sich unter der Wucht dieses schrecklichen Verdachts von ihm ab. Sie wusste nicht, wieso sie plötzlich mit kleinen, schnellen Schritten den Rückweg über die Seebrücke antrat. War es aus Angst? Oder ertrug sie Bobbys Nähe nicht mehr? Es war, als habe eine Woge sie erfasst, die sie und damit auch alle Gewissheiten, alle Hoffnungen von ihm fortspüle.

Er holte sie ein und riss sie am Arm herum.

»Bleib stehen, so war das nicht!«, rief er. »Nun bleib endlich stehen! Geh nicht weg, verlass mich nicht… bitte. Ja, ich habe gewusst, dass er es war. Aber erst nachdem ich diesen Anruf bekommen habe.«

»Von wem?«

»Keine Ahnung«, antwortete Bobby und gestikulierte wild mit den Händen. »Es war am selben Morgen, als ich… als in der Zeitung stand, dass Gerd tot ist. Die Stimme des Anrufers klang irgendwie komisch, sehr dunkel und mechanisch, ganz verzerrt. Ich könnte noch nicht einmal sagen, ob es ein Mann oder eine Frau war. Derjenige sagte nur: ›Die Gefahr für dich ist vorbei. Keiner wird dir mehr etwas tun.‹ Oder so ähnlich. Dann legte er auf.«

Ina wusste nicht, ob sie ihm glauben sollte. »Den Anruf kannst du dir auch einfach nur ausgedacht haben.«

»Woher hätte ich wissen sollen, wer den Brand gelegt hat? Es hätte genauso gut Giovanni sein können. Das wäre auch viel logischer gewesen, schließlich habe ich ihn ausgetrickst. Glaubst du etwa, ich ziehe los und erschlage auf gut Glück irgendwelche Leute in der Annahme, sie könnten mir etwas antun? Hältst du mich für so bekloppt, für so grausam?«

Auf den ersten Blick hatte Bobby ein gutes Gegenargument geliefert. Einerseits das Geld von Töllers Anlegern zu schützen, indem man die eigenen Verbündeten auflaufen ließ, und andererseits Leuten die Schädel einzuschlagen passte nicht zusammen.

Nur passte überhaupt etwas bei dieser seltsamen Entführung zusammen? Ein Bibliothekar, der Kinderbücher verlieh, und eine Bäckerin, die jahrzehntelang ihr Glück in Törtchen fand, hatten einen Mann entführt. Und Bobby auch, das konnte man drehen und wenden, wie man wollte.

»Ich lüge dich nicht an«, beteuerte er. »Diesen Anruf hat es tatsächlich gegeben, und ich habe mit den Morden an Gerd und Daniel nichts am Hut.«

Ina stieß einen gedehnten Seufzer aus. »Also schön, nur was ist dann mit dieser Pistole, mit der sie dich bedroht haben?«

»Was soll damit sein?«

»Vielleicht wurde ja Daniel damit umgebracht. Hat er sie damals mitgenommen?«

Bobby zögerte eine Sekunde. »Nein, er hat sie dagelassen.«

»Was hast du damit gemacht?«

»Ich habe sie im hohen Bogen in den Bodden geworfen.«

Schweigend gingen sie kurz darauf zurück zum Auto. Ina versuchte, ihre Gefühle zu ordnen, und zugleich versuchte sie, Bobby nicht zu verurteilen. Doch beides war alles andere als leicht. Hätte Bobby ein Kind misshandelt oder eine Frau vergewaltigt, wäre es für sie eine Sache von Sekunden gewesen, sich ein für alle Mal von ihm zu trennen, und nicht nur ihr Verstand, sondern auch ihr Herz wären an dieser Entscheidung beteiligt gewesen. So aber sagte ihr Verstand etwas anderes als ihr Herz. Bobby hatte einen Mann entführt – doch sein Motiv war allzu menschlich. Er hatte einen Mann bestohlen – doch nur um sich zurückzuholen, was er seiner Meinung nach durch dessen Schuld verloren hatte. Er war ein Verbrecher und trotzdem der Mann, den Ina nicht aufhören konnte zu lieben.

Seit Witte ihr von Alwin Töller erzählt hatte, hatte sie im

Internet über den Vermögensberater recherchiert. Vor einigen Jahren war er in mehrere Prozesse verwickelt gewesen. Nicht ungewöhnlich, wenn man bedachte, dass zahlreiche Sparer im Zuge der Finanzkrise und des Zusammenbruchs einiger Banken große Verluste erlitten hatten.

Es war leicht, mit den prozessierenden Anlegern zu sympathisieren, die offensichtlich sehr viel, manche sogar alles verloren hatten, und viel schwerer, für einen wohlhabenden Vermögensberater wie Töller Verständnis zu entwickeln. Glücklicherweise funktionierte das deutsche Rechtssystem jedoch auf einer anderen Basis. Es neigte sich nicht automatisch David zu und sah Goliath mit kritischen Augen. David hat nicht automatisch recht, nur weil er der Kleinere, und Goliath nicht, weil er der Größere ist. Nach allem, was Ina herausfand, hatte Töller in seinen Prospekten und dem übrigen Informationsmaterial genau erklärt, was beispielsweise Zertifikate sind, nämlich Anteile an einem Unternehmen. Klar, er hatte nicht in Großbuchstaben ausdrücklich gewarnt: ACHTUNG, HIERBEI KÖNNEN SIE IHR GANZES GELD VERLIEREN! Aber sämtliche Gerichtsinstanzen befanden, dass das auch nicht seine Pflicht war, ebenso wenig wie ein Hersteller von Aufzügen ein Schild an jedem Lift befestigen muss, dass sie im Falle eines Erdbebens abstürzen können.

Die Presse – Lokalblätter und einige andere Zeitungen aus Mecklenburg-Vorpommern – hatten Töller übel mitgespielt, und die allermeisten der auf der Straße befragten Menschen empfanden die Urteile als ungerecht. Das überraschte Ina nicht. Stiegen die Löhne, war das immer gerecht, sanken sie, war es stets ungerecht. Schossen die Aktien in die Höhe, war die Welt ein schöner Ort, rauschten sie in den Keller, war das böse Finanzkapital schuld, erst recht wenn es auch noch ungeschoren davonkam. Viele Leute betrachteten sich nur dann als verantwortlichen Teil des großen Ganzen, wenn es gut stand. Fuhr das Projekt hingegen an die Wand, behaupteten sie, getäuscht worden zu sein. Dieser Mechanismus war so alt wie die Menschheit. Er war tief verankert und psychologisch absolut nachvollziehbar.

Mehr aber auch nicht.

»Was wirst du nun tun?«, fragte Bobby.

»Du weißt, was ich tun muss«, erwiderte sie. »Sonst hättest du nicht bei diesem miserablen Wetter mit dem Käfer fahren wollen, deinem Herz-Auto. Du wolltest ein letztes Mal hinter dem Steuer sitzen, bevor du es für vielleicht lange Zeit nicht mehr kannst. Darüber warst du dir im Klaren, als du dich entschlossen hast, mir von der Entführung zu erzählen.«

»Ich habe das Schweigen nicht länger ertragen, nicht nach dem, was in den letzten Tagen passiert ist. Die Sache für immer vor dir zu verheimlichen, das wäre mir wie eine Lüge vorgekommen.«

Inas linke Hand ruhte während der Fahrt auf seinem Oberschenkel, und der seltsame Gedanke überkam sie, dass sie am liebsten ewig an Bobbys Seite in diesem vom Sturm geschüttelten Auto sitzen würde. Sie hätte endlos an wirbelnden Wiesen und Hainen vorbeifahren, dabei Puccini hören und den Scheibenwischern folgen können, nur um niemals anzukommen. So schwer fiel ihr das, was sie im Begriff war zu tun.

»Ich hätte dich gerne dabei, wenn ich gleich mit Marlene spreche«, sagte sie.

14

September

Zur Abenddämmerung verzogen sich die Wolken. Vor dem silbergrauen Himmel zeichneten sich die Konturen unzähliger Kraniche ab, die den Bodden überflogen. Die Luft vibrierte von ihren Gesängen, und die Formationen ebenso wie die Ästhetik ihres Fluges waren so schön, dass sie Ina Tränen in die Augen trieben. Jenseits des Wassers, das wie geschmolzenes Blei im letzten Licht des Abends glänzte, ließen die Vögel sich auf den abgeernteten Feldern nieder, wo sie langsam zur Ruhe kamen und Kraft schöpften für die Weiterreise am nächsten Morgen. Morgen, dachte sie. Morgen wäre alles anders. Wenn diese Vögel aufsteigen würden, wäre Inas Leben nicht mehr dasselbe. Auch sie selbst wäre eine andere.

Ina wandte den Blick vom Bodden ab und sah vom Garten aus auf die langsam ins Dunkel eintauchenden Umrisse von Marlenes hübscher Bauernkate. Von den Deckenlampen im Wohnzimmers fiel ein gelbliches Licht auf die drei Menschen, die um den Couchtisch zusammensaßen und redeten. Eigentlich ein friedliches Bild. Doch der Eindruck täuschte. Tatsächlich war es die letzte Szene eines Alptraums für jeden von ihnen – Marlene, Romy und Bobby.

Langsam kehrte Ina in den Raum zurück, den sie für ein

paar Minuten verlassen hatte, damit Bobby seinen ehemaligen Mitverschwörerinnen selbst sagen konnte, dass er ihr gemeinsames Geheimnis gelüftet hatte. Ein wenig surreal kam es ihr schon vor, in dieser Runde aus Entführern Platz zu nehmen, zumal keiner von ihnen so wirkte. Bobby hatte sich beim Betreten des Hauses die Schuhe ausgezogen und starrte nun die ganze Zeit auf seine schwarzen Socken. Romy saß völlig verloren in einem riesigen Sessel. Die Rückenlehne befand sich auf einer Höhe mit ihrem Scheitel, und die schmächtige junge Frau ging in dem Monstrum geradezu unter. Sie knabberte an den kläglichen Überresten ihrer Fingernägel herum und verstand vielleicht noch nicht einmal, was da gerade vor sich ging. Marlene wiederum wirkte mehr darum besorgt, eine schlechte Gastgeberin zu sein, als verhaftet zu werden.

»Außer Mineralwasser habe ich nichts im Haus«, klagte sie mit einem traurigen Blick auf den leeren Couchtisch. »Nicht mal einen Saft. Will vielleicht jemand Kaffee? Von der Schwarzwälder Kirsch habe ich auch noch was da. Obwohl, es ist ein bisschen spät für Torte, oder nicht?«

Ina musste sich immer wieder sagen, dass sie es mit mehr zu tun hatte als nur mit einer Entführung, obwohl auch das ja schon genügte.

»Ich bin aus zwei Gründen mit Bobby zu Ihnen gekommen«, leitete sie auf das zentrale Thema über. »Zum einen, Marlene, wollte ich die Gelegenheit nutzen, in einer Umgebung, die Ihnen vertraut ist, über alles zu reden. Zum anderen möchte ich nachher, wenn wir alles besprochen haben, mit Ihnen zur Polizei fahren, damit Sie sich stellen. Ich denke, beides ist in Ihrem Sinn.«

Marlene rückte die Schale mit den Wachsfrüchten ein Stück weiter nach rechts und vergewisserte sich, dass sie nun exakt in der Mitte des Couchtischs stand.

»Marlene?«, fragte Ina nach einigen schweigend verstrichenen Sekunden.

»Ja … Ja, ich habe Sie gehört«, sagte die Bäckersfrau leicht irritiert. »Es ist nur so … so merkwürdig. Ich habe mir diesen Moment anders vorgestellt. Das Ende, wissen Sie? Das Ende der Geschichte. Ich dachte, ich wäre erleichtert. Ein Jahr lang habe ich auf diesen Tag gewartet, an dem alles ans Licht kommt. Und jetzt … jetzt fühle ich rein gar nichts. Nur eine große Leere.

Der Tag, an dem alles angefangen hat, ist für mich so weit weg wie der Tag meiner Einschulung. Ich habe kaum noch eine Erinnerung daran. Alles ist verschwommen. Wann hat es eigentlich angefangen? Kann man das sagen? An dem Tag, als wir Geld über Herrn Töller angelegt haben? Oder an dem Tag, als diese Bank in Hongkong pleiteging? An dem Tag, als das letzte Gerichtsurteil gesprochen wurde? Oder doch erst, als wir uns um diesem Tisch versammelt haben, fünf Menschen, alle wild entschlossen, sich ihr verlorenes Geld zurückzuholen?«

Ina trat neben Marlene. »Ist es wirklich um Geld gegangen? Den Wenigsten von Ihnen, glaube ich. Um diesen Tisch waren die simpelsten und schönsten Hoffnungen versammelt, die Liebe zu einer Verstorbenen neben dem Verlangen, die angekratzte Ehre aufzupolieren, die Angst vor dem wirtschaftlichen Abstieg neben bloßer Raffgier, Gedankenlosigkeit neben Sehnsucht. Trotzdem, bis zu dem Tag, an dem Jette Trebuth den Beobachtungen ihres Sohnes nachging und

Ihr Haus aufsuchte, haben Sie alle gut zusammengearbeitet. Im Großen im Ganzen haben Sie gewusst, was die anderen machten.«

Marlene nickte. »Danach hat sich alles geändert.«

»Ihre Gruppe ist zerfallen, auch unter dem Zwang der jüngsten, dramatischen Ereignisse, und manche haben auf einmal gewisse Dinge vor anderen aus der Gruppe geheim gehalten. Darunter auch die Festsetzung von Jette Trebuth. Das war nicht weiter schwer, denn Sie haben, wie es von Anfang an geplant war, den Kontakt untereinander eingestellt, als Sie glaubten, Ihr Ziel erreicht zu haben. Giovanni und Daniel haben Bobby ein letztes Mal aufgesucht und ihn mit Waffengewalt gezwungen, Ihre Kasse auf Kosten unschuldiger Anleger zu füllen.«

Ina fiel auf, dass das Geschrei der Kraniche verstummt war. Es war nun dunkel, und nur das leise Rauschen der von den Bäumen und Sträuchern fallenden Regentropfen war noch zu hören. Einige Sekunden lang war es so still, dass jedes Wort eine kleine Sünde gewesen wäre.

»Doch Bobby hat die beiden aufs Kreuz gelegt. Was der eine oder andere durchaus als anständige, mutige, vielleicht sogar edle Tat bezeichnen mag, hat eine Entwicklung in Gang gesetzt, die vierzehn Monate später in eine Katastrophe mündete. Daniel Trebuths Finanzlage verschlechterte sich, trotz des Raubzugs auf Töllers Konten. Er hatte nicht genug Geld, um das Haus zu halten, und als ihm das endgültig klar wurde, drehte er durch und wütete in seiner Wohnung. Am nächsten Tag beobachtete ich, wie er hierher zu Ihnen fuhr. Zum ersten Mal bemerkte ich eine Verbindung Ihrer beider Familien, nur welcher Art sie war, konnte ich nicht wissen. Inzwischen ist mir klar, dass Daniel Trebuth seine letzte Rettung darin sah, Sie um die benötigte Summe anzupumpen. Nicht wahr, Marlene?«

Die Bäckersfrau setzte sich wieder auf das Sofa. Ihre Stimme klang völlig gelassen.

»Mir bedeutet dieses Geld nichts, jedenfalls nicht mehr. Für mich war es wie etwas Aufgezwungenes, wie ein Geschenk, mit dem man nichts anfangen kann und das man irgendwo verstaut, wo man es nicht sehen muss. In der Minute, als Giovanni Herrn Töller Gerds alte Wehrmachtspistole in den Mund gesteckt hat, um an das Passwort heranzukommen, wurde mir bewusst, dass ich das Geld niemals würde verwenden können. Nicht für mich selbst jedenfalls. Ich wollte ein Konto für Romy einrichten, damit sie jeden Monat einen gewissen Betrag ausgezahlt bekommt, auch über meinen Tod hinaus. Daniel wollte sich mit der Absage nicht abfinden.«

»Er hat angekündigt, später zurückzukehren und mit Ihrem Mann zu sprechen?«

Marlene nickte. »Ja, er hat vor dem Haus gewartet, bis Gerd von der Kneipe kam. Gerd ließ ihn kaum zu Wort kommen. Er hätte das Geld auf keinen Fall weggegeben, schon aus Prinzip nicht, und für ihn waren Prinzipien wie Standarten, die man vor sich her trägt. Er hat sich entsetzlich aufgeregt. Daniel hatte ja mit diesem Besuch die Vereinbarung gebrochen, uns gegenseitig aus dem Weg zu gehen. Ich glaube, er hat Daniel sogar gestoßen.«

»Sie haben die Auseinandersetzung demnach mitverfolgt?«

»Vom Fenster aus. Daniel hat im Zorn einen Stein genommen und … und … Na ja, dann ist Gerd zusammengebrochen.«

»Sie haben nichts unternommen, keine Hilfe geholt?«

»Nein, ich habe einen Blick mit Daniel gewechselt, dann bin ich ins Haus und habe die Harry-Belafonte-Platte bis zum Anschlag aufgedreht. Dieser Mann da draußen im Dreck, das war schon lange nicht mehr mein Gatte. Gerd ist für mich schon vor einem Jahr gestorben. Außerdem…«

Marlene sah abwechselnd Ina und Bobby an.

Ina nickte. »Ihr Mann war der Brandstifter, nicht wahr? Spätestens seit ich das schwarze Coupé in der Garage der Adamskis entdeckt hatte, habe ich diese Vermutung gehegt. Wer würde einen solchen Sportwagen fahren? Sie, Marlene? Oder Romy, die mehrmals durch die Führerscheinprüfung gefallen ist? Wohl kaum. Also entweder Giovanni, dem der Flitzer gehört, oder Ihr Mann. Er hat das Coupé verwendet, da ich seinen Audi kannte.«

Marlene seufzte. »Er hatte Angst, dass ich Ihnen über kurz oder lang alles anvertrauen würde. Er hat mir die ganze Zeit über die Therapie auszureden versucht. Aber er kam nicht mehr an mich heran, und das hat er gemerkt. Es war wie ein tiefes Loch zwischen uns. Als er dann auch noch mitbekommen hat, dass Sie bei Bodo ein und aus gehen, hat er rotgesehen. Ich konnte nichts dagegen tun, er hat mir den Brandanschlag auch erst hinterher gestanden. Als ich ihm damit gedroht habe, zur Polizei zu gehen, hat er mir versprochen, so etwas nicht noch einmal zu versuchen. Ich wollte nicht, dass Ihnen etwas passiert. Oder Bodo.«

Sie stockte, und Ina fragte: »Nach seinem Tod haben Sie dann bei Bobby angerufen?«

»Von der Telefonzelle aus. Ich habe den Stimmenverzerrer benutzt, den Giovanni letztes Jahr mitgebracht hat. Bodo ist ein so anständiger Junge. Ich wollte ihm Mut machen und mich auch irgendwie bei ihm entschuldigen für Gerds Anschlag. Aber ohne mich zu erkennen zu geben, weil ich ihm dann ein paar Dinge hätte erklären müssen, die er besser nicht wissen sollte, in seinem eigenen Interesse.«

Inas Blick haftete für einen Augenblick auf ihrem Geliebten und streifte dann über Marlene bis zu Romy, die reglos und stumm auf dem Sessel saß, als ginge sie das alles nichts an. Langsam schritt Ina zur Terrassentür, wo sich ihr Gesicht im Glas spiegelte.

Sie gestand sich das nicht gerne ein, aber sie war sich keineswegs sicher, ob sie überhaupt noch wollte, dass Bobby und Marlene sich der Polizei stellten. Bobby würde ihr entrissen, die Liebe, ein großes Stück Leben. Wofür? Er bereute die Tat doch längst, und die Toten würden auch nicht wieder lebendig durch sein Geständnis. Außerdem musste seine alte, demente Mutter, deren letzte Freude ihr Sohn war, ebenfalls darunter leiden.

Tausend Gedanken gingen ihr durch den Kopf, winzig kleine Giftpfeile. Sie ertappte sich dabei, das Verbrechen kleinzureden, teilweise sogar zu rechtfertigen. Bobby zuliebe. Marlene zuliebe. Ina war drauf und dran, auf diesen Berg von Schuld, den die Beteiligten mit sich herumschleppten, seit sie Alwin Töller überfallen hatten, eine weitere Schuld zu packen und sich damit in die Kette der Verbrecher einzureihen.

Sie musste sich förmlich dazu zwingen, auch daran zu denken, welche Entwicklung die Entführer seither genommen hatten und warum. Sie waren zugrunde gegangen, jeder auf seine Weise. Marlene, die Gütige, war unter der Last zusammengebrochen, Romy, die Einfältige, war zusammengeschrumpft bis an den Rand der Schwachsinnigkeit. Daniel, der Intellektuelle, war zum Schluss ein einziger hasserfüllter Klumpen aus Angst gewesen, und der einfache Bäcker Gerd Adamski, der sein Leben lang hart gearbeitet hatte, war zum Brandstifter mutiert. Von allen war Bobby noch am besten durch das Jahr gekommen, wenn auch nur deshalb, weil er Augen und Ohren vor der Wahrheit verschlossen hatte – jedenfalls vor dem Teil der Wahrheit, an dem er nicht aktiv mitgewirkt hatte.

»Nun denn, Marlene«, sagte Ina und setzte sich neben die Bäckersfrau auf die Sesselkante. »Sie haben mir in den letzten Wochen immer wieder kleine Hinweise gegeben, um mich zu dirigieren. Ich will sie hier nicht genauer benennen, weil das unter meine Verschwiegenheitspflicht …«

Marlene ergriff Inas Hand und schmiegte sie kurz an ihre Wange. »Ist schon gut«, sagte sie mit einer Stimme, die so federleicht klang, als würde sie zu einer anderen Frau gehören. »Sie dürfen alles erwähnen, was ich Ihnen erzählt habe. Die Geheimnisse haben ihren Sinn verloren.«

Sie wechselten einen langen Blick.

»Erst Afnan und Chadisha«, begann Ina leise, »dann die Rede von den verlorenen Träumen, vom verlorenen Schutzengel, schließlich Ihr Interesse am Katholizismus in Verbindung mit dem Suizidversuch. Das alles hat mich zwangsläufig zum Begriff der Schuld geführt. Ironischerweise hat ausgerechnet Bobby mich darauf gestoßen, ohne zu wissen, dass es dabei um Sie ging. Wenn man bedenkt, dass er die Nöte der Schuld selbst sehr gut kannte, war sein Hinweis auf die Beichte jedoch gar nicht weiter überraschend. Ihr Gewissen, Marlene, hat nach Erleichterung, nach Sühne geschrien, es hat nach Auswegen gesucht, die am Ende sogar zu Ihrem Wunsch zu sterben führten. Aber es gab noch eine andere Kraft in Ihnen, die darauf bedacht war, Romy zu schützen, den einzigen Menschen, den Sie noch liebten.«

Marlene beugte sich vor und fuhr der jungen Frau in dem Sessel neben ihr über den Unterarm, was diese kaum zur Kenntnis nahm.

»Dieselbe Kraft«, nahm Ina den Faden wieder auf, »hat auch vor vierzehn Monaten in Ihnen gewohnt. Ich habe mich die ganze Zeit gefragt, worin Sie Ihre größte Schuld sahen. Gewiss, Sie waren an einer Entführung beteiligt. Aber wenn ich Bobby richtig verstanden habe, waren Sie so etwas wie die gute Seele bei diesem Verbrechen, falls das in diesem Zusammenhang nicht zu ketzerisch klingt. Meiner Meinung nach musste also etwas Schlimmes passiert sein, an dem Sie oder Romy unmittelbar beteiligt waren. Wenn ich nun in Betracht ziehe, in welchem Zustand Romy ist…« Ina machte eine Pause, ehe sie hinzufügte: »Wir haben noch nicht über das Schicksal von Jette Trebuth und Alwin Töller gesprochen. Bobby weiß nichts darüber.«

»Nein«, erwiderte Marlene. »Und das war auch sein Glück.«

Vierzehn Monate zuvor

Zu dritt standen sie am oberen Ende der Kellertreppe und spähten die zwanzig Stufen hinab, wo der Leichnam von Jette Trebuth in unveränderter Position lag, die Augen weit aufgerissen, die Glieder immer noch so verrenkt wie im Augenblick des Todes. Minutenlang redeten sie nicht. Minutenlang? Nein, es kam Marlene wohl nur so vor. Denn was Gerd dann sagte, war so profan, dass es völlig ungeeignet war, ein längeres Innehalten zu beenden.

»Mensch, Mädel, was haste denn da gemacht?«

Er sprach mit Romy.

Er sprach mit der Mörderin.

»Ja, ich weiß auch nicht«, antwortete sie. »Ich hab meine Lieblingsserie geguckt, und dann war die aus, und ich wollt in die Küche gehen. Da hab ich gesehen, dass die Kellertür einen Spalt offen steht, und hab sie aufgemacht. Siehst du, so wie jetzt. Einfach nur aufgemacht.«

»Ich weiß, wie man eine Kellertür aufmacht«, blaffte er. »Und weiter?«

»Plumps.«

»Was plumps?«, rief Gerd.

»Na ja, plumps halt. Die Tussi stand direkt vor mir. Ich

habe fast nichts gemacht. Nur ein kleiner Schubs. Vor Schreck halt. Im Affleck.«

»Affekt«, korrigierte Gerd. »Mensch, Mensch, Mensch.«

Es kam Marlene vor, als unterhielten sich die beiden über eine in der Backstube zu Bruch gegangene Tortenplatte. Doch da unten lag diese Frau. Sie würde für immer dort liegen, unauslöschlich, fest eingebrannt in die Erinnerung, ein ewiges Monument des Schreckens.

»Und jetzt?«, fragte Romy.

Diese Frage hatte Marlene sich auch gestellt, nachdem sie ihren Schützling als die Mörderin von Jette Trebuth identifiziert und den ersten Schock überwunden hatte. Und das hatte wirklich mehrere Minuten gedauert.

»Ach Mädel, ehrlich, du bist noch der Nagel zu meinem Sarg«, sagte Gerd.

Als Romy daraufhin zu weinen anfing, nahm Marlene sie in den Arm.

»Nun lass gut sein, sie ist doch längst fix und fertig«, warf sie ihrem Mann vor.

»Marlene, ich war schon viel strenger mit ihr, damals, als sie die Marzipankartoffeln vermurkst hat, und jetzt hat sie eine Frauenleiche fabriziert. Ich werde ihr ja wohl sagen dürfen, dass das ganz große Scheiße ist!«, schrie er.

In einem Punkt hatte er recht. Marlenes Mädel war jetzt eine Mörderin oder zumindest so etwas in der Art. Sie alle waren irgendwie Mörder, und auch Marlene hatte ihren Teil dazu beigetragen, hatte alles nur noch schlimmer gemacht.

»Wir müssen es Daniel sagen«, fiel ihr ein. »Mein Gott, die armen Kinder.« Nun liefen auch bei ihr die Tränen.

Gerd ließ die um sich greifende Verzweiflung nicht lange zu.

»Euer Geheule bringt uns jetzt auch nicht weiter. Romy, du trinkst erst einmal ein paar Schnäpse. Bedien dich im Kühlschrank. Und wir zwei, Marlene, müssen miteinander reden.«

Mit sanfter Gewalt zog er sie ins Wohnzimmer, und sie ließ es geschehen. Aus der kleinen Bar der Schrankwand holte er eine Flasche Brombeerlikör aus Marlenes Eigenproduktion hervor. Er füllte ein passendes Glas, drückte es ihr in die Hand und wartete ab, bis sie es in einem Zug geleert hatte.

»So, Marlene, jetzt hör mir mal gut zu. Das ist mindestens Totschlag, was deine liebe Kleine da begangen hat. Und wir leisten hier gerade Beihilfe. Die Haft würden wir zwei Alten wahrscheinlich nicht überleben, und Romys Leben wäre für die Tonne. Das willst du doch nicht, oder?«

Marlene schüttelte den Kopf und kippte einen zweiten Likör hinterher, der heiß glühend in ihren Magen rutschte.

»Siehst du«, fuhr Gerd fort. »Nicht ich habe Daniels Frau aus dem Keller befreit. Deshalb habe ich sie auch nicht auf dem Gewissen. Das habt ihr beide angerichtet, du und Romy, und eigentlich mehr du als sie. Aber was passiert ist, ist passiert, darüber brauchen wir nicht mehr zu reden. Eins ist ja wohl klar: Die Aktion ist gelaufen, wir brechen sofort ab und lassen Töller frei. Sobald die Polizei die Leiche von Daniels Frau findet, wird sie ihn genauestens unter die Lupe nehmen, und wenn sie ihn drankriegt, hängen wir mit drin. Wir können nur hoffen, dass er nicht durchdreht.«

Marlene trank ein drittes Glas, bevor Gerd den Likör in den Schrank zurückstellte.

»Deswegen kann ich Daniel hier jetzt nicht gebrauchen.

Bodo würde auch bloß Zirkus machen, der ist viel zu empfindlich. Hätte nie gedacht, dass er sich zu einer solchen Schwuchtel entwickelt. Und bei Giovanni weiß man sowieso nie. Der hat so eine unangenehme Art, alles an sich zu reißen. Romy kann man eh vergessen, die ist zu schwach und zu dumm. Aber diese Leiche da muss aus dem Keller raus. Wenn es dunkel wird, schaffen wir sie weg, irgendwohin.«

Dass Gerd plötzlich sie ansah, löste bei Marlene ein fast so großes Entsetzen aus wie zuvor der Tod von Daniels Frau.

»Nein. Oh nein. Ich kann das nicht. Nein, nein, nein. Ich kann das nicht. Ich …«

»Jetzt reiß dich gefälligst zusammen, Herrgott noch mal.«

So hatte Gerd noch nie mit ihr gesprochen. Vermutlich war es die Revanche für die Verachtung, die sie ihm in letzter Zeit entgegengebracht hatte. Früher hätte sie ihm Paroli geboten, aber nichts war mehr wie früher. Es war noch nicht einmal wie vor einer Stunde. Trotzdem, die Vorstellung eine Leiche wegzuschleppen, obendrein die einer Frau, mit der sie eben noch ein paar Worte gewechselt hatte …

»Mir geht es elend«, sagte sie.

»Ja, glaubst du denn, ich bin in Feierlaune? Das hättest du dir vorher überlegen müssen.«

Es war wie ein schlimmer, wenn nicht der allerschlimmste Alptraum, nur dass er Wirklichkeit geworden war.

Halb benommen torkelte Marlene hinter ihrem Mann die Kellertreppe hinunter und stieg über Jettes Leiche. Es war das Schrecklichste, was sie je tun musste. Sie ergriff die Beine der Toten, Gerd die Schultern, und Stufe für Stufe schleppten sie den Körper hinauf. Marlene schwitzte, der Likör brannte in ihrer Brust, und der enge, steile Aufgang drehte sich unaufhörlich. Am liebsten hätte sie sich übergeben, um die Übelkeit loszuwerden, doch es ging nicht. Mehrmals mussten sie eine Pause einlegen, und dann saß sie eine Minute zu Füßen der Leiche. Ihr Blick fiel immer wieder auf die Sandalen an den kleinen, zierlichen Füßen. Es waren Flechtsandalen aus einer Art getrocknetem Schilf, ohne feste Sohle. Auf dem kleinen Etikett stand »100 Prozent Wasserhyazinthe«.

Vielleicht, dachte Marlene, würde Jette Trebuth noch leben, wenn sie nicht diese komischen Dinger getragen hätte, in denen kein Mensch schnell laufen kann, sondern richtige Schuhe mit Ledersohlen. Sie wusste selbst, dass dieser zynische Gedanke nur der Versuch war, die Schuld an der Tragödie auf die vegane Lebensweise des Opfers oder die Wasserhyazinthe abzuwälzen, irgendwohin.

Vielleicht hatte ja auch keiner Schuld, und es war bloß eine Verkettung unglücklicher Umstände. Von diesem Begriff hatte sie schon mal gehört, und sie fand, er könnte hier durchaus zutreffen. Romy hatte das ganz sicher nicht gewollt. Marlene hatte das auch nicht gewollt. Keiner hatte es gewollt.

Wie lange brauchten sie für die fünfzehn Stufen? Marlene hatte jedes Zeitgefühl verloren. Sie bekam noch nicht einmal richtig mit, dass sie es endlich geschafft hatten. Erst im Bad, wo sie ihr Gesicht in kaltes Wasser tauchte, kam sie wieder zu sich. Sie begann zu weinen und wusch sich die Tränen ab, wieder und wieder, als könnte sie damit auch das Entsetzen abwaschen. Tatsächlich half ihr die Prozedur, wenigstens halbwegs zu erfassen, was gerade geschehen war.

Mein Gott!

Wo waren sie bloß angekommen? Wie hatten sie nur, beginnend an dem Punkt, als sie den Vertrag zu der Geldanlage unterschrieben hatten, zu Totschlägern werden können?

Sie verließ das Bad erst, als sie von draußen Geräusche hörte. Giovanni war eingetroffen, herbeigerufen von Romy, was Gerd sichtlich nicht passte.

Jette Trebuth lag mit verrenkten Gliedern am oberen Absatz der Kellertreppe. Marlene wurde nach einem einzigen Blick auf die Leiche sofort wieder übel, weshalb sie Romy dankbar war, ihren Freund gerufen zu haben. Nicht auszudenken, wenn Marlene die Tote in den Kofferraum des Autos hieven, bei Nacht durch die Gegend fahren und sie dann irgendwo im Wald hätte ausladen müssen. Das konnte Gerd nun mit Giovanni erledigen.

»Ist sie wirklich tot?«, fragte Giovanni und fühlte ihr den Puls an zwei verschiedenen Stellen. »Mausetot«, stellte er nach einigen Sekunden fest. »Genickbruch, nehme ich mal an.«

Der junge Italiener bekreuzigte sich, dann küsste er das kleine Kruzifix an der Goldkette um seinen Hals und kniete sich vor die Leiche.

Marlene dachte schon, er wolle ein Gebet sprechen, und tadelte sich, weil sie nicht selbst auf die Idee gekommen war. Doch zu ihrem Erstaunen schob Giovanni beide Hände unter den Körper der Toten. Mit einer einzigen kraftvollen Bewegung stieß er den Leichnam über die oberste Stufe, woraufhin dieser ein zweites Mal krachend und rumpelnd die Treppe hinabstürzte.

15

September

Marlene ließ die linke Hand sinken, eine Bewegung, die man ihrer Müdigkeit hätte zuschreiben können, wäre ihr Zeigefinger nicht ausgestreckt gewesen.

Als Bobby begriff, was die Geste zu bedeuten hatte, stieß er einen Laut des Entsetzens aus, sprang auf und rannte in den Keller. Der Raum war eng und vollgestopft mit allerlei Zeug. Karges gelbliches Licht ergoss sich über Kartoffelkisten, die Heizungsanlage und ein großes Regal vor der Wand, das Bobby zornig umstürzte. Es gab einen Riesenlärm. Als Ina und Marlene eintrafen, verströmten etliche Häufchen von Marmeladen und Rinnsale von Likör den schweren, süßlich-fruchtigen Geruch des Sommers, während Bobby vor einer Wand in dem kleinen Raum stand und schreiend mit bloßen Fäusten auf das Mauerwerk einhämmerte, an der Stelle, wo einst der Durchgang zu einem Bunker gewesen war.

»Mein Gott!«, stöhnte Ina und fügte an Marlene gewandt hinzu: »Sie haben Jette in Ihrem Keller beerdigt.«

»Wir haben sie in einem von den vielen Räumen in dem weitläufigen Bunker abgelegt. Es war Giovannis Idee, aber Gerd fand sie ganz gut, weil auf diese Weise sichergestellt war, dass keiner ihre Leiche findet. Sogar Daniel war einverstanden.«

Marlenes Stimme klang noch immer gelassen, so als spräche sie über die Details einer Lieferung Kartoffeln.

»Alwin Töller liegt auch irgendwo hinter der Mauer«, ergänzte sie. »Nachdem er unsere Gesichter gesehen hatte, konnten wir ihn nicht freilassen, wie wir es ursprünglich vorhatten. Natürlich haben wir ihm nichts angetan. So direkt, meine ich.«

»Ich … verstehe nicht«, stotterte Ina.

»Wir haben ihn einfach eingemauert. Auch das war Giovannis Idee.«

Bobby wandte sich von der Mauer ab, auf die er mindestens hundertmal eingeschlagen hatte. Sein auf Marlene gerichteter Blick war voller Ekel, aber auch voller Unglauben, dass er daran mitgewirkt hatte. Er musste kein Wort sagen, die beiden Frauen verstanden auch so, was in ihm vorging. Einen Menschen derart eiskalt und grausam umzubringen, war von einer Abscheulichkeit, die keine Steigerung kannte.

Über ein Jahr lang hatten Marlene, Romy und Gerd auf einem Friedhof qualvoll Ermordeter gelebt. Sie hatten in dem Haus gegessen, geschlafen, ferngesehen und normale Gespräche geführt, während Alwin Töller unter ihnen und damit nur ein paar Meter von ihnen entfernt langsam verhungert, verdurstet und schließlich verfault war.

»Ich habe zwar …« Ina schluckte. »Ich habe zwar in Betracht gezogen, dass die Vermissten hier vor Ort … Aber so, wie Sie es mir nun beschrieben haben, ist das auch für mich … eine Überraschung.«

Ina fiel es ungeheuer schwer, ihre Gefühle im Zaum zu halten. Marlene war ihre Patientin, und gegenüber ihren Patienten hatte sie eine Verpflichtung. Sie konnte nicht mit der Frau reden wie mit einer x-beliebigen Person. Sie durfte ihr nicht zeigen, was sie von ihrer Erbarmungslosigkeit und ihrer Gefühlskälte hielt.

»Lebendig begraben?«, ächzte sie. »Wie konnten Sie das nur …«

Beinahe hätte sie gefragt, wie Marlene das hatte aushalten können. Die Antwort lag auf der Hand. Marlene hatte es nicht ausgehalten. Sie war darüber langsam kaputtgegangen, zum Wrack geworden, zerfressen von Schuld und zu kraftlos, um sich dieser Schuld zu stellen. Sie hatte es in einem Akt größter Schwäche gerade noch zu einem halbherzigen Selbstmordversuch geschafft. Ein Teil von ihr hatte die Befreiung, die Erlösung gesucht, während der andere mahnte, dass mit der Aufdeckung des Verbrechens auch Romys, Bobbys und Daniels Leben zerstört wäre. Zwischen diesen unvereinbaren Interessen war sie zerrieben worden, und erst ein anderer hatte das Geheimnis endlich gelüftet.

»Wo ist er?«, rief Bobby. »Wo ist der Lump, der diese kranke Idee hatte? Ich bringe ihn um.«

Vierzehn Monate zuvor

Erschöpft fiel Marlene auf den Gartenstuhl. So müde hatte sie sich noch nie gefühlt. Sie hatte ihre Träume verloren, ihre Unschuld, ihren Schutzengel und in gewisser Weise auch ihren Ehemann. Nur Romy war ihr geblieben, die Tochter, die zur Mörderin geworden war – für zehntausend Euro und ihren Hengst. Eigentlich lächerlich und banal. Und doch so zerstörerisch. Ohne dass sie alle es bemerkt hatten, hatte sich die Gewalt in ihrem Leben breitgemacht, und war sie einmal da, bekam man sie nicht mehr weg.

So musste es sein, wenn man flussaufwärts schwimmt: Zunächst gelingt es, dann kommt man nicht mehr vom Fleck, die Glieder werden schwächer, der Wille lässt angesichts des unmöglichen Unterfangens nach, man gibt kraftlos auf, schafft es nicht mehr ans Ufer, versinkt.

Gerade hatten sie Daniel verabschiedet, der gleich die Vermisstenanzeige aufgeben würde. Sie würden sich fortan nicht mehr treffen, das war zu gefährlich, aber nach einem Blick in Daniels ruhelose Augen hatte Marlene eine Ahnung davon bekommen, wie schwarz die Zukunft dieses Mannes aussah. Noch hielt er sich an den erbeuteten Kreditkarten fest, die für ihn bares Geld bedeuteten, Ratenzahlungen, das Leben im Traumhaus. Er würde das alles so wenig vergessen können wie sie.

Gerd und Giovanni, ja, den beiden könnte es gelingen. Gerade bereiteten sie das Ende der gesamten Aktion vor, die Mauer, die alles verschließen würde. Sie waren so unglaublich praktisch veranlagt und hinterfragten nichts, was sie taten. So wenig Marlene ein solcher Mensch sein wollte, so vorteilhaft wäre es in einer Situation wie dieser. Gerd hatte inzwischen so oft gelogen, dass er längst an seine eigenen Lügen glaubte. Ganz gleich, ob er einen Fehler machte oder jemandem Unrecht zufügte – er hatte am Ende immer recht. Giovanni hingegen brauchte keine Lügen. Er nahm die Wahrheit einfach in den Schwitzkasten, und damit hatte es sich.

Als hätten ihre Gedanken ihn herbeigerufen, bog der Italiener um die Ecke.

»Ganz schön schweißtreibend«, sagte er, als er sich nur mit Shorts bekleidet zu ihr auf die Terrasse setzte.

Sie schob ihm eine der Wasserflaschen zu, die mit Kohlensäure. Er trank sie in einem Zug zur Hälfte aus und schüttete die andere Hälfte über seinen muskulösen Oberkörper.

»Wie weit seid ihr?«, fragte Marlene.

»Gerd mischt gerade den Zement. Ich helfe ihm später wieder, will aber vorher unbedingt noch mit den Kreditkarten das Geld abheben. Was man hat, das hat man.«

»Willst du vorher vielleicht etwas essen? Ich habe Ossobuco milanese gemacht.«

»*Du* kannst Ossobucco? Oh Mann, Marlene, du bist echt ein Original. Seit Wochen kochst du wie ein Weltmeister, und das für Leute, die du gar nicht leiden kannst, für den

Töller, für mich … Das ist so was von unterwürfig und geil … Also, her damit, *donna*, ich versuche dein Ossobucco.«

Marlene ging in die Küche und ließ sich fünfzehn Minuten Zeit. Als sie zurückkam, war die erhoffte Wirkung des starken Beruhigungsmittels bereits eingetreten. Giovanni sah aus, als hielte er ein Nachmittagsschläfchen. Sein Kopf war in den Nacken gekippt, das Gesicht war dem Himmel zugewandt. Die Mundwinkel deuteten ein zaghaftes Lächeln an, wie bei einem schönen Traum, und zum ersten Mal wirkte er in Marlenes Augen fast sympathisch.

Aus ihrer Schürze holte sie das Küchengarn hervor, mit dem sie Giovanni Hände und Füße zusammenband. Ein Geschirrtuch diente als Knebel, nur für den Fall, dass er vorzeitig aufwachte.

In aller Ruhe ging sie zur Kellertür und rief hinunter: »Gerd, kannst du mir hier oben mal helfen, bitte?«

16

September

»Du willst Giovanni umbringen? Das«, sagte Ina zu Bobby, »hat glaube ich schon jemand anders für dich erledigt.«

Marlene nickte. »Gerd und ich haben ihn einfach mit eingemauert.«

»Damit ist er seiner eigenen Idee zum Opfer gefallen.«

»Ja ... und seinem schlechten Einfluss auf Romy. Dieser Mistkerl war nix für sie. Bestimmt hätte er sie bald fallen gelassen, aber vorher hätte er sie noch verdorben, mit Drogen vollgestopft, gedemütigt. Er sah viel zu gut aus für ... meine Romy. Ein junger, hübscher Hallodri, der einhunderttausend Euro ergaunert hat, bleibt doch nicht bei diesem Mädchen. Bestimmt wollte er anfangs nur ein paarmal mit ihr ins Bett, und wenn sie ihn nicht in die Entführung eingeweiht hätte, hätte er sie gleich wieder weggeworfen wie einen alten, muffelnden Spüllappen. Vorher hätte er Gerd und mich aber noch ausgenommen wie Weihnachtsgänse. Woher haben Sie eigentlich gewusst, dass er tot ist?«

Ina zögerte. »Ich war mir nicht sicher, aber ... Dass er von Italien aus keinen Kontakt zu seinen Verwandten aufgenommen hat, fand ich sehr merkwürdig. Sein Auto stand zwar noch hier, dass er hier wohnte, hielt ich jedoch für unwahrscheinlich. Romys Zimmer mit all den Postern von Boygroups und den Pflanzen auf den Lautsprechern sah mir nicht aus wie das Refugium von jemandem wie Giovanni. Ist Romy eigentlich …? Haben Sie es ihr gesagt?«

»Nein, ich habe ihr erzählt, dass er nach Italien gegangen ist, wo er sein ergaunertes Geld zum Fenster rausschmeißen wird, und dass er eines Tages zurückkommt, um sich noch mehr abzuholen. Aber ich habe nicht damit gerechnet, dass Romy … Na ja, dass sie so stark abbauen würde. Sie ist nicht mehr vor die Tür gegangen. Sie sehen es ja selbst. Das arme Mädel. Was soll jetzt bloß aus ihr werden? Mein Gott, wenn sie die Wahrheit erfährt …«

»Ich glaube nicht«, sagte Ina, »dass Romy noch sehr viel mitbekommen wird von dem, was vor ihr liegt. Lassen Sie uns wieder raufgehen.«

Als Ina, Bobby und Marlene aus dem Keller ins Erdgeschoss kamen, saß Romy noch immer in derselben Haltung auf demselben Platz, mit dem einzigen Unterschied, dass der Fernseher lief. Sie sah sich *Bauer sucht Frau* an, und keiner störte sie dabei. Marlene erledigte noch den Abwasch und putzte die Küche, die sie ihrer Meinung nach unmöglich in diesem Zustand hinterlassen konnte. Bobby schwieg die ganze Zeit über, und er suchte auch nicht Inas Nähe, aber es war offensichtlich, dass ihn die Dimension des Verbrechens erschüttert hatte. Als die Küche geputzt und *Bauer sucht Frau* beendet waren, verließen sie zu viert das Haus, um nach Ribnitz-Damgarten zu fahren.

Unterwegs schwiegen sie. Erst kurz vor der Polizeistation wandte sich Marlene ein letztes Mal müde an Ina.

»Ich frage mich nur, wer den armen Daniel umgebracht

hat«, seufzte sie, und als sie keine Antwort erhielt, nahm sie Romy an der Hand und betrat das Gebäude.

Bobby blieb mit Ina noch eine Minute vor der Tür stehen. Sie sahen sich in die Augen. Das war er also, der Abschied.

»Du weißt es?«, fragte er.

»Ja«, antwortete sie. »Ich weiß es.«

Der Tag war für Ina noch lange nicht zu Ende. Christopher musste vom Tod seiner Mutter unterrichtet werden, und es war für sie selbstverständlich, dass sie das persönlich übernahm. Gewissermaßen hatte er beide Elternteile innerhalb von vierundzwanzig Stunden verloren.

Ein Anruf bei den Großeltern ergab, dass Christopher es vorgezogen hatte, weiterhin in Bobbys Bungalow zu wohnen. Sollte Ina Jettes Vater bei dieser Gelegenheit informieren?

Sie brachte es nicht fertig. So etwas machte man nicht telefonisch. Außerdem waren auch ihre Kräfte beschränkt. Sie hatte in den letzten Stunden Bobby verloren, ein grauenhaftes Verbrechen aufgedeckt, war mit schwer erträglichen Wahrheiten konfrontiert worden, und der weitere Abend würde ebenfalls sehr anstrengend werden. Daher bedankte sie sich lediglich, legte auf und fuhr nach Zingst.

Stefanie hatte Pasta gekocht und versuchte, Christopher über den Tod seines Vaters mit einer seltsamen Version von Spaghetti marinara hinwegzutrösten, die sie aus allerlei Konserven zusammengerührt hatte. Um Bobby eine Freude zu machen – und auch, um sich abzulenken –, hatte Christopher den ganzen Nachmittag und Abend mit dem Auspacken der Umzugskisten und der Montage einiger Armaturen im Bad verbracht. Stefanie hatte inzwischen geputzt, und das

Ergebnis konnte sich durchaus sehen lassen. Die Wohnung, in der Bobby nie leben würde, war bezugsfertig.

Als Ina von Bobbys Geständnis erzählte, waren die beiden Teenager fassungslos. So behutsam, wie es ihr möglich war, berichtete Ina auch von Jettes Schicksal, wobei sie mehrfach betonte, dass Bobby nichts damit zu tun hatte. Christopher wurde sehr still, und als er sich in einer stummen Umarmung mit Stefanie vereinte, konnte Ina die Tränen nicht mehr zurückhalten.

Sie ließ die beiden ein paar Minuten allein, ging ins Bad und benetzte ihr Gesicht mit kaltem Wasser.

»Willst du das wirklich tun?«, fragte sie die erschöpfte, zutiefst traurige Frau im Spiegel.

»Du musst«, lautete nach einer Weile die Antwort. »Sonst stehst du das nicht durch.«

Als Ina wieder ins Wohnzimmer kam, hielten sich die beiden Teenager noch immer aneinander fest.

Stefanie hob den Kopf. »Und wer hat Christophers Vater auf dem Gewissen?«

Ihre Tochter konnte manchmal ziemlich unsensibel sein, allerdings meinte sie es nicht böse, sondern dachte einfach nicht nach. Eine solche Frage in dieser Situation in den Raum zu stellen, war sicherlich nicht die sanfteste Methode, die eigene Neugier zu stillen. Dennoch war die Frage berechtigt.

»Würdest du Christopher und mich bitte kurz entschuldigen?« sagte Ina.

»Bei wem?«

Ina seufzte. »Ich würde gerne mit ihm alleine sprechen. Christopher, komm, wir gehen kurz raus.«

»Kannst du dir die Psychonummer nicht wenigstens heute mal schenken?«, fragte Stefanie anklagend.

»Nein, mein Schatz, das kann ich nicht«, lautete die freundliche, aber bestimmte Antwort.

Christopher ging Ina mit gesenktem Kopf voraus in den Garten. Dort hatten er und Stefanie während des Tages einige der imposanten Hindu-Gottheiten aufgestellt, die im fahlen Schimmer der Außenbeleuchtung irgendwie beunruhigend wirkten. Ina fühlte sich von diesen lebensgroßen Statuen beobachtet, so als würde jemand aus der Hecke, vielleicht sogar Bobby, sie bei ihrem Gespräch belauschen.

»Ich bin dem Mörder deines Vaters auf die Spur gekommen, indem ich dem Weg der Waffe gefolgt bin, die ihn getötet hat«, begann Ina. »Von Marlene Adamski, das ist die Bewohnerin des Hauses am Bodden und eine der Entführerinnen, habe ich erfahren, dass ihr Mann eine alte Armeepistole besessen hat, mit der die Beteiligten das Opfer Alwin Töller einschüchtern wollten. Mit derselben Pistole haben dein Vater und ein weiterer Komplize kurz darauf Bobby bedroht, damit er gegen seinen Willen die Konten der Anleger zum Plündern freigibt. Bobby hat behauptet, dass er die Waffe später in den Bodden geworfen hat. Aber das wäre ein unwahrscheinlich großer Zufall, wenn wir es gleich mit zwei alten Armeepistolen zu tun hätten, nicht wahr? Eine echt miserable Lüge hat Bobby mir da aufgetischt.«

»Sie meinen, er hat meinen Vater erschossen?«, rief Christopher heftig. »Das ist doch Quatsch. Das glaube ich niemals. Und beweisen können Sie das schon gar nicht.«

Ina ließ sich auf einer kleinen Holzbank nieder, die neben einer indischen Gottheit mit zwei Gesichtern und sieben

Armen stand. Mit einer Geste bat sie Christopher, sich zu ihr zu setzen, was er mit widerstrebendem Gehorsam tat.

»Wenn wir davon ausgehen, dass Bobby die Pistole nicht weggeworfen hat, dann war sie die ganze Zeit über in seinem Besitz. Er hätte also durchaus die Möglichkeit gehabt, deinen Vater zu töten. Und das Motiv … Ach, da findet sich schon was. Vielleicht hat dein Vater ihn um Geld angebettelt, so wie zuvor die Adamskis, und als Bobby sich geweigert hat, drohte er damit, alles auffliegen zu lassen.«

»Aber er war gestern hier, den ganzen Abend!«, schrie Christopher sie an.

»Du hast mir selbst erzählt, dass er mit dem Auto losgefahren ist, um eine Pizza für euch zu besorgen.«

Der Junge sprang auf. »Was für ein Stuss! Wie können Sie so etwas von dem Mann denken, den Sie lieben?«

Ina schüttelte den Kopf. »Aber das tue ich doch gar nicht.«

»Tun Sie … nicht?«

»Ich habe nur eine von mehreren Möglichkeiten in Betracht gezogen, so wie es die Polizei ebenfalls tun wird. Nein, ich glaube nicht … das heißt, ich bin mir ganz sicher, dass Bobby deinen Vater nicht erschossen hat. Aber er kennt den Täter und schützt ihn.«

Ina streckte die Hand nach Christopher aus, um ihn erneut dazu zu bringen, sich neben sie auf die Bank zu setzen, doch diesmal weigerte er sich. Er trat sogar einen Schritt zurück, wodurch sein Gesicht ein wenig mehr ins Dunkel der Nacht abtauchte.

»Er schützt dich«, sagte Ina.

Christopher stürmte quer durch den Garten in Richtung Bungalow, zweifellos um Stefanie mitzuteilen, was ihre Mutter ihm da vorwarf. Ina hatte den Jungen in ihren Sitzungen niemals hart angefasst, aber in dieser Situation stoppte sie ihn mit einer energischen Bewegung, indem sie sich zwischen ihn und die Tür stellte und ihn mit beiden Händen am Weitergehen hinderte.

»Wir beide haben viel Zeit miteinander verbracht, und wir haben uns über viele private Dinge unterhalten. Niemals habe ich dich um etwas gebeten, aber jetzt bitte ich dich: Zieh Stefanie nicht mit hinein. Tu das nicht.«

Christopher schluckte, dann wich er zurück und lief ein paarmal im Kreis.

»Sie reden nur ins Blaue hinein. Sie können mir nichts beweisen. Überhaupt nichts.«

»Als ich gestern mitten in der Nacht von Schwerin zurückgekommen bin, haben wir miteinander gesprochen«, erwiderte sie ruhig. »Du hast erwähnt, dass deine Familie das Haus verlieren wird. Woher hast du das gewusst? Dein Vater hat dieses Geheimnis immer bewahrt, er hat niemandem davon erzählt. Allerdings gab es da noch diesen Brief von der Bank mit der Ankündigung einer Zwangsräumung. Er ist deinem Vater gestern zugestellt worden, an seinem Todestag und zugleich dem Tag, an dem du Bobby beim Umzug geholfen hast und demzufolge nicht zu Hause warst. Andererseits, wenn du diesen Brief auf dem Esszimmertisch gesehen hast, wusstest du natürlich von der bevorstehenden Zwangsräumung. Also warst du zu Hause, aber heimlich, ohne dass wir es mitbekommen haben.«

»Das beweist überhaupt nichts«, entgegnete er heftig. »Ich kann schon vor einiger Zeit von der Pleite erfahren haben.«

»In diesem Fall wäre dein Verhalten äußerst seltsam gewesen«, konterte Ina. »Du hast mir selbst erzählt, dass du viel Zeit und dein ganzes Geld in die Wand mit den leuchtenden Glasbausteinen investiert hast, die erst neulich fertig geworden ist. Sie ist wirklich beeindruckend. Und leider nicht transportabel. Würde jemand einen solchen Aufwand betreiben, wenn er wüsste, dass er sein Zuhause in Kürze verlassen muss? Nein, Christopher, du hattest bis gestern Abend keine Ahnung vom Ausmaß der Geldschwierigkeiten deines Vaters.«

Der Junge lief weiterhin im Kreis, wobei er unentwegt den Kopf schüttelte.

»Nein«, sagte er. »Nein, nein, nein!«

»Beim Umzug hast du in einem der Kartons zufällig die Pistole gefunden. Bobby hatte sie bestimmt irgendwo ganz unten verstaut, vielleicht hat er sie im Lauf des vergangenen Jahres sogar völlig vergessen. Dir muss es wie ein Wink des Schicksals vorgekommen sein, als du plötzlich auf die Schusswaffe gestoßen bist. Selbst mir kommt es so vor.«

Christopher blieb endlich stehen. Mit den Händen rieb er sich das Gesicht.

»Der Umzug hat euch müde gemacht«, fuhr Ina fort, »und nach dem Abendessen sind die anderen schlafen gegangen. Es war ziemlich riskant für dich, danach noch wegzuschleichen, andererseits … Ich glaube nicht, dass du wirklich vorhattest, deinen Vater umzubringen. Wie ich dich einschätze, wolltest du ihn zur Rede stellen. Immerhin lag der dringende Verdacht in der Luft, er könnte deiner Mutter etwas angetan haben. Du bist also nach Prerow geradelt. Da du sportlich bist, dürfte die Fahrt nicht allzu lange gedauert haben. Zu Hause angekommen, hast du den Brief von der Bank auf dem Esstisch bemerkt. Ich nehme an, es kam zu einem heftigen Streit zwischen euch beiden wegen deiner Mutter und der Zwangsräumung. Und dann … Tja …«

Ina atmete tief durch. »Hat dein Vater dir gestanden, was deiner Mutter zugestoßen ist?«, fragte sie ihren jungen Patienten so einfühlsam wie möglich.

Er ballte die zitternde Faust und stieß sie ein paarmal ins Leere, bevor er auf den Rasen sank.

Ina setzte sich neben ihn und legte ihm eine Hand auf den Hinterkopf.

Christopher schluchzte. »Wenn Sie dabei gewesen wären, dann hätten Sie gesehen … Er war völlig fertig, am Ende. ›Schieß doch!‹, hat er gerufen, wieder und wieder. ›Schieß doch, schieß doch, erledige mich, ich hab's verdient. Drück endlich ab, ich will nicht mehr. Ich kann nicht mehr.‹ Er hat gesagt, meine Mutter wäre tot, es wäre seine Schuld, und dann wieder: ›Schieß doch, na los, schieß, mach dem ein Ende.‹ Plötzlich …«

Er stockte. Einige Sekunde verstrichen, dann fiel er Ina in die Arme und klammerte sich an ihr fest wie ein Ertrinkender an einem Stück Holz.

Er flüsterte ihr ins Ohr: »Ja, plötzlich ist der Schuss gefallen.«

Ina hatte sich schon in der vergangenen Nacht, als sie mit Christopher gesprochen hatte, über die Heftigkeit gewundert, mit der er über seinen Vater redete. Zu diesem Zeitpunkt war Daniel Trebuth bereits tot, erschossen von seinem eigenen Sohn, der die Bluttat vor sich selbst relativieren wollte, indem er seinen Vater verteufelte. Außerdem hatte er bestimmt unter Schock gestanden.

»Wo ist die Waffe?«, fragte sie ihn.

Er lachte kurz auf und wischte sich die Tränen weg. »Jetzt ist sie wirklich da, wo Bobby sie angeblich entsorgt hat: im Bodden. Er war wach, als ich zurückkam, aber er hat mir keine Fragen gestellt. Na ja, heute Morgen wird er sich dann seinen Teil gedacht haben. Stefanie weiß von nichts.«

Ina nickte. Wenigstens ein Lichtstreif an diesem ansonsten stockfinsteren Tag.

»Und so soll es auch bleiben«, fügte Christopher hinzu.

Ina glaubte, nicht recht zu hören. »Wie bitte?«

»Na, sie muss es doch nicht erfahren.«

»Aber … du …«, stammelte Ina. »Du wirst doch zur Polizei gehen, oder etwa nicht?«

»Sind Sie verrückt?«, rief er in einer Aufwallung von Respektlosigkeit, die ihm jedoch sofort bewusst wurde. »Sorry, war nicht so gemeint. Natürlich gehe ich nicht zur Polizei. Nur wenn die Bullen Bobby dafür drankriegen wollen, dann ja. Sonst … Nö, warum denn?«

Vor wenigen Minuten hatte sie Christopher mit dem überrascht, was sie wusste. Jetzt hatte er den Spieß umgedreht und sie überrascht.

»Junge, du kannst unmöglich mit so einem Geheimnis, so einer Bürde leben.«

»Wer sagt das denn?«

»Dein Vater ist auch zugrunde gegangen, weil er …«

»Ich bin nicht mein Vater«, unterbrach er sie. »Wirklich, Frau Bartholdy, ich mag Sie total und bin Ihnen für alles dankbar, was Sie für mich getan haben. Aber … Tut mir leid, ich habe nicht vor, mein Leben wegzuwerfen, nur weil ich den Mörder meiner Mutter umgelegt habe, der zufällig mein

Vater ist. Fällt mir echt nicht ein. Und Sie halten sich bitte an Ihre Verschwiegenheitspflicht.«

Ina verschlug es fast den Atem. Was für eine Kaltblütigkeit der Junge mit einem Mal entwickelte.

Das Schlimme war: Sie konnte ihn nicht dazu zwingen, reinen Tisch zu machen. Dieses Gespräch zwischen ihr und ihm war tatsächlich vertraulich. Christopher hatte über ein zurückliegendes Verbrechen gesprochen, nicht über ein künftiges, das er zu begehen gedachte, daher griff die Offenbarungspflicht für sie in diesem Fall nicht.

Natürlich hatte sie einige Erkenntnisse auch ohne ihn gesammelt, die daher nicht unter die Schweigepflicht fielen. Doch es waren nur Indizien, und wenn Bobby bei seiner Aussage blieb, dass er die Pistole weggeworfen hatte … Noch nicht einmal den Inhalt ihres Gesprächs mit Christopher von vergangener Nacht durfte sie erwähnen.

Ungeheuerlich. Wenn man das zu Ende dachte …

Ina hatte nur zwei Möglichkeiten. Sie konnte trotz allem offenlegen, was sie – mit Ausnahme der Gespräche mit Christopher – in Erfahrung gebracht hatte. Für eine Anklage würde das kaum reichen, und Stefanie würde selbstverständlich zu ihrem Freund halten, was das Mutter-Tochter-Verhältnis schwer beschädigen würde. Sie konnte andererseits schweigen. In diesem Fall würde sie tatenlos zusehen, wie Stefanie unwissentlich mit einem jugendlichen Mörder oder vielmehr Totschläger zusammenlebte. Die dritte Lösung existierte im Grunde gar nicht, denn das hieße, ihre Verschwiegenheitspflicht zu brechen und damit ihren Beruf für immer aufzugeben.

»Christopher, bitte überlege dir das alles noch mal.«

»Wie ich schon gesagt habe, ich mach's nur, wenn die Bullerei Bobby dafür drankriegen will.«

Er stand auf. »Kommen Sie mit rein? Die Pasta von Stefanie ist echt der Hammer.«

17

September

Beim Prozess gegen die restlichen Mitglieder der Entführerbande erhielt Marlene eine hohe und Romy eine etwas geringere Haftstrafe, außerdem wurde das Mädchen in eine geschlossene psychiatrische Klinik verlegt. Für Bobby sprachen zum einen, dass er das Verbrechen mit seinem Geständnis offengelegt hatte, und zum anderen seine Haltung währenddessen. Er war weder an Folterhandlungen noch unmittelbar am Tod von Jette Trebuth, Alwin Töller und Giovanni Caffarelli beteiligt gewesen. Wegen Freiheitsberaubung mit Todesfolge sowie einiger weiterer Vergehen musste er für vier Jahre und drei Monate ins Gefängnis.

Während des Prozesses vermied Ina jeden Kontakt zu Bobby, und er wagte von sich aus nicht den ersten Schritt. Einen Winter lang wussten sie alle beide nicht, wie es mit ihnen weitergehen sollte. Erst nachdem die Urteile gesprochen waren, besuchte Ina ihn im Gefängnis.

Zusammen mit drei anderen Frauen wartete sie in einem Raum, der so karg dekoriert war, dass eine Mönchszelle dagegen das Potenzial hatte, in einem Lifestyle-Magazin abgedruckt zu werden. Jede der Frauen saß ohne Handtasche und ohne Handy an einem eigenen quadratischen Tisch, und weil sie fünf Minuten lang nichts anderes zu tun hatten, warfen sie sich mehrfach Seitenblicke zu. Ina kam es vor, als würden sie sich alle drei ein bisschen ähnlich sehen, und ein, zwei der Besucherinnen musterten Ina, als gehöre sie nicht dazu. Aber vielleicht wollte sie sich auch nur selbst so sehen. Denn sie war nicht anders als die übrigen Frauen. Sie war die Geliebte eines Verbrechers und musste sich entscheiden, ob sie es bleiben wollte. Die anderen hatten sich bereits entschieden. Vielleicht ähnelten sie sich ja deshalb.

Das Verfahren, die Haft und mehr noch die Erkenntnis der Schuld hatten Bobby zugesetzt. Als er auf Ina zukam, wirkte er niedergeschlagen, außerdem hatte er Gewicht verloren. Seine schönen langen Haare waren abgeschnitten, sei es dass die Vorschriften es verlangten, sei es dass er es so wollte.

Zum ersten Mal seit jenem Nachmittag auf der Seebrücke von Kühlungsborn waren sie unter sich, wenigstens halbwegs.

»Warum bist du hergekommen?«, fragte er sie beinahe mitleidig, nachdem sie sich verlegen begrüßt hatten. »Du solltest dir das nicht antun. Wir leben jetzt in völlig verschiedenen Welten. Oder hast du etwa noch Fragen an mich? Brauchst du diesen Besuch, um ein paar letzte Dinge zu erfahren und dann mit mir abzuschließen? Das könnte ich natürlich verste…«

»Deine Ersparnisse sind aufgebraucht«, unterbrach sie ihn. »Das Meiste ist für den Anwalt und die Rückzahlungen an die Geschädigten draufgegangen. Deine Mutter soll in ein anderes Heim verlegt werden, aber das werde ich nicht zulassen. Ich habe genug Geld. Jede Woche habe ich sie in ihrer Residenz besucht, und inzwischen nennt sie mich sogar bei meinem richtigen Namen. Na ja, wenigstens gelegentlich.«

Bobby hatte Tränen in den Augen, die er kaum noch zurückhalten konnte und deswegen hinter seinen Händen verbarg.

»Heißt das …?« Er schaffte es nicht, den Satz zu Ende zu bringen. »Dass du …«

»Dass ich ab jetzt eine Gangsterbraut bin, ganz genau. So wie Stefanie übrigens, allerdings ohne es zu wissen.«

Er wich ihrem Blick aus. »Tut mir leid, ich stehe zu meiner Entscheidung.«

»Zu deiner Lüge.«

»Nenne es, wie du willst. Es war richtig, dem Jungen nicht das ganze Leben zu versauen. Wie sieht das denn im Führungszeugnis aus, wenn er mal einen Beruf ergreifen will? Wir wissen beide, dass er seinen Vater in einem Moment der Verzweiflung erschossen hat. Christopher ist nicht gefährlich, weder für Stefanie noch für dich. Und was mich angeht, der Staatsanwalt hat aus Mangel an Beweisen von einer Anklage wegen Mordes gegen mich abgesehen.«

»Trotzdem ist das Ganze nicht richtig. Es stimmt einfach nicht.«

»Wenn du es Stefanie sagst, machst du etwas kaputt, entweder euer Verhältnis oder das von Christopher und ihr. Wer sagt, dass die Wahrheit immer die beste Variante ist? Ich zitiere mal Voltaire: ›Alles, was du sagst, sollte wahr sein, aber nicht alles, was wahr ist, solltest du auch sagen.‹«

»Seit wann liest du Voltaire?«

»Ich habe viel Zeit hier drinnen, weißt du?«

»So was! Einmal mehr bewahrheitet es sich, was ich dir an dem Tag gesagt habe, als wir uns auf dem Oldtimertreffen zum ersten Mal begegnet sind. Du bist ein Philosoph im Blaumann.«

»Jetzt eher ein Philosoph im Knastanzug.«

Sie lachten und blickten sich lange und innig an, bis sie sich beide nur noch verschwommen sahen.

»Erzähl weiter«, sagte Bobby mit wachsweicher Stimme. »Erzähl irgendwas, damit ich nicht sprechen muss.«

Sie lächelte. »Also gut. Stefanie macht seit ein paar Monaten eine Lehre zur Tischlerin. Sie behauptet, die Arbeit mit Holz beruhige sie. Mal sehen, wie lange noch. Ich habe auch etwas Neues angefangen. So ganz nebenher, unter anderem zur Selbsttherapie, habe ich begonnen, diese Geschichte aufzuschreiben. Du weißt schon, die ganze Geschichte. Aber ich habe gemerkt, dass ich eine lausige Schriftstellerin bin. Ich werde mir jemanden suchen, dem ich sie erzähle und der etwas daraus macht. Denn ich finde, sie ist wert, festgehalten zu werden, und nötig ist es auch.«

»Wie geht die Geschichte denn aus?«

»So wie alle grausamen Märchen. Nachdem er aus dem Gefängnis entlassen wurde, lebten sie glücklich bis ans Ende ihrer Tage.«

Epilog

Ich stand vor jener einsamen Bauernkate, die inzwischen einen anderen Eigentümer hatte. Im Vorgarten blühten Narzissen, Iris und Freesien um die Wette, bevor in Kürze die Rosen aufgehen würden. Die Fassade leuchtete hellgelb, die Fensterläden hoben sich schwedenblau davon ab. Es war das, was man ein kleines Paradies nennt. Nichts erinnerte mehr an Leid und Tod. Die Hölle lag buchstäblich ein paar Meter unter der Erde.

Und in den Köpfen und Herzen der Entführer.

Als ich Marlene im Gefängnis besuchte, sagte sie mir: »Ich habe lange Zeit nicht verstanden, warum ich mich nicht wenigstens ein kleines bisschen besser gefühlt habe, nachdem die Wahrheit ans Licht gekommen und das Urteil gesprochen war. Nachdem ich endlich anfangen konnte zu sühnen. Inzwischen weiß ich, dass die Geschichte nie vorbei sein wird. Nicht für mich und auch nicht für Bodo. Niemals. Bis wir sterben. Aber wissen Sie, bis heute kann ich eines nicht begreifen, und wahrscheinlich werde ich nie dahinterkommen, wie es überhaupt passieren konnte.«

Wie recht sie hatte, als sie sagte, dass die Geschichte noch nicht vorbei war. Vielleicht wird sie es dann sein, wenn Christopher Trebuth irgendwann in ferner Zukunft seinen letzten Atemzug getan haben wird. Wer weiß schon, was bis dahin noch alles geschieht. Oder ist das etwa eine ganz andere Geschichte?

Auf dem Rückflug gingen mir die Worte eines klugen Mannes durch den Kopf. »Das Maß für den Charakter eines Menschen besteht darin, was er tun würde, wenn er *hundertprozentig* wüsste, dass man ihm nicht auf die Schliche käme.«

Wie viele Parfümfläschchen, wie viele Bücher würden unter dieser Voraussetzung in den Läden geklaut, wie viele Versicherungen betrogen, Steuern hinterzogen, Intrigen gesponnen, Ehen heimlich gebrochen, Testamente und Diplomarbeiten gefälscht? Welche Summen würden veruntreut? Und wie viele missliebige Personen aus dem Weg geräumt – Rivalen um die Gunst eines geliebten Menschen, Konkurrenten um einen heiß begehrten Job? Wer könnte dauerhaft der Versuchung des garantiert unentdeckten Verbrechens widerstehen? Und wo würde man für sich selbst die Grenze ziehen? Ist ein kleiner Diebstahl noch in Ordnung? Wann wird ein kleiner Diebstahl zum großen? Welches Verbrechen traut man sich zu, welches auf keinen Fall? Und könnten wir uns wirklich sicher sein, die Grenzen dessen, was wir uns zutrauen und was gerade noch akzeptabel ist, nicht beständig zu erweitern?

Kennen wir uns gut genug, um diese letzte Frage zu beantworten? Man weiß so wenig voneinander.

Eines habe ich ganz sicher gelernt, während ich auf Ina Bartholdys Bitte hin diese Geschichte in Worte fasste, nämlich dass man über sich selbst noch weniger weiß.

Dank

Ich danke den Menschen, die mich zum Teil schon seit vielen Jahren beim Entstehen meiner Bücher unterstützen und beraten: Wiebke Rossa und Angela Troni sowie dem gesamten Verlagsteam vom Limes Verlag, sei es im Bereich Presse, Vertrieb oder Marketing, das eine hervorragende Arbeit macht. Ich danke meiner Literaturagentin Petra Hermanns. Außerdem Christian Igel, Stefan Holtkötter, René Schwarzer und Toni Richter. Mein besonderer Dank geht an Bente Laux – sie weiß schon wofür.